Scarlett war 15, als eines Sommers auf der Insel Korfu das Unfassbare geschah. Sie wurde in ein Auto gezerrt und verschwand spurlos. Noch heute macht sich DCI Lou Smith Vorwürfe, dass sie den Fall damals nicht aufklären und das Mädchen finden konnte. Nach zehn Jahren taucht Scarlett plötzlich wieder auf, in einem Bordell in ihrem Heimatort, unter anderem Namen. Aber sie schweigt. Lou schwört sich, nun herauszufinden, was passiert ist. Dabei stößt sie auf ein raffiniert geknüpftes Netz des Verbrechens, das weiter gespannt ist, als sie es je für möglich gehalten hätte. Nach *Atemnot* der neue aufregende Fall für die sympathische Ermittlerin und ihr Team.

Nach ihrem Studium der englischen und deutschen Literatur hat Elizabeth Haynes viele Jahre als Beraterin für die britische Polizei gearbeitet. Sie lebt mit ihrem Mann und ihrem Sohn in Kent und schreibt hauptsächlich in Cafés oder ihrer kleinen Gartenlaube. Ihr Psychothriller *Wohin du auch fliehst* war ein Bestseller und wurde mit zahlreichen Preisen ausgezeichnet.

Elizabeth Haynes im Berlin Verlag:

Atemnot (978-3-8333-0956-4)

ELIZABETH HAYNES

SCHWESTER HERZ

THRILLER

Aus dem Englischen
von Christiane Winkler

Berlin Verlag Taschenbuch

MIX
Papier aus verantwortungsvollen Quellen
FSC® C083411

November 2015

Umschlaggestaltung: ZERO Werbeagentur, München
unter Verwendung zweier Illustrationen
von © Eva Creel/Arcangel Images
und FinePic®, München
Gesetzt aus der Scala von psb, Berlin
Druck und Bindung: CPI books GmbH, Leck
Printed in Germany
ISBN 978-3-8333-1046-1

www.berlinverlag.de

Erster Teil
Nichts ist wirklich, nur die Angst

SCARLETT – Rhodos, Samstag, 23. August 2003, 04:44

Am Anfang war nichts gewiss außer ihrem unbändigen Angstgefühl.

Dunkelheit und glühende, drückende Hitze, sie konnte kaum atmen, Schweiß rann an ihr herunter, ihre Haut schien sich zu verflüssigen, ihr war, als würde sie zu einer heißen Lache zerschmelzen. Sie versuchte zu schreien, sie brüllte, aber der Motorlärm und das Geräusch der Räder auf dem Asphalt übertönten jeden Laut. Ihr Geschrei führte nur dazu, dass ihr Hals schmerzte. Niemand konnte sie hören.

Also versuchte sie zu lauschen, riss die Augen weit auf, konnte aber nichts sehen. Ab und zu hörte sie Stimmen, die von irgendwoher aus dem Fahrzeug kamen – zwei Männerstimmen –, sie kannte sie nicht, und sie verstand auch nicht, was sie sagten. Sie nahm an, dass sie Griechisch miteinander sprachen, aber ihr rauer Ton klang anders als die Stimmen, die sie in der vergangenen Woche in ihrem Feriendomizil gehört hatte. Viele Th-Laute waren darunter, gerollte Rs und Worte, die auf a und eh endeten.

Die Angst kam in Wellen. Die ersten panischen Minuten waren entsetzlich gewesen: Sie hatte ihre Erinnerung an die vergangenen Tage durchkämmt, versucht, den Fehler zu entdecken, den sie gemacht hatte, denn es musste ihre Schuld sein – *es kann nicht wahr sein, ich träume* –, dann war der Schock gekommen und mit ihm die Erkenntnis, dass es kein Albtraum war, sondern wirklich passierte. Der schlimmste Moment von allen.

Es war alles so schnell gegangen.

Sie war ein wenig früher am Treffpunkt gewesen und hatte sich darauf eingestellt zu warten – er hatte ihr gesagt, dass er um zwei Uhr mit der Arbeit fertig wäre –, dann hatte ein Kleinlaster neben ihr geparkt. Sie hatte sich keine Sorgen gemacht. Es waren noch genügend Leute unterwegs, betrunkene Touristen, die über die Straßen zurück zu ihren Hotels torkelten. Die Seitentür des Kleinlasters war aufgeschoben worden, ein Mann war ausgestiegen. Er hatte freundlich mit ihr gesprochen, gelächelt und dabei seine Zähne gezeigt. Er sprach mit so starkem Akzent, dass sie kaum verstand, was er sagte.

»Nein, nein«, hatte sie gesagt. »Englisch. Ich verstehe Sie nicht.«

Doch er hatte weiter lautstark auf sie eingeredet und war dabei dicht an sie herangetreten. Es war ihr auf die Nerven gegangen, irgendwas hatte sie schließlich veranlasst, sich nach rechts zu drehen und zu dem Tor zu blicken, das zu den *Aktira Studios* führte, und in dem kurzen Augenblick, in dem sie jemanden sah, den sie erkannte, mit dem sie Blickkontakt herstellte, hatte sie so etwas wie Erleichterung verspürt – da hatte der Mann ihr einen harten Stoß verpasst, der sie direkt auf die Ladefläche des Kleinlasters beförderte. Er war hinter ihr hineingeklettert, hatte die Tür zugeschlagen und der Wagen war sofort losgefahren. Sie wurde zu Boden gestoßen, eine Hand auf ihren Mund gelegt und ihr Kopf so fest gegen den Metallboden gepresst, dass sie glaubte, der Schädel würde ihr zerspringen.

Sekunden. Die ganze Sache hatte nur Sekunden gedauert.

Jetzt, Stunden nach diesen furchtbaren Augenblicken, hatte sie aufgrund der monotonen Fahrt eine gewisse Gleichgültigkeit gepackt, war die Angst von den Schmerzen in ihren Armen und Beinen überlagert worden und von dem Unbehagen, gefesselt auf dem Boden des Kleinlasters zu liegen. Sie hatten einmal gehalten; ganz zu Anfang, noch bevor sie Zeit gehabt hatte, den Schock zu überwinden oder einen Fluchtplan zu entwerfen; zu dem Zeitpunkt hatte der Mann, der mit ihr auf der Ladefläche gesessen hatte, sie bereits gefesselt. Er stieg aus, ließ sie alleine zurück, dann schloss sich die Tür des Kleinlasters – sie fuhren weiter.

Das Motorgeräusch war unerträglich laut; der Kleinlaster rumpelte und holperte über die Schlaglöcher. Sie bekam Kopfschmerzen, zum Teil so heftig, dass sie weinen musste. Die Angst brachte sie zum Weinen. Und das Weinen machte ihre Kopfschmerzen noch schlimmer, doch es war zwecklos, also hörte sie eine Weile auf und versuchte sporadisch zu schlafen, denn der Schlaf verschaffte ihr zumindest eine kurze Erleichterung.

Sie träumte von ihm, erinnerte sich, wachte mit Tränen auf den Wangen auf, dachte, das sollte nicht passieren. Dann überkam sie der Schock und alles begann von Neuem.

LOU – Briarstone, Donnerstag, 31. Oktober 2013, 14:00

»Du siehst erschöpft aus«, sagte Sam und stellte eine dampfende Tasse Tee auf den einzigen Fleck auf dem Schreibtisch ab, der nicht mit Papier übersät war.

»Danke«, antwortete Lou. »So fühle ich mich auch. Ich hatte allerdings gehofft, das Make-up würde die Augenringe ein wenig verdecken.«

»Kann ich irgendwas für dich tun?«

Lou blickte zu Sam auf und lächelte sie an. Sie war ein Schatz. »Wenn ich was abgeben könnte, würde ich das sofort tun, glaub mir.«

»Dann mach's gut. Du weißt, wo du mich findest!«

Sam ging und Lou beantwortete weiter ihre Mails. Der gestrige Tag war so viel besser gewesen. Sie war zu einer Messerstecherei gegangen, welche die kürzlich umbenannte North Division auf die Major Crime abzuwälzen versuchte, aber weil der Täter bereits festgenommen war und glücklicherweise noch während der Befragung seine Tat zugegeben hatte, hatte sie es an die örtliche Dienststelle zurückverweisen können. Beschwingt durch einen derart seltenen Erfolg war es ihr sogar gelungen, sich vor fünf Uhr aus dem Staub zu machen, sie hatte Lebensmittel gekauft, deren Zubereitung mehr verlangte als das Aufreißen von Plastikfolie, dann hatte sie einen ihr nahestehenden dunkelhaarigen kanadischen Fallanalytiker angerufen.

»Hey«, hatte Jason gesagt, »um wie viel Uhr bist du fertig?«

»Ich bin schon fertig«, hatte sie süffisant geantwortet.

Er hatte gelacht. »Du verarschst mich, oder?«

»Nein, ich bin bereits auf dem Weg nach Hause. Was machst du?«

»Ich suche mein Zeug zusammen und komme sofort zu dir – jetzt gleich.«

Solche Gelegenheiten ergaben sich nicht sehr häufig, und obwohl Lou und Jason wussten, wie man sie am besten nutzte, waren solch wunderbare Nächte allzu schnell vorüber. Klar, wenn sie einen Abend lang so nette Ablenkung hatte, bekam Lou maximal vier Stunden Schlaf. Und die Welt schien sie dafür bestrafen zu wollen, dass sie es gewagt hatte, mal früher zu gehen. Der Tag heute hätte nicht schlimmer sein können.

Ein Fall von schwerer Körperverletzung, der sich vor sechs Wochen ereignet hatte, schien irgendwie mit dem Mord an einem örtlichen Geschäftsmann in Verbindung zu stehen, der ungefähr eine Woche später stattgefunden hatte. Das hatte zur Folge, dass die Major Crime den Fall von der North Division übernehmen musste, die ihre Arbeit nicht ordentlich gemacht hatte. Die Sache musste noch einmal ganz von vorne aufgerollt werden, damit auch nichts übersehen würde. Beide Fälle waren ohne Lous Zutun bearbeitet worden, doch jetzt musste sie versuchen, die Ermittlungen zu koordinieren, obwohl sie zuvor keinerlei Einblick in die Arbeit gehabt hatte. Wenn innerhalb einer Woche nach der Tat keine Festnahme erfolgte, standen die Chancen ziemlich schlecht, dass man ein gutes Ergebnis erzielte. Und bisher hatte es keine Festnahme gegeben, es gab keine Verdächtigen.

Ein zwanzigjähriger Kerl namens Ian Palmer war nachts überfallen worden; er hatte sich eine ernsthafte Kopfverletzung zugezogen, man hatte ihn aber erst in den frühen Morgenstunden in einer Gasse im Stadtzentrum in einer Pfütze liegend aufgefunden. Bisher hatte er das Bewusstsein nicht wiedererlangt und die Major Crime hatte den Fall übernommen, weil er es aller Voraussicht nach auch nicht wieder erlangen würde. Was den Mord an dem Geschäftsmann betraf – Carl McVey besaß zwei Bars im Stadtzentrum und den *Ferryman*, einen Country Pub mit Restaurant am

Fluss in Baysbury. Er galt vier Tage lang als vermisst, dann fand man seine Leiche halb vergraben im Unterholz, drei Meilen vor der Stadt. Er war zusammengeschlagen worden, Brieftasche und Handy fehlten, man war zunächst von einem stümperhaften Raubüberfall ausgegangen.

So weit, so gut.

Gerichtsmedizinisch gab es zwischen den beiden keine Übereinstimmung; nichts, was offensichtlich gewesen wäre oder die beiden Opfer verband, nur dass der eine eine Bar besaß, die das andere Opfer möglicherweise besucht hatte. Nach dem morgendlichen Meeting hatte Sam sich mit dem Kriminaldienst in Verbindung gesetzt, um die aktuellsten Informationen zu erhalten. Unterdessen befragten Kriminalbeamte erneut Palmers Mutter, seine Freunde – versuchten, irgendein vernachlässigtes Detail aufzuspüren.

Lou griff nach dem Becher Tee, stieß mit dem Handrücken dagegen und verschüttete den Inhalt auf die danebenliegende Fallakte. Sie fluchte und kramte in ihrer Tasche nach einem Taschentuch, als ihr Telefon klingelte. Lou warf einen Blick auf das Display. Buchanan – das hatte ihr noch gefehlt. Detective Superintendent Gordon Buchanan, Einsatzleiter der Major Crime und Lous direkter Vorgesetzter, war im Alltag eine Nervensäge und an schlechten Tagen ein gefährlicher Feind. Das Taschentuch musste warten.

»Sir?«

»Lou. Wie kommen Sie im Fall McVey und Palmer voran?«

Sein Tonfall verhieß nichts Gutes. Als sein »Liebling« war Lou lange Telefonate gewohnt, die Buchanan mit ihr führte, wenn er sich langweilte, schlechte Laune hatte oder einen unverbindlichen Flirt brauchte. Dass er mit einer Frage begann, die sich auf den Job bezog, war ungewöhnlich.

»Ich muss mich noch durch den Papierkram arbeiten, fürchte ich.« *Hab die Sachen doch erst heute Morgen bekommen*, dachte sie bei sich, *gib mir wenigstens ein paar Stunden Zeit, verdammt noch mal.*

Sie blickte auf den dünnen braunen Karton, der um die Zeugenaussage gewickelt war, die sich auf den McVey-Mord bezog, die Teelache sickerte langsam hinein. Zum Glück war es nicht das Original.

»Wenn Sie fertig sind, kommen Sie bitte rauf, ich muss mit Ihnen reden.«

Das klang bedrohlich. »Ich komme gleich. Soll ich was mitbringen, Sir?«

Er antwortete nur mit einem schroffen »Danke« und legte auf.

Lou fand ein Päckchen Taschentücher unter ihrer Haarbürste, knüllte zwei zusammen und tupfte damit den Ordner ab. Ein dunkler brauner Kreis hatte sich auf dem hellbraunen Karton gebildet. Zum Glück war die Flüssigkeit nicht auf die Aussage darunter gesickert, die einen halben Baum und ein armes Schwein zwei Stunden Arbeit an einem Kopierer gekostet haben musste. Noch besser war, dass der meiste Tee in der Tasse geblieben war. Lou trank ihn dankbar aus, während sie zur Bürotür ging.

SCARLETT – Griechenland, Samstag, 23. August 2003, 05:25

Zuerst Schritte, dann Stimmen, die näher kamen. Sie verstand nicht, was sie sagten, doch es schienen dieselben beiden Männer zu sein. Ihre Stimmen klangen heiter, einer von ihnen lachte. Dann das Geräusch eines Schlüssels, der an einem metallenen Schloss schabte, die Tür des Kleinlasters ging auf.

Draußen war es dunkel, zwei Schatten standen in der Tür. Sie kniff reflexartig die Augen zu, zuckte zurück.

»Willst du Wasser?«, fragte einer. Sie nickte heftig, er kletterte zu ihr hinein. Der andere blieb in der Tür stehen, drehte ihnen den Rücken zu, schien Wache zu halten.

Er war alt, in den Vierzigern, hatte dunkles, kurz geschnittenes Haar. Er roch penetrant nach Rasierwasser und Zigaretten. Er zog sie in eine sitzende Position hoch und hielt ihr die Flasche an den Mund; sie schlang das Wasser herunter, hustete, würgte.

»Bitte«, sagte sie, ihre Stimme klang heiser, gar nicht wie ihre eigene. »Bitte ...«

Er reagierte darauf, indem er ihr wieder die Flasche an die Lippen hielt. Trinken war am Ende wichtiger als reden, also trank sie. Das Wasser war kalt und schmeckte seltsam metallisch – wie Blut.

»Ich werde nicht weglaufen«, sagte sie, als er die Flasche wegzog, »bitte, meine Hände tun so weh ...«

Er sah ihr in die Augen, und zu ihrem Erstaunen entdeckte sie so etwas wie Mitgefühl darin. Dann griff er hinter sich und zog etwas aus der Tasche seiner Jeans. Er hielt es ihr vor das Gesicht, selbst im Halbdunkel sah sie, dass es eine Handfeuerwaffe war. Sie schnaufte und zuckte vor ihm zurück, er lachte.

»Du hast eine kleine Schwester – Juliette.«

Scarlett spürte, wie sich ihr Magen zusammenzog. »Was? Was ist mit ihr?«

»Wir haben Leute in der Stadt, die beobachten sie. Benimm dich, sonst rufe ich sie an und sie nehmen auch Juliette. Kapiert? Wir kriegen gutes Geld für junge Mädchen. Viel Geld.«

»Bitte, ich werde nichts tun, ich verspreche, dass ich nichts tun werde ...«

Er steckte die Pistole zurück und packte sie an den Schultern, drehte sie herum, sodass er an die Fesseln an ihren Handgelenken kam. Sie verspürte große Erleichterung, als sich der Knoten löste und ihre Arme wieder frei waren – Schmerz und Erleichterung ...

»Danke«, sagte sie, als es ihr gelang mit dem Wimmern aufzuhören. »Danke. Wie heißen Sie?«

Er lächelte sie an. Noch einen Schluck und die Flasche war leer. »Du bleibst ruhig? Du rührst dich nicht. Ja? Später gebe ich dir mehr Wasser.«

»Ja, ich verspreche es, ich verspreche es.«

Er krabbelte zum hinteren Ende des Kleinlasters, es tat ihr fast leid, dass er ging, doch wenigstens waren ihre Arme jetzt frei.

Die Männer nahmen hinter dem Kleinlaster ihre Unterhaltung wieder auf, diesmal klang sie weniger unbeschwert. Es waren eindringliche, abgehackte Sätze. Der Mann, der an der Tür gewartet hatte, schien offensichtlich nicht erfreut, dass der andere ihre Fesseln gelöst hatte.

Dann knallten sie die Tür zu, sperrten ab, sie versank wieder in die dunkle, drückende Hitze, der Geruch ihres eigenen Körpers und der des Kleinlasters hüllten sie ein.

06:25

Sie erwachte, der Wagen bewegte sich nicht mehr. Das Motorengeräusch klang irgendwie anders; die Erschütterungen der metallenen Ladefläche unter ihr waren anders. Sie spürte rollende, schwankende Bewegungen. Ihr wurde sofort schlecht.

Sie versuchte sich zu strecken und schrie auf vor Schmerz. Sie hörte ein Geräusch neben sich. Jemand legte eine Hand über ihren Mund. Sie versuchte sich zu bewegen, doch ihr Körper fühlte sich seltsam schwer an, als wäre sie wieder gefesselt, doch das war sie nicht.

»Sei still«, sagte eine Stimme neben ihr. Die Stimme eines Mannes mit starkem Akzent. Es schien derselbe Mann von vorhin zu sein, doch ihre Ohren fühlten sich komisch an, als würde sie schwimmen.

Es war dunkel, trotzdem hatte sie Mühe, sich zu fokussieren. Etwas Kaltes, Metallenes drückte gegen ihre Wange. Sie roch Öl und Knoblauch an seinen Händen.

»Sei still, sonst bring ich dich um.«

Scarlett kämpfte um Konzentration. Die Welt schaukelte, drehte sich in ihrem Kopf. Es schien etwas erträglicher, wenn sie nur dalag.

»Wo sind wir?«, flüsterte sie nach ein paar Minuten.

Er antwortete nicht oder hörte sie nicht. Sie versuchte ihren Kopf zu drehen, ihn anzusehen. Wer immer er war.

»Bitte«, sagte sie ein wenig lauter. »Bitte, lassen Sie mich gehen. Ich will nach Hause.«

Wieder Bewegung, schlurfende Geräusche, dann sein Atem an ihrer Wange. »Ich habe gesagt, sei still. Verstehst du nicht?«

Sie sagte nichts mehr. Schloss die Augen und wartete.

LOU – Donnerstag, 31. Oktober 2013, 14:10

Buchanan war am Telefon. Zwei Sekretärinnen der Chefetage – nicht jedoch Mara, die für Buchanan und noch zwei andere Kriminalkommissare arbeitete – saßen am Schreibtisch und tippten mit unglaublicher Geschwindigkeit. Buchanan sah sie durch die offene Bürotür, er hob einen Finger und deutete an, dass sie warten sollte. Sie setzte sich auf einen Besucherstuhl.

Pam und die andere – wie hieß sie noch? Lou konnte sich nie an ihren Namen erinnern, er fing irgendwie mit S an – tippten so schnell auf ihre Tastaturen, dass es fast aussah, als lieferten sie sich einen Wettkampf. Einen Tippwettkampf. Sue? Sarah? Das stimmte nicht ... Sandra. Das kam schon eher hin. Lou biss sich auf die Lippe.

»Er ist gleich fertig«, sagte Pam, ohne aufzublicken.

»Mit wem redet er, Pam? Weißt du das?«

»Mit dem Chef.«

»Ah. Ist irgendwas passiert?«

Pam lächelte, antwortete aber nicht, das hieß, dass etwas los war.

Das Telefonat war zu Ende. »Lou – wenn du so weit bist«, rief er.

Lou stand auf und strich ihren Rock glatt. Los geht's, dachte sie.

»Sir«, sagte sie, als sie sein Büro betrat und er auf einen Stuhl zeigte. »Alles in Ordnung?«

»Woran arbeitest du? Ich weiß schon, da unten ist die Hölle los – was hat gerade oberste Priorität?«

»Ich betreue noch immer den Mordfall Leuchars. Ali Whitmore hat die Fakten zusammengestellt, Jane Phelps kümmert sich um die

Spurensicherung. Sie kommen also recht gut alleine zurecht. Ich habe eine Reihe von bewaffneten Raubüberfällen auf dem Tisch und jetzt zwei Fälle, die wohl miteinander in Verbindung stehen. McVey und Palmer – Operation Trapez. Warum? Gibt's was Neues?«

Er antwortete nicht. Sein Ausdruck war ernst – Lou war eher daran gewöhnt, dass er in ihrer Anwesenheit entspannt genug war, um sie zu fragen, was sie am Abend vorhatte –, das veranlasste sie, sich gerader hinzusetzen. Hatte sie ihn verärgert? In Gedanken ging sie noch einmal alle Fälle durch, die sie in den vergangenen Monaten bearbeitet hatte. Keiner hatte Anlass zur Sorge gegeben mit Ausnahme der Ermittlungen im Mordfall Polly Leuchars. Der hatte zur Suspendierung ihres Mitarbeiters Andy Hamilton wegen schwerwiegenden Fehlverhaltens geführt.

»Ich habe mir deine Personalakte angesehen, Lou«, sagte er.

Das klang nicht gut. Warum steckte er seine Nase in ihre Akte?

»Einer deiner ersten Fälle als Kriminalbeamtin. Vor zehn Jahren. Scarlett Rainsford. Sagt dir der Name etwas?«

»Natürlich erinnere ich mich daran. Solche Fälle vergisst man nicht, oder?«

»Sehr gut. Eine Sondereinheit hat heute Morgen im Zuge der Operation Pentameter ein Bordell in Briarstone durchsucht. Und rate mal, wer dort arbeitet?«

Sie starrte ihn an. Er meinte doch nicht Scarlett? Das war bestimmt eine Fangfrage – eine Schulkameradin von Scarlett vielleicht oder ihre Schwester?

Sie räusperte sich und beschloss mutig das Unmögliche anzudeuten. »Sie meinen doch nicht etwa Scarlett?«

»Genau die. Du kannst dir sicher denken, dass die Hölle los sein wird, sobald die Neuigkeit durchsickert. Sie arbeiten gerade fieberhaft an einer Pressemitteilung, aber dir muss ich ja nicht erklären, dass die Sache geheim gehalten werden muss. Ich möchte, dass du dich mit DCI Waterhouse von der Sondereinheit in Verbindung setzt. Er erwartet deinen Anruf.«

»Wie geht es ihr? Was hat sie gesagt?«

»Nicht viel bisher. Es scheint ihr jedenfalls gut zu gehen. Sie ist am Leben, das ist mehr, als wir zu hoffen wagten.«

»Wo ist sie jetzt?«

Er lächelte. »Sie ist zurzeit in einer Opferschutzeinrichtung.«

»Ich dachte, die wären alle geschlossen worden.«

»Im Grunde schon. Aber für Scarlett hat man die in Briarstone extra wieder eröffnet. Sonderbehandlung sozusagen. Die Sondereinheit scheint nicht genau zu wissen, was sie mit ihr tun sollen – aber wenn jemand die Nachbesprechungen führen sollte, dann bist du das.«

»Ist man sich sicher, dass sie es ist?«

»Clive Rainsford hat am Telefon irgendwas von einem DNA-Test gemurmelt, aber wie sich herausgestellt hat, hat sie außerdem am Oberarm eine ziemlich auffällige Narbe.«

Ach, die Narbe. Lou hatte die Narbe ganz vergessen, obwohl sie noch Jahre nach Scarletts Entführung bei fast jedem Mädchen, das ungefähr in ihrem Alter war, nach einer Narbe auf der Schulter gesucht hatte.

»Was ist mit der Familie? Hat man sie schon informiert?«

»Du wirst es nicht glauben. Mutter, Vater und Schwester – du erinnerst dich doch noch an sie? – sind im Urlaub. Diesmal in Spanien.«

Polizeibericht
Observierte Person: Ian Palmer

5x5x5 Protokoll

Datum:	11. März 2013
Beamter:	PC 9921 EVANS
Betrifft:	Thomas PALMER, geb. 22.04.1990, Ian PALMER, geb. 19.04.1993, Ryan COLEMAN, geb. 12.01.1990, Darren CUNNINGHAM, geb. 12.11.1976
Bewertung:	B/2/1

Polizeikontrolle vor der Co-op auf der Turnswood Parade. Darren CUNNINGHAM sitzt auf dem Fahrersitz des geparkten BMW, der auf seine Mutter Sara CUNNINGHAM, geb. 14.02.1952, zugelassen ist. CUNNINGHAM ist vor einem Monat die Fahrerlaubnis entzogen worden, er hat angegeben, dass Thomas PALMER ihn herumfährt. Trotz des starken Geruchs nach Cannabis wurden keine Drogen im Auto gefunden. Das Fahrzeug ist versichert, Kfz-Steuern werden bezahlt. Angemessene Zurechtweisung ist erfolgt. Im Auto saßen noch Ian PALMER und Ryan COLEMAN. Ein paar Minuten nach Polizeikontrolle tauschten Thomas PALMER und CUNNINGHAM die vorderen Sitzplätze, Thomas PALMER fuhr das Auto mit den vier Insassen weg.

5x5x5 Protokoll

Datum:	23. September 2013
Beamter:	PC 99221 EVANS
Betrifft:	Ian PALMER, geb. 19.04.1993, Ryan COLEMAN, geb. 12.01.1990
Bewertung:	B/4/1

Ian PALMER ist mit Ryan COLEMAN befreundet. Es besteht die Annahme, dass COLEMAN mit PALMERS älterem Bruder Thomas zur Schule gegangen ist und sie seitdem befreundet sind. (Nachforschungen ergaben Thomas PALMER, geb. 22.04.1990)

SCARLETT – Samstag, 23. August 2003, 18:32

Das Fahrzeug bewegte sich nicht mehr, der Motor tuckerte im Leerlauf. Scarlett saß alleine im Laderaum des Kleinlasters und lauschte den anderen Fahrzeugen, die mit großer Geschwindigkeit an ihr vorbeirauschten. Sie standen vermutlich auf einem Parkplatz oder an einer Tankstelle. Eine Tür des Kleinlasters wurde aufgemacht, sie wartete, hielt den Atem an, erwartete, dass man auch die Schiebetür des Fahrzeuges öffnen würde. Schritte. Sie hörte Zikaden zirpen, dann Plätschern, einer der beiden Männer pinkelte. Kurz darauf kletterte er wieder in das Führerhaus, dann fuhr das Fahrzeug wieder los und legte an Geschwindigkeit zu.

Sie hätte rufen oder schreien sollen. Vielleicht hätte sie jemand gehört.

Nico hatte ihr eine Zikade gezeigt. Eine tote. Sie hatte auf den glühend heißen Fliesen der Restaurantterrasse gelegen, wahrscheinlich war sie gegen eine Glastür geflogen und betäubt zu Boden gefallen. Er hatte sie auf seine Handfläche gelegt, sie hatte gekreischt und war zurückgewichen. Es war das größte Insekt, das sie je gesehen hatte, es hatte große, hässliche Augen und einen schwarzgrauen Panzer. Doch als ihr klar wurde, dass es tatsächlich tot war, kam sie näher, bewunderte für einen Moment die zarten Flügel und fragte sich, wie etwas mit einem so großen Körper und so dünnen Flügeln fliegen konnte. Dann hatte er seine Hand mit einem wütend summenden Geräusch schnell zu ihr ausgestreckt und so getan, als lebte das Ding noch, sie hatte geschrien, war zurückgesprungen, hatte sich an die Brust gefasst und Nico hatte sie ausgelacht.

»Das war gemein!«, hatte sie gesagt.

»Du bist so komisch«, hatte er geantwortet. »Sie tun nichts. Sie sind nur laut.« Er hatte Scarletts Umhängetasche aufgemacht und das Insekt an einem Bein darüber baumeln lassen. »Wir zeigen es deiner Mutter«, hatte er gesagt. »Meinst du, sie wird es mögen?«

»Nico!«

Er hatte das Insekt auf die Straße hinausgeworfen und sich die Hände abgewischt. Dann hatte er beide Arme auf ihre Schultern und seinen Kopf zur Seite gelegt und sie prüfend angesehen. »Bist du böse auf mich?«

Wie konnte sie ihm böse sein? Wie konnte sie ihm jemals böse sein?

»Nein«, hatte sie gesagt und gelächelt.

Und er hatte ihre Wange gekniffen, ihr Kinn zu sich gedreht und sie geküsst. Am Abend zuvor hatte er sie zum ersten Mal geküsst, ganz behutsam; dann waren ihre Küsse hungriger, heftiger und besitzergreifender geworden. Sowohl von ihrer Seite aus als auch von seiner.

Es tat weh, wenn sie jetzt an ihn dachte. »Nico«, flüsterte sie in die schmutzige Decke unter sich, die nach Motoröl und etwas anderem, Schlimmerem roch, das sie nicht definieren konnte.

Nico war nicht der erste Junge, der sich für sie interessierte.

Mark Braddock musste sich eines Tages neben sie setzen, weil sie ständig mit Cerys quatschte und Mrs Rowden-Knowles sie trennen wollte. Sie hatte Mark Braddock benutzt, um ihrer Strafe Nachdruck zu verleihen, denn er galt als seltsam und niemand mochte ihn. Mrs Rowden-Knowles wusste, dass es keinen Sinn gehabt hätte, Scarlett neben sonst irgendjemanden zu setzen, egal ob Mädchen oder Junge.

Doch schon bald stellte sich heraus, dass Mrs Rowden-Knowles' Trick nach hinten losgegangen war, denn zu Scarletts Überraschung war Mark Braddock in Ordnung. Entgegen der allgemeinen Überzeugung stank er nicht und hatte auch keine schlechten

Zähne und hinter seiner Brille blitzten hübsche blaue Augen, die alles registrierten. Das Problem war, dass Marks einwandfreies Verhalten nicht auf Scarlett abfärbte, im Gegenteil, am Ende verdarb sie ihn.

Als Erstes zeichnete sie auf seinen Notizblock einen Penis. Er wurde rot und legte seine Hand darüber, bis Mrs Rowden-Knowles ihm den Rücken zukehrte, dann drehte er die Seite um und deckte eine frische auf. Sie war begeistert, dass sie ihn in Verlegenheit gebracht hatte, und fing fast wieder an sich zu langweilen, da griff er nach ihrem Notizblock und zeichnete innerhalb von Sekunden ein paar Brüste darauf und ein großes Smiley darunter.

Sie kicherte leise und wollte plötzlich nicht mehr woanders sitzen oder, schlimmer noch, zu Mr Callaghan geschickt werden.

Danach lief alles über kleine gekritzelte Botschaften weiter. Nichts Besonderes, nur eine Unterhaltung, hin- und hergeschoben zwischen zwei Leuten, die dachten, dass sie nichts gemeinsam hätten, bis zu ebenjenem Moment.

In der nächsten gemeinsamen Unterrichtsstunde setzte sie sich freiwillig neben ihn. Zuerst glaubte sie, die anderen würden das in den falschen Hals bekommen, vor allem Cerys, die eine unglaubliche Klappe hatte, aber offenbar hatte die den Eindruck gewonnen, dass Mrs Rowden-Knowles Scarlett für den Rest des Semesters neben Braddock gesetzt hatte, und sie machte sich nicht die Mühe, Cerys aufzuklären. Wahrscheinlich dachte Mark dasselbe, denn in seiner ersten Nachricht rechtfertigte er sich und entschuldigte sich dafür, dass sie neben ihm sitzen müsse. Auch ihm widersprach sie nicht; sie war nicht gewillt zuzugeben, nicht einmal sich selbst gegenüber, dass sie neben ihm sitzen wollte.

Trotz der gekritzelten Nachrichten und dem leisen Gekicher – denn zu ihrem Erstaunen war Mark lustig und klug und überhaupt nicht langweilig – musste sie durch eine Art psychische Osmose ein wenig seiner Intelligenz aufgenommen haben, denn plötzlich schrieb sie gute Noten beim Examen am Jahresende. Das waren tatsächlich ihre besten Ergebnisse. Während der gesamten Schulzeit.

Der letzte Schultag. Kein Unterricht mehr neben Mark Braddock, doch Scarlett verbrachte einige Zeit in der Bibliothek, obwohl alle Prüfungen vorbei waren und niemand mehr lernte, weil sie einmal zur Mittagszeit an der Bibliothek vorbeigelaufen war und Mark dort gesehen hatte. Hier vermutete sie keiner. Mark war überrascht, sie zu sehen, doch als er sich wieder gefangen hatte, setzte er sich neben sie und beschwerte sich mittels gekritzelter Nachrichten, wenn sie anfing ihn zu stören.

Also saß sie einfach neben ihm und beobachtete ihn dabei, wie er Textbücher las, die er eigentlich nicht lesen musste. Sie beobachtete ihn, wie er die Brille auf seiner Nase hochschob, wenn sie herunterrutschte, sah zu, wie er sich mit einer Hand das Haar aus dem Gesicht strich und es sofort wieder herunterfiel, weil es so seidig weich und schwer war. Er schien nicht einmal zu bemerken, dass sie ihn anstarrte, weil er im Gegensatz zu ihr sich ganz in ein Buch vertiefen konnte und nicht bemerkte, was um ihn herum los war.

Doch wenn sie dachte, dass er sie ignorierte, dann irrte sie sich. Am letzten Tag, als die Glocke zum Nachmittagsunterricht läutete – in ihrem Falle Mädchenturnen, in seinem Biologie –, schob er ihr eine Nachricht zu, die er hastig hingekritzelt hatte. Darauf stand: *Wir sehen uns im September.*

Sie redeten immer noch äußerst selten direkt miteinander. Nicht weil sie das nicht hätten tun können – in der Bibliothek sollte eigentlich Ruhe herrschen, doch niemand hielt sich daran. Sie hätten vor oder nach dem Unterricht miteinander reden können, auf dem Schulhof oder sonst wo. Doch die Nachrichten zwischen ihnen hatten schon fast so etwas wie Tradition, und Scarlett wollte nicht diejenige sein, die sie brach.

Ja, hatte sie zurückgeschrieben. Das war das Problem, dachte sie. Er schrieb coole Sachen, während ihre Nachrichten an ihn immer mehr ein kurzes Gekritzel als eine Antwort auf etwas waren; im Gegensatz zu ihren Nachrichten wirkten seine stets intelligent und anspruchsvoll, auch wenn sie sehr direkt waren. Sie bewunderte sein Gehirn, wie es arbeitete, dass er Antworten auf alles hatte, ohne dabei aufdringlich oder laut wie Cerys zu sein.

Wenn die Schule wieder anfängt, muss ich dich was fragen, war seine nächste Nachricht.

Was? schrieb sie zurück, doch da war er schon aufgestanden, hatte sich die Tasche über die Schulter gelegt und war zur Tür geeilt.

Bestürzt rief sie: »Mark!«

Er drehte sich um, wurde rot, schien überrascht. Sie hatte zum ersten Mal das Wort an ihn gerichtet.

»Was willst du mich fragen?«

Doch er lächelte nur und wandte sich ab. Die Sommerferien hatten im August begonnen, sie war mit ihrer Mom, ihrem Dad und ihrer Schwester Juliette nach Griechenland gefahren. Dort hatte sie Nico getroffen, und Mark war vergessen, völlig aus ihren Gedanken verschwunden, als hätte er ihr nie etwas bedeutet, rein gar nichts.

Jetzt, in dem Kleinlaster, musste sie immer und immer wieder an ihn denken. Sie sehnte sich so sehr danach, ihn genau jetzt zu sehen, sie hätte alles, einfach alles für die Möglichkeit gegeben, ihn noch einmal zu fragen, was er wollte. Selbst wenn er sie gefragt hätte, ob sie mit ihm ausgehen wollte, auch diese Frage hätte sie angenommen, ganz egal, was Cerys dazu gesagt hätte oder ihr Vater, der ihr ganz klar gesagt hatte, dass sie noch zu jung sei, um sich mit einem Jungen zu treffen. Mark Braddock wollte sie fragen, ob sie mit ihm gehen wollte. Davon war sie jetzt überzeugt. Doch gleichzeitig wurde ihr klar, dass sie es niemals mit Sicherheit wissen würde. Sie würde ihn nie wiedersehen.

LOU – Donnerstag, 31. Oktober 2013, 14:27

Lou lief um den Sportplatz hinter der Hauptverwaltung und rief DCI Waterhouse an. Das war der einzige Ort, an dem sie ungestört reden konnte. Sie hätte einfach in ihr Büro zurückkehren und die Tür hinter sich schließen können, aber weil sie das so selten tat, wäre das ein sicherer Hinweis für jeden gewesen, dass etwas im Busch war.

Sie fragte sich, warum Buchanan sie hinzugezogen hatte. Ganz unabhängig davon, welchen Aufgabenbereich Lou vorher gehabt hatte, jetzt arbeitete sie für die Major Crime, die »Operation Pentameter« – ein englandweiter Einsatz gegen Menschenhandel und Prostitution – war Sache der Sonderkommission. Sie machten nicht gerne gemeinsame Sache. Der Medienrummel, den Scarletts Auftauchen auslösen könnte, wäre eine plausible Erklärung. Buchanan fehlten nur noch ein paar Jahre bis zum Ruhestand, wenn es also noch ein wenig Ruhm zu ernten gab, wollte er sicher etwas davon abhaben. Die Rangälteren im Polizeidienst würden wie Haie die Ermittlungen umkreisen, jeder würde versuchen, irgendwie in den Job eingebunden zu werden, um etwas Glanz abzubekommen.

Eine steife Brise wehte über den Rasen, es war nicht nur ziemlich kühl, sondern Lou fragte sich auch, ob Waterhouse sie überhaupt würde verstehen können.

Stephen Waterhouse meldete sich in einem Ton, der nahelegte, dass er unglaublich viel zu tun hatte und es besser um was verdammt Wichtiges ginge. »Ja?«

»Hier ist Lou Smith, Major Crime –«

Bevor sie überhaupt Buchanans Namen erwähnen konnte, unterbrach Waterhouse sie. »Oh, richtig, warten Sie einen Augenblick.«

Die nachfolgenden gedämpften Geräusche besagten, dass er sein Handy an die Brust hielt und irgendwem Anweisungen zubellte. Dann ging er wieder dran.

»Wann können Sie kommen?«

Lou spürte, wie sich ihr die Nackenhaare aufstellten, bemühte sich aber um einen gleichmäßigen Tonfall. »Was genau wollen Sie von mir?«

Dem folgte eine Pause, Lou glaubte ein Seufzen am anderen Ende der Leitung zu vernehmen. Vielleicht war es der Wind. »Ich will im Grunde gar nichts. Mr Buchanan hat angedeutet, dass Sie eventuell ein gewisses Sachwissen zum Fall haben könnten, weil Sie vor zehn Jahren mit ihm betraut waren. Ich persönlich weiß zwar nicht, was das bringen soll, aber gut ...«

»Sie ist in der Opferschutzeinrichtung, richtig?«

»Für den Moment, ja.«

»Wenn das so ist, würde ich gerne dabei sein. Sie haben wahrscheinlich einen Opferschutzbeamten für die Familie bereitgestellt. Mary Nott war früher einmal Opferschutzbeamtin, aber sie ist vor drei Jahren in den Ruhestand gegangen –«

»Wir sind eine Sondereinheit; wir haben keine Opferschutzbeamten. Außerdem glaube ich kaum, dass sie einen Anspruch drauf hätte, sie ist keine Verdächtige, niemand ist gestorben oder war in einen Verkehrsunfall verwickelt.«

Lou wurde ärgerlich, als er wieder hörbar das Telefon abdeckte – offensichtlich führte er noch mit jemand anderem ein Gespräch. »Verdammte Scheiße«, sagte sie.

»Was?«

»Nichts. Wann ist die nächste Einsatzbesprechung?«

»Um vier, aber –«

»Wir treffen uns da«, sagte sie.

Dann legte sie auf. So ein Arschloch. Vier Uhr, es war bereits nach halb drei. Sie hatte noch ein wenig Zeit, um sich noch einmal die Fakten des Falls ins Gedächtnis zu rufen – Akten und Notizen waren längst archiviert worden –, dann musste sie auch schon los nach Knapstone. Ein Ort am Meer, zum Teil recht düster, in dessen Zentrum ein hässlicher Betonklotz stand, der als örtliche Polizeistelle diente. Im Keller befand sich das Hauptquartier der Sondereinheit Eden.

Sie ging den Weg zurück, den sie gekommen war, und wählte Jasons Handynummer. Er ging sofort dran. »Sag bloß – du bist heute auch früher fertig?«

Sie lächelte. »Natürlich nicht.«

»Dann platzt unsere Verabredung?«

»Ich habe keine Ahnung, wann ich fertig bin. Es tut mir leid.«

»Du kannst trotzdem vorbeikommen. Egal, wie spät es ist.«

»Danke. Bleib nicht auf.«

Auf dem Rückweg in ihre Abteilung ging sie in der Kantine vorbei, holte sich einen Kaffee und das letzte Baguette – mit Käse, doch wenigstens war kein Thunfisch drauf –, dann dachte sie an die vergangene Nacht und jede Minute, die sie mit Jason Mercer genossen hatte, vor allem die im Bett. Auch wenn sie erschöpft war, ausgelaugt vom Tag, dem Druck und der ständigen Sorge, dass ein Fall schiefgehen oder man sie genau in dem Moment rausrufen könnte, wenn sie sich gerade ein wenig zu entspannen begann, sobald sie mit ihm zusammen war, ging es ihr besser. Nun waren sie seit fast einem Jahr ein Paar. Es war schnell vergangen. Sie sollten etwas unternehmen, feiern oder essen gehen, was die Leute zu einem solchen Anlass halt so taten. Sie hatte lange keine Beziehung gehabt hatte, die bis zu einem Jubiläum gehalten hätte. Sie versuchte zu überlegen, wann die Beziehung begonnen hatte, konnte aber keinen bestimmten Moment festmachen. Jason war letztes Jahr Fallanalytiker bei der *Operation Nettle* gewesen; in dem ganzen Stress dieser aufsehenerregenden Mordermittlung hatte er mit seiner ruhigen Art und zuverlässigen Arbeitsweise dafür gesorgt, dass sie nicht den Verstand verlor – und er hatte geduldig abgewartet, bis ihr klar geworden war, dass ihre Anziehung auf Gegenseitigkeit beruhte. Es hatte keine richtige erste Verabredung gegeben.

Das Problem war, dass es bei einem Job, der einen so unter Druck setzte, schwer war, Zeit für Jason freizuschaufeln. Und wenn nicht die Arbeit dazwischenkam, war es sein Hobby. Er spielte Hockey und trainierte an fast jedem Wochenende oder er sah sich Spiele anderer Vereine an, und war es das nicht, fuhr er raus und besuchte seinen Bruder. Sie mochte es, dass er ihr Freiraum ließ. Aber würde das so weitergehen? Richtig, sie hatte keine Zeit für eine ernsthafte Beziehung, nicht wirklich, das Verhältnis zu ihm war ein sinnvoller Kompromiss. Sie wollte jemanden, der für sie da war, jemanden, der sie zu Hochzeiten und Veranstaltungen begleitete und damit dafür sorgte, dass sie sich ihre Familie vom Leib halten konnte. Immer wenn sie ihre Familie sah oder mit ihr telefonierte, wurde sie gefragt, ob es jemanden gäbe oder sie sich mal darüber Gedanken gemacht hätte, eine Familie zu gründen.

Lou hatte seit ein paar Wochen nicht mehr mit ihrer Familie gesprochen. Es war an der Zeit, sie wieder einmal anzurufen. Später vielleicht. Diesem Gedanken folgte sogleich der nächste: Sie würde nicht anrufen; sie würde irgendeine Ausrede finden. Sie wollte nicht lügen, aber wenn sie zugab, dass sie endlich einen Freund hatte, würden sich alle vor Freude überschlagen. Ihre Mutter würde es jedem erzählen, vom entfernten Verwandten bis zu den Freundinnen am Fraueninstitut oder irgendwelchen Fremden an der Bushaltestelle. Und bei ihrem nächsten Anruf würde sich alles nur um ihn drehen. »Wie geht es Jason? Wann lernen wir ihn kennen?« Es würden ständig Einladungen kommen und unverblümte Andeutungen ihm gegenüber geben, er solle sie überreden, sich festzulegen. Als wäre sie ohne Ring am Finger weniger wert. Ohne Wurzeln, nutzlos, ungebunden. Unstet.

Es war nicht so, dass sie fürchtete, Jason würde diese Rolle nicht annehmen wollen. Genau genommen lief ihre unbeschwerte und unkomplizierte Beziehung so gut, dass sie sich schon ein wenig wunderte, weshalb er ihr noch nicht vorgeschlagen hatte, sie öffentlich zu machen. Doch irgendwie hatte es den Anschein, als überlasse er es ihr, für beide den richtigen Zeitpunkt zu wählen. Und man konnte noch nicht einmal sagen, dass sie irgendwelche Zweifel hegte – er war bei Weitem die beste Beziehung, die sie je gehabt hatte: Er würde sie nicht betrügen, das wusste sie; er würde keine überzogenen Ansprüche an ihre Aufmerksamkeit stellen, wenn sie an einem wichtigen Fall arbeitete.

Er hatte sich nach ihrer Familie erkundigt. Als sie ihnen vor Weihnachten einen Besuch abgestattet hatte, hatte er Witze gemacht und ihr vorgeschlagen mitzufahren, um sie zu überraschen. Ihr Gesichtsausdruck hatte Bände gesprochen. »Hey, das war nur ein Witz«, sagte er hastig. Dann hatte er sich erkundigt, wie es ihrer Familie ging. Und das war's. Sie hatten nicht mehr über den Besuch geredet.

Ihre Cousine Tracy heiratete in ein paar Wochen, sie hatte eine Einladung für »Louisa plus Begleitung« erhalten, sie aber bisher nicht beantwortet und sie in die Lasche ihres Planers gesteckt. Lous Mutter erwähnte es bei jedem Gespräch, normalerweise gleich nach der Frage nach ihrem Freund ... dem nicht vorhandenen Freund.

»Ich habe einen Tag Urlaub beantragt, er wurde mir genehmigt. Aber wenn etwas dazwischenkommt, kann ich nicht kommen, das weißt du ja.«

»Du bist einfach unmöglich. Wenn du schon Urlaub bekommen hast, warum kannst du dann Tracy nicht einfach eine Mail schicken? Und ihr mitteilen, dass du wenigstens versuchst zu kommen?«

»Das werde ich, Mom.«

»Denn auch wenn du niemanden mitbringst, muss sie für den Cateringservice wissen, wie viele Leute kommen ...«

Oh, mein Gott, nicht schon wieder das Catering. Sie war nicht für den ganzen Tag eingeladen, nur für den Abend, also warum war das dann so ein großes Thema? Da ging es doch sicher nur um die genaue Anzahl von Sandwiches und Hähnchenschenkeln. Wenn das so ein großes Problem war, würde sie eben nichts essen. Sie würde mit etwas Bargeld in einer Glückwunschkarte auftauchen, ein wenig tanzen, Braut und Bräutigam Glück für ihr gemeinsames Leben wünschen, sich schnell komplett betrinken und dann mit dem Taxi nach Hause fahren. Es ging darum, sich sehen zu lassen.

Dafür musste sie Jason nicht mitnehmen.

Andererseits wäre es auch nicht schlecht, die ganze Angelegenheit ein für alle Mal zu klären. Das wäre eine Botschaft an die Verwandtschaft, dass sie sich mit einer realen Person traf – und zwar einem Mann, nachdem die Frage nach ihrer sexuellen Orientierung schon einmal öffentlich gestellt worden war (letztes Weihnachten; alle waren betrunken gewesen) und zumindest einmal im Privaten (eine Mail an ihre Schwester Jasmine, die irrtümlicherweise an sie weitergeleitet wurde). Das würde der ganzen Diskussion ein Ende bereiten, man würde sie eine Weile in Ruhe lassen. Sie müssten nur die unvermeidlichen Fragen über sich ergehen lassen, die freundlich begannen – »Wie habt ihr euch kennengelernt? Seit wann seid ihr zusammen? Woher kommen Sie? Oh, ja, wir lieben Kanadier, die sind so höflich!« – und in direkten, aufdringlichen Verhören endeten – »Jason, was macht dein Vater? Lou, dann bist du also die Nächste vor dem Altar? Deine biologische Uhr tickt ja bereits unüberhörbar!«.

Das konnte sie ihm nicht zumuten. Er würde sofort verschwinden.

Polizeibericht
Observierte Person: Carl McVey – Operation Trapez

5x5x5 Protokoll

Datum:	18. März 2013
Beamter:	PC 9921 EVANS
Betrifft:	Carl McVEY, geb. 29.09.1970
Bewertung:	B/2/4

Carl McVEY betreibt zwei Pubs im Zentrum von Briarstone, die *Railway Taverns* in der Queen Street und das *Newark* in der Cavendish Lane. Ihm gehört auch das *Ferryman Pub und Restaurant* in Baysbury. Es besteht der Verdacht, dass diese Geschäfte zur Geldwäsche verschiedener krimineller Unternehmungen dienen.

5x5x5 Protokoll

Datum:	30. Juli 2013
Beamter:	PC 9921 EVANS
Betrifft:	Carl McVEY, geb. 20.09.1970, Lewis McDONNELL, geb. 21.10.1953, Harry McDONNELL, geb. 06.07.1956
Bewertung:	B/2/4

Carl McVEY wurde kürzlich mit den McDONNELL-Brüdern in Verbindung gebracht. Sie wurden am Montag, dem 29. Juli 2013 bei einem gemeinsamen Essen im Ferryman Restaurant in Baysbury gesehen. Ein weiterer Mann saß bei ihnen, der Beschreibung zufolge hatte er dunkles Haar und einen großen Vogel auf den rechten Unterarm tätowiert.
(Recherche hat ergeben, dass es sich womöglich um Gavin PETRIE, geb. 17.03.1975, handelt.)

14:56

Im Büro war es ruhig. Sam Hollands saß an ihrem Schreibtisch, DC Jane Phelps war am Telefon.

»Habe ich irgendwas verpasst?«, fragte Lou Sam.

»Ich gehe gerade die alten Protokolle über McVey durch. Nichts wirklich Besonderes – aber es gibt ein paar Hinweise auf eine Verbindung zu den McDonnells; sie haben im Juli ein gemütliches gemeinsames Essen verbracht. Ich habe Les und Ron zum *Ferryman Pub* geschickt, sie sollen prüfen, ob es dort eine Überwachungskamera gibt. Ich weiß, das ist ziemlich unwahrscheinlich.«

»Einen Versuch ist es wert. Gib mir Bescheid, wenn was dabei rauskommt. Ich muss nach Knapstone.«

»Zu wem?«

»Ich treffe mich mit einem gewissen DCI Stephen Waterhouse.«

Sam hob die Augenbrauen. »Echt? Na, dann viel Glück.«

»Du kennst ihn?«

»Er war eine Zeitlang Jos direkter Vorgesetzter, als sie dorthin versetzt wurde. Er war damals noch DI – es kann nicht lange her sein, dass er befördert wurde.«

Lou zögerte, es beunruhigte sie, einer Spur zu folgen, die Sams Expartner betraf. »Und, wie ist er so?«

»Das kann ich nicht höflich ausdrücken.«

»Oh, mein Gott, so schlimm? Ehrlich – sag es mir. Ich sage es auch nicht weiter.«

»Nur unter uns, er wurde mir als ›arroganter Wichser mit Profilierungsproblemen‹ beschrieben. Nichts für ungut. Jos Worte, nicht meine.«

SCARLETT – Samstag, 23. August 2003, 19:53

Als sie das nächste Mal ihre Augen öffnete, drang weniger helles Licht durch die Fugen des Kleinlasters. Sie hatte wohl eine Zeitlang geschlafen, denn sie war von ihren Fesseln befreit worden, konnte sich bewegen, ihre Arme und Beine ausstrecken und hatte keine unerträglichen Schmerzen mehr in den Armen und Handgelenken. Es war nicht bequem, weit gefehlt, und beim lauten Heulen des Motors hätte sie eigentlich unmöglich schlafen können, und doch war es ihr gelungen.

Irgendwann musste der Wagen gehalten haben und die Tür geöffnet worden sein, denn neben ihr stand eine Flasche Wasser und eine Papiertüte mit einem unangenehm riechenden Stück Pizza, das in der Mitte geknickt war, damit es in die Tüte passte. Unangenehm oder nicht, sie aß die Hälfte davon sofort und kaum eine Stunde später den Rest. Sie trank das Wasser, ohne sich darum zu scheren, ob Drogen darin waren.

Über den Motorlärm hinweg hörte sie Musik, die aus einem Radio in der Fahrerkabine drang. Irgendeine Frau jaulte zu einem Rhythmus ein Lied, keine Musik, wie sie sie kannte. Sie klang schrecklich.

Die Männer unterhielten sich nicht mehr. Sie hatten keinen Gesprächsstoff mehr, jedenfalls für den Moment. Sie versuchte der Musik zu lauschen, dachte, sie könnte vielleicht Nachrichten oder so etwas hören – oder wenigstens ihren Namen. Doch als das Lied zu Ende war, klangen die Worte der Stimme, die das nächste Lied ankündigte, fremd und unverständlich. Trotzdem konnte sie feststellen, dass es keine Nachrichten waren. Der Klang der Stimme war genau wie in jedem anderen kommerziellen Radiosender – unnatürlich fröhlich, auf- und abschwingend, fast hektisch. Für die Nachrichten gäbe es eine andere Stimme, falls es hier überhaupt Nachrichten gab. Wo auch immer sie waren.

Sie musste wieder an Nico denken. Wo war er gerade? Was tat er? Er würde nach ihr suchen, natürlich. Jeder würde nach ihr suchen. Selbst ihr Vater würde nach ihr Ausschau halten. Er würde das Richtige tun und dafür sorgen, dass es auch jeder erfuhr.

Ach, Nico.

Cerys hatte am Ende des Sommersemesters ihre Jungfräulichkeit an Matt Hayward verloren. Scarlett hatte immer geglaubt, dass sie als Erste dran sein würde, doch immer wenn es fast so weit war, wollte sie doch keinen von den Jungs. Wenn sie mit einem alleine war, bekam sie Angst. War sich nicht sicher. Cerys hingegen wollte es so schnell wie möglich hinter sich bringen, aber Scarlett fand, dass ihre Freundin einen Fehler machte. Doch Cerys hatte Kurven und ein fast übertrieben großes Selbstvertrauen, und obwohl Scarlett diejenige war, die die Aufmerksamkeit der Jungs auf sich zog, war es trotzdem Cerys, die es als Erste tat.

Sie hatten unzählige Gespräche darüber geführt. Dass es nicht wirklich geschmerzt hatte. Dass sie beim ersten Mal ein Kondom benutzt hatten, er es aber beim zweiten Mal mittendrin abgenommen hatte, weil es ihm doch nicht gefiel. Dass das aber auch egal gewesen sei, denn er habe sich rechtzeitig aus ihr zurückgezogen.

Und plötzlich war Cerys allwissend geworden. Sie war jetzt diejenige, die sich auskannte, und so verlagerte sich das Gleichgewicht in ihrer Freundschaft, als wäre Cerys die Erwachsene und Scarlett noch das Kind. Wenn sie wüsste ...

Und trotz der vielen Zeit, die sie mit Mark verbrachte, hatte sie nicht wirklich darauf geachtet. Sie hatte nicht auf diese Weise an ihn gedacht, nicht wirklich, nicht bis zum letzten Tag in der Bibliothek, und auch da noch nicht richtig.

Sie hatte keine Lust gehabt, mit in den Urlaub zu fahren. Sie hatte sich davor gefürchtet. Eine ganze Woche mit ihren Eltern und ihrer Schwester verbringen? Das würde sie nicht ertragen. Sie würden sich gegenseitig umbringen. Wer weiß was konnte passieren.

»Ich bleibe hier«, hatte Juliette gesagt, als sie die Ferien buchten.

»Mach dich nicht lächerlich«, hatte ihre Mutter geantwortet. »Wir lassen dich nicht hier.«

»Ich kann mich um die Katze kümmern«, bot sie an. »Und die Nachbarn können nach mir sehen.«

Es war pure Verzweiflung, denn sie hatte eine Katzenallergie und vermied den Kontakt zu ihr, wo es nur ging.

»Sie kann das nicht!«, hatte Scarlett geschrien, denn sie wusste nur zu gut, dass ihre Schwester das Haustier nicht ordentlich versorgt hätte. Außerdem wären sie dann zu dritt im Urlaub gewesen, über so ein schreckliches Schicksal wollte sie nicht einmal nachdenken.

»Beruhige dich, Scarlett. Juliette, du kommst mit, Ende der Diskussion.«

»Ich will nicht mitkommen!«, jammerte Juliette. »Ich habe Angst!«

»Mach nicht so ein Theater. Du solltest dankbar sein!«

»Ich will nicht mit. Ich will nicht mit.«

Scarlett sah, dass Annies Wangen angefangen hatten zu glühen. Sie hatte auch Auseinandersetzungen mit ihrer Mutter gehabt, als sie so alt wie Juliette gewesen war – aber bei ihr war es um Unabhängigkeit und die Tatsache gegangen, dass sie kein Kind mehr war. Sie wollte Juliette sagen, dass sie es mit dem kindischen Getue nicht übertreiben sollte. Es war leichter nachzugeben und ihnen ihren Willen zu lassen. Es ist besser, wenn man im Geheimen groß wird, dachte sie. Es tut nicht so weh, wenn man nicht die ganze Zeit streitet.

Der Kleinlaster hatte offenbar die Hauptstraße verlassen. Die lange, gerade Straße, auf der der Wagen schnell fuhr und der Motor unter ihr dröhnte, war jetzt kurvig, sodass sie von einer zur anderen Seite geschleudert wurde. Sie konnte unmöglich schlafen. Wie viel Zeit war vergangen? Eine Stunde, zwei? Vielleicht sogar mehr. Schließlich kauerte sie sich in eine Ecke und stützte ihre Beine gegen eine Strebe in der Metallwand. Ihr war schlecht vom Fahren, die Pizza und das Wasser wirbelten in ihrem Magen herum. Obwohl sie geschlafen hatte, war sie erschöpft; und doch stieg ihr Adrenalinpegel wieder an.

Seltsam, wie schnell man sich an Angst gewöhnte, dachte sie. Der Wagen war ihre Welt geworden. Eine Nacht und ein Tag und jetzt war es wieder Nacht, in der Zeit hatte sie sich auf diesem verrückten Pfad zwischen Angst und Normalität bewegt.

Doch nun kamen andere Bedenken hinzu. Wenn sie nicht mehr auf der Autobahn waren, auf kleinen Straßen fuhren, war die Reise wohl bald zu Ende. Der Laster würde stehenbleiben und irgendwas würde passieren. Irgendwas käme noch, und damit müsste sie zurechtkommen, egal, was es wäre. Sie würden sie nicht umbringen; wenn sie das vorgehabt hätten, hätten sie es längst getan. Trotzdem verhieß es nichts Gutes, oder? Sie hatten sie doch nicht aus ihrem verpfuschten Familienleben gerissen, um ihr ein besseres Leben zu ermöglichen, nicht wahr?

Egal was kam, es würde schmerzvoll werden. Es fühlte sich an, als sähe man ein Auto auf sich zurasen, von dem man wusste, dass es nicht rechtzeitig würde bremsen können. Oder als ob man im Bett läge und den Geräuschen im Haus lauschte, weil man wusste, dass es besser wäre, wenn man wach bliebe. Nur für alle Fälle ...

Der Wagen hielt an. Scarlett schob sich so weit wie möglich von der Tür weg. Nach ein paar Augenblicken glitt die Seitentür auf. Draußen war es dunkel. Zwei Männer standen da, und zuerst konnte sie nicht sagen, ob es dieselben Männer waren, die sie entführt hatten. Dann erkannte sie den größeren der beiden, der ihr das Wasser gereicht hatte. Der sie auf der Straße angesprochen und dann in den Kleinlaster geschubst hatte.

»Steig aus«, sagte er leise.

Scarlett überlegte, ob es Sinn hätte, um Hilfe zu schreien. »Nein«, sagte sie, noch bevor sie die Entscheidung getroffen hatte, irgendwas zu sagen. Es kam ganz automatisch. »Nein, nein, nein, nein.«

»Steig aus, wir tun dir nichts.«

»Bitte«, sagte sie. »Lasst mich einfach meine Familie anrufen. Lasst mich sie anrufen. Sie werden sich Sorgen machen ...«

Die Männer sahen einander an, dann kletterte der größere von beiden, den sie für den netteren hielt, zu ihr in den Kleinlaster. Er würde versuchen, mit ihr zu reden. Sie freundlich bitten, sie beschwichtigen oder, schlimmstenfalls, sie einfach rauszerren.

Darum war sie nicht darauf vorbereitet, dass er ihr mit der Faust ins Gesicht schlug. Der Schock setzte vor dem Schmerz ein, doch als der kam, kam er schnell und gewaltig. Der Mann packte sie an den Haaren, zog sie hinaus, ihre Füße schabten am Boden des Wagens entlang. Sie blutete aus der Nase, ihr ganzes Gesicht war blutverschmiert. Sie hustete und begann ohne nachzudenken panisch zu schreien.

Sie strampelte, wehrte sich gegen ihn, zerrte und kratzte an seiner Hand, um ihn dazu zu bringen, ihr Haar loszulassen.

Der Mann sagte etwas in seiner Sprache, leise und durch zusammengepresste Zähne, ihre schmerzerfüllte Stimme übertönte es.

Hinter dem Wagen lockerte er den Griff in ihrem Haar, sie glitt zu Boden und rollte sich zu einem Ball zusammen. Der Boden war felsig, unebenes Schiefergestein. Sie schluchzte und hielt sich die Hand vor die Nase. Es fühlte sich an, als wäre ihr Gesicht explodiert. Sie bemerkte, wie er neben sie kroch, die Waffe locker in der Hand hielt und damit beiläufig an ihren Oberschenkel stieß. »Schau.«

Sie warf einen Blick auf ihn, dann schloss sie wieder die Augen. Der Schmerz durchdrang sie wie ein elektrischer Schlag. Er packte sie wieder an den Haaren und hob ihren Kopf.

»Nein, stopp, nicht! Das tut weh! Lass los, lass los!«

Doch sie öffnete die Augen. Und da war die Waffe, er hielt sie mit einer unbeschwerten, selbstbewussten Attitüde, als wäre sie ein Teil von ihm oder als hielte er einen Stift oder ein Handy.

»Siehst du die? Du glaubst, dass du jetzt Schmerzen hast? Wenn du Ärger machst, schieß ich dir in den Fuß. Dann fahre ich nach Rhodos und erschieße den blöden Nico, dann such ich deine kleine Schwester und nehme sie mit, weil sie mir viel mehr Geld bringt als du.«

Es war das erste Mal, dass er Nico erwähnte. Sie schluchzte und nickte irgendwie zustimmend, wischte sich mit den Handrücken über das Gesicht, wobei sie Blut, Schleim und Tränen mit dem Staub vom Boden unter ihr verschmierte.

»Alles klar jetzt?«, sagte er fast freundlich. »Stehst du? Ich helfe dir, hier ...« Er schob eine Hand unter ihre Achsel und zog sie hoch. Als wäre der ganze Spuk vorbei, als hätte jemand anderes ihr die Nase zertrümmert und ihr ganze Haarbüschel ausgerissen.

Sie befanden sich auf einem Weg, der kaum mehr als ein Pfad war, hinter ihnen lag ein Gebäude, das wie ein eingefallener Bauernhof aussah – Betonwände, ein einziges Fenster, helles Licht, wie das einer Sicherheitsleuchte, das durch einen Bewegungsmelder angeht, so eines hatten sie auch zu Hause und vor der Garage. Das hier fiel auf den unebenen Boden, enthüllte einen verrosteten Kleinlaster ohne Räder, einen Hundezwinger.

Irgendwo – wenn auch nicht im Zwinger – bellte ein Hund und hatte nicht mehr aufgehört, seit sie die Türen des Kleinlasters geöffnet hatten. Es klang nach einem großen Hund, das Ro-ro-ro seines Bellens klang rau und tief. Dazu das unaufhörliche Zirpen der Zikaden. Sie dachte an diese Insekten, an die hässlichen Viecher wie jenes, das Nico ihr gezeigt hatte. Sie waren überall, nie sichtbar, aber immer zu hören.

»Wo bin ich?«, fragte sie. »Wo sind wir hier?«

»Komm mit«, sagte der jüngere Mann. Er nahm sie am Ellenbogen – nicht grob, aber das musste er auch gar nicht. Sie hätte nirgendwo hinlaufen können.

»Was habt ihr mit mir vor?«, fragte sie.

Er lachte – ein kurzes, helles Lachen, seltsam mädchenhaft. »Ich habe gar nichts mit dir vor. Morgen lernst du deine neuen Freunde kennen.«

LOU – Donnerstag, 31. Oktober 2013, 15:49

Der Verkehr nach Knapstone war ungewöhnlich dicht. Von hier hatten einst die Fähren zum Kontinent übergesetzt, darum führte direkt von der Autobahn eine zweispurige Straße in den Ort und wieder zurück zu einer Autobahn nach Briarstone. Die Fährgesellschaft hatte vor zehn Jahren den Betrieb eingestellt, genau zu der Zeit, als die hübsche fünfzehnjährige Scarlett Rainsford verschwand, als sie mit ihrer Familie Urlaub auf Rhodos machte.

Ein Lkw blockierte die Fahrbahn, sodass sich der Verkehr bis zur Autobahn zurückgestaut hatte. Jetzt war die Straße offenbar wieder freigegeben worden.

Lou überlegte einen kurzen Augenblick, ob sie das Blaulicht einschalten und über den Seitenstreifen losflitzen sollte, entschied sich dann aber anders. Dass sie etwas zu spät zu einem Meeting käme, war nicht unbedingt ein Notfall, und der Verkehr bewegte sich langsam wieder vorwärts, was bedeutete, dass weiter vorne zumindest eine Fahrbahn wieder freigegeben war.

Scarlett Rainsford.

Sie war immer davon ausgegangen, dass dieser Name eines Tages noch einmal auftauchen würde, doch im Grunde hatte sie keine Sekunde geglaubt, dass das Mädchen noch lebte. Ihnen waren zweifellos Fehler unterlaufen, was für die Einsatzkräfte damals schlimm gewesen war; und das, nachdem bereits die griechische Polizei schon zu Beginn der Ermittlungen so viele Hinweise außer Acht gelassen hatte. Die Polizei aus Eden hatte zu spät übernommen, so etwas war nie gut. Sie hatten innerhalb von achtundvierzig Stunden eine Mannschaft nach Rhodos geschickt, doch zu dem

Zeitpunkt arbeiteten alle schon unter der Prämisse, dass Scarlett ermordet worden war. Das Einsatzkommando erwartete eine Leiche zu finden, denn davon gingen auch die Griechen aus. Als man feststellte, dass es für solch eine Annahme keinerlei Hinweise gab, waren bereits entscheidende Gelegenheiten verpasst.

Zurück in Großbritannien, konnte Lou die sich anbahnende Katastrophe förmlich riechen, obwohl sie gerade erst zur Major Crime gekommen war.

Scarletts Schwester und ihr Vater kehrten eine Woche nach dem eigentlich geplanten Ferienende nach Großbritannien zurück. Ihre Mutter blieb alleine in Griechenland, doch auch sie kam nach zwei weiteren Wochen nach Hause.

Die Familie hatte gerade einmal drei Wochen auf Scarlett gewartet. Das schien nicht sehr lange. Auch sie schien von ihrem Tod überzeugt zu sein. Oder vielleicht wussten sie es sogar, wie Lou damals vermutete.

Nun, darin hatte sie sich offensichtlich getäuscht, dachte Lou und schaltete den Wagen endlich aus dem ersten Gang hoch.

Die Polizeiinspektion in Knapstone hatte einen kleinen Parkplatz, was für die Angestellten schon ein Glück war. Trotzdem gab es keine Parkplätze und manche Wagen parkten bereits in zweiter Reihe. Lou fuhr durch die Schranke wieder hinaus und fluchte. Es war fünf vor vier. Sie hasste es, zu spät zu kommen. Sie fuhr durch die angrenzenden Straßen und suchte nach einer Parklücke, die nicht für Anwohner ausgewiesen war, fand schließlich einen halben Platz und stellte den Wagen mit den Vorderrädern über die doppelte gelbe Linie reichend ab.

Sie trug sich am Eingang ein und wurde die Treppe hinunter zur Sondereinheit begleitet, wo sie klopfen musste, um eingelassen zu werden. Eine junge Frau in Jeans kam an die Tür, und als Lou ihr erklärte, warum sie hier sei, redete sie mit jemandem, der hinter ihr stand.

»Die sind oben im fünften Stock. Unser Meetingraum wird für einen anderen Job benötigt.«

Lou ging zum Aufzug. Sie war schon früher einmal im Konferenzraum im fünften Stock gewesen, denn den nutzte die Major Crime immer, wenn irgendwas in Knapstone los war. Das war gut: vertrautes Terrain.

Aber das Meeting hatte natürlich schon begonnen, also musste sie sich hineinschleichen. Und da nicht sehr viele Leute teilnahmen, drehten sich alle um und sahen sie an, und der dickbäuchige Mann mit lichtem Haar, der gerade am Kopfende des Konferenztisches sprach – der genau genommen aus acht zusammengestellten Laminattischen bestand, um den zusammengewürfelte Stühle standen –, unterbrach seine Rede.

»Und wer sind Sie?«, fragte er.

»DCI Lou Smith«, antwortete sie.

»Setzen Sie sich«, sagte er ohne sich vorzustellen. Das musste er auch nicht. Es konnte sich nur um DCI Stephen Waterhouse handeln, und sie hasste ihn jetzt schon.

Alle Stühle um den Tisch waren besetzt, doch dann rutschten zwei Jungs an der Ecke mit ihren Stühlen zusammen und machten Platz. Sie zog einen harten Plastikstuhl heran, der unter dem Fenster stand, und quetschte sich zwischen sie. Während sie das tat, surrte das Handy in ihrer Tasche. Sie zog es heraus, kontrollierte die Nachricht, falls es dringend wäre – das war es nicht –, und stellte es dann auf lautlos. Waterhouse hatte noch nicht wieder zu sprechen begonnen.

Im Raum war es stickig und Lou spürte die gespannte Atmosphäre. Sie sah sich am Tisch um: sechs Männer, eine Frau – ein alter DC mit kurzen, grau melierten Haaren. Niemand lächelte, und jetzt, da sie alle einen Blick auf sie geworfen hatten, vermieden sie es, ihr in die Augen zu sehen.

»Okay, für die, die es nicht wissen sollten: Das ist DCI Smith, sie gehörte damals zum Ermittlungsteam, als Scarlett Rainsford verschwand – da war sie noch DC. Mr Buchanan wünscht, dass sie hinzugezogen wird.«

Lou versuchte es mit einem Lächeln, doch noch immer blickte

niemand auf. Die von der Sondereinheit waren normalerweise nicht so grimmig. Sie war schon mit ihnen ausgegangen – zugegebenermaßen nicht allzu häufig, aber im Allgemeinen waren sie ein Haufen netter Kerle, die nach dem Motto »arbeite hart und vergnüge dich kräftig« lebten. Wenn jemand der Sondereinheit beitrat, verließ er sie für gewöhnlich auch nicht wieder. Man hielt sie allgemein für einen guten Arbeitsplatz.

»So«, sagte Waterhouse und sah Lou zum ersten Mal direkt an. »Was können Sie uns sagen?«

Das sollte wohl ein Witz sein. Sie hatte sich gerade erst gesetzt, da wollte er, dass sie den Anfang machte, als wäre das eine Art Test? Sie sah ihn an.

»Wie Sie gerade erwähnten, war ich damals DC bei der Major Crime. Ich habe die Familie befragt.«

»Und?«

Lou atmete tief durch. Sie musste sich ganz offensichtlich in die Schusslinie begeben, um in die Clique aufgenommen zu werden. »Es fühlte sich nicht richtig an. Ich weiß, im Rückblick kann man das leicht sagen. Aber die Familie war seltsam – Scarletts Schwester redete kaum und war zu Beginn sehr feindselig; der Vater war höflich und hilfsbereit, soweit es ging. Als die Mutter zurückkehrte, war sie in einem schlechten emotionalen Zustand.«

»Was war mit den Griechen?«

»Die waren ziemlich chaotisch. Anfangs wollten sie unsere Hilfe, kurz darauf nicht mehr. Manche Informationen gaben sie uns, andere wichtige Details ließen sie weg. Sie gingen von Anfang an von einem Mord aus und dachten, man habe die Leiche eben verschwinden lassen. Unsere Ermittler vor Ort hatten zuerst irgendwie den Eindruck, dass sie Beweise für einen Mord hätten, irgendetwas Gerichtsmedizinisches – doch dem war nicht so. Wir haben ein paar Tage nach einer Leiche gesucht, obwohl wir besser die Häfen hätten kontrollieren sollen.«

»Ehrlich gesagt, dachten wir alle, der Vater wäre es gewesen.«

Lou sah sich überrascht um. Die Frau hatte etwas gesagt.

Lou versuchte herauszufinden, wer sie war, kam aber nicht drauf. Das nervte sie – denn eigentlich konnte sie sich Gesichter gut merken.

»Reden Sie weiter«, sagte Waterhouse.

»Er war irgendwie seltsam, oder?«, sagte sie und sah Lou hilfesuchend an.

Lou nickte. Wer zum Teufel war sie? Es fiel ihr nicht ein – zu Beginn der Ermittlungen waren unzählige Leute daran beteiligt, darunter auch Frauen, aber keine passte ins Bild. Sie war schlank und dunkelhaarig mit ein paar grauen Strähnen. Lou warf verstohlen einen Blick auf ihren Ausweis, den sie an einer seltsamen Schnur um den Hals gehängt hatte. Sie musste von einem Verband sein. Vertrat sie jemanden?

»Er war hilfsbereit«, fuhr die Frau fort, »aber nicht wirklich nützlich – außerdem konnte er es kaum erwarten, mit Juliette nach Großbritannien zurückzukehren. Er wollte nicht, dass ›sie den Unterricht verpasste‹. Auf der einen Seite durchkämmte er das Unterholz, organisierte Suchtrupps mit allen Touristen und englischen Aussteigern, die sich dafür interessierten, dann buchte er plötzlich für sich und seine Tochter einen Flug und verschwand. Und noch was zu den gerichtsmedizinischen Untersuchungen, von denen Sie gerade sprachen, Ma'am – es gab Hinweise, dass Blut im Zimmer der Eltern gefunden wurde, nicht in dem der Mädchen – aber da die griechische Polizei den Tatort nicht richtig abgesichert hatte, war er gesäubert worden. Wir haben dann noch ein paar Leute von der Spurensicherung durchgeschickt, aber die fanden nichts.«

Diese Frau war offenbar beim ersten Ermittlungsteam dabei gewesen, das nach Rhodos fuhr, dachte Lou. Sie konnte sich nicht mehr daran erinnern, dass auch eine Frau dabei gewesen war.

»Der Vater wurde also nicht verhaftet?«, schaltete Waterhouse sich wieder ein.

»Nein. Wir hatten nichts gegen ihn in der Hand«, sagte Lou. »Als wir ihn befragten –«

»Wir haben alle die Protokolle gelesen«, unterbrach Waterhouse sie.

Sie sah ihn an. »Ich wollte sagen, dass er in einem Moment freundlich und umgänglich war und im anderen plötzlich aggressiv werden konnte. Manchmal stand er immer wieder auf, fummelte an seiner Brille herum, dann wieder saß er regungslos und ruhig da. Das geht aus den Protokollen nicht hervor.«

Der Mann, der rechts neben ihr saß – jung, blond, zu viel Gel im Haar –, setzte sich gerader hin. Als schien er zu erwarten, dass das Meeting jeden Augenblick in eine körperliche Auseinandersetzung münden könnte und er zur Tür stürzen müsste.

Einen Augenblick starrte Waterhouse sie an. Dann sah er weg, seine Wangen röteten sich, als wäre ihm heiß oder er wäre wutentbrannt. »Sonst noch was?«

Es schmerzte Lou, ihm nicht den Mittelfinger entgegenstrecken zu können, doch wollte sie ihm wenigstens nicht das letzte Wort überlassen. »Ja, eigentlich schon. Wenn ich mich recht entsinne, verschwanden damals eine ganze Reihe junger Frauen von Rhodos und Korfu. Soweit ich weiß, bezog man Scarlett nicht ein, weil gewisse Kriterien nicht auf sie passten. Erstens war sie viel jünger – die anderen waren alle zwischen achtzehn und zwanzig und mit Freunden im Urlaub, nicht mit den Eltern, und sie waren auch unterschiedlicher Nationalität; keines der vermissten Mädchen kam aus England.«

»Wie viele waren es?«

»Fünf, glaube ich«, sagte die andere Frau. »Zwei verschwanden auf Rhodos, drei in Korfu. Die griechische Polizei hat uns nur ungern Einblick gewährt.«

Waterhouse überlegte. Er hat offenbar in der Akte darüber gelesen, dachte Lou, und vermutlich wusste er mehr als alle anderen darüber. Da Lou zur damaligen Zeit noch DC war, hatte sie nur teilweise Einblicke in die Ermittlungen gehabt. Nur die damals Ranghöheren – heute alle im Ruhestand – kannten die Zusammenhänge.

»Na gut, Aufgaben. Caroline, ich möchte, dass Sie die Befragungen leiten. Sie können Terry und Dave haben. Josh, Sie vermitteln zwischen der Abteilung für organisiertes Verbrechen, SOCA oder NCA oder wie zum Teufel die sich heute nennen, und dem Britischen Grenzschutz. Sobald das erledigt ist, müssen wir ein Überwachungsteam für Maitland und eines für Lewis McDonnell beantragen – Andy und Tim, ihr kümmert euch darum, okay?«

Warte mal, dachte Lou bei sich. »Einen Augenblick. Sagten Sie gerade Maitland und McDonnell?«

Waterhouse atmete hörbar durch die Nase aus, legte seine Hand flach auf den grauen Papierstapel auf dem Tisch vor sich. »Ja?«

»Ich nehme an, Sie reden hier von Nigel Maitland. Was hat er damit zu tun?«

Nigel Maitland – Verdächtiger im Mordfall Polly Leuchars, der Fall, der Lou das letzte Jahr auf Schritt und Tritt verfolgt hatte. Sie hatten nie etwas gegen ihn in die Hand bekommen. Sie wusste, dass die Sondereinheit ihn beobachtete, doch obwohl sie versucht hatten, konkrete Beweise oder nützliche Informationen zu erhalten, war die Major Crime in der Sache nie entscheidend vorangekommen.

Alle starrten sie wieder an, so wie am Anfang, als sie hereingekommen war. Waterhouse wollte sich offensichtlich möglichst wenig zu der Sache äußern. Es war Caroline – die Frau mit den grauen Strähnen –, die schließlich etwas sagte. Lou erkannte plötzlich, dass es sich um Caro Sumner handelte. Sie war damals DC bei Scotland Yard und an den Ermittlungen beteiligt gewesen und einmal mit einer Mitteilung vor die Presse getreten, die schreckliche Folgen nach sich gezogen hatte.

»Wir glauben, dass er sie in die Prostitution verkauft hat.«

SCARLETT – Sonntag, 24. August 2003, 06:57

Sie hatte geschlafen. Doch nicht lange, denn als sie die Augen wieder öffnete, fühlte sie sich genauso zerschlagen wie zuvor. Sie hatte geträumt, sie wäre wach, würde rennen und sich wehren. Es waren erschöpfende Träume voller Hoffnung und Hoffnungslosigkeit, ihr Gehirn schien während ihres Schlafes nach einer Lösung zu suchen, die es nicht gab.

In dem Raum, in dem sie gefangen war, gab es nur die schmutzige Matratze, auf der sie lag, und einen Eimer, den sie letzte Nacht benutzt hatte. Sie roch den Urin und ihre eigene Körperausdünstung. Ihre Hände und Fingernägel waren mit eingetrocknetem Blut verkrustet. Sie rieb es sich von den Handflächen und betastete dann vorsichtig ihre Nase, ihre Augen. Der Schmerz breitete sich über ihr Gesicht aus, die Haut an ihrer Nase fühlte sich gespannt und heiß an. Wenn sie schielte, sah sie ihren Nasenrücken, er war dicker als sonst, und selbst im Dämmerlicht schien seine Farbe merkwürdig. Wie nach einer Prellung.

Sie setzte sich auf, lehnte sich mit dem Rücken an die Wand und wartete, bis das pochende, Schwindel erregende Gefühl abbrach. Übelkeit stieg in ihr auf und Spucke lief aus ihrem Mund, sie schluckte sie herunter. Die Zimmertür aus grobem, rissigem Holz war zu, reichte aber nicht ganz bis zum Boden.

Es lohnte sich, nachzusehen. Vorsichtig stand sie auf, hielt den Kopf gesenkt und stützte die Hände auf die Knie. Wieder überkam sie die Übelkeit wellenartig.

Die Tür war verschlossen. Nicht einmal am unteren Teil ließ sie sich in ihrem Rahmen bewegen, wenn sie mit dem Fuß dagegentrat. Der Aufprall erschütterte ihren Kopf, auch wenn sie nur mit wenig Kraft getreten hatte.

»Hey!«, rief sie. »Hey! Lasst mich raus, ihr blöden griechischen Arschlöcher!«

Stille. Waren sie gegangen, hatten sie sie alleine zurückgelassen?

Sie ging zum Fenster. Es war klein, mannshoch und so weit es ging geöffnet. Dahinter befanden sich Eisenstäbe, die verhinderten, dass man es noch weiter öffnete. Sie stellte sich auf die Zehenspitzen und versuchte hinauszusehen, doch außer Buschland konnte sie nichts weiter entdecken – nur unebenen Boden, staubige Bäume und in der Ferne niedrige Hügel. Keine Gebäude, keine Fahrzeuge, keine Menschen. Kein Leben.

Hoffnungslosigkeit schlug wie eine Welle über ihr zusammen, Tränen stiegen ihr in die Augen und rannen ihre Wangen herab. Sie wischte sie mit dem Ärmel weg. Ihr Gesicht schmerzte, ihr Herz tat weh.

»Mom«, schluchzte sie zu ihrer eigenen Überraschung – »Ich will meine Mom ...«

Die Tränen flossen eine Weile, lange genug, dass es Tag werden und die Hitze in den Raum dringen konnte. Dann waren ihre Augen trocken, jetzt brannten sie. Sie saß auf der Matratze und wartete, was als Nächstes passieren würde.

10:20

Der Flecken Sonnenlicht bewegte sich von einer Zimmerecke zum Boden hinunter.

Scarlett hatte zuerst noch geschrien, es dann aber aufgegeben, weil nichts passierte und niemand kam. Die einzige Folge waren elende Kopfschmerzen gewesen. Schließlich legte sie sich auf die Matratze, weil sie sich sonst nirgends hinsetzen konnte.

Der Hund begann wieder zu bellen. Es klang gedämpfter, als befände er sich in einiger Entfernung in einem anderen Haus. Es war wieder das raue Bellen eines großen Hundes. Sie stellte sich den Hund sogar vor. Kräftige Kiefer, die einen menschlichen Schädel zerquetschen konnten.

Dann hörte sie von weiter weg Stimmen, sie schienen sich dem Haus zu nähern. Eine männliche Stimme, dann die Antwort eines anderen Mannes – ein Lachen.

Und die Stimme einer Frau, eines Mädchens. Es war eine schrille Stimme. Sie verstand nicht, was sie sagte, hörte aber den Tonfall – er klang flehend. Angstvoll.

Kurz darauf ging die Tür auf und Scarlett stand auf, weil sie dachte, man würde sie aus dem Zimmer holen. Doch stattdessen wurden zwei weitere Frauen zu ihr in den Raum gestoßen. Der Mann in der Tür war keiner von denen, die sie hergebracht hatten. Die Tür ging zu und die beiden Frauen fingen an, in einer Sprache zu schreien, die sie nicht verstand. Der Mann vor der Tür schrie auch etwas, sein Tonfall brachte sie zum Schweigen, aber vielleicht verstanden sie ihn auch. Sie wichen zurück.

Die Tür ging wieder auf, er warf ein in Plastikfolie verpacktes Bündel herein. Wasserflaschen. Sechs Halbliterflaschen landeten federnd auf dem Boden. Dann ging die Tür wieder zu.

Die beiden Frauen stürzten sich auf die Wasserflaschen und stritten sich darum. Sie rissen das Plastik auf und die Flaschen rollten auf den Boden. Bevor Scarlett sich versehen konnte, griff auch sie nach den Flaschen, bevor alle weg waren oder platzten und ausliefen.

Trotz des Gerangels gelang es jeder, zwei Flaschen zu ergattern. Scarlett zog sich auf ihre Matratze zurück, drückte die Flaschen an ihre Brust und beobachtete die Neuankömmlinge. Sie flüsterten miteinander, es klang verzweifelt. Abgesehen davon, dass sie sich um die Flaschen gestritten hatten, hatten sie ihre Anwesenheit kaum bemerkt, saßen jetzt mit gekreuzten Beinen auf dem Boden, tranken und sahen einander an.

Das dunkelhaarige Mädchen war größer, schlaksiger, ihr Rücken vollzog eine lange Wölbung; knochige, kantige Handgelenke lugten unter ihrem langärmeligen T-Shirt hervor. Das andere Mädchen hatte blondierte Haare mit dunklem Haaransatz, die sie seitlich am Kopf zu einem Knoten hochgesteckt hatte. Lange fettige Stirnfransen fielen ihr in die Augen, die sie entweder absichtlich hatte herauswachsen lassen oder die schon lange keinen Friseur mehr gesehen hatten. Beide Mädchen schauten grimmig drein, eine Dusche hätte ihnen nicht geschadet. Aber vermutlich sah sie genauso aus.

»Ich heiße Scarlett«, sagte sie schließlich. Sie spürte, dass ihr erneut Tränen in die Augen stiegen.

Die Blondine redete weiter, als hätte sie sie nicht gehört. Die Dunkelhaarige wandte Scarlett ihren Kopf zu und starrte sie an.

»Sprecht ihr Englisch?«, wimmerte Scarlett. Ihre Stimme klang schräg, heiser, als wäre sie erkältet.

»Ein wenig«, sagte die Dunkelhaarige. Die Blondine hatte ihr immer noch nicht mehr als einen kurzen Blick zugeworfen. Dann hob sie eine Hand und richtete die Handfläche zu Scarlett. Sie sagte etwas in der fremden Sprache zu ihrer Begleiterin, dessen Bedeutung durch den scharfen Ton in der Stimme klar wurde. Eine Anweisung. *Sprich nicht mit ihr. Vertraue ihr nicht.*

»Wie heißt du?«, fragte Scarlett und unterdrückte ein Schluchzen.

»Yelena.«

Das blonde Mädchen jammerte lauter, versetzte dem anderen Mädchen mit der flachen Hand einen Schlag auf den Kopf. *Du Idiotin.* Yelena antwortete frech, schrie, die beiden stritten sich, bis die Tür aufging und der Mann reinkam, der die beiden hergebracht hatte.

Er schrie sie an, sie schrien zurück. Die Blondine stand auf, trat ihm gegenüber und machte mit dem Kopf eine respektlose Bewegung im Gettostyle. Er beobachtete sie gelassen einen Moment, zog dann eine Waffe aus seinem Gürtel, holte damit aus und schlug sie ihr heftig seitlich an den Schädel, noch bevor irgendwer etwas sagen oder tun konnte.

Sie sackte mit dem Gesicht voran zu Boden. Ihr Kopf verursachte einen lauten Knall, als er auf dem Boden aufschlug. Yelena schrie, der Mann erhob auch gegen sie die Hand. Sie verstummte sofort wieder, schlug ihre Hand auf den Mund und wich mit weit aufgerissenen Augen in eine Ecke des Zimmers zurück.

Er sagte noch etwas. Ganz ruhig. Richtete die Waffe auf Yelena, dann auf Scarlett, dann auf das Mädchen, das regungslos am Boden lag. Seid still, sonst wird es nur schlimmer.

Er ging und schloss die Tür hinter sich. Yelena eilte zu dem Mädchen, das sich immer noch nicht bewegte. Sie hob ihren Kopf, strich ihr das schmutzige Haar aus dem Gesicht. An Yelenas Hand klebte Blut; das Mädchen hatte sich beim Fallen oder durch den Schlag eine Platzwunde zugezogen. Yelena weinte jetzt.

Scarlett fühlte sich seltsam ruhig, ihre Tränen waren versiegt. Sie öffnete die zweite Flasche Wasser, trank ein paar Schlucke und sah zu.

Überall war Blut. Sie dachte, das Mädchen wäre tot.

12:40

Als sich das blonde Mädchen auch weiterhin nicht bewegte, hämmerte Yelena so lange an die Tür, bis der Mann zurückkehrte. Sie sprach ruhig mit ihm, ohne Wut, mit einer verzweifelten, flehenden Traurigkeit in der Stimme, die im Gegensatz zu dem Schreien und Rufen zu ihm durchzudringen schien.

Er sagte etwas zu ihr und sie setzte sich neben Scarlett an das andere Ende der Matratze mit dem Rücken zur Wand.

Dann kam ein zweiter Mann herein, ein Riese mit glatt rasiertem Kopf und einer schwarzen Weste, unter der immense behaarte Schultern hervorschauten. Er sah auf das blonde Mädchen und das Blut herab und sagte etwas zum anderen. Dann hob er das Mädchen hoch, als wäre es federleicht, und warf es sich über die Schulter. Ihr Kopf hing schlaff herab, Blut tröpfelte auf den kahlen Betonboden. Er trug sie hinaus und ließ den kleineren Mann in der Tür zurück, der starrte Yelena und Scarlett an. Die Art und Weise, wie er das tat, verursachte Scarlett ein Unbehagen, und als er sie weiter anstarrte und nicht wegsah, bekam sie Angst. Kurz darauf kehrte der Riese mit einem Eimer Wasser zurück, den er auf das Blut am Boden schüttete, dann gingen beide weg und schlossen hastig die Tür.

»Es tut mir leid«, flüsterte Scarlett, denn sie wusste nicht, was sie sonst sagen sollte.

Ohne sie anzusehen wandte Yelena sich von ihr ab, rollte sich auf der Matratze zusammen und drehte Scarlett den Rücken zu. Die Sohlen ihrer dreckigen Turnschuhe und die helle Haut an ihrem Rücken über den engen, ausgewaschenen Jeans waren offenbar alles, was sie ihr zu zeigen bereit war.

Aus irgendeinem Grund ließ die Tatsache, dass noch jemand anderer im Raum war, in Scarlett die Gedanken an Nico aufkommen.

Der Mann, der ihr die Nase gebrochen hatte, hatte ihr gedroht, dass er Nico etwas antun würde. Er hatte seinen Namen erwähnt. Sie hatte sich vorher keine Gedanken darüber gemacht, doch jetzt wurde ihr klar, dass Nico etwas gewusst haben musste. Er war ein Teil dieser Bande, was auch immer sie war. Sie dachte an die Unterhaltungen, die sie geführt hatten, an die Dinge, die er zu ihr gesagt hatte, und versuchte, sich einen Reim darauf zu machen.

SCARLETT – Montag, 18. August 2003, 15:25

Sie war ihm zum ersten Mal begegnet, als sie mit Juliette unterwegs gewesen war.

Juliette hatte keine Lust gehabt auszugehen. Aber ihrer Mutter ging es nicht gut, sie hatte am ersten Ferientag etwas gegessen, das ihr nicht bekommen war, und sich ein paarmal übergeben. Am späten Nachmittag schlief sie in ihrem Bett, und auch wenn die beiden Schwestern nicht unbedingt gerne Zeit miteinander verbrachten, legten sie noch weniger Wert darauf, Zeit mit ihrem Vater zu verbringen.

»Wir könnten bummeln gehen«, schlug Scarlett hoffnungsvoll vor.

»Wozu?«, antwortete Juliette einsilbig. Sie hatte die Nase natürlich in ein Buch gesteckt. Scarlett konnte nie sagen, ob sie tatsächlich las. Sie blätterte in regelmäßigen Abständen die Seiten um, schien aber nur still vor sich hin zu starren. Als wäre es ein Vorwand.

Juliette wäre lieber in ihrem Zimmer geblieben, hinter den geschlossenen Vorhängen vor der Balkontür. Es war brütend heiß im Zimmer, weil ihr Vater nicht extra für die Klimaanlage in ihrem Zimmer hatte bezahlen wollen, so wie er es für das andere Zimmer getan hatte, das er sich mit ihrer Mutter teilte.

»Ihr könnt euch bei uns aufhalten, wenn euch zu heiß ist«, hatte er bei der Ankunft gesagt, und damit war das Thema erledigt gewesen.

Aber sie konnten natürlich nicht dort sitzen, während sich ihre Mutter übergab und jammerte.

»Ich will einfach irgendwo hingehen«, sagte Scarlett. »Bitte, Jul, lass uns rausgehen. Nur auf einen kleinen Spaziergang.«

»Lass mich in Ruhe.«

Also machte sie sich fertig, zog ein leichtes Tanktop und die kurzen Jeansshorts über ihren Bikini. Vom Schlafsofa sagte Juliette ohne aufzusehen: »Er wird dich nicht alleine rausgehen lassen, das weißt du.«

»Wenn du nichts sagst, erfährt er es nicht.«

»Mach keine Scherze. Er erfährt alles. Außerdem wird er es sehen, wenn du weggehst.«

Der Weg aus der Apartmentanlage führte am Pool vorbei, da lag Clive Rainsford natürlich gerade auf einer Liege auf der anderen Poolseite, so weit wie möglich von seiner Frau und seinen Töchtern entfernt, aber so, dass er sie noch im Auge behalten konnte. Er wusste zu jeder Tageszeit genau, wo sie waren. Er würde keinerlei Ausnahme gestatten.

»Dann komm doch mit. Wenn wir im Ort sind, suchen wir ein Café oder so, dann kannst du dich mit deinem Buch hinsetzen, während ich ein wenig herumlaufe. Das ist doch in Ordnung, es sind viele Leute unterwegs.«

»Sei nicht albern, ich kann doch nicht alleine in einem Café sitzen.«

»Warum denn nicht? Wo ist der Unterschied zwischen hier und da? Du könntest dir ein leckeres kaltes Getränk bestellen. Ich kaufe dir eines.«

Schließlich gab Juliette nach. Sie sprachen mit ihrem Vater am Pool, er gewährte ihnen eineinhalb Stunden, dann mussten sie zurück sein.

Sie hatten sich verschiedene Cafés an der Hauptstraße entlang angesehen, doch keines gefiel Juliette. Sie konnte unglaublich pingelig sein, das war frustrierend – aber so war sie schon immer gewesen. Sie war bestenfalls schrullig und schlimmstenfalls regelrecht nervtötend. Doch es brachte auch nichts, sie zu drängen oder zu triezen. Auch wenn Scarlett erst fünfzehn war, wusste sie, dass sie ihr entgegenkommen musste, wenn sie sie gefügig machen wollte.

Sie liefen eine Seitenstraße entlang, wo sie ein marokkanisches Café entdeckten, mit dunkelroten Gipswänden, verzierten Schischas, niedrigen Glastischen und marokkanischen Gitterfenstern aus dunklem Holz.

Dunkel – das war Juliettes Ding. Und sie würde dort auch echten Pfefferminztee bekommen, den sie liebte.

»Hier drin hast du alles«, sagte Scarlett. »Lies dein Buch, ich bin in einer Stunde wieder da. Ich sehe mir nur ein wenig die Geschäfte an. Soll ich nach was für Mom schauen?«

Doch Juliette hatte sich bereits eingeigelt. Scarlett ging wieder zurück auf die Hauptstraße. Es war spät am Nachmittag, aber die Sonne warf noch immer ihre glühend heißen Strahlen auf den Gehweg, der sie wie ein Backofen reflektierte. Sie schlenderte dahin und durchstöberte die Touristenläden. Die verkauften alle die gleichen Sachen. Olivenölseife. Strandutensilien, Hüte, Sonnenbrillen, Regale voller *Hawaii-Tropic*-Sonnenmilch. Häkeltaschen, Schals, Keramiksachen und Kühlschrankmagnete. Postkarten.

Die Läden führten zu weiteren Cafés und Bars. Sie wäre gerne mal abends hergekommen, aber lieber mit Cerys als mit ihrer Familie. Das wäre lustig gewesen. Wenn sie und Juliette mit Mom und Dad zum Abendessen gingen, kamen sie früh, und wenn sie fertig waren und zurück zu den Apartments schlenderten, erwachten die Bars gerade erst zum Leben. Um diese Tageszeit waren fast alle Lokale leer, nur die mit Internetanschluss und ihren verführerisch im Schatten stehenden Computern wiesen ein wenig Leben auf.

Sie blieb vor dem *Pirate Bay Club* stehen und schaute hinein. Auf einem Tisch standen drei PCs mit Internetanschluss, davor ein Schild mit der Aufschrift ›20 Min. = 3 Euro‹. Sie dachte an Cerys und was sie wohl zu Hause machte.

Sie setzte sich an einen Computer weiter hinten in der Bar und steckte drei Münzen in den Kasten neben dem schmuddeligen

Monitor. Der Bildschirmschoner – ein Cartoonpirat, der am Rand des blauen Bildschirms herumturnte – blieb aktiv. Sie bewegte die Maus, doch ohne Erfolg.

Sie rüttelte an der Metallbox, falls eine Münze stecken geblieben war. Es gab keinen Auswurfknopf.

Sie sah sich um. Hinter der Bar stand niemand. Auf einer niedrigen Mauer, die den Außenbereich von der Straße trennte, saß ein Junge mit kurzen dunklen Haaren in einem hellblauen Poloshirt und dunklen Jeans. Er starrte sie an. Als er sah, dass auch sie ihn anschaute, grinste er.

»Brauchst du was?«, rief er ihr zu. Er sprach natürlich mit Akzent, kam aber von hier, das wusste sie bereits, denn er trug Jeans. Wie konnte man bei dieser Hitze bloß Jeans tragen?

Scarlett nahm an, dass er hier hinter der Bar arbeitete. Er strahlte eine gewisse lockere Beiläufigkeit aus, als gehörte ihm das Lokal.

»Das Ding funktioniert nicht«, rief sie zurück und schlug missbilligend mit der Hand auf die Metallbox.

Er schlenderte mit verschränkten Armen zu ihr rüber. »Das stimmt«, sagte er. »Es funktioniert nicht.«

Er lachte, und dann lachte sie auch.

»Na gut«, sagte sie. »Es sind ja nur drei Euro.«

»Ich werde Vasilis danach fragen.«

Sie hielt inne und wartete, dass er hinter den Tresen ging und Vasilis holte, wer immer das war.

»Er ist nicht da«, sagte er. »Das Lokal ist geschlossen.«

Es sah nicht geschlossen aus. Im Fernseher über der Bar lief eine Sportsendung mit Untertiteln, und aus den Lautsprechern drang griechische Popmusik von einem Radiosender.

»Behältst du das Ganze im Auge?«

Er sah verdutzt aus. »Im ... Auge behalten?« Er legte seine Hand wie die Augenklappe eines Piraten über ein Auge, sie musste erneut lachen. »Ich heiße Nico«, sagte er und streckte ihr seine Hand entgegen.

»Scarlett«, sagte sie und nahm die Hand.

»Ein wunderschöner Name für ein wunderschönes Mädchen«, sagte er. Er drehte ihre Hand und küsste ihren Handrücken. »Willst du was trinken?«

»Oh, klar. Eine Cola.«

Nico ging hinter den Tresen und öffnete einen Kühlschrank mit Glastür, nahm zwei Flaschen Cola heraus und machte sie auf, bevor er damit rüberkam.

»Ich habe kein Geld mehr«, sagte sie.

»Ist okay. Vasilis hat sowieso noch drei Euro von dir.«

Scarlett hatte noch über eine halbe Stunde für eine unbeschwerte Unterhaltung mit Nico, in der sie langsam ihre Cola trank, dann musste sie zurück. Juliette kam klar, solange sie ihren gewohnten Ablauf hatte und wusste, was sie erwartete, doch wenn sich erst einmal Unsicherheit bei ihr einschlich, geriet sie schnell in Panik. Vieles schien dieser Tage Panik bei ihr zu verursachen. Scarlett hatte zu ihr gesagt, dass sie nur eine Stunde wegbliebe, darum hütete sie sich davor, zu spät zu kommen. Und wie erwartet stand Juliette bereits vor dem Café und blickte ängstlich die Straße entlang.

Ohne ein Wort zu sagen gingen sie nebeneinanderher zur Apartmentanlage zurück. Sie mussten wieder an dem *Pirate Bay Club* vorbei, wo Scarlett nach dem dunkelhaarigen Jungen Ausschau hielt, der ihr die Cola spendiert bzw. sie für sie aus dem Kühlschrank geholt hatte, doch er war nicht mehr da.

SCARLETT – Dienstag, 19. August 2003, 15:19

Scarlett konnte an nichts anderes als an Nico denken, und so flehte sie Juliette am nächsten Tag an, sie noch einmal auf einen Spaziergang zu begleiten, unter dem Vorwand, dass sie immer noch kein Geschenk für ihre Mutter hätten, auch wenn die sich inzwischen besser fühlte, aber immer noch blass und übellaunig war.

Es war das richtige Timing. Juliette willigte ein, weil der Vorschlag zur gleichen Tageszeit erfolgte wie gestern. Scarlett nahm sich Zeit und suchte genau aus, was sie anziehen wollte, dann steckte sie sich die Haare zu einem kunstvoll wirren Haarknoten hoch. Es war so heiß, dass Strähnen ihrer frisch gewaschenen und geföhnten Haare am verschwitzten Nacken klebten.

Nico saß nicht an der Stelle, an der er am Vortag gesessen hatte, ein seltsames Gefühl der Panik stieg in Scarlett auf. Sie hatte sich eingeredet, dass er da säße und auf sie wartete, doch als sie ihn nicht sah, wusste sie nicht, was sie tun sollte. Schließlich brachte sie Juliette wieder zu demselben Café und bummelte dann genau wie am Tag zuvor von Geschäft zu Geschäft.

In einem der vielen Touristenläden kaufte sie für fünf Euro eine Flasche Bodylotion aus Olivenöl für ihre Mom. Sie hatte dieselbe Flasche von derselben Marke in einem anderen Geschäft an der Hauptstraße für sieben Euro gesehen. Es lohnte sich herumzulaufen. Man hätte meinen sollen, dass hier feste Preise galten, doch sie unterschieden sich gewaltig, je nachdem wie weit entfernt von der Hauptstraße das Geschäft lag. Die teuersten Läden lagen um den Marktplatz herum; Juweliergeschäfte und Läden, die Seide und Pelzmäntel verkauften. Pelzmäntel! Wozu brauchte man hier

Pelzmäntel? Und doch gab es die überall. Als sie vom Flughafen mit dem Bus zu ihrem Feriendomizil gefahren waren, hatte sie fünf der teuer aussehenden Läden mit Glas- und Marmorfassade gezählt, vor denen die Parkplätze leer waren.

Sie hatte allerdings noch niemanden im Pelzmantel gesehen. Vielleicht war es im Winter kalt hier. Doch das erschien ihr sehr unwahrscheinlich.

Als sie aus dem Geschäft kam, steckte sie die Papiertüte mit der Feuchtigkeitslotion in ihre Leinentasche, die sie über die Schulter trug, dann schob sie ihre übergroße Sonnenbrille auf die Nase herunter. Sie ging zum Hauptplatz und setzte sich auf das Mäuerchen am Brunnen, überschlug träge ihre Beine und wippte damit. Sie lehnte sich zurück, streckte ihr Gesicht Richtung Sonne und schloss die Augen.

»Hey, Scarlett.«

Sie öffnete die Augen und sah über den Platz zu einem Café, da stand Nico. Er schob sich durch die Touristen und kam zu ihr herüber. Er hatte Flyer in der Hand, und sie sah ihm dabei zu, wie er sie lustlos an die Passanten verteilte. Eine Frau in einem goldenen Lurexoberteil über einem ledrigen Dekolleté sah sich den Zettel an und ließ ihn dann achtlos auf den Boden fallen.

Er schlenderte umher und gab Scarlett die Gelegenheit, ihn hinter ihrer großen Sonnenbrille genau zu beobachten. Er war ungefähr siebzehn, vielleicht achtzehn, hatte dunkles, ordentlich geschnittenes Haar – hatte er es sich seit gestern schneiden lassen? – und trug dieselbe Jeans. Dunkle Augenbrauen, saubere Haut, hübsche lange Wimpern, die ihn irgendwie empfindsam aussehen ließen. Und ein breites Lächeln, bei dem er alle Zähne zeigte.

Er setzte sich neben sie und reichte ihr einen Flyer. Sie nahm ihn andächtig entgegen und las ihn aufmerksam, als handelte es sich um ein lebenswichtiges Dokument. Es war die Speisekarte einer Pizzeria gegenüber.

»Bist du ein Promoter oder wie man das nennt?«

»Dafür gibt es andere Bezeichnungen. Sie klingen nicht immer nett.«

»Ich dachte, du arbeitest im *Pirate Bay Club.*«

Er lachte. »Manchmal arbeite ich dort, manchmal woanders.«

Dann streckte er seine Hand aus und strich ihr eine Haarsträhne aus dem Gesicht. Als sich seine Hand näherte, wich sie unwillkürlich zurück, entspannte sich dann aber wieder und ließ ihn gewähren.

»Willst du heute Abend zu einer Party kommen?«

»Das geht nicht«, sagte sie schnell und wollte fortfahren, dass ihr Dad es ihr nicht erlauben würde, doch dann redete sie nicht weiter, denn es hätte kindisch geklungen.

»Hast du einen Freund?«, fragte er und schmollte übertrieben.

Sie spürte, wie sie rot wurde. Er dachte bestimmt, was für ein Kind sie wäre, wollte ihn anlügen und Ja sagen.

»Freundin?«, fragte er und grinste noch frecher.

»Nein.« Sie errötete nur noch mehr.

»Warum kommst du dann nicht mit mir auf die Party?«

»Ich muss bei meiner Familie bleiben«, sagte sie schließlich. »Bei meiner kleinen Schwester – ich muss auf sie aufpassen.«

»Deine Schwester, wie heißt sie?«

»Juliette.«

»Du liebst sie sehr, was? Ich habe auch eine kleine Schwester. Sie ist total süß, aber sie ist eine – wie sagt ihr dazu – Nervensäge.«

Scarlett dachte an Juliette und überlegte, ob sie sie süß fand. Nein, definitiv nervig.

Nico unternahm einen neuen Anlauf. »Ich arbeite heute Abend bis spät. Vielleicht können wir uns danach treffen?«

»Wo arbeitest du?«, fragte sie und sah auf den Flyer herab, den er ihr gegeben hatte. »Hier?«

»Ja, ich bin dort. Kommst du?«

Am Ende gab sie ihm ihre Handynummer, obwohl es meistens ausgeschaltet war. Sie hatte panische Angst davor, eine Schulfreundin aus England könnte sie anrufen oder ihre eine Nachricht schreiben und ihr gesamtes Guthaben aufbrauchen, für das sie so hart kämpfen musste, damit sie es überhaupt bekam. Zu Hause übernahm sie ständig Hausarbeiten, mit denen sie ihr mageres Taschengeld aufbesserte, und das meiste ging für Extragebühren drauf.

Als sie wieder zurück waren, putzte Scarlett sich heraus. Sie zog ein kurzes Baumwollkleid und Schuhe mit Keilabsätzen an und versuchte ihren Vater dazu zu überreden, mit ihnen am Marktplatz eine Pizza zu essen. Ihre Mom sah noch immer recht blass aus, erst wollte sie mitkommen, dann aber doch nicht und meinte, sie sollten alle zu Hause bleiben. Schließlich beschloss ihr Vater, sie solle sich im Apartment ausruhen, während sie alleine ausgingen. Nach zwei Tagen mit kleinen Snacks an der Poolbar war ihm jetzt nach einem herzhaftem Mahl. Scarlett wollte etwas sagen, doch als sie den Gesichtsausdruck ihrer Mutter sah, hielt sie den Mund. Und dann musste ihr Vater es natürlich nur noch schlimmer machen. »Was gibt es Schöneres für einen Mann als mit seinen Lieblingsmädchen abendessen zu gehen?«, sagte er mit gekünsteltem Enthusiasmus.

Gegen Abend schien sich ein Streit anzubahnen. Ihre Mutter sagte etwas von Kopfschmerzen und zog sich in ihr Schlafzimmer zurück, wahrscheinlich war sie dehydriert, was nach dem heftigen Durchfall und Erbrechen auch kein Wunder war. Ihr Vater folgte ihr nach einer Weile ins Zimmer, während Scarlett und Juliette auf der Terrasse blieben und versuchten, das laute Geschrei nicht zu beachten. Juliette nahm ihr Buch, ging in das Zimmer der Mädchen und schob fest die Glastür hinter sich zu. Scarlett hingegen flüchtete sich in eine Traumwelt, in der sie in Griechenland lebte, ihre Tage mit dem Verkauf von Bikinis und Sonnenbrillen an Touristen am Strand hinbrachte oder auf dem Platz Flyer verteilte. Wie alt musste man für so eine Arbeit sein? Nico sah nicht gerade alt aus, andrerseits stammte er von hier. Vermutlich durften Ortsansässige tun, was sie wollten. Außerdem sprach sie nur ein wenig Französisch und ganz wenig Spanisch, und das war es auch schon. Wer Promoter sein wollte, musste viele Sprachen sprechen, oder?

Um sechs Uhr marschierten die drei den Hügel hinunter in den Ort. Ihr Vater wollte gleich in das erste Lokal gehen, an dem sie vorbeikamen. Es war eine einfache Taverne mit unbequemen Holzstühlen, die um Tische mit rot karierten Plastiktischdecken platziert waren, auf denen nicht angezündete Teelichter in Marmeladengläsern standen. Er blieb draußen stehen und studierte ein paar Minuten lang das Menü.

»Ich würde wirklich gerne eine Pizza essen«, wagte Scarlett.

»Hier gibt es Pizza.«

»Ich meine richtige Pizza. Keine griechische Pizza.«

»Was zum Teufel ist denn eine richtige Pizza?«, fragte er, lief aber weiter, und Scarlett seufzte erleichtert. Juliette war egal, wo sie aßen. Wahrscheinlich würde sie sowieso kaum was essen.

Während sie dahinschlenderten, legte ihr Vater seinen Arm um Scarletts Schultern. Sie war jetzt größer, fast so groß wie ihre Mutter. Früher hatte er sie immer bei der Hand genommen.

»Am Marktplatz gibt es ein paar hübsche Lokale«, sagte Scarlett beiläufig und versuchte ihn wegzuschieben, weil er ihr Dad war und es ihr viel zu heiß wurde, so zu laufen.

»Du meinst wohl teuer.«

Sie liefen weiter. Schlenderten dahin. Clive sah sich um, blickte zu den Restaurants und Cafés, die die Straße säumten, doch keines schien ihm zu gefallen.

»Nun«, Scarlett riskierte einen Vorstoß und hoffte, dass sie sich noch nicht jenem gefährlichen Punkt näherte, an dem ihrem Vater der Geduldsfaden riss. »Wir sind heute nur zu dritt. Wenn du gut essen willst, ist das eine gute Gelegenheit ...«

Und so landeten sie schließlich in Nicos Pizzeria. Er verteilte noch immer Flyer, als sie sich näherten. Er lächelte Scarlett zu, während sie den Weg auf die Terrasse wies.

Die Pizza war gut, das Essen war gut und glücklicherweise hatte ihr Vater die Preise auf der Speisekarte gesehen und sie nicht bemängelt. Er hatte sich zur Abwechslung mal über nichts großartig beschwert, hatte bis auf den letzten Krümel alles, sogar die Pizzakruste, verschlungen, dann aber doch noch über die salzige italienische Wurst gemeckert. Er konnte einfach kein Essen verzehren, ohne einen abfälligen Kommentar dazu abzugeben.

Doch es machte Scarlett ausnahmsweise nichts aus. Der Abend hatte wunderbar begonnen und war voller Verheißungen. Sie hatte sich einen Platz mit Blick auf den Marktplatz ausgesucht, sodass Juliette ihr gegenübersaß und in das Innere des Restaurants schaute, so fühlte sie sich sicher und beschützt. Scarlett konnte von hier aus Nico bei der Arbeit beobachten, auf seinen Hintern und seine Oberschenkel starren und zusehen, wie sich der Jeansstoff bei jeder Bewegung spannte.

Er war nicht besonders gut im Flyerverteilen. Er suchte sich die falschen Touristen aus, das konnte selbst Scarlett erkennen, und gab sie Leuten, die sich ganz offensichtlich nicht für Pizza interessierten. Er tat ihr leid, was war das bloß für ein Job! Er musste zu den ganzen Idioten nett sein, die ihn absichtlich ignorierten, achtlos an ihm vorbeigingen oder seine Anwesenheit nicht einmal bemerkten. Sie beschloss, ihm das später zu sagen und dafür zu sorgen, dass er sich besser fühlte, denn wenn er das Abend für Abend tun musste, nagte das bestimmt an seinem Selbstwertgefühl.

Später. Sie hatte also den Entschluss gefasst. Sie musste sich noch überlegen, wie sie es anstellen und aus dem Apartment kommen sollte, um sich mit ihm zu treffen, ohne dass Juliette etwas bemerkte. Sie riskierte dabei ihr Leben, denn ihr Vater würde sie dafür umbringen, allein schon für den Plan würde er sie umbringen. Doch der Entschluss war gefasst.

Als sie fertig gegessen hatten und aufstanden, versuchte sie Nicos Aufmerksamkeit zu erregen, doch der war rüber zum Brunnen gegangen, wo er versuchte, eine Familie in das Restaurant zu locken. Er hatte sie sogar schon so weit gekriegt, dass sie stehenblieben und ihm zuhörten. Sie sah immer wieder zu ihm hin und blieb sogar ein wenig hinter den anderen zurück, doch er wandte ihr weiterhin den Rücken zu.

»Komm, Scarlett. Was machst du da?«, sagte ihr Vater, und sein Ton veranlasste sie, sich ihm sofort anzuschließen.

Lautlos formte sie mit den Lippen die Worte »Später, wir treffen uns später«, dann folgte sie ihrem Vater zurück zum Apartment und zu ihrer Mutter.

LOU – Donnerstag, 31. Oktober 2013, 17:06

Als das Meeting zu Ende war, ging Lou in den Flur hinaus und rief Jason an.

»Hey«, sagte er, als er abnahm. »Zwei Anrufe an einem Tag, du kannst mir nicht erzählen, dass du zu viel zu tun hast.«

»Es geht diesmal um die Arbeit, also zählt es nicht.« Sie redete leise, auch wenn die Leute, die aus dem Besprechungszimmer kamen, miteinander sprachen und sie gar nicht beachteten.

»Echt? Schade. Was kann ich für dich tun?«

»Als wir bei der Operation Nettle zusammengearbeitet haben, wolltest du über die McDonnells ein Profil erstellen, weißt du noch? Hast du das irgendwann mal gemacht?«

Er überlegte kurz, bevor er antwortete. »Ich hatte es auf der Liste, habe es aber nie gemacht. Andere Sachen hatten Vorrang.«

»Das dachte ich mir. Na gut.«

Sie kannte ihn gut genug, um zu wissen, dass er es nicht dabei belassen würde. Sie zögerte und wartete, dass er darauf zurückkam. Sie hörte ihn förmlich lächeln. Schließlich sagte er: »Soll ich ein Profil erstellen?«

Er saß im Büro, in dem andere natürlich mithörten. Sonst wäre seine Antwort deutlich frecher ausgefallen.

»Kannst du das vertraulich behandeln?«

»Dringend?«

»Muss nicht umfangreich sein. Nur die neuesten Informationen, Risiken, Warnungen. Alles, was interessant scheint. Frag vorher bei Sam nach, vielleicht hat sie noch etwas Neues.«

»Klar«, sagte er. »Ich kümmere mich drum.«

Waterhouse war ein Arschloch. Er wandte ihr den Rücken zu und ging einfach los, ohne sich zu verabschieden. Lou kannte Polizeibeamte wie ihn, aber zum Glück nicht sehr viele.

»Stephen, warten Sie, ich möchte kurz mit Ihnen reden.«

Sie holte ihn ein und stellte sich vor ihn, sodass er sie nicht mehr ignorieren oder an ihr vorbeigehen konnte, und achtete darauf, dass niemand mehr in Hörweite war. Die anderen Besprechungsteilnehmer waren schon weiter den Flur entlanggegangen.

»Sie hatten bestimmt einen furchtbaren Tag, ich hoffe, wir können noch einmal von vorne beginnen. Ich bin hier, um zu helfen, falls es also irgendwas gibt, das ich und mein Team tun können, dann lassen Sie es mich wissen. In der Zwischenzeit würde ich gerne mit Scarlett sprechen und dann auch mit ihrer Familie.«

Ihre Stimme klang entschlossen, aber ruhig, jeder andere hätte bereits aufgegeben und in alles eingewilligt, was sie sagte. Doch genau wie sie gedacht hatte, hatten die Jahre im Job Waterhouse ziemlich ausgebrannt, ein Entgegenkommen war von ihm nicht leicht zu bekommen. Genauso wenig wie eine Entschuldigung. Trotzdem erreichte sie mehr, als sie erwartet hatte.

»Sie haben recht, die Woche war beschissen, vom heutigen Tag mal ganz abgesehen. Sie können sich Caroline anschließen, wenn es Ihnen weiterhilft. Und natürlich auch, wenn Sie die Familie treffen wollen. Sie hat uns sicher nichts Neues zur Operation Pentameter zu sagen, davon bin ich überzeugt, aber versuchen Sie Ihr Glück.«

»Danke«, sagte Lou. Sie hätte ihn beinahe gefragt, was aus seiner Sicht eine beschissene Woche war, denn seit sie das erwähnt hatte, nahm sie ein Flackern in seinen Augen wahr. Sie schien ihn an etwas erinnert zu haben, das er zu vergessen versuchte. Doch er wandte sich schnell ab und eilte zu Fuß die Treppe zum Erdgeschoss hinunter, statt den Lift zu nehmen. Lou fragte sich, ob er ein Problem mit Aufzügen hatte oder einfach nur vermeiden wollte, auch nur eine Sekunde länger mit ihr auf engem Raum eingepfercht zu sein.

Caro Sumner wartete im Empfangsbereich auf sie. Diesmal stellten sie Augenkontakt her, lächelten freundlich.

»Sie erinnern sich nicht an mich«, sagte sie, »das überrascht mich nicht. Wir sind uns nur einmal begegnet, vor fünf Jahren, bei der Überprüfung eines ungeklärten Falles. Sie standen mitten im Auswahlverfahren für Ihre Beförderung.«

»Tut mir leid«, sagte Lou. »Sie waren bei Scotland Yard, nicht wahr?«

»Das stimmt. Am Ende habe ich mich versetzen lassen. Haben Sie Zeit für einen Kaffee?«

Lou sah auf die Uhr. Kurz nach fünf, es hatte sowieso keinen Sinn, jetzt aufzubrechen. Sie würde nur wieder auf der zweispurigen Straße feststecken, wie alle anderen auch.

»Danke, sehr gerne. Was ist mit ihr passiert?«

Sie wollte den Namen nicht erwähnen, nicht hier im Empfang, wo viele Leute sie hören konnten.

»Keine Sorge«, sagte Caro. »Wir haben ihr heute Nacht ein Zimmer im *Travel Inn* gebucht. Ich wollte sie später hinbringen. Wenn Sie möchten, können Sie mitkommen.«

»Danke. Das wäre großartig. Ich muss aber zuerst noch in der Zentrale vorbeischauen, wenn das für Sie in Ordnung ist?«

»Klar. Ich muss sowieso vorher nach Hause. Wir können uns da treffen.«

Sie gingen zusammen in die Kantine. Die Küche hatte schon lange geschlossen, dafür standen ihnen unzählige Automaten zur Verfügung. Caro ging zum Kaffeeautomaten und kam mit etwas zurück, das wie Schmutzwasser aussah. Lou holte sich eine Dose Cola und eine Tüte Kartoffelchips und fragte sich, ob das wohl ihr ganzes Abendessen sein würde. Zum Glück war die Kantine leer.

»Tut mir leid wegen dem Chef«, sagte Caro, als Lou sich zu ihr an den Tisch vor dem Fenster setzte. Draußen war es dunkel, es fühlte sich bereits wie Mitternacht an.

Lou lächelte. »Ich habe schon unangenehmere Leute getroffen, glauben Sie mir.«

»Wenn man ihn erst einmal kennt, ist er gar nicht so schlimm. Leider macht Scarlett nur einen kleinen Teil der Ermittlungen hier aus, ihr Auftauchen hat nur alles durcheinandergebracht. Er will unbedingt jemanden festnehmen und dachte, Scarlett würde ihm den Fall sauber aufschlüsseln. Das Problem ist nur, sie redet nicht.«

»Sie hat sicher viel durchgemacht. Unvorstellbare Dinge.«

»Das begreift er offenbar nicht. Wie dem auch sei, zum Glück hat er ja noch uns, oder?«

»Sind Sie schon lange hier?«

»Sechs Monate«, sagte Caro.

»Gefällt es Ihnen?«

»Überwiegend. Jedenfalls ist es besser als da, wo ich vorher war.«

Lou fragte nicht nach. »Welche Pläne gibt es für Scarlett?«

Caro nippte an ihrem Kaffee. »Man hat fünfundvierzig Tage Schutz und Unterstützung für sie beantragt. Immerhin heißt das, dass wir ihr fürs Erste helfen können. Sie muss allerdings mitarbeiten, außerdem herrscht noch eine Diskussion darüber, ob es überhaupt möglich ist, ins eigene Land zurückverschleppt zu werden.«

»Was ist mit der Familie?«

»Die befindet sich offenbar auf der Rückreise von Spanien.«

»Offenbar?«

»Ganz sicher weiß ich es nicht. Das Letzte, was wir heute Morgen gehört haben, ist, dass sie den Reiseveranstalter davon überzeugen konnten, ihnen morgen einen Charterflug zurück zu buchen. Ich glaube, sie wären in Spanien geblieben, wenn sie für eine frühere Rückreise und neue Tickets hätten zahlen müssen.«

Lou dachte über diese Aussage nach. Ihre Tochter wurde vermisst, jeder war davon ausgegangen, dass sie ermordet und entsorgt worden war. Zehn Jahre lang hatte es keinerlei Spur gegeben. Jetzt hatte man sie gefunden, und es war ihnen nicht wichtig genug, um umgehend aus dem Urlaub nach Hause zurückzukehren?

»Dann müssen sie in Verbindung gewesen sein«, sagte sie.

»Das dachten wir auch, aber Clive hat das am Telefon verneint.« Keine Dienststelle hatte die Kosten für einen Flug eines Beamten nach Spanien übernehmen wollen, darum hatten alle Gespräche mit der Familie per Telefon stattgefunden.

»Das ist doch absurd. Was dachten sie denn, wo sie gewesen ist? Man würde doch davon ausgehen, dass sie so schnell wie möglich zurückkommen würden.«

»Ich denke, das hat alles mit der anderen Tochter, Juliette, zu tun. Sie hat offensichtlich psychische Probleme, sie fahren jedes Jahr mit ihr in Urlaub, und offenbar verstört es sie, wenn der gewohnte Ablauf durcheinanderkommt.«

Lou schlürfte ihre Dosencola. Sie war eiskalt, es fröstelte sie, doch der Zucker verlieh ihr Energie. Gedanken und Fragen stürmten aus allen Richtungen auf sie ein. Erinnerungen an Juliette stiegen in ihr auf, die dreizehn Jahre alt gewesen war, als Scarlett verschwand. Lou war ihr begegnet und hatte sie schon damals für seltsam gehalten, es aber auf ihr Teenageralter und die traumatische Erfahrung des Verschwindens ihrer Schwester zurückgeführt. »Sie hat ein paar Monate nach ihrer Rückkehr aus Griechenland einen Selbstmordversuch unternommen«, fiel ihr wieder ein. »Paracetamol, glaube ich. Danach haben die Eltern versucht, sie von aller Aufregung fernzuhalten.«

»Der Chef ist total auf Mädchenhandel fixiert, wissen Sie. Über die Familie macht er sich keinerlei Gedanken, da sie nicht für ihr Verschwinden oder die Prostitution verantwortlich gemacht werden können. Einerseits will er Scarlett loswerden, bevor die Presse von der Sache Wind bekommt, andrerseits scheint er darauf warten zu wollen, was sie zu sagen hat.«

Na klar, Nigel Maitlands Name war gefallen. Nach außen hin ein respektabler Farmbesitzer, hatte er offensichtlich Beziehungen zum organisierten Verbrechen. Man hatte nie genügend Beweise gegen ihn in der Hand, trotzdem tauchte er immer wieder in den Polizeiberichten auf. Und seit eine junge Frau namens Polly

Leuchars letztes Jahr auf seinem Anwesen ermordet aufgefunden worden war, behielt man seine Geschäfte und die seiner Tochter Flora genauer im Auge. Lou wusste genauso gut wie ihre Kollegen, dass Nigel Maitland etwas im Schilde führte. Das Problem war, es ihm nachweisen zu können.

»Was ist die Verbindung zu Maitland und den McDonnells?«

»Alten Polizeiberichten zufolge kümmert sich Maitland um den Transport bei McDonnells Menschenhandel-Aktionen.«

»Oh«, sagte Lou enttäuscht. Diese Berichte hatte sie auch gelesen. Im vergangenen Jahr hatte man in Flora Maitlands Auto einige Schachteln mit gestohlenen Pässen gefunden. Doch die Spurensicherung fand keine Beweise und Flora blieb bei der Behauptung, sie habe die Schachteln am Straßenrand gefunden und geplant, sie zur nächsten Polizeidienststelle zu bringen. Es gab nichts, wodurch man sie mit ihrem Vater in Verbindung bringen konnte. Und für eine strafrechtliche Verfolgung gab es nicht genügend Beweise. Noch nicht.

»Ist das alles?«, fragte Lou.

»Es gab Hinweise, dass ein paar Prostituierte zur Arbeit in Lewis McDonnells Bordell in Carisbrooke Court geschickt wurden.«

»Hat auch Scarlett dort als Prostituierte gearbeitet?«

Caro zuckte die Achseln. »Schwer zu sagen. Sie war auf dem Gelände, aber so wie sie gekleidet war, in Jeans und T-Shirt, sah sie eher aus, als würde sie sich um den Empfang oder die Organisation kümmern. Aber vielleicht war es auch ihr freier Abend. Auf diese Frage hat sie bisher nicht geantwortet. Es hat außerdem einen Anruf von einer Nummer gegeben, die wir Maitland zuordnen, auf das Telefon, das am Morgen der Verhaftung bei Scarlett beschlagnahmt wurde.«

»Das ist interessant – sie kennt ihn also offensichtlich?«

»Wir haben sie danach befragt, aber sie hat nur ausweichend geantwortet. Zuerst sagte sie, jemand habe sich verwählt. Sie hat sich auf nichts festgelegt.«

»Glauben Sie wirklich, sie wurde vom Netzwerk Maitland/McDonnell verschleppt? Ich meine, wir haben doch damals gemutmaßt, dass sie weggelaufen war, oder? Warum hätte man sie in Griechenland entführen sollen, um sie dann wieder nach Hause zu verschleppen? Und hatten diese Leute vor zehn Jahren überhaupt schon mit Prostitution zu tun? Vielleicht hat sie sich einfach zurück nach Briarstone durchgeschlagen und arbeitet für sie ...«

»Oh, das haben wir auch in Erwägung gezogen. Aber sie hat kein Wort über sie verloren. Sie scheint furchtbare Angst zu haben.«

Lou schüttelte den Kopf. Arme Scarlett. Alle waren so erpicht darauf herauszufinden, wo sie die letzten zehn Jahre gewesen war, doch bei ihr musste man es langsam angehen.

»Aber sie fürchtet sich auch davor, ihre Familie wiederzusehen.«

Polizeibericht
Observierte Person: Carl McVey – Operation Trapez

5x5x5 Protokoll

Datum:	01. Oktober 2013
Beamter:	PC 9921 EVANS
Betrifft:	Operation Trapez – Mord an Carl McVEY, geb. 29.09.1970
Bewertung:	B/2/4

Es wird angenommen, dass Carl McVey in Geldwäsche-Aktivitäten für das organisierte Verbrechen verwickelt war (Bez. OV 041). Dazu dienten ihm sein Geschäft im Stadtzentrum von Briarstone sowie die *Railway Tavern* in der Queen Street und das *Newark* in der Cavendish Lane. Er war zudem Besitzer des *Ferryman Pub und Restaurant* in Baysbury.

5x5x5 Protokoll

Datum:	01. Oktober 2013
Beamter:	PC 9921 EVANS
Betrifft:	Operation Trapez – Mord an Carl McVEY, geb. 29.09.1970
Bewertung:	B/2/4

Nach dem Tod von Carl McVEY (Operation Trapez) scheinen die McDONNELL-Brüder unzufrieden. Sie glauben, der Mord sei erfolgt, weil McVEY sich mit einem Mitglied wegen Drogenschulden verkracht habe, und sie suchen einen Schuldigen.

Nachforschungen ergaben:
Lewis McDONNELL, geb. 21.10.1953
Harry McDONNELL, geb. 06.07.1956

5x5x5 Protokoll

Datum:	01. Oktober 2013
Beamter:	PC 9921 EVANS
Betrifft:	Operation Trapez – Mord an Carl McVEY, geb. 29.09.1970
Einschätzung:	B/2/4

Carl McVEY war selbst kein Drogenkonsument. Er achtete penibel darauf, Dealer von seinen Schanklokalen fernzuhalten, er wollte »seine Weste sauber halten«.

SCARLETT – Dienstag, 19. August 2003, 23:35

Juliette schlief meist sehr spät ein. Scarlett wusste, dass dies das größte Problem sein würde, denn ihre kleine Schwester las noch ewig, bevor sie das Licht ausmachte. Oft geschah das sogar erst, wenn Scarlett bereits eingenickt war. Sie hatte also keine Ahnung, wie lange sie würde warten müssen. Sie hatte sich vorsorglich schon ihr Nachthemd angezogen, um anzudeuten, dass sie bald schlafen gehen wollte, dann hatte sie sich auf ihr Bett gelegt, gegähnt und immer wieder betont, wie müde sie sei. Dabei hoffte sie insgeheim, dass sich das auf ihre Schwester übertrug, und wartete ab.

Juliette las.

Scarlett lag im Halbdunkel und fürchtete, dass sie am Ende einnicken und bei hellem Tageslicht und stickiger Hitze im nicht klimatisierten Zimmer wieder aufwachen würde, wie an jedem anderen Morgen auch. Doch ihr Plan ließ sie innerlich nicht zur Ruhe kommen. Still lag sie da, schloss die Augen und dachte an Nico, wie sie ihn küssen, wie er sich anfühlen würde. Sie entwarf eine fantasievolle Geschichte um ihn herum, er würde sie bitten, ihn zu heiraten, sie würde es ihrem Vater natürlich nicht erzählen können, sondern einfach durchbrennen und behaupten, sie wäre sechzehn oder achtzehn oder wie alt man vor dem Gesetz in Griechenland sein musste, um zu heiraten ... und mit Nico in seine Wohnung ziehen. Sie würden viele Stunden miteinander im Bett verbringen.

Mit ihm würde sie ihr erstes Mal erleben. Sie hatte die Entscheidung getroffen, genauso wie sie beschlossen hatte, sich rauszuschleichen, sobald Juliette eingeschlafen wäre – ziemlich einfach, wirklich. Sie hatte immer und immer wieder darüber nachgedacht, es musste einfach sein. Sie wollte ihn, und sie hatte bereits an der Art, wie er sie angesehen und sie angelächelt und ihr die Haarsträhne mit zitternder Hand hinters Ohr gestrichen hatte, gemerkt, dass auch er etwas für sie empfand, dass auch er sie begehrte.

Er war schließlich ein Junge, also begehrte er sie vermutlich noch mehr.

Sie dachte ständig darüber nach, wie es sich anfühlen und ob es wehtun würde. Ob ihre Eltern es ihr ansehen würden. Sie überlegte, wo sie ein Kondom herbekäme, falls er keines hatte. Natürlich konnte sie keines kaufen. Er hatte bestimmt eines dabei, sonst würde sie ihn in eine Bar oder einen Pub schicken, damit er auf der Toilette welche holte. Natürlich würde sie es nicht ohne machen.

Wenn ihr Vater irgendwas davon mitbekam, wäre sie tot. Und wenn sie schwanger würde, bekäme er es auf jeden Fall mit. Ihre einzige Chance war also, nicht schwanger zu werden.

Nico. Seine dunklen Augen, sein Lächeln ... sie dachte an seine Familie, wie sie wohl war. Ob er arbeitete, um sie zu unterstützen oder damit sie etwas zu essen hatten, weil sie aus irgendeinem Grund nicht arbeiten konnten. Oder ob er vielleicht ein Waisenkind war, das dank seiner Gewitztheit zu überleben gelernt hatte und jeden Job annahm, den es kriegen konnte.

Wenn sie erst einmal verheiratet wären, wollte Scarlett auch einen Job annehmen, als Übersetzerin oder so, oder als Leiterin einer Boutique am Marktplatz, wo sie Seide und Pelze an die Touristen verkaufen und ihnen sagen würde, wie großartig sie darin aussähen. Oder sie würde Artikel darüber schreiben, wie es war, jung zu heiraten und in einem fremden Land zu leben, und sie an englische Zeitungen verkaufen. Und ihre Eltern würden die Artikel lesen und bereuen, wie sie sich ihr gegenüber verhalten hatten. Und Cerys würde sie auch lesen und wahnsinnig eifersüchtig auf ihr neues Leben mit ihrem gutaussehenden, netten, fürsorglichen Ehemann sein.

Juliette bewegte sich, streckte einen Arm aus und knipste endlich das Licht aus. Scarlett lag im Doppelbett und hatte ihr den Rücken zugewandt, sie hielt die Luft an und lauschte gespannt auf Juliettes Atem.

Jetzt, als das Zimmer im Dunkeln lag, bemerkte sie, wie müde sie war. Müde, aber trotzdem aufgeregt, sehr aufgeregt. Vielleicht passierte es ja doch heute Nacht, auch wenn etwas in ihr leise mahnte, nicht über einen Kuss hinauszugehen. Warum etwas überstürzen? Wenn er sie mochte, wenn er mit ihr zusammen sein wollte, würde er warten. Sie war fest davon überzeugt, dass ihre Jungfräulichkeit etwas Besonderes und Wertvolles war und nicht an den Erstbesten verschenkt werden durfte.

Das sagte auch ihr Dad immer, oder?

Aber Nico war nicht irgendwer. Er war der Richtige. Sie kannte ihn zwar gerade erst zwei Tage und hatte weniger als zwei Stunden mit ihm geredet, trotzdem war sie sich dessen absolut sicher. Er würde sie hier rausholen, sie von den erniedrigenden Vorschriften ihrer Eltern befreien. Scarlett lag in der Dunkelheit da, das Gesicht zur weißen Wand gedreht, lächelte und umarmte sich selbst.

Na schön. Sie würde ihn küssen. So viel war sicher. Danach würde sie schon sehen, wie sie sich fühlte. Aber was, wenn er sie berührte? Der Gedanke daran ließ sie einen Moment zögern und überlegen. Denn darum ging es am Ende doch. So fing es an. Er würde sie berühren wollen und vermutlich wollen, dass sie ihn auch berührte. Das war ein Mittelding zwischen küssen und Sex, ein »Sexualkontakt«, wie er durch die Lügendetektortests in der *Jeremy Kyle Show* berühmt geworden war.

Sie wusste alles darüber.

Konnte sie es mit ihm tun? Konnte sie sich wirklich bewusst dazu entscheiden und es tun?

Wart's ab, dachte sie. Warte ab, wie es läuft.

Juliette atmete gleichmäßig. Sie wartete noch fünf Minuten, beobachtete die leuchtenden Minutenzeiger auf ihrer Armbanduhr, die im Schneckentempo voran krochen. Dann drehte sie sich langsam leise zu ihrer Schwester um.

Sie atmete leise und tief, nicht das geringste Schnarchen.

»Juliette?«, flüsterte sie.

Keine Antwort, sie atmete gleichmäßig weiter.

Na dann.

Sie stand vorsichtig auf, vergewisserte sich, dass die Matratze unter ihr nicht quietschte, schlich auf Zehenspitzen durch den Raum zum Badezimmer und schloss vorsichtig die Tür hinter sich. Sie hatte ein paar Anziehsachen in den Beutel gestopft, der an einem Haken hinter der Badezimmertür hing, und sich dazu eine Geschichte von wegen Schmutzwäsche ausgedacht, falls Juliette fragte, doch das tat sie nicht. Sie zog sich in der Dunkelheit an, steckte ihr Nachthemd in die Tasche und öffnete vorsichtig die Tür. Vom Bett drangen unverändert Juliettes ruhige Atemzüge herüber.

Der gefährlichste Teil der Unternehmung war das Öffnen der Schiebetür zur Terrasse und das anschließende Schließen. Sie hatte keine Ahnung, ob ihre Eltern noch auf waren und vielleicht nebenan auf der Terrasse saßen, Bier oder Wein oder sonst etwas tranken. Die Tür machte immer Lärm, wenn man sie öffnete. Wenn man sie erwischte, würde sie sagen, dass sie einen Spaziergang machen und ihre Schwester nicht stören wollte, dass es zu heiß in ihrem Zimmer gewesen sei und sie nicht einfach nur die Türe öffnen wollte, da sie dann Gefahr liefe, bei offener Tür einzuschlafen und ausgeraubt oder im Bett ermordet zu werden.

Niemand war zu sehen. Die Terrasse war leer. Das Schlafzimmer nebenan war dunkel, die Tür geschlossen, die Klimaanlage summte.

Hier draußen war das Zirpen der Zikaden und Grillen fast ohrenbetäubend laut. Mit den Sandalen in der Hand huschte sie durch die Schatten zum Tor, durch das es zur Straße und den Geschäften und dem Marktplatz dahinter ging. Als sie außer Hörweite war, zog sie die Sandalen an, rannte die Straße hinunter und zog dabei ihren Rock ein wenig weiter herunter.

Es war unglaublich viel los! Das hatte sie nicht erwartet. So viele Leute, so viele Betrunkene, in den Bars war es laut, hämmernder Euro-Pop aus allen Richtungen. Überall torkelten Leute herum, einige rempelten sie an und brachten sie aus dem Gleichgewicht. Irgendwelche Kerle schrien sich an und beschimpften sich, Bierflaschen flogen, Mädchen umarmten sich hilflos oder saßen im Dreck. Ein Mädchen kotzte neben sich auf den Boden, irgendwo in der Ferne war das Heulen einer Sirene zu hören.

Die Dunkelheit verwirrte sie. Alles sah wie das Negativ der Stadt bei Tageslicht aus, die meisten Touristenläden waren geschlossen und lagen im Dunkeln, während über den Bars und Restaurants Neonschilder in allen möglichen Farben leuchteten.

Sie war zu weit gelaufen, hatte irgendwie den Marktplatz verpasst, denn plötzlich stand sie vor dem *Pirate Bay Club*, das jetzt ein Nachtclub war. Auf der Terrasse drängten sich die Leute, sie tranken, rauchten und schrien sich an, um sich bei dem ohrenbetäubenden Lärm überhaupt verstehen zu können.

Wie sollte sie ihn in dieser Menge finden?

Sie schob sich durch die Leute zur Bar, war sich bewusst, dass sie nicht groß und sehr alleine war. Wie sollte ihr irgendwer glauben, dass sie schon achtzehn war? Hinter der Bar saß ein kräftiger Grieche, um den herum junge Bedienungen schwirrten, die den Gästen Bier, alkoholfreie Getränke und Cocktails servierten. Er saß auf einem Barhocker am Ende des Tresens, rauchte eine Zigarette und hatte eine Zeitung auf seinen dicken Oberschenkeln ausgebreitet. Das musste Nicos Chef sein – wie hieß er noch gleich? Der Name fing mit V an ... Vielleicht kam Nico ja her, sobald die Pizzeria schloss.

»Hey, Vasilis!«, rief jemand, und als der Mann aufsah und seine Hand zum Gruß hob, beschloss Scarlett, ihn anzusprechen.

»Entschuldigen Sie«, sagte sie und dann etwas lauter, denn der Mann schien sie bei dem Lärm offensichtlich nicht zu hören. »Entschuldigen Sie! Vasilis!«

Er sah sie missmutig an, schien dann aber überrascht und sogar belustigt.

»Können Sie mir sagen, wo ich Nico finde?«

»Wen suchst du?«

»Nico. Er arbeitet hier.«

»Hier arbeitet kein Nico.«

»Oh. Na gut – ich weiß es nicht ...«

Ein anderer Kellner an der Bar rief ihm etwas auf Griechisch zu und lachte, Vasilis lachte mit und sagte dann: »Ich weiß, wen du suchst. Er ist im *Leonardo.*«

»*Leonardo?*«

»Das ist im Zentrum. Er arbeitet da immer am Dienstag.«

»Sie meinen die Pizzeria?«

»Ja, ja, Pizza.« Er lachte und entblößte seine gelben Zähne.

Dann hatte die Pizzeria bis spät geöffnet. Der *Pirate Bay Club* war etwa hundert Meter vom Marktplatz entfernt, fiel ihr auf, als sie sich durch die Leute drängte. Sie hatte Angst. Alle um sie herum, Männer und Frauen, waren älter und größer als sie, alle waren betrunken, laut und rücksichtslos. Eine Hand bahnte sich ihren Weg um ihre Taille und griff ihr plump an die Brüste, sie kreischte und duckte sich weg, als sie sich umdrehte, sah sie niemanden. Niemand, der sie ansah oder auf sie achtete.

Dann wurde die Straße plötzlich breiter und sie stand auf dem Marktplatz mit dem Brunnen in der Mitte und dahinschlendernden Menschenmassen. Polizei war da, das fiel ihr auf, oder zumindest sahen sie so aus – uniformierte Beamte, die um den Platz standen und alles beobachteten.

Sie bahnte sich ihren Weg zur Pizzeria, wo sie am Abend gegessen hatten. Die Stühle standen auf den Tischen, eine junge Frau wischte den Kachelboden.

»Entschuldigen Sie«, sagte Scarlett und redete dann wie schon zuvor mit Vasilis ein wenig lauter, damit die Frau sie hörte. »Entschuldigen Sie!«

Sie hörte zu wischen auf und sah Scarlett an. »Wir haben geschlossen«, sagte sie.

»Ich suche Nico«, sagte Scarlett.

»Wen? Wen suchst du?«

»Nico. Den Jungen, der die Flyer verteilt.«

Doch die Frau zuckte nur übertrieben mit den Achseln, schüttelte den Kopf und wiederholte: »Wir haben geschlossen.«

Scarlet spürte, wie ihre Augen zu prickeln begannen. Sie ging weg, doch als sie auf dem Marktplatz stand und die Straßen musterte, die von ihm wegführten, wusste sie nicht mehr, welche sie hergebracht hatte. Sie umrundete den Platz und suchte nach einem Merkmal, an dem sie sich orientieren könnte, doch die Bars und Touristengeschäfte, die noch geöffnet hatten, sahen alle gleich aus. Sie lief herum und wollte am Ende schon einen der Polizisten um Hilfe bitten, aber was würden die tun? Sie würden sie vielleicht zurück zum Apartment bringen und darauf bestehen, ihren Vater zu wecken, und ihm erzählen, wo man sie gefunden hatte.

Sie konnte nur die Schultern straffen, den Kopf heben und so tun, als wäre sie schon achtzehn und würde sich amüsieren. Sich unters Volk mischen. Daran war sie im Grunde gewöhnt.

Doch als sie vom Marktplatz fort eine Straße entlangeilte, von der sie nicht sicher war, ob es die richtige war, weil sich überall Leute tummelten, liefen ihr Tränen über die Wangen.

»Hey, hey!« Ein Mann packte sie mit festem Griff am Oberarm und zog sie zu sich.

»Lass mich in Ruhe!« Sie riss sich los und rannte weg, in Panik jetzt, schob die Leute beiseite und schluchzte auf.

Und dann – als die Lage völlig zu eskalieren drohte – stand er vor ihr. »Hey, Scarlett!«

Sie stürzte auf ihn zu, schluchzte und atmete heftig, außerstande etwas zu sagen. Er legte seinen Arm um ihre Schultern und hielt sie fest. »Es ist okay«, sagte er und lachte. »Was ist denn los?«

Doch dann zog er sie aus der Menge fort in eine Seitenstraße, weg von den schreienden, betrunkenen und torkelnden Menschen. Er setzte sie auf ein niedriges Mäuerchen. Hier war es eher dunkel; sie konnte ihre Füße sehen, wollte ihren Kopf aber nicht heben. Sie hatte immer noch Angst, obwohl Nico neben ihr saß und seinen Arm weiterhin um ihre Schultern gelegt hatte. Er drückte ihren Kopf an seine Brust, sie spürte, wie sie zitterte. Sie hatte einen großen Fehler gemacht, das war eine so dumme Idee gewesen ... was hatte sie sich bloß dabei gedacht?

»Hat dir jemand was getan? Was ist passiert?«

»Ich muss zurück zum Apartment«, sagte sie schließlich, schauderte und schluchzte noch mal auf.

»Warum willst du schon zurück? Du bist gerade erst gekommen. Es ist okay. Ich bin hier.«

Sie hob den Kopf und sah ihn an, wollte sagen, *Ich bin fünfzehn, ich bin erst fünfzehn*, brachte es aber nicht fertig. Statt irgendwas zu sagen, beugte er seinen Kopf herab und küsste sie. Als wüsste er es.

Es fühlte sich so anders an, irgendwie unangenehm, auch wenn er sehr sanft war. Als er mit seiner Zunge über ihre strich, wurde sie wieder von Angst gepackt und entzog sich ihm.

»Tut mir leid«, sagte sie. »Es tut mir leid.«

Er fuhr mit seinen Fingern an ihrem Oberarm entlang. »Wunderschöne Scarlett«, sagte er mit ruhiger Stimme und seinem sexy Akzent. Und dann sagte er zu ihrer Überraschung: »Komm, ich bringe dich zurück. Wo wohnst du? In welchem Hotel?«

»In den *Aktira Studios*. Kennst du die?«

»Die kenne ich.«

Er stand auf und streckte seine Hand aus. Sie nahm sie und stand auf. Er hielt ihre Hand immer noch fest. »Ich möchte nicht, dass du Angst hast.«

»Ich habe keine Angst vor dir«, sagte sie, als sie den Weg zurückgingen, den sie gekommen war. Er hielt noch immer ihre Hand.

Das war eine Lüge. Sie hatte Angst vor ihm, genauer gesagt hatte sie Angst vor dem, was sie empfand, wenn er bei ihr war. Sie hatte Angst, dass ihre innersten Gefühle hochkommen würden und man sie von ihrem Gesicht ablesen könnte.

Sie liefen eine andere Seitenstraße entlang, dann noch eine, bis sie auf der anderen Seite des Marktplatzes herauskamen und ihr klar wurde, dass sie fast wieder bei der Ferienanlage war. Hier war auch der Laden, in dem sie die Lotion für ihre Mom gekauft hatte. Warum hatte sie den nicht früher erkannt? Und die Massen betrunkener Leute wurden weniger, nach ein paar hundert Metern waren sie nur noch zu zweit und schlenderten Hand in Hand dahin. Jetzt, nachdem die laute Musik verebbt war, hörte sie das Rauschen des Meeres, das Brechen der Wellen.

Er hatte kein Wort gesagt, seit sie die Seitenstraße verlassen hatten, doch seine Finger fühlten sich keineswegs nervös an. Er hielt ihre Hand sanft und lässig, als könnte sie ihm jeden Augenblick entgleiten.

Sie sah den Apartmentblock auf der rechten Seite und die Lichter am Pool, die einen sanften blauen Schimmer verbreiteten.

»Hier wohne ich«, sagte sie leise. »Danke, dass du mich nach Hause gebracht hast.«

Er wandte sich ihr zu. »Gern geschehen. Du brauchst keine Angst mehr haben.«

Er nahm auch ihre andere Hand, hielt sie beide fest, als wollten sie tanzen. Der Gedanke daran ließ sie lächeln. Die Angst hatte sich gelegt, jetzt kam sie sich dumm vor. Warum war sie nur so ausgeflippt? Warum war sie nicht mit ihm im Ort geblieben? Sie hätten in eine Bar gehen oder sonst etwas tun können; sie könnten jetzt in einem Club sein.

Sie trat näher an ihn heran und fragte sich, was sie nun tun sollte. Es fühlte sich sonderbar, aber gut an. Er lächelte, ein beiläufiges, selbstsicheres Lächeln. Dann legte er eine Hand auf ihre Wange, streichelte sie zärtlich und zog sie für einen weiteren Kuss an sich. Er verstand es gut, ihr das Tempo zu überlassen. Diesmal öffnete er seinen Mund nicht, und so lud sie ihn ein. Es war sanft und zärtlich.

»Gute Nacht«, sagte er, wich zurück, sah sie an und ließ ihre Hände los.

Sie sah ihm nach, als er ging. Er lief langsam und widerwillig rückwärts. Sie mochte das, sie war entzückt, dass er nicht aufhören konnte sie anzusehen. Als er sich schließlich abwandte, rief sie ihm nach. »Warte!« Sie rannte zu ihm, warf sich ihm an die Brust, in seine offenen Arme, er drehte sie zu sich herum und legte sein Gesicht an ihren Hals. Beide lachten. »Ich will noch nicht wieder reingehen«, sagte sie.

»Es ist spät«, sagte er.

»Komm mit mir an den Strand«, sagte sie und staunte über ihren eigenen Mut.

Er antwortete nicht gleich. Dann nahm er sanft ihre Arme von seinem Hals. »Es ist spät«, sagte er. »Wir treffen uns wieder, ja?«

Sie schmollte. »Nico.«

Dann lächelte sie breit, als er loslief, ihr noch mal winkte und einen Kuss zuwarf.

Minuten später schob Scarlett die Schiebetür auf und schlich sich mit den Sandalen in der Hand so leise wie möglich in das Zimmer.

Sie erstarrte, als sie bemerkte, dass auf Juliettes Nachttisch das Licht brannte. Juliette saß aufrecht im Bett und las. Komischerweise hatte Scarlett das Bedürfnis, auf ihre Uhr zu sehen, es war fast drei Uhr früh.

Ein seltsames Schweigen herrschte. Juliette blickte nicht von ihrem Buch auf und ließ auch sonst nicht erkennen, dass sie Scarletts Rückkehr zur Kenntnis genommen hätte. Einen verrückten Moment lang fragte sich Scarlett, ob ihre Schwester das leere Bett neben sich überhaupt bemerkt hatte. Wer wusste das schon? Möglich war es. Ihre Schwester war eigenartig, und obwohl das Offensichtliche bei jedem Familienanlass geleugnet wurde, wurde sie mit jedem Jahr noch eigenartiger.

Scarlett ging ins Badezimmer und kam im Nachthemd wieder heraus, sie hatte ihre Klamotten wieder in den Beutel hinter der Tür gestopft. Als sie herauskam, brannte das Licht immer noch. Juliette hatte sich nicht bewegt. Sie legte sich ins Bett und drehte ihrer Schwester den Rücken zu, ihr Herz pochte wie wild. Ein Teil von ihr wollte das Spiel einfach mitspielen, davon ausgehen, dass Juliettes Schweigen bedeutete, dass sie auch in Zukunft schweigen würde.

Sie hörte, wie eine Seite umgeblättert wurde. Wenn Umblättern eine stumme Aussage war, dann bedeutete es wohl genau das.

Schließlich hielt Scarlett es nicht mehr aus. Sie seufzte tief und drehte sich zu ihrer Schwester um.

»Jul?«

Keine Reaktion, keine Bestätigung. Sie blätterte langsam eine weitere Seite um.

»Juliette!«, sie flüsterte jetzt lauter.

»Was?«, kam endlich die Antwort, ohne dass Juliette von ihrem Buch aufsah.

»Du sagst doch nichts, oder? Ich meine, zu Dad?«

Schweigen.

Nach ein paar Augenblicken wandte Scarlett ihr Gesicht wieder zur Wand und schloss die Augen. Es hatte keinen Sinn, weiterzumachen. Wenn Juliette nicht reden wollte, redete sie nicht. Wenn sie las, redete sie nicht. Scarlett hatte sogar Glück gehabt, dass sie ihr dieses eine Wort hatte entlocken können. Sie würde es am nächsten Morgen noch einmal versuchen.

Und obwohl sie müde und ihre Augenlider schwer waren, bebte ihr Herz noch von dem Kuss, von seinem Geschmack, von seiner Wärme und seinen starken Armen. Und morgen würde sie ihn wiedersehen.

LOU – Donnerstag 31. Oktober 2013, 18:53

Lou hatte erwartet, die Einsatzzentrale im Dunklen vorzufinden, doch als sie den Sicherheitscode eingab und die Tür öffnete, brannten alle Lichter.

Sie eilte an den leeren Schreibtischen vorbei zu einer gläsernen Kabine am anderen Ende des Raums und zuckte zusammen, als sie eine Stimme hinter sich hörte.

»Hey!«

»Herrgott noch mal! Hast du mich vielleicht erschreckt ...«

Jason legte seine Arme um ihre Taille und seinen Kopf an ihren Hals und streichelte sie. Sie legte ihre Arme um ihn und drückte ihn fest an sich. »Schön, dich zu sehen. Ich habe dich vermisst.«

Dann löste sie sich wieder von ihm. Sosehr sie es auch wollte, so durfte das hier nicht weitergehen.

»Was machst du hier überhaupt?«

»Sam hat mich reingelassen. Sie ist erst vor knapp zehn Minuten gegangen.«

Obwohl Jason die Befugnis besaß, an jedem von Lous Fällen mitzuarbeiten, beschränkte sich diese ausschließlich auf konkrete Anfragen. Er arbeitete zurzeit an keinem ihrer Fälle, er hätte also gar nicht hier sein dürfen.

»Ich habe das Profil für dich erstellt und mir gedacht, dass du es lieber nicht gemailt haben willst.«

Irgendwas an seinem Tonfall ließ sie aufhorchen. Sie wich zurück. »Was hast du herausgefunden?«

»Lies es. Es liegt auf deinem Schreibtisch. Ich hole inzwischen einen Kaffee. Oder willst du jetzt nach Hause gehen?«

Er ging los, um ihr einen Kaffee aus dem Automaten vor der Kantine zu holen. Sie durfte das Profil nicht aus dem Büro entfernen, und da er angedeutet hatte, dass es etwas enthielt, das man nicht mailen konnte, musste sie sofort wissen, was es war.

Profilerstellung betr. McDonnell-Brüder
Profil: Lewis McDONNELL, geb. 21.10.1953

Zusammenfassung:
Lewis McDONNELL ist die Hauptfigur des OK-Netzwerks 041 (MAITLAND/McDONNELL) und wird verdächtigt, an der Verschleppung von Frauen und Mädchen vom europäischen Festland nach Großbritannien beteiligt zu sein. Das Netzwerk steht zudem im Verdacht, harte Drogen (Kokain und Heroin) per Schiff über den Hafen von Knapstone nach Großbritannien zu schleusen. Menschenhandel ist die Hauptaktivität des Netzwerks, doch der Import von Drogen nimmt ebenfalls immer mehr Raum ein.

Protokoll
Neueste Ermittlungen:
- Lewis McDONNELL hatte eine Auseinandersetzung mit Nigel MAITLAND, geb. 17.12.1958, bezüglich des Mädchenhandel-Geschäfts. Man geht davon aus, dass MAITLAND, der den Transport organisiert, eine höhere Gewinnbeteiligung fordert, während McDONNELL ihn offenbar ausbooten will. Er hat sich auf die Suche nach einem anderen Transporteur gemacht und glaubt, einen gefunden zu haben. (14/11/12 E/2/1)
- Die McDONNELL-Brüder haben bis vor Kurzem Paul »Reggie« STARK, geb. 04.05.1982, als Verantwortlichen für die Sicherheit beschäftigt, dann wurde er offenbar unzuverlässig. Seitdem ist Gavin PETRIE, geb. 17.03.1975, für die Sicherheit zuständig, obwohl die Brüder ihn für eine tickende Zeitbombe halten. (21/08/13 E/2/1)

– Nigel MAITLAND und Lewis McDONNELL hatten in der Nacht vom 27. August im *Newark Pub* in der Cavendish Lane in Briarstone eine Auseinandersetzung. Beide Männer wurden vom Barmann gebeten, das Lokal zu verlassen, taten dies aber erst, als der Besitzer des Lokals, Carl McVEY, geb. 29.09.1970 (s. Operation Trapez), einschritt.
– Lewis McDONNELL hat Partner, die Bordelle in Leeds, Manchester und Liverpool betreiben. In einigen Bordellen arbeiten Frauen, die vom Netzwerk 041 aus Europa verschleppt wurden. Es wird zudem angenommen, dass Lewis McDONNELL ein Bordell in Briarstone betreibt. Ermittlungen zufolge könnte es sich in Carisbrooke Court befinden.
– Eine Kokainlieferung für Lewis McDONNELL, die für seine Partner im Norden bestimmt war, wurde für Ende August erwartet, aber irgendwas lief schief.

Empfehlungen:
– Neue Transportwege für den Mädchenhandel des Netzwerks 041 identifizieren.
– Nigel MAITLAND durchleuchten.
– Partner der McDONNELLS im Norden Englands identifizieren.

LOU – Donnerstag, 31. Oktober 2013, 19:03

Zehn Minuten später saß Lou an ihrem Schreibtisch, Jason ihr gegenüber auf dem einzigen Stuhl, einem niedrigen Besuchersessel, der aus dem Empfang entwendet worden war, als dieser im vergangenen Jahr renoviert wurde. Das Hausmeister-Team hatte hinter der Polizeischule einen Container abgestellt, in den alte Einrichtungsgegenstände entsorgt wurden. Lou war mit Ali Whitmore rübergegangen und hatte versucht, ein paar Schreibtische zu ergattern, anstatt ihr schmales Budget in neue zu investieren. Die Sitzfläche des Stuhls war mit einem flauschigen grauen Stoff überzogen, der vielleicht noch seine Originalfarbe hatte, oder auch nicht. Die Ränder waren ausgefranst, darunter war die Schaumstofffüllung zu sehen.

Jason saß mit übereinandergeschlagenen Beinen da, hatte eine Hand auf den Fußknöchel gelegt und beobachtete sie.

»Da steht nicht viel drin«, sagte sie schließlich.

»Nein«, sagte er. »Nur die paar Sachen von August, und davor nicht sehr viel seit letztem Jahr. Es gibt ein paar Informationen zu Carl McVey, in denen auch die McDonnells erwähnt werden, aber die kennst du alle schon.«

»Sonst noch was speziell zu Maitland?«

»Nichts weiter, was wir haben, steht hier.«

»Danke«, sagte sie. »Ich weiß das zu schätzen. Du hast noch anderes zu tun, das weiß ich.«

»Und du kannst mir nicht sagen, um was es geht, oder?«

»Nein.«

Er zuckte die Achseln, das kannte er schon. »Du hast keinen Fallanalytiker.«

»Ich kann Annabel fragen, wenn sie aus ihrem Urlaub zurückkommt. Mach dir keine Sorgen.«

»Hast du das Material über McVey gesehen?«

»Jawohl. Gibt es noch mehr über ihn?«

»Nichts Aktuelles. Eine Notiz vom März mit einer Liste seiner Aktivitäten und eine vom Juli, wo er mit den McDonnells und einem der Petries gesehen wurde. Die anderen hast du schon gesehen, denke ich.«

Typisch, dachte Lou. Doch es war immerhin ein Ausgangspunkt, und obwohl es zwischen McVey und Palmer keine Verbindung gab, gab es immerhin eine Verbindung zwischen McVey und den McDonnells. Kontakt zu Scarlett Rainsford, die man in einem Bordell von Lewis McDonnell gefunden hatte, wäre also keine reine Zeitverschwendung, was die Operation Trapez anging. Ein kleiner Trost.

»Du siehst ziemlich fertig aus«, sagte Jason.

Die Uhr an der Wand gegenüber zeigte ein paar Minuten nach sieben an. »Ich muss in einer Stunde wieder weg. Ich treffe mich noch mit jemandem von der Sondereinheit, abgesehen davon habe ich noch Berge von Arbeit.«

»Du hast immer Berge von Arbeit. Du schaffst nie den ganzen Stapel.« Das klang zwar wie ein Vorwurf, doch er lächelte.

»Wenn ich es jetzt nicht tue, wird der Stapel morgen früh nur noch höher sein.«

Er seufzte. »Okay, ich mach dir einen Vorschlag. Ich gehe jetzt und hole etwas zu essen. Ich bin bald wieder da.«

Er stand auf, ging um den Schreibtisch herum zu ihr, drehte ihren Stuhl zu sich und küsste sie. Es war eine Art *Ich habe hier das Sagen*-Kuss, der keine Widerrede duldete, und obwohl sie so viel Arbeit hatte, war sie einen Augenblick lang in Versuchung. Sobald sie ihn berührte, wäre es um sie geschehen. Sie hätte ihre Arme ausstrecken, ihn umarmen und an sich ziehen können und –

Doch er war für den Kuss verantwortlich, also endete er. »Zurück an die Arbeit, Louise. Wir sehen uns gleich.«

Scherzkeks, dachte sie.

19:30

Eine halbe Stunde später war Jason wieder zurück. Er klopfte an die Tür der Einsatzzentrale und tat, als kenne er den Türcode nicht, obwohl der sich seit letztem Jahr nicht geändert hatte, als sie hier zusammen an einem Fall gearbeitet hatten.

Lous saß mit gesenktem Kopf da und beantwortete Mails aus der Verwaltung, die sich angesammelt hatten. Urlaubsgesuche. Fallbesprechungen. Aufgaben, die ihrer Genehmigung bedurften.

Als sie den großen Raum durchquerte, dachte sie daran, wie schnell doch die Zeit vergangen war, doch als sie die Tür öffnete, war der Gedanke wie weggeblasen. Nicht zum ersten Mal war sie von seinem guten Aussehen beeindruckt: das dunkle Haar, die markante Kieferpartie, die grünen Augen. Sie hatte gelernt sich zu beherrschen, ihn anzusehen, ohne ihre Gefühle preiszugeben. Sie musste nur ihr Kinn herausfordernd anheben.

Dafür brauchte sie nur eine Sekunde. Dann bemerkte sie, dass er eine Tüte mit duftendem Essen dabeihatte. Takeaway.

Er hielt sie hoch. »Ich habe dir ein Picknick mitgebracht.«

»Oh, mein Gott, ich liebe dich.«

Sie ließ ihn ein, er folgte ihr in ihr kleines Büro und sie war froh, dass sie ihm den Rücken zuwandte, sodass er nicht sehen konnte, wie sehr ihre Wangen glühten. Hätten Sam oder Ali oder sonst wer aus dem Team ihr Essen mitgebracht, hätte sie genau dieselben Worte benutzt – doch in diesem Zusammenhang hatten sie eine viel weitreichendere Bedeutung, die wahnsinnig heikel war.

Sie hatten das L-Wort noch nie benutzt, also nie ernsthaft, sondern nur spielerisch wie vorhin. Noch nicht.

Ein paar Mal war es fast so weit gewesen. Vor ein paar Wochen, an einem der seltenen gemeinsamen Wochenenden, an dem sie fast den ganzen Sonntag im Bett verbracht und sich Beschäftigungen hingegeben hatten, die vom harten, intensiven Fick zu sanften, zärtlichen Küssen, von Schlafen über Sandwiches und eine Flasche Wein zu langen wortlosen Blicken gereicht hatten. Da hatte sie es sagen wollen, es hatte sie regelrecht danach gedrängt. Aber er sollte es zuerst sagen.

Er war bei allem so entspannt, so locker. Für ihn schien die Beziehung ganz ohne einen festen Ablaufplan zu sein. Er bedrängte sie nicht, er verlangte nicht mehr gemeinsame Zeit, er schlug nicht vor zusammenzuziehen, beschwerte sich nicht über ihre Unordentlichkeit und verlangte nicht, ihre Familie kennenzulernen, nichts dergleichen. Sie hatte sich einmal dazu geäußert – positiv, weil sie es als wohltuend empfand, dass er ihr so viel Raum gab –, doch er hatte nur lapidar mit den Schultern gezuckt und gesagt. »Hey, ich bin einfach dankbar.«

»Ich habe so einen Hunger, das glaubst du nicht«, sagte sie und packte die Styroporschachteln aus. Ein duftendes Hähnchenkebab, geschnippelter Salat hing an den Seiten heraus, als sie das Papier aufschlug.

»Das glaube ich dir aufs Wort. Was hast du heute gegessen?«

»Oh, ich weiß nicht. Irgendwas.« Sie hatte bereits den Mund voll, Hähnchen, Salat und Pittabrot und ja, wie großartig, er hatte es nicht vergessen, Chilisoße. Viel davon.

Das Hühnchenkebab sagte vieles. Es sagte, ich kümmere mich um dich. Es sagte, ich werde dafür sorgen, dass du gesund isst. Sie wusste, dass bei allen Essensoptionen, die es um diese Uhrzeit für Jason Mercer im Stadtzentrum gab, das Hühnchenkebab die ausgewogenste Variante war. Sie hätte sich für indisches Essen entschieden, im Notfall für chinesisches oder als dritte Option fette, beschissene Pizza mit extra Knoblauchbrot. Sie konnte das alles essen, ohne ein Gramm zuzunehmen, weil sie die ganze Zeit auf Achse war, von einem Fall zum nächsten jagte. Es war also nicht ihr Gewicht, um das Jason sich sorgte, er wollte, dass jede Lebensmittelgruppe in ihrem Speiseplan vertreten war und dass sie etwas mit Gemüse bekam, auch wenn es nur ein wenig zerschnippelter Eisbergsalat war. Die einzige mögliche Alternative zu Hühnchenkebab wäre für Jason gewesen, nach Hause zu fahren und ihr etwas zu kochen.

Jason war groß und hatte einen Körper wie ein Hockeyspieler, natürlich, was immer das bedeutete. Er war wie eine Wand, hatte aber nicht die markante Muskulatur eines Bodybuilders. Er war nur stark und massiv gebaut. Und man wurde nicht so fit und gesund wie er, wenn man nicht vernünftig aß.

Er aß auch ein Kebab und beobachtete sie, dann zog er aus der Tasche seines Kapuzenshirts zwei Flaschen Wasser hervor. Sie hätte lieber zu einer Dose Cola gegriffen und war versucht, zum Automaten zu rennen, um ihr Verlangen nach Koffein und Zucker zu stillen, doch sie wollte sich nicht seinen Missmut zuziehen.

»Also«, sagte er zwischen zwei Bissen, »bist du fertig geworden?«

»Ich bin nie fertig, das weißt du doch. Wie gesagt, ich muss in einer Minute noch mal weg.«

Er verdrehte die Augen. Sein Handy piepste, er zog es aus der Tasche seiner Jeans und sah auf das Display, dann entsperrte er es. Er lachte und tippte eine kurze Antwort ein. »Mike sagt Hallo.«

»Oh. Grüß ihn von mir.«

»Es wäre schön, wenn wir öfter mal zu dritt was unternehmen würden. Er ist wirklich ein netter Kerl, weißt du.«

»Das weiß ich. Ich habe nichts gegen ihn, ich finde nur, dass du noch kanadischer wirst, wenn ihr zusammen seid.«

Er lachte. »Wie meinst du das? Ich bin Kanadier, wie kann ich denn noch kanadischer werden?«

»Willst du das wissen? Du wirst lauter, dein Akzent und die speziellen Redewendungen nehmen überhand, sodass ich kein Wort mehr verstehe. Vermutlich redet ihr über eure Kindheit oder das Essen, das es hier nicht gibt, oder Hockey, von dem ich die Regeln bis heute nicht begriffen habe, also ... ich weiß nicht. Ich denke einfach, ihr beiden habt eine so tolle Zeit zusammen, da braucht ihr mich gar nicht.«

»Na ja, ich genieße es, wenn ich euch beide um mich habe. Nächstes Mal achte ich darauf, das ich dich nicht ausschließe.«

»Ich bin ein großes Mädchen. Es macht mir nichts aus.«

Lou hatte ihr Kebab aufgegessen und knüllte das Papier zusammen.

»Also, mit wem triffst du dich?«, fragte er.

»Caro Sumner von der Sonderkommission. Wir müssen einen Zeugen befragen.«

»Und danach? Kommst du vorbei?«

»Es könnte sehr spät werden«, sagte sie. »Besser nicht.«

Was sie sagte, kam bei ihm offenbar falsch rüber, denn er stand abrupt auf, sammelte die leeren Styroporschachteln und das Papier zusammen und steckte sie in die gestreifte Plastiktüte. »Klar«, sagte er. »Wir sehen uns also morgen Abend?«

Einen kurzen Moment wusste sie nicht, wovon er redete.

»Hockey?«

»Oh, na klar, ich tue mein Bestes.« Er hatte ein wichtiges Hockeyspiel, und sie hatte ihm versprochen zu kommen, als es noch ruhiger auf der Arbeit zuging.

»Na ja, nur wenn du Zeit hast.«

»Jason, du weißt doch, dass ich nichts versprechen kann. Aber wenn es geht, werde ich kommen«, wiederholte sie. Sie wollte ihm sagen, dass er zu empfindlich war und doch wusste, dass sie andere Prioritäten hatte. Andere Männer, mit denen sie eine Beziehung gehabt hatte, würden so ein Spiel spielen – sauer sein und beleidigt abziehen. Es war ein Hockeyspiel, keine Nobelpreisverleihung oder so – er würde nicht einmal bemerken, ob sie da war oder nicht. Und es war ja auch nicht so, dass er vor Ort keine Unterstützung hatte. Lou erinnerte sich an das erste Mal, als sie zu einem seiner Pokalspiele gegangen war und danach im Eingangsbereich der Eishalle vor der Umkleidekabine mit völlig überdrehten, kreischenden Teenagermädchen in Jaguar-Trikots gewartet hatte. Als Jason und sein Teamkollege Travis herauskamen, stürzten sie sich auf sie, stellten Fragen, ließen sich ihre Trikots unterschreiben und machten Selfies. Damals fand sie das lustig. Später wurde ihr klar, dass sie wie eine Teenagermutter aussah, die an der Tür wartete, bis der ganze Rummel vorbei war.

»Danke für das Abendessen«, sagte sie kleinlaut.

»Kein Problem.«

Ohne nachzudenken sagte Lou plötzlich: »Begleitest du mich auf die Hochzeit meiner Cousine?«

Das bremste ihn. Er hielt einen Moment inne und setzte sich wieder. »Ist das dein Ernst?«

Lou hatte plötzlich das Gefühl, dass sie versehentlich in ein Wespennest gestochen hatte. »Natürlich. Sie findet am Abend des Dreiundzwanzigsten statt. Da hast du wahrscheinlich ein Hockeyspiel.«

»Nee. An dem Wochenende nicht.«

»Großartig«, sagte Lou. »Ich möchte mich gerne vorab schon mal dafür entschuldigen, was meine Mutter zu dir sagen wird.«

Er sah sie prüfend an. Lou versuchte so begeistert wie möglich auszusehen.

»Ich bin mir sicher, so schlimm sind sie nicht«, sagte er.

»Wir sprechen uns nach dem Dreiundzwanzigsten«, antwortete Lou.

Jason lächelte und nickte. Irgendwas spielte sich hinter diesen Augen ab, das Lou nicht enträtseln konnte. Besonders glücklich sah er jedenfalls nicht aus. Das ist eine große Sache für mich, wollte sie sagen.

»Okay, na dann, klar«, sagte er. »Ich begleite dich. Wenigstens kann ich dann ein wenig Zeit mit dir verbringen, nicht wahr?«

Autsch. War es das? Fühlte er sich zu wenig beachtet?

Er kam um den Schreibtisch und küsste sie, trotz des Kebab-Geruchs. »Wir sehen uns morgen Abend.«

Eigentlich hatte sie weiterarbeiten wollen, doch nun war sie müde und ein wenig verärgert, und jetzt musste sie auch noch zum ersten Mal Scarlett Rainsford treffen.

SCARLETT – Sonntag, 24. August 2003, 14:10

Yelena war es gelungen, einzuschlafen. Scarlett beobachtete sie, starrte auf die Wölbungen ihres Rückens und die Wirbel, die sich durch die dünne blasse Haut ihres Rückens bohrten. Hätte sie eine Decke gehabt, hätte sie sie ihr trotz der drückenden Hitze übergelegt. Irgendwas am Anblick ihres nackten Rückens und dem hochgeschobenen Oberteil erweckte in Scarlett das Bedürfnis, sie zuzudecken.

Sie hatte wieder geweint, versucht dabei ruhig zu bleiben, damit das andere Mädchen nicht aufwachte. Sie hatte in ihren schmutzigen, blutverkrusteten Ärmel geschnieft. Sie hätte zu gerne auch geschlafen, aber die Hitze, das Sonnenlicht und die bohrenden Kopfschmerzen machten es unmöglich. Das Wasser war aus. Sie hatte bereits jeden Tropfen aus den Flaschen getrunken, die auf dem Boden verstreut lagen. Durstig, so durstig. *Versuche einfach nicht daran zu denken.*

Schließlich sammelte sie alle Flaschen auf und stellte sie hinter den Kübel, der jetzt fürchterlich stank. Da. Jetzt musste sie sie nicht mehr anschauen.

Yelena bewegte sich und drehte sich auf den Rücken, beiläufig legte sie beide Hände über die Augen.

»Ist okay«, sagte Scarlett, obwohl es alles andere als okay war. Nichts war okay und würde es auch nie wieder sein.

23:30

Diesmal saßen sie in einem Minibus, nicht in dem Kleinlaster, in dem man Scarlett hergebracht hatte; sie fuhren über kurvenreiche Straßen zurück zu einer Art Autobahn, auf der der Motor des Wagens unter der ihm auferlegten Last aufheulte. Auf den Vordersitzen im Inneren des Fahrzeuges stapelten sich Kartons, Koffer und Reisetaschen. Hinten, wo sie saßen, hatte man ein paar Sitze entfernt, um Platz auf dem Boden zu schaffen. Die beiden Fenster an den Hintertüren des Minibusses waren übermalt, sodass nur gedämpftes Licht zu ihnen hineindrang, sie aber nicht hinausschauen oder andere Autofahrer auf sich aufmerksam machen konnten. In diesem unwirklichen Raum saßen sie mit dem Rücken an die Autowand gelehnt einander gegenüber.

Yelena und Scarlett waren schnell und unerwartet in den Kleinbus bugsiert worden, sie hatten keinerlei Zeit gehabt, sich vorzubereiten oder noch einmal den Eimer zu benutzen.

Und genau jetzt musste Scarlett pausenlos an den Eimer denken. Vor allem, weil sie sechs Wasserflaschen vorgefunden hatten, als sie in das Fahrzeug geklettert waren. Sie hatten beide gleich zwei davon ausgetrunken und versucht, so wenig wie möglich davon zu verschütten, wenn der Kleinbus wieder eine der zahlreichen engen Kurven nahm. Jetzt starrten sie auf die letzten beiden Flaschen, als wären sie ihre Talismane.

Das Zimmer war für kurze Zeit zu »ihrem Ort« geworden, und sie war in Panik verfallen, als man sie gewaltsam herausgerissen hatte. Jetzt hämmerte ihr Herz nicht mehr wie wild, das gleichmäßige Rollen der Räder unter ihnen beruhigte sie.

Yelena saß mit weit aufgerissenen Augen da. Sie hatten kaum miteinander geredet, obwohl sie den ganzen Nachmittag gemeinsam verbracht hatten. Scarlett hätte so viel zu sagen gehabt, sie hätten einen Fluchtplan schmieden und planen sollen, wer beim Öffnen der Tür auf den Rücken des Mannes springen und wer ihm in die Eier treten sollte.

Trotz ihrer anfänglichen Freundlichkeit, wenn man das so bezeichnen konnte, spürte Scarlett immer noch kein richtiges Entgegenkommen von dem Mädchen. Sie wusste nicht einmal, welche Nationalität sie hatte. Ihrer Einschätzung nach kam sie aus Osteuropa, aber da konnte sie sich auch irren. Und sie war offensichtlich älter als Scarlett. Sie hätte gerne das Gefühl gehabt, dass Yelena sie beschützen und für sie eintreten würde, weil sie trotz allem noch ein Kind und schutzlos war, aber das spürte sie nicht. Sie hatte vielmehr den Eindruck, Yelena würde ihr den Kopf abreißen, wenn das für sie von Vorteil wäre.

Sie ist nicht der Feind, dachte Scarlett. Sie ist alles, was ich habe. Und ich bin alles, was sie hat.

Scarlett sehnte sich danach, aufzustehen und sich zu strecken. Sie brauchte dringend eine Toilette. Es war ein Fehler, die Wasserflaschen so schnell auszutrinken, aber sie hatte wahnsinnigen Durst gehabt. Während ihres gesamten Aufenthaltes in dem Raum hatte sie den Eimer nur einmal benutzt, der Urin war dunkel und übelriechend gewesen, ein Zeichen, dass sie dehydriert war. Als Nächstes würde sie einen Blasenentzündung bekommen, das wusste sie, weil sie es schon x-mal erlebt hatte, und wenn die nicht mit Antibiotika behandelt wurde, konnte sie zu einer Nierenbeckenentzündung werden.

Wenigstens konnte diesmal niemand behaupten, sie hätte das selbst verursacht.

Einmal war sie von den Schulaufgaben, ihrem Dad und dem Leben zu Hause so gestresst gewesen, hatte sich Sorgen um Juliette gemacht, weil sie nicht mehr redete, dass sie einfach vergessen hatte, genug zu trinken, und schon wurde jeder Gang zur Toilette eine Qual. Danach kam der obligatorische Besuch beim Arzt mit ihrer Mutter, dann die Peinlichkeit des Gesprächs am Küchentisch vor ihm und vor Juliette.

»Sie macht das natürlich nur, um Aufmerksamkeit zu bekommen, das macht sie doch ständig.«

»Hier geht es nicht um dich, Clive. Sie hat es nicht absichtlich gemacht, nur damit es mit deinem Arbeitsprojekt zusammenfällt.«

»Jedes Mal, aber auch jedes Mal bekommt Scarlett irgendeine Krankheit, wenn bei mir irgendwas Großes bei der Arbeit ansteht. Sie hat eine Blasenentzündung bekommen, weil sie nicht genug trinkt? Das ist nur Theater. Reines Theater.«

Scarlett hatte am Küchentisch zwischen ihnen gesessen, Tränen waren ihre Wangen herabgeflossen, sie hatte keinen Ton von sich gegeben, obwohl sie ihnen am liebsten gesagt hätte, wo sie es sich hinstecken sollten. Aber selbst die Tatsache, dass sie schwieg, wurde als Provokation aufgefasst.

»Ach Scarlett, hör doch auf. Du bist kein Baby mehr.«

»Siehst du? Siehst du? Es geht nur um sie. Nur um sie und ihr kleinen Manipulationsversuche ...«

Lasst mich in Ruhe, lasst mich in Ruhe, lasst mich doch alle in Ruhe.

Jetzt spürte sie den nagenden Schmerz im Lendenbereich, das ziehende Gefühl im Unterbauch. Ihre Blase war voll, eine Entzündung braute sich zusammen. Sie wollte weinen, doch ihre Tränen waren versiegt, was sollte das auch bringen? Davon bekam sie nur zusätzlich Kopfschmerzen.

Sie hatte zwei Möglichkeiten, entweder sie versuchte mit Yelena zu reden oder sie zog sich zurück und dachte an etwas anderes. An irgendwas. Sie versuchte sich an etwas zu erinnern, das sie glücklich gemacht hatte, an eine Zeit, in der sie sich frei und entspannt gefühlt hatte.

Im Freizeitzentrum mit Cerys. Sie hatten gelacht, weil irgendwelche Jungs vom College mit älteren Mädchen, vermutlich ihren Freundinnen, herumalberten, dann stieß einer den anderen ins Schwimmbecken, wofür ihm zur Rache die Hose heruntergezogen wurde, es kam zu einer Rangelei. Sie waren wild, doch es war alles nur Spaß. Die Bademeister pfiffen und lenkten damit nur noch mehr Aufmerksamkeit auf die Szenerie. Und sie hatten den Hintern des Jungen gesehen und, als er sich umdrehte, auch seinen baumelnden Schwanz. Scarlett hatte sich erschrocken die Hand vor die Augen gehalten, woraufhin Cerys noch mehr lachen musste. Am Ende hatte die Gruppe das Gelände verlassen müssen.

Sie liefen von der Bushaltestelle einen langen Umweg nach Hause, weil Cerys ein Päckchen Marlboro gekauft hatte und auf dem Heimweg eine Zigarette rauchen wollte. Sie hatte Scarlett auch eine angeboten, doch die hatte abgelehnt. Allein schon der Gedanke daran, bäh. Keine Chance. Sie schlenderten den Gehweg entlang, traten nach Schotterstückchen und schickten sie schlitternd auf dem Pflaster vor sich her. Scarletts Chucks waren staubig, Cerys schlurfte in Schuhen mit Stummelabsatz ihrer ältesten Schwester vor sich hin. Es war ihr egal, auch wenn Aimee sie wahrscheinlich dafür umbringen würde, wenn sie es sehen würde. Das war der Preis, den Aimee dafür zahlte, dass sie kleine Füße hatte.

Allmählich lösten sich ihre Tagträume auf und Scarlett befand sich wieder im hinteren Teil des Busses.

Vielleicht würde es ja gar nicht so schlimm werden.

So schlimm war es bisher doch auch nicht gewesen, oder? Sie hatte Wasser bekommen, man hielt sie zwar gefangen und sie musste in einen Eimer pinkeln, sie hatte kein ordentliches Essen bekommen, nur die Pizza, doch abgesehen von einem Faustschlag ins Gesicht hatte man ihr nichts getan. Es hätte schlimmer kommen können. Und den Schlag hatte man ihr auch nur deshalb versetzt, weil sie geschrien hatte. Seit sie tat, was man von ihr verlangte, und sich benahm, war nichts mehr passiert.

Das war es. Sie würde sich fügen und sehen, was als Nächstes passieren würde. Sie konnte sich wehren, es den Kidnappern schwer machen und versuchen zu fliehen, sie konnte sich aber auch fügen, den Kopf gesenkt halten und den richtigen Zeitpunkt abwarten.

Natürlich hatte Nico sie hintergangen.

Sie wollte es sich nur nicht eingestehen, aber allein die Tatsache, dass die Männer seinen Namen genannt hatten, bedeutete doch, dass sie ihn kannten. Und das waren böse Leute, was wiederum hieß, dass auch Nico böse war. Nico hatte von seiner kleinen Schwester gesprochen, so musste sie an Juliette denken. Wie würde sie damit zurechtkommen, dass Scarlett verschwunden war? Vielleicht hatte sie es nicht einmal richtig bemerkt, immerhin saß sie die meiste Zeit in ihrer eigenen kleinen Luftblase. Scarlett überlegte, dass Juliette einfach so war: Die reale Welt war für sie einfach nicht so schön wie die Welt in ihren Büchern. Viel Glück, dachte Scarlett.

Schon vor den Ferien hatte es Auseinandersetzungen darüber gegeben, und während des Urlaubs umso mehr, weil es so offensichtlich war, dass etwas nicht stimmte mit ihr. Scarlett hatte ihre Eltern belauscht, als sie draußen auf der Terrasse mit klirrenden Bierflaschen dasaßen, während Juliette ihr Buch las und Scarlett vor der offenen Terrassentür saß, die frische, stille Nachtluft einatmete und auf den richtigen Zeitpunkt wartete.

»Du bist manchmal zu streng mit ihnen, Clive«, sagte ihre Mom. »Juliette spricht fast gar nicht mehr.«

»Sie ist einfach ein Teenager«, erwiderte ihr Vater.

»Scarlett war in dem Alter nicht so.«

»Scarlett ist anders. Sie redet zu viel. Weiß nicht, wann sie den Mund halten soll.«

»Trotzdem«, sagte ihre Mutter »Du musst aufpassen, sie werden es in der Schule bemerken und Fragen stellen.«

»Jetzt wirst du hysterisch«, sagte ihr Vater.

Scarlett hatte in der Schule über Sigmund Freud gelesen, über die Hysterie. Damals fand sie, ihr Vater wäre im falschen Jahrhundert geboren und hätte gut in die viktorianische Zeit gepasst, als Frauen noch taten, was man von ihnen verlangte, und jede Abweichung von der Norm, jedes Anzeichen von Entschlossenheit oder auch nur eine Meinungsäußerung als krankhaftes Verhalten abgetan werden konnte. Ihr Vater schien es faszinierend und abstoßend zugleich zu finden, in einem Haus voller Frauen zu leben.

Ihre Mom war überhaupt nicht hysterisch. Sie sprach ganz ruhig. »Du nimmst mich nicht ernst.«

»Genug jetzt.«

Es war kurze Zeit still gewesen, dann waren seltsame Geräusche zu hören – atmen, das Knarren eines Stuhles. Kurz darauf das schabende Geräusch eines Metallstuhles, der auf dem Kachelboden zurückgeschoben wurde, dann ein zweiter. Die Terrassentür ging auf, das Surren der Klimaanlage in ihrem herrlich kühlen Apartment nebenan war zu hören, dann wieder ein schiebendes Geräusch, als die Tür sich schloss.

Scarlett wartete mit pochendem Herzen ab. Nur das Sirren der Insekten, das rasselnde Getriller in unzähligen Noten und Tonarten war noch zu hören.

SCARLETT – Donnerstag, 21. August 2003, 23:58

Nico wartete am Tor, zu dem er sie in der ersten Nacht mitgenommen hatte, er saß mit gespreizten Füßen auf einer Stufe. Als er sie kommen sah, stand er auf und streckte die Arme aus, sodass sie hineinlaufen konnte.

Dann folgte ein Kuss. Sie hatte sich schon den ganzen Tag danach gesehnt. Und alles, was sie ihm sagen wollte, die Unterhaltung, die sie in Gedanken mehrmals durchgespielt hatte, verpuffte mit einem Schlag, und dann war da nichts anderes mehr als der Kuss und das Gefühl, das er in ihr auslöste.

Später saßen sie am Strand, redeten und küssten sich. Er lenkte sie weiter ab, küsste ihren Hals und fuhr mit seiner Zunge über ihre Haut, bis sie erschauderte.

»Das kitzelt!«

»Ja«, sagte er. »Gut, ja?«

»Nein, nicht gut.«

Er lachte und machte noch ein wenig weiter.

»Können wir nicht zu dir gehen?«, fragte sie. Sie hatte ihn das schon mal gefragt. Früher oder später musste er nachgeben, dachte sie.

»Nein«, sagte er. »Das habe ich dir gesagt. Da ist meine Familie.«

Nico lebte mit seinem Bruder zusammen, er hieß Yannis. Er hatte eine große Familie, die in Athen lebte, aber Yannis arbeitete in einer Bar in der Stadt. Scarlett fragte, ob sie Yannis treffen könne, doch Nico antwortete, dass das nicht möglich sei. Er arbeite ständig. Nico wohnte im Sommer bei ihm. Im Winter packten sie alles zusammen und gingen zurück aufs Festland. Und als Scarlett ihn schließlich bat, ob sie nicht zu seinem Haus gehen könnten, damit sie ein wenig mehr Privatsphäre hätten, erzählte Nico irgendwas von einer Schwägerin und Kindern. Drei Stück. Es gäbe nicht viel Platz in dem Haus und folglich auch keine Privatsphäre.

»Aber ich will mit dir zusammen sein«, protestierte sie erneut. »Ich will richtig mit dir zusammen sein.«

Er schien nicht zu verstehen, worauf sie hinauswollte. »Wir sind zusammen«, sagte er. »Zusammen, jetzt.« Er streichelte mit den Fingern ihren nackten Arm rauf und runter. Sie spürte ihr Verlangen nach ihm.

Am Ende setzte sie sich auf ihn und legte ihre Hände auf seine Brust. »Du verstehst es nicht«, sagte sie, das Begehren machte sie mutig und verwandelte sie in jemand anderes. Einen Augenblick dachte sie an Cerys, was würde Cerys tun? Cerys käme gar nicht in so eine Lage, dachte sie. Cerys hätte schon am ersten Abend am Strand, in einem Eingang oder wo immer sie gerade Lust gehabt hätte, mit ihm geschlafen.

Ich bin Cerys, dachte sie. Du willst mich doch ficken, Nico, oder?

Sie spürte, wie er steif wurde. Den Rausch der Erregung und dass sie sie ausgelöst hatte. »Du willst mich doch, oder?«

»Scarlett, natürlich will ich dich.«

»Dann lass es uns tun.«

Er lachte, sie hasste das. Er lachte sie aus, weil sie nur ein Kind war. Sie drückte ihre Hände gegen seine Brust, kletterte von ihm herunter, setzte sich hin und zog die Knie ans Kinn. Hier unten war es schattig, aber sie waren nicht alleine, Leute liefen am Ufer entlang. Unter ihnen waren auch Pärchen, die sich die Liegestühle teilten. Sie waren nicht nah genug, als dass man hätte sehen können, was sie taten. Manche hatten Handtücher mitgebracht, unter denen sie sich versteckten, als ob das irgendeinen Unterschied machte.

Er setzte sich neben ihr auf, streichelte sanft ihre Wange. Sie ignorierte ihn.

»Hey«, sagte er. »Natürlich will ich dich. Das habe ich gesagt. Hast du nicht gehört?«

»Warum willst du nicht?«

Er legte seinen Arm schwer um ihre Schultern. Seine Haut war heiß, sie spürte, wie die Hitze seines Körpers auf sie ausstrahlte. »Du hast es noch nie gemacht? Es ist dein erstes Mal?«

Sie überlegte einen Moment ihn anzulügen und dachte daran, was das bedeutet hätte. Aber er machte sich natürlich Gedanken über ihre Gefühle. Also nickte sie.

Sie sah das Glühen in seinen Augen, auch wenn er es sofort zu verbergen versuchte. Für sie bedeutete das, dass er sie nur noch mehr wollte. So waren doch alle, oder? Alle Männer wollten ein Mädchen entjungfern.

»Dein erstes Mal sollte etwas Besonderes sein«, sagte er zu ihr.

»Mit dir wird es das sein. Ich will, dass du es bist.«

Daraufhin küsste er sie erneut, diesmal heftiger, er stieß sofort fordernd seine Zunge in ihren Mund. Sie war außer Atem. Er drückte sie wieder auf den Sand hinunter, streichelte mit der Hand über ihren Bauch. Sie griff nach seiner Hand, versuchte sie weiter nach unten zu schieben, und diesmal tat er es, er steckte seine Hand in ihre Shorts und die Finger in ihren Schlüpfer.

Doch es war grob, sie zuckte zurück. Plötzlich stieg Angst in ihr auf. Er musste es gespürt haben, denn er zog sich zurück. Dann nahm er ihre Hand und führte sie zu seiner Jeans, zu der Schwellung, die sich unter dem Stoff ausdehnte. »Merkst du, wie sehr ich dich will, Scarlett?«, flüsterte er an ihrem Mund. Und dann, als könnte er es kaum mehr erwarten, machte er seine Hose auf und steckte ihre Hand hinein.

Das war schon sichereres Terrain. Das kannte sie, sie wusste, wie sie ihn zum Orgasmus bringen konnte. Es brauchte eine Weile. Ihr Arm tat höllisch weh, obwohl er ihre Hand eisern im Griff hatte und immer wieder murmelte: »Schneller, oh, ja, Baby, schneller.«

Du wolltest es, sagte sie sich. Du wolltest, dass das passiert, oder?

Dann zog er sein Oberteil hoch, damit der Samen sich über ihre Hand und seinen Bauch ergießen konnte, küsste sie innig, aber grob.

»Du kannst mich saubermachen«, sagte er.

»Was?«

»Leck mich, Baby. Leck mich sauber.«

Sie wollte ablehnen, aber das tat sie natürlich nicht. Sie überlegte, ein Taschentuch aus ihrer Hosentasche zu ziehen und es ihm zu geben, doch am Ende tat sie, worum er sie gebeten hatte, weil sie nicht wollte, dass er sie für ein Kind hielt, so ekelhaft es auch war. Vielleicht war das ein Test. Vielleicht, wenn sie ihn bestand, würde er das nächste Mal richtig mit ihr schlafen.

»Du bist gut«, murmelte er.

»Bin ich das?«

»Sehr gut, Baby, sehr gut. Hast du das vorher schon gemacht, mit englischen Jungs?«

»Nicht wirklich.«

»Bist du traurig?« Er fuhr mit den Fingern an ihrem Gesicht entlang und berührte ihre Mundwinkel. »Sei nicht traurig, Baby. Ich kümmere mich um dich. Ich bringe dich zum Lächeln.«

»Ich wünschte, ich könnte bei dir bleiben«, sagte sie. »Mit dir wäre ich nicht traurig.«

Er stützte sich auf die Ellenbogen, sodass er sie ansehen konnte.

»Wegen meiner bescheuerten Familie«, fing sie an. »Meine Mom hält mich noch für ein Kind. Sie versucht mir Kinderklamotten anzuziehen. Sie lässt mich nirgends hingehen. Und mein Dad, er ist … er ist …«

Nico streichelte ihre Wange. Er hörte zu. Noch nie zuvor hatte ihr jemand richtig zugehört, und jetzt, da sie jemanden hatte, wusste sie noch nicht einmal, wie sie es in Worte fassen sollte. Sie legte ihre Hand um seinen Hals und zog ihn für einen Kuss zu sich herunter. Ein anderes Mal, dachte sie. Sie würde ihm alles erzählen. Aber heute Abend wollte sie einfach nur genießen, mit ihm zusammen zu sein, geküsst und geliebt werden.

Danach brachte er sie zum Apartment zurück, und diesmal legte er den Arm um sie, er hielt nicht nur beiläufig ihre Hand, er legte richtig den Arm um ihre Schulter. Scarlett hatte das Gefühl, es wäre etwas Bedeutsames passiert. Sie fühlte sich mit einem Schlag mutig und erwachsen.

Immer wieder blieb er stehen und küsste sie, sein Mund lächelte an ihrem. Er spürte es auch, das wusste sie. Und als das Apartment in Sicht kam, sagte er, noch bevor sie ihm die Frage stellen konnte. »Morgen Abend, ja? Wir treffen uns an derselben Stelle?«

Ja, ja! Ja, Nico.

Und vielleicht würde er morgen mit ihr schlafen und sie zu einer richtigen Frau machen.

»Scarlett.«

Zuerst hörte sie es nicht, registrierte nicht, dass der Ruf ihr galt, weil sie zu sehr damit beschäftigt war, ihn zu küssen. Aber er hörte es und zog sich schnell von ihr weg. Auf Anhieb.

»Scarlett!« Diesmal klang die Stimme eindringlich, wütend, sie erkannte sie.

»Mom!«

Ihre Mutter stand am Tor, das zur Ferienanlage führte, sie hatte die Arme vor der Brust verschränkt. »Was zum Teufel machst du da?«

Sie wollte es erklären und sagen »Mom, das ist Nico ...«, doch als sie sich umsah, war er bereits weggegangen und lief auf der dunkleren Straßenseite. Als sie ihm nachsah, fing er zu rennen an.

»Komm rein. Auf der Stelle.«

Scarlett fing zu zittern an, obwohl es nicht kalt war. »Bitte sag es Dad nicht«, sagte sie schnell, Tränen stiegen ihr in die Augen. »Bitte sag es Dad nicht, bitte, bitte!«

Ihre Mom packte sie am Ellenbogen und zog sie zum Tor. »Halt die Klappe«, zischte sie. »Wage es ja nicht, irgendeinen Lärm zu machen. Du hast so schon genug Ärger am Hals!«

Scarlett stolperte, ihre Knie zitterten vor Angst, was dazu führte, dass ihre Mutter noch fester zugriff. Gleich hinter dem Eingangstor blieb sie stehen und fasste Scarlett am Oberarm, als wollte sie weglaufen.

»Bitte, Dad bringt mich um, das weiß ich. Bitte, ich gehe einfach ins Bett, ich werde brav sein, ich ...«

»Was hast du gemacht?«, fragte ihre Mutter streng. »Was hast du mit dem Jungen gemacht?«

»Nichts!«

»Du hast ihn geküsst!«

»Das war alles, das war alles, ich schwöre es, ich habe nichts getan.«

»Du bist ein Kind, Scarlett, du bist noch ein Kind. Was zum Teufel tust du um diese Nachtzeit draußen –«

»Ich bin kein Kind.«

Ihre Mutter wollte etwas hinzufügen, doch dann hörten sie beide ein Geräusch. Auf der anderen Poolseite ging die Schiebetüre auf, ihr Vater stand auf der Terrasse und sah zu ihnen hinüber.

»Nein, nein«, wimmerte Scarlett.

»Siehst du, was du angerichtet hast?«, zischte ihre Mutter, obwohl Scarlett nicht begriff, wie sie irgendein Geräusch oder sonst etwas gemacht hätte, das ihn aufgeschreckt hatte. Ihre Mutter packte sie am Oberarm und zerrte sie um den Pool zurück zum Zimmer. Ihr Vater trat zur Seite und ließ die beiden vorbei.

Scarlett hatte ihren Vater schon vorher wütend gesehen, sehr oft sogar. Das kam so regelmäßig vor, dass es sie nicht überraschte, doch diesmal war seine Wut so heftig, als würde er jeden Augenblick im wahrsten Sinne des Wortes körperlich explodieren. Er ballte immer wieder seine Fäuste, als suchten sie dringend Kontakt.

»Wo bist du gewesen?«, fragte er.

»Ich war nur spazieren«, sagte Scarlett und klapperte mit den Zähnen. »Ich habe mich verlaufen. Der Junge hat mir den Rückweg gezeigt. Das ist alles, das ist alles, ich schwöre.«

»Was für ein Junge?«, fragte er und sah ihre Mutter an.

»Sie war mit einem Jungen zusammen.«

»Du hast keine Ahnung, was du da getan hast«, sagte ihr Dad. »Du versautes Kind.«

»Ich habe nichts getan«, sagte Scarlett ruhig. Sie sah ihn an, nicht trotzig, sondern flehend, mit Tränen in den Augen. Sie wusste, dass er ausflippen würde, wenn sie keinen Augenkontakt mit ihm herstellte, dass das das Schlimmste war, was sie tun konnte. Also starrte sie ihn weiter an, obwohl allein schon sein Anblick sie mit Schrecken erfüllte.

»Das will ich dir auch geraten haben«, sagte ihre Mutter. Sie saß neben Scarlett auf dem Sofa, nicht um ihre Unterstützung zu demonstrieren, sondern um ihr den Weg zu versperren, falls sie zur Tür rennen wollte.

»Ich habe nichts getan, wirklich nicht. Er ist nett, er würde dir gefallen.«

»Sie lügt«, sagte ihr Vater.

»Ich lüge nicht. Ich habe nur …«

»Sie hat mit ihm geschlafen, ganz bestimmt«, sagte ihre Mutter.

»Nur weil du das getan hättest«, sagte Scarlett.

»Wie kannst du es wagen!«

Das provozierte ihn natürlich nur noch mehr, sie wusste das. Vielleicht wollte sie es sogar. Vielleicht wollte sie, dass er sie umbrachte, damit es vorbei wäre. Oder dass Nico käme und sie rettete. Doch das würde nicht passieren. Er war weggelaufen. Hatte sich nicht einmal umgedreht.

»Geh rüber«, sagte ihr Vater zu ihrer Mutter.

»Nein, Dad, bitte«, sagte Scarlett.

»Warum?«, fragte ihre Mutter.

»Geh und sieh nach Juliette, Annie.«

»Sie schläft, es geht ihr gut.«

»Ich sagte, geh und sieh nach Juliette. Ich hole dich gleich wieder.«

»Clive«, sagte ihre Mutter, »nicht.«

»Geh!«

Ihre Mutter stand auf. Scarlett sah auf ihre Füße, die in Sandalen steckten, auf ihre dünnen gebräunten Beine, als sie an ihr vorbeiging. Die Terrassentür glitt auf und wieder zu.

In ihren Gedanken ging sie zum Strand hinunter. Es war sonnig, die Sonne schien ihr warm ins Gesicht, sie blickte an sich herab, sie trug weiße Shorts und ein wallendes Chiffonoberteil über dem Bikini, sie war gebräunt und fit und glücklich und frei. Sie blickte zum Strand hinunter und sah Nico, der winkend auf sie zukam. Sie winkte zurück und sah, dass er ein kleines Kind dabeihatte, einen kleinen Jungen mit denselben dunklen Haaren wie sein Vater, er lächelte breit und entblößte seine weißen Zähne, auch er winkte, so fest er konnte. Der Sand unter ihren Füßen war heiß, als sie zum Ufer ging, kleine Wellen plätscherten an den Strand und streichelten ihre Füße. Sie bückte sich und hob eine Muschel auf, die in zwei Hälften zerbrochen war, sie hatte in der Mitte eine perfekte Spirale; sie war hell und funkelte vom Meerwasser, sie glänzte wie ein Juwel im Sonnenlicht.

Alles in Ordnung, Scarlett, sagte Nico, auch wenn in ihrem Kopf etwas mit seinem Akzent nicht stimmte. Sie war verwirrt, versuchte sich auf ihn zu konzentrieren, auf sein Gesicht, versuchte ihn dazu zu bringen, etwas zu sagen.

Es ist alles in Ordnung.

LOU – Donnerstag, 31. Oktober 2013, 20:10

Die Opferschutzeinrichtung, die zuerst geschlossen und dann wieder eröffnet worden war, lag in der Kingswood Road, einer langen Straße, die vom Stadtzentrum aus an Häusern, Geschäften und Industriegebäuden vorbei aufs Land rausführte. Die Wohnung lag in einem Reihenhaus, wo jedes Haus wie das andere aussah. Eine schlichte schwarze Tür, die einen frischen Anstrich hätte gebrauchen können, ein zugepflasterter Vorgarten, zwei Mülltonnen vor der Eingangstür. Die Szenerie war in das orangefarbene Licht der Straßenlaternen getaucht, was sie noch unattraktiver aussehen ließ.

Lou klingelte an der Tür, kurz darauf öffnete ihr Caro Sumner. Sie trug eine dunkelblaue Trainingsjacke und Jeans.

»Kommen Sie rein«, sagte sie und trat beiseite. »Alles klar?«

Lou kam sich plötzlich in ihrem Hosenanzug übertrieben elegant vor und wünschte, sie wäre nach Hause gegangen und hätte sich umgezogen. Sie wollte nicht einschüchternd wirken, wollte nichts zwischen sich und Scarlett stellen, das sie nervös machen und am Reden hindern könnte.

»Gut, danke. Wie läuft's?«

»Ich mache gerade Kaffee und Sandwiches. Wollen Sie auch was?«

»Kaffee wäre gut.«

»Gut. Ich mache einen. Sie können sich inzwischen mit Scarlett unterhalten.«

Sie öffnete die Tür zu einem Raum, der wohl das Wohnzimmer sein sollte. Eine junge Frau saß auf einem ramponierten Sofa, mit angezogenen Knien, Socken an den Füßen und die Ärmel eines grauen Kapuzenshirts über die Handknöchel geschoben. Sie saß auf einem khakifarbenen Mantel, als hätte sie sich sitzend aus ihm herausgeschält, um sich dann wieder darin einzuwickeln, als wollte sie ihn zu einem Nest machen. Sie hatte kurzes, dunkles Haar, große Augen. Einen misstrauischen Blick. Hätte Lou die fünfundzwanzigjährige Scarlett Rainsford beschreiben sollen, wäre das Bild wohl sehr ähnlich ausgefallen.

»Hey«, sagte Lou. »Wie geht es dir?«

Scarlett räusperte sich, als wollte sie antworten, tat es aber nicht.

»Ich heiße Lou Smith«, sagte sie. »Darf ich mich einen Moment zu dir setzen? Caro macht etwas zu essen.«

Scarlett zuckte die Achseln, ihr Gesichtsausdruck wechselte von skeptisch zu gelangweilt. Oder resigniert? Oder etwas dazwischen. Was oder wen hatte sie erwartet, als die Tür geöffnet wurde?

Lou lehnte sich in ihrem Sessel zurück, schlug die Beine übereinander und nahm eine entspannte, offene Haltung ein in der Hoffnung, damit von ihrer formellen Kleidung abzulenken.

»Sind Sie Polizistin?«, fragte Scarlett.

»Ja. Ich habe an dem Fall gearbeitet, als du damals vermisst gemeldet wurdest. Ich wollte dir sagen, wie leid es mir tut, dass es uns nie gelungen ist, dich zu finden. Das ist eines der Dinge in meiner Karriere, das ich am meisten bedauere.«

Das Mädchen starrte sie erstaunt an. Lou ging davon aus, dass sie erst gar nicht antworten würde, doch dann sagte sie: »Das war vermutlich nicht Ihre Schuld.«

»Trotzdem.«

Caro kam mit einem Tablett herein, auf dem ein Teller mit Sandwiches und drei dampfende Tassen standen. Die Sandwiches bestanden aus mit Scheibenkäse belegtem, schwammigem Weißbrot, das zu einem hohen Stapel aufgetürmt und dann mit einem Messer in Hälften geschnitten worden war. Lou nahm sich eine Tasse und legte ihre kalten Hände darum. »Danke, Caro. Du bist ein Engel.«

»Wie heißen Sie noch mal?«, fragte Scarlett.

»Lou, mein Name ist Lou«, antwortete sie und trank einen wärmenden Schluck Kaffee.

»Sind Sie so was wie ein hohes Tier?«

»Ich bin Detective Chief Inspector, aber lass dich davon nicht einschüchtern.«

Caro setzte sich auf den Rand des anderen Sessels und legte die Hände auf die Knie. Sie hatte sich kein Sandwich genommen, wie Lou bemerkte. Ebenso wenig wie Scarlett.

Scarlett senkte langsam ihre Füße auf den Boden, als hätte sie steife Gelenke, und griff nach dem Teller mit den Sandwiches. Sie ließ Lou nicht aus den Augen, nahm die obere Hälfte eines Brotstapels, schob die Füße wieder unter sich, führte das Sandwich mit beiden Händen an den Mund, biss ab und kaute.

Caro machte ein Geräusch, es klang wie ein leises, erleichtertes Seufzen, dann sank sie in den Sessel zurück.

»Haben Sie die Ermittlungen vor zehn Jahren geleitet?«

Lou lächelte. »Ganz und gar nicht. Ich war damals erst Detective Constable.«

»So wie die da«, sagte Scarlett und warf Caro einen vorwurfsvollen Blick zu.

»Ja«, sagte Caro, »so wie ich.«

»Sie sind befördert worden«, fügte Scarlett hinzu und sah Lou wieder an. »Dann haben Sie wohl ein paar Sachen richtig gemacht.«

»Ganz so läuft es nicht, aber danke für das Vertrauen.«

»Wie meinen Sie das?«

»Wir müssen Prüfungen ablegen, Unterlagen vorlegen, Bewerbungsgespräche führen, wenn wir eine Beförderung wollen. Ich denke, es geht vor allem darum, dass man den Job findet, in dem man am besten ist.«

»Sind Sie ein guter DCI?«

Lou stutzte, als Scarlett die Abkürzung benutzte.

»Sie ist großartig«, sagte Caro.

Scarlett nickte. Sie streckte ihre Hand wieder zum Couchtisch aus und legte das Sandwich, von dem sie ein Stückchen abgebissen hatte, vorsichtig an den Rand des Tabletts.

»Ich rede mit Ihnen«, sagte sie, »aber nicht vor ihr.«

Lou und Caro wechselten einen Blick.

»Wir müssen zum Hotel fahren, Scarlett«, sagte Caro. »Sobald du fertig gegessen hast.«

»Warum können wir nicht hierbleiben?«

»Diese Wohnung ist nicht für Übernachtungen eingerichtet«, sagte Lou. »Es ist nur ein Ort, an dem man in Ruhe reden kann.«

»Ich kann auf dem Sofa schlafen«, sagte Scarlett.

»Ein Hotel wäre doch netter, oder nicht?«, sagte Caro fröhlich. »Kleine Dusche am Morgen, Frühstück. Dann können wir hierher zurückkommen, wenn du willst.«

Scarlett zuckte die Achseln, als wäre es ihr egal. »Ich habe kein Geld für ein Hotel«, sagte sie.

»Na ja, für ein paar Tage übernimmt das die Polizei«, sagte Caro. »Mach dir deswegen also keine Sorgen.«

Scarlett starrte Caro so lange an, bis die ältere Frau aufstand und das Zimmer verließ. Über ihren Köpfen richtete sich das schwarze Auge der Videokamera direkt und ruhig auf Scarlett. Es spielte keine Rolle, ob Caro hier oder im Nebenzimmer war; sie würde das ganze Gespräch so oder so verfolgen.

»Was passiert jetzt mit mir?«, fragte Scarlett, als sich die Tür hinter Caro geschlossen hatte.

»Kommt ganz drauf an«, sagte Lou. »Dir stehen viele Hilfsangebote zur Verfügung, wenn du sie in Anspruch nehmen willst. Fürs Erste stimmen sich die Beamten mit anderen Dienststellen ab, um herauszufinden, was für Angebote sie dir machen können.«

»Welche Art Hilfe meinen Sie?«

»Zunächst geht es vor allem um Ruhe und Regeneration. Du bekommst eine Unterkunft, Unterstützungsangebote, Beratung, alles, was du brauchst. Einfach Zeit für dich, damit du entscheiden kannst, was du jetzt mit deinem Leben anfangen willst.«

»Ich weiß nicht, was ich will.«

»Ich denke, deine Familie wird bald hier eintreffen. Ich habe gehört, dass sie morgen früh nach Hause fliegen.«

»Ja. Das hat man mir gesagt.«

Lou bemerkte den ausdruckslosen Tonfall, den Mangel an Interesse. Im Grunde nachvollziehbar. Es war zehn Jahre her, und diese Zeit hatte Scarlett irgendwie ohne ihre Mutter, ihren Vater und ihre Schwester überlebt. Ein Wiedersehen mit ihnen musste ziemlich seltsam anmuten.

»Muss ich mit ihnen gehen?«

»Nein. Du musst gar nichts.« Lou sah Scarlett an, beobachtete ihren Blick und fügte dann hinzu. »Du musst dich noch nicht einmal mit ihnen treffen, wenn du nicht willst.«

Scarlett lachte heiser. »Ja, stimmt.«

»Möchtest du sie sehen? Bist du dazu bereit?«

»Verschonen Sie mich mit dem Psychokram, den hab ich doch schon von den anderen zur Genüge gehört. Ich will meine Mutter sehen. Ich will sehen ... wie sie aussieht, ob sie sich verändert hat.«

Sie legte den Kopf zur Seite und sah Lou herausfordernd und unverwandt ins Gesicht.

Zweiter Teil
Der Tod ist nicht das Ende

Polizeiberichte über 4 Carisbrooke Court, Briarstone

5x5x5 Protokoll

Datum:	12. März 2013
Beamter:	PC 9921 EVANS
Betrifft:	Paul STARK, geb. 04.05.1982, Lewis McDONNELL, geb. 21.10.1953, Harry McDONNELL, geb. 06.07.1956
Bewertung:	B/2/1

Paul »Reggie« Stark arbeitet für den Sicherheitsdienst der McDONNELL-Brüder. Er kümmert sich in letzter Zeit um das Bordell, das Lewis McDONNELL in Briarstone kontrolliert, sowie um eines in Charlmere. Nachforschungen legen nahe, dass das mit einem Besitz in Carisbrooke Court in Briarstone zu tun haben könnte.

5x5x5 Protokoll

Datum:	31. Oktober 2013
Beamter:	PC 10422 Thomas DEVINE
Betrifft:	Operation Pentameter 2013
Bewertung:	B/2/4

Am 31. Oktober 2013 kam es im Rahmen der Operation Pentameter 2013 zu einer Razzia in 4 Carisbrooke Court, Briarstone. Bei der Adresse wurden folgende Personen angetroffen:
- Ekaterina IORATOVA, geb. 01.12.1996
- Ella HARTUNEN, geb. 22.08.1994
- Liliana VETTINA, geb. 14.05.1997
- Katie SMITH, geb. 11.02.1988

Alle oben Genannten gaben als ihre Adresse 4 Carisbrooke Court, Briarstone an.

Anwesend waren zudem:

- Victor RAMOS, geb. 14.01.1971, 91A Queen Street, Briarstone, Vorstrafen wegen Gewalttätigkeit, Waffenbesitz und Drogen. Polizeiberichte über RAMOS deuten darauf hin, dass er Stammgast in Bordellen im Landkreis ist.
- Peter James BRIGHAM, geb. 18.04.1957, 151 High Street, Baysbury, keine Vorstrafen
- Edward LITTNER, geb. 31.10.1968, The Maltings, Love Lane, Catswood, keine Vorstrafen

5x5x5 Protokoll

Datum:	31. Oktober 2013
Beamter:	PC 10422 Thomas DEVINE
Betrifft:	Operation Pentameter 2013
Bewertung:	B/2/5

Am 31. Oktober 2013 kam es im Rahmen der Operation Pentameter 2013 zu einer Razzia in 4 Carisbrooke Court, Briarstone. Anwesend war eine Person, die sich als Katie SMITH, geb. 11.02.1988, ausgab. Nachdem man sie in Gewahrsam genommen und gebeten hatte, eine DNA-Probe abzugeben, gab die Frau ihre richtige Identität zu Protokoll, es handelt sich um Scarlett Rainsford, geb. 11.02.1988 (betrifft eine Vermisstenmeldung aus dem Jahr 2003, Operation Diamond). Aufgrund des möglichen Medieninteresses wurde der Führungsstab informiert.

5x5x5 Protokoll

Datum:	31. Oktober 2013
Beamter:	PC 10422 Thomas DEVINE
Betrifft:	Operation Pentameter 2013
Bewertung:	B/2/4

Am 31. Oktober 2013 kam es im Rahmen der Operation Pentameter 2013 zu einer Razzia in 4 Carisbrooke Court, Briarstone. Während der Razzia wurden folgende Mobiltelefone beschlagnahmt:

- iPhone 4s mit Simkarte, endet auf 424 – beschlagnahmt von Victor RAMOS, geb. 14.01.1971
- schwarzes Samsung Mobilteil mit Simkarte, endet auf 191 – beschlagnahmt von Ella HARTUNEN, geb. 22.08.1994
- schwarzes Nokia Mobiltelefon mit Simkarte, endet auf 891 – beschlagnahmt von Katie SMITH, geb. 11.02.1988
- iPhone 5 mit Simkarte, endet auf 991 – beschlagnahmt von James BRIGHAM, geb. 18.04.1957
- weißes Samsung Handset mit Simkarte, endet auf 042 – beschlagnahmt von Edward LITTNER, geb. 31.10.1968

5x5x5 Protokoll

Datum:	31. Oktober 2013
Beamter:	PC 10422 Thomas DEVINE
Betrifft:	Operation Pentameter 2013
Bewertung:	B/2/4

Während der Razzia in 4 Carisbrooke Court, Briarstone, am 31. Oktober 2013 wurde Gavin PETRIE, geb. 17.03.1975, draußen in einem Suzuki Swift beobachtet, wie er mit seinem Handy telefonierte. Beamte forderten ihn auf, sich zu entfernen, er teilte ihnen mit, dass er einen Freund im angrenzenden Wohnblock in Roehampton Court besuche. Trotzdem blieb er noch weitere dreißig Minuten draußen in seinem Wagen sitzen und beobachtete das Geschehen.

5x5x5 Protokoll

Datum:	31. Oktober 2013
Beamter:	PC 10422 Thomas DEVINE
Betrifft:	Operation Pentameter 2013
Bewertung:	B/2/4

Nach der Razzia in 4 Carisbrooke Court am 31. Oktober 2013 verweigerte Liliana VETTINA, geb. 15.05.1997, vermutlich aus Moldawien stammend, die Aussage und behauptete, kein Englisch zu verstehen. Während sie hinten im Kleinbus auf ihren Transport nach Briarstone wartete, unterhielt sich VETTINA allerdings ausführlich auf Englisch mit Katie SMITH, geb. 11.02.1988.

LOU – Freitag, 01. November 2013, 09:00

»Gut, können wir weitermachen? Wir haben noch viel zu besprechen.«

Der Kaffee aus der Kantine wirkte noch nicht, und Lou fühlte sich benommen und unkonzentriert. Zu viele kurze Nächte am Stück forderten ihren Tribut. Sie freute sich darauf, am nächsten Morgen auszuschlafen und, mit ein bisschen Glück, anschließend auf einen freien Tag. Sie setzte sich auf den Rand des freien Schreibtisches und balancierte ihren Laptop auf dem Knie. Es waren nicht viele Leute anwesend, nur Jane Phelps, Ron Mitchell, Les Finnegan und Sam Hollands.

»Ist Ali heute nicht da?«, fragte Lou.

»Er ist beim Zahnarzt, Ma'am«, sagte Jane. »Er kommt später.«

»Okay. Jane, du musst uns auf den letzten Stand bringen. Wie kommst du mit den Beweisstücken für die Operation Nettle voran?«

»Gar nicht so schlecht. Der Gerichtstermin wurde auf den dreizehnten Januar festgelegt. Ali bekommt aber ständig Anrufe von Suzanne Martins Schwester.«

Das war neu. Gegenüber Personen, die in Gerichtsverfahren verwickelt waren, gab es eine Fürsorgepflicht, aber in der Praxis waren Rat und Unterstützung eine Leistung des gesamten Teams zusammen mit den Anwälten und dem Opferschutz. Es gehörte mit zur Arbeit, bis zum Ende eines Verfahrens mit den Familien der Opfer als auch denen der Täter in Kontakt zu bleiben, aber in diesem besonderen Fall klingelte eine Alarmglocke. »Wirklich? Warum?«, fragte Lou.

»Wegen allem Möglichen, sie ist wahnsinnig hartnäckig. Hast du sie mal getroffen?«

»Nein, wie ist sie?«

»Ali mag sie, mir verursacht sie Gänsehaut. Immer wieder sagt er ihr, dass wir ihr keine Informationen erteilen dürfen, er sagt ihr, dass sie sich mit dem Anwalt in Verbindung setzen muss, aber das hält sie alles nicht davon ab, weiterhin anzurufen. Ich habe das ungute Gefühl, dass sie das Ganze sabotieren wird. Ich weiß, Ali hat es unter Kontrolle, aber ich dachte, du solltest es wissen.«

»Danke, Jane.«

»Aber sonst ist alles auf Schiene.«

»Das freut mich. Dann lass uns mit der Operation Trapez weitermachen – Sam, hast du Jasons Profil über die McDonnells gesehen?« Lou hatte es am Abend zuvor in einem Umschlag auf ihren Tisch gelegt und einen großen Zettel drangehängt, auf dem stand: *Lesen – dringend.*

»Habe ich«, sagte Sam. »Interessant, dass Maitland sich offenbar mit ihnen zerkracht hat. Frage mich aber, was noch dahintersteckt.«

»Das frage ich mich auch. Ich wünschte, wir bekämen ein paar neue Berichte über ihn.«

»Ich lasse ihn weiter überwachen, da kommt aber nichts zurück.«

Ron murmelte etwas, das nach »kugelsicher« klang.

Sam fuhr fort. »Außerdem ist interessant, dass die Petries offenbar jetzt mehr mit den McDonnells zu tun haben. Sie waren in erster Linie Freunde von Maitland. Ich frage mich, ob das etwas mit der Auseinandersetzung zu tun hat.«

»Nigel wird immer mehr isoliert«, sagte Ron. »Das ist gut.«

»Oder er schottet sich ab«, sagte Lou. »Was mich zu der Frage bringt, ob er irgendwas mit dem Mord an McVey zu tun hat. Ich hätte viel mehr Polizeiberichte dazu erwartet, ihr nicht?«

»Es gibt kaum was.«

»Les – wie siehst du das?«

Les Finnegan war ein Jahr vor dem Ruhestand und sehr geschickt darin, sich wegzuducken, und er duckte sich weg. »Über Maitland? Bin mir nicht sicher, Boss. Ich habe nicht den Eindruck, dass er irgendwas mit McVey zu tun hatte. So aktiv ist er nicht.«

»Trotzdem, es wäre gut, wenn wir ihn wegen irgendwas drankriegen könnten. Schau mal, ob wir ihn nicht ein wenig aufscheuchen können.«

Les antwortete nicht. Er sah sie an wie das Kaninchen die Schlange, sagte aber nichts. Lou wollte erwähnen, dass die Sonderkommission versuchte, ein Überwachungsteam für Maitland zu bekommen, aber das musste nicht jeder wissen, nicht einmal in dieser Runde.

»Les, was meinst du?«, man musste ihm förmlich die Würmer aus der Nase ziehen.

»Freiwillig wird er nicht kommen.«

Jane unterbrach die zunehmend gereizte Unterhaltung. »Ma'am, ich muss irgendwann sowieso zur Farm fahren, weil ich etwas zurückbringen muss, wenn das was hilft. Ich könnte ja versuchen ein Wörtchen mit ihm zu reden?«

»Vielleicht ist er ja gar nicht da«, sagte Les.

»Wie, nicht da, im Urlaub, oder wie?«

»Ich glaube, ich habe da irgendwas in einem Polizeibericht gelesen«, sagte Les flüchtig.

Es gab Zeiten, da war Les scharfsinnig wie kein anderer, und dann wieder solche, in denen Lou sich fragte, ob er nicht nur noch auf der Stelle trat und auf seinen Rentenbescheid wartete.

»Danke, Jane«, sagte Lou, »das wäre großartig. Ich will nur wissen, was er für ein Gesicht macht, wenn er den Namen McVey hört.«

»Mache ich.«

In den nächsten paar Minuten hörte Lou nur halb hin, während Sam die Aufgabenverteilung durchging und dafür sorgte, dass alle Jobs über das Wochenende besetzt waren. Sie musste an Nigel Maitland denken, war in Versuchung, Jane zu fragen, ob sie mitkommen konnte. Sobald sie ihn von Angesicht zu Angesicht sähe, würde sie es wissen. Dann konnte sie sich der Aufgabe widmen, den Schweinehund festzunageln. Ich kriege dich schon, dachte sie. Ich finde etwas über dich, womit ich dich dingfest machen kann.

SCARLETT – Freitag, 22. August 2003, 14:18

Am nächsten Tag, ihrem letzten Ferientag, versuchte Scarlett im Bett zu bleiben.

Als er mit ihr fertig gewesen war, hatte ihr Vater sie zurück in das Apartment nebenan gebracht und sie auf das Bett gestoßen. Falls Juliette wach war, hatte sie sich nicht bewegt oder geatmet oder sonst irgendein Zeichen gegeben, dass sie irgendetwas anderes tat als schlafen. Ihre Mom hatte kein Wort verloren. Sie war ihrem Vater einfach aus dem Zimmer gefolgt.

Sobald sie die Tür hinter sich zugezogen hatten, stieß Scarlett ein Würgen aus, ein verzweifeltes Schluchzen, dann noch eines. Sie konnte nichts dagegen tun. Sie hatte es so lange zurückgehalten, dass sie zu platzen drohte. Sie versuchte, sich ruhig zu verhalten, ihre Schluchzer im Kissen zu ersticken, um ihre Schwester nicht zu wecken und nichts erklären zu müssen.

Juliette schlief nicht. Das erkannte Scarlett daran, wie sie atmete, sobald sie zu schluchzen aufgehört, ein paarmal tief Luft geholt, schaudernd eingeatmet und die Tränen heruntergeschluckt hatte. Sie hatte sich auf dem Bett zusammengerollt, versuchte zu schlafen und nicht an Nico zu denken.

Dann hörte sie, dass Juliette sich im Bett bewegte, sich ungeschickt wälzte, dann spürte sie plötzlich eine Hand auf ihrer Schulter. Scarlett erstarrte. Aber das war alles, nur eine Hand auf ihrer Schulter. Für einen kurzen Augenblick, dann drehte Juliette sich wieder um, atmete tief und ruhig und schlief.

Bis zu dem Moment hatte Scarlett geglaubt, dass Juliette sie bei ihren Eltern verpetzt und von ihrem nächtlichen Verschwinden erzählt hatte. Dass sie ihnen das leere Bett gezeigt hatte und die Eltern deshalb auf ihre Rückkehr gewartet hatten. Doch am nächsten Morgen, als Scarlett endlich die Augen öffnete, um sie dann aber gleich wieder zu schließen, weil sie noch nicht in der Lage war, sich dem Tag und dem, was er ihr brachte, zu stellen, wurde ihr klar, dass sie sich geirrt hatte. Juliettes Hand auf ihrer Schulter hatte trotz allem viel ausgesagt.

Ich höre dich. Du bist nicht allein. Und: *Ich war es nicht.*

Sie lag noch lange, nachdem sie das Laken abgestreift hatte, da. Es war brütend heiß. Sie hörte Geplansche, Rufe, Gelächter draußen vom Pool, was hieß, dass die Terrassentür vermutlich offen war. Sie drehte sich langsam im Bett herum, ihr Kopf dröhnte, Juliette war nicht im Zimmer.

Sie kämpfte sich in eine sitzende Position, legte sich aber sogleich wieder hin. Sie fühlte sich, als hätte sie einen Kater. Sie wusste, wie sich das anfühlte, weil sie an einem Sonntag im vergangenen Sommer, als sie bei Cerys übernachtet hatte, einen gehabt hatte. Sie hatten sich Cocktails gemixt und am Spirituosenschrank bedient. Am nächsten Tag war ihr erst schlecht, dann richtig übel geworden, sie hatte schreckliche, nie zuvor gekannte Kopfschmerzen gehabt und den Tag mit der Familie verbringen und so tun müssen, als wäre alles in Ordnung. Sie musste begeistert Grillfleisch essen, das sie eine halbe Stunde später wieder auskotzte. Sie musste mit ihnen einen Spaziergang durch den Stadtpark machen, was vorübergehend geholfen hatte, und war danach unter dem Vorwand, sie wolle noch ihre Hausaufgaben machen, in ihr Zimmer gegangen. Dort war sie auf ihrem Bett zusammengebrochen.

Genau so fühlte sie sich jetzt.

Oh, Nico.

Würde er heute Abend an ihrem gewohnten Ort noch auf sie warten? Oder würde er sich einfach davonmachen, sich unter die torkelnden Kerle und die Mädchen in ihren knappen Kleidern und Stöckelschuhen mischen und sich nach einer anderen umsehen?

Sie konnte nicht riskieren, noch einmal auszugehen. Sie würden jede Bewegung kontrollieren, nur darauf warten, dass sie einen Fehler machte. Darauf warten, dass sie Schande über ihre Familie brachte.

Das war unfair, so unfair. Schließlich hatte sie nichts Schlimmes getan.

Dann fiel ihr wieder ein, dass sie über einen Kuss hinausgegangen war. Sie hatte es so sehr zu verdrängen versucht, dass sie den ekstatischen Moment vergessen hatte, als er die Kontrolle verlor und wie er sich in ihrer Hand angefühlt hatte. Und alles, was er bedeutete. Er mochte sie, er vertraute ihr, er wollte sie. Er hatte sie danach mit neuer Leidenschaft geküsst, mit einer anderen Dringlichkeit, als hätte sie ihm etwas bewiesen.

Falls sie ihn wiedersah, würde er mit ihr schlafen, das wusste sie. Sie würde nach Hause zurückkehren und Cerys erzählen, dass sie einen Jungen getroffen habe und wie umwerfend er sei – sie würde dafür sorgen, dass sie ein Foto von ihm machte – und dass sie es mit ihm getan habe.

Die einzige Möglichkeit, Nico wiederzusehen, wäre, ihrer Familie den Rücken zu kehren und nicht nach Hause zurückzukehren. Nie wieder.

Wenn die Situation so schlimm war wie jetzt, war das einzige Hilfsmittel, sich in ihre Fantasiewelt zurückziehen. Also dachte sie an Nico, daran, wie sie sich irgendwie davonschleichen und sich mit ihm treffen könnte. Er würde auf sie warten, die ganze Nacht. Er würde sie in die Arme nehmen und ihr sagen, wie sehr er sich gesorgt und an sie gedacht und Angst um sie gehabt habe. Er würde ihr immer und immer wieder sagen, wie sehr er sie liebte … Er würde sie berühren und sie beruhigen, ihr sagen, dass alles in Ordnung sei, ihr sagen, dass sich alles richten werde, dass er sich um sie kümmern und ihr niemals wieder jemand wehtun werde.

Dann würde er sie zu sich mit nach Hause nehmen – die Familie wäre irgendwohin ausgegangen … Er würde sie in sein Zimmer schmuggeln, ihr jedes Kleidungsstück einzeln ausziehen, sie aber jedes Mal um Erlaubnis bitten und sich vergewissern, dass alles in Ordnung wäre. Sobald er sie entblößt hatte, würde er jeden Zentimeter ihrer Haut küssen, dann würde ihn endlich die Leidenschaft mitreißen, er würde sie zum Bett tragen und mit ihr schlafen. Vielleicht würde es wehtun, ein wenig zumindest – denn das war beim ersten Mal unvermeidbar, nicht wahr? –, aber es würde alles gut werden.

Träumerei, alles nur Träumerei. Von dem Punkt, wo Nico auf sie wartet, bis zu dem, als er ihr die Jungfräulichkeit nimmt. Nichts davon würde je wahr werden.

Am frühen Nachmittag kam Juliette ins Zimmer und setzte sich mit ihrem Buch auf das Bett. Die Vorhänge vor der Terrassentür waren geschlossen, um das sengende Sonnenlicht so gut wie möglich fernzuhalten, und Juliette sorgte dafür, dass sich der Vorhang wieder hinter ihr schloss. Sie machte auch die Tür zu, doch Scarlett protestierte.

»Jul, es kommt keine Luft mehr rein. Lass die Tür einen Spalt offen.«

Schweigsam wie immer ließ Juliette die Tür offen. Von draußen drangen wieder die Geräusche des Pools herein.

»Was machen sie?«

»Wer?«, fragte Juliette. Heute hatte sie offenbar Lust zu reden.

»Mom und Dad. Sind sie am Pool?«

»Sie sind reingegangen und machen einen Mittagsschlaf.«

Scarlett setzte sich langsam im Bett auf, sie fühlte sich wie achtzig, nicht wie fünfzehn.

»Wie geht es dir?«, fragte Juliette. Es klang eher flach, wie eine Feststellung. Aber Scarlett wusste ihren Einsatz zu schätzen, es kostete sie Überwindung, es überhaupt auszusprechen.

»Ich bin okay«, sagte sie und lächelte matt. »Danke, Jul.«

Sie stand auf und ging zum Bad, wusch sich das Gesicht und sah sich im Spiegel an. Ich hasse sie, dachte sie. Ich hasse sie beide.

Wieder zurück im Schlafzimmer, zog sie ein paar Shorts und ein Oberteil aus dem Koffer, der wie ein totes Tier auf dem Kachelboden lag, dessen Eingeweide das Gewirr verschiedenfarbiger Stoffe bildete. »Ich mache einen Spaziergang«, sagte sie zu Juliette. »Ich bin nicht lange weg.«

Juliette hatte sich bereits wieder in ihr Buch vertieft, was bedeutete, dass sie diesmal ohne Antwort auskommen musste. Ihre Schwester hatte sich in eine andere Welt zurückgezogen; auf mehr als eine Realität auf einmal konnte sie sich nicht konzentrieren.

»Ich liebe dich, Jul«, sagte Scarlett ruhig und meinte es auch so. Sie war die Einzige.

Auch das reichte nicht aus, um Juliette den Kopf von ihrem Buch heben zu lassen, doch ein Lächeln huschte über ihre Lippen, ob es sich auf die Geschichte oder auf Scarletts Worte bezog, war nicht zu erkennen.

Scarlett schob die Vorhänge beiseite und ging in den grellen Sonnenschein hinaus. Auf dem Wäscheständer auf der Terrasse lag ihre Baseballkappe. Sie war getrocknet, nachdem sie gestern damit in den Pool gesprungen war. Sie war eng, aber wenigstens schützte sie ihre Augen vor dem Sonnenlicht.

Die Terrassentür zum Apartment nebenan war geschlossen, die Vorhänge waren zugezogen. Das Summen der Klimaanlage sagte ihr, dass sie beide drinnen waren. Sie ging zum Tor und dachte daran, was sie gerade tat und ob es die Sache wert wäre. Natürlich war es das. Jedes bisschen Freiheit, das sie sich leistete, war wertvoll.

Sie ging durch das Tor und lief zum Zentrum. Sie wollte nicht nach Nico suchen. Sie wollte sich nur die Füße vertreten und ein wenig frische Luft schnappen.

Sie lief bis zum Marktplatz. Die Cafés waren alle voll, die Touristen genossen ihr Mittagessen. Pizzas und griechischer Salat und Steaks, Pommes und Bier, es gab sogar englisches Frühstück, weil die Briten nicht ohne ihr Bacon and Eggs auskamen, egal wo auf der Welt sie waren.

Er war nirgends zu sehen. Sie ging zurück und am *Pirate Bay Club* vorbei. Die Internetterminals waren alle besetzt, offenbar funktionierten sie. Sie dachte an Cerys und was sie heute wohl machte. Sie hätte so gerne den Mut gehabt, ihr Handy anzumachen, damit sie sie anrufen und ihr erzählen konnte, was passiert war. Cerys würde sie verstehen. Sie würde sie zum Lachen bringen.

Sie wollte weitergehen, als sie Nicos Stimme hinter sich hörte, er rief ihren Namen. »Scarlett! Hey!«

Sie blieb einen Augenblick stehen und überlegte, einfach weiterzugehen und nicht auf ihn zu achten. Ihn abzuservieren, wie er es ja offensichtlich gewollt hatte, seinem Verhalten von gestern Abend nach zu schließen, als er ohne sich noch einmal umzudrehen einfach davongegangen war. Sie senkte den Kopf, sah sich nicht um, bewegte sich nicht.

Er holte sie ein, packte sie um die Hüfte, hob sie hoch und drehte sie zu sich herum, sodass sie keuchen musste.

»Hey! Wie geht es dir, wunderschönes Mädchen?«

»Lass mich los.«

Er lachte, hörte dann aber auf. Sie rutschte an seinem Körper herunter, bis sie mit den Füßen wieder auf festem Boden stand, und stieß ihn von sich.

»Was ist los?«

Sie sah zu ihm auf, sein Gesicht war so wunderschön, so voller Liebe und Fürsorge, dass sie spürte, wie ihr die Tränen in die Augen stiegen. Er legte zögernd eine Hand auf ihren Arm, als wäre ihm keine weitere Berührung mehr erlaubt.

Sie hob beide Hände. Sie fühlten sich so schwer an. Und dann legte er seinen Arm behutsam um sie und zog sie an sich. »Was ist los?«, fragte er erneut. »Scarlett?«

Sie schluchzte, nur einmal, in sein T-Shirt. Und fand dann schnell ihre Fassung wieder. So ging das nicht. So ging das ganz und gar nicht.

»Ist schon in Ordnung. Es geht mir gut. Danke.«

»Hast du gestern Ärger bekommen?«

»Ein bisschen.«

Sie riskierte erneut einen Blick auf ihn, verfiel ihm, verfiel wieder diesen dunklen Augen und dem wunderschönen Gesicht. Er sah so fantastisch aus, so schön. Und letzte Nacht ... sie erinnerte sich daran, erinnerte sich an seinen Geschmack, egal wie viel Überwindung es sie gekostet hatte, sie wollte es noch einmal, wollte mehr.

»Vielleicht verstehen sie es nicht«, sagte er. »Vielleicht haben sie vergessen, wie es sich anfühlt, mit jemandem glücklich zu sein.«

»Können wir zum Strand gehen?«

Sie gingen Seite an Seite zu den Holzplatten, die wie Trittsteine im heißen Sand lagen und zum Meer führten. Hier hatte sie vergangene Nacht neben ihm gelegen und ihn geküsst, bis er die Kontrolle verloren hatte. Jetzt war der Strand voller Touristen, Kinder spielten im Sand. Der Duft von Kokosnuss-Sonnenöl und Zigarettenrauch hing in der Luft.

Sie wollte seine Hand halten, aber er hielt Abstand zu ihr. Zu meiner Sicherheit, dachte sie. Er ist vorsichtig, wegen mir. Er macht sich Sorgen, dass ich in Schwierigkeiten geraten könnte.

Sie erreichten das Ufer, da war der Sand glatt, feucht und fester zum Gehen, und liefen den Strand entlang zurück zu den Apartments. Ein paar Hundert Meter vom Dorf entfernt wurde es ruhiger am Strand, die Geschäfte, Bars und Tavernen der Promenade verschwanden langsam und Sanddünen machten sich breit.

»Das ist nicht gut«, sagte er ohne Vorwarnung. »Ich sollte mich von dir verabschieden.«

»Du bist der Einzige, der mich jemals glücklich gemacht hat«, sagte Scarlett und senkte den Kopf.

»Du machst mich auch glücklich«, sagte er. »Du bist ein besonderes Mädchen, Scarlett. Du bist –«

»Ich liebe dich«, platzte sie heraus.

Daraufhin blieb er stehen und drehte sich zu ihr um. »Das ist keine gute Idee. Deine Eltern? Es wird nur schlimmer für dich.«

»Ich bin fünfzehn«, sagte sie und konnte ihre Worte nicht mehr zurückhalten. »Ich bin erst fünfzehn.«

Er lachte über sie. »Du siehst jünger aus. Vielleicht so acht, neun Jahre ...«

Sie schubste ihn, tat, als wäre sie beleidigt. »Wie alt bist du denn?«, fragte sie.

»Ich bin sechzehn«, sagte er und lächelte sie an.

Er sieht älter aus, dachte Scarlett, hatte aber keine genaue Vorstellung davon, wie alt er aussehen sollte. Sie hatte ihn auf etwa achtzehn geschätzt. Gab es denn in Griechenland kein Mindestalter, um in einer Bar zu arbeiten?

Sie setzte sich in den Sand, in den Schutz der Dünen vor dem Wind. Nico setzte sich neben sie, sein Arm lag lässig und schwer auf ihrer Schulter. Er nahm ihre Baseballkappe ab, küsste ihre Schläfe, sie drehte den Kopf, sodass er sie richtig küssen konnte.

»Willst du weg von ihnen?«, fragte er kurz darauf.

Ihr Herz machte einen Satz bei dem Gedanken an Flucht. »Geht das?«, fragte sie aufgeregt. »Kann ich bei dir bleiben?«

»Nein, nein. Nicht bei mir. Aber ich kann dir helfen wegzugehen.«

»Ich verstehe nicht ganz.«

»Ich habe Freunde, weißt du – die können eine Arbeit für dich finden.«

»Was für eine Arbeit?«

Er lachte. »Alles Mögliche. Gutes Geld. Genug zum Leben.«

Ohne nachzudenken sagte sie: »Ja, ja. Bitte. Ich tue alles, alles. Aber warum kann ich nicht bei dir bleiben? Wir könnten zusammen ein Haus mieten, wir verdienen Geld, wir können zusammen leben ...«

Er lachte wieder, stieß sie in den Sand zurück und verschloss ihr den Mund mit einem Kuss. Er nahm sie nicht ernst. Er hielt sie noch für ein Kind. Ich werd's ihm zeigen, dachte Scarlett. Ich werde ihm zeigen, wie ernst es mir ist.

Nach einem Moment setzte er sich wieder auf und sah zu den wenigen Leuten hinüber, die auf dieser Seite des Strandes saßen.

»Ich bringe dich zurück«, sagte er. »Denkst du darüber nach, was ich dir gesagt habe?«

»Das ist mein letzter Tag«, sagte sie. »Morgen fahren wir nach Hause.«

Nico runzelte die Stirn. »Das ist sehr schade.«

»Ich will nicht gehen. Du weißt, dass ich bleiben will.«

Er berührte ihr Gesicht, fuhr mit seinen Fingern sanft über ihre Wange. »Ich warte heute Abend auf dich«, sagte er. »Du willst abhauen, dann komm heute Abend zu mir. Ich warte auf der Straße auf dich. Aber jetzt musst du zurückgehen. Ich bringe dich hin.«

Scarlett fühlte sich wie betäubt vor Enttäuschung, folgte ihm aber trotzdem. Sie liefen die letzten dreihundert Meter schweigend durch die Dünen den Pfad hinauf, der zur Straße und dem Apartmentkomplex dahinter führte.

»Komm besser nicht weiter mit«, sagte sie.

»Okay.«

Er gab ihr die Baseballkappe zurück, machte einen Schritt zurück und von ihr weg. Die Freude, die sie empfunden hatte, ihn wiederzusehen, wurde von dem elenden Gefühl, wieder hier zu sein, überschattet.

»Kommst du heute Abend, Scarlett?«, fragte er.

»Ja«, sagte sie. »Ja. Um wie viel Uhr?«

»Ich bin um zwei mit der Arbeit fertig.«

Ihre Mom und ihr Dad würden da schon schlafen. Das ginge. Es war im Grunde ihre letzte Chance, denn ihr Rückflug ging um vier Uhr nachmittags.

»Wo?«

»Hier«, sagte er und nickte in Richtung Apartments. »Wir treffen uns draußen auf der Straße. Wartest du auf mich?«

»Ja. Ich werde warten.«

Er zögerte einen Moment, als wollte er sie küssen, doch dann wandte er sich ab und ging weg.

Ihre Mom saß alleine am Pool. Es gab keine Möglichkeit, ihr aus dem Weg zu gehen. »Ich war spazieren«, sagte Scarlett und hoffte, ihnen beiden wäre zu heiß für eine Auseinandersetzung.

»Hast du deine Lektion denn nicht gelernt?«, fragte Annie, schob ihre Sonnenbrille herunter und starrte ihre Tochter mit kaltem Blick an.

»Wo ist Dad?«

»Er hat sich hingelegt. Sei froh.«

Scarlett ging in ihr Zimmer. Juliette war auch nicht da. Sie war wohl mit ihrer Mutter draußen, Scarlett hatte es nur nicht bemerkt.

Genau in dem Augenblick fasste Scarlett den Entschluss, wegzulaufen. Sie verbrachte die nächsten zwei Stunden mit der Planung, ging im Kopf alles durch. Was sie mitnehmen wollte. Welche Kleider, ihren Pass, alles Geld, was sie finden konnte. Sie fing an, die Sachen in ihren Rucksack zu packen, damit für die kommende Nacht alles vorbereitet wäre. Es gelang ihr sogar, sich ein wenig hinzulegen und zu dösen, damit sie wieder lange aufbleiben konnte.

Als sie aufwachte, war das Zimmer immer noch leer. Das Licht im Raum sagte ihr, dass die Sonne unterging, doch hier drinnen war es immer noch drückend heiß. Scarlett öffnete die Tür und ging auf die schattige Terrasse hinaus. Kaum jemand war noch am Pool, nur ein paar ältere Mädchen saßen im flacheren Teil, lachten und tranken Bier aus Flaschen, was gegen die Regeln verstieß. Von ihrer Mutter war weit und breit nichts zu sehen. Dafür war ihr Dad da, Juliette auch. Sie saßen nebeneinander auf einer Liege unter einem Sonnenschirm und hatten Scarlett den Rücken zugewandt. Juliette war vornübergebeugt, saß steif da und versuchte vermutlich ihr Buch zu lesen. Ihr Vater hatte seinen Arm um sie gelegt.

Innerhalb weniger Sekunden fällte sie erneut eine Entscheidung.

Sie konnte Juliette nicht alleine lassen.

Sie würde sich später mit Nico treffen und ihm sagen, dass es ihr leidtue, dass sie am Ende doch mit ihrer Familie zurückfahren müsse. Sie konnte nicht abhauen. Sie würde ihn zum Abschied küssen, es würde ihr sehr wehtun. Aber das war das Einzige, was sie tun konnte.

ZEUGENAUSSAGE

Abschnitt 1 – Zeugenbeschreibung

NAME:	Juliette RAINSFORD
GEBOREN:	(falls unter 18, falls über 18, »über 18« angeben) 26.06.1990
ADRESSE:	14 Russet Avenue, Briarstone
BERUF:	Schülerin

Abschnitt 2 – Ermittlungsbeamter

DATUM:	02. September 2003
ERMITTLER:	DC 9921 Jon BRYAN

Abschnitt 3 – Zeugenaussage

Ich habe mit meiner älteren Schwester Scarlett RAINSFORD während unseres Familienurlaubs auf Rhodos vom 16. bis zum 23. August 2003 in einem Apartment in den *Aktira Studios* gewohnt. Während der Ferien haben wir keine Bekanntschaften geschlossen. In dem Apartmentkomplex gab es keine Jugendlichen in unserem Alter, wir waren die meiste Zeit zusammen.

Am Freitagabend, den 22. August, gingen wir wie immer essen. Scarlett wollte im Apartment bleiben. Sie hatte zu Mom gesagt, dass sie Bauchweh habe. Ich bin mit meinen Eltern in ein Restaurant im Dorf gegangen. Wir hatten zuvor schon einmal dort gegessen. Später am Abend kamen wir zum Apartment zurück. Scarlett lag im Bett und schlief. Meine Eltern sind in ihr Apartment nebenan gegangen, ich habe mich bettfertig gemacht. Ich habe noch ungefähr eine Stunde in meinem Buch gelesen und dann das Licht ausgemacht. Scarlett hat sich die ganze Zeit nicht gerührt oder mit mir geredet.

Am Morgen bin ich aufgewacht und habe gesehen, dass Scarlett nicht da war. Ich dachte, sie wäre am Pool. Ich habe eine Weile gelesen, bis meine Eltern aufstanden und Mom in unser Zimmer gekommen ist. Sie hat mich gefragt, wo Scarlett sei. Sie haben beide angefangen, Scarlett zu suchen.

Scarlett hat nie erwähnt, dass sie weglaufen wolle. Ich glaube nicht, dass sie weggelaufen ist.

Am Ende der Zeugenvernehmung las DC BRYAN noch einmal die Aussage der Zeugin vor, alle Anwesenden sind sich einig, dass sie korrekt Auskunft gegeben hat. Anwesend war als gesetzlicher Vertreter für Juliette RAINFORD Mr Clive RAINSFORD.

Abschnitt 4 – Unterschriften

ZEUGIN: (J. Rainsford) A/A: (C. L. Rainsford) EINSATZLEITER: (John Bryan DC 9912)

SCARLETT – Montag, 25. August 2003, 02:31

Sie saßen seit Stunden im Kleinbus. Yelena war unruhig, murmelte etwas in ihrer Sprache. Das Wasser war längst leer. Das mürrische Gemurmel wurde lauter, dann begann sie zu schreien, und als auch das ignoriert wurde, kämpfte sie sich auf die Füße, schob ein paar Taschen und anderes Gepäck beiseite und winkte zum Vorderteil des Fahrzeuges.

Scarlett blieb zusammengekauert in der Ecke sitzen, die Unruhe des anderen Mädchens verängstigte sie.

Aus dem Vorderteil des Busses ertönten wütende Schreie. Schließlich setzte Yelena sich wieder, schrie aber weiter und trommelte mit ihren Fäusten an die Hintertür des Wagens.

»Was?«, sagte Scarlett und versuchte Augenkontakt mit ihr herzustellen. »Was ist los?«

Doch das Mädchen ignorierte sie. Ihre unverständliche Schimpftirade ging weiter, und genau in dem Moment, als Scarlett dachte, dass sie Yelena nicht länger ertragen würde und sie wohl umbringen musste, bog das Auto von der geraden Straße ab und fuhr langsamer und blieb kurz darauf stehen.

Yelena hörte auf zu klopfen und zu schreien. Sie setzte sich an die Wand des Busses und keuchte. Die vorderen Türen gingen auf und schlossen sich wieder, Scarlett hörte leises Gerede in einer fremden Sprache.

Dann sperrte jemand die Hintertür auf und öffnete sie. Draußen war es dunkel und kühl. Scarlett verschränkte die Arme vor der Brust.

Yelena beklagte sich wütend bei den Männern in einer Sprache, die diese zu verstehen schienen. Zumindest einer von ihnen, denn er stritt sich mit ihr.

Dann winkten sie Yelena heraus.

»Wo gehst du hin?«, sagte Scarlett, und ihre Stimme schwoll zu einem Jammern an. »Verlass mich nicht.«

Der Mann mit der Wollmütze packte Yelena am Oberarm und zog sie außer Sichtweite. Der zweite Mann hob eine Augenbraue und murmelte etwas, dann winkte er auch sie heraus. »Raus, komm raus.«

Sie stieg auf wackeligen Beinen auf den Asphalt, der dunkle Himmel über ihr leuchtete orangefarben, die Scheinwerfer konnte sie nicht sehen. Sie waren auf einer Art Parkplatz, genauer gesagt auf einem LKW-Parkplatz. Der Wagen parkte zwischen zwei Sattelschleppern, sie hatten sich dazwischengezwängt, hohe Planwände ragten zu beiden Seiten neben Scarlett empor.

Sie schauderte.

Der Mann packte sie am Oberarm, knallte die Wagentür mit der anderen Hand zu und schob sie in die Richtung, in die Yelena verschwunden war. Als sie den hinteren Teil der LKWs erreicht hatten, hielt der Mann sie zurück und schaute sich vorsichtig nach rechts und links um.

Dann zog er sie schnell über die Straße zu ein paar Bäumen und Büschen und zerrte sie durchs Unterholz.

»Alles klar, ist schon in Ordnung, du musst nicht so verdammt grob sein.«

Sie erreichten eine staubige Lichtung zwischen den Bäumen, wo Yelena hockte, ihre Jeans bis zu den Fußknöcheln heruntergezogen, während der Mann mit der Mütze ihr zusah. Hier war es dunkler, aber nicht so dunkel, dass man nicht sah, dass Yelena schiss.

»Mir geht es gut, danke«, sagte Scarlett.

»Du machst«, sagte ihr Begleiter und stieß sie zu Yelena.

Also tat sie es. Sie musste sich ohnehin dringend erleichtern, auch wenn sie wusste, wie sehr das wehtun würde. Und es tat weh.

Der konzentrierte Urin brannte so sehr, dass ihr die Tränen aus den zusammengekniffenen Augenwinkeln traten. Ihre Pisse plätscherte geräuschvoll in den Staub, sie roch ihren eigenen Körper – den Schweiß, den Dreck, das Unbehagen.

Die Männer ließen Yelena und Scarlett zwischen den Bäumen warten und sahen vorsichtig zur Straße. Zwei starke Scheinwerferlichter fielen durch die Bäume. Ein LKW oder großer Wagen näherte sich. Der Mann vor ihnen hob warnend seine Hand. *Wartet.*

Scarlett wurde klar, dass sie auf einer Art Raststätte waren. Auf der anderen Parkplatzseite, vielleicht dreihundert Meter von ihnen entfernt, sah Scarlett ein hell erleuchtetes Restaurant. Drinnen machten gerade ein paar Leute sauber.

Sie könnten losrennen.

Scarlett blickte zu Yelena, versuchte Blickkontakt mit ihr herzustellen, doch das dunkelhaarige Mädchen starrte nur vor sich hin. Sie haben sie gebrochen, dachte sie. Sie hatten ihre Freundin ermordet. Sie hatten danebengestanden, als sie hinter den Büschen gekotet hatte. Kein Wunder, dass sie so fertig aussah.

Schließlich sah sie Scarlett doch an. Scarlett versuchte mithilfe ihres Gesichtsausdruckes ihre Gedanken zu übertragen. Sie sah zum Gebäude rüber, dann sah sie wieder Yelena in die Augen. Sie konnten rennen. Wenn sie beide in entgegengesetzte Richtungen rannten und die LKWs als Schutz nutzten, hatten sie vielleicht eine Chance. Wenn sie bis zum Restaurant kämen, wären sie in Sicherheit. Dort waren Leute. Die Männer würden es nicht riskieren, ihnen dort eine Szene zu machen.

Yelena folgte der unausgesprochenen Kommunikation, riss ihre Augen noch weiter auf, als die Schweinwerfer des zweiten LKWs über ihre Gesichter glitten, doch sie schüttelte den Kopf, langsam und nachdrücklich.

Nein.

Genauso nachdrücklich nickte Scarlett, sie zog die Augenbrauen zu einem finsteren, entschlossenen Blick zusammen.

Der Mann, der an der Straße wartete, winkte sie heran.

Scarlett sah ihre Chance dahinschwinden. Wenn sie als Erste losrannte, würde Yelena ihr folgen; das musste sie einfach. Sie hatten nur eine Chance, wenn sie beide rannten und für Verwirrung sorgten. Die Männer würden nicht wissen, wen von beiden sie zuerst fangen sollten. Der ältere, fettere wäre jedenfalls nicht in der Lage, schnell zu laufen. Dann schaffte es vielleicht eine von beiden, zu entkommen.

Der Mann, der Scarlett am Oberarm festhielt, stolperte im dunklen Unterholz, er lockerte seinen Griff an ihrem Arm, während er mit dem anderen Arm herumruderte, um das Gleichgewicht wiederzuerlangen.

Jetzt.

Sie rannte.

Eine Sekunde später brach sie durch die Bäume und stand auf dem Asphalt, rannte und rannte. Sie hatte das Gefühl, nur langsam vorwärtszukommen, es fühlte sich an, als liefe sie rückwärts, wie im Traum. Sie hatte keine Kraft, war bereits außer Atem, keuchte, und die Luft war so kalt ...

Hinter sich hörte sie Rufe, dann war Yelena plötzlich neben ihr, rannte mit ihren längeren Beinen schneller als Scarlett, machte aber panische, wackelige Schritte.

»Nicht mir nach!«, schrie Scarlett und sprang nach links. Hinter ihnen fuhr ein LKW heran, sie hörten schwere Schritte neben dem Geräusch der knirschenden Gangschaltung, und das Scheinwerferlicht fuhr über sie hinweg, als der LKW wendete. Er musste zwischen ihnen und den Männern sein.

Sie würden es schaffen. Yelena war jetzt vor ihr, rannte zum Gebäude, das Licht fiel auf ihr fliegendes Haar, sie schrie, schrie irgendwas in dieser Sprache ...

Scarletts Beine gaben nach. Es lagen noch ungefähr zweihundert Meter zwischen ihr und ihrer Rettung, Yelena war ihr ein paar Schritte voraus.

Plötzlich trat Stille ein, der LKW hatte irgendwo geparkt und der

Motor wurde ausgemacht. Es gab keine Rufe, keine Warnung, nichts. Ein zischendes Geräusch flog an Scarletts Ohr vorbei.

Dann explodierte Yelenas Schädel, das Mädchen fiel wie ein Stein zu Boden, der Schwung ihres Laufes ließ sie mit dem Gesicht voran auf dem Asphalt noch ein Stück weiterrutschen.

Scarlett blieb sofort stehen. Regungslos stand sie da und wartete auf den zweiten Schuss. Sie meinte zu schreien, doch kein Laut drang aus ihrem offenen Mund. Sie blickte auf den Körper vor sich, die schwarze Lache, die sich um das gebildet hatte, was von Yelenas Kopf noch übrig war.

Der Mann mit der Mütze holte sie ein, packte sie am Arm, schnaufte und murmelte ihr wütend und eindringlich irgendwas zu, das sie nicht verstand. Sie brauchte ein paar Sekunden, um zu begreifen, dass er gebrochen Englisch mit ihr sprach. »So dumm. Verdammte Schlampe!«

Dann fuhr auch schon der Kleinbus vor, bremste hart neben ihnen und stellte sich zwischen das Licht aus dem Gebäude und Yelenas Leiche. Man stieß sie nach hinten zum Wagen, die Tür wurde aufgerissen, und sie wurde hineingestoßen. Die Tür knallte zu. Sekunden später fuhr der Kleinbus an. Sie hatte keine Zeit, sich irgendwo festzuhalten, und so taumelte und rollte sie hinten im Wagen, stieß schwer gegen die Hintertür, was ihr die Luft zum Atmen nahm.

Und noch bevor Scarlett sich irgendwie fassen konnte, fuhren sie schon wieder auf der Straße.

Oh, mein Gott, oh, mein Gott, oh, mein Gott, nein, nein, nein ...

Sie konnte nicht aufhören zu zittern. Ihr ganzer Körper bebte, obwohl sie sich zu einem festen Ball zusammengerollt hatte und alles auszublenden versuchte. Was sie gesehen hatte. Was die Männer getan hatten.

Yelena war tot, lag in der Dunkelheit auf dem Asphalt. Sie hatten sie zurückgelassen. Sie hatten sie einfach dort liegen lassen, wo sie hingefallen war, waren einfach weggefahren.

Es hätte mich treffen können, dachte Scarlett. *Mich hätte es treffen sollen. Ich hätte es sein sollen.* Sie war losgerannt. Yelena war ihr nur gefolgt. Yelena hatte mitgemacht, weil sie keine andere Wahl gehabt hatte. Was hätte sie tun sollen, Scarlett alleine rennen lassen?

Jedenfalls hätten sie sie an ihrer Stelle erschießen sollen.

Warum haben sie Yelena erschossen, warum sie? Weil sie schneller war, weil sie Scarlett überholt hatte und sie sie nicht einholen konnten? Weil sie bereits fast beim Restaurant angekommen war?

Scarlett schloss wieder die Augen. Immer sah sie dieselben Dinge vor sich, wie ein Videoband in Endlosschleife: Yelenas Kopf, der explodierte, das zischende Geräusch der Kugel, die seitlich an Scarletts Kopf vorbeischoss.

Tränen drangen durch ihre Wimpern und kullerten über ihr verschmiertes Gesicht. *Es ist meine Schuld, das war alles meine Schuld. Sie ist gestorben, weil ich sie dazu gebracht habe loszurennen. Ich habe sie dazu gedrängt.*

Und noch etwas war ihr klar geworden: So etwas konnte und würde sie nie wieder tun. Sie würden sie umbringen, so schnell, wie sie Yelena umgebracht hatten. Und danach würden sie einfach irgendwo ein anderes Mädchen kidnappen und mit dem Kleinbus herumfahren. Mädchen waren ersetzbar, ganz egal, was sie von ihnen wollten.

Über dem Motorengeräusch und ihrem eigenen Schluchzen hörte sie die beiden Männer vorne im Wage streiten. Einer der beiden schrie, der andere redete nasal und beschwichtigend auf ihn ein. Dann schwiegen sie eine Weile, als wäre die Diskussion an ihr unausweichliches Ende gekommen, doch dann fingen sie ohne Vorwarnung wieder an. Haltet das Maul! Haltet das Maul! hätte Scarlett am liebsten geschrien. Sie fürchtete sich vor ihrer Wut, wollte sie zum Schweigen bringen. Sie wollte, dass sie aufhörten, sie wollte irgendwo aussteigen und sich vernünftig mit ihnen unterhalten, verhandeln, was immer sie wollten, damit sie sie gehen ließen, einfach so, neben der Autobahn, in welchem Land auch immer sie inzwischen waren. Vermutlich irgendwo in Osteuropa, angesichts der Zeit, die sie bereits gefahren waren und der kühlen Luft. Sie fuhren Richtung Norden.

Doch dann, nachdem sie sich etwas beruhigt hatte, kehrten die Bilder plötzlich zurück. Yelena war tot. Sie hatten sie erschossen. Sie hatten ihr den Schädel weggeblasen. Sie war wie ein Stein zusammengesackt, war nicht gestolpert, hatte nicht die Hände vor sich ausgestreckt, um den Aufprall abzufedern, nur ein PENG und das Gesicht nach unten auf dem Asphalt, kurzes Schlittern des Körpers über den Boden, bevor er regungslos liegengeblieben war.

Und Scarlett war stehengeblieben.

Sie hätte weiterrennen sollen. Hätten sie sie auch erschossen? Ja, vermutlich. Na und? Sie wäre tot auch nicht schlimmer dran gewesen.

Ich wünschte, es hätte mich getroffen. Ich wünschte, sie hätten mich statt ihr erschossen.

LOU – Freitag, 01. November 2013, 11:00

Das Wichtigste immer zuerst: Lou biss die Zähne zusammen und rief noch einmal Waterhouse an. Sie stand aufrecht für den Fall, dass sie ihm die Stirn bieten musste.

»Waterhouse.«

»Hallo, hier ist Lou Smith.«

Zu ihrer Überraschung schien er an diesem Morgen besser gelaunt zu sein. Vielleicht bereute er es, dass er sich gestern wie ein Arschloch verhalten hatte? »Oh, Hallo. Wie sind Sie mit unserem Promi zurechtgekommen?«

»Ich denke, ganz gut. Wenn Sie erlauben, würde ich gerne beim nächsten Besuch meinen DS auf einen Besuch zu ihr mitnehmen. Wenn irgendwer hier ein Ergebnis erzielen kann, dann ist es Sam.«

»Bitte sehr«, sagte er munter. »Wir werden die Opferschutzeinrichtung nicht mehr lange halten können. Die Eigentümer beschweren sich bereits, dass wir sie dafür benutzen. Keiner in meinem Team macht Fortschritte mit ihr. Meiner Einschätzung nach weiß sie verdammt wenig über die McDonnells, und wenn sie doch etwas Nützliches weiß, weiß sie auch, dass es mehr wert ist als ihr Leben, es uns mitzuteilen.«

»Noch etwas – wussten Sie, dass wir Maitland wegen einer Sache im vergangenen Jahr observieren?«

»Die Sache mit dem Stallmädchen, oder?«

Lou ging es gegen den Strich, dass eine junge Frau mit einem Leben, einer Familie und Menschen, die sie geliebt hatten, auf so einen Begriff reduziert wurde. »Das Stallmädchen« – *sie war ein menschliches Wesen, du kleiner Wicht.*

»Sie hieß Polly Leuchars. Meine Kollegin von der Spurensicherung wird irgendwann zur Farm fahren und ungenutztes Material zurückbringen. Falls Sie ein Team auf ihn angesetzt haben, möchte ich vermeiden, dass sie Ihnen in die Quere kommt. Soll ich sie zurückpfeifen?«

»Bisher habe ich nur ein Team, und das hat sich hinter Lewis McDonnell geklemmt. Wenn sie also in den nächsten Tagen hinfährt, ist das okay. Ich glaube kaum, dass McDonnell sich der Farm nähern wird, falls doch, sag ich Ihnen Bescheid.«

»Danke«, sagte Lou.

Sie wollte heute bei der Operation Trapez vorankommen, das stand ganz oben auf ihrer Liste. Carl McVey, der ermordete Barbesitzer, und Ian Palmer, der noch immer bewusstlos im Krankenhaus lag. Beide verlangten ihre volle Aufmerksamkeit.

Doch alles, was sie las, war ihr bereits bekannt. Je weiter sie zurückging, desto irrelevanter schienen die Berichte zu werden. Als sie etwas über einen Streit zwischen Nachbarn wegen einer Eibenhecke las, die zwischen Carl McVeys Haus und dem Nachbaranwesen stand, gab sie endgültig auf. Stattdessen griff sie nach der Akte Operation Diamond – die alte Fallakte über das Verschwinden von Scarlett Rainsford. Sie wollte das Wichtigste heraussuchen und es dann Sam übergeben.

Es war natürlich viel Material, und bevor sie gestern zur Sonderkommission gefahren war, hatte sie nur kurz Zeit gehabt, sich mit den Fakten noch einmal vertraut zu machen. Doch tatsächlich brauchte sie nicht lange, um sich wieder an die Einzelheiten zu erinnern, denn der Fall war ihr besser im Gedächtnis geblieben als jeder andere. Vermutlich, weil er nie gelöst worden war, und wegen des Aufsehens, den er erregt hatte, da es um ein vermisstes Kind ging, das schlimmste Verbrechen, in dem man ermitteln konnte.

Doch während sie jetzt die Akte durchblätterte, wurde Lou klar, welch eine untergeordnete Rolle sie damals bei den Ermittlungen gespielt hatte. Da waren zum Beispiel die ersten Aussagen von Clive, Annie und zu ihrem Erstaunen die von Juliette Rainsford.

Als Lou ein paar Tage nach Scarletts Verschwinden dem Team zugeteilt wurde, hatten die griechischen Behörden bereits alle Befragungen durchgeführt. Und die waren die Sache ganz anders angegangen.

Die Familie hatte Scarlett das letzte Mal an ihrem letzten Urlaubstag, einem Freitag, den 22. August 2003 gesehen, bevor sie alle zu Bett gegangen waren. Die Eltern hatten ein Apartment neben jenem gemietet, das sich Scarlett und ihre Schwester Juliette teilten. Sie waren am Abend zu einer Taverne am Hauptplatz des Ortes gegangen und gegen halb zehn Uhr wieder zurückgekommen. Danach waren sie zu Bett gegangen. Am nächsten Morgen gingen Clive und Annie in das Nachbarapartment, wo sie Juliette lesend vorfanden, während von Scarlett jede Spur fehlte. Das war's.

Falls sie freiwillig verschwunden war, hatte sie nichts mitgenommen; ihre Kleider, Schuhe, der Pass, sogar ihr Handy waren noch da. Zuerst hatte es Unstimmigkeiten bezüglich ihrer Kleidung gegeben, die sie am betreffenden Abend getragen hatte, und ob ihr Pyjama noch irgendwo lag oder andere Kleidungsstücke fehlten. Schließlich war es Annie trotz ihrer Verzweiflung und Verwirrung offenbar gelungen, sich daran zu erinnern, dass Scarlett Shorts, eine kurzärmelige Bluse und Turnschuhe getragen haben musste. Ihr Pyjama wurde im Durcheinander ihres offenen Koffers auf dem Boden gefunden.

Man hatte Annie gefragt, was sie gemacht hatten, nachdem sie an dem betreffenden Abend die Mädchen verlassen hatten. Sie hatten offenbar draußen auf der Terrasse gesessen und Bier getrunken, so wie an den meisten Abenden zuvor. Schließlich waren sie reingegangen, doch Annie war nicht in der Lage gewesen, eine genaue Uhrzeit anzugeben. Sie hatten nicht noch einmal nach den Mädchen gesehen, bevor sie reingegangen waren, dafür hatte es keinen Grund gegeben. Im Apartment der Mädchen brannte kein Licht; beide schliefen, kein Anlass, sich Sorgen zu machen.

Lou fand, dass nicht sehr gründlich zu Werke gegangen worden war. Zwar wurden all diese Fragen gestellt, aber die Antworten waren alles andere als detailliert. Es wäre viel besser gewesen, mit Annie alles Schritt für Schritt durchzugehen: Wer hatte was gesagt, wie hatte sie gewirkt, was hatte sie getan? All so was eben. So wäre sie befragt worden, wenn Scarlett in Großbritannien verschwunden wäre. Aber offenbar hatten die Ermittler vor Ort nur begrenzt Zeit gehabt und waren eng an die Vorgaben ihrer griechischen Kollegen gebunden. Aus den offiziellen Formulierungen ging großer Frust hervor, auch aus dem, was nicht ausgesprochen wurde, entnahm Lou beinahe genauso viel wie den Worten, die es aufs Papier geschafft hatten.

Die Ermittler wollten wissen, ob Scarlett möglicherweise weggelaufen sei.

Schon möglich, hatte Annie geantwortet.

Lou blätterte die Seiten durch, bis sie zu den offiziellen Zeugenvernehmungen kam, die nach der Rückkehr der Rainsfords nach England erfolgt waren und die sie selbst durchgeführt und unterschrieben hatte: die erste Befragung mit Annie Rainsford im Polizeirevier Briarstone, Vernehmungszimmer drei.

Bis dahin hatte sich bereits herausgestellt, dass die Rainsfords in der Nacht von Scarletts Verschwinden nur zu dritt zu Abend gegessen hatten – Clive, Annie und Juliette. Der Besitzer der Taverne, der die vier schon am Mittwochabend zuvor bedient hatte, war sich zweifelsfrei sicher gewesen, dass das ältere Mädchen bei ihrem zweiten Besuch nicht anwesend gewesen war. Er hatte sich nach dem Mädchen erkundigt, und der Vater habe gesagt, dass sie sich nicht wohl gefühlt habe und im Apartment geblieben sei. Das Restaurant hatte sogar angeboten, etwas zum Mitnehmen für die fehlende Tochter vorzubereiten. Doch das war abgelehnt worden. Im weiteren Verlauf der Befragung hatte der Tavernenbesitzer den Kassenbon gefunden, auf dem stand, was die Gäste konsumiert hatten: einen Salat (Juliette), ein Rinder-Stifado (Clive) und ein Lammkebab mit Reis (Annie). Ein Mineralwasser und vier Bier, zwei Bier pro Erwachsenen. Das war's.

Lous Ziel bei der Befragung war gewesen, diese Unstimmigkeit zu klären. Sie erinnerte sich noch gut an Annie. Sie war blass unter ihrer Bräune; hatte große, wässrig blaue Augen, die durch ihre Angewohnheit, sie aufzureißen und ernst dreinzublicken, noch größer erschienen, sie hatte langes, glattes Haar. Sie war sehr klein, knapp einen Meter fünfzig groß und zart gebaut. Sie gehörte zu der Sorte Mensch, die sofort einen Beschützerinstinkt weckt, dennoch schien sie keinen Schutz einzufordern. Während der ganzen Befragung saß sie aufrecht auf ihrem Stuhl, setzte sich immer wieder auf ihre Hände, als wäre ihr kalt. Ansonsten rührte sie sich nicht von der Stelle.

Abschrift der Befragung in Bezug auf Operation Diamond (Nachforschungen zu vermisster Person Scarlett Rainsford)

Polizeirevier Briarstone, Befragungszimmer drei

Datum:	15. September 2003, 09:01
Anwesend:	Annie RAINSFORD
	DC Louisa SMITH
	DC Sarah JONES

LS: Annie, lassen Sie uns zu dem Abend zurückkehren, an dem Scarlett verschwunden ist. Sie haben in der Taverne *Zeus* zu Abend gegessen, ist das richtig?

AR: Ja.

LS: Können Sie uns sagen, woran Sie sich erinnern ab dem Zeitpunkt, als Sie das Apartment verließen und zum Abendessen gingen?

AR: Scarlett ging es nicht gut. Wir sind gegen sieben Uhr losgegangen. Scarlett lag im Bett. Wir gingen hinunter in den Ort und haben ungefähr zwanzig Minuten später die Taverne erreicht. Wir haben zu Abend gegessen. Wir waren zwei Stunden dort, dann sind wir wieder zurückgegangen.

LS: Was war mit Scarlett los?

AR: Sie sagte, sie hätte Bauchschmerzen.

LS: Sagte? Haben Sie ihr nicht geglaubt?

AR: Bei Scarlett wusste ich das nie so genau. Aber wir hatten in der Woche alle irgendwie Magenprobleme gehabt. Das gehört zum Urlaub dazu, nicht wahr?

LS: Und es hat Ihnen nichts ausgemacht, sie in dem Zustand alleine zurückzulassen?

AR: Sie wusste, wo wir waren. Wir hatten in der Woche schon einmal dort gegessen.

LS: Als man Sie am nächsten Tag befragt hatte – an dem Samstag –, haben Sie zur griechischen Polizei gesagt, dass Sie an dem Abend alle gemeinsam auswärts essen waren. Ist das richtig?

AR: Ich weiß nicht mehr, was wir gesagt haben. Es war alles so verwirrend. Ich war aufgebracht.

LS: Sie sagten, sie hätten alle zusammen gegessen und seien dann gemeinsam zum Apartment zurückgekehrt.

AR: Ich war durcheinander.

LS: Um wie viel Uhr sind Sie zum Apartment zurückgegangen?

AR: Das muss so gegen halb zehn gewesen sein.

LS: Und haben Sie Scarlett danach gesehen?

AR: Wir haben einen Blick ins Apartment der Mädchen geworfen, Scarlett schlief in ihrem Bett.

LS: Im Bett oder auf dem Bett?

AR: Auf dem Bett.

LS: Sie war also nicht zugedeckt.

AR: Nein, ich glaube nicht. Nein.

LS: Was hatte sie an?

AR: Ihre Shorts und eine Bluse.

LS: Und Sie haben nicht daran gedacht, sie zu wecken und sie zu bitten, sich auszuziehen?

AR: Nein. Sie hat geschlafen. Sie ist kein kleines Kind mehr und in der Lage, sich selbst umzuziehen, wenn sie das gewollt hätte. Außerdem schien sie sich wohlzufühlen, also haben wir sie schlafen lassen.

LS: Sind Sie ins Apartment gegangen oder haben Sie nur von der Tür aus hineingeschaut?

AR: Wir standen in der Tür.

LS: Sie waren sich aber sicher, dass sie schlief?

AR: Davon bin ich ausgegangen.

LS: Sie hätte aber auch nur so tun können?

AR: Ich denke schon; ich weiß es nicht.

LS: Was ist dann passiert?

AR: Juliette ist ins Zimmer gegangen. Hat die Lampe auf dem Nachttisch angemacht, damit sie lesen konnte. Wir sind zurück in unser Apartment nebenan gegangen.

LS: Haben Sie die Tür hinter sich geschlossen?

AR: Ich denke schon. Manchmal haben die Mädchen aber auch die Tür offen gelassen, um etwas Luft hereinzulassen. Es war sehr heiß.

LS: Haben Sie an dem Abend die Tür geschlossen oder offen gelassen?

AR: Ich weiß es nicht mehr. Ich glaube, ich habe sie geschlossen. Ich weiß nicht, ob Juliette sie danach wieder aufgemacht hat.

LS: Aber abgeschlossen war sie nicht.

AR: Nein, wir haben nie abgeschlossen.

LS: Und was haben Sie und Clive dann gemacht?

AR: Wir haben uns draußen auf die Terrasse gesetzt und die letzten Biere ausgetrunken, die wir noch hatten. Dann haben wir gepackt und sind gegen halb elf ins Bett gegangen. Am nächsten Tag sollte unser Rückflug gehen. Wir sollten um elf Uhr von einem Bus abgeholt werden.

LS: Haben Sie vor dem Zubettgehen noch einmal nach den Mädchen gesehen?

AR: Nein.

LS: Haben Sie aus dem anderen Zimmer irgendwas gehört?

AR: Nein. Wir sind um halb acht aufgewacht. Ich habe mich angezogen und bin nach nebenan gegangen. Juliette hat ihr Buch gelesen. Scarlett war nicht da. Ich habe Juliette gefragt, wo Scarlett sei, sie sagte, sie habe sie nicht rausgehen hören und vermute, sie sei am Pool.

LS: Sie war aber nicht am Pool?

AR: Nein. Ich habe dort nach ihr gesucht, aber da war sie nicht. Wir dachten, sie wäre spazieren gegangen, also haben wir eine Weile gewartet. Clive ist dann runter zum Strand gegangen, um dort nachzusehen, dann ist er den ganzen Weg ins Dorf und wieder zurück gelaufen. Ich habe mich in den Apartments umgesehen. Aber sie war nirgends. Sie war wie vom Erdboden verschwunden. Wir haben die Leute am Pool gefragt, ein paar Briten, ein britisches Pärchen und ein paar Mädchen haben uns schließlich bei der Suche geholfen. Einer hat gesagt, wir sollten die Reiseleitung informieren. Das haben wir dann gemacht. Die Reiseleiterin, sie hieß Jane, ist mit dem Manager der Anlage runtergekommen, seinen Namen habe ich vergessen. Sie haben für uns die Polizei verständigt, eine Frau hat für uns gedolmetscht. An ihren Namen erinnere ich mich auch nicht mehr. Sie war nett. Sie war sehr freundlich.

LS: Lassen Sie uns noch einmal einen Schritt zurückgehen. Zu dem Zeitpunkt, an dem Sie Scarlett zum letzten Mal gesehen haben. Sagen wir gegen zehn Uhr am Freitagabend. Sie haben das Verschwinden Ihrer Tochter erst um zwanzig nach zwölf am folgenden Samstag gemeldet, warum?

AR: Das scheint zu stimmen.

LS: Sie wurde seit vierzehn Stunden vermisst, erst dann haben Sie es gemeldet?

AR: So war das nicht (UNDEUTLICH).

LS: Aber so haben Sie es mir erklärt. Warum haben Sie sich keine größeren Sorgen gemacht?

AR: Haben Sie eine Tochter im Teenageralter?

LS: Annie, warum haben Sie sich keine größeren Sorgen gemacht?

AR: Sie war ein Teenager. Sie ging auch zu Hause manchmal allein weg. Hat woanders übernachtet, ist mit dem Bus in die Stadt gefahren, einmal fuhr sie sogar mit ihren Freundinnen alleine im

Zug nach London. Wir haben alle gedacht, sie hätte einen Spaziergang gemacht und die Zeit vergessen. Ich habe gedacht, sie würde mir eine Nachricht hinterlassen. Ich habe überall danach gesucht. Nach einer Nachricht.

LS: Hätte Scarlett irgendeinen Grund gehabt, um wegzulaufen?

AR: Nicht den geringsten.

LS: Hat es in den Ferien Streit gegeben?

AR: Nein. Es war alles in Ordnung. Wir hatten eine schöne Zeit zusammen, wir alle gemeinsam. Eine herrliche Zeit.

Lou runzelte die Stirn und legte einen Augenblick das Dokument beiseite. Irgendwo in der Akte hatte jemand einen Jungen erwähnt, einen griechischen Jungen, mit dem Scarlett gesehen worden war. War das in Juliettes Aussage gewesen? Lou blätterte die Unterlagen durch und suchte danach. Sie kam bis zum Ende der Akte und blätterte wieder zurück, dann fing sie von vorne an. Schließlich fiel ihr ein einzelnes Blatt in die Hände. Lou las es, ohne es wirklich aufzunehmen. Da war noch etwas in Annies Aussage, das ein Unbehagen in ihr hervorrief. Was war es? Irgendwas fehlte.

Erst zwanzig Minuten und eine Tasse Kaffee später begriff sie. Annie hatte ihre Fragen beantwortet, aber selbst keine einzige Frage gestellt. Weder: »Wo ist meine Tochter? Warum wurde sie noch nicht gefunden?«, nicht einmal die übliche Frage: »Warum sitzen Sie hier herum und stellen mir Fragen, statt draußen nach ihr zu suchen?«

Nichts dergleichen. Sie hatte nur völlig widerstandslos auf ihren Händen gesessen und Lou mit aufgerissenen Augen angestarrt.

Lou wandte sich wieder den Unterlagen zu, blätterte die Akte noch einmal nach einer zweiten Aussage von Juliette durch. Bei der Hälfte hielt sie inne. Da war es – es stand nicht in Juliettes Aussage, sondern in der von Vasilis Kaloudis, dreiundfünfzig Jahre alt, Besitzer des *Pirate Bay Club*.

ZEUGENAUSSAGE

Abschnitt 1 – Zeugenbeschreibung

NAME:	Emma CONSTANTINOPOULOS
GEBOREN:	(falls unter 18, falls über 18, »über 18« angeben) Über 18
ADRESSE:	Kessler Associates Korrektorat und Übersetzungsbüro
BERUF:	Dolmetscher/Übersetzer

Abschnitt 2 – Ermittlungsbeamter

DATUM:	22. September 2003
ERMITTLER:	DC 9912 Jon BRYAN

Abschnitt 3 – Zeugenaussage

Ich heiße Emma CONSTANTINOPOULOS und arbeite für die *Kessler Associates* als freiberufliche Dolmetscherin. Ich war am 22. September 2003 um 09:30 anwesend, als Vasilis KALOUDIS befragt wurde. Ich habe seine Aussage vom Griechischen ins Englische übersetzt. Die englische Übersetzung der Zeugenaussage liegt als Beweisstück unter EC/1 vor.

Abschnitt 4 – Unterschriften

ZEUGE: (E. Constantinopoulos) ERMITTLER: (Jon Bryan DC 9912)

ZEUGENAUSSAGE EC/1

Abschnitt 1 – Zeugenbeschreibung

NAME:	Vasilis KALOUDIS
GEBOREN:	(falls unter 18, falls über 18, »über 18« angeben) Über 18
ADRESSE:	Von der griechischen Polizei zurückgehalten
BERUF:	Barbesitzer

Abschnitt 2 – Ermittlungsbeamter

DATUM: 22. September 2003

ERMITTLER: DC 9912 Jon BRYAN

Abschnitt 3 – Zeugenaussage

Mein Name ist Vasilis KALOUDIS, ich bin Besitzer des *Pirate Bay Club* in einem Feriendorf auf Rhodos. Ich besitze die Bar seit über zehn Jahren.

Ich habe von dem englischen Mädchen gehört, Scarlett RAINSFORD, das als vermisst gemeldet wurde. Ich habe auf einem Plakat ein Foto von ihr gesehen und sie wiedererkannt. Sie ist vor ein paar Wochen zu mir in die Bar gekommen, an den Tag kann ich mich nicht mehr genau erinnern. Sie hat nach einem einheimischen Jungen namens Nico gesucht. Sie dachte, er würde in der Bar arbeiten, aber das war nicht der Fall. Ich glaube, es ging um einen Jungen, den ich einmal kurzfristig beschäftigt hatte, damit er sich um die Bar kümmert. Seinen Nachnamen oder seine Adresse weiß ich nicht. Man kennt ihn hier, er sucht ständig irgendwo Arbeit, aber er ist unzuverlässig. Ich habe zu dem Mädchen gesagt, dass ich nicht wisse, wo er sei, dass sie es am Marktplatz versuchen solle. Sie ist gegangen. Ich habe sie nicht wiedergesehen.

Abschnitt 4 – Unterschriften

ZEUGE: (V. Kaloudis) ERMITTLER: (Jon Bryan DC 9912)

Ein unzuverlässiger einheimischer Junge.

Das war es.

Lou schaute noch einmal genau hin, falls es noch eine zweite Seite gäbe, doch oben stand eindeutig »Seite eins von eins«. Vom Datum der Zeugenaussage an arbeitete Lou sich systematisch durch die Akte und suchte nach einer weiteren Stelle, an der Nico erwähnt würde. Dann loggte sie sich auf der landesweiten Datenbank der Kriminalpolizei ein und suchte nach Querverweisen zu dem Namen.

Der einzige Nico, den sie im System finden konnte, war mit dieser Zeugenaussage verbunden; sonst wurde der Name nirgendwo erwähnt. Lou suchte nach anderen Schreibweisen, möglichen Vertauschungen, doch es lief alles ins Leere.

Sie haben sich nie die Mühe gemacht, der Sache nachzugehen, dachte sie. Trotz des Verdachts, den sie alle so lange gehegt hatten: dass Scarlett davongelaufen wäre. Wäre dem so gewesen, wäre sie ohne Kleider und Proviant oder Geld und Pass weggelaufen, dann musste ihr jemand dabei geholfen haben. Und dann war da noch diese Verbrechensserie, die man ebenfalls ignoriert hatte. Einige ausländische Mädchen verschwanden damals von Rhodos und Korfu. Sie waren zwar um einiges älter gewesen, dennoch schlich sich bei Lou der Gedanke ein, dass diese Spur zu schnell aufgegeben worden war.

Lou rief Caro auf dem Handy an, aber sie ging nicht dran. Sie hinterließ ihr eine Nachricht und fragte, ob sie mehr über diesen Nico wisse und warum damals keiner der Sache nachgegangen sei. Caro könne sie jederzeit auf dem Handy zurückrufen.

Das erste Blatt in Scarletts Akte enthielt Juliettes Aussage. Die kurzen Sätze ließen bereits ein Bild von dem Mädchen entstehen, das sie getätigt hatte. Ebenso konnte man Rückschlüsse auf den DC ziehen, der das Gesagte notiert und interpretiert hatte. Es gab Andeutungen, dass mehr dahintersteckte, ein tief sitzendes, unausgesprochenes Trauma.

Scarlett hat nicht davon gesprochen, dass sie weglaufen wollte. Ich glaube nicht mehr, dass sie weglaufen wollte.

Lou hatte Juliette nicht befragt. Doch schon früh war klar geworden, in welch prekärem, verletzlichem Zustand das Mädchen sich befunden hatte. Sie hatten ihre besten und feinfühligsten Ermittler zur Befragung geschickt, die diese Abschrift als Beweisstück vorgelegt hatten. Die Aussage war separat erfolgt. Ein paar Wochen nach Scarletts Verschwinden hatte Juliette einen Selbstmordversuch unternommen und war ins Krankenhaus eingeliefert worden. Man hatte die Interne Ermittlung IPCC eingeschaltet, doch glücklicherweise hatten sich alle strikt an die Regeln gehalten und das Verfahren wurde schließlich eingestellt. Scarletts Schwester wurde danach nicht mehr befragt.

Was hatte sie mit *nicht mehr* gemeint? Hatte sie irgendwann einmal geglaubt, dass Scarlett weggelaufen sei?

Es klopfte an Lous Tür, sie blickte auf und sah Caro.

»Hi«, sagte sie, »das ging aber schnell.«

»Ich war gerade auf dem Weg zum Parkplatz und habe das Klingeln nicht gehört. Tut mir leid.«

»Kein Problem, setzen Sie sich. Haben Sie es eilig?«

»Ganz und gar nicht. Was kann ich für Sie tun?«

»Es geht um diese Aussage von Scarletts Schwester. Juliette hat gesagt, sie glaube *nicht mehr*, dass Scarlett jetzt weglaufen wollte. Als hätte sie ihre Meinung dazu geändert.«

Caro dachte darüber nach. »Scarlett war damals fünfzehn; ich denke, wir hofften alle, sie wäre abgehauen und nicht entführt worden. Vielleicht hatte Juliette dasselbe gehofft, aber zu der Zeit, als sie ihre Aussage machte, die Hoffnung bereits aufgegeben, weil wir nichts von ihr gehört oder sie gefunden haben.«

»War sie früher schon mal ausgerissen?«

»Nein. Sie hatte allerdings ein paar Schwierigkeiten in der Schule. Aber es hörte sich an wie ein typischer Teenager, der seine Grenzen austestet.«

Lou schob die Aussage in die Akte zurück. »Ich fange schon an, das eigentliche Ziel aus den Augen zu verlieren. Wir brauchen ein paar nützliche Aussagen, die die Sonderkommission für die Operation Pentameter verwenden kann. Man kann sich schnell in der Akte verirren, wenn man nur noch danach fragt, was alles schiefgelaufen ist, was wir versäumt haben.«

Caro nickte. »Ich verstehe. Wir wollen nur wissen, wo sie in den vergangenen zehn Jahren gewesen ist, und zwar ab der Nacht ihres Verschwindens.«

»Da fällt mir ein, haben Sie meine Nachricht zu dem Jungen erhalten? Nico? Wissen Sie, ob diese Spur verfolgt wurde?«

»Ja, sie wurde verfolgt, aber man hat nichts über ihn herausgefunden. In den Urlaubsort kommen in den Ferien viele Jugendliche zum Arbeiten. Sie verschwinden wieder aufs Festland, sobald die Touristen weg sind. Diese Gelegenheitsarbeiter werden nicht systematisch überwacht. Manche sind Tagelöhner. Die griechische Polizei scheint die Nachforschungen ziemlich schnell aufgegeben zu haben.«

»Obwohl sie vielleicht mit ihm abgehauen ist?«

»Wir hatten nur die Aussage des Barbesitzers. Vielleicht war das Mädchen noch nicht einmal Scarlett. Die Familie hat abgestritten, dass es einen Kontakt zu einem einheimischen Jungen gegeben hat. Selbst Juliette.«

Lou zog noch einmal die Aussage heraus. »Hat man sie speziell nach ihm gefragt?«

»Dazu müsste ich mir erst die Abschriften ansehen«, sagte Caro, »aber steht in der Aussage nicht was von Freundschaften? Dass sie in Griechenland keine Bekanntschaften gemacht haben?«

Lou las aus der Aussage laut vor. *Wir haben in den Ferien keine Bekanntschaften gemacht. Niemand in der Ferienanlage war in unserem Alter, also waren wir die meiste Zeit zusammen.* Auch das klang irgendwie unglaubwürdig, niemand in ihrem Alter? Gar niemand?

»Wenn sie einen Jungen erwähnt hätten, den Scarlett getroffen hat, hätten wir mehr in die Richtung ermittelt. Aber wenn Sie sich zurückerinnern, ging es damals darum, die Häfen zu sichern ...«

»Ich erinnere mich«, sagte Lou. Und Tage damit zu verbringen, über Griechenlandkarten zu brüten und nach möglichen Fluchtwegen weg von Rhodos zu suchen. »Wo ist Scarlett jetzt?«

»Bis auf Weiteres wieder in der Opferschutzeinrichtung. Ich habe sie heute Morgen im Hotel abgeholt und wieder dorthin gebracht. Wir haben den Sozialdienst eingeschaltet, dort versucht man, ihr eine Unterkunft zu besorgen, und sei es auch nur ein

Provisorium. Ich habe versucht, mit ihr zu reden, aber sie sagt kein Wort darüber, was passiert ist. Sie schweigt einfach.«

»Ich kann mir schon vorstellen, warum. Ich habe jemanden, der uns vielleicht helfen kann.«

SAM – Freitag, 01. November 2013, 11:30

Scarlett Rainsford. Sam konnte es kaum fassen.

Sie saßen in Lous Büro, die Tür hatten sie geschlossen. Sam genoss das warme, aber auch ein wenig unangenehme Gefühl, dass sie recht gehabt hatte. Bereits gestern hatte sie geahnt, dass etwas in der Luft lag, nicht zuletzt auch deshalb, weil ihre Chefin unerwartet nach Knapstone gefahren war. Und das musste es gewesen sein. Scarlett Rainsford.

»Wo war sie?«, war das Erste, was Sam fragte.

»Das hat sie bisher noch niemandem verraten«, sagte Lou. »Darum möchte ich, dass du mit ihr redest.«

»Ich?«

»Wenn du nichts Wichtigeres zu tun hast. Ich gebe dir ein paar Stunden Zeit, damit du dich in den Fall einlesen kannst, die Akte habe ich hier, du kannst sie dir ansehen. Nach dem Mittagessen bringe ich dich zu ihr.«

»Gut«, sagte Sam.

»Es sollte zwanglos sein, im Mittelpunkt steht das Zusammentragen von Informationen für die Sonderkommission. Und wenn wir sie dazu kriegen, mit der Abteilung zur Bekämpfung des Menschenhandels zusammenzuarbeiten, umso besser. Damit hatte die Sonderkommission bisher keinen Erfolg. Kennst du Caro Sumner?«

»Nein, gehört sie zur Sonderkommission?«

»Sie war früher bei der Metropolitan Police. Ich dachte nur, du kennst sie vielleicht noch aus der Zeit, als du dort gearbeitet hast.«

»Nein, sagt mir gar nichts …«

»Waterhouse hat sie bis auf Weiteres als Scarletts persönliche Betreuerin eingesetzt. Ich glaube, sie könnte Hilfe gebrauchen.«

»Wie ist sie?«, fragte Sam. »Ich meine, Scarlett?«

Lou sah ihr in die Augen, und Sam war bestürzt, wie erschöpft sie wirkte.

»Sie sieht aus und verhält sich, als hätte sie alles unter Kontrolle. Aber ich bezweifle, dass dem tatsächlich so ist.«

SCARLETT – Montag, 25. August 2003, 11:16

Der Kleinbus war nun voller Leute. Jedenfalls fühlte es sich so an.

Gegen Morgen war Scarlett aufgewacht, denn der Bus holperte und fuhr plötzlich langsamer. Sie war sofort in Alarmbereitschaft und überlegte, was das bedeuten könnte. Vielleicht würde man sie umbringen und im Wald verscharren. Als das Fahrzeug hielt, drückte sie sich zurück in das Gepäck und versuchte sich zu verstecken. Draußen wurde gesprochen, sie hörte Stimmen, die sie nicht kannte, im Hintergrund ein paar Frauen, die lachten. Die Sprache klang anders als zuvor.

Die hinteren Türen wurden aufgemacht. Scarlett zuckte zurück, rollte sich fest zusammen und machte sich darauf gefasst, jeden Augenblick herausgezerrt zu werden. Doch es passierte etwas ganz anderes. Jemand stieg ein. Dann eine weitere Person. Als sie ihren Kopf hob, um nachzusehen, wurden die Türen wieder geschlossen. Zwei neue Mädchen saßen im Bus. Eine schien halb bewusstlos und hatte den Kopf auf die Schulter der anderen gelegt. Beide waren dunkelhaarig.

Dann schob jemand die Seitentür des Kleinbusses auf und das Fahrzeug schwankte, als weitere Leute einstiegen. Sie zählte ... eins, zwei ... drei ... vier, dann konnte sie nicht mehr mitzählen. Ihren Stimmen nach zu urteilen waren es Frauen, sie redeten alle und lachten in einer Sprache, die Scarlett nicht verstand. Sie stapelten Gepäck bis unter das Dach und sorgten dafür, dass die drei Mädchen dahinter gut in ihrer stickigen Höhle versteckt waren. Durch einen schmalen Spalt auf Bodenhöhe spürte Scarlett einen kalten Luftzug, der von der geöffneten Tür kam. Sie drückte sich so weit herunter, bis ihre Wange auf dem schmutzigen Boden lag und sie durch den Spalt Füße, staubige Schuhe, lange Röcke Taschen und Schachteln sehen konnte.

Wussten sie Bescheid?

Scarlett überlegte, ob sie schreien und ihre Aufmerksamkeit erregen sollte. Am Ende entfuhr ihrer Kehle nur ein Krächzen, sie rief nur ein einziges Mal. »Hey, hört ihr mich?«

Die Stimmen wurden lauter, alle redeten auf einmal.

Kurz darauf gingen die Hintertüren auf. Scarlett schnaufte und rollte sich wieder zusammen.

»Du da«, sagte eine Männerstimme. Etwas Hartes wurde in ihren Rücken gestoßen.

»Bitte helfen Sie mir«, flüsterte sie. »Bitte bringen Sie mich nicht um. Ich will meine Mom. Ich will nach Hause ...«

»Sei still«, sagte die Männerstimme. »Nur ein Ton und ich bringe zuerst sie und dann dich um. Verstehen? Ja?«

Ohne sich umzudrehen und ihn anzusehen nickte sie. Wieder kullerten Tränen ihre Wangen herunter. Gerade als sie dachte, ihre Tränen wären versiegt.

SAM – Freitag, 01. November 2013, 13:30

Lou kannte die ältere Frau nicht, die ihr die Tür öffnete. »DCI Smith«, sagte sie und zeigte ihren Ausweis. »Und DS Sam Hollands. Können wir Scarlett sehen?«

»Ah, kommen Sie rein. Ich sage ihr Bescheid. Sie können in der Küche warten.«

»Sind Sie vom Sozialdienst?«, fragte Lou, als die Frau sich ihr nicht vorstellte.

»Genau. Ich heiße Orla. Setzen Sie sich doch.«

Sie schloss die Tür hinter sich. Sam und Lou blieben stehen. Auf der Arbeitsplatte in der Küche stand ein Monitor, er war aber ausgeschaltet. Es war noch früh am Nachmittag, die Sonne warf ihr goldenes Licht auf den schäbigen Laminatboden, die Mikrowelle, die eine Putzfee übersehen hatte, und die Becher, die sich in der Spüle stapelten.

Die Tür ging auf und eine weitere Frau kam herein. Sie hatte kurz geschnittenes, graues Haar und ein freundliches Lächeln. Sie kam Sam irgendwie bekannt vor.

»Sam«, sagte Lou, »das ist Caro Sumner. Caro, das ist DS Sam Hollands.«

»Freut mich«, sagte Caro. »Lou hat mir schon gesagt, dass Sie mitkommen würden. Uns ist jede Hilfe sehr willkommen.«

»Ich hoffe, dass ich von Nutzen sein kann«, sagte Sam. »Wohin kommt sie danach?«

»Das wissen wir noch nicht. Das hängt davon ab, ob sie mit der Abteilung Menschenhandel kooperieren will. Noch weigert sie sich.«

»Warum weigert sie sich?«

Die Tür ging auf und Orla kam zurück. »Sie döst, hat sich aber bereit erklärt, Sie zu treffen. Ich gebe Ihnen etwa eine Stunde, wenn das in Ordnung ist. Ich muss noch ins Büro.«

»Danke«, sagte Lou.

»Sie beide gehen hinein«, sagte Caro. »Wenn wir alle reingehen, wird es ein wenig eng.«

Sie gingen ins Wohnzimmer.

Scarlett Rainsford lag zusammengerollt auf dem Sofa, die Kapuze ihres Sweatshirts verdeckte fast ihr ganzes Gesicht. Ihren khakifarbenen Mantel hatte sie wie eine Decke über sich ausgebreitet, nur ein paar dicke Stoppersocken lugten darunter hervor. Im Fernseher war ein Musikkanal eingeschaltet, der Ton leise gestellt.

»Hallo Scarlett, da bin ich wieder. Erinnerst du dich an mich von gestern Abend? Lou Smith.«

Scarlett rührte sich nicht.

»Das ist meine Kollegin, Detective Sergeant Sam Hollands.«

»Hallo«, sagte Sam und setzte sich auf den Sessel, der Scarletts Sofa gegenüber stand.

Scarlett hob kurz den Kopf. »Ich habe es satt, Fragen gestellt zu bekommen.«

»Das glaube ich«, sagte Sam. »Aber ohne Fragen lassen sich die Zusammenhänge so schwer verstehen.«

»Aber niemand stellt die richtigen Fragen«, sagte Scarlett und verdrehte die Augen.

»Es ist gar nicht so leicht herauszufinden, was die richtigen Fragen sind. So etwas kommt schließlich nicht jeden Tag vor. Schon gar nicht in Briarstone.«

Daraufhin grinste Scarlett, und Sam atmete erleichtert auf.

»Ich will nur von hier weg«, sagte Scarlett. Schließlich setzte sie sich auf, zog den Mantel über ihre Knie und legte ihre Arme darum.

»Wo willst du hin?«, fragte Sam.

»Irgendwohin. Ich habe Freunde, bei denen kann ich bleiben. Oder ich suche mir was.«

»Wir müssen sicher sein, dass dir nichts passiert«, sagte Lou.

»Ich kann selbst auf mich aufpassen. Ich bin nur hier, weil ihr mich kostenlos füttert und in Hotels unterbringt. Und ich bin einfach zu verdammt müde, um aufzustehen und rauszugehen. Früher oder später werdet ihr euch so oder so mit mir langweilen.«

»Wir können dir eine Wohnung besorgen und alles andere auch, damit du einen Neuanfang starten kannst, über ein Netzwerk, das sich um Menschenhandelsopfer kümmert«, sagte Sam. »Aber um das zu bekommen, musst du uns erzählen, was mit dir passiert ist, wo du gewesen bist.«

»Ich brauche keine Unterkunft. Ich habe euch schon gesagt, dass ich auf mich selbst aufpassen kann.«

»Ich bin mir sicher, dass du das kannst«, sagte Sam. »Du bist erwachsen und britische Staatsbürgerin. Ich will damit nur sagen, dass es Hilfe für dich gibt, warum solltest du sie nicht annehmen?«

Scarlett wippte unruhig mit dem rechten Fuß. »Weil es nichts gibt, was ich euch erzählen und was euch weiterhelfen könnte. Das soll ein Tauschhandel sein, oder? Ich sag euch was und ihr helft mir dafür. Wenn es nichts zu erzählen gibt, gibt's auch nichts zu bekommen. Das ist verdammte Erpressung, genau wie alles andere auch.«

Die drei Frauen saßen ein paar Sekunden lang schweigend da.

Dann sagte Sam: »Du hast mit Caro geredet, stimmt's? Ganz am Anfang, als man dich gefunden hat?«

Scarlett antwortete mit einem Schulterzucken.

»Du hast erwähnt, dass du mit einem Laster hergebracht wurdest«, sie sah auf ihre Notizen, »dass jemand aus Briarstone dafür verantwortlich war, dass du hergebracht wurdest.«

»Ich soll euch Namen sagen«, sagte Scarlett, »aber das tue ich nicht. Es würde euch sowieso nicht weiterhelfen. Ich weiß nichts, was denkt ihr, wen ihr vor euch habt? Ich bin ein Niemand. Ich habe Backkartoffeln und Bohnen für sie gekocht und ihre Wäsche gewaschen. Ich weiß gar nichts.« Das Sweatshirt war an ihrem

Arm hinaufgerutscht, darunter lugte blasse, mit Kratzern übersäte Haut hervor.

Sam und Lou sahen einander an. Das hier würde zweifellos Zeit in Anspruch nehmen, doch genau die hatten sie nicht. Wenn Waterhouse aus Scarlett nicht herausbekam, was er wollte, würde bald die Presse Wind davon bekommen und sich auf sie stürzen. So verlockend es auch war, ihr das vor Augen zu führen, es würde aller Wahrscheinlichkeit nach nur dafür sorgen, dass sie das Haus verließ und verschwand. Gratispizza oder was sonst sie noch hier hielt, würde nicht ewig ausreichen.

Lou hatte noch eine Frage. »Scarlett, kannst du uns was über Nico erzählen?«

Die Reaktion erfolgte unmittelbar. Der Kopf unter der Kapuze schoss hoch und der Blick, der Lou fixierte, war eiskalt. »Wer?«

Lou riskierte einen weiteren Versuch. »Ein paar Tage bevor du verschwunden bist, hast du nach einem Jungen mit dem Namen Nico gesucht. Ich frage mich einfach, wer er war.«

Scarlett lächelte, versteckte dann ihren Mund hinter den Ärmeln ihres Sweatshirts. Kaute daran. Schaute sie immer noch an. »Er war so ein Typ, den ich in Griechenland kennengelernt habe. Ich dachte, er wäre in Ordnung, aber wie sich herausgestellt hat, war er bloß ein Arschloch. So wie alle Männer.«

»Warum war er ein Arschloch?«, fragte Sam.

Aber darauf antwortete Scarlett mit einem Achselzucken und schüttelte den Kopf. »Um wie viel Uhr kommt meine Mutter?«

»Ich glaube, ihr Flug ging heute Morgen.«

»Anscheinend bringen ein paar von euch sie vom Flughafen hierher«, sagte Scarlett. »Ich möchte was trinken.«

»Was? Tee? Kaffee?«, fragte Lou.

»Ich mach das schon«, sagte Sam.

»Nein, mach dir keine Umstände, ich gehe schon.«

»Tee«, sagte Scarlett.

Die Wohnzimmertür schloss sich hinter Lou. Scarlett hielt standhaft Augenkontakt. »Bist du lesbisch?«, fragte sie plötzlich.

Das war Sam schon bei früheren Befragungen passiert, es war meistens ein Ablenkungsmanöver, das man entschärfen konnte, indem man einfach klarstellte, wer hier die Fragen stellte. Doch diesmal war es anders. Sie überlegte einen Augenblick, was sie antworten sollte.

Doch Scarlett wartete nicht. »In einer Beziehung? Hast du eine Freundin?«

»Momentan nicht.«

Dem folgte eine Pause. Sam versuchte die aufkommende Spannung so gut sie konnte zu entschärfen, behielt ihre entspannte Haltung bei und atmete gleichmäßig. »Was ist mit dir?«, fragte sie.

»Ich gehe keine Beziehungen ein«, sagte Scarlett. »Werde ich – glaube ich – auch nie tun. Warum bist du hier? Wie heißt du noch mal?«

»Ich heiße Sam.«

»Bist du so was wie die letzte Chance?«

»Scarlett, du verschwendest unsere Zeit. Ich glaube, du möchtest unbedingt aus der ganzen Situation rauskommen, weißt aber nicht, wie du das anstellen sollst, weil du niemandem vertraust. Ich kann dir nicht sagen, dass du mir vertrauen sollst oder Lou oder sonst wem. Das musst du selbst entscheiden.«

»Du hast ja keine Ahnung. Du hast absolut keine Ahnung.«

»Dann erzähl es mir.«

Es folgte erneutes Schweigen. Sam beobachtete, wie Scarletts Brustkorb sich hob und senkte, ihr Atem sich beschleunigte.

»Hattest du jemals einen Freund? Nein, darauf wirst du mir nicht antworten, nicht wahr? Bist du jemals von einem Kerl gefickt worden, Sam, oder standest du schon immer auf Mädchen?«

Wieder eine Pause. »Erzähl es mir«, sagte Sam sanft. »Ich höre zu.«

»Mein erstes Mal«, sagte Scarlett, »war auf einer feuchten Matratze in einem Hinterzimmer in Prag. Es waren drei, drei Männer. Später habe ich herausgefunden, dass sie alle Spitzenbeträge gezahlt haben, weil sie wussten, dass ich noch Jungfrau war. Zweieinhalb Stunden hat es gedauert, sie haben sich abgewechselt. Sie haben mich festgehalten, und als ich mich gewehrt und gewunden habe, haben sie mir ins Gesicht geschlagen, bis ich völlig neben der Spur war, bis ich so verletzt war, dass ich mich nicht mehr wehren konnte. Als sie fertig waren, habe ich mich geduscht und mir das Blut abgewaschen, obwohl ich kaum aufrecht stehen konnte. Sie haben mir etwas zu essen und zu trinken gegeben, dann hat das Schwein, das auf mich aufgepasst hat, es auch mal probiert. Er hat die ganze Zeit gegrinst, während ich vor Schmerz geschrien habe, weil die Frau, die mich zu der Wohnung gebracht hat, es für ihn mit dem Handy filmte. Ich war fünfzehn. Davor hatte ich erst ein Mal einen Jungen geküsst. Einen griechischen Jungen, der Nico hieß.«

Draußen schlug jemand eine Autotür zu, dann noch eine. Stimmen, ein paar Augenblicke später klingelte es an der Tür.

»Das wird deine Mutter sein«, sagte Sam.

LOU – Freitag, 01. November, 14:10

Caro ging zur Tür. Lou lauschte gespannt auf die Unterhaltung im Flur.

Annie Rainsford war für beträchtliche Kosten für den Steuerzahler von Terry Cartwright und Dave Porter in einem zivilen Škoda Octavia vom Flughafen abgeholt worden. Meistens waren Polizeibeamte zu zweit unterwegs, aber nichtsdestotrotz hielt Lou es für eine unnötige Verschwendung, zwei Ermittler der Sonderkommission als Taxichauffeure für die ganze Strecke von Gatwick bis hierher zu missbrauchen. Clive hatte Juliette nach Hause gefahren. Das Auto der Familie war auf einem Langzeitparkplatz abgestellt gewesen.

Kurz darauf kam Caro mit Annie in die Küche. Lou musterte sie einen Augenblick von Kopf bis Fuß. Zehn Jahre waren vergangen, seit sie sie das letzte Mal gesehen hatte, doch Lou hätte sie überall wiedererkannt. Dunkles, glattes Haar, große blaue Augen, die von seidigen, feucht wirkenden Wimpern umrandet waren. Die kleinen Fältchen um ihre Augen waren das einzige Zeichen, dass einige Zeit vergangen war. Sie war zweiundfünfzig, sah aber viel jünger aus. Aus der Ferne wirkte sie wie ein Teenager. Sie war schlank und zierlich, hatte einen fast mädchenhaften Körperbau, ihre Fingernägel waren kaugummirosafarben lackiert, an manchen Stellen blätterte der Lack ab. Lou erinnerte sich, dass sie während der Ermittlungen gedacht hatte, dass Annie und Clive gar nicht wie ein Paar wirkten. Sie war attraktiv, intelligent, fast schön, Clive hingegen war viel älter, blass, klug, aber ohne jeglichen Humor. Dennoch waren sie immer noch verheiratet und trotz allem, was die Familie durchgemacht hatte, fuhren sie seit zehn Jahren weiterhin gemeinsam in Urlaub.

In Annies Blick flackerte etwas wie Wiedererkennen auf, er schien zu sagen: Ich kenne Sie irgendwoher.

»Lou Smith«, sagte Lou und streckte ihr freundlich lächelnd die Hand entgegen. »Ist schon lange her, ich weiß. Als Scarlett verschwand, war ich ermittelnder DC.«

»Oh! Richtig. Ich erinnere mich. Wie geht es Ihnen?«

Das klang sehr freundlich und höflich, trotz der seltsamen Umstände. Aber was hatte Lou erwartet? Es gab keine Regeln, die besagten, wie man sich nach zehn Jahren ohne Tochter zu verhalten hatte, wenn man sie als Kind verloren und als Erwachsener wiedergefunden hatte.

Und dann sagte Annie etwas, das Lous Atem stocken ließ.

»Habe ich Ihnen nicht gesagt, dass sie weggelaufen ist? Aber Sie wollten mir ja nicht glauben, nicht wahr?«

Lou klopfte an die Wohnzimmertür. Sam öffnete. Scarlett sah nicht auf, sie konzentrierte sich auf den nassen Ärmel ihres Kapuzenpullis.

»Scarlett«, sagte Lou sanft, »deine Mom ist hier.«

»Ich gehe nach nebenan«, sagte Sam. »Ruf einfach, wenn du was brauchst.«

Lou hatte genügend Zeit, Annies Gesicht zu beobachten, den Schock, der sich darauf abzeichnete, aber auch noch etwas anderes – war es Angst? Verwirrung? Dann zog sie sich zurück.

Als sich die Tür schloss, hörte sie etwas. Scarlett flüsterte leise und eindringlich. »Ich habe es nicht vergessen, weißt du. Ich habe dich gesehen. *Ich habe dich gesehen.*«

14:45
Die Unterhaltung zwischen den beiden Frauen wurde immer wieder durch langes Schweigen unterbrochen. Caro stand mehrere Male auf, um nachzusehen, ob die beiden eine Pause brauchten,

Tee oder etwas zu essen wollten, doch bevor sie bei der Tür angekommen war, begannen sie wieder zu sprechen.

Annie verhielt sich abwechselnd kühl und abweisend, dann wieder schluchzte sie wie ein Kind und schlug die Hände vors Gesicht. Scarlett saß immer noch auf dem Sofa, hatte die Knie angezogen und schien offensichtlich immun gegen die emotionale Spannung im Raum.

Sobald beide allein waren und die Tür geschlossen war, hatte Annie ihre Arme ausgebreitet und war auf Scarlett zugegangen. Doch Scarlett wich zurück und sagte dann diesen seltsamen Satz: *Ich habe dich gesehen.*

Annie hatte nicht reagiert. Sie hatte sich langsam in einen Sessel gesetzt und ihre Tochter nicht aus den Augen gelassen.

In der Küche verfolgten Lou, Sam und Caro wie die Zuschauer einer Sonntagabendserie gespannt und fasziniert das Schauspiel, das sich ihnen auf dem Bildschirm bot. Doch schon gleich nach dieser Anfangsszene waren die Dinge unangenehm ins Stocken geraten.

»Wo bist du gewesen?«, fragte Annie schließlich.

Scarlett zuckte die Achseln. »Überall.«

»Wie lange bist du schon hier? In Briarstone?«

Scarlett schwieg. Während beide regungslos dasaßen und einander anstarrten, fragte sich Lou, ob die Kamera stehen geblieben war und das letzte Bild eingefroren hatte.

Doch Minuten später streckte Scarlett ihre Arme aus, kratzte sich die Handgelenke und beantwortete die Frage mit einer anderen. »Wann hast du aufgehört nach mir zu suchen?«

Daraufhin schwieg Annie.

»Hast du überhaupt je damit angefangen?«

Annie antwortete darauf. »Manchmal macht man Fehler. Und wenn man sie sich nicht gleich eingesteht, werden sie größer und immer größer, irgendwann kann man sie sich gar nicht mehr eingestehen. Niemals.«

Sie konnten ihr Gesicht sehen, es wirkte ungerührt. Was um

Himmels willen ist da los?, dachte Lou. Warum zog sie Scarlett nicht an sich, umarmte sie, schwor ihr, dass sie nie aufgehört hatten, nach ihr zu suchen, die Hoffnung nie aufgegeben hatten ... sagte ihr, wie schrecklich ihr Leben nach ihrem Verschwinden gewesen und wie unendlich glücklich sie darüber sei, sie lebend wiederzusehen ...?

Menschen waren unberechenbar. Im Laufe der Jahre hatte Lou gelernt, wie unvorhersehbar sich Leute verhalten konnten. Das hieß aber noch nicht, dass sie deshalb kriminell waren oder irgendwas verbrochen hatten. Es bedeutete einfach nur, dass sie Individuen waren. Wer konnte schon sagen, wie man in so einer Situation zu reagieren hatte? So etwas war vorher noch nie dagewesen. Gestern hatte Annie sich noch am Pool entspannt, heute war sie wieder zurück im englischen Nieselwetter, durchlebte erneut ein emotionales Chaos, mit dem sie so gut es ging umzugehen versuchte.

»Dein Vater und Juliette würden dich gerne sehen«, sagte Annie nun. Sie hatte sich nicht gerührt.

Sie sagte *dein Vater*, fiel Lou auf. Nicht Dad oder Daddy.

»Sie vermisst dich«, wagte sich Annie weiter vor. »Willst du nicht wissen, wie es ihr geht?«

Als Antwort wieder Schweigen, dieses Mal noch länger. Sie waren kaum zehn Minuten zusammen, doch schon war ihnen der Gesprächsstoff ausgegangen.

»Unangenehm«, sagte Lou schließlich.

»Irgendwie habe ich das Gefühl, dass es ein langer Tag werden wird«, antwortete Caro.

Lou sah auf ihre Uhr. Es war bereits früh am Nachmittag und heute Abend fand das Hockeyspiel statt. Sie musste vorher noch nach Hause und sich umziehen, denn um keinen Preis wollte sie sich ohne warme Winterkleidung an den Spielfeldrand setzen.

Sie freute sich nicht sonderlich darauf. Bei den meisten Hockeyspielen, die sie besucht hatte (Hockey, nicht Eishockey, denn in Kanada war die Unterscheidung anders als in England – soll heißen: Hockey wurde auf Eis gespielt, Feldhockey war hingegen das, womit man Lou während ihrer Schulzeit gequält hatte), hatte Jason als Zuschauer neben ihr gesessen. Wenn er selbst spielte, nutzte sie normalerweise die Gelegenheit und ging woandershin.

Doch diesmal hatte er darauf bestanden, offenbar war es ein wichtiges Ligaspiel, bei dem er sie dabeihaben wollte. Und da sie beide am nächsten Tag frei hatten, konnten sie ein wenig Zeit miteinander verbringen.

Sie hatte ihn gefragt, ob sie sich nicht nach dem Match treffen könnten, sie könne ihm vielleicht etwas kochen und auf den Tisch stellen, wenn er vom Match käme, doch seine Antwort hatte jeglichen Zweifel ausgeräumt. »Ja, klar.«

»Was soll denn das heißen?«

Er hob eine Augenbraue. »Du weißt, wie das läuft, Lou. Du wirst bis spät arbeiten und es nicht zum Match schaffen, wenn ich Glück habe, wirst du es vielleicht gerade noch schaffen, etwas zu essen zu holen, vielleicht schaffst du es aber auch gar nicht. Also, wozu soll das gut sein?«

Er hatte natürlich recht. Die Chancen standen gut, dass sie hier bleiben, Annie und Scarlett zuhören und das ganze Match verpassen würde.

Annie und Scarlett saßen im Wohnzimmer und starrten einander wieder an. Und Lou sah wieder auf ihre Uhr.

15:40

Nach eineinhalb Stunden gestelzter Unterhaltung mit Scarlett tauchte Annie Rainsford wieder aus dem Wohnzimmer der Opferschutzeinrichtung auf.

Sie lief auf die Küche zu, doch Lou erhob sich schnell von ihrem Platz vor dem Monitor und fing sie im Flur ab. Sie hatte geweint, ihre Augen waren gerötet und geschwollen, doch ihre Haut war makellos. Sie strich sich das Haar aus dem Gesicht, das in glänzende Wellen gelegt war. Sie hatte es wohl heute Morgen vor der Fahrt zum Flughafen noch frisch gewaschen.

»Ich möchte nach Hause«, sagte sie. »Ich muss mich um die Wäsche kümmern und nach Juliette sehen.«

»Wie ist es gelaufen?«, fragte Sam.

Annie wischte sich mit dem Zeigefinger die Augen entlang, offenbar um zu vermeiden, dass die Schminke ihre Wangen herablief. »Nicht gut«, sagte sie.

Lou dachte einen Augenblick darüber nach und drehte sich zur Küchentür um, an der Caro wartete. »Ich fahre Sie nach Hause, ja?«

»Das wäre großartig. Danke. Ich habe keine Ahnung, wo wir hier sind.«

»Macht es was aus, wenn ich noch ein wenig bleibe?«, fragte Sam.

»Kein Problem«, sagte Lou. »Ruf mich später an.«

Inzwischen hatte es heftig zu regnen begonnen, große schwere Tropfen klatschten auf den Gehweg und durchnässten innerhalb weniger Minuten Lous Jacke. Lou wies den Weg zu ihrem Wagen, Annie rannte hinter ihr her. Sie waren klitschnass. Sie knallten die Türen zu, klick-klack, umgehend beschlugen die Fensterscheiben. Lou stellte den Motor an und drehte die Lüftung auf.

»Etwas anders hier als in Spanien«, sagte sie.

»Ja«, sagte Annie und lachte doch tatsächlich. »Wir hatten heute Morgen beim Abflug fünfunddreißig Grad.«

»Das muss ein ziemlicher Schock für Sie gewesen sein«, sagte Lou. »Nach all der Zeit.«

Annie schnallte sich an. »Ja und nein. Ich habe gewusst, dass ich früher oder später einen Anruf erhalten würde.«

Lou ließ die Aussage einen Augenblick im Raum stehen und wartete, bis die Windschutzscheibe frei war. In Gedanken ging sie schnell noch einmal zu den Befragungen zurück, zu den Kopien, den Informationen und Berichten, die sie vor zehn Jahren bearbeitet hatte, überlegte, ob Annie und Clive Hinweise gegeben hatten, dass Scarletts Verschwinden irgendwie vorhersehbar gewesen oder ihnen ihr Aufenthaltsort bekannt war. Sie war fünfzehn. Das war das Einzige. Sie war fünfzehn, und falls Clive und Annie etwas von Nico, dem griechischen Jungen, den Scarlett auf Rhodos getroffen hatte, gewusst hatten, so hatten sie der Polizei gegenüber keine Angaben gemacht.

»Wie kommen Sie darauf?«, fragte Lou und fuhr vom Parkplatz.

»Ich wusste es einfach«, sagte Annie. Sie hatte ihr Gesicht den Regentropfen an der Fensterscheibe zugewandt, sodass Lou ihren Gesichtsausdruck nicht sehen konnte. »Sind Sie Mutter?«

»Nein«, sagte Lou.

»Nun gut. Eine Mutter weiß so etwas. Ich habe immer gewusst, dass sie noch am Leben ist.«

Lou wechselte das Thema. »Ich freue mich, dass Sie noch einen Rückflug bekommen konnten.«

Annie antwortete nicht gleich. Ihr leichter Sommerrock war vom Regen durchnässt und klebte an ihren Beinen. Lou bemerkte, dass sie zitterte, und stellte die Heizung an.

»Man wollte uns den Ticketpreis für den Rückflug voll in Rechnung stellen, wissen Sie. Das hätten wir uns zu dritt nicht leisten können, Sie glauben gar nicht, wie teuer das ist. Clive hat so lange mit dem Management verhandelt, bis sie nachgegeben haben. Für die Umbuchung der Tickets haben sie uns trotzdem noch eine Bearbeitungsgebühr aufgebrummt. Juliette kam gar nicht gut damit zurecht. Sie verkraftet Änderungen in ihrem Tagesablauf nur schwer.«

»Was ist mit Juliette?« Sie hatte das Gefühl, Annie alle Informationen aus der Nase ziehen zu müssen.

»Sie ist verhaltensgestört. Wir haben aber immer noch keine definitive Diagnose. Sie fällt durch alle Raster.«

»Tut mir leid. Das muss sehr schwer sein.« Verhaltensgestört?, dachte Lou. Sie müsste jetzt dreiundzwanzig sein …

Annie nickte. »Meistens geht es ihr gut. Ich meine, wir haben schließlich alle unsere Macken, nicht wahr? Aber es braucht ewig, bis sie sich an einen neuen Gedanken gewöhnt hat ... Spontane Veränderungen sind für sie, äh, gelinde gesagt katastrophal.«

»Haben Sie ihr schon gesagt, dass Scarlett wieder da ist?«

»Nein. Noch nicht. Vielleicht heute Abend, wenn sie sich beruhigt hat.«

»Hat sie jemals über Scarlett gesprochen?«

Dem folgte eine lange Pause, so lang, dass Lou sich fragte, ob Annie sie überhaupt gehört hatte. Sie wollte die Frage schon wiederholen, als Annie antwortete. Wehmütig, als hätte der Gedanke daran sie um Jahre zurück in eine Zeit befördert, in der sie vermutlich alle noch glücklicher waren. »Die ganze Zeit.«

»Es muss sehr schwer für sie gewesen sein, damit zurechtzukommen.«

»Damals ging es ihr noch nicht so schlecht. Ich meine, sie war ... eigenartig. Aber Scarletts Verschwinden scheint alles noch verschlimmert zu haben ...« Sie verstummte. Irgendwas auf der Straße lenkte sie ab. Sie standen an der Brücke an der Ampel und warteten darauf, sich in die endlose Schlange vor der einspurigen Fahrbahn einzuordnen. »Ich wusste gar nicht, dass er geschlossen ist.«

»Wie bitte?«

»Der Pub an der Ecke. Ich habe als Studentin hier öfter was getrunken.«

»Oh«, sagte Lou. »Ja. Er hat vor einem Monat geschlossen. Was sagten Sie? Über Juliette?«

»Hm? Oh ...« Annie schien in Gedanken verloren. »Ja. Als wir zurückkamen, hat sie nur noch von Scarlett geredet, als wäre sie niemals verschwunden. Als wäre sie nur bei jemandem zu Besuch. Immer wieder fragte sie, wann sie zurückkäme. Ich meine, sie war dreizehn, also kein Baby mehr. Sie schien es einfach nicht verstehen zu wollen.«

»Was ist mit der Schule?«

»Sie ist monatelang nicht in die Schule gegangen. Sie hat sich selbst verletzt und einen Selbstmordversuch unternommen, aber das wissen Sie vermutlich. Sie war in Therapie, aber die hat offenbar nicht geholfen. Sie redete einfach nicht, weder mit uns noch mit sonst wem.«

»Aber jetzt redet sie über Scarlett?«

Annie lachte kurz auf, drehte sich zu Lou um und sah sie zum ersten Mal an, seit sie die Opferschutzeinrichtung verlassen hatten. »Das ist das Einzige, worüber sie redet. Das Einzige. Jeden Tag. ›Wann kommt Scarlett wieder nach Hause?‹ Das macht uns wahnsinnig. Sie beachtet uns gar nicht mehr. Darum glauben wir ja, dass es schwer für sie werden wird, wenn sie erfährt, dass sie tatsächlich zurückgekehrt ist. Sie ist nicht mehr die Scarlett, an die Juliette sich erinnert, nicht wahr?«

Sie steckten weiterhin im Verkehr fest. Es waren nur ein paar Meilen durch die Stadt, doch offenbar war ein Müllauto auf dem Fußgängerübergang liegengeblieben und brachte den Verkehr von beiden Seiten zum Erliegen.

»Werden Sie mit Clive reden?«, fragte Annie. »Ich glaube kaum, dass er erfreut sein wird, Sie wiederzusehen. Sie waren doch diejenige, die ständig bei unserem Haus herumlungerte.«

»Ja«, sagte Lou und versuchte die feindselige Bemerkung zu überhören.

»Es ging ihm damals nicht gut. Das können Sie ihm nicht verübeln.«

»Nein, kann ich nicht. Ich kann mir auch nicht vorstellen, was Sie beide durchgemacht haben, als sie ohne Ihre Tochter aus Griechenland zurückgekehrt sind. Aber Clive wollte partout nicht befragt werden, nicht wahr?«

»Für ihn war das Zeitverschwendung. Er fand, Sie sollten da draußen sein und nach ihr suchen, statt dämliche Fragen zu stellen. Uns wurden immer wieder dieselben Fragen gestellt, immer und immer wieder. Niemand hat anscheinend zugehört.«

Ich habe zugehört, dachte Lou. Ich habe mir alles angehört. Und nichts ergab einen Sinn.

Der Verkehr vor ihnen löste sich langsam auf, ein paar Minuten später fuhr Lou vor dem Haus vor. Glücklicherweise hatte es aufgehört zu regnen. Annie starrte zur Hecke hinauf, als wäre sie monatelang weg gewesen. Irgendwo in der Nähe war der Lärm von Straßenarbeiten zu hören, ein Presslufthammer hallte in der ganzen Nachbarschaft wider, dann hörte er zum Glück wieder auf.

»Das ist ein schönes Haus«, sagte Lou, und plötzlich klang ihre Stimme sehr laut.

»Ja. Und es ist auch schön, nach den Ferien nach Hause zu kommen, nicht wahr?«

Lou sah in ihr Gesicht und versuchte das Unlesbare herauszulesen. »Hier ist meine Karte«, sagte sie. »Sie können mich jederzeit anrufen, wenn Sie über irgendwas reden wollen. Ich melde mich dann in ein paar Tagen, um mit Clive und Juliette zu reden. Wäre das in Ordnung?«

Annie nickte geistesabwesend. Sie schaute noch immer zum Haus hinauf. »War sie hier?«

»Wer soll hier gewesen sein?«

»Scarlett. Hat sie letzte Nacht hier geschlafen?«

Was war das für eine Frage, dachte Lou. Wie hätten sie reinkommen sollen? Einbrechen, nur damit Scarlett alleine in ihrem früheren Zimmer schlafen konnte?

»Nein, sie war nicht mehr hier, seit ...« Seit ihr alle nach Griechenland gefahren seid, dachte sie und ließ den Satz unvollendet im Raum stehen.

Dann machte sie einen weiteren Versuch. »Brauchen Sie noch irgendwas, Annie? Wollen Sie noch etwas fragen?«

Das schien zu funktionieren. Endlich schaute Annie weg, öffnete die Tür und stieg aus. »Nein – nein. Danke, dass Sie mich hergebracht haben. Das war sehr nett.«

Lou wartete noch, beobachtete Annie, wie sie am Gartentor stand und in ihrer riesigen Umhängetasche vermutlich nach dem Schlüssel kramte. Ein grüner Volvo stand in der Einfahrt. Clive und Juliette waren inzwischen wohl auch vom Flughafen zurück.

Der Presslufthammer fing wieder an, Lou fuhr weg.

Wovor fürchtete sich Annie so sehr? War es das überhaupt – Furcht? Nach so vielen Jahren in diesem Job, so vielen Befragungen, Sitzungen und Diskussionen mit Individuen aller Art glaubte Lou, gut in der Beurteilung von Menschen und ihren jeweiligen Gefühlszuständen zu sein, und noch besser darin, sie für sich zu nutzen, um bestmögliche Ergebnisse zu erzielen. Nein, nutzen war das falsche Wort. Situationen in einen Vorteil zu wenden, passte besser. Man konnte nicht erwarten, dass sich jemand in einer bestimmten Situation so verhielt, wie man sich selbst verhalten würde. Trotzdem konnte man gewisse Dinge voraussetzen: ein vermisstes Kind verursachte Schmerz, Angst, Hysterie, Benommenheit ... und zahlreiche andere Reaktionen. Aber was Annie da an den Tag legte, war etwas völlig anderes.

Das seltsame Verhalten der Familie hatte dem Ermittlungsteam schon damals Anlass zur Sorge gegeben. Lange war man davon ausgegangen, dass Clive und Annie für Scarletts Tod und die Beseitigung der Leiche verantwortlich waren. Sie verhielten sich so seltsam, dass jeder davon ausging, dass sie etwas zu verbergen hatten. Lou hatte sich durch die Ermittlungen gearbeitet, ständig alle Möglichkeiten durchgespielt und darüber nachgedacht, warum sie sich so verhielten. Sie hatte überlegt, ob Annie Angst vor Clive hatte, aber das schien nicht zu passen. Auch Clive hatte keine Angst vor Annie. Das familiäre Zusammenspiel funktionierte reibungslos, für Außenstehende allerdings auf ziemlich seltsame Weise.

Sie wurde aus Annie nicht schlau. Sie war vor Jahren schon nicht schlau aus ihr geworden, und sie tat es jetzt noch weniger.

SAM – Freitag, 01. November 2013, 17:30

Caro war hinausgegangen, um Essen zu holen, als die Frau vom Sozialdienst zurückkam. Sie hatte eine Tasche mit Kleidern für Scarlett dabei, die einen Blick darauf warf und sie dann ans andere Ende des Sofas pfefferte.

»Ich habe meine eigenen scheiß Klamotten«, sagte sie. »Ich brauche keinen beschissenen Altkleiderkram.«

»Ich werde mal sehen, ob ich einen Besuch in dem Haus arrangieren kann, in dem du gewohnt hast. Dann kannst du dir ein paar Sachen holen«, sagte Sam. »Aber vor morgen geht das nicht.«

Scarlett zuckte die Achseln. »Das ist mir egal. Aber ich will mein Handy jetzt zurück. Die Arschlöcher haben es mir abgenommen. Da sind alle meine Telefonnummern drauf.« Sie starrte Sam vorwurfsvoll an.

»Ich frage morgen mal nach«, sagte Sam. Das war keine Lüge, sie konnte nachfragen, wusste aber, wie die Antwort lauten würde. »Du hast etwas von einem Nico erwähnt.«

»Habe ich nicht. Dein Boss hat ihn erwähnt, nicht ich.«

»Du hast ihn in den Ferien getroffen«, setzte Sam nach. »Ich frage nur, weil sonst niemand aus deiner Familie von ihm gesprochen hat. Hattest du ihn geheim gehalten?«

Scarlett sah aus dem Fenster, als wäre Annie hier und könnte zuhören. »Nein. Alle haben das gewusst.«

»Und warum, glaubst du, haben sie uns nicht erzählt, dass du jemanden kennengelernt hast?«

Sie pulte an ihrem Daumennagel und nahm ihn unter die Lupe,

bevor sie antwortete. »Keine Ahnung. Das musst du sie schon selbst fragen. Habt ihr ihn befragt? Nico, meine ich?«

»Nein. Er wurde nie gefunden.«

Scarlett lacht kurz und trocken auf. »Das wundert mich nicht.«

Die Haustür ging auf und wurde wieder geschlossen, dann hörte Sam Caro und Orla in der Küche reden. Kurz darauf erschien Caro mit drei Portionen Fish and Chips, ein paar Dosen Pepsi, einem großen Salzstreuer und einer Flasche Ketchup. Als Sam die Pommes roch, wurde ihr bewusst, wie hungrig sie war.

»In Holland gibt es Pommes mit Majo«, sagte Scarlett, packte ihr Portion aus und fing zu kauen an. »Die fand ich damals ganz gut. Dort hat niemand gefragt, ob man Ketchup möchte, sie kamen immer mit Majo.«

»Es geht doch nichts über Pommes mit roter Sauce«, sagte Caro fröhlich.

»Ich finde es gut, wenn man die Wahl hat«, sagte Sam.

Scarlett hörte auf zu kauen. Sie legte die offene Fish-and-Chips-Tüte auf den Couchtisch, öffnete eine Dose, trank und rülpste.

»Da wir gerade von Wahl reden ... Scarlett, du musst dir überlegen, was du als Nächstes tun willst«, sagte Caro. »Wo du hinwillst. Welche Möglichkeiten du hast und was du tun möchtest.«

Scarlett starrte Caro regungslos an. In ihr schienen heftige Gefühle zu brodeln, und Sam begriff, dass Scarlett sich nur noch mit Mühe beherrschen konnte. Sie war kurz davor zu explodieren, irgendetwas an der Unterhaltung hatte sie aufgebracht.

Scarlett stand auf. »Ich muss raus«, sagte sie.

»Was?«, fragte Caro. »Wohin?«

Doch da war Scarlett schon an der Tür und riss sie so heftig auf, dass sie mit der Klinke an den Putz knallte. Dann rannte sie aus dem Zimmer in den Flur und riss dort die Haustür auf. Noch bevor Sam reagieren und ihr folgen konnte, stand Scarlett schon auf der Straße und lief die Straße entlang.

Sie war schnell – verdammt schnell. Sam hatte Mühe, sie einzuholen, sie merkte, dass sie Boden verlor. Wie kam es, dass Scarlett so fit war? Die Luft war so kalt, dass sie in Sams Lungen brannte.

»Warte!«, schrie sie in der Hoffnung, dass Scarlett langsamer werden oder sogar stehenbleiben würde.

»Verpiss dich!«, schrie Scarlett, ohne sich umzudrehen. »Lass mich in Ruhe!«

Am Ende der Straße bog Scarlett plötzlich nach links in eine kleine Gasse ein. Sam folgte ihr, lief so schnell sie konnte und versuchte sie einzuholen. Sie kannte sich in diesem Stadtteil nicht sonderlich gut aus, doch als sie um die Ecke lief, wurde ihr klar, dass die Straße direkt zum Memorial Park führte. Dunkelheit, Bäume, ein Spielplatz, ein Bootsteich, ein Café, das um diese Zeit natürlich geschlossen hatte, wo zum Teufel wollte Scarlett hin?

Scarlett schob sich durch ein Metalltor, das eigentlich verschlossen sein sollte, aber regelmäßig aufgebrochen wurde, und verschwand. Hinter dem Tor war es finster, Sam sah nur ein paar Schritte auf dem Weg vor sich, in der Ferne brannten Straßenlaternen. Sam blieb stehen, sie keuchte, hustete und legte ihre Hände auf die Knie.

»Scarlett!«

Sam lauschte. Irgendwo in der Dunkelheit bellte ein Hund. Dann hörte sie noch etwas. Ein Weinen, das in der kalten Luft immer lauter wurde und zu etwas Unheimlichem anschwoll. Ein Klagelaut, ein Schrei.

»Scarlett!«, Sam lief langsam los und folgte dem Pfad vor sich.

»Ich sagte, verpiss dich!« Die Stimme war vor ihr, sie klang schrill und mündete in einem Schluchzen. »Lass mich in Ruhe!«

Nachdem Sams Augen sich nach und nach an die Dunkelheit gewöhnt hatten, erkannte sie die Umrisse: Bäume, Büsche, die Wiese am Wegesrand. Eine Bank, auf der zusammengekrümmt ein dunkler Schatten kauerte. Sie hörte Scarletts Atem, sie keuchte.

»Sie hat keine Ahnung«, sagte Scarlett. »Wahl! Was für eine Wahl habe ich schon? Was für eine Wahl hatte ich denn jemals? Das ist doch ein verdammter Witz ...«

Sam schwieg. Sie wartete, während Scarlett weiter weinte. Nach ein paar Minuten wurde ihre Atmung wieder ruhiger und sie hörte auf zu schluchzen. Sam fand ein Taschentuch in ihrer Jeans und reichte es ihr zum anderen Ende der Bank.

»Warum bist du überhaupt hier?«, fragte Scarlett und griff nach dem Taschentuch.

»Ich weiß es nicht genau«, sagte Sam vorsichtig.

»Was ist denn das für eine Antwort?«

»Ich weiß auch nicht, was das Beste für dich ist, Scarlett. Aber jetzt bleibe ich einfach in der Nähe, falls du etwas brauchst, das ich dir beschaffen kann. Wie zum Beispiel das Taschentuch hier, weißt du.«

»Was ich brauche, ist mein verdammtes Handy. Ich habe Freunde, weißt du. Ich könnte bei Reg zu Hause Filme auf Sky schauen, mit seinen Kindern spielen, statt in einer ätzenden Polizeiunterkunft mit einem Haufen Paragrafenreiter festgehalten zu werden.«

»Kann ja sein, dass wir Paragrafenreiter sind, aber immerhin bekommst du von uns das Essen und ein Hotelzimmer umsonst.«

Scarlett machte ein Geräusch, das fast wie ein Lachen klang. »Dass ich nicht lache. Wir reden hier vom *Travel Inn*, das ist wohl kaum das verdammte Ritz, oder?« Dem folgte eine Pause. »Verdammt kalt hier draußen. Ich habe meinen Mantel liegengelassen.«

»Sollen wir zurücklaufen?«

»Gleich.«

Sie holte tief Luft. Sammelte sich für die Rückkehr.

»Ich mag mir gar nicht ausmalen, wie schwer es für dich gewesen sein muss, deine Mutter wiederzusehen.«

In dem gedämpften Licht sah Sam, dass Scarlett ihr das Gesicht zugewandt hatte. »Ich wette, das sieht außer dir keiner so. Jeder glaubt doch, dass ich überglücklich sein muss.«

»Wenn du sie hättest sehen wollen, hättest du das längst schon getan, oder?«

»Genau. Der einzige Mensch, den ich sehen will, ist Juliette.

Das Problem ist aber, dass ich sie nicht treffen kann, ohne sie zuerst zu treffen.«

»Hast du nach deiner Rückkehr nie versucht, Kontakt zu Juliette aufzunehmen?«

Es folgte eine lange Pause. »Du weißt nicht, wie sie sind. Sie hätten es herausgefunden.«

»Also hast du niemanden kontaktiert?«

»Niemanden.«

»Scarlett, wurdest du gefangen gehalten?« Das sollte kein Vorwurf sein. Doch sobald sie die Worte ausgesprochen hatte, bereute Sam sie auch schon wieder, es war eine zu große Hürde.

Doch Scarlett nahm es offenbar nicht so auf.

»Nein. Meistens waren sie mir gegenüber korrekt. Ich glaube nicht, dass ihr versteht, wie es ist, zehn Jahre lang tot zu sein. Eigentlich ist es ziemlich befreiend. Schwer ist es, wenn man auf einmal wieder lebendig wird.«

Dann stand Scarlett plötzlich auf.

»Ich bin bereit, wir können zurückgehen.«

Sie ging Richtung Tor, Sam lief neben ihr her. Als sie wieder im Licht der Straßenlaternen waren, fiel Sam auf, dass Scarlett die Arme vor der Brust verschränkt hatte. Sie war dünn, richtig zierlich. Genau wie ihre Mutter. Sam verspürte einen Stich im Herzen. Sie hätte sie am liebsten umarmt, ihr gesagt, dass alles okay sei, dass alles gut werden würde.

»Warum zieht sich deine Mutter wie ein Teenager an?«, fragte Sam.

Scarlett sah nicht auf. »Sie ist eben seltsam.«

Je näher sie dem Haus kamen, desto langsamer lief Scarlett.

»Alles okay?«, fragte Sam.

Scarlett schüttelte entschieden den Kopf.

»Komm«, drängte Sam. »Es ist alles in Ordnung. Ich setze mich noch eine Weile zu dir, okay?«

»Kannst du dafür sorgen, dass sie verschwindet?«, fragte Scarlett, ihre Stimme war jetzt nur noch ein Flüstern.

»Wer? Caro?«

Scarlett nickte. »Sie versteht das nicht. Sie kapiert es einfach nicht.«

»Dann solltest du versuchen, es ihr zu erklären. Oder mir.«

»Vielleicht.«

An der Tür blieb Sam stehen. »Geh schon mal rein«, sagte sie. »Ich komme gleich nach.«

Sam setzte sich in ihren Wagen und kramte im Handschuhfach nach dem billigen Guthabenhandy, das sie vor zwei Monaten im Supermarkt gekauft hatte. Sie hatte es immer im Auto, aufgeladen, aber ausgeschaltet, für den Fall, dass sie irgendwo kein Telefon zur Verfügung hätte. Denn es war schon des Öfteren vorgekommen, dass sie ihr Handy zu Hause oder im Büro vergessen hatte und dann aufgeschmissen gewesen war. Seit sie sich das Notfalltelefon besorgt hatte, hatte sie ihr Handy natürlich niemals mehr liegen lassen. Ganz hinten unter einem Stapel CDs und ein paar Wischtüchern lag das Ladegerät, um das noch das Kabel gewickelt war.

Während sie zum Haus zurückging, machte Sam das Handy an und war erleichtert, als sie sah, dass es immer noch geladen war. Dann wählte sie ihre eigene Nummer. Sie ließ es einen Moment in ihrer Tasche klingeln, dann legte sie auf.

Als sie wieder das Wohnzimmer betrat, hatte Scarlett aufgegessen, alle Schachteln weggeräumt und das fettige Pommespapier zusammengeknüllt in die Plastiktüte gesteckt. Sie sah sich die Nachrichten an, ohne Ton.

»Hier«, sagte Sam und reichte ihr Handy und Aufladegerät.

»Was ist das?«

»Das ist mein Ersatzhandy, ein Zehner Guthaben ist drauf.«

»Du gibst mir ein Handy?«

»Ich leihe dir ein Handy. Ich habe davon gerade auf mein Handy angerufen, die letzte gewählte Nummer ist meine. Bewahr es sicher auf, okay?«

Sie brachte die Tüte mit Müll in die Küche zurück. Caro und

Orla saßen dort und redeten über den Mangel an Notunterkünften und ob die Großzügigkeit des Polizeipräsidenten wohl noch für ein paar weitere Nächte im *Travel Inn* reichen würde.

»Wie geht es ihr?«, fragte Caro.

»So weit ganz gut. Sie ist nur etwas fertig.«

»Wegen etwas, das ich gesagt habe?«

»Ich denke, es lag daran, dass wir versucht haben, sie zu einer Entscheidung zu drängen. Aber das war nur der Auslöser, mach dir deshalb keinen Kopf.«

»Ich muss nach Hause«, sagte Caro. »Bleibst du noch da?«

»Ich setze mich noch eine Stunde zu ihr«, sagte Sam. »Dann muss ich auch weg.«

Sie ging ins Wohnzimmer zurück. Scarlett spielte mit dem Handy. »Ich wünschte, ich könnte mich an die Nummern der Leute erinnern. Ohne die nützt einem ein Handy nicht viel.«

»Wenn du es nicht willst, kannst du es mir ja wieder zurückgeben«, sagte Sam. »Orla hat dir Tee gemacht.«

Sie stellte ihn ein wenig zu entschieden auf den Couchtisch und verschüttete etwas davon auf der Resopalplatte.

»Danke.«

»Caro ist gegangen, vorerst. Morgen kommt sie aber wieder.«

Scarlett steckte das kleine Handy in die Tasche ihres Kapuzenshirts und lehnte ihren Kopf an die Kissen. »Ich bin wahnsinnig müde, aber ich will nicht schlafen. Ich habe Albträume. Jede Nacht. Das ist anstrengend.«

»Was für Albträume?«

Scarlett antwortete nicht sofort. Sie schloss die Augen und Sam dachte schon, sie wäre eingeschlafen. Dann sagte sie leise: »Ich war einmal dabei, wie einem Mädchen der Schädel weggepustet wurde. Solche Sachen haben die gemacht. Wenn man nicht getan hat, was sie verlangten, haben sie das gemacht – bang, einfach so – weißt du. Das fiel ihnen total leicht. Ich sehe sie immer wieder vor mir – ihr Gesicht. Sie wusste nicht, dass es passieren würde. Manchmal träume ich, dass es mir passiert, dass mein Kopf weggeblasen wird, ich kann es sogar spüren. Es tut aber nicht weh oder so. Ich sehe einfach, wie es passiert.«

»Gibt es irgendwas, wodurch das besser wird?«

»Wenn ich zu erschöpft zum Träumen bin. Deshalb bleibe ich so lange auf, wie es geht. Das funktioniert nicht immer. Was wollt ihr eigentlich von mir? Was wollt ihr, das ich tue?«

Sam war einen Moment betroffen, als sie diese unverblümten Worte hörte.

»Ich meine, ihr geht alle auf mich los, damit ich mich entscheide, was ich als Nächstes tun will. Ihr müsst doch etwas wollen. Was ist es?«

»Wir versuchen herauszufinden, was mit dir passiert ist, Scarlett. Damit wir verhindern können, dass es anderen Menschen genauso ergeht. Wir brauchen deine Aussage.«

»Über Griechenland?«

»Über alles.«

»Und dann lasst ihr mich in Ruhe?«

Sam dachte über die Antwort nach. »Scarlett, du bist volljährig. Soweit ich weiß, hast du nichts verbrochen. Du kannst jederzeit gehen, wenn du willst.«

Scarlett nickte langsam. »Ich kann momentan nicht klar denken. Vielleicht fühle ich mich morgen besser.«

»Das hoffe ich. Scarlett, als deine Mom hier war, habe ich zufällig gehört, wie du etwas ziemlich Seltsames zu ihr gesagt hast. Du sagtest, ›Ich habe dich gesehen‹. Kannst du mir erklären, was du damit gemeint hast?«

Sam hatte den Moment bewusst gewählt, sie wollte Scarlett überrumpeln. Und da war tatsächlich ein kurzes Flackern in ihrem Blick, dann hatte sie sich wieder im Griff.

»Ach das, ich habe sie im Fernsehen gesehen. Sie hat ein Interview über mich gegeben.«

Das war eine Lüge.

»Ach ja? Wann?«

»Nicht lange nachdem ich entführt wurde. Ich war irgendwo in einer Wohnung. Ich habe gesehen, wie sie von einem Nachrichtensender interviewt wurde, aber der Ton war aus und die Untertitel waren auf Polnisch, ich habe nicht verstanden, was sie gesagt hat.«

In den Monaten nach Scarletts Verschwinden waren ihre Eltern einige Male interviewt worden, hatten an die Zuschauer appelliert, waren sogar bei der Sendung *Crimewatch* zu Gast gewesen. Doch niemals war Annie ohne Clive interviewt worden, und soweit Sam sich entsinnen konnte, hatte Annie niemals mehr als zwei oder drei Worte gesagt.

Damals hatte nur Clive gesprochen.

SCARLETT – Amsterdam, Mittwoch, 12. September 2012, 13:49

Scarlett beobachtete den Mann lange durch das Fenster und wartete, dass er sich näherte.

Manche starrten sie an, daran war sie gewöhnt. Sie wichen ein wenig zurück, manchmal mit ihren Kumpeln, waren zu zweit oder dritt, lächelten, stachelten einander an. Andere wieder liefen an ihr vorbei, ohne sie überhaupt zu bemerken, ohne hinzuschauen, vermieden jeden Blickkontakt, als wäre sie eine Schaufensterpuppe, die die neueste Mode präsentierte.

Sie präsentierte ihre nackte Haut.

Manchmal blieben sie direkt vor ihr stehen, einsame Schaufensterbummler, die sie herausfordernd anstarrten. Das war ein unangenehmes Gefühl. Sie versuchte damit umzugehen, indem sie lächelte und ihnen zuwinkte, um sie schließlich zu verscheuchen – manchmal wurden ihr solche Leute geschickt, um sie zu testen, um sicher zu gehen, dass sie sich ordentlich darbot. Als sie einmal einem Kerl den Mittelfinger zeigte, kassierte sie Prügel dafür.

Dieser Typ ging ihr auf die Nerven. Er stand auf der anderen Straßenseite in einem Gässchen an eine Mauer gelehnt. An einem anderen Ort zu einer anderen Zeit hätte es vielleicht ausgesehen, als warte er auf den Bus oder einen Freund oder vertreibe sich einfach die Zeit, indem er die Leute beobachtete. Doch seine Augen waren auf ihr Fenster gerichtet, er hatte nicht ein Mal weggesehen. Vielleicht kontrollierte er sie. Vielleicht war er von der Polizei. Oder vielleicht war er auch nur nervös oder ängstlich, weil er noch nie mit einem Mädchen zusammen gewesen war. Was auch immer es war, sie musste sich auf dieselbe Art und Weise verhalten. Verführerisch aussehen. Ihn anlocken. Dem armen Kerl das Geld aus der Tasche ziehen.

Wenigstens vertrieb es ein wenig die Zeit.

Bisher hatte sie ihn nur angelächelt, nichts weiter. Er hatte nicht darauf reagiert, starrte sie nur weiter an. Das Dumme war, dass ansonsten draußen gar nichts los war. Nicht einmal viele Kunden liefen vorbei, geschweige denn Touristen, an diesem verregneten Mittwoch. Sie hatte bisher weniger als zweihundert Euro eingenommen, und es war bereits früh am Nachmittag. Wenn sie nicht noch ein wenig Geld machte, bevor um sechs Uhr der Bote kam, bekäme sie Ärger. Sie stand auf und ging zur Fensterscheibe, sie streckte ihre Hände nach oben und spreizte die Beine, wölbte den Rücken. Sie versuchte noch einmal zu lächeln.

Er war jung, aber das hatte nicht unbedingt etwas zu bedeuten. Manchmal schickten sie Polizisten, die jung aussahen, weil sie glaubten, das wirke weniger verdächtig und die Boten würden sie nicht bemerken. Und sie hatte ihn definitiv noch nie zuvor gesehen.

In ihrer ersten Zeit in Amsterdam wäre ihr gar nicht aufgefallen, wenn ein und derselbe Mann sie an zwei aufeinanderfolgenden Tagen besucht hätte, doch inzwischen achtete sie auf so etwas. Zum Teil aus Selbstschutz, um schon vorher diejenigen zu erkennen, die Spaß daran hatten, sie zu schlagen. Doch es gab auch das andere Extrem. Die leichten Freier, die einfach nur mit ihr reden, weinen oder umarmt werden wollten und dasselbe dafür bezahlten, manchmal sogar mehr. Es half, wenn man vorher wusste, worauf man sich einließ. Die anderen Mädchen gingen damit um, indem sie sich zudröhnten. Scarlett hingegen versuchte damit zurechtzukommen, indem sie die Kontrolle behielt.

Der Mann setzte sich in Bewegung.

Scarlett musterte ihn, als er sich näherte, wie er sich nach rechts und links umsah und dann die Straße entlangblickte, als wollte er sich vergewissern, dass ihn niemand beobachtete. Als er näher kam, verzog er seinen Mund zu einem Lächeln. Es ließ ihn böse aussehen. Sie schloss die Vorhänge und ging zur Tür, um ihn hereinzulassen.

»Hi«, sagte sie. »Wie geht es dir? Was möchtest du?«

»Bist du Engländerin?«, fragte er. Er sprach mit niederländischem Akzent und stand noch immer in der Tür.

»Ja«, sagte sie, war jetzt nervös, aber entschlossen, es nicht zu zeigen. Kinn hoch. »Was willst du?«

»Nur reden«, sagte er.

Mist, Mist. Er war also doch von der Polizei, sie hatte es gewusst. Gleich würde er die Hand in die Tasche stecken und seinen Ausweis herausholen.

»Du musst trotzdem zahlen. Hundert pro Stunde.«

»Klar.«

Er zog seine Brieftasche, nahm fünf Zwanzig-Euro-Scheine heraus und legte sie aufs Bett. Keinen Ausweis. Noch nicht. Sie lächelte, versuchte sich zu entspannen. Vielleicht war er am Ende doch kein Polizist; vielleicht erzählte er ihr nur von seiner Freundin, die ihn nicht verstehe, oder seiner Mutter, die ihm nie zugehört und von seinem Vater, der ihn immer ausgelacht habe. Sie zählte die Scheine und steckte sie durch den Briefschlitz in der hinteren Wand.

»Worüber willst du reden?«, fragte sie und versuchte, nicht misstrauisch zu klingen. Sie setzte sich auf die Bettkante und strich einladend die schmuddelige Bettdecke glatt. »Oder willst du ein bisschen Dirty Talk hören?«

»Nein, nein. Mich interessiert, dass du Engländerin bist«, sagte er und setzte sich. Er zog seine Jacke aus und legte sie sorgfältig auf den Holzstuhl, der neben dem Bett stand.

»Wenn du deine Sprachkenntnisse verbessern willst, gibt es bestimmt Leute, die weniger dafür verlangen.«

Er lachte. »Wie kommt es, dass du hier arbeitest?«

Scarlett starrte ihn einen Augenblick lang an. »Das geht dich nichts an«, sagte sie. Sie hatte diese Frage vorher schon oft gehört, und es verblüffte sie jedes Mal wieder, was für seltsame Dinge die Leute darüber dachten. Glaubten sie ernsthaft, dass sie aus freien Stücken hier war? Dass sie sich freiwillig in Unterwäsche in einem Fenster zur Schau stellte und auf das nächste fiese, dreckige, sexuell unzulängliche Arschloch wartete, das reinkam und ihren Körper benutzte? Warum dachte nie einer darüber nach, wie abscheulich das Ganze war, alles, was sie taten? Wie konnte so etwas jemals richtig sein?

»Ich weiß, ich weiß. Tut mir leid. Es – interessiert mich einfach.«

Ihr war klar, dass er höchstwahrscheinlich doch ein Polizist war. Sie hoffte immer noch, träumte ständig davon, dass jemand käme und sie aus diesem Albtraum befreite, an einen Ort brächte, an dem sie sicher wäre. Sie hatte x-mal in Gedanken durchgespielt, was sie sagen, wie sie reagieren würde, aber während sie das dachte, wusste sie auch, dass sie nur eine Antwort auf seine Frage geben durfte. Die Stimme in ihrem Kopf schrie um Hilfe.

»Ich bin hier, weil ich so was schon immer tun wollte«, trug sie vor und versuchte dabei unbeschwert zu klingen, obwohl sie wusste, wie hohl das klang. »Ich wollte immer schon die Leute glücklich machen. Weißt du, ich habe einen unnatürlich ausgeprägten Sextrieb. Ich muss die ganze Zeit mit Kerlen ficken, sonst werde ich traurig. Das ist der perfekte Job für mich.«

Sie hatte schon so oft diese Phrasen benutzt, dass sie wie aus der Pistole geschossen kamen. Niemand hatte sich jemals Gedanken darüber gemacht, ob es vielleicht nicht stimmte! Sie glaubten es, weil die Wahrheit zu schrecklich war, um darüber nachzudenken. Arschlöcher, alle zusammen.

»Hast du keine Familie? Menschen, die dich vermissen?«

»Nein«, sagte Scarlett. »Meine Eltern vermissen mich kein bisschen.« Das war zum ersten Mal die Wahrheit.

Bevor er ihr weitere Fragen stellen konnte, versuchte sie ihn abzulenken. »Was ist mit dir?«, fragte sie. »Weiß deine Familie, dass du an einem Mittwochnachmittag Mädchen im Rotlichtviertel besuchst?«

Er lachte und wurde rot. Er hatte freundliche Augen. »Nein, nein. Das bleibt unser Geheimnis. Wie heißt du?«

»Stella.«

»Ist das dein richtiger Name?«

»Nein, aber das ist der einzige Name, den ich jetzt benutze. Wie heißt du?«

»Stefan. Arbeitest du schon lange hier?«

Ich bin seit Jahren hier, dachte Scarlett. Davor war ich in Polen und vorher in der Tschechoslowakei. Bei dem Gedanken daran fiel ihr Cerys Schwester Aimee ein, die mit ihren Freunden eine Rucksackreise durch Europa gemacht hatte. Die alle Sehenswürdigkeiten besichtigt hatte und mit einem USB-Stick voller Fotos von alten Gebäuden und Jungs nach Hause zurückgekehrt war.

»Eine Weile«, sagte sie schließlich.

Er drängte immer weiter, drängte richtig, dachte Scarlett. Das konnte nur zweierlei bedeuten. Entweder, dass er von der Polizei war und versuchte, Informationen aus ihr herauszubekommen, weil er sie rausholen und beschützen wollte. Oder dass ihn jemand geschickt hatte, um sie zu testen. Um zu sehen, wie groß die Wahrscheinlichkeit war, dass sie abhauen würde. Wenn er von der Polizei war, dann konnten sie ihr sowieso keine Sicherheit garantieren. Sie war schon in Gefahr, wenn der Bote gesehen hatte, dass er reingekommen war. Die Schläger konnten jeden Moment hereinstürmen, ihn rauszerren und sie obendrein verprügeln. Wenn er einer von ihnen war, musste sie energischer vorgehen, sonst würde sie Prügel kassieren, wenn er ihnen Bericht erstattete.

»Hör zu, Stefan«, sagte sie, »normalerweise unterhalte ich meine Kunden nicht so. Ich weiß, du versuchst nett zu sein, aber ich brauche deine Hilfe wirklich nicht, okay? Ich will einfach nur meine Arbeit machen. Also«, sie sah auf die Uhr neben dem Bett, »du hattest schon zehn Minuten; ist es wirklich das, was du von mir willst, oder möchtest du nicht lieber den Blowjob deines Lebens?«

Da gab er nach. Zwanzig Minuten später ging er, sie stieg wieder in ihr Fenster und wartete auf den Nächsten. Sie sah ihm nach, als er davonschlenderte. Er hatte richtig geschrien, als er gekommen war. Das hatte sie nicht erwartet. Manchmal nutzten die Bullen die Lage aus, also war sie jetzt auch kein bisschen schlauer.

LOU – Freitag, 01. November 2013, 18:40

Nachdem sie Annie abgesetzt hatte, fuhr Lou nicht direkt nach Hause, sondern in ihr Büro zurück. Sie wollte aufschreiben, was bei der Unterhaltung zwischen Scarlett und Annie passiert war, bevor sie es wieder vergaß.

Als sie damit fertig war, las sie noch ein paar Unterlagen aus der alten Operation-Diamond-Akte. Einzelheiten über die Suchaktion, die rund um den Ferienort auf Rhodos eingeleitet worden war. Anfangs war sie planlos erfolgt, alle möglichen Leute waren aufgetaucht und hatten sich daran beteiligt, sogar Touristen, Einheimische und Clive Rainsford höchstpersönlich. Danach hatte die Polizei mit Hunden dasselbe Gelände noch einmal durchkämmt, aber nichts Verwertbares gefunden.

Weiter hinten gab es noch detaillierte Berichte über die Suchaktion, Zeugenaussagen, besorgte Briefe der Öffentlichkeit. Britische Touristen, die zur selben Zeit in der Ferienanlage gewesen waren und ihre Meinung zu Scarlett geäußert hatten und zu dem, was ihr zugestoßen sein könnte, und Leute, die die Rainfords in Briarstone kannten und das Bedürfnis hatten, etwas dazu zu sagen. Jeder schien eine Theorie über Scarletts Verbleib gehabt zu haben.

Und keiner hatte wirklich eine Ahnung.

Lou sah auf die Uhr. Wenn sie es noch zu Jasons Hockeyspiel schaffen wollte, war sie bereits spät dran. Sie schaute wieder auf die Akte, den Stapel Papier, der noch immer ungelesen dalag. Irgendwo in diesem Stapel konnte etwas Brauchbares liegen, etwas, das Sam dazu nutzen konnte, Scarlett zur Mitarbeit zu bewegen.

Sie nahm ihr Handy und schickte Jason eine Nachricht.

Tut mir wirklich leid, wurde von der Arbeit aufgehalten. Hoffe, das Spiel läuft gut. Sehen uns später?

SCARLETT – Samstag, 15. September 2012, 16:42

Die Tage liefen alle nach demselben Schema ab.

Sie verbrachte den Nachmittag, den Abend und fast die ganze Nacht in dem Raum und bediente Männer, die von der Straße reinkamen. An manchen Tagen war mehr los, das gefiel ihr beinahe, denn dann verging die Zeit schneller. Abends kamen zwischen den Freiern die Boten und holten das Geld ab, brachten frische Kondome und kontrollierten, ob sie noch am Leben war und funktionierte. Wenn nicht genug Geld reingekommen war, wurde sie ein wenig herumgeschubst und bedroht. An einem besonders miesen Tag hatten sie sie mal fast eine Stunde lang geschlagen und getreten, sie an den Haaren gezogen und ihr gesagt, sie würden sie an die Litauer verkaufen, wenn nicht bald mehr Freier kämen.

Diese Drohung sagte ihr nicht sonderlich viel, bis sie den Mut fasste und ein anderes Mädchen fragte, was an den Litauern so schlimm sei.

»Bei denen kriegst du nichts zu essen«, hatte sie gesagt. »Sie lassen dich arbeiten, bis du nicht mehr kannst, dann beseitigen sie dich. Das ist das Ende. Wenn man bei ihnen landet, ist das das Ende. Und sie filmen es.«

Sie bekam wenigstens Essen. Ein- oder zweimal am Abend brachten sie ihr etwas – einen Burger, eine Cola, Pommes mit Majo. Es war ein kurze Atempause, die Gelegenheit, etwas zu essen, während sie das Geld einsammelten, alles kontrollierten. Was sie in der Zeit nicht hatte in den Mund stecken können, nahmen sie danach wieder mit.

Sie brachten auch Drogen mit. Immer wieder versuchten sie, Scarlett dazu zu bringen, sie zu nehmen. Die anderen Mädchen waren total angewiesen darauf. Am Anfang hatte irgendetwas sie daran gehindert, vielleicht war es ihr Verlangen zu rebellieren gewesen, jetzt wusste sie, dass es gut war. Die anderen Mädchen waren alle abhängig von dem Zeug, vom regelmäßigen Nachschub. Sie brauchten es, um weitermachen zu können, um das Elend ihrer Existenz auszublenden, erkannten aber nicht, dass sie damit die Gitter ihres Gefängnisses nur verstärkten. Welchen Sinn hatte es, sich vor dem Tod zu fürchten, wenn man innerlich bereits halbtot war?

Manchmal brachten sie mit dem Essen immer noch Crack mit. Meistens dann, wenn sie einen schlechten Tag hatte. Wenn sie versuchten, sie dazu zu bringen es zu nehmen, setzte sie ihr falsches Lächeln auf und sagte, dass sie ihnen lebend und wach doch mehr nütze, dass sie ihren Job liebe und dass der Drogenkonsum sie weniger anziehend für die Freier machen würde. Solange sie nichts versuchte, solange sie für sie arbeitete und tat, was man von ihr verlangte, Geld verdiente, ließen sie ihr diese kleine Ungehorsamkeit durchgehen. Irgendwann wurde ihr klar, dass sie wohl gutes Geld einbrachte, und da sie nicht ständig zugedröhnt war, zog sie auch keine unerwünschte Aufmerksamkeit auf sich und lieferte keinen Grund zu Beschwerden. Vielleicht wurde sie deshalb nicht mit aller Konsequenz gezwungen Drogen zu nehmen. Also lehnte sie sie weiterhin ab und sie brachten das Crack achselzuckend dem nächsten Mädchen, das es von seinem Lohn bezahlte, den es theoretisch verdiente, aber nie sah. Scarlett erhielt denselben Lohn, mit oder ohne Drogen. Doch über diesen Punkt wollte sie nicht streiten. Wofür hätte sie das Geld auch ausgeben sollen, selbst wenn sie es bekommen hätte?

Obwohl sie ihnen Geld sparte und für sie Geld verdiente, war sie ein Risiko für sie. Scarlett war schlau und auf der Hut, das machte sie unberechenbar. Also behielten sie sie schärfer im Auge als die anderen. Sie kontrollierten sie öfter. Sie kamen in den frühen Morgenstunden, wenn sie so todmüde war, dass sie kaum noch die Augen offen halten konnte, und holten sie ab. Manchmal, wenn viel los war, brachten sie ein anderes Mädchen, das ihr Zimmer übernahm; manchmal schlossen sie hinter sich ab. Sie wusste immer, wann ihre Arbeit beendet war, denn dann kamen sie zu zweit, manchmal zu dritt, sodass immer eine Hand auf ihrem Arm lag, immer jemand da war, der sie beobachtete, wenn die Tür offen war.

Sogar in der Wohnung, einem schäbigen Vier-Zimmer-Apartment über einer Apotheke am Hafen, war sie niemals allein. Sie schlief mit anderen Mädchen in einem Zimmer, die unregelmäßigen Arbeitszeiten gingen unweigerlich mit Erschöpfung einher, was bedeutete, dass es fast unmöglich war, Freundschaften zu schließen. Jede Unterhaltung wurde im Keim erstickt, und nicht nur von den Männern, von denen sie hergebracht wurden. Sobald sie im Zimmer waren, wollten alle nur noch schlafen. Schlaf war ihre einzige Flucht, ihr kleines Fleckchen Frieden. Außerdem war jede Form der Unterhaltung gefährlich. Das wussten alle.

Also schlief sie auf schmutzigen Laken, zwischen zwei Mädchen, die sie kannte oder auch nicht, und wenn sie kamen, um sie zu wecken, durfte sie manchmal duschen. Manchmal bekam sie auch frische Kleidung, die ihr aber nie gehörte. Manchmal stand Essen in der Küche, meistens gab es starken, schwarzen Kaffee. Gegen Mittag wurde sie abgeholt und mit den anderen Mädchen wieder zum Stripclub gefahren, wo man sie wie Pakete auf die verschiedenen Zimmer verteilte, jede für sich allein.

Aber wirklich allein war sie nie. Selbst wenn sie im Fenster saß und an die Scheibe tippte, um Aufmerksamkeit zu erregen, beobachtete man sie. Sie waren nie weit weg.

SAM – Freitag, 01. November 2013, 22:30

Als Sam endlich wieder bei ihrem Auto war, atmete sie ein paarmal tief durch, dann wählte sie Lous Handynummer. Ihre Brust schmerzte, vermutlich von der Lauferei zuvor, das war kein gutes Zeichen, außerdem musste sie ständig husten.

»Hi, Sam«, sagte Lou, als sie den Anruf entgegennahm. »Wie kommst du voran?«

»Okay. Ich fahre jetzt nach Hause.«

»Wie geht es Scarlett?«

»Abgesehen von einem kleinen Zusammenbruch vorhin erstaunlich gut, denke ich. Sie hat sich mehr oder weniger bereit erklärt, morgen eine Aussage zu machen. Ich bin aber vorher mit Ali verabredet; ich habe versprochen, mit ihm Palmers Mom zu besuchen. Das mache ich als Erstes und treffe mich am späten Vormittag mit Scarlett, wenn das für dich okay ist. Du hast morgen frei, nicht wahr?«

»Ja, aber du kannst mich jederzeit anrufen. Gib mir Bescheid, wie du vorankommst.«

»Danke«, antwortete Sam. »Tut mir leid, dass ich so spät noch anrufe. Ich habe dich hoffentlich nicht gestört.«

»Nein, ich bin zu Hause, keine Sorge. Ich sollte eigentlich zu Jasons Hockeyspiel gehen, aber dann habe ich mir noch einmal den Fall durchgelesen.«

»Boss, du arbeitest zu viel.«

Lou lachte. »Vielleicht, vermutlich ist es aber eher so, dass ich mir einfach nicht den Hintern abfrieren und erwachsenen Männern dabei zuschauen wollte, wie sie auf einer Eisbahn einem kleinen Puck hinterherjagen.«

»Armer Jason.«

»Oh, mach dir da mal keine Gedanken, vermutlich sitzt er quietschfidel mit seinem Bruder in einem Pub und betrinkt sich. Und ich schlüpfe in der Zwischenzeit in meinen Pyjama und gehe früh ins Bett.«

SCARLETT – Dienstag, 18. September 2012, 22:18

In den ersten paar Monaten in Amsterdam dachte Scarlett ständig daran, abzuhauen. Sie dachte jeden Tag daran. Wenn sie mit Männern zusammen war, begutachtete sie sie von Kopf bis Fuß, überlegte, ob sie ihnen vertrauen und sie um Hilfe bitten konnte; wenn sie alleine war, malte sie sich aus, wie sie die Tür öffnete und wegrannte. Das schärfte ihre Konzentration. Gab ihr etwas zu tun.

Sie wusste nicht genau, was sie schließlich davon abhielt, ob es die Angst vor einer Bestrafung war oder davor, was sie Juliette antun könnten. Aber vielleicht hatte man sie auch noch nicht an ihre Grenzen gebracht. Jeder hatte seine Grenze, kam irgendwann an einen Punkt, an dem er weiteren Missbrauch nicht mehr erdulden konnte.

Es war in einer Sommernacht, als draußen der Lärm der Menge von einem gellenden Schrei übertönt wurde. Scarlett hatte in ihrem Fenster gesessen und beobachtet, wie ein halbnacktes Mädchen mit offener Bluse, die ihre kleinen Brüste sehen ließ, über die Pflastersteine rannte. Sie war zierlich, hatte kastanienbraunes Haar, das ihr in wirren Locken ins blasse Gesicht fiel, Augen und Mund vor Verzweiflung weit aufgerissen. An ihrem Arm war eine große Prellung zu sehen, die sich gelb verfärbt hatte. Scarlett musste daran denken, dass sie bestimmt noch andere Prellungen, andere Verletzungen vorzuweisen hätte; die gab es immer. Auch wenn man sie nicht sehen konnte. Durch das Fenster zu schauen fühlte sich an, als wäre man der Realität ein wenig entrückt, als folge man einem Film im Fernsehen. Zwischen ihr und dem Mädchen war nur Glas, trotzdem schien sie sich in einer anderen Welt zu befinden. Sie griff nach Passanten, schluchzte und bettelte um Hilfe. Scarlett konnte sie hören. »Hilfe, helft mir, bitte helft mir, help me, Hilfe, bitte ...«

Doch sie lief weiter. Niemand folgte ihr oder unternahm etwas, alle starrten sie nur an.

An der Ecke fuhr ein Streifenwagen an den Straßenrand, sie setzte sich hinten hinein, man nahm sie mit.

Scarlett war erleichtert. Das war doch recht einfach gewesen, oder? Die Polizei war schnell vor Ort gewesen. Vielleicht war das die Lösung. Man musste einfach mutig sein, zur Polizei gehen, dann würde alles gut werden.

Doch in der folgenden Nacht in der Wohnung, während alle versuchten zu schlafen, hatte Scarlett die Unterhaltung der anderen belauscht. Der Name des Mädchens fiel nie; vermutlich wusste sowieso keiner, wer sie war, und falls doch jemand ihren Namen kannte, wäre es nicht ihr echter gewesen. Sie war vernommen worden, dann hatte sie die Wache wieder verlassen, weil sie dringend einen Schuss brauchte. Man hatte ihr Hilfe angeboten, aber für ihre Bedürfnisse wäre die nicht schnell genug erfolgt. Natürlich hatte ihr Aufpasser sie gefunden, jemand bei der Polizei hatte es ihm gesteckt oder für ihn die Augen offen gehalten – und dann verschwand sie. »Verschwinden« hieß, dass sie vermutlich tot war. Das passierte mit Mädchen, die ein Risiko waren. Sie brachten sie natürlich nicht einfach schnell um. Zuerst benutzten sie sie und alles wurde gefilmt. Für solche Filme erzielte man hohe Preise.

Eines Tages wird mir das auch passieren, dachte Scarlett. Eines Tages bin ich an der Reihe.

Obwohl die Mädchen eigentlich nicht miteinander sprechen sollten, wurden Gespräche dieser Art nur selten unterbrochen. Sie sorgten dafür, dass alle sich ruhig verhielten und folgsam waren. Was für Alternativen hatten sie schon?

Noch Tage danach musste Scarlett an das schreiende Mädchen denken. Sie wünschte sich, sie hätte sie gekannt, dann hätte sie mit ihr geredet, sie getröstet und sie gebeten, durchzuhalten. Vielleicht hätte es geholfen, wenn sie ihren Namen gewusst hätte. Keines der Mädchen hier hatte einen Namen, und das machte alles nur noch schlimmer; man verlor seine Identität, seine ureigene Existenz. Wir sind keine Menschen mehr. Uns gibt es gar nicht mehr.

Immer wenn sie daran dachte, fiel ihr Yelena ein, wie sie über den Parkplatz an dieser Raststätte gerannt war, nur ein paar Meter von Freiheit und Sicherheit entfernt ... und wie ihr Schädel aufgeplatzt war und ihr Blut, ihre Knochen, ihre Gedanken, Hoffnungen und Wünsche in hohem Bogen in den nächtlichen Himmel gesprüht waren. Und wie in diesem Moment, im Bruchteil einer Sekunde, der Albtraum für sie geendet hatte. Noch bevor er begann.

Früher oder später endete er für sie alle. Wo ist mein Ende?, dachte Scarlett in der Dunkelheit des Schlafzimmers. Die anderen Mädchen schwiegen. Sie zog sich das Laken über die Schulter und drehte ihr Gesicht zur Wand. Wann wird es für mich zu Ende sein?

LOU – Freitag, 01. November 2013, 23:45

Nichts ist unattraktiver als der Versuch, neben einem betrunkenen Mann zu schlafen, der für alle Fälle einen Eimer neben dem Bett stehen hat.

Sehr romantisch.

Auf Lous Nachricht mit der Entschuldigung, sie schaffe es nicht zum Hockeyspiel, hatte sie keine Antwort erhalten, sie war also ziemlich überrascht gewesen, als Jason Stunden später so betrunken vor ihrer Wohnung aufgekreuzt war, dass er sich mit einer Hand am Türrahmen festhalten musste, während er mit der anderen dem Taxi zum Abschied zuwinkte, das mit laufendem Motor draußen stand.

»Ich habe zwei Vorlagen gegeben«, sagte er.

»Das ist ja toll«, sagte sie, »gut gemacht. Dann hast du also gefeiert.«

»Ja. Tut mir leid. Ich habe viel Bier getrunken.«

»Ach, ja?«

Lou spielte das pflichtbewusste Mädchen, sie half ihm ins Bett, hörte nur mit halbem Ohr seinen Entschuldigungen zu, die nicht viel Sinn ergaben, und war erleichtert, dass er hier und nicht irgendwo auf der Straße bewusstlos umgefallen oder alleine nach Hause gegangen war, wo keiner hinhörte, wenn er sich später übergeben musste. Sie ließ das Licht im Flur an, für den Fall, dass er Mühe hatte, den Eimer zu finden.

Und natürlich war sie gerade eingeschlafen, nachdem sie gefühlte Stunden seinem Schnarchen oder seinen langen, sporadischen Atemaussetzern gelauscht hatte, als er sich im Bett zu ihr umdrehte, seinen Arm um ihre Taille legte, sie an sich zog und auf das Haar küsste. Er stank nach Alkohol, aber das war nicht so schlimm. Schlimm war, dass er sie aufgeweckt hatte, nachdem sie endlich eingeschlafen war, das konnte sie ihm schon weniger verzeihen.

»Hey, du Schöne«, murmelte er in ihr Ohr. »Wozu schläfst du?«

»Du kotzt doch nicht auf mich, oder?«, fragte sie zurück.

»Würde ich so was einer Frau antun, die ich liebe, hä?«

Lou drehte sich zu ihm um und sah ihn an. Und während sie das tat, fuhr er mit seinen Händen unter ihr Pyjamaoberteil, dann folgte sein Mund und er drückte einen Kuss auf ihren Bauch. Sie fuhr mit ihren Fingern durch sein Haar und ermutigte ihn, weiter nach unten zu gehen. »Das sagst du nur, weil du betrunken bist.«

Er war zu beschäftigt oder tat zumindest so, als würde er es nicht hören. Dann wurde sie von dem, was er tat, abgelenkt und war freudig überrascht, dass all der Alkohol ihn sogar noch geschickter gemacht zu haben schien. Nach ein paar Minuten machte es ihr nicht einmal mehr etwas aus, dass er sie geweckt hatte; sie hatte morgen frei, konnte also ausschlafen.

»Entspann dich«, murmelte er. »Lass alles los.«

Ein paar Minuten später lag sie überschwemmt von Glückshormonen schläfrig in Jasons Armen, und kurz bevor sie einschlief, sagte er es noch einmal. »Bist du noch wach? Ich liebe dich. Du weißt das schon. Aber ich dachte, ich sollte es dir sagen.«

Sie hob ihren Kopf und sah ihn an. Er lächelte sie an und strich ihr das Haar aus den Augen.

»Meinst du das ernst? Wirklich?«

»Ja. Das meine ich absolut ernst.«

Sie küsste ihn, es war ein langer, langsamer Kuss, der eine ganze Weile andauerte und fast, aber nicht ganz in die zweite Runde geführt hätte, doch Lou konnte kaum noch die Augen offen halten. Sie legte ihren Kopf auf seine Brust und schlief immer noch lächelnd ein.

Dritter Teil
Solange du es nicht hinterfragst, ist es nicht wahr

SAM – Samstag, 02. November 2013, 9:52

Detective Constable Alastair Whitmore, allen nur unter dem Namen Ali bekannt, wartete im Eingangsbereich des *General Hospital* in Briarstone auf Sam.

»Ich habe keinen Parkplatz gefunden«, sagte sie ganz außer Atem, als er sie ansah und eine Augenbraue hob.

»Ich warte hier schon seit Stunden«, beschwerte er sich und zwinkerte ihr zu.

»Sind wir auch sicher, dass sie da sind?«, fragte Sam, während sie den Gang zur Überwachungsstation entlangliefen.

»Mrs Palmer kommt meistens gleich nach der Arbeit. Sie putzt Büros und ist meistens schon um acht Uhr hier. Am Samstag schläft sie etwas länger, aber sie ist bestimmt gekommen.«

Ian Palmer war vor ein paar Tagen von der Intensivstation in die angrenzende Überwachungsstation verlegt worden. Das deutete auf Fortschritte hin, obwohl er das Bewusstsein noch immer nicht wiedererlangt hatte.

»Ich habe das Gefühl, dass der verdammte Gang jedes Mal länger wird, wenn ich herkomme«, sagte Sam.

»Hallihallo«, flüsterte Ali. »Wen haben wir denn da.«

Durch die Tür zur Überwachungsstation trat ein dunkelhaariger Kerl mit ausgeprägtem Bierbauch, beigefarbener Jacke und Jeans. Sein dunkles Haar war einmal kurz und in einem aufwendigen Stammesmuster an den Schläfen abrasiert gewesen, jetzt jedoch wuchs es in unterschiedlicher Länge nach, sodass es aussah, als wäre er unter einen Rasenmäher gefallen.

»Hallo Reggie«, sagte Ali fröhlich.

Reggie hielt den Kopf gesenkt und versuchte an ihnen vorbeizugehen, bis Ali sich vor ihn hinstellte und den Weg versperrte.

»Alles klar«, kam die Antwort.

Sam hatte keine Ahnung, wer der junge Mann war, doch Alis Haltung signalisierte ihr, dass sie ihm das überlassen sollte.

»Interessant, dich hier zu treffen«, fuhr Ali entspannt fort, er versuchte ganz offensichtlich etwas herauszufinden. »Was machst denn du hier? Kleiner Krankenbesuch?«

»Äh, ja, ich besuche einen Freund.«

»Komisch, genau wie wir. Wen hast du denn besucht?«

»Nur einen Freund … hör zu, ich muss los, mein Bus kommt gleich, wenn ich den verpasse, geht der nächste erst wieder um zwölf.«

»Alles klar, Kumpel«, sagte Ali. »Pass auf dich auf.«

Sie standen gemeinsam an der Tür zur Überwachungsstation und sahen ihm nach, wie er so schnell es ging den Gang entlangeilte.

»Er sieht nett aus«, sagte Sam.

»Paul Stark, gemeinhin nur Reggie genannt«, sagte Ali. »Hab ihn zum ersten Mal beim Klauen erwischt, da war er dreizehn; er hat versucht, einem Schrotthändler gestohlene Katalysatoren zu verkaufen. Netter Kerl. Hat Potenzial.«

Valerie Palmer saß über eine Ausgabe der *Take a Break* gebeugt auf einem gemütlichen Stuhl neben dem Bett ihres Sohnes und hielt einen Stift in der Hand. Nicht zum ersten Mal dachte Sam, dass sie Ian als ganz junges Ding bekommen habe musste, denn sie wirkte kaum älter als dreißig. Ihr dunkles Haar war zu einem Pagenkopf geschnitten und ihr langer Pony fiel ihr über die Augen. Sie hatte schlanke Beine, die in hautengen Jeans steckten, zu denen sie kniehohe Wildlederstiefel mit High Heels trug.

»Mrs Palmer«, sagte Sam. »Wie geht es Ian heute?«

»Wie immer«, antwortete sie und warf die Zeitschrift und den Stift auf den Tisch neben sich.

Ian Palmer lag regungslos da, überall schauten Schläuche und Drähte heraus. Sam hatte ihn nur in diesem Zustand gesehen; sie fragte sich, wie er war, wenn er redete. Sie fragte sich, ob er nett zu seiner Mom war oder ob er eine große Klappe hatte. Aber so eine Frage konnte sie natürlich nicht stellen.

»Hat er viel Besuch gehabt?«, fragte Ali.

»Ein paar Leute waren da. Seine Freundin kommt nicht mehr, das hat nicht lange gedauert.«

»Wir haben draußen Reggie gesehen«, fügte Ali hinzu.

»Ja, ist ein braver Junge.«

»Ich wusste nicht, dass die beiden so gut befreundet sind.«

Valerie wirkte plötzlich reserviert. »Paul ist okay. Ich weiß, er hatte früher oft Schwierigkeiten mit euch, aber daran war sein Bruder schuld. Aber fangt nicht an, davon auf meinen Ian zu schließen, nur weil er ein paar Freunde hat.«

»Natürlich nicht«, sagte Sam, »keine Sorge. Aber vielleicht weiß er etwas und traut sich nicht zu uns zu kommen und darüber zu reden.«

Ohne Vorwarnung sank Valerie Palmer in sich zusammen und schlug ihre Hände vors Gesicht. Sam setzte sich auf einen der harten Stühle ihr gegenüber und legte ihr sanft eine Hand auf die Schulter: »Es tut mir sehr leid«, sagte sie, »es ist bestimmt nicht leicht für Sie.«

»Ich wünschte nur, er könnte nach Hause kommen!«, schluchzte Valerie. »Die anderen Kinder sehe ich pro Tag nicht länger als fünf Minuten. Ich schlafe nicht mehr richtig, seit es passiert ist. Ich bin so müde. Ich will meinen Sohn einfach wieder so zurückhaben, wie er vorher war.«

Dann fing sie sich wieder und atmete ein paarmal tief durch. Mit einer entschiedenen Handbewegung zog sie ein Taschentuch aus der Box, die auf dem Tisch stand, und tupfte ihre Augen damit ab. »Es geht mir gut, tut mir leid. Ich hatte nur kurz einen schwachen Moment.«

»Brauchen Sie irgendwas?«, fragte Sam.

»Nein, nein. Es ist alles in Ordnung. Wir müssen abwarten, richtig?«

»Ich fürchte, ja.«

»Hören Sie«, sagte sie. »Ich sage Paul, dass er mit euch reden soll, okay?«

Ein paar Minuten später rieben Ali und Sam sich ihre Hände mit Desinfektionsmittel ab und eilten wieder zum Parkplatz.

»Es tut mir so leid für sie«, sagte Sam. »Das ist eine Schande.«

»Ja«, sagte Ali. »Obwohl sie ganz genau weiß, was er getrieben hat, von wegen ›mein Ian‹ und so. Sie wusste, dass er sich mit den falschen Typen rumgetrieben hat, sie war früher selber mal so.«

»Glaubst du?«

»Ihre kleine Schwester Chloe, sie haben jetzt keinen Kontakt mehr, hat mal mit Darren Cunningham zusammengelebt. Außerdem soll Ians Bruder Tom vor längerer Zeit mal als Fahrer für Cunningham gearbeitet haben. Sie stecken bis zum Hals mit drin.«

»Machst du Witze – echt?«

»Ich wette mit dir, dass Ian Palmer deshalb in diesem Zustand ist, weil er irgendwo war, wo er nicht sein sollte, oder weil er wen abgezockt hat oder einfach nur dummes Zeug geschwätzt hat. Bedauerlicherweise werden wir kein bisschen schlauer, solange nicht irgendein Kumpel auspackt und uns erzählt, was er vorhatte.«

Darren Cunningham war einer der Hauptverdächtigen in Sachen organisierte Kriminalität der Eden Gang, eine der aktivsten Gruppierungen, die sich auf Drogenhandel spezialisiert hatten. Sie funktionierten wie Unternehmen, dachte Sam manchmal. Manche hatten sich auf Autodiebstahl spezialisiert, manche auf bewaffneten Raubüberfall, wieder andere, so wie die McDonnell-Maitland-Gang, verdienten ihr Geld damit, dass sie über den Hafen Menschen ins Land schleusten. Cunningham schlug sich mit so was nicht herum. Er verdiente genug mit seinem Drogenhandel. Die meisten Drogen, die in Briarstone gedealt und konsumiert wurden, liefen angeblich über sein Netzwerk. Sam wusste ziemlich viel über Cunningham, er kam bei fast jeder morgendlichen Besprechung aufs Tapet, doch seine Verbindungen, seine Geschichte ... das war ihr alles ein bisschen schleierhaft. Und genau das war das Problem, wenn man versetzt wurde, dachte Sam, als sie zurück in die Zentrale fuhr. So groß ihr Vorteil auch war, dass sie ihre Ausbildung bei Scotland Yard absolviert hatte, wo alles passieren konnte und auch passierte – sobald man einer anderen Einheit zugeteilt wurde, fehlten einem die jahrelangen Erkenntnisse über die örtliche Verbrechensszene. Das Lesen der Datenbanken der Kriminalämter brachte einen nur bedingt weiter. Ali, Les und Jane hatten diese Kerle aufwachsen sehen, kannten sie so gut, dass sie sogar sagen konnten, was Ian Palmer auf den Hintern tätowiert hatte und welches Paul Starks bevorzugte Methode war, einen Ford Fiesta aufzubrechen. Und ja, selbst Sam konnte sagen, dass Valerie Palmer, eine hart arbeitende Mutter von vier Kindern, eine gewisse Vergangenheit hatte – trotzdem tat sie Sam irgendwie leid. Ian war ihr Baby, ihr wunderschöner Sohn. Jetzt ein robuster Teenager, fast schon ein Mann, trotzdem war er immer noch ihr kleiner Junge. Und ganz egal welche Dummheit es war, die ihn auf die Intensivstation gebracht hatte, die Chancen, dass er sich je wieder erholen würde, standen schlecht.

Im Auto kontrollierte Sam ihr Handy und sah, dass sie Caro Sumners Anruf verpasst hatte. Sie rief sie sofort zurück.

»Hi, hier ist Sam, du hast angerufen?«

»Oh, danke, dass du zurückrufst. Ich habe heute Morgen ein paar Dinge zu erledigen, bevor ich unsere gemeinsame Freundin vom *Travel Inn* abhole. Ich habe überlegt, ob du nicht mitkommen willst, falls du Zeit hast. Könnte auch für dich interessant werden.«

SCARLETT – Donnerstag, 20. September 2012, 22:00

Irgendwas an dem Mann kam ihr seltsam vor. Sie waren natürlich alle irgendwie seltsam, welcher normale Mann bezahlte schon für Sex, doch Scarlett hatte gelernt, die Typen zu erkennen, die etwas Seltsames von ihr wollten, noch bevor sie den Mund aufmachten.

Dieser Mann wollte ihr Blut trinken. Er rückte gleich mit der Sprache raus und sagte, er sei ein Vampir und benötige Blut. Nicht sehr viel, nur ein bisschen, um zu überleben. Er würde ihr nicht wehtun, sagte er, zog ein dünnes Metallteil aus der Tasche, das sich als ein Skalpell entpuppte, noch mit einer schützenden Plastikhülle über der Klinge.

»Ich zahle dir auch das Doppelte«, sagte er.

»Nein«, sagte sie. »Verschwinde.«

»Man sieht bestimmt nichts«, sagte er. »Nur ein wenig Blut, ich muss es nur kosten, nachher desinfiziere ich alles.«

Er stand zwischen ihr und der Tür und schwitzte in seinem dicken Wintermantel. Das dunkle, grau melierte Haar klebte an seiner Stirn. Er lächelte ihr aufmunternd zu, als wäre sie kurz davor nachzugeben.

Früher einmal dachte sie, der Raum wäre verwanzt, und war darum immer vorsichtig gewesen mit dem, was sie sagte. Doch als ein Freier sie eines Tages schlimm verprügelt und sie trotz ihrer Schreie fast zehn Minuten gebraucht hatten, um ihr zu Hilfe zu kommen, ging sie davon aus, dass man sie nur von der Straße aus beobachtete, und selbst das nicht immer. Es lohnte sich nicht zu fliehen oder zu versuchen, Hilfe zu finden, trotzdem musste sie immer wieder an den Mann, der sich Stefan nannte, denken und fragte sich, ob er am Ende nicht doch ein guter Mann wäre. Sie nahm sich vor, sich richtig mit ihm zu unterhalten, falls er noch einmal zurückkäme.

»Ich sagte, nein«, sagte sie.

»Das Dreifache«, sagte er.

Scarlett überlegte. Ein wenig Blut? Und dafür war er bereit, das Dreifache dafür zu bezahlen?

»Ich sag dir, was ich tun werde«, sagte er und weitete seinen Hemdkragen. »Ein kleiner Schnitt, auf deiner Schulter. Nicht in der Nähe eines großen Gefäßes. Dann sauge ich ein wenig Blut – nur ganz wenig. Du wirst das Gefühl haben, als würde ich deine Schulter küssen, dann wische ich alles ab.« Er zog ein kleines Tütchen aus seiner Tasche und warf es auf das Bett. »Dann mache ich einen Verband drauf und lass dich in Ruhe, das war's. Ich zahle dir den dreifachen Stundenlohn. Ich brauche nur eine Minute.«

»Du bist verrückt«, sagte sie.

»Nein«, sagte er. »Ich brauche nur Blut.«

Er sah nicht wie ein Vampir aus. Er sah wie ein trauriger, verzweifelter Freak mittleren Alters aus, einen Moment lang tat er ihr leid.

»Geld im Voraus«, sagte sie.

Er warf eine Handvoll Banknoten auf das Bett, sie sammelte sie ein und zählte sie. Es war sogar mehr als das Dreifache, fünfhundert Euro.

»Das ist alles, was ich habe«, sagte er.

An seinem Gesichtsausdruck konnte sie erkennen, dass er die Wahrheit sagte, genauso wie er vermutlich an ihrem Gesichtsausdruck erkennen konnte, dass sie sich bereits entschieden hatte. Diese Transaktion fühlte sich nicht gefährlich an: beide brauchten etwas. Es war gewissermaßen fast so, als würde man sich auf neutralem Boden treffen. Das kam nicht sehr oft vor. Die meisten dominierten sie, schikanierten sie, und manchmal war auch das Gegenteil wahr, dass die Männer kamen, weil sie missbraucht werden wollten. Manchmal hatte sie das Gefühl, dass sie sie abzocken konnte, weil sie Angst hatten, weil sie zum ersten Mal kamen, weil sie immer verlegen waren und sich für ihren Körper schämten, aber sie wollte ihnen keinen Anlass zur Klage geben. Das waren die leichten Fälle, sie kamen manchmal sogar wieder oder wurden Stammkunden. Doch dieser Mann war anders. Das Risiko lag auf beiden Seiten. Scarlett antwortete ihm nicht, sondern setzte sich an die Bettkante, wandte ihm den Rücken zu, schob sich das Haar über eine Schulter und entblößte die andere. Sie hörte, dass sein Atem schneller wurde, dann spürte sie sein Gewicht auf dem Bett. Er kniete über ihr, sie konnte ihn zum ersten Mal riechen. Ein Hauch von Deodorant, darüber den Geruch von Schweiß, Erregung und Angst.

»Es piekst vielleicht ein wenig«, flüsterte er. »Ich mache schnell.«

Es folgte ein scharfer Stich, Scarlett zuckte zusammen. Sie spürte warme Blutstropfen über ihr Schulterblatt rinnen, dann seine raue Zunge, als er sie auffing. Sie schloss die Augen und versuchte nicht zu erschaudern, als sich sein Mund über der Wunde schloss. Sie spürte eine Hand auf ihrem Oberarm, die sie fest packte, damit sie sich nicht wegdrehte. Sie hatte die Augen fest geschlossen, Tränen traten aus ihren Augenwinkeln, sie biss die Zähne fest zusammen und atmete durch die Nase. Das Saugen brannte. Sie hörte, wie er schluckte, an der Haut ihrer Schulter schwer durch die Nase atmete.

Nach einer Weile ertrug sie es nicht mehr. »Das reicht!«

Er hörte sofort auf und ließ sie los, er keuchte. Scarlett hörte, dass er ein Geräusch von sich gab, es klang wie ein Stöhnen. Als sie hörte, wie er die Packung des Desinfektionstuchs aufriss, öffnete sie die Augen, dann rieb er die Stelle fest ab und sie spürte den kühlen Alkohol auf ihrer Haut.

»Schhhh«, sagte er, als wäre sie ein Kind, das hingefallen war und sich das Knie aufgeschlagen hatte. »Gleich ist es besser.«

Er klebte ein Pflaster darüber.

»Vielleicht blutet es noch ein wenig nach«, sagte er. »Darf ich morgen wiederkommen?«

»Nein!«, sagte sie etwas unfreundlicher als gedacht. »Vielleicht – vielleicht nächste Woche?«

»Natürlich«, sagte er. »Danke.«

Scarlett stand auf wackeligen Beinen auf, doch das hatte nichts mit dem Blut, sondern mit der Erkenntnis ihrer eigenen Zerbrechlichkeit zu tun, dann drehte sie sich um und sah ihn an. Er war nur ein Mann, ein Weichei, ein verzweifelter Mensch, auch nicht seltsamer als all die anderen, die zu ihr kamen. Und er hatte sie bezahlt. Sie lächelte ihn zaghaft an.

»Wie heißt du?«, fragte sie.

Er gab ein helles Lachen von sich. »Nosferatu«, sagte er.

»Na klar«, sagte sie und brachte ihn zur Tür. Bevor sie wieder in ihr Fenster zurückkehrte, zählte sie noch einmal das Geld und legte den Betrag, den sie für gewöhnlich erhielt, in das Loch hinten im Raum. Den Rest versteckte sie im Hohlraum ihres Schuhabsatzes. Manchmal wurde sie kontrolliert, aber das würde sie riskieren.

LOU – Samstag, 02. November 2013, 10:25

»Hey. Mach die Augen auf.«

»Wie viel Uhr ist es?«

»Ich weiß es nicht. Dein Telefon hat gepiept.«

Lou setzte sich verschlafen und etwas benommen auf und überlegte, wie es sein konnte, dass es bereits helllichter Tag war. Oh, freier Tag. Sie ließ sich wieder zurück in das Kissen fallen.

»Oh, nein, das tust du nicht«, sagte Jason und küsste ihren Hals. »Komm, raus aus den Federn.«

Lou stöhnte. »Wieso bist du schon so munter? Hast du nicht mal den Anstand, einen Kater zu haben?«

»Ich habe nie einen Kater, das weißt du doch.«

»Warte ab, bis du in meinem Alter bist«, sagte Lou und dachte, wie unfair es war, dass sie am nächsten Tag immer leiden musste, selbst wenn sie kaum etwas getrunken hatte.

»Womit wir schon wieder beim Alter wären. Soll ich dir einen Kaffee machen, Oma?«

Jason ging nach unten, einen Augenblick lag Lou noch still da und schloss die Augen. Dann piepte ihr Telefon erneut, und es war zu spät, um so zu tun, als hätte der Tag noch nicht begonnen. Sie sah auf das Display, sie hatte ein paar Anrufe ihrer Mutter verpasst, eine neue Nachricht auf ihrer Mailbox und zwei E-Mails. Das konnte alles noch zehn Minuten warten. Sie ging ins Bad und duschte, wusch ihr zerzaustes Haar unter dem warmen Wasserstrahl und dachte darüber nach, was Jason vergangene Nacht zu ihr gesagt hatte. Es war schon lange her, seit irgendwer zu ihr gesagt hatte, dass er sie liebte. Es fühlte sich gut an.

Als sie in ein Handtuch gewickelt und mit feuchtem Haar wieder aus der Dusche kam, stand eine Tasse schwarzer Kaffee neben ihrem Bett und das Festnetztelefon klingelte.

»Hi, Mom«, sagte sie.

»Woher weißt du, dass ich es bin?«, fragte ihre Mutter.

Steht auf dem Display, dachte Lou. »Du bist die Einzige, die mich so früh am Morgen an meinem freien Tag anruft. Wie geht es dir?«

»Es geht mir gut, Liebling. Ich habe es vorhin auf deinem Handy versucht. Ich habe dir eine Nachricht hinterlassen. Ich wollte nur wissen, ob du inzwischen mit Tracy geredet hast.«

»Noch nicht. Ich wollte sie später anrufen.«

»Ach, ja?«

»Na ja, ich kann es dir auch gleich sagen. Ich habe jemanden, der mich zur Hochzeit begleitet. Er heißt Jason. Behandle ihn mit Nachsicht, ja?«

Sie hörte ein Aufatmen am anderen Ende der Leitung. »Wirklich? Oh, wie nett! Wie meinst du das, behandle ihn mit Nachsicht? Was glaubst du denn, dass wir tun werden?«

Ihn vergraulen.

»Es ist nichts Ernstes, Mom, also mach dir keine Hoffnungen.«

Genau in dem Moment tauchte Jason in der Tür auf. Mit einer Tasse in der Hand, er trug nur Jeans, sonst nichts. Er sah toll aus. Louisa lächelte ihn an.

»Oh? Wer ist er? Doch niemand von der Arbeit, oder?«

Louisa biss die Zähne zusammen. Wo traf sie denn sonst Leute? Was war außerdem falsch daran, sich mit einem Kollegen zu treffen? Sie suchte sich ihre zukünftigen Partner ja nicht in der Zelle aus, oder? »Hör zu, du wirst ihn bald kennenlernen, okay? Außer es kommt was dazwischen und ich kann nicht kommen.«

»Oh, Louisa.«

Jason stellte seine Tasse auf die Kommode und zog sich weiter an. Er setzte sich ans Ende des Bettes und zog seine Socken hoch.

»Also, wie geht es dir? Wie geht es Dad?«

»Oh, ihm geht es gut, willst du mit ihm reden?«

»Das muss nicht sein ...«

Doch ihre Mutter hatte bereits das Telefon beiseitegelegt, lief durch das Haus und rief: »Roger? Roger! Louisa will mit dir reden.«

Lou streckte eine Hand aus und legte sie Jason auf den Rücken. Er hielt kurz inne, dann stand er auf, nahm seine Tasse und ging nach unten.

»Ich habe keine Ahnung, wohin er sich verzogen hat«, sagte Lous Mutter schließlich und kam wieder ans Telefon. »Typisch.«

»Das macht nichts, grüß ihn von mir, okay?«

Ein paar Minuten später war Lou angezogen und ging runter. Jason war im Wohnzimmer und zog seine Turnschuhe an. »Hey«, sagte sie. »Gehst du irgendwohin?«

Er antwortete nicht, beendete, womit er gerade beschäftigt war, und stand dann auf.

»Was ist los?«, fragte Lou. »Stimmt was nicht?«

Er sah so hilflos aus, dass Lou zuerst dachte, etwas Schlimmes wäre passiert. Dann schüttelte er den Kopf, lächelte sie an, legte seine Hand auf ihren Oberarm und gab ihr einen Kuss auf die Wange.

»Ich habe heute noch was zu erledigen«, sagte er. »Vielleicht melde ich mich später bei dir.«

»Jason?«

Doch da hatte er bereits seine Brieftasche und sein Handy vom Tisch genommen und war gegangen.

E-MAIL

Datum: 02. November 2013
An: DCI Lou SMITH
Von: DC Jane PHELPS
Betreff: Nigel MAITLAND, GEB. 17.12.1958

Wie besprochen war ich gestern Nachmittag auf der *Hermitage Farm*, um den Maitlands das ungenutzte Material zurückzubringen. Die einzige Person, die ich auf dem Anwesen angetroffen habe, war Connor PETRIE. Er hat mich informiert, dass Nigel und Felicity MAITLAND nicht da seien. Er schien auch nicht zu wissen, wohin sie gegangen sind oder wann sie zurückkommen. Er sagte nur, sie hätten ihm die Aufsicht übertragen. Als ich wieder im Büro war, habe ich Flora MAITLAND angerufen. Sie hat gesagt, ihre Eltern hätten eine Last-Minute-Reise nach Madeira gebucht. Sie sagte, sie glaube, dass sie am 15. wieder zurückkämen.

SAM – Samstag, 02. November 2013, 10:45

Caro hatte bereits einen Dienstwagen besorgt, als Sam zu ihr auf den Parkplatz hinter der Zentrale kam. Caros Hintern bewegte sich durch die hintere Wagentür ins Freie.

»Oh, guten Morgen«, sagte Caro fröhlich. »Ich mach nur ein bisschen sauber. Soll ich fahren?«

»Sie wissen ja, wo es hingeht.«

Caro warf eine Plastiktüte voller Müll, den sie im Wagen aufgesammelt hatte, in einen Container, dann stiegen beide ein. Obwohl sie sauber gemacht hatte, roch es im Auto noch immer nach feuchten Turnschuhen, Auto-Duftspender mit Kirscharoma und frittiertem Essen. Sam öffnete ihr Fenster einen Spalt, während Caro an der Schranke ihren Ausweis durchzog.

»Die McDonnells wohnen außerhalb, in der Nähe von Catswood«, fing Caro an. »Ich meine Lewis und seine Freundin. Sie haben Büros in der Stadt, aber ich nehme mal an, dass sie kaum an einem Samstag dort sein werden, es ist also besser, wenn wir ihnen zu Hause einen Besuch abstatten.«

»Ich habe bisher noch keinen der McDonnell-Brüder kennengelernt«, sagte Sam. »Wie sind die denn?«

»Sehr sympathisch, außer man hat etwas gegen sie in der Hand.«

»Hatten Sie schon oft mit ihnen zu tun?«

»Erst seit ich hierher versetzt wurde. Wegen der Menschenhandelsgeschichte sind sie ständig im Visier der Sonderkommission.«

»Und wie sieht Ihr Plan für heute aus?«

»Na ja«, sagte Caro und fuhr die Hauptstraße Richtung Stadtausgang entlang. »Wie sich bei unserer Besprechung heute Morgen herausgestellt hat, gehört einem von Lewis McDonnells Unternehmen der Carisbrooke Court. Das versuchen wir seit dem Durchsuchungsbeschluss zu beweisen. Ich muss wohl nicht erwähnen, dass die beteiligten Unternehmen nur schwer identifizierbar sind. Kurz gesagt, das Gebäude gehörte einmal der *KJK Enterprises*, eine Vermietungsfirma, der auch der Schönheitssalon in der King Street gehört, den Kimberly Kerber führt, Lewis McDonnells Freundin höchstpersönlich. Doch vor kurzem, vor ein paar Monaten, hat es den Besitzer gewechselt und ist an die *GEMA Holdings* übergegangen, die Büros in Spanien und Leeds haben. Dieses Unternehmen ist wiederum mit der *Golden Eagle Associates Ltd* verbunden, einem Hausverwaltungsunternehmen der McDonnells, das seinen Sitz direkt in Briarstone hat. Können Sie mir folgen?«

»Ich dachte, wir wüssten bereits, dass er mit dem Standort in Verbindung steht?«

»Nur aus dem Polizeibericht. Und der war ziemlich dürftig.«

Der Wagen schoss auf der schmalen Straße Richtung Catswood an Farmen und Dörfern vorbei, die sich um Kirchen oder Pubs gruppierten. Es hatte geregnet, doch jetzt schien die Sonne, sodass die nasse Straße vor ihnen so hell glänzte, dass man kaum etwas sah. Ein paar Minuten später fuhr Caro von der Hauptstraße ab in eine Einfahrt, die von einer Ziegelmauer gesäumt war und vor einem riesigen Holztor endete. Caro stieg aus und drückte auf einen Knopf an der Gegensprechanlage. Oben auf der Mauer bewegte sich eine Videokamera und verfolgte jede Bewegung.

Zu Sams Überraschung öffnete sich das Holztor plötzlich. Caro stieg wieder in den Wagen und fuhr hindurch.

»Lewis ist offenbar nicht zu Hause«, sagte sie. »Doch Kim hat uns herzlich in ihre gemütliche Landhausküche eingeladen.«

Sie parkten vor dem modernen Ziegelbau, der durch den Sonnenschein und die riesigen Steinlöwen, die den Eingang bewachten, noch prächtiger wirkte. Sobald sie aus dem Wagen gestiegen waren, ging die Tür auf und drei kleine Hunde liefen ihnen japsend und hüpfend entgegen.

»Kommt sofort her! Rein mit euch«, schrie eine dunkelhaarige Frau.

Sam hoffte, dass das den Hunden galt, die sie völlig ignorierten, bis sie zu schreien aufhörte, dann liefen sie einer nach dem anderen ins Haus zurück.

»Kim«, sagte Caro. »Danke, dass Sie uns empfangen. Ich bin DC Caro Sumner, das ist meine Kollegin DS Sam Hollands.«

»Sie können reinkommen, wenn Sie wollen, aber ich sagte Ihnen schon, er ist nicht da.«

Sam und Caro folgten Kim in einen weiträumigen Flur mit glänzendem Schieferboden. Sam konnte durch einen weiten Bogen in ein Wohnzimmer mit cremefarbenen Teppichen sehen, tolle Idee bei drei Hunden, dachte sie und schaute nach hinten zu den Glasfenstern. Sie sah ein kleines Stück Garten, umgeben von einer buschigen Hecke, und eine Baustelle mit einem Kleinbagger, Ziegelstapeln auf Paletten und großen Rollen Plastikplanen.

Sie gingen weiter zu einer großen modernen Küche, die aussah, als wäre sie nur selten für mehr als Toast und Cornflakes in Gebrauch, die beide deutlich sichtbar auf der Frühstücksbar standen. Kim Kerber trug einen cremefarbenen Jogginganzug mit einem Label auf der Brust, das wohl von irgendeinem Designer war. Sie hatte langes, dunkles Haar mit Extensions, Wimpern mit Extensions und glänzende Fingernägel im French Look. Sie hatten sie offensichtlich gerade bei ihrem morgendlichen Make-up-Ritual gestört, denn eine verchromte Box mit buntem Inhalt stand offen auf dem blanken Kieferntisch.

»Sie haben Arbeiten am Laufen?«, fragte Sam.

»Hä?«

»Draußen. Bauen Sie an? Das geht doch bestimmt auf die Nerven.«

»Ach, das. Nein, da wird ein Pool angelegt. Das mit dem Graben dauert ewig. Setzen Sie sich«, sagte sie und deutete auf die Stühle.

»Danke«, sagte Caro. »Wo sagten Sie ist Lewis noch mal hingefahren?«

»Habe ich nicht gesagt«, murmelte Kim und fummelte an einer Tube herum, die nach Ölfarbe aussah. »Er ist wahrscheinlich im Büro.«

»An einem Samstag?«

»Mein freier Tag, nicht wahr? Entweder er ist im Büro oder beim Golf. Warum brauchen Sie ihn denn?«

»Wir wollten ihn etwas zu einem Besitz in Carisbrooke Court fragen. Der gehörte mal der *KJK*, das ist doch Ihr Geschäft, oder?«

Kim wirkte plötzlich skeptisch und lachte. »Mein Geschäft? Das ist wohl ein Scherz.«

»Es läuft auf Ihren Namen.«

»Ja, richtig. Er lässt ständig irgendwas auf meinen Namen laufen. Wie auch immer, wie Sie schon sagten, gehörte es einmal der *KJK*. Es gehört ihr also nicht mehr, stimmt's? Das ist nicht mein Problem.«

»Wenn ich das richtig verstehe, sind Sie und Lewis Geschäftspartner, Kim. Sie helfen bei der Verwaltung des Grundstückes aus, nicht wahr?«

Auf dem Tisch surrte Kims Handy. Sie warf einen Blick darauf, lächelte und tippte mit den Fingerspitzen eine Antwort ein. Sam dachte, dass sie nicht auf die Frage antworten würde, doch kurz darauf legte sie das Handy wieder hin, sah Caro in die Augen und sagte: »Ich kümmere mich um die Inneneinrichtung. Ich suche die Einrichtung aus, fahre zu *Asda* oder *IKEA* und kaufe Möbel und Kissen und so Zeug. Ich motze die Immobilien auf, bevor er Mieter dafür findet oder sie weiterverkauft. Das ist alles.«

»Mit den Mietern selbst helfen Sie nicht? Sie nehmen keine Anrufe entgegen oder so was?«

»Völliger Schwachsinn.«

»Und wer kümmert sich um das Eigentum, wenn es verpachtet ist?«, fragte Sam.

»Verdammt noch mal, das weiß ich nicht, ehrlich. Da müsst ihr jemand anderen fragen. Wenn ihr was über Strähnchenfolien oder Glätteisen wissen wollt, kann ich euch gerne weiterhelfen. Für alles andere müsst ihr euch an Lewis wenden.«

Als sie wieder im Auto saßen, atmete Sam tief durch. »Das lief ja gut.«

»Besser als erwartet«, sagte Caro munter. »Wenn er nicht da ist, lässt sie uns normalerweise nicht rein. Haben Sie das Zeug hinten im Garten gesehen?«

»Was, die Bauarbeiten?«

»Die vergraben was. Dafür sind die Bagger da. Die wollen seit vier Jahren einen Pool anlegen.«

»Was vergraben? Sie meinen Drogen?«

Caro grinste Sam fröhlich an. »Drogen, Waffen, Menschen. Alles, was sie verstecken wollen. Es wird gemunkelt, dass Mr McDonnell zwei oder drei ganze Schiffscontainer irgendwo hinten in seinem Garten hat, die er dazu nutzt, Leuten beizubringen, ihren Mund zu halten. So macht er das. Er gräbt ein hübsches großes Loch und tut so, als legte er einen Swimmingpool an.«

SCARLETT – Dienstag, 25. September 2012, 21:19

Trotz des Desinfektionsmittels entzündete sich Scarletts Wunde auf der Schulter. Da sie nur Fastfood aß und kaum schlief, war sie sowieso schon anfällig für Infektionen, doch diesmal hatte sie es besonders schwer erwischt. Sie bekam hohes Fieber und war kurz davor zu halluzinieren, als man sie endlich aus dem Raum holte und durch ein Mädchen ersetzte, das sie noch nie zuvor gesehen hatte. Oder vielleicht hatte sie es doch schon einmal gesehen, sie wusste es nicht mehr. Zwei Männer brachten sie in eine Klinik.

Es war keine gewöhnliche Klinik, aber Scarlett wusste, dass sie von Glück reden konnte, dass man sie überhaupt dort hinbrachte. Die Klinik bestand aus zwei Zimmern, einem Wartezimmer und einem Untersuchungsraum, die hinter einem Fastfood Shop zwanzig Minuten außerhalb der Stadt in Bijlmer lag. Der Arzt war Russe, er sprach Holländisch und nur ein paar Worte Englisch, und sie hatte ihn vorher schon einmal gesehen, als sie genäht werden musste, weil ein Freier ihr den Kopf mit einem Siegelring aufgeschlagen hatte. Nicht immer wurden die Frauen zur medizinischen Versorgung gebracht. Es musste sehr schlimm und man sein Geld wert sein, um hingebracht zu werden. Und es war mit Kosten verbunden, weil es sich natürlich um keine offizielle Klinik handelte. Scarlett hatte gehört, dass Prostituierte in Holland medizinische Hilfe bekamen, doch sie konnte man in kein öffentliches Krankenhaus bringen.

Also bezahlten sie einen Russen, das Geld wurde von ihrem Lohn abgezogen, genau wie die Kosten für Essen, Unterkunft,

Kleidung, Kondome, Schutz und Drogen, die sie nicht nahm … Die Schulden wurden jeden Tag mehr.

Sie wartete im ersten Zimmer mit einem der Männer. Der andere wartete draußen im Auto, einerseits, weil es in dem kleinen, stickigen Zimmer nicht genug Platz für zwei Schläger gab, andererseits, um das Auto zu bewachen und die Tür im Auge zu behalten, falls Scarlett weglaufen wollte.

Doch sie fühlte sich viel zu erbärmlich, um wegzurennen.

Der Arzt trug Jeans, die tief auf den Hüften unter seinem Bauch saßen, und ein Hemd mit gelben Flecken unter den Achseln. Er fasste sie nicht an, worüber sie sehr froh war. Er gab ihrem Begleiter Antibiotika und murmelte ein paar Worte auf Russisch.

»Bleib sauber«, sagte er zu ihr und ließ es übersetzen.

Scarlett nickte.

Als sie durch das Wartezimmer zum Ausgang gingen, sah Scarlett schon die nächste Frau, die mit ihrem Aufpasser wartete. Es war ein junges Mädchen, sie hatte Blutergüsse am linken Auge und auf der Nase. Sie zitterte, und Scarlett überlegte, was ihr fehlte. Sie hob ihren Kopf, Scarlett sah ihr in die Augen. Sie wechselten kurz Blicke. Keine sagte ein Wort. Scarlett lächelte ihr zu, um sie ein wenig aufzumuntern.

Alles wird gut. Du wirst noch ganz andere Sachen erleben. Aber irgendwann wird es besser werden.

Die Wahrheit zwischen zwei Lügen gepresst.

SAM – Samstag, 02. November 2013, 11:25

Lewis McDonnells Geschäftsräume befanden sich im Erdgeschoss einer ehemaligen Druckerei im Stadtzentrum. Andere Büros lagen um einen Innenhof, der gelegentlich auch als Parkplatz diente, obwohl Warnschilder den Verkehrssündern mit Parkkrallen und teurem Abschleppdienst drohten.

Während der Fahrt durch die Stadt dachte Sam an die Bagger im Garten der McDonnells und wozu sie benutzt wurden. Vor Jahren, als sie noch bei Scotland Yard arbeitete, hatte sie einmal einen ähnlichen Fall gehabt. Ein Stück Land hinter einem Industriegelände sollte saniert werden; bei den Baggerarbeiten stieß man auf Metall und legte Türen frei, die zu einem Schiffscontainer gehörten, der fast vertikal eingegraben worden war. Die Türen waren mit Schutt und Müll bedeckt und von Gestrüpp überwuchert. Den Bauarbeitern war es gelungen, die Tür aufzubrechen, doch sie schlossen sie gleich darauf wieder und riefen die Polizei. Sam war dabei, als sie die Tür erneut öffneten. Drei Leichen in fortgeschrittenem Verwesungszustand kamen am Boden des Containers zum Vorschein. Nachdem die Gerichtsmedizinerin sich endlich durch die Überreste gearbeitet hatte, war sie zu dem Ergebnis gekommen, dass die drei Personen, zwei erwachsene Männer und eine junge Frau, zu verschiedenen Zeiten dort abgelegt worden waren, vermutlich mit einigen Jahren Abstand. Die Frau war als Letzte hineingekommen. Es war unmöglich festzustellen, ob man sie lebendig eingesperrt hatte, aber Kratzspuren im Inneren des Containers legten nahe, dass zumindest eine Person versucht hatte herauszuklettern.

Als Sam zur Einheit Eden versetzt wurde, war der Fall immer noch ungelöst, die Leichen nicht identifiziert worden.

McDonnell ließ sie persönlich herein, bot ihnen einen Sitzplatz und Kaffee an. Er war kleiner und stämmiger als Sam vermutet hatte, hatte einen quadratischen Kopf und kurz geschnittenes, silbergraues, gegeltes Haar, intelligente blaue Augen und ein Lächeln, bei dem er alle Zähne zeigte.

»Kim hat mir gesagt, dass Sie vielleicht vorbeikommen würden«, rief er aus der kleinen Küche. Ein Kessel war zu hören, in dem Wasser kochte. »Sie haben Glück, dass Sie mich noch antreffen.«

»Arbeiten Sie immer an den Wochenenden?«, fragte Sam.

»Als Unternehmer hat man keine festen Arbeitszeiten«, sagte McDonnell. »Sie wissen ja, wie das ist.«

Abgesehen von der Küche, war das Büro ein einziger offener Raum, zwei große Schreibtische voller Papierstapel standen darin, Kartons und Computerzubehör, ein kleiner Couchtisch mit drei Lehnstühlen unter dem Fenster.

»Also«, sagte McDonnell und brachte ein Tablett mit drei kleinen Tassen und Zuckerpäckchen mit, »was kann ich für Sie tun?«

»Es tut uns leid, was mit Carl McVey passiert ist«, sagte Sam. »Sie waren befreundet, nicht wahr?«

McDonnell schien sich einen Augenblick lang unwohl zu fühlen und fuhr mit dem Daumen über eine Augenbraue. »Na ja, befreundet kann man das nicht nennen. Aber es ist natürlich eine schlechte Nachricht. Wissen Sie inzwischen, wer ihn ermordet hat?«

»Wir sind an ein paar Jungs dran«, sagte Sam. »Können Sie uns vielleicht irgendwas erzählen, das uns weiterhelfen könnte?«

»Ich habe gehört, dass es ein Raubüberfall gewesen sein soll. Das könnte jeder getan haben.«

»Das ist *ein* mögliches Motiv. Wissen Sie, ob er in letzter Zeit mit irgendwem Streit hatte?«

Er stieß ein bellendes Lachen aus. »Kommen Sie, Officer, ich tratsche nicht. War's das? Sind Sie nur hergekommen, um mir Ihr Beileid zu bekunden, weil sich jemand hat ermorden lassen, den ich ein paarmal getroffen habe?«

»Carisbrooke Court«, sagte Caro und beugte sich vor. »Ihnen gehören ein paar Wohnungen dort. Uns interessiert die Nummer vier im Erdgeschoss.«

Lewis McDonnell hatte lässig die Beine übereinandergeschlagen und wippte im Rhythmus mit seinem segeltuchbeschuhten Fuß, offenbar versuchte er sich zu erinnern. »Aus dem Stegreif kann ich das nicht sagen. Die Firma hat viele Immobilien, wie Sie ja sicher wissen.«

»Vielleicht hilft Ihnen das ja weiter: Carisbrooke Court Nummer vier war bis letzte Woche ein Bordell. Im Moment steht es leer. Es hat keinen Mieter – klingelt da was?«

Der Blick aus seinen blauen Augen wurde durchdringender. »Ich weiß nicht genau, ob das Objekt uns gehört. Da müssen Sie Rich oder Dan fragen; die regeln das Tagesgeschäft für mich.«

»Das hätten sie Ihnen doch gesagt, oder?«, sagte Sam.

»Ich habe viel zu tun. Und ich verlasse mich auf sie. Ich bin mir sicher, dass sie alles im Griff haben.«

»Als wir mit dem Durchsuchungsbeschluss zur angegebenen Adresse kamen, stand Gavin Patrie draußen und hat alles beobachtet. Ist das nicht auch ein Mitarbeiter von Ihnen.«

»Ich kenne ihn. Und?«

»Hat er Ihnen nicht erzählt, dass die Immobilie durchsucht wurde? Ich ging davon aus, dass er Ihnen davon berichten würde.«

McDonnell zuckte die Achseln. »Ich habe ihn seit Monaten nicht mehr gesehen.«

Caro sah zum Schreibtisch, zu den Computern. »Ich bin mir sicher, dass Sie alle Informationen haben, die wir brauchen, Mr McDonnell. Können Sie uns sagen, wer die Mieter dieser Immobilie waren?«

Er hielt lange Augenkontakt, an seinem Kiefer zuckte ein Muskel. Dann legte er die Hände auf die Knie, stand plötzlich auf und ging zum Schreibtisch. Er tippte mit seinen beiden dicken Zeigefingern auf die Tastatur des Computers. »Carisbrooke Court?«

»Richtig. Nummer vier.«

Weiteres Getippe. Immer nur mit einem Finger.

»Da haben wir es. Da ist kein Einkommen verzeichnet. Ja, richtig, jetzt fällt es mir wieder ein. Katie Smith.«

»Katie Smith war die Mieterin?«, fragte Sam. Sie hatte die Polizeiberichte zur Razzia und Operation Pentameter gelesen – Katie Smith, alias Scarlett Rainsford.

McDonnell stand vom Schreibtisch auf und kam wieder zu ihnen zurück, er trank etwas Kaffee, dann setzte er sich wieder. »Sie war keine Mieterin im üblichen Sinne, mehr eine Hausbesetzerin.«

»Ich kann mir kaum vorstellen, dass ihr Unternehmen Probleme mit Hausbesetzern hat, Mr McDonnell«, sagte Sam. »Verfügen Sie nicht über Strategien, um Zwangsräumungen einzuleiten, wenn es notwendig wäre?«

Er lachte laut. »Sie halten mich wohl für einen Gangster. Weit gefehlt, das versichere ich Ihnen. Im Gegenteil, ich bin großzügiger, als man meinen würde. Armes Mädchen, sie hatte schwere Zeiten hinter sich, ich habe sie mietfrei dort wohnen lassen. Sie war eine Weile dort, allerdings hätte ich sie zwischenzeitlich bitten sollen auszuziehen, aber das haben Sie ja erledigt. Sie ging auf den Strich? Wie man sich doch irren kann, nicht wahr. Ich hatte keine Ahnung.«

Caro hob leicht eine Augenbraue. Selbst mit ihrem sonnigen Gemüt glaubte sie nicht an McDonnells altruistische Ader. »Was können Sie uns über Katie Smith sagen?«

Wieder zögerte McDonnell und schien in seiner Erinnerung zu graben. »Sie wurde mir vom Freund eines Freundes vorgestellt. Er sagte, sie habe eine schwere Zeit hinter sich und bräuchte eine Unterkunft. Die Wohnung hatte sich gerade ergeben, ich wartete noch auf meine Jungs von der Renovierungsfirma, die noch drüben in Charlmere ein Projekt zu Ende bringen mussten, darum konnte ich die Wohnung noch nicht vermieten. Ich habe ihr gesagt, dass sie so lange bleiben kann, bis sie wieder auf den Beinen ist.«

»Das ist sehr großzügig von Ihnen«, sagte Sam. »Wann war das?«

»Mein Gott, ist schon 'ne Weile her. Einen Monat.«

»Was für Probleme hatte sie denn?«

»Ich habe nicht nachgefragt. Hören Sie, sie hat mich an meine Tochter erinnert, alles klar? Das arme Ding hat mir leidgetan.«

»Ich wusste gar nicht, dass Sie eine Tochter haben«, sagte Caro strahlend.

»Ja, ich sehe sie nicht oft. Sie wohnt in Spanien. Ihre Mutter ist eine Schlampe.«

Sam räusperte sich. Sie hatte fast den ganzen Kaffee ausgetrunken, er war recht gut.

»Es ist eine Wohnung mit drei Schlafzimmern«, sagte Caro. »Ziemlich groß, um eine Jugendliche ganz alleine dort wohnen zu lassen. Wohnte sonst niemand dort?«

»Hören Sie«, sagte McDonnell, »soweit aus den Unterlagen hervorgeht, steht das Gebäude noch immer leer. Wir haben ihr keinen Mietvertrag oder sonst ein beschissenes Dokument ausgestellt. Es sollte nicht länger als ein paar Wochen sein, bis ich die Immobilie renovieren und weitervermieten konnte.«

»Und der Freund, der Sie ihnen vorgestellt hat. ›Freund eines Freundes‹, sagten Sie. Wer war das?«

McDonnell starrte vor sich hin. »Das weiß ich nicht mehr.«

»Tatsächlich?«

Er sah auf seine Uhr. »Kann ich sonst noch etwas für Sie tun, Officers? Ich habe noch zu tun.«

Sam und Caro standen auf. McDonnell begleitete sie zur Tür und folgte ihnen den schmalen Flur entlang. Sam spürte ihn dicht hinter sich. Er gehörte nicht zu den Leuten, denen sie gerne den Rücken zuwandte. Er musste sich an den beiden Frauen vorbeidrücken, um die verriegelte Tür zu öffnen. Der Gedanke, dass sie die ganze Zeit mit ihm eingesperrt gewesen waren, war beunruhigend.

Er hielt ihnen die Tür auf und sah ihnen nach, als Caro das Auto aufsperrte. »Noch was«, sagte er.

»Was denn?«, fragte Caro.

»Sagen Sie Ihren Jungs, dass ich um zwölf abschlage. Nur für den Fall, dass sie mich wieder nicht finden können. Und richten Sie ihrem Mr Waterhouse aus, dass sie ein Haufen Idioten sind und besser ausgebildet werden sollten.«

SCARLETT – Mittwoch, 26. September 2012, 10:47

Sie gaben ihr den Rest des Abends frei.

Am nächsten Morgen fühlte Scarlett sich schon viel besser, entweder hatten ihr die Antibiotika oder eine Nacht Schlaf geholfen. Sie konnte wieder klar denken. Gutes war ihr widerfahren, das wertete sie als ein Zeichen. Zunächst einmal hatten sie das Geld nicht gefunden, das der Vampir ihr gegeben hatte. Es steckte noch immer in ihrem Schuh. Und als man sie gefragt hatte, wie sie sich die Wunde auf der Schulter zugezogen hatte und sie erzählte, dass ein Freier sie ihr zugefügt habe, hatten sie nicht weiter nachgehakt. Der Vampir – Nosferatu oder wie immer sich der Bastard nannte – hatte sie vielleicht infiziert, doch falls er noch einmal wiederkäme, würde Scarlett ihn wieder ranlassen, das hatte sie bereits beschlossen. Doch dann würde sie die Wunde selber reinigen und so lange sauber halten, bis sie abgeheilt wäre. Der Schnitt war nur klein, kürzer als zwei Zentimeter, dafür aber tief gewesen, außerdem hatte ihr BH-Träger ständig daran gescheuert. Sie würde ihm genau vorschreiben, wo er schneiden durfte.

Wenn sie irgendwann abhauen wollte, brauchte sie Geld. Vielleicht fand sie jemanden, den sie bestechen und der ihr bei der Flucht helfen würde. Wenn sie das geschafft hätte, bräuchte sie Geld für ein Taxi, um sich in Sicherheit zu bringen. Und genug Geld für ein Zimmer für ein paar Nächte, das weit genug von diesem Drecksloch weg wäre. Sie wusste weder, wo dieser sichere Ort sein sollte, noch, wie sie jemals abhauen sollte, denn sie konnte sich nie darauf verlassen, dass ihr irgendwer helfen würde. Doch so viel war klar, wenn sie nicht bald etwas unternahm, würde sie hier sterben.

Es war kalt in ihrem Raum, als sie ihn betrat, eine Weile konnte sie ihren eigenen Atem im Fenster sehen, während sie den wenigen Touristen und Kunden nachsah, die unterwegs waren. Sie gingen alle vorbei. Dann blieben vier Japaner vor ihrem Fenster stehen und starrten sie eine Weile an, sie redeten und lachten untereinander. Sie lächelte ihnen zu, lockte sie mit ihrem Finger herein, setzte sich mit gespreizten Beinen hin und versuchte aufreizend auszusehen. Dann machte einer den Fehler und wollte sie mit seiner Kamera fotografieren, die er um den Hals trug. Sie drehte gerade noch rechtzeitig ihr Gesicht weg, trotzdem kam kurz darauf ihr Aufpasser herüber, um ein Wörtchen mit dem Fotografen zu reden. Ein Wörtchen zu reden hieß, die Speicherkarte zu entfernen und auf dem Boden zu zertreten. Es folgte eine kurze Auseinandersetzung, doch der Typ überragte den Japaner um mindestens dreißig Zentimeter und war zweimal so breit. Zudem hatten die Touristen keinen Grund, sich zu beschweren, jeder wusste, dass das Fotografieren hier verboten war. Das stand in jedem Reiseführer in allen Sprachen.

Der Mann, der auf Scarlett aufpasste, sah nicht einmal zu ihr herüber, die Touristen gingen schimpfend und gestikulierend weg. So viel Tumult war nicht gut. Scarlett rubbelte sich die Kälte aus den Oberarmen und blies sich warme Luft in die Handflächen, als keiner hinsah.

Die zertrümmerte Speicherkarte lag vor dem Fenster auf dem Kopfsteinpflaster. Die ganzen Fotos, es waren bestimmt Hunderte von all den herrlichen Sehenswürdigkeiten der Stadt, zwischen denen Scarlett die ganze Zeit gelebt, die sie selbst aber kaum gesehen hatte. Alle Urlaubsbilder waren in einem Augenblick vernichtet worden. Der Urlauber würde sich Kopien von seinen Freunden geben lassen müssen. Scarlett dachte an das Foto, das der Japaner von ihr gemacht hatte. Das Foto eines Mädchens, das sein Gesicht abwendet, in Nylonunterwäsche, umrahmt von einem Fenster. Egal. Dieses Bild würde jetzt niemand mehr sehen.

LOU – Samstag, 02. November 2013, 12:10

Von wegen freier Tag. Von wegen, den Tag mit dem Mann deiner Träume verbringen. Lou zog sich an und ging zur Arbeit.

Sam Hollands war als Einzige im Büro und telefonierte. Als Lou hereinkam, blickte Sam kurz auf und sah sie fragend an. Lou flüsterte ihr »Kaffee« statt einer Antwort zu, und als Sam ihr zunickte, verschob Lou die unausweichliche Fragen auf später und ging mit ihrem Geldbeutel zur Kantine. Die Küche war am Wochenende geschlossen, doch der Getränkeautomat hielt trotzdem Erfrischungen bereit und der Raum war glücklicherweise still.

Kurz darauf kam Sam herein und wählte einen Tisch. »Du hast heute eigentlich frei«, sagte sie, noch bevor Lou sich gesetzt hatte.

»Ja, ich weiß, ich weiß.«

»Und?«

Oh, Sam, dachte Lou. Sie hatte einen untrüglichen Instinkt für Probleme. »Mir war langweilig.«

Lou hatte eine Tüte Chips, ein KitKat und ein Snickers aus dem Automaten geholt. Plötzlich hatte sie wahnsinnigen Hunger. Das passierte immer, wenn sie unglücklich war. Egal. Wenn sie nicht genug Ablenkung finden würde, würde sie auf dem Weg nach Hause im Fitnessstudio vorbeischauen, das erste Mal in vier Monaten. Ihre Sportsachen waren immer im Auto, nur für den Fall, dass sie das Verlangen danach überkam. Doch das kam nicht sehr oft vor. Sie überlegte immer wieder, dass sie eigentlich ihr Abo kündigen müsste, aber irgendwie reichte ihr die Mitgliedschaft im Fitnessstudio, um sich nicht ganz wie ein fauler Sack vorzukommen.

Es geht doch nichts über eine Dosis Zucker und Kohlehydrate in Zeiten der Krise, dachte Lou und fühlte sich schon viel besser.

»Habe ich was verpasst?«, fragte sie und kaute.

»Ians Zustand ist unverändert«, sagte Sam. »Ich bin als Erstes mit Ali zum Krankenhaus gefahren. Seine Mom weicht ihm kaum von der Seite. Sie tut mir wirklich leid, weißt du. Was immer jetzt mit ihm geschieht, sein Leben ist mehr oder weniger für immer vorbei. Selbst wenn er sein Bewusstsein wiedererlangen sollte, was ziemlich unwahrscheinlich ist, wird man ihn rund um die Uhr betreuen müssen.«

»Was ist mit McVey?«

Sam schüttelte den Kopf und schluckte herunter, bevor sie antwortete. »Immer noch nichts. Wir haben so gut es ging seine Verbindung zu Nigel Maitland überprüft. Solange es da keine eindeutigen Hinweise gibt, tappen wir völlig im Dunklen. Das ist frustrierend. Wie dem auch sei, nach dem Krankenhausbesuch bin ich mit Caro Sumner zu Lewis McDonnell gefahren.«

»Oh, wirklich? Und?«

»Seinem Unternehmen gehört definitiv die Wohnung in Carisbrooke Court. Seine Mieterin war eine gewisse Katie Smith, er hat aber behauptet, dass er keine Miete von ihr verlangt hätte. Er sagte, er habe ihr einen Gefallen tun wollen, weil sie solches Pech gehabt habe. Ansonsten habe er nicht gewusst, was da drinnen vor sich ging.«

»Wirst du dich später mit Scarlett treffen?«

»Ja«, sagte Sam. »Ich will mir aber vorher noch einmal ihre Akte ansehen, dann gehe ich gleich rüber. Caro holt sie vom Hotel ab.«

»Ich habe heute Morgen eine Mail von Buchanan bekommen, sie kam auf meinem Handy an. Sie machen Druck, dass wir sie bald aus der Opferschutzeinrichtung entlassen. Er hat das auch an die Sonderkommission weitergeleitet, wenn du also nichts Brauchbares aus ihr herausbekommst, wird Waterhouse sie heute vermutlich dem Sozialdienst übergeben. Ich sehe nicht, dass sie zu Annie und Clive zurückkehrt, du etwa?«

»Ich glaube, man hat versucht, ihr eine Notunterkunft zu besorgen. Soll ich mit Orla reden, wenn sie da ist?«

»Ja, bitte.«

»Noch was zu McDonnell. Er glaubt, dass wir ein Team auf ihn angesetzt haben, denn zu uns hat er gesagt, dass wir den Kollegen ausrichten sollen, sie machten keinen besonders guten Job. Ich weiß allerdings nicht, ob er uns nur verarschen, ein bisschen die Muskeln spielen lassen wollte, weißt du.«

Sie sahen überrascht auf, als die Kantinentür plötzlich aufging. Ein uniformierter Beamter kam herein, sah sich um und ging wieder.

»Also ... sonst noch was, worüber du reden möchtest?«, fragte Sam und beugte sich über den Tisch.

Lou versuchte zu lächeln. »Keine Ahnung, wovon du redest.«

Sam nickte. »Hm, okay, na dann.«

»Ich glaube, ich habe mich mit Jason gestritten.«

»Glaubst du? Worüber?«

»Ich bin mir nicht mal ganz sicher. Gestern Nacht hat er noch zu mir gesagt, dass er mich liebt, da war er allerdings betrunken, und heute Morgen war er richtig abweisend und hat sich schnell aus dem Staub gemacht.«

»Was hast du gesagt?«

»Nichts Besonderes. Ich habe mit meiner Mom telefoniert; kurz darauf verschwand er aus der Tür. Ich habe das schreckliche Gefühl, dass er sauer ist, weil ich ihn gefragt habe, ob er mitkommt zur Hochzeit meiner Cousine, und ich meiner Mom davon erzählt habe. Ich glaube, er hat kalte Füße bekommen, weil er sie alle kennenlernen soll, das kann ich ihm nicht verübeln –«

»Ich meinte eher, was du auf das L-Wort geantwortet hast?«

»Oh! Ich weiß es nicht mehr. Ich glaube, ich habe nichts Bestimmtes gesagt. Ich habe ihn geküsst.«

»Du hast es nicht erwidert?«

»Nein ...«

»Liebst du ihn?«

Lou wollte gerade den Mund aufmachen und »ja, natürlich liebe ich ihn« sagen, doch irgendwas hinderte sie daran.

Sam legte ihre Hand auf Lous Hand, die auf dem Tisch lag, und drückte sie.

»Nicht«, sagte Lou. »Sei nicht so nett zu mir, Sam, das macht mich fertig. Ich weiß, dass ihr mich alle für so was wie eine ältere Frau haltet, die Sex mit einem jüngeren Mann hat. Und dass es sowieso besser wäre, wenn es vorbei wäre.«

»Um Himmels willen, niemand hält dich dafür. Du bist doch nur fünf Jahre älter als er, oder? Was macht denn das für einen Unterschied?«

»Ich weiß schon, wenn es andersherum wäre, würde kein Hahn danach krähen.«

»Es kräht in jedem Fall kein Hahn danach! Du siehst doch nicht aus wie seine Mutter.«

Darüber musste Lou lächeln. Sie hatte Fotos von seinen Eltern gesehen. Seine Mom war eine extravagante Person, trug weißes, kurz geschnittenes Haar und eine elegante Brille mit rosafarbener Fassung. Sie war Dozentin an der Uni. Sein Dad war Polizist im Ruhestand. Sie hatte sogar ein oder zwei Mal etwas unbeholfen am Telefon mit ihnen gesprochen.

Sam sagte: »Ich glaube, die Einzige, die den Altersunterschied je bemerkt hat, bist du.«

»Meine Mutter wird es bemerken, glaube mir. Das wird sie als Erstes kommentieren.«

»Und wenn schon? So oft siehst du sie auch wieder nicht; macht es dir wirklich etwas aus, was sie darüber denken, solange du und Jason glücklich seid? Wovor hast du Angst?«

Lou dachte lange darüber nach, eine ungebetene kleine Stimme in ihr flüsterte ihr zu, ich habe Angst davor, dass er eines Tages aufwacht und denkt, dass ich alt bin.

»Richtig«, sagte sie und stand auf. »Genug der Trübsal. Ich habe heute so ein Gefühl, dass Scarlett dir alles erzählen wird, was sie weiß.«

»Das wäre schön.«

Chips und Schokolade waren auf wundersame Weise verschwunden. Lou ertappte sich dabei, wie sie darüber nachdachte, welches Gericht sie später mitnehmen würde. Sie würde sich wahrscheinlich für den Inder entscheiden, denn das *Akash Tandoori* war gleich neben dem Spirituosenladen, zu dem sie zuerst gehen wollte. Vor der Kantine trennten sich ihre Wege, Sam ging zum Parkplatz, Lou zurück in ihr Büro.

Als sie durch die Tür ging, klingelte ihr Handy, die Nummer auf dem Display kannte sie nicht.

»Louisa Smith.«

»Oh – hallo. Hi. Hier ist Annie. Annie Rainsford.«

Lou versuchte, ihre Überraschung zu verbergen. »Hi, was kann ich für Sie tun?«

»Sie haben gesagt, dass ich Sie anrufen darf. Sie haben mir Ihre Karte gegeben.«

»Das stimmt«, sagte Lou. »Alles in Ordnung?«

Es folgte eine lange Pause. Lou hörte Annies Atem, andernfalls hätte sie gedacht, sie hätte wieder aufgelegt.

»Annie? Was ist los?«

»Hören Sie, können wir uns treffen. Irgendwo – ich weiß nicht – in einem Pub vielleicht?«

»Natürlich. Wo?«

»Irgendwo außerhalb der Stadt ... im *Coach and Horses* in der Charlmere Road. Kennen Sie das?«

»Ich kenne es. Soll ich Sie abholen?«

»Nein, nein. Ich komme dahin. Ginge es um halb drei?«

SAM – Samstag, 02. November 2013, 13:55

»Ich weiß nicht, wo ich anfangen soll«, sagte Scarlett. »Das ist doch nicht offiziell, oder?«

»Das sollte es eigentlich sein«, sagte Sam. »Aber wenn du erst einmal nur reden möchtest, ist das auch okay. Das liegt an dir. Vielleicht willst du das nicht alles ein zweites Mal erzählen.«

»Nicht einmal ein erstes Mal.«

»Ich würde mir gerne Notizen machen, wenn das für dich in Ordnung ist.«

Scarlett antwortete nicht, widersprach aber auch nicht. Sie saßen allein in der Küche der Opferschutzeinrichtung. Caro war direkt zur Arbeit zurückgekehrt, nachdem sie Scarlett abgeliefert hatte, Orla saß wieder im Büro und erledigte ein paar Anrufe wegen der Notunterkunft.

»Du und diese Lou Smith, ihr habt mich nach Nico gefragt«, sagte sie.

»Das stimmt. Du hast ihn ›Arschloch‹ genannt.«

Scarlett lachte kurz auf. »Ich glaube, er hatte etwas damit zu tun«, sagte sie.

»Wie – mit deiner Entführung?«

»Ja. Ich war so naiv, das kommt einem heute unglaublich vor, nicht wahr? Er war älter als ich. Er sagte, er sei sechzehn, aber er hätte auch älter sein können. Ich war so unglücklich; er hat mich aufgemuntert, ich habe mich in ihn verknallt. Er sagte mir, er könne mir bei der Flucht aus meiner Familie helfen. Ich wäre auch tatsächlich weggelaufen. Er sagte, ich solle mich mit ihm an meinem letzten Ferienabend treffen. Ich wollte das auch, aber an dem Tag ist mir klar geworden, dass ich Juliette nicht alleine zurücklassen konnte. Sie war – na ja, du weißt schon. Für sie war es schwer. Ich musste mich um sie kümmern, konnte nicht einfach verschwinden und sie verlassen. Und sie wäre nicht mitgekommen. Also bin ich losgegangen, um mich mit ihm ... mit Nico an der Straße zu treffen. Ich wollte ihm sagen, dass ich nicht mitkommen würde. Dann kam ein Kleinlaster angefahren und hielt neben mir an. Ein Mann stieg aus und fing an, auf Griechisch auf mich einzureden. Ich habe nicht verstanden, was er gesagt hat. Er hat mich vollgejammert und mich dann hinten in den Laster gestoßen. Ein anderer Mann stieg zu mir ein und als ich zu schreien und zu treten anfing, hat der Mann mir eine Hand auf den Mund gehalten ...«

Scarlett hörte zu reden auf und griff nach ihrer Teetasse. Sam fiel auf, dass ihre Hand zitterte.

»Es tut mir leid«, sagte Scarlett. »Das ist so lange her, aber gleichzeitig ist es, du weißt schon, als wäre es gerade erst passiert.«

»Nimm dir Zeit«, sagte Sam.

»Zuerst dachte ich, es wäre Nico. Ich dachte, es wäre Teil seines Plans. Darum habe ich nicht lauter geschrien und mich nicht heftiger gewehrt. Ich dachte, sie würden mich zu ihm bringen. Als mir klar wurde, dass das nicht der Fall war, war ich schon zu weit weg. Wir fuhren verdammt lange Richtung Norden in dem Laster. Da waren auch noch andere Mädchen. Die zwei waren älter als ich. Sie sprachen kein Englisch.«

»Hast du jemals ihre Namen herausgefunden?«

»Krystyna und Ysabella. Glaube ich. Davor gab es noch zwei andere, die starben aber beide.«

»Sie starben?«

»Die eine schlug mit dem Kopf auf dem Boden auf, die andere – Yelena – wurde auf einem Parkplatz erschossen. Ich war dabei, als es passierte. Von ihr träume ich immer, das habe ich dir schon erzählt.«

Einen Augenblick herrschte Schweigen. Sam sah Scarlett ins Gesicht, fragte sich, ob es wahr war oder ob sich die Fünfzehnjährige das nur ausgedacht hatte oder maßlos übertrieb.

»Ich habe mir immer Geschichten über Yelena ausgedacht. Wir haben nie wirklich miteinander geredet, obwohl wir stundenlang zusammen waren. Es fühlte sich an, ich weiß nicht, als hätten wir beide dasselbe Schicksal. Dann starb sie, und ich hatte das Gefühl, es wäre meine Schuld gewesen – wir hatten versucht abzuhauen. Ich habe nie etwas über sie erfahren, woher sie kam, wie alt sie war. Also versuchte ich sie in meinem Kopf am Leben zu halten und erfand ihre Geschichte. Ich erfand ihre Familie, ihre Schule, ihre Freunde. Ich stellte mir einen Freund für sie vor, dann eine Hochzeit und Kinder, ein glückliches Leben.«

Eine Träne kullerte aus Scarletts Auge. Sie wischte sie fort. »Das alles bekam sie natürlich nicht.«

»Was ist mit ihr passiert?«, fragte Sam. »Nachdem auf sie geschossen wurde?«

Scarlett zuckte die Achseln. »Sie fuhren los und ließen sie einfach zurück.«

Sam notierte sich die Daten. Darüber musste es Aufzeichnungen geben. Es sollte möglich sein, Genaueres herauszufinden. Europa war inzwischen viel offener als noch vor zehn Jahren. Es schien ihr wichtig, das nachzuprüfen.

»Wir kamen nach Polen, wo wir Wochen, Monate verbrachten. An Einzelheiten kann ich mich nicht mehr erinnern. Ich weiß nur, dass ich im September dort ankam und es schneite, als ich wieder ging. Die beiden anderen entführten Mädchen wurden jeden Tag aus der Wohnung geholt; sie ließen mich zurück. Manchmal mit dieser Frau, dieser alten fetten Frau. Sie war wirklich ekelhaft. Manchmal waren auch Männer dort. Sie hatten Drogen, viele Drogen in der Wohnung. Sie haben sie meistens auf dem Esstisch gestreckt und verpackt. Ich wusste nicht, was sie mit mir vorhatten. Ich dachte, ich sei als Dienstmädchen oder so hingekommen, also machte ich die Wohnung sauber, wenn mir langweilig war. Eigentlich sollte die Alte das machen, aber sie war faul. Die Männer nahmen keine Drogen, jedenfalls nicht, während ich dort war, aber sie rauchten die ganze Zeit Cannabis. Sie wollten mich auch dazu kriegen. Ich habe immer abgelehnt. Sie haben mich meistens ausgelacht und gesagt, dass ich es früher oder später doch nehmen würde. Dass ich es brauchen würde.«

Scarlett kaute auf ihrem Daumennagel, besah ihn sich, kaute erneut darauf herum.

»Und wohin haben sie die anderen Mädchen gebracht?«, fragte Sam. »Du sagtest, die anderen Mädchen hätten jeden Tag die Wohnung verlassen.«

»Sie schickten sie arbeiten. Sie kamen in den frühen Morgenstunden zurück. Zu der Zeit schnallte ich das noch nicht richtig, aber ich nehme an, dass sie sie irgendwo in ein Zimmer steckten. Nach ein paar Wochen waren sie drogenabhängig.«

»Du warst also dort, in dieser Wohnung, bis zum Winter. Was ist dann passiert?«

»Eines Tages kamen ohne Vorwarnung diese zwei Männer zu mir. Sie steckten mich für einen Tag und eine Nacht wieder in einen Wagen. Eine Woche lang war ich in einer Wohnung mit fünf anderen Mädchen. Ich habe keine Ahnung, wo das war. Ich war krank; habe die meiste Zeit nur geschlafen. Dann haben sie mich woanders hingebracht, das war nur ein paar Stunden entfernt. Dann war ich in Prag, wo ich jahrelang blieb.«

Sam nahm einen Schluck von ihrem kalten Tee. »Erinnerst du dich an irgendwelche Namen?«, fragte sie. »Namen der Leute, die dich von einem zum nächsten Ort transportiert haben?«

»Nein. Ich habe immer nur die Namen von manchen Mädchen herausgefunden. Falls es überhaupt ihre richtigen Namen waren. Wie dem auch sei, sie redeten in anderen Sprachen – schnell, weißt du. Die meiste Zeit war ich sowieso völlig neben der Spur. Ich glaube, sie gaben uns Schlaftabletten in die Wasserflaschen. Die hielten uns ruhig, wenn es über die Grenzen ging.«

»Ich weiß, das ist schon lange her«, sagte Sam, »aber glaubst du, dass du irgendwen wiedererkennen würdest? Ich kann dir vielleicht ein paar Fotos vorlegen.«

Scarlett starrte Sam unverwandt an. »Sie sehen alle gleich aus. Beschissene große Männer mit Jacken. Und weißt du was? Nach einer Weile habe ich aufgehört, ihnen ins Gesicht zu schauen, weil sie mir alle Todesangst eingejagt haben.«

Verständlich, dachte Sam. Sie sollten eher versuchen, jene Leute zu identifizieren, die Scarlett nach England gebracht hatten, das wäre für ihre Zwecke viel nützlicher. Wer konnte wissen, wo diese ganzen Leute sich inzwischen aufhielten? Einige waren vielleicht sogar schon tot.

»Warte mal«, sagte Scarlett. »Die fette alte Frau hieß Irene. Oder so was in der Art ... vielleicht Irina. Aber das hilft dir auch nicht weiter, oder? Ich weiß nicht einmal, wo in Polen das war. Es hätte überall sein können, wo es kalt ist.«

Sam zögerte, sie wusste, dass Scarlett sie ansah.

»Ist schon in Ordnung«, sagte Sam sanft. »Du machst das richtig gut.«

Scarletts Schultern wirkten angespannt. »In Prag hat man mich für Geld zum Sex mit Männern gezwungen. Ich habe dir schon erzählt, was beim ersten Mal passiert ist. Sie haben schon vorher die ganze Zeit versucht mich zu verkaufen, aber ich glaube, dass die Männer in Polen nicht so an Jungfrauen interessiert waren oder vielleicht auch kein Geld hatten.«

Eine Pause. Dann sagte Sam: »Ich erinnere mich. Du sagtest, da sei ein Mann gewesen, der dich überwachte, während eine Frau alles filmte. Weißt du noch ihre Namen?«

Sam wurde umgehend klar, dass die Frage Scarlett nervös machte. Sie sah weg, nach links, versuchte sich zu erinnern.

»Nicht an den des Mannes. Die Frau sollte uns einweisen; sie nannte sich Tina. Keine Ahnung, ob das ihr richtiger Name war. Sie war keine Engländerin, sprach aber recht gut Englisch. Sie hatte einen komischen Akzent.«

»Wie meinst du das, dass sie euch einweisen sollte?«

»Sie sagte uns, dass wir im Rotlichtbezirk in der Stadt arbeiten würden«, sagte Scarlett. »Sie erklärte uns, wie das System funktionierte: dass wir Schulden abzahlen müssten, aber ganz gut leben könnten, wenn wir brav wären und täten, was man von uns verlangte. Wir könnten viel Geld verdienen und unsere Schulden schnell abzahlen. Sie erzählte uns, dass wir, sobald unsere Schulden abbezahlt wären, machen könnten, was wir wollten. Dass wir aber so gut verdienen würden, dass wir nach der Begleichung unserer Schulden wahrscheinlich weitermachen würden. Sie erzählte uns, dass sie das auch gemacht habe. Sie erzählte uns, dass sie Grundstücksmaklerin gewesen sei, dass ihr jetziger Job ihr aber dreimal so viel Geld einbrächte und der beste sei, den sie je gehabt habe. Doch nach dieser netten kleinen Unterhaltung brachte sie mich in eine andere Wohnung irgendwo in der Stadt für dieses erste Mal. Ich dachte, sie käme mit, um aufzupassen, dass man mir nicht wehtat. Als sie mich hinterher zurückfuhr, musste ich mich auf eine Plastiktüte setzen. Schlampe.«

Sie verstummte. Sam ließ ihr einen Augenblick Zeit. »Kannst du beschreiben, wie sie aussah?«

»Blond gefärbte Haare, schulterlang. Die Klamotten, die sie trug, waren ihr zu eng. Das war vor Jahren; meinst du wirklich, das hilft weiter?«

»Was ist mit den anderen Mädchen? Woran erinnerst du dich?«

Scarlett senkte ihren Blick auf ihren Daumennagel. »Die waren auch jung. Eine sah noch wie ein Kind aus. Sie hieß Suzy, glaube ich. Sie kam irgendwo aus Osteuropa, aber ihre Mutter war Schottin, sie sprach ein bisschen Englisch. Die andere war älter, hatte irgendwelche psychischen Probleme.«

»Was ist mit Tina?«, fragte Sam. »Würdest du sie wiedererkennen?«

»Nein«, sagte Scarlett. »Sie war doch nur eine Woche da, dann sahen wir sie nie wieder.«

»Wie lange warst du in Prag?«, fragte Sam.

»Ich hatte völlig das Zeitgefühl verloren. Ein paar Jahre. Dann brachten sie mich eines Tages ohne Vorwarnung weg. Ich wurde in einen Kleinlaster gesteckt und nach Amsterdam gebracht. Dort war ich auch jahrelang.«

»Kannst du dich noch an die Adresse erinnern, an der du gelebt hast? Oder zu der sie dich gebracht haben?«

»Nein. Es war eine Wohnung in der Stadt. Ich weiß nur, dass es von zehn Klingeln die dritte von unten war. Sie ließen mich niemals alleine, keine Sekunde. Die ganze Zeit, während ich dort war, haben sie mich vom Apartment zu den Räumen, in denen ich gearbeitet habe, und wieder zurück gefahren. Ich bin sonst nirgends hingegangen – oh, abgesehen von einem oder zwei Arztbesuchen. Und da wurde ich auch hingebracht. Ich war nie alleine.«

»Der Arzt?«, fragte Sam hoffnungsvoll. »Kanntest du seinen Namen?«

Scarlett schüttelte den Kopf. »Es ist nicht so, dass ich euch absichtlich was verschweigen will, weißt du. Es war aber auch kein richtiger Arzt. Er war irgendein russischer Medizinstudent, der uns zum Wucherpreis Antibiotika gab und nicht einmal nachfragte, ob wir auf irgendwas allergisch waren. Und bevor du fragst, seine Praxis lag hinter einem Geschäft in Bijlmer. Ich könnte es vermutlich finden, wenn ihr mich hinbringt, aber es wäre mühsam. Das letzte Mal habe ich ihn vor über einem Jahr gesehen. Außerdem wurde ich immer nur nachts da hingebracht.«

»Seit wann bist du wieder zurück in England, Scarlett?«, fragte Sam. Sie hatte nun das Gefühl, dass Scarlett sich während der Unterhaltung genug entspannt hatte, um über Ereignisse neueren Datums zu sprechen.

Scarlett zuckte die Achseln. »Ich weiß es nicht genau. Monate. Ich kam vor Weihnachten zurück. Welchen Monat haben wir jetzt? November? Ja, um den Dreh. Vor knapp einem Jahr.«

»Und während der ganzen Zeit warst du hier in Briarstone?«

»Mehr oder weniger«, sagte sie. »Ich habe mich ruhig verhalten.«

Sams Hand schmerzte. Sie schüttelte ihr Handgelenk und blätterte zur nächsten Seite.

»Können wir eine Pause machen?«, fragte Scarlett.

Während Scarlett auf die Toilette ging, stand Sam auf, ging ans Küchenfenster und streckte sich. Der Himmel zog zu, es war fast dunkel draußen, der Nachmittag klang aus und ging in den Abend über, bevor die Welt überhaupt darauf vorbereitet war. Der Garten war verwildert, das Unkraut wuchs hüfthoch, ein Plastikschlitten lag halb verdeckt im Unterholz. Am Fuß eines Baumes lag eine kaputte Schaukel, das Seil baumelte lose von einem Ast. Der Ort wirkte trostlos, sosehr sie sich auch bemühten, ihn wie einen Zufluchtsort aussehen zu lassen. Kein Wunder, dass man ihn loswerden wollte. Aber natürlich würde er nicht durch eine attraktivere Einrichtung ersetzt werden, es würde stattdessen einfach gar keine Einrichtung mehr geben. Gefährdete Opfer mussten nun wie jeder andere auch mit einer normalen Polizeistation vorliebnehmen. Auf dem Polizeirevier in Briarstone waren zwei Befragungszimmer renoviert worden, aber was immer sich die Führungsspitze dabei gedacht hatte, eine hübsche Topfpflanze und eine Schachtel Taschentücher genügten nicht, um die Leute zum Reden zu bringen.

Die Haustür ging auf und Orla wehte mit einem Windstoß herein.

»Hier drin«, rief Sam.

»Hi. Wo ist Scarlett?«

»Auf der Toilette. Wie kommen Sie voran?«

»Nicht optimal, aber ich habe einen Platz in einer Jugendherberge in Charlmere gefunden.«

»Meine Güte, ganz schön weit. Gab es nichts in der Nähe?«

»Es ist alles überfüllt. Ich bringe sie heute Abend dahin.«

»Wohin werde ich gebracht?«, fragte Scarlett in der Tür.

LOU – Samstag, 02. November 2013, 14:30

Das *Coach and Horses* war ein Lokal, das Lou als eine Altherrenkneipe bezeichnet hätte. Die Bar hatte einen Kachelfußboden, grob verputzte Gipswände und an der Wand hüfthohe, dunkle Holzvertäfelungen. Um klebrige Holztische standen Stühle unterschiedlichen Stils, der Kamin hätte dem Ganzen eine heimeligere Atmosphäre verliehen, wenn es denn darin Feuer gegeben hätte. Das Lokal war leer. Der Raum nebenan war auch nicht viel besser, aber wenigstens lag dort ein Teppich. Drei Typen saßen um einen Tisch in der Ecke, auf dem drei halb leere Gläser Bitterbier und drei leere standen. Lou schnappte die Worte »Nockenwelle« und »Vierradantrieb« auf, gefolgt von etwas, das wie »aber es kommt alles auf die Soße an. Wenn du die Soße richtig hinkriegst, passt alles« klang. Im Fernseher, der über der Bar an der Wand hing, lief *Sky Sport*, doch zum Glück war der Ton leise gestellt. Die Frau hinter dem Tresen zeigte sich hocherfreut über den neuen Gast. »Meine Liebe, was kann ich für Sie tun?«

Lou sah sich die Flaschen und den Kühlschrank an und befand, dass nichts davon ihr zusagte. »Nur eine Cola light bitte.«

»Kann Sie wohl nicht zu einem späten Mittagessen überreden, was?«, sagte die Frau und zeigte mit einem dick lackierten Nagel auf eine Tafel. »Wir haben noch etwas Rindfleischcurry übrig.«

»Nein, danke«, sagte Lou und dachte an die Chips und die Schokolade, die sie bereits verzehrt hatte, und wünschte nun, sie hätte sich zurückgehalten.

Sie setzte sich an einen Tisch, von dem aus sie die Tür im Auge hatte, holte ihr Handy raus und sah die Nachrichten durch. Hier draußen gab es keinen Empfang, doch so zu tun, als lese sie alte Nachrichten, war immer noch besser als ins Leere zu starren oder mit einem der Gäste Augenkontakt aufzunehmen.

Die Tür ging auf und Annie kam rein, sie brachte einen Hauch kalte Luft mit sich. »Danke, dass Sie sich die Zeit nehmen«, sagte sie. »Kann ich Ihnen was bestellen?«

»Ich habe schon, danke.«

Annie ging zum Tresen. Sie trug schmal geschnittene Jeans, Turnschuhe, ein Kapuzenshirt und einen schwarzen Wollmantel, dazu einen dicken Schal, den sie sich ein paarmal um den Hals gewickelt hatte, sodass er auch ihr Haar umschloss. Während sie auf ihr Getränk wartete, steckte sie einen Fuß im Turnschuh hinter den anderen.

»Kann ich Sie zu einem späten Mittagessen überreden?«, fragte die Frau hinter dem Tresen, doch Annie schüttelte den Kopf.

Kurz darauf kam sie mit einem großen Glas Rotwein zurück. Sie setzte sich neben Lou. Ihre Augen waren weit aufgerissen und Tränen glänzten darin. »Ich wusste nicht, wen ich sonst anrufen sollte«, sagte Annie. »Sie haben mir Ihre Karte gegeben. Sie haben gesagt, dass ich anrufen soll.«

»Das stimmt«, sagte Lou. »Ist irgendwas passiert?«

Annie hechelte förmlich. »Es geht um Clive – es läuft jetzt wieder alles schief. Alles war ... normal ... jetzt nicht mehr.«

»Wie meinen Sie das? Was ist los?«

»Clive«, sagte Annie und Verzweiflung schwang in ihrer Stimme mit. »Er sagt mir immer wieder, dass ich spinne, dass ich neurotisch bin. Er versteht nicht, wie schwer das alles für mich ist.«

Sie zog ein zerknittertes Taschentuch aus der Manteltasche und wischte sich über die Augen. Ihre Hände zitterten. Lou fielen die braunen Flecken darauf auf, die tiefen Furchen der Sehnen, die auf dem Handrücken verliefen. Annie mochte sich wie ein Teenager kleiden, doch an ihren Händen ließ sich ihr tatsächliches Alter ablesen.

»Ich nehme an, er weiß nicht, dass Sie hier sind?«

»Nein. Tut er nicht. Sie werden es ihm doch nicht erzählen, oder?«

Annie streckte eine Hand aus und griff unerwartet nach Louisas Hand, woraufhin diese sie am liebsten weggezogen hätte. Die Hand war kalt, die Fingernägel scharf. Lou tätschelte sie und ließ sie auf eine Art und Weise los, die beruhigend wirken sollte, hoffte sie zumindest.

»Natürlich nicht. Das bleibt zwischen uns.«

»Er findet, dass ich Ihnen nicht erzählen sollte, was in Spanien passiert ist. Er meint, dass Sie uns belangen würden, weil wir die Zeit der Polizei verschwendet haben. Stimmt das?«

»Kommt darauf an«, sagte Lou, plötzlich in höchster Alarmbereitschaft. »Das klingt so, als handle es sich um etwas, worüber wir uns ausgiebiger unterhalten sollten, Annie. Wenn Sie eine weitere Aussage machen möchten, wäre es besser, wenn wir …«

»Nein, das will ich nicht – ich meine – ich muss keine Aussage machen, oder? Ich will nur was erklären. Es war nicht so, wie Sie denken. Es war nicht so, dass wir was verbergen wollten, ich war damals einfach völlig durcheinander. Und als Scarlett nicht mehr zurückkam, schien es keine wirkliche Bedeutung mehr zu haben. Aber jetzt, na ja, jetzt denkt Clive, dass Scarlett etwas aussagt, was uns belasten könnte. Aber wir hatten mit ihrem Verschwinden nichts zu tun, rein gar nichts.«

»Annie«, sagte Lou, »wenn Sie schon keine Aussage machen wollen, dann lassen Sie mich wenigsten unsere Unterhaltung aufzeichnen. Damit ich später etwas habe. Was immer Sie mir erzählen, ich muss es aufschreiben.«

Einen Augenblick dachte Lou, dass Annie sich weigern oder aufstehen und wieder gehen würde, in dem Fall hätte sie nachgegeben und sich auf das Zuhören beschränkt. Aber zu ihrer Überraschung nickte Annie. Lou ging auf die Aufnahme-App auf ihrem Handy, drückte sie und hoffte, sie würde die Unterhaltung in einigermaßen ordentlicher Qualität aufzeichnen.

»Reden Sie weiter«, sagte Lou. »Erzählen Sie mir, was passiert ist. Ich höre zu.«

»Gut«, sagte Annie und sah auf das Handy, das neben ihrem Weinglas auf dem Tisch lag. »Ich habe sie weggehen gesehen. Das ist das zweite Detail. Ich denke, das erste war der Junge, mit dem sie zusammen war ...«

»Der Junge?«

»Sie hatte irgendwie während unserer Ferien einen griechischen Jungen kennengelernt. Es schien keine große Bedeutung zu haben. Aber wissen Sie, ich dachte, sie wäre mit ihm durchgebrannt.«

»Das haben Sie der Polizei damals aber nicht gesagt? Warum nicht?«

»Clive wollte das nicht. Er glaubte nicht, dass sie weggelaufen war. Er dachte, die Polizei würde nicht mehr richtig nach ihr suchen, wenn sie von dem Jungen erführe.«

Lou versuchte gelassen dreinzuschauen, auch wenn ihr das in solchen Momenten wirklich schwerfiel. Hatten sie nicht daran gedacht, dass der Junge Scarlett gegen ihren Willen mitgenommen haben könnte? Oder dass man Scarlett finden könnte, wenn man ihn fand? Es war auch schwierig, den unheilvollen Unterton in Annies Stimme zu überhören. Während laufender Ermittlungen zur Entführung eines Kindes absichtlich Informationen zurückhalten – wie hatten sie nur davon ausgehen können, dass das richtig wäre?

»Was war also mit dem Jungen los?«, fragte Lou. »Wer war er?«

»Ich weiß es nicht«, sagte Annie und schüttelte den Kopf. »Ich habe nie mit ihm gesprochen. Ich habe gesehen, wie sie ihn geküsst hat, draußen auf der Straße, am Abend bevor sie verschwand. Als Scarlett mich sah, ist er weggerannt.«

»Haben Sie mit ihr darüber gesprochen?«

Annie lächelte. »Ja. Ihr Vater war nicht sonderlich erfreut darüber, um es mal so zu sagen.«

»Haben Sie ihr Fragen zu dem Jungen gestellt?«

»Sie sagte, er sei nur ein Junge, dem sie begegnet sei. Sie stritt ab, dass irgendwas passiert sei, und sagte, sie habe ihn nur geküsst.«

»Aber Clive war wütend?«

Annie schwieg eine Weile, bevor sie antwortete. »Ja.«

»Hat er ihr wehgetan? Hat er sie bestraft?«

»Oh, nein! Nein – nicht wirklich. Ich meine, er war sauer, vielleicht hat er ein wenig geschrien, aber sie war ja auch ganz bewusst aufmüpfig. Sie wusste, was sie durfte und was nicht. Sie war erst fünfzehn! Noch ein Kind! Clive hatte diese –«

Plötzlich schwieg Annie und Lou begriff, dass ihr beinahe etwas Wichtiges herausgerutscht wäre. Sie versuchte es zu vertuschen, indem sie einen Schluck Wein trank, das Glas zurück auf den Tisch stellte, es wieder nahm, noch einmal daran nippte und sich Zeit zum Überlegen verschaffte.

»Was wollten Sie sagen?«, fragte Lou.

»Gar nichts. Clive wollte nur nicht, dass unsere Töchter zu schnell erwachsen würden. Heutzutage haben die Mädchen immer früher Sex, nicht wahr? Das wollten wir für unsere Mädchen nicht. Sie wussten das beide. Sie kannten den Unterschied zwischen Richtig und Falsch; wir haben oft genug mit ihnen darüber gesprochen.«

»Was ist passiert, als Sie Scarlett nach dem Jungen gefragt haben? Hat sie sich danach wieder mit ihm getroffen?«

»Sie blieb im Apartment und schmollte. Sie sagte, dass sie sich nicht gut fühle, darum dachte ich, sie hätte diese Magen-Darm-Beschwerden, die wir alle gehabt hatten, also kam sie am nächsten Abend nicht mit uns zum Abendessen. In der Nacht verschwand sie.«

Annie hob erneut ihr Glas und trank geräuschvoll die letzten Schlucke Wein aus.

»Sie haben vorhin gesagt, dass Sie sie weggehen sahen«, sagte Lou. »Wie meinen Sie das?«

Annie blickte auf ihre Hände herab und rieb mit den Fingern

ihrer rechten Hand krampfhaft den linken Handrücken. Lou sah eine Träne an ihrem unteren Wimpernrand.

»Annie?«

Doch sie schüttelte den Kopf, sodass zwei Tränen auf den Tisch fielen. »Ich kann nicht, ich kann nicht.«

»Danach werden Sie erleichtert sein«, bot Lou an, »glauben Sie mir. Für mich klingt es so, als hätten Sie diese Last jahrelang mit sich herumgeschleppt.«

»Sie verstehen das nicht«, sagte Annie und holte zitternd Luft. »Wenn Clive wüsste, dass ich Ihnen das erzähle ...«

»Was würde er dann tun, Annie?«

»Nichts, gar nichts! Er wäre aber völlig außer sich. Er glaubt, dass Sie nicht verstehen würden, wie es zwischen uns und Juliette ist, zwischen uns und den beiden Mädchen war, bevor ... Wir sind glücklich miteinander. Wir machen einander glücklich. Aber das begreift offenbar niemand.«

»Erzählen Sie mir, was passiert ist«, sagte Lou sanft. »Lassen Sie sich Zeit.«

»Ich ... ich habe die Terrassentür gehört. Es war mitten in der Nacht, na ja, eigentlich in den frühen Morgenstunden. Ich dachte, ich hätte es bloß geträumt, aber irgendwie konnte ich nicht wieder einschlafen. Ich bin aufgestanden und ein paar Minuten später nach nebenan gegangen. Scarletts Bett war leer. Ich ging sie suchen.«

»Und – Sie haben sie gefunden?«

»Sie stand draußen auf der Straße vor unserer Ferienanlage. Ich stand genau hinter dem Tor. Ich wollte nach ihr rufen, dann sah ich, wie sie in einen Kleinlaster stieg.«

»Sie stieg in einen Kleinlaster?«, wiederholte Lou.

»Es war ein weißer Kleinlaster, so eine Art Transit, ich weiß auch nicht, er hatte seitlich eine Schiebetür. Er hat neben ihr gehalten. Ich habe gesehen, wie sie mit jemandem geredet hat, dann hat sie sich dem Kleinlaster genähert – er blockierte meine Sicht. Ein paar Sekunden später fuhr er los und sie war weg.«

Lou brachte einen Augenblick keinen Ton heraus. Sie wartete, bis Annie weiterredete, doch die Frau starrte auf ihr Weinglas und schien zu hoffen, dass es sich auf wundersame Weise wieder füllte. Lou hätte sie am liebsten geschüttelt.

»Ich weiß, ich hätte etwas sagen sollen.«

»Ja«, sagte Lou. Sie beließ es dabei.

»Aber es kam mir nicht in den Sinn, dass jemand sie entführt haben könnte. Ich dachte, sie würde sich mit diesem Jungen treffen. Ich dachte, er hätte sie einfach abgeholt. Was hätte ich tun sollen? Ich hätte doch nicht um zwei Uhr morgens hinter dem Kleinlaster herlaufen können. Ich dachte, sie käme in ein paar Stunden wieder, zurück in ihr Bett, und täte so, als wäre nichts gewesen.«

»Und was haben Sie getan?«

»Ich bin zurück auf mein Zimmer gegangen. Clive ist aufgewacht, als ich hereinkam. Ich habe ihm erzählt, was ich gesehen hatte. Er war wütend, natürlich. Wir saßen eine Weile da und hofften, sie käme zurück, nach einer Stunde oder so sind wir wieder ins Bett gegangen.«

»Und am nächsten Morgen, als sie noch immer nicht zurück war?«

»Sind wir rausgegangen und haben nach ihr gesucht. Ich habe angefangen, mir Sorgen zu machen. Ich habe keinen Augenblick daran gedacht, dass sie nicht zurückkommen könnte. Ich dachte, dass sie ausreißen wollte, es sich dann aber anders überlegen und auf eigene Faust wieder zurückkommen würde, bevor uns der Bus zum Flughafen abholte. Oder wir dachten, na ja, wir dachten, dass sie vielleicht ... mit diesem Jungen geschlafen hätte und dann eingeschlafen wäre und nicht bemerkt hätte, dass es bereits Morgen war. Dann dachten wir, dass sie vielleicht zu verängstigt wäre, um zurückzukommen, weil wir wütend auf sie wären.«

Lou atmete tief durch. »Trotzdem kamen Sie nicht auf die Idee, das der Polizei zu erzählen?«

»Als wir die Polizei riefen, waren wir uns beide einig, dass irgendwas sie an der Rückkehr gehindert haben musste. Also erschien es uns der beste Weg, zu sagen, dass jemand sie entführt haben musste. Und das stimmte doch, oder?« Sie sah Lou trotzig an.

»Aber die Polizei hätte nach dem weißen Kleinlaster suchen können. Haben Sie daran nicht gedacht?«

»Clive meinte, dass man sie in der Zwischenzeit bestimmt schon irgendwo anders untergebracht oder in ein anderes Fahrzeug gesetzt habe. Dass es keinen Sinn mache.«

»Und was haben *Sie* gedacht?«

Annie sah verwirrt aus. »Ich?«

Clive war offenbar Experte in Sachen Ermittlungen vermisster Personen, dachte Lou. Annie schien zu eigenständigem Denken nicht in der Lage zu sein. Sosehr sie auch mit der Bedeutung dessen zu kämpfen hatte, was Annie ihr soeben anvertraut hatte, so waren mittlerweile doch zehn Jahre vergangen.

»Annie, was hat Sie dazu veranlasst, es mir ausgerechnet jetzt zu erzählen?«

»Oh, das hat viele Gründe. Ich wollte es schon lange jemandem erzählen. Seit es passiert ist. Ich wollte es nicht verschweigen, nicht wirklich. Es war Clive. Und ich möchte, dass Sie eines verstehen: Wir haben es nicht böswillig für uns behalten, es geschah aus gutem Grund. Damit die Suche nach unserer Tochter weiterginge, bis man sie fände. Aber das hat nicht wirklich geklappt, nicht wahr? Wir werden doch keine Schwierigkeiten bekommen, oder? Bitte sagen Sie mir, dass man uns nicht strafrechtlich verfolgen wird. Immerhin ist sie wohlbehalten zurückgekehrt, nicht wahr?«

»Aber warum ausgerechnet jetzt?«

»Oh! Clive hat mir Angst gemacht, dass Scarlett etwas sagen könnte. Weil sie mich gesehen hat, wissen Sie. Scarlett hat gesehen, dass ich am Tor stand, kurz bevor sie in den Kleinlaster stieg.«

SCARLETT – Sonntag, 21. Oktober 2012, 17:00

Der Vampir kam kein weiteres Mal. Scarlett fragte sich, ob sie ihm nicht genug Blut gegeben hatte oder ob sie zu abweisend gewesen war. Es gab Mädchen, die ließen alles mit sich machen, vor allem, wenn sie überdurchschnittlich bezahlt wurden und ein wenig Geld beiseitelegen konnten. Scarlett bezweifelte aber, dass die anderen Mädchen Geld für eine mögliche Zukunft sparten. Wenn sie sparten, dann für einen extra Schuss.

Er hatte vermutlich eine andere willige Vene zum Aussaugen gefunden.

Sie starrte aus dem Fenster und fragte sich träge, ob das Blut einer Crack-Abhängigen anders schmeckte oder ob man davon drogensüchtig werden konnte. Draußen gab es Schneeregen, für die Jahreszeit ungewöhnlich früh, es dämmerte bereits, obwohl es erst kurz nach drei Uhr war. Die Kälte hatte die Touristen vertrieben. Drinnen hatte man zur Abwechslung mal die Heizung aufgedreht, und da es keine Lüftungsmöglichkeit außer dem Öffnen der Eingangstür gab, war der Raum drückend heiß. Sie hatte einen Stammkunden bedient und ein paar LKW-Fahrer aus Osteuropa, die sich abgewechselt hatten, während der eine draußen wartete, vergnügte sich der andere. Ihr Akzent hatte sie genervt; sie hatte sich gefragt, ob sie Litauer waren, die man geschickt hatte, um sie auszuspionieren. Doch sie waren nicht die Typen dafür – sie waren zwar groß, trugen aber lange Bartstoppeln und ihre Klamotten rochen nach Kaffee und Hamburgern. Sie lachten und machten draußen vor der Tür Witze, während sie über ihr Entgelt sprachen und wer als Erster drankäme.

Früher oder später würden sie kommen und sie zur Rede stellen, warum die Einnahmen heute so niedrig wären, egal welches Wetter draußen herrschte. Für den Moment jedenfalls genoss sie den Gedanken, dass sie vermutlich irgendwo in einem gemütlichen warmen Café saßen, Karten spielten und sie nicht von der anderen Straßenseite aus beobachteten.

Die Wunde an ihrer Schulter war abgeheilt, doch während des letzten Monats rutschte Scarlett langsam aber sicher in eine Depression hinein. Das war schon öfter vorgekommen, manchmal infolge einer Gewalttat oder besonderer Grausamkeit. Egal wie häufig sie vorkamen, sie ließen sie niemals kalt – doch manchmal lag es auch einfach nur am Wetterumschwung. Diesmal senkte sich die schwarze Wolke wegen des Vampirs auf sie herab. Sie hatte das zusätzliche Geld als einen Ausweg aus der Düsternis ihres Albtraumes gesehen, doch bisher hatte sie kaum genug für eine Nacht in einem Hotel und ein Taxi, geschweige denn für ein paar ordentliche Klamotten und den Transport raus aus der Stadt. Oder für Bestechungsgeld, auch wenn es sowieso niemanden gab, dem sie vertrauen konnte, damit er ihr half. Und nun lag ein weiterer Winter vor ihr, lange dunkle Nächte nach langen dunklen Tagen, schlechtes Wetter und Kälte, nicht genug Freier, sodass ihre Aufpasser sie schlagen würden, nicht genug Kunden, um sie von all den finsteren Stunden und der zermürbenden Verzweiflung abzulenken.

Scarlett stand auf, streckte ihre Beine, schlenderte am Fenster entlang und drückte ihre Arme gegen das kalte Fensterglas. Und da sah sie ihn, er stand in der Tür der Bar an der Ecke und sah zu ihrem Fenster herüber. Wieder dieser Mann. Der Mann, der sich Stefan nannte und vermutlich ein rivalisierender Zuhälter war.

Scarlett hatte dieses Gefühl, das sie manchmal überkam, den nahezu unwiderstehlichen Drang zu schreien, an das Glas zu hämmern, zur Tür zu eilen und auf die Straße zu rennen, zu rennen und zu rennen, sich die Seele aus dem Leib zu schreien, die Aufmerksamkeit der Touristen und gewöhnlichen Passanten zu erregen. Man konnte schließlich nie wissen, ob nicht vielleicht doch auch Polizei unterwegs war, die kein Schmiergeld von Zuhältern nahm.

Der Typ, der sich Stefan nannte, stand nun vor ihrem Fenster und sah sie an. Sie wandte ihr Gesicht ab. Er kennt die Aufpasser offenbar, dachte sie. Er wusste, dass sie sie gerade nicht beobachteten. Oder aber sie hatten ihn geschickt.

Ein paar Minuten später überquerte er die Straße, sie öffnete ihm die Tür und ließ ihn herein. Er folgte ihr in das Zimmer und zog seine Jacke aus. »Herrgott, hier drinnen ist es echt heiß!«

»Es ist kuschelig«, sagte sie. »Wie kommst du mit dem Studium voran?«

»Gut, danke. Ich übe so viel ich kann.«

Gut gemacht, dass er sich an seine erfundene Geschichte erinnerte, dachte sie. Sie strich mit ihrer Hand über seinen Arm, über seine Schulter und versuchte, ihn zu einer Reaktion zu bewegen, das Spiel zu spielen, sie zu ficken oder was immer er heute von ihr wollte und dann zu verschwinden. »Nein«, sagte er. »Stella, deswegen bin ich nicht hier.«

Sie ließ ihre Hand sinken. »Dann solltest du jetzt gehen«, sagte sie. »Ich verdiene heute ohnehin nicht genug. Ich krieg sonst großen Ärger.«

Er zog Geld aus seiner Tasche und ließ es aufs Bett fallen. »Ich bezahle dir deine Zeit«, sagte er. »Ich will nur reden.«

Sie nahm das Geld, steckte es direkt durch die Öffnung in der Wand und sorgte dafür, dass er es mitbekam. »Hör zu«, sagte sie, »du verschwendest deine Zeit, ganz egal, worüber du reden willst. Willst du Englisch üben? Dein Englisch ist bereits gut. Willst du, dass ich für dich arbeite? Das wird nicht passieren.«

»Ich bin kein Zuhälter«, sagte er. »Ich hole die Leute hier raus.«

Scarlett holte tief Luft, versuchte aber, sich nicht anmerken zu lassen, welche Wirkung seine Worte auf sie hatten. »Wer bist du?«, fragte sie.

Sein Verhalten änderte sich fast schlagartig. Er wurde sachlich, autoritär. »Mein Name ist Stefan Lassen. Ich arbeite mit einem Team, das nach Opfern von Menschenhandel fahndet und sie in Sicherheit bringt. Wir können ein sicheres Haus bieten, Transport, Zugang zu medizinischer Versorgung, Drogenentzug, wenn du das brauchst.«

»Medizinische Versorgung? Meinst du den verdammten Russen in der Hinterhofpraxis?«

»Nein«, sagte Stefan und ging nicht auf ihren herausfordernden Ton ein. »Es gibt Ärzte und spezialisierte Krankenschwestern, die mit uns zusammenarbeiten. Wenn nötig, können sie dich in ein Krankenhaus überweisen.«

Scarlett spürte, wie ihr die Tränen in die Augen stiegen. Das an sich überraschte sie schon, dieser Tage brachte sie sonst nichts zum Weinen. Vergeudete Tränen, vergeudete Tage, was sollte das? Weinen änderte auch nichts. Aber das hier, dieser Hauch von Auflehnung, ein flüchtiger Blick in die Freiheit ...

Es könnte passieren, dachte sie. Es könnte wahr sein.

»Ich verstehe nicht, was du meinst«, sagte sie, sah ihm aber direkt in die Augen. Es bestand noch immer die Möglichkeit, dass das eine Falle war. Es bestand noch immer die Möglichkeit, dass das Zimmer verwanzt war, dass sie ihren Handlanger geschickt hatten, um sie an flauen Tagen zu testen, zu ihrem eigenen Vergnügen, zur Kontrolle, was auch immer.

»Das funktioniert so«, sagte er. »Du sagst mir deinen richtigen Namen, dein Geburtsdatum und nennst mir Verwandte in deinem Heimatland, die deine Identität bestätigen können. Ich kann dafür sorgen, dass du einen neuen Pass bekommst. Wenn du so weit bist, wenn das alles geregelt ist, komme ich zurück und bringe dich direkt in ein sicheres Haus. Deine Bewacher werden nachlässiger, sie vertrauen dir offenbar. Ich habe dich und sie beobachtet. Sie kommen nur zwei Mal am Tag zu dir. Das ist ein gutes Zeichen.«

»Sie behalten mich immer im Auge«, sagte sie leise. »Ich weiß nie genau, wann sie da draußen sind.«

»Ich habe sie beobachtet«, sagte er erneut.

»Es gibt viele verschiedene.« Sie wollte ihn auf die Probe stellen.

»Das weiß ich. Ich kann dir sagen, dass sie gerade in einer kleinen Bar in einem Hotel um die Ecke sitzen, Schnaps trinken und Fußball schauen. Ich weiß das deshalb, weil ein Kollege mit ihnen dort ist und dafür sorgt, dass sie nicht kommen und dich kontrollieren, bis wir mit unserer Unterhaltung fertig sind.« Er zog ein Handy aus der Tasche und hielt es hoch. »Er schickt mir eine Nachricht, sobald sie aufbrechen.«

Sie überlegte. Sie dachte an die dunkle Wolke und wie verzweifelt sie sich nach dem Kerl gesehnt hatte, der ihr Blut aus der Schulter saugen wollte, und dass dies vielleicht ein anderer Ausweg sein könnte; sie dachte an das Mädchen mit den Blutergüssen in der Arztpraxis, an die Verzweiflung auf ihrem Gesicht; an das Mädchen, das schreiend aus ihrem Zimmer gerannt war und dann ihren letzten schrecklichen Augenblicken entgegensehen musste, als man sie für perverse Männer filmte, die sich beim Zusehen einen runterholten. Sie dachte daran, was das für sie bedeuten könnte. Eine Entscheidung auf Leben oder Tod, hier und jetzt, sofort.

Sie holte tief Luft.

»Warum können wir nicht einfach sofort gehen?«, fragte sie.

»Weil es sauber ablaufen muss. Wir müssen alles Mögliche vorbereiten, Dinge regeln. Das geht nicht so schnell. Drei, vier Tage allerhöchstens. Um die Sache ins Rollen zu bringen, musst du mir nur deinen Namen nennen.«

»Ich will nicht, dass meine Familie davon erfährt.«

»Das willst du nicht?«

»Sie müssen es doch nicht erfahren, oder? Du kannst mich rausbringen, ohne dass sie davon erfahren, nicht wahr?«

»Wenn du das so möchtest.«

Scarlett machte eine Pause. Die Worte, die sie sagte, hörten sich ungewohnt, seltsam an.

»Ich heiße Scarlett Rainsford«, sagte sie. »Ich komme aus einer Stadt namens Briarstone in England. Ich war mit meiner Familie im Urlaub, als ich entführt wurde, das ist neun Jahre her ...«

LOU – Samstag, 02. November 2013, 15:40

Lous Fahrt zurück ins Büro war eine jener leicht unheimlichen Unternehmungen, bei denen man sein Ziel erreicht und dann feststellt, dass man sich an keine Einzelheit der Fahrt mehr erinnern kann. Sie parkte in der Nähe der Abteilung Major Crime hinter der Zentrale und zog hastig ihre Berechtigungskarte durch, um schnellstmöglich an ihren Computer zu kommen, bevor irgendetwas von dem, was sich ereignet hatte, wieder aus ihrem Kopf verschwand. Zum Glück hatte Annie ihr die Aufnahme erlaubt.

Das Büro war leer, zum Glück. Während sie darauf wartete, dass ihr Computer hochfuhr, holte sie ihr Handy heraus und drückte gespannt auf die Playtaste.

Reden Sie weiter, hörte Lou sich sagen, ihre Stimme klang beängstigend nasal. *Erzählen Sie mir, was passiert ist. Ich höre zu …*

Lou verbrachte die folgenden eineinhalb Stunden damit, zu tippen und möglichst viele Details in ihren Bericht zu packen. Wenn sie es an die Sonderkommission weiterleiten wollte, damit sie es als Polizeibericht für die weiteren Ermittlungen verwendeten, musste er so präzise wie möglich sein. Falls der Fall von Scarletts Entführung und der Vorgehensweise neu aufgerollt werden sollte oder falls Annie und Clive eine Verwarnung erhalten würden, weil sie Informationen zurückgehalten hatten, dann war das Material auf ihrem Handy ein mögliches Beweismittel. Doch einstweilen reichte der Bericht.

Als sie fertig war, versuchte sie Waterhouse zu erreichen. Sein Handy schaltete direkt auf die Mailbox. In der Ansage hieß es, man möge in dringenden Fällen einen gewissen Inspektor bei der Sonderkommission kontaktieren, den sie einmal kurz bei einer Ruhestandsfeier kennengelernt hatte. Sie rief stattdessen Caro Sumner an.

»Ma'am«, sagte Caro, die ganz offensichtlich ihre Nummer erkannt hatte. »Wie geht es Ihnen?«

»Gut – gut, danke. Können Sie reden?«

»Klar, im bin nur im Büro.«

»Zentrale?«

»Nein, ich bin unten in Knapstone. Brauchen Sie mich?«

Lou sammelte raschelnd die Seiten ihres Berichtes zusammen und erläuterte, was Annie ihr erzählt hatte. Caro war fassungslos. »Was? Machen Sie Witze?«

»Ich fürchte, nein. Ich wollte Mr Waterhouse anrufen und es ihm mitteilen, aber sein Handy ist aus. Ich maile Ihnen und ihm den Bericht, ich habe auch ein Exemplar für Mr Buchanan ausgedruckt. Ich fürchte, wir können nicht viel machen, aber es könnte unsere Einschätzung der Rainsfords in neuem Licht erscheinen lassen. Sehen Sie Sam heute überhaupt noch mal?«

»Ich wollte sie anrufen, bevor ich mich abmelde. Ich wollte sie fragen, ob sie mich morgen zu Clive Rainsford begleiten will. Wir können das besprechen, sobald wir Ihren Bericht gelesen haben.«

»Guter Plan. Sagen Sie Sam, dass sie mich anrufen soll, wenn sie was braucht.«

Lou legte auf und saß noch ein paar Augenblicke in der Stille des Büros. Sie hatte alles erledigt, was zu erledigen war. Sie loggte sich aus, ging in die Küche der Abteilung und wusch alle Tassen aus, die im Spülbecken standen, weil sie sich nicht so recht dazu durchringen konnte, nach Hause zu fahren. Autopilot. Sie musste an Annie denken, an ihre großen, tränenfeuchten Augen. Die verzweifelt klammernde Hand.

SCARLETT – Mittwoch, 24. Oktober 2012, 03:35

Er holte sie in den frühen Morgenstunden ab.

Sie war bereits hundemüde, und die Straßen draußen waren wie ausgestorben; selbst die hartgesottensten Clubgänger waren inzwischen nach Hause gegangen. Nur noch die Straßenreinigung war unterwegs, und es war selbst für abgehärtete Obdachlose zu kalt, um im Freien zu übernachten. Niemand konnte beobachten, was gleich geschehen würde.

Scarlett dachte bereits, ihre Aufpasser hätten sie vergessen. Sie hatte sich sogar auf das Bett gelegt, sich zusammengerollt und ein wenig gedöst, als sie ein Klopfen an der Tür hörte. Sie erhob sich, öffnete die Tür und wunderte sich, dass sie nicht von selbst reinkämen, doch es war Stefan. Er hielt ihr einen dicken Wollmantel entgegen.

»Komm jetzt«, sagte er. »Beeil dich.«

Sie erwiderte nichts, zögerte nicht und war schlagartig hellwach. Während sie in den Mantel schlüpfte, sah sie sich auf der Straße um und überprüfte, ob jemand in der Nähe war.

»Keine Sorge«, sagte er. »Mein Kollege beobachtet sie. Sie sitzen in einer Bar.«

Er legte einen Arm um ihre Taille, beschützend und drängend zugleich, und zeigte auf einen silberfarbenen Audi Kombi, der am Ende der Straße parkte. Er öffnete die Beifahrertür für sie, sie huschte hinein. Kurz darauf setzte er sich auf den Fahrersitz. Erst dann hielt er inne, sah sie an und lächelte.

»Wo fahren wir hin?«, fragte Scarlett, als der Motor anging.

Er drehte die Heizung auf, als sie die enge Kopfsteinstraße entlang zur Hauptstraße fuhren. »Für heute Nacht fahren wir dich zu einem sicheren Haus, da kannst du dich ausruhen, etwas essen und bekommst neue Kleider. Mach dir keine Sorgen. Du bist jetzt in Sicherheit.«

Scarletts Herz hämmerte so wild, dass sie fürchtete, es würde gleich zerbersten. Sie schlug sich eine Hand vor den Mund, um den aufgeregten und ängstlichen Aufschrei zu unterdrücken, und trommelte mit ihren High Heels auf die ausgetretene Bodenmatte im Fußraum.

»Hey«, lachte er, »es ist alles in Ordnung.«

Es schien eine Ewigkeit zu dauern, bis sie auf der Autobahn waren und aus der Stadt rasten.

»Was passiert jetzt?«, fragte Scarlett. »Hast du mir einen Pass besorgt?«

»Mach dir keine Sorgen«, wiederholte er, »es ist alles in Ordnung.«

»Und du hast meinen Eltern nichts gesagt?«

»Nein, so, wie es du wolltest.«

»Gott sei Dank. Ich glaube es nicht, ich kann es nicht glauben! Danke«, sagte sie. »Vielen Dank.«

»Versuch dich zu entspannen, okay? Wir haben noch eine ganze Strecke vor uns. Hier.«

Er griff hinter sich auf die Rückbank und zog eine Tüte hervor, die er Scarlett reichte. Darin steckte eine Flasche Whisky.

»Zum Feiern«, sagte er lächelnd.

Sie schraubte den Deckel auf und nahm einen Schluck, würgte ein wenig und spürte, wie er ihre Kehle hinunter brannte.

»Prost«, sagte er und lachte.

Scarlett nahm noch einen Schluck. Sie bot ihm die Flasche an.

»Nein, nein«, sagte er, ich trinke später, wenn ich nicht mehr fahren muss.«

»Okay«, sagte sie und schraubte den Deckel wieder drauf.

»Hast du schon genug?«

»Was passiert jetzt?«, fragte sie erneut. »Wann kehre ich nach England zurück?«

»Bitte«, sagte er, »versuche ruhig zu bleiben, das ist wichtig. Du brauchst ein wenig Zeit, um zu dir zu kommen.«

Dann machte er das Radio an, drehte es laut auf, um ihre Aufregung und ihr Geschnatter zu übertönen. Scarlett machte sich nichts daraus. Sie sah aus dem Fenster auf die Lichter der Stadt, die an ihr vorbeirauschten, die Flasche Whisky zwischen ihren Knien. Um diese Zeit waren nur wenige Autos unterwegs, nur ein paar LKWs, zwischen denen der Audi sich durchschlängelte. Auf Scarlett wirkte die Geschwindigkeit anregend und erschreckend zugleich, als säße sie in einem Karussell.

»Ist es noch weit?«, rief sie.

Doch Stefan tat, als höre er sie nicht, und heftete seinen Blick weiter auf die Straße.

LOU – Samstag, 02. November 2013, 18:30

Lou eilte gerade zurück zu ihrem Wagen, als ihr Handy klingelte. Ohne vorher aufs Display zu sehen, ging sie ran, bereute es aber sogleich.

»Hi, Louise!«, sagte eine fröhlich lebhafte Frauenstimme. »Ich hoffe, du hast nichts dagegen, dass ich dich anrufe.«

»Natürlich nicht, Tracy. Tut mir wirklich leid, dass ich auf deine Einladung noch nicht geantwortet habe ...«

»Ach was, kein Problem. Ich weiß, dass du viel um die Ohren hast! Aber das Hotel macht mir Druck, dass ich die endgültige Gästezahl für den Abend angebe, du weißt ja, wie die sind ...«

Lou hatte keine Ahnung, wie die waren, und es war ihr auch ziemlich egal. Es hatte etwas Absurdes an sich, wenn man sich gezwungen sah, über eine fröhliche Hochzeit nachzudenken, wenn der eigene Freund gerade erst beleidigt abgezogen war. Sie überlegte einen Moment, abzusagen und ihre Arbeit vorzuschieben. Doch das würde innerhalb kürzester Zeit ihrer Mutter zu Ohren kommen und sie ertrug jetzt keine weitere Unterhaltung mit ihr, auf keinen Fall.

»Na ja, du weißt bestimmt, dass es immer sein kann, dass ich in letzter Minute ...«

»Oh, ich verstehe«, sagte Tracy. Ihr Tonfall klang unerträglich mitleidig. »Aber ich möchte dich wirklich sehr gerne einplanen, auch wenn du dann nicht kommen kannst. Bitte sag, dass du kommst. Deine Mom hat außerdem gesagt, dass du jemanden mitbringst –«, sie zögerte kurz, »jemanden mit Namen Jason?«

»Hoffentlich«, sagte Lou und überlegte, wie traurig es war, dass sich Tracys ganze Existenz momentan offenbar nur um einen einzigen Tag im weißen Kleid drehte. »Danke, Tracy. Wir werden kommen.«

»Großartig. Ich nehme euch beide für die Tischordnung auf.«

»Klar«, sagte Lou. »Wie geht es mit der Planung voran?«

»Oh, es ist fast alles fertig. Morgen habe ich die letzte Anprobe, ich hoffe, ich passe noch in das Kleid, wobei ich wirklich gut Diät gehalten habe ...«

Lou hörte nicht mehr zu. Ihr wurde plötzlich schrecklich klar, dass, sosehr es ihr für Tracy leid tat, die so glücklich schien, sich mit einundzwanzig für den Rest ihres Lebens an jemanden zu binden, es gleichzeitig so aussah, als täte Lou ihr leid – weil sie im reifen Alter von dreiunddreißig offenbar Mühe hatte, einen Kerl zu finden, der sie zu einer Hochzeit begleitete.

Als Tracy endlich ausgeredet und aufgelegt hatte, klingelte das Handy erneut. Sie hatte das dumpfe Gefühl, dass es ihre Mutter wäre, doch auf dem Display stand Sam.

»Tut mir leid, dass ich dir den Abend versaue«, sagte Sam. »Es geht um Scarlett. Sie ist abgehauen.«

LOU – Samstag, 02. November 2013, 22:45

Lou hatte auf dem Nachhauseweg bei ihrem zweitliebsten Inder angehalten und ein Currygericht geholt, weil ihr Lieblingsinder in Jasons Straße lag und sie auf keinen Fall in die Nähe kommen wollte.

Lou behielt ihr Handy im Auge, das auf der Armlehne lag und wartete, dass Sam anrief und sie auf dem Laufenden hielt. Sie hatten Scarlett nach Charlmere fahren und in die Jugendherberge bringen wollen, als sie feststellen mussten, dass sie nicht mehr in der Wohnung war. Sie konnten nicht viel unternehmen, denn nach Scarlett wurde nicht gesucht noch war sie in unmittelbarer Gefahr, es sei denn, sie traf auf die McDonnells, und selbst dann konnte man erst etwas unternehmen, wenn wirklich etwas passierte. Es war ziemlich frustrierend. Und obwohl sie Sam nicht gesagt hatte, sie solle ihren Abend nicht mit der Suche nach ihr verbringen, wusste sie, dass ihre Freundin genau das tun würde.

Lou hatte gerade aufgegessen und bereits mehr als Dreiviertel einer Flasche Rioja geleert, die eigentlich viel zu schade war, um sich damit alleine zu betrinken oder sich einen reinzuknallen, wie die Kanadier es gerne formulierten, als ihr Handy piepte und eine Nachricht aufleuchtete.

Sie war von Jason. Sie sah auf die Nachricht und dann auf ihre Uhr, es war Viertel vor elf. Etwas spät für einen Höflichkeitsanruf, nicht wahr?

Wie geht's dir?

Sie überlegte, ob sie die Nachricht ignorieren sollte, das wäre das Vernünftigste gewesen. Untertags hätte sie nicht darauf reagiert, doch jetzt hatte sie eine hübsche Flasche Wein fast ausgetrunken und mit niemandem mehr geredet, seit Omar vom *Star of India* ihr noch einen schönen Abend gewünscht und zusätzlich ein Papadam eingepackt hatte.

Und Wein machte sie immer gesprächig.

Aber was sollte sie antworten? Da gab es so viele Dinge ... am Ende entschied sie sich für:

Danke gut. Nichts, was eine gute Flasche Wein nicht regeln könnte. Wie geht es dir?

Und bereute es natürlich umgehend. Zu flapsig. Und es klang irgendwie, als würde sie sich mit Alkohol trösten.

Gut, wollte nur sehen, ob es dir auch gut geht.

Lou griff nach der Flasche und ihrem Glas; es war nur noch ein mickriger Rest übrig, der nur noch für ein paar Schlucke reichen würde. Sie überlegte, was sie tun sollte. Noch eine Flasche Wein öffnen? Das Dumme war nur, dass der Rioja einfach zu gut war; alles, was sie aus ihrem mittlerweile dezimierten Weinkeller holen konnte, der aus einem Metallgestell unter der Arbeitsfläche bestand und kaum genug Flaschen bot, wenn er voll war, würde im Vergleich dazu nach Essig schmecken.

Sie ging ein wenig schwankend in die Küche und prüfte die Auswahl. Ein Merlot, ein Pinot Grigio und eine Flasche Sauvignon blanc im Kühlschrank. Nichts davon war verlockend.

Sie kehrte zum Telefon zurück. Noch bevor sie die Gelegenheit hatte, es zu bereuen, darüber nachzudenken oder vernünftig zu reagieren, schrieb sie ihm eine Nachricht.

Wenn du noch eine Flasche Rioja mitbringst, könnte ich die Tür aufmachen.

Es folgte keine Antwort. Das Beste war, ihn auf die Probe zu stellen, auch wenn sie das bei Tageslicht betrachtet vermutlich anders sehen würde. Sie öffnete den Merlot und nahm die Flasche mit ins Wohnzimmer. Sie dachte daran, was Sam heute Morgen gesagt hatte, und wusste insgeheim, dass sie nicht ganz danebenlag. Der Altersunterschied war nicht das Problem, nicht wirklich. So oft sah sie ihre Eltern auch wieder nicht; was spielte es da schon für eine Rolle, ob sie dachten, dass sie einen Toyboy hätte? Sobald sie Jason kennenlernten, würden sie ihn genauso liebgewinnen wie sie selbst. Sie wünschte, sie hätte es erwidert, als sie die Möglichkeit dazu gehabt hatte. Es ihm jetzt zu sagen, würde verzweifelt wirken.

Sie versuchte sich auf einen Film zu konzentrieren, doch es ging nicht. Es war wohl das Beste, mit ihm darüber zu reden. *Ich fühle auch so, Jason. Ich liebe dich. Bin nur zu blöd, es auszusprechen.*

Lou spielte noch ein paar weitere Variationen im Kopf durch und gab schließlich auf. Von Angesicht zu Angesicht würde es ihr leichter fallen. Sie griff nach dem Telefon und wählte seine Nummer.

Er ging sofort dran. »Hey«, sagte er.

»Ich bin's.«

»Ja, ich weiß.«

Das Beste war vermutlich, gleich auf den Punkt zu kommen. »Willst du rüberkommen?«

»Es ist schon etwas spät.«

Lou sah auf ihre Uhr. »Na ja, du hast mir eine Nachricht geschickt. Ich dachte, du bist noch wach.«

»Du sitzt da alleine und betrinkst dich?«

»So wie du es sagst, hört es sich an, als wäre ich ein Härtefall. Du warst gestern Abend so besoffen, dass ich dir einen Eimer hinstellen musste, vergiss das nicht. Ich habe nur ein Glas getrunken, um mich etwas zu entspannen, mehr nicht.«

»Klar.«

»Bist du noch immer sauer, weil ich nicht zum Hockeyspiel gekommen bin?«

»Nee. Ich bin sauer über das, was du zu deiner Mom gesagt hast.«

Lou dachte zuerst, sie hätte sich verhört. »Wie bitte?«

»Was war letzte Nacht? Ich habe dir gesagt, was ich für dich empfinde. Die Wahrheit, ja, ich liebe dich, und heute Morgen höre ich dann, wie du mit deiner Mom redest und so tust, als wäre ich nur irgend so ein Kerl, denn du gerade auf der Straße aufgelesen hast, um ihn auf diese Hochzeit zu schleppen.«

»Das habe ich gar nicht!«

»Doch, hast du. ›Es ist nichts Ernstes‹ und – was war das andere noch? – ach ja, ›ich habe jemanden gefunden, den ich zur Hochzeit mitbringen kann‹. Und dass deine Mom mich bald kennenlernen werde, außer ›es kommt was dazwischen‹. In diesem Falle würdest du dir nicht die Mühe machen hinzugehen. Ich denke, das waren genau deine Worte, denn sie kreisen mir schon den ganzen Tag im Kopf herum.«

Lou fiel auf, dass ihr während seiner Rede die Kinnlade heruntergeklappt war.

»Das stimmt so nicht«, sagte sie. »Du hast das alles falsch verstanden.«

»Das glaube ich kaum.«

»Ich will die Sache mit dir einfach nicht überstürzen, weil ich es nicht vermasseln will. Ich möchte, dass es funktioniert. Ich will dich nicht meiner Familie vorstellen, nur damit du es mit der Angst zu tun bekommst und abhaust.«

»Glaubst du ernsthaft, das würde ich tun?«

Könnte sein, dachte Lou. Eine Auseinandersetzung am Telefon war bekloppt. »Hör zu, komm doch rüber, dann können wir richtig darüber reden. Bitte.«

Es folgte eine Pause, er schien darüber nachzudenken, und obwohl es nicht gerade einladend geklungen hatte, hoffte sie, er würde nachgeben. Es fühlte sich einfach nicht richtig an, nicht zusammen zu sein, wenn sie schon die Gelegenheit dazu hatten.

»Ich denke nicht. Ich will dieses Spielchen nicht mehr mitspielen. Ich habe das Gefühl, dass du ohne eine Flasche Wein einfach gar nicht richtig abschalten kannst. Und ich möchte eine Beziehung, die auf mehr basiert, als sich bei den wenigen Gelegenheiten, die wir Zeit miteinander verbringen können, zu betrinken.«

Autsch.

»Louisa«, sagte er, seine Stimme wurde weicher. »Es tut mir leid, das kam schlecht rüber. Aber so fühle ich mich. Die ganze Sache fühlt sich für mich an, als wärest du noch nicht bereit.«

»Bereit für was?«

»Für eine Beziehung. Eine ernsthafte Beziehung.«

»Du meinst, dass ich nicht bereit bin für einen Nine-to-five-Job, nach dem ich zu einer hübschen Pfanne Tofu nach Hause komme zu meinem netten Freund, der jederzeit genau weiß, wo ich mich gerade befinde.«

Jetzt versuchte auch sie ihn zu verletzen – keine gute Idee. Nicht sonderlich reif.

»Was?«

»Du scheinst eine felsenfeste Vorstellung davon zu haben, wie eine Beziehung zu funktionieren hat. Ehrlich gesagt, fand ich es schön, so wie es war. Es war schön. Und du hast mir nie Grund zur Annahme gegeben, dass du nicht glücklich warst.«

»Immer wenn ich versucht habe, mit dir darüber zu reden, hast du einen Anruf bekommen, musstest zu einem Meeting oder hattest sonst was Wichtiges zu tun. Oder du warst zu müde. Und dann diese seltsame Sache mit deiner Familie, als würdest du dich schämen, mit mir auszugehen oder so. Als fühltest du dich nicht ernsthaft genug gebunden, um mich vorzustellen.«

Sie biss sich auf die Lippe. Was taten sie da? »Ich habe dich gebeten, mich zur Hochzeit zu begleiten.«

»Ja, das hast du, aber ich gehe mal davon aus, dass es ohne dieses Ereignis noch Jahre gedauert hätte, bis du mich ihnen vorgestellt hättest. Habe ich recht?«

»Doch nur, weil sie so von dem Gedanken an meine alternden Eierstöcke besessen sind, nicht, weil ich mich für dich schäme, verdammt noch mal.« Schweigen. Dann lachte er. »Tut mir leid. Ich stelle mir gerade ein Paar runzelige Eierstöcke vor. So wie Walnüsse.«

»Arschloch«, sagte sie und musste unwillkürlich selbst lachen.

»Wenn du willst«, sagte er, »dann gehe ich mit dir zu der Hochzeit. Sie können zu mir sagen, was sie wollen, es wird mir nichts ausmachen, okay?«

Lou seufzte. Zum Henker, das löste eine Menge Probleme. »Meinetwegen. Danke. Wenn du auf den letzten Drücker dann doch keine Lust hast, kann ich sagen, dass etwas dazwischengekommen ist. Davon gehen sie sowieso aus.«

»Egal wie du darüber denkst, ich würde sie gerne kennenlernen. Ich hoffe irgendwie, dass wir die Angst überwinden.«

»Ich auch«, sagte Lou und meinte es auch so.

»Es ist spät«, sagte er. »Ich brauche noch etwas Schlaf. Wir sehen uns bei der Arbeit, okay?«

»Klar.«

Es waren noch immer drei Viertel des Merlot in der Flasche, doch jetzt sah er nicht mehr so verlockend aus. Lou steckte den Korken wieder in die Flasche und ließ ihn in der Küche stehen. Dann sammelte sie alle leeren Essensschachteln auf und stopfte sie in den vollen Mülleimer in der Küche. Das ganze Haus roch irgendwie nach Curry, und am nächsten Morgen würde es zweifellos noch schlimmer sein, also stellte sie den Mülleimer raus. Die kalte Luft war erfrischend, und obwohl es spät war, fühlte sie sich klar im Kopf, wachsam. Sie ließ sich ein Bad ein, und als sie wieder rausstieg, fühlte sie sich entspannt und müde genug, um schlafen zu gehen. Sosehr es sie auch verletzt hatte, es so direkt gesagt zu bekommen, Jason hatte recht. Sie konnte sich nicht mehr daran erinnern, wann sie den letzten Abend ohne ein Glas Wein verbracht hatte, außer sie hatte Bereitschaftsdienst oder musste noch irgendwo hinfahren.

Bevor sie ins Bett ging, kontrollierte Lou wie immer ihr Handy. Eine Nachricht von Jason war drauf.

Liebe dich immer, Louisa, schlaf gut x

SCARLETT – Amsterdam Außenbezirk, Mittwoch, 24. Oktober 2012, 04:09

Der Wagen hielt. Scarlett hatte ein wenig gedöst, die gleichmäßige Bewegung des Autos und der Whisky, den sie auf nüchternen Magen getrunken hatte, hatten sie eingelullt.

»Wo sind wir?«, fragte sie.

»Wir sind da«, sagte er. »Du kannst aussteigen.«

Sie öffnete ihren Sicherheitsgurt, machte die Tür auf und stieg aus in die Kälte. Sie waren irgendwo in einem Gewerbegebiet hinter einer Lagerhalle. Es war kein Parkplatz im herkömmlichen Sinne, eher eine große Asphaltfläche, durch deren Risse Unkrautbüschel wuchsen, eisiger Wind drückte Müll gegen einen Gitterzaun, der von Straßenlaternen beleuchtet wurde, die alles in ein ekelhaft grünes Licht tauchten. Neben ihnen parkte ein weiteres Auto, ein schmuddeliger Opel, halb verrostet, und ein Ford Transit, der neuer aussah. Hinter einer Wellblechwand ragte ein Kran in den Himmel. Sie sah nach oben. Seine Spitze verbarg sich in den tief hängenden Wolken. Die kühle Luft und der metallene salzige Geruch in der Luft ließen sie vermuten, dass sie in der Nähe des Hafens waren.

»Ist das hier das sichere Haus?«, fragte sie. »Es sieht gar nicht wie ein richtiges Haus aus.«

»Komm«, sagte Stefan und nahm sie am Arm. »Es ist alles in Ordnung.«

Sie zitterte vor Kälte, als er sie zum Gebäude zog. Eine Tür ging nach innen auf und führte in einen Raum, der einmal ein Büro gewesen sein musste. Er wirkte verlassen, auch wenn die Neonröhren an der Decke brannten und einen nüchternen Raum beleuchteten, in dem ein Schreibtisch und ein Aktenschrank standen und auf dessen Boden Papiermüll lag. Beißender Gestank drang von irgendwo zu ihr, Scarlett wusste, was es war, er kam von rohem, verwesendem Fleisch. Blut. Von irgendwas Verfaultem. Angst.

Und da verfiel sie in Panik.

In dem Moment, als sie versuchte, vor ihm zurückzuweichen, wurde sein Griff fester, schmerzhaft, er schrie irgendwas auf Holländisch. Augenblicklich erschienen aus dem Lager zwei kräftige Männer mit rasierten Köpfen und Scarlett schrie auf.

SAM – Sonntag, 03. November 2013, 00:13

Scarlett ging nicht an ihr Handy, besser gesagt, sie ging nicht an Sams Ersatzhandy, das war ärgerlich. Es wäre so einfach gewesen dranzugehen und einfach zu sagen »Ja, danke, ich bin bei Freunden«, dann wäre Sam nach Hause gefahren, hätte die Füße hochgelegt und sich entspannt. Stattdessen fuhr sie natürlich in der Gegend herum und suchte Scarlett, nur für den Fall, dass sie sich in Schwierigkeiten gebracht hatte oder nicht wusste, wo sie sonst hinsollte.

Nach Mitternacht gab es nicht mehr viele öffentliche Plätze, die vor Regen Schutz boten, und Sam hatte bereits fast aufgegeben, als sie plötzlich Glück hatte.

Scarlett war in der Bushaltestelle, sie hatte sich die graue Kapuze ihres Sweatshirts über den Kopf gezogen und war tief eingehüllt in ihren braunen Mantel. Sie saß auf einer Bank, hatte die Knie angezogen, während um sie herum die Betrunkenen versuchten, auf ihren eigenen Bänken einzuschlafen, und die letzten Nachtclubbesucher auf die Busse warteten, die um diese Nachtzeit nur unregelmäßig fuhren, wenn überhaupt.

Sam setzte sich auf die Bank. Scarlett sah beunruhigt in ihre Richtung und war bereit loszurennen.

»Oh, du bist es«, sagte sie.

»Ja, ich bin's.«

»Weißt du nicht, dass, wenn man jemanden sechsmal anruft und der nicht drangeht, das normalerweise bedeutet, dass er nicht mit dir reden will?«

»Tut mir leid, ich bin nicht so gut in Andeutungen.«

Scarlett kaute auf ihrem Ärmel. »Ihr könnt mich nicht zwingen, in das verdammte Charlmere zu gehen«, sagte sie. »Verdammtes Heim für obdachlose Alkis und Junkies. Nein danke.«

»Ich weiß. Ich wollte nur nachsehen, ob alles in Ordnung ist, mehr nicht.«

»Es geht mir gut. Du kannst dich jetzt verpissen.«

Doch Sam blieb sitzen, ohne sich zu rühren. Sie erwartete, dass Scarlett gleich aufstehen und weggehen würde, und falls sie das täte, hätte Sam sie gehen lassen, doch im Moment saßen sie einfach beide weiter auf der Bank und warteten ab. Sam fragte sich, ob Scarlett klar war, dass Detective Sergeants normalerweise nicht nach vermissten Personen suchten, auch wenn sie nicht recht in diese Kategorie passte. Sie war volljährig und nach allem, was sie in den vergangenen Jahren durchgemacht hatte, vermutlich ziemlich gewieft. So hatte Sam ihr realistischerweise nichts zu bieten.

»Warum bist du noch hier?«, fragte Scarlett schließlich ganz offensichtlich gereizt.

Sam atmete tief durch. »Hör zu, ich werde dir nicht überallhin folgen. Ich wollte einfach nur nachsehen, ob es dir gut geht. Das habe ich getan, jetzt werde ich gehen und dich alleine lassen. Wenn du eine Freundin oder jemanden zum Reden oder Hilfe brauchst, kannst du mich anrufen.«

»Du kannst mir nicht helfen. Niemand kann das.«

Sam stand auf. Scarlett sah zu ihr auf. In dem trostlosen orangefarbenen Licht des asphaltierten Busbahnhofs sah sie so jung aus, dass Sam sie problemlos für fünfzehn hätte halten können. Einen Augenblick wirkte sie verloren, dann lächelte sie Sam an. Wenn sie lächelte, sah sie völlig anders aus: schön.

Sam sah sofort weg.

»Danke«, sagte Scarlett. »Danke, dass du mir das Telefon geliehen hast. Ich werde es dir zurückgeben.«

»Keine Eile«, sagte Sam und hielt den Blick gesenkt.

»Doch, das werde ich. Du bist nicht wie die anderen.«

Sam riskierte einen weiteren Blick auf das Mädchen auf der Bank. Was immer sie dort gesehen hatte, der Augenblick, in dem sich etwas in ihr bewegt hatte, war vorüber.

»Pass auf dich auf, Scarlett«, sagte sie und lief den Hang hinauf zum Bowlingcenter, das geschlossen war, praktischerweise aber drei Parkplätze draußen hatte.

Als sie wieder im Auto saß, schickte sie Lou eine Nachricht.

Hab sie gefunden. Es geht ihr gut, sie kommt nicht zurück. Sie hat meine Nummer etc. Tut mir leid x

Das war kein gutes Ergebnis. Vermutlich würden sie Scarlett nicht wiedersehen, und Sam war ihr Ersatzhandy los.

SCARLETT – Mittwoch, 24. Oktober 2012, 04:16

Im Lagerraum war es dunkel. Scarlett wurde über den Betonboden halb gezogen und halb getragen, sie erkannte ein paar breite, rechteckige Umrisse, Schiffscontainer, und einen größeren mit Metalltüren, die offen standen. Trübes Licht drang heraus. Sie hörte Stimmen, Gelächter von irgendwoher, dann eine weitere gedämpfte Stimme. Sie gingen durch die offenen Türen, Scarlett sah, dass die Wände mit Schaumstoff ausgekleidet waren, als wäre der Raum eine riesige Kiste für teure Elektronikausrüstung.

Der Gestank wurde noch schlimmer.

Hier werde ich sterben.

Ein Mann trat aus dem schallgeschützten Raum, legte seine Hände an die Metalltür, als wollte er sie hinter sich zuziehen. Er sah Scarlett, blieb stehen und schaute sie an. Hinter ihm brannte Licht. Sie konnte sein Gesicht nicht sehen. Sie sah, dass er sich bewegte, irgendetwas nahm und es am Boden entlang zu den Türen des Raumes zog. Als das Licht darauf fiel, sah sie, dass es ein Scheinwerferlicht auf einem dreibeinigen Stativ war, ein Kabel war um den Höhenversteller gewickelt.

»Hilf mir«, wimmerte sie. »Hilf mir, bitte.«

Sie schleiften sie zu dem kleineren Schiffscontainer, öffneten ihn und schoben sie hinein. Die Tür knallte hinter ihr zu, dann hörte sie, wie die Metallriegel vorgeschoben wurden.

Es war stockdunkel. Kein Lichtschimmer. »Nein, nein!«, schrie Scarlett. »Lasst mich nicht hier drin!«

Sie schlug mit den Fäusten an die kalte Metalltür und lauschte.

Das Echo der sich entfernenden Schritte auf dem Betonboden draußen war zu hören.

Dann hörte sie noch ein Geräusch.

Atmen.

Jemand – etwas – war hier drinnen.

»Hallo?«, flüsterte sie.

Hinter ihr rührte sich was. »Engels?«, kam die geflüsterte Antwort.

»Ja, engels. Ik ben engels.« Ich bin Engländerin.

Keine Antwort.

»Lasst mich raus!«, schrie Scarlett und trommelte mit den Fäusten.

Plötzlich hörte sie die Schritte zurückkommen, dann metallisches Kratzen auf Eisen. Sie erwartete, dass sich die Tür öffnete, doch nichts passierte. Sie hörte Stimmen in der Nähe, eine fremde Sprache, die sie nicht erkannte oder verstand. Und dann, ohne Vorwarnung, ertönte eine Frauenstimme, die zu einem angstvollen Jammern anschwoll – »Nee! Nee, alsjeblieft!« Nein. Bitte.

Eine zweite Frauenstimme stöhnte. Schritte.

»Was machen die da?«, fragte Scarlett.

In ihrer Kiste herrschte Stille, nur das Atmen war zu hören.

Draußen in der Lagerhalle war das Geschrei von Frauen zu hören, dann schloss sich eine Eisentür. Die Frauen waren in dem schallgeschützten Container.

Und dann, ohne Vorwarnung, gedämpft, aber hörbar, ein Knall.

Es folgte eine kurze Pause, in der Scarlett nur ihr Herz in ihrer Brust hämmern hörte. Sie drückte ihre Wange an das Metall und lauschte angestrengt, was vor sich ging.

Sekunden verstrichen. Dann noch ein Knall.

Stille.

Scarlett unterdrückte einen Schluchzer.

Von der hinteren Wand ihres Containers hörte sie ihre Gefährtin.

»Das nächste Mal sind wir dran.«

Vierter Teil
Innerlich tot

LOU – Sonntag, 03. November 2013, 09:25

Sie hatten jetzt keine Zeit mehr, sich Gedanken um Scarlett Rainsford zu machen.

Man hatte einen Neunzehnjährigen namens Aaron Sutcliffe verhaftet, der in einem Club, vormals im Besitz von Carl McVey, das Maul zu weit aufgerissen hatte. Er hatte ein Glas zertrümmert, damit einen Türsteher bedroht und war dann abgehauen. Mit Hilfe der Überwachungskamera vor dem Pub war er identifiziert und dann im Schlafzimmer seiner Mutter aufgestöbert worden, als er sich seinen Kater aus dem Leib kotzte.

Lou hatte seinen Namen vorher schon einmal gesehen. Er war mit Ian Palmer zur Schule gegangen; sie hatten ihn früher öfter befragt, weil er wegen schwerer Körperverletzung, Überfällen sowie Sachbeschädigung und Diebstahl vorbestraft war. Doch damals konnte er ihnen nichts Brauchbares liefern. In der Nacht des Überfalls auf Palmer war Aaron selbst im Krankenhaus gewesen und hatte die Geburt seiner ersten Tochter erwartet.

Auf dem Polizeifoto von Aaron Sutcliffe sah man, dass er sich seit seinem letzten Besuch ein weiteres Tattoo in den Hals hatte stechen lassen – Ella Mae, in hübscher Schnörkelschrift. Vater zu sein hatte ihn aber offensichtlich nicht mit neuem Verantwortungsbewusstsein ausgestattet. Er grinste in die Kamera und zwinkerte mit einem Auge, genau in dem Moment, als die Kamera das Bild aufnahm. Dass dieses Bild es in die Unterlagen geschafft hatte, bedeutete, dass der Justizvollzugsbeamte zweifellos eine Reihe von Fotos gemacht, dann aber aufgegeben hatte.

Lou hatte Les Finnegan runter nach Briarstone zum Knast geschickt, um sich dort mit den Kriminalbeamten zu treffen und bei der Befragung dabei zu sein. Es war einen Versuch wert, Zeugen in der *Railway Tavern* hatten ausgesagt, dass es bei Aarons Auseinandersetzung mit dem Türsteher offenbar um das ging, was Ian vor sechs Wochen zugestoßen war.

Während sie auf Les' Bericht wartete, erhielt Lou einen Anruf von Caro.

»Ich habe gehört, Sam Hollands hat gestern Abend Scarlett gefunden«, sagte sie.

»Ja, sie konnte sie aber leider nicht zur Rückkehr bewegen. Sie war am Busbahnhof. Hoffen wir, dass es nur ein sicherer Ort zum Schlafen für sie war und nicht der Anfang einer Fernreise.«

»Ich glaube nicht, dass sie weg ist. Haben Sie heute Morgen auf dem Einsatzleitrechner von dem Einbruch gelesen?«

Lou setzte sich auf, fuhr mit der Maus umher und loggte sich in den Einsatzleitrechner ein, der alle eingehenden Anrufe bei der Polizei registrierte. »Nein – haben Sie eine Nummer?«

Caro gab den achtziffrigen Kennungscode des Anrufes durch, und Lou wiederholte ihn, während sie ihn eingab.

»Mist«, sagte sie, als die Daten auf dem Bildschirm erschienen. »Autoschlüsseldiebstahl?«

»Letzte Nacht. Offenbar, während alle schliefen. Ich habe es rausgefunden, als ich heute Morgen Clive Rainsford wegen unseres Treffens angerufen habe. Er verlässt momentan das Haus nicht; sie warten alle auf die Spurensicherung. Und sie können eigentlich auch nirgends hingehen, also fahre ich runter und spreche mit ihnen. Wollen Sie mitkommen? Ich habe gesagt, dass ich um elf dort bin.«

Lou verzog das Gesicht. »Ich kann nicht, kann ich stattdessen Sam mitschicken?«

Sam war auf dem Weg ins Büro. Lou bat sie, sich um Viertel vor elf mit Caro im Büro der Kriminalpolizei zu treffen, kehrte dann zu ihrem Computer zurück und ging noch einmal langsam den Eintrag über den Einbruch durch.

Sie hütete sich vor voreiligen Schlüssen, aber selbst die knappen Informationen ließen bei ihr alle Alarmglocken schrillen. Es gab normalerweise zwei oder drei Banden, die immer wieder Autoschlüssel klauten, sie brachen in Behausungen ein, nahmen die Schlüssel eines teuren Wagens, der in der Einfahrt stand, und stahlen dann das Auto. Aber diese Straftat hier war ungewöhnlich. Die Vorgehensweise war seltsam, wenn auch nicht ganz unbekannt. Diebe nahmen oft alle Wertsachen mit, die ihnen in die Quere kamen, während sie nach den Autoschlüsseln suchten, bewegliche Gegenstände wie Bargeld, Kreditkarten, Laptops und Handys standen oft auf ihrer Liste. In diesem Fall war der Wagen aber ein achtzehn Jahre alter Volvo. Sie hatten zwar schon Autodiebstähle von weniger teuren Wagen gesehen, doch dann ging es meistens um Einbrüche in großem Stil in Anwesen, bei denen der Wagen gestohlen und als Transportmittel für größere Gegenstände wie Fernseher, Computer und sogar des einen oder anderen Safes diente. Manchmal wurden der weniger teure Wagen und ein daneben geparktes teures Auto gestohlen, weil es vermutlich für weitere Straftaten Verwendung fand und nicht verkauft wurde. Aber das war hier nicht der Fall.

Sie schickte Sam eine Nachricht.

Bringst du mich gleich auf den neuesten Stand? Hast du den Einsatzleitrechner gesehen? Denke, es gibt eine Verbindung zu unserem Fall.

Kurz darauf kam Sams Antwort.

Das denke ich auch, kann sie Auto fahren? Geb dir Bescheid, wenn ich fertig bin.

Lou widmete sich erneut dem Computer und überprüfte die Liste der gestohlenen Gegenstände. Die Schmuckstücke wiesen auf eine gründliche Durchsuchung hin, der Dieb hatte Zeit genug gehabt, sich in Ruhe umzusehen. Und die Hausbewohner oben hatten immer noch geschlafen.

Lou schickte noch eine SMS.

Seltsam – kein Laptop, kein Handy. Arbeitet er nicht für eine Elektronikfirma? Lass mich wissen, wie du mit ihm zurechtkommst.

Polizeibericht
STRAFTAT NUMMER: PZ/015567/13
Art der Straftat: Einbruch in Wohnung
Gegenstand der Straftat: Autoschlüssel
Meldedatum: 03/11/2013 08:25
Datum Straftat: 02/11/2013 22:30 – 03/11/2013 08:15
Einsatzleiter: DC 10898 SIMON ADEJO

TATORT: 14 Russet Avenue, Briarstone
TELEFON: Briarstone 411924

REVIER: PZ023

OPFER

Name:	Clive RAINSFORD
Geboren:	21/10/1943
Anschrift:	14 Russet Avenue, Briarstone

EIGENTUM
Art des Eigentums Beschreibung Wert

Karten: landesweite Debitkarte, 1.00
Landesweite VISA-Karte, 1.00
Burtons Kundenkarte, 1.00
M&S Kundenkarte, 1.00
RAC Mitgliedsausweis, 1.00

Dokumente: Führerschein, 1.00

Bargeld: Banknoten, 275.00, Münzen, 25.00

Schmuck: Rolex Air-King 14010, 2,000.00, Diamant- und Smaragdring, 1,900.00, 18kt Goldkette, 500.00, 18 kt Goldarmband, 300.00, Diamant- und Perlarmband, 650.00, Diamantohrringe, 850.00

Kleider: Graue Wollmütze, 10.00

Essen: Brotlaib, Sack Gala Äpfel, 1.00

Schlüssel: Autoschlüssel, 1.00, Hausschlüssel, 1.00

FAHRZEUGE
Typ Beschreibung Wert
Volvo S40 1.6S, Grün 4dr 2005 reg, 2,000.00

VORGEHENSWEISE

Einbruchsort: Fenster
Einbruchsmethode: gehebelt

Ausgangsort: Haustür
Fluchtmethode: unklar

HERGANG DER STRAFTAT
Familie ging gegen 22:30 zu Bett, schloss die Wohnung unten ab. Um 08:15 Uhr fand Mrs RAINSFORD die Haustür offen stehen und bemerkte, dass der Wagen nicht in der Einfahrt stand.

Das Fenster in der Waschküche im hinteren Teil des Hauses war ausgehebelt, Gegenstände von der Arbeitsfläche unter dem Fenster standen auf dem Boden.

Alarmanlage war nicht eingeschaltet.

Gegenstände wurden aus dem Wohnzimmer unten gestohlen. Autoschlüssel lagen in einer Holzschale, die auf einem Tisch im Flur stand. Schmuck und Bargeld wurden aus einem ungesicherten Safe im Arbeitszimmer gestohlen. Essen stand auf dem Esstisch.

Nichts Verdächtiges wurde gesehen oder gehört.

Keine Verdächtigen.

SPURENSICHERUNG/FUSSABDRÜCKE

Art Ort Ergebnis

Werkzeugspuren: hinteres Fenster, keine Übereinstimmung
Handschuhspuren: Glas/Küche, keine Übereinstimmung

SAM – Sonntag, 03. November 2013, 11:45

Sam war selten jemand auf Anhieb unsympathisch, doch von Clive Rainsford war sie zugegebenermaßen schon nach dem ersten Eindruck wenig angetan. Sie hatte Lous Bericht über das Treffen mit Annie gelesen und traute ihm nicht über den Weg.

Er war sehr entgegenkommend gewesen, hatte sie und Caro in die Küche gebeten. Er sah nicht aus wie ein Mann, den man fürchten müsste. Doch Sam hatte schon mit den schrecklichsten Gestalten, die eine Gesellschaft nur hervorbringen kann, ungezwungen geplaudert und war nicht so naiv, ihn nach seiner Erscheinung zu beurteilen. Clive war eine Woche vor dem gemeinsamen Familienurlaub in Spanien siebzig geworden. Sam fragte sich, ob der Urlaub ein Geburtstagsgeschenk gewesen war und wie er wohl reagiert hatte, als er ihn unterbrechen musste. Er sah fit und gut aus, sein Haar lichtete sich langsam, war aber immer noch so blond, dass man die grauen Haare kaum sah. Er wirkte nicht wie siebzig.

»Ihre Kollegen von der Spurensicherung haben offenbar schon alles aufgenommen, wir können uns also wieder häuslich einrichten«, hatte er gesagt. »Wir warten nur noch auf den Schlosser. Nehmen Sie doch Platz. Kaffee?«

Sam setzte sich neben Caro an den breiten Küchentisch aus Kiefernholz. »Danke, sehr gerne. Tut mir leid wegen des Einbruchs. Sie haben wohl ziemlich viele Wertgegenstände verloren.«

»Ja«, antwortete er. »Die Sachen sind natürlich alle versichert, trotzdem tut es weh. Annie kommt nur schwer mit dem Gedanken klar, dass Leute hier im Haus waren, während wir geschlafen haben. Schrecklich.«

»Haben Sie einen Laptop? Handys?«

»Mein Handy lag oben neben meinem Bett. Der Laptop, na ja, ich habe kurz vor dem Urlaub den Bildschirm kaputt gemacht und ihn einem ehemaligen Kollegen zur Reparatur gegeben. Ein Glück, denn sonst hätten sie ihn vermutlich auch mitgenommen. Ich wollte heute Abend mit den Mädels zum Abendessen gehen, damit sie auf andere Gedanken kommen. Glauben Sie, das geht? Ich meine, dass wir das Haus verlassen ... sie werden doch nicht zurückkommen, oder?«

»Das halte ich für äußerst unwahrscheinlich«, sagte Sam, »aber das ist natürlich Ihre Entscheidung.«

Aus einer alten Filtermaschine auf dem Tresen füllte er Kaffeebecher, reichte sie weiter, lehnte sich zurück, verschränkte die Arme und überschlug lässig die Beine. Er wirkte entspannt, aber verschlossen. Sam fragte sich, wie er wohl reagiert hatte, als er die Neuigkeiten über Scarlett erfahren hatte. Sie hätte alles darum gegeben, ihn dabei beobachtet haben zu können. Sie stellte ihn sich auf einer Sonnenliege am Pool in einer wenig reizvollen knappen Speedo-Badehose vor, als Hotelmanager und Reiseleiter zu ihm traten und sagten, *Sir, da ist ein Anruf für Sie. Es scheint wichtig zu sein ...*

»Annie und Juliette sind nicht da«, sagte Clive. »Juliette hatte keinen guten Tag. Jede Aufregung bringt sie aus dem Gleichgewicht, wissen Sie.«

»Ich würde sie gerne kennenlernen«, sagt Sam. »Wann kommen die beiden zurück?«

Clive runzelte die Stirn. »Das weiß ich nicht«, sagte er, »tut mir leid.«

»Nun gut«, sagte Caro fröhlich. »Wenigstens sind Sie hier, Clive. Sollen wir es uns bequem machen?«

Sie sah ihn betont herausfordernd an, dann verstand er offensichtlich die Andeutung und setzte sich ihnen gegenüber an den Tisch. Die Befragung hatte begonnen.

»Hat Scarlett sich bei Ihnen gemeldet?«, fragte Caro. Sie hatte die Rainsfords angerufen, nachdem Scarlett vergangene Nacht die Opferschutzeinrichtung verlassen hatte.

Clive überlegte einen Augenblick, bevor er antwortete. Sam fragte sich, ob es eine dieser Unterhaltungen werden würde, die ewig dauerten und doch ergebnislos blieben. Sie verspürte bereits den Drang sich einzuschalten, doch Caro verfolgte ihren eigenen Plan, und es war auch eher ihr Job als Sams. Bisher zumindest.

»Nein«, sagte er schließlich.

Er frage nicht nach, ob es Neuigkeiten gab. Er fragte nicht, ob Scarlett sich mit der Polizei in Verbindung gesetzt hatte.

»Ich frage mich, warum Sie sich nicht mit ihr in Verbindung gesetzt haben, als sie noch in unserer Einrichtung war«, sagte Caro. Ihr Tonfall hatte sich geändert.

Clive starrte sie einen Augenblick lang an und schien über eine Antwort nachzudenken. »Ich dachte, Sie wären gekommen, um über den Einbruch zu reden«, sagte er.

»Clive, ich arbeite an einem Fall, bei dem es um Menschenhandel in England geht. Wissen Sie, was Menschenhandel ist?«

»Ja, natürlich«, sagte er.

»In vielen Fällen werden junge Mädchen und Frauen, von denen manche nicht einmal im Teenageralter sind, aus ihren Familien gerissen und in verschiedenen europäischen Ländern zur Prostitution gezwungen, auch in England«, sagte Caro, als hätte er nicht geantwortet. »Sie werden körperlich und sexuell missbraucht und haben nur wenig bis gar keine Aussicht auf Flucht, außer Leute wie wir finden sie, bringen sie in Sicherheit und sorgen dafür, dass ihre Kidnapper gefasst werden. Sie können sich gar nicht vorstellen, wie schwierig es ist, dieses Problem in den Griff zu kriegen. Sie werden also bestimmt verstehen, dass jede noch so kleine Information von höchster Bedeutung für uns sein kann.«

Er schien nicht länger als ein paar Sekunden Augenkontakt mit ihr halten zu können, schließlich sagte er: »Dass Scarlett überhaupt in diesem Land ist, verdankt sie nicht Ihren Leuten. Ich denke also, es ist nicht besonders fair, sie oder uns um Hilfe zu bitten. Die haben Sie ihr vor zehn Jahren auch nicht gewährt.«

Sam hörte, dass Caro tief durchatmete.

»Clive«, sagte Sam, »Sie wissen es bestimmt zu schätzen, dass es nur aufgrund polizeilicher Ermittlungsarbeit über Menschenhandel dazu kam, dass wir Scarlett überhaupt gefunden haben. Sonst wäre Ihre Tochter immer noch abgängig.«

»Sergeant, vielleicht ist es Ihrer Aufmerksamkeit entgangen, aber sie ist immer noch verschwunden. Es scheint so, als hätten wir sie erneut verloren.«

Sam war, als verberge sich hinter seinen Worten ein Gefühl, ein heftiges Brodeln, das er nicht ausdrücken konnte oder wollte.

»Ich verstehe ja, dass es eine furchtbar schwere Zeit für Ihre Familie ist«, sagte Sam. »Trotzdem kann uns alles, was Scarlett erzählt, dabei helfen, andere Opfer von Menschenhandel zu finden und die Täter vor Gericht zu bringen.«

Clive breitete seine Hände auf dem Tisch aus und atmete tief durch. Zum ersten Mal brachte er ein kleines Lächeln zustande. »Davon bin ich überzeugt. Auch ich würde gerne ein paar Dinge mit ihr besprechen. Fest steht aber, dass sie schon wieder verschwunden ist.«

Caro warf Sam einen Blick zu, der so viel sagte wie: *Sonst noch was?*

»Ich würde mir gerne Scarletts Zimmer ansehen«, sagte Sam. »Geht das?«

Die Frage schien ihn zu verblüffen. »Klar«, sagte er, »folgen Sie mir.«

An den Wänden des Flurs und des Treppenaufgangs hingen Familienfotos. Gegenüber der Haustür hing ein Hochzeitsbild von Annie und Clive, im klassischen Stil der Siebzigerjahre. Annie trug glattes Haar, Clive ein breites Revers, Schlaghose und Vokuhila. Es war kein schmeichelhaftes Bild; zu beiden Seiten standen die Eltern, zwei erwachsene Brautjungfern in Mintgrün und ein lachender Trauzeuge, der betrunken wirkte. Die kleine

Annie sah unwahrscheinlich jung aus, Clive wirkte neben ihr mindestens dreißig Zentimeter größer. Das Bild zog den Blick auf sich, sobald man das Haus betrat.

Dann gab es zahlreiche Fotos von Scarlett und Juliette als Kinder, Schulfotos, die sie in gleichen Uniformen und mit Zahnlückenlächeln zeigten, neben kitschigen Familienfotos vom Fotografen, wo alle weiße Hemden und Nylonstrümpfe trugen. Und es hingen noch mehr Bilder nur von Annie und Clive an der Wand. Diese Zurschaustellung einer perfekten Familie wirkte fast unnatürlich narzisstisch.

Es gab noch ein weiteres Foto von Scarlett, darauf schien sie um die drei Jahre alt zu sein und hielt Baby Juliette auf dem Schoß. Juliette mit dunklem Haarschopf, Scarlett zeigte statt eines richtigen Lächelns nur ihre Zähne. Dann fiel Sam oben an der Treppe noch ein letztes Bild von Juliette auf, ein kleineres Foto, das sie als älteren Teenager zeigte, allein und mit verkrampftem Lächeln. Man hatte sie ganz offensichtlich zu diesem Porträtfoto gezwungen und sie hatte es über sich ergehen lassen. Dunkles Oberteil, offene Haare, Brille, hängende Schultern, der Blick auf den Fotografen voller Abscheu.

»Da wären wir«, sagte Clive und öffnete oben auf dem Treppenabsatz eine Tür.

»Oh«, sagte Sam.

Sie hatte erwartet, irgendwas von Scarlett zu sehen, doch in dem Zimmer war nichts von dem Mädchen übrig. Die Wände in zartem Altrosa gehalten, beigefarbene Vorhänge an den Fenstern, ein Einzelbett, ein Schrank, eine Kommode mit einem Spiegel darauf, ein Bügeleisen, ein Radio und eine Vase mit verstaubten Stoffblumen, alles schrie nach Gästezimmer. Die Matratze war nicht bezogen, ein Stapel Wäsche lag darauf. An der Wand lehnte ein Bügelbrett. Sam ging zum Fenster und sah auf den Garten hinaus. Das Gras war verwildert und voller Unkraut, doch der Garten an sich war gestaltet mit Büschen und Bäumen. Am Ende stand ein Gewächshaus, daneben lagen ein Gemüsebeet und eine freie Fläche, auf der ganz offensichtlich ein Busch gerodet und zerkleinert worden war, die Späne lagen in weitem Bogen verstreut und hoben sich deutlich von der dunklen Erde ab. Eine Schubkarre voller toter Blätter stand verlassen da, darauf lag ein Rechen.

»Sie sind wohl ein eifriger Gärtner?«

»Ich bin im Ruhestand«, sagte Clive, als wäre das die Antwort auf die Frage.

Sam überlegte sorgfältig, wie sie formulieren sollte, was sie dachte. Nach einer Weile fragte sie: »Wie lange ist das Zimmer schon so?«

»Nach einer Weile schien es nicht mehr sehr wahrscheinlich, dass sie zurückkehren würde.«

»Und was haben Sie mit ihren Sachen gemacht?«

»Darum hat Annie sich gekümmert. Das meiste landete im Müll, glaube ich … Sie wissen ja, wie Teenager sind. Es war ziemlich chaotisch, egal, wie oft wir ihr gesagt haben, sie solle ihr Zimmer aufräumen.«

Sam nickte, als hätte sie selbst einen Teenager zu Hause und könnte es nachempfinden. Sie versuchte einen ungezwungenen Tonfall beizubehalten und fragte: »Haben Sie irgendwas aufbewahrt?«

Clive drehte sich um und wollte wieder hinuntergehen. »Wie gesagt, da müssen Sie Annie fragen.«

»Wann wird sie zurück sein?«, fragte Sam erneut.

Durch die offene Tür erhaschte sie einen Blick ins Schlafzimmer, auf das ordentlich gemachte Bett mit einer Tagesdecke aus Satin, die offenen Koffer auf dem Boden neben dem Bett und Kleiderstapel. Alle anderen Türen auf der Etage waren geschlossen. Clive war wie erstarrt an der Treppe stehen geblieben, hielt sich mit einer Hand am Geländer fest und stützte sich mit der anderen an der Wand ab, als wolle er verhindern vornüberzukippen. Er gab ein leises, seltsames Stöhnen von sich.

»Clive?«

Ohne ihr zu antworten wandte er sich um, ging an ihr vorbei ins

Schlafzimmer und setzte sich langsam aufs Bett. Er legte seinen Kopf in die Hände. Dann holte er tief Luft, setzte sich wieder aufrecht hin und lächelte sie kurz, aber gequält durch die offene Tür an.

»Tut mir leid«, sagte er. »Ich brauchte nur ... einen Moment.«

»Was ist los?«, fragte Sam.

Er schüttelte langsam den Kopf. »Ich ... ich kann nicht mehr. Das ist alles ein wenig ... zu viel für mich ...«

»Zu viel? Sie meinen – den Einbruch?«

»Alles. Annie ist – sie kommt nicht damit klar. Ich mache mir ständig Sorgen um sie, erst verschwindet Scarlett, dann taucht sie plötzlich wieder auf. Sie ist sehr zerbrechlich. Ich denke, sie ist – ich weiß auch nicht. Ich habe das Gefühl, dass sie ... zusammenbrechen könnte.«

Bei den letzten beiden Worten überschlug sich seine Stimme und brach weg, er senkte wieder seinen Kopf und schlug die Hände vors Gesicht.

»Warum kommen Sie nicht einfach wieder mit hinunter?«, fragte Sam. »Wir trinken noch einen Kaffee und reden darüber, ja?«

Caro stand unten im Flur und hatte bereits ihren Mantel angezogen. Sie sah sich die Hochzeitsfotos von Scarletts Eltern an und lächelte, als wäre sie eine Freundin der Familie. Von der Treppe aus sah Sam zu Caro, hob eine Augenbraue und nickte in Richtung Küche, alle gingen ohne ein Wort zu sagen hinein.

»Setzen Sie sich«, sagte Sam sanft zu Clive.

Während Sam ihren Stuhl an Clive heranrückte, füllte Caro den Wasserkessel und spülte die Kaffeebecher aus.

»Annie bräuchte eine Therapie«, sagte Clive, seine Stimme klang jetzt eine Oktave höher, »aber sie weigert sich. Sie sagt, dass sie sowieso niemand verstehen würde, aber ich begreife nicht, warum sie es nicht wenigstens versucht. Der Arzt hat ihr so viele Tabletten verschrieben, dass ich den Überblick verloren habe. Ich glaube, die bringen alle nichts. Sie wacht jeden Tag weinend auf. Sie schläft nicht. Sie kommt mitten in der Nacht herunter, setzt sich hier hin und wartet, dass Scarlett nach Hause kommt.«

Er hielt inne, holte Luft. Sam blickte auf seine gewölbte Unterlippe, sie sah wie der Schmollmund eines kleinen Jungen aus, dem man die Leviten gelesen hatte.

»Sie meinen neuerdings?«

Clive schüttelte den Kopf. »Jede Nacht. Sie hat seit Scarletts Verschwinden keine Nacht durchgeschlafen, nicht einmal mit Tabletten. Und sie hat Juliettes Zustand verschlimmert. Sie hat Juliette nicht mehr aus den Augen gelassen, seit sie versucht hat sich das Leben zu nehmen, und das war – na ja, vor zehn Jahren. Zehn Jahre diese ... Hölle. Und jetzt ist Scarlett zurück und keine der beiden ist in der Lage, damit umzugehen! Ich weiß nicht, was wir tun sollen.«

»Sie müssen gerade viel durchmachen, Clive«, sagte Caro. Das Wasser im Kessel kochte, sie hatte Teebeutel gefunden.

»Ich bin so müde«, sagte er, und seine Stimme verebbte. »Ich bin es so leid.«

»Sie sind derjenige, der alles zusammenhält, nicht wahr«, sagte Caro. »Das ist viel für eine einzelne Person über einen so langen Zeitraum.«

Das fand Sam keinesfalls, und vermutlich dachte Caro das auch nicht. Was Sam tatsächlich dachte, war eher: *Du selbstsüchtiges Arschloch, deine Tochter ist zehn Jahre durch die Hölle gegangen und du tust dir leid, weil du dein Leben fortsetzen musstest?*

»Ich mache mir Sorgen, dass sie etwas Unüberlegtes tun könnte«, sagte Clive darauf.

»Etwas Unüberlegtes tun? Sie meinen – sich etwas antun?«

»Ich weiß es nicht. Sie ist so unberechenbar, so instabil. Ich weiß nicht, was von beiden schlimmer ist.«

»Es tut mir leid, Clive«, sagte Caro, »ich kann Ihnen nicht folgen. Reden Sie von Annie oder von Juliette?«

Er knurrte kurz. »Von beiden. Die beiden nehmen sich nichts. Ich jongliere die ganze Zeit mit rohen Eiern. Jeden Tag.«

»Tut mir leid, was meinten Sie damit, Sie könnten etwas anstellen? Was könnte das sein?«

»Annie hat Panikattacken, sie verbringt die meiste Zeit des Tages mit Weinen. Juliette verletzt sich manchmal selbst. Wir lassen sie nie allein, jetzt erst recht nicht.«

Sam sah zu Caro, die über Clives Schultern hinweg die Stirn runzelte. »Ich wünschte, alles wäre anders gelaufen. Ich wünschte, Scarlett hätte auf mich gehört und sich anständig benommen. Sie war erst fünfzehn. Nur ein kleines Mädchen.«

Nur ein kleines Mädchen.

SCARLETT – Mittwoch, 24. Oktober 2012, 06:23

»Wir können weglaufen.«

Dass sie es so in die Dunkelheit sagte, machte es plötzlich konkret. Es brachte die Erinnerung an die frühen Morgenstunden einer kalten Nacht zwischen Bäumen zurück, in der sie gestanden und versucht hatte, mit einem verängstigten Mädchen Augenkontakt herzustellen und sie zu ermutigen, sich zu wehren. Doch das hatte Yelena damals nichts genützt, im Gegenteil, es hatte sie das Leben gekostet ... und vermutlich das von Scarlett gerettet.

Dasselbe konnte wieder passieren. Vielleicht wäre es diesmal Scarlett, die die Kugel in den Kopf bekam.

In der Dunkelheit hörte sie ein leises, sarkastisches Grunzen. »Du bist verrückt.«

»Wenn wir beide losrennen, sobald sie die Tür öffnen ... erwarten sie das nicht. Sie werden ein paar Sekunden brauchen, um darauf zu reagieren.«

»Und wohin sollen wir rennen?«

Scarlett schwieg. Darauf gab es keine Antwort, außerdem mussten sie in verschiedene Richtungen rennen – das war der Zweck der Übung. Draußen hörte sie wieder Schritte und Stimmen. Sie saßen bereits gefühlte Stunden in diesem Höllenloch, es musste fast Tag sein, und nun hörte es sich an, als würden die Männer sie jeden Augenblick holen kommen. Ganz egal, ob das Mädchen einverstanden war oder nicht, und es klang nicht so, als wäre sie es, hatte es keinen Sinn, weiter zu diskutieren. Scarlett achtete darauf, kein Geräusch zu machen, und zog die dämlichen Stöckelschuhe aus. Das Metall des Containers war eiskalt unter ihren nackten Füßen. Sie steckte ihren Fingernagel unter den Gummiabsatz und drehte ihn herunter, im Inneren spürte sie die zusammengerollten Banknoten. Ihre Finger waren taub, sie zitterten.

Sie näherten sich, sie konnte sie hören. Sie hatte vielleicht noch ein paar Sekunden.

Sie zog das Geld heraus, wobei sie es ein wenig zerriss, doch das war ihr egal. Dann hatte sie es. Sie steckte die Banknoten in ihren BH und drückte den Absatz wieder zusammen.

Die Männer standen jetzt draußen, sie lachten, machten Witze untereinander, als würden sie gleich mit einem Kumpel auf einen Drink gehen. Als würden sie nicht zwei Mädchen beim Sterben filmen. Scarlett zitterte von Kopf bis Fuß. Sie würde nicht in der Lage sein, sich auf den Beinen zu halten, geschweige denn zu rennen.

Die Eisentür ging quietschend auf, Licht flutete durch die Öffnung – draußen war es noch immer düster, im Vergleich zum Container schien es dennoch taghell –, Scarlett schloss ein wenig die Augen, schrie wie am Spieß, hielt ihre Stöckelschuhe wie eine Waffe hoch und stürzte los.

Der Mann packte sie am Ärmel ihres Wollmantels, doch Scarlett wand sich heraus, ließ ihm den Mantel zurück, er bekam sie nicht zu fassen.

Sie rannte.

Sie hörte Schreie hinter sich. Der Betonboden unter ihren Füßen glitt dahin, sie rannte in die Dunkelheit der Lagerhalle hinein und glitt hinter einen Container. Sie hörte, wie die Eisentür wieder zuschlug, dann von irgendwoher ein Schreien, eine weitere Frau, das Mädchen, das mit ihr eingesperrt gewesen war? Rannte sie auch davon? Es war zu dunkel, Scarlett sah nur die Metallwände der Container neben sich. Ihre nackten Füße machten kein Geräusch, als sie rannte, an jedem Containerende linste sie um die Ecke, bevor sie weiterlief. Sie hörte die Schritte der Männer, wie viele waren es? Zwei, drei?

Scarlett kauerte sich an die Containerwand und atmete durch.

Sie hatte den Vorsprung verloren. Sie hätte bereits draußen sein sollen. Wenn die Männer nicht vom anderen Mädchen abgelenkt wurden, konnten sie sich einzig und alleine auf sie konzentrieren. Sie spähte wieder um die Ecke. Vor ihr erhob sich eine kahle Betonwand, die Rückseite der Lagerhalle. Das war eine Sackgasse.

Konzentrier dich.

Sie unterdrückte ein Schluchzen, umklammerte ihre Knie, damit sie nicht so schlotterten, und hielt immer noch die Stöckelschuhe in der Hand. Ihre Füße waren eiskalt, es war so kalt, dass sie zitterte. Ein Lufthauch strich ihr die Haare von der Wange, ein Windstoß wehte von irgendwoher zu ihr herüber. Wieder hörte sie Schritte, eindringliches Flüstern. Sie waren wieder in Bewegung. Die Geräusche hallten von den Wänden wider und machten es ihr unmöglich festzustellen, woher sie kamen. Scarletts Augen hatten sich an die Dunkelheit gewöhnt, sie erkannte jetzt mehr als nur Schatten. Die Wellblechdecke weit über ihr reichte bis zum anderen Ende der Lagerhalle, sie war im engen Raum zwischen den beiden Containern gerade so sichtbar. Und im Bruchteil dieser Sekunde sah sie eine Gestalt am Spalt vorbeigehen. Sie keuchte und schreckte zurück.

Das war nicht gut. Sie würden so lange nach ihr suchen, bis sie sie gefunden hätten, und dann würde sie sterben. Sie musste hier raus.

Sie lief zur hinteren Wand, vielleicht gab es dort einen Notausgang oder so etwas. Die Brise kühlte ihre glühenden Wangen. Dort musste es eine Tür geben.

Der Container neben ihr war größer als die anderen; die Wand schien kein Ende zu nehmen. Da wurde ihr klar, dass es der Schallschutzraum war, den sie als Filmstudio benutzten. Wenn sie sich die Mühe gemacht hatten, ihn zu isolieren, dann fürchteten sie wohl, jemand könnte sie hören! Das wiederum bedeutete, dass Leute in der Nähe waren. Vermutlich erledigten sie ihre Geschäfte nur nachts, wenn die anderen Einheiten des Industriegebiets leer waren, trotzdem schienen sie jeden Lärm vermeiden zu wollen.

Scarlett sah an der Wand neben sich einen großen roten Knopf in einem Kästchen. Ein Feueralarm. Ob er funktionierte? Würde sie das ablenken? Sie hielt ihren Stöckelschuh in der Hand und schlug kräftig auf das Glas. Fast augenblicklich ertönte ein kreischender, jaulender Ton in der Lagerhalle, der in ihren Ohren klingelte und von Metallwand zu Metallwand widerhallte.

Sie lief los.

Vor ihr türmte sich eine Wand auf, das Ende der Lagerhalle hinter dem Schallschutzraum, eine schmale Lücke, nicht groß genug, um sich durchzuzwängen. Wieder eine Sackgasse. Sie drehte sich um und rannte den Weg zurück, den sie gekommen war, schluchzte nun, denn bei dem Lärm konnte sie ohnehin niemand hören. Es war dumm von ihr gewesen, den Alarm auszulösen, jetzt hörte sie ihre Schritte und ihre Schreie nicht mehr, geschweige denn ihr Flüstern.

Dann sah sie den grauen Umriss einer Tür. Als sie die Tür erreichte, bemerkte sie, dass ein Riegel davorlag. Ein Notausgang, Gott sei Dank! Sie warf sich dagegen, erwartete, dass er zugekettet oder eingerostet wäre. Die Tür blieb zu. Sie drückte sich noch einmal dagegen, diesmal fester, jetzt bewegte sie sich ein wenig.

Sie hörte einen Knall hinter sich, dann blitzte ein heller Funke neben ihrem Gesicht auf, als die Kugel auf die Metalltür traf. Jetzt hatten sie sie.

Sie drückte sich ein letztes Mal mit aller Kraft gegen die Tür, sie flog auf und trieb sie in die Dunkelheit hinaus, über harte Grasbüschel draußen vor der Tür, die sie blockiert hatten.

Die frische kalte Luft verlieh ihr neue Energie. Scarlett rannte.

LOU – Sonntag, 03. November 2013, 12:30

Lou hatte zwar keine Neuigkeiten über Scarletts Verbleib, versuchte es aber trotzdem noch einmal bei Stephen Waterhouse, der es diesmal schaffte, ans Telefon zu gehen. Er schien seine frühere Streitlust wiedererlangt zu haben.

»Wie kommen Sie mit McDonnell voran?«, fragte Lou.

»Warum fragen Sie?«, sagte er unfreundlich.

»Weil er gestern zu meinem Sergeant gesagt hat, er wisse von der Überwachung …«

»Damit versucht er es immer. Das ist ein Bluff. Außer jemand hat ihm einen Tipp gegeben.«

Lou zögerte. »Niemand aus meinem Team weiß von unserer Unterhaltung während des Briefings bei der Sonderkommission, falls Sie das andeuten wollen.«

»Na ja, ich habe gehört, dass es bei Ihnen eine undichte Stelle gibt.«

Lou zögerte erneut und versuchte den Ton in seiner Stimme zu deuten, schließlich beschloss sie, dass er sie provozierte, um sie richtig wütend zu machen, sodass sie etwas Unprofessionelles sagte. Was war los mit ihm?

»Ich vertraue meinem Team, unterhalte mich aber trotzdem nicht über Angelegenheiten, die nichts mit dem Fall zu tun haben, den wir bearbeiten. Solange Sie keine Beweise für Ihre Anschuldigungen haben, sollten Sie sich verdammt noch mal zurückhalten.«

Waterhouse lachte heiser, was ihr bewies, dass es ein schlechter Scherz gewesen war. »Glauben Sie nur ja nicht, dass ich Sie auf dem Laufenden halte, was meine Teams tun.«

Sie wechselte das Thema. »Haben Sie meinen Bericht über mein Treffen mit Annie Rainsford gelesen?«, fragte Lou.

»Ja, alles sehr interessant, aber was sie vor zehn Jahren versäumt haben, Ihnen zu erzählen, hilft uns jetzt auch nicht weiter, oder? Dieser griechische Junge, wer immer er ist oder war, kann jetzt überall auf der Welt sein. Vermutlich hat er sein eigenes kleines kriminelles Revier. Oder er kandidiert für das Parlament. Und da wir noch nicht einmal Scarlett bitten können, den Bericht ihrer Mutter zu bestätigen ...«

»Sie wissen sicher«, sagte Lou gleichmütig, »dass sie fünfundzwanzig ist. Soweit ich weiß, hat sie keine Straftat begangen, wir haben also keinen Grund, sie zu verhaften oder gegen ihren Willen festzuhalten.«

»Ich habe mich darauf verlassen, dass Sie sie davon überzeugen würden, mit uns zusammenzuarbeiten«, sagte Waterhouse.

»Sie wollten doch in Wirklichkeit gar nicht, dass ich mich mit der Sache befasse«, sagte Lou, »falls Sie das schon vergessen haben.«

Er legte auf.

Gut, hoffen wir, dass ich die Sonderkommission nie um einen Gefallen bitten muss, dachte sie. Blöder Wichser.

Sie hatte vierunddreißig Mails, an einem Sonntag, verdammt, es hörte nie auf, trotzdem ging Lou das Protokoll über den Einbruch in der Russet Avenue nicht aus dem Kopf. Interessant wäre gewesen, zu erfahren, ob die ungewöhnlichen Merkmale dieser Straftat am Ende vielleicht doch nicht so ungewöhnlich waren. Man verlor leicht den Draht zu dem, was im Bezirk vor sich ging, und möglicherweise gab es da draußen jemanden, der es gezielt auf alte Autos abgesehen hatte, sogar auf Volvos. Die Russet Avenue war vielleicht nur eine beliebige Adresse in einer Straftatserie, und vielleicht war das Anwesen der Rainsfords nur zufällig ins Visier geraten. Dennoch gelang es ihr nicht, die Angelegenheit unvoreingenommen, ohne ihr besonderes Interesse für die Rainsfords, zu betrachten.

Eine Lösung gab es, unabhängige Informationen zu bekommen, von jemandem, dem sie vertrauen konnte.

E-MAIL
Datum: 03. November 2013
An: PSE Jason MERCER
Von: DCI Lou SMITH
Betreff: Serie von Straftaten

Hi Jason,
kannst du mir sagen, ob es aktuell in Briarstone eine Serie von Autoschlüsseldiebstählen gibt? Falls ja, was sind die übereinstimmenden Kriterien dieser Serie?
Danke,
Lou

SCARLETT – Mittwoch, 24. Oktober 2012, 07:09

Scarlett lief ohne Unterbrechung, sie rannte und rannte, bis sie aus dem Gewerbegebiet kam und auf einer breiten Hauptstraße landete, an deren einer Seite Geschäfte und an der anderen Wohnhäuser lagen. Es dämmerte, der Verkehr setzte langsam ein. Als ihr klar wurde, dass ihr niemand gefolgt war, lief sie langsamer, blieb stehen und zog sich wieder ihre unpraktischen Schuhe an. Sie hielt sich im Schatten der Häuser und bemerkte, wie die Autos langsamer fuhren, wenn sie an ihr vorbeifuhren.

Ich brauche Kleider, dachte sie, zog sich ihre dünne Bluse fester über die Brust und verschränkte die Arme. Ich brauche Essen. Ich brauche etwas, wo ich mich verstecken und nachdenken kann.

Hier auf der Hauptstraße war sie gefährdet. Falls sie ihr in einem Auto gefolgt waren, würden sie sie entdecken. Sie bog rechts in einen Durchgang ein, nahm eine Treppe, die auf der anderen Seite in eine Art Hinterhof mündete, der zu einer Wohneinheit gehörte. In der Mitte, zwischen vier Z-förmig aufgestellten Pfosten, hing eine Wäscheleine. Hinter einer mannshohen Mauer stand eine Reihe Mülltonnen. Sie bog um die Ecke und entdeckte einen weiteren Durchgang, der wieder zur Straße führte. Eine niedrige Mauer trennte die Erdgeschosswohnungen vom Durchgang, dahinter waren Fahrräder angekettet.

Sie sank langsam auf den Boden, versuchte wieder zu Atem zu kommen.

Was sollte sie als Nächstes tun? Vielleicht sollte sie eine oder zwei Stunden abwarten, bis es richtig hell und belebt wurde und sie aufgegeben würden, nach ihr zu suchen, falls sie sich damit überhaupt noch abgaben. Auf alle Fälle konnte es nicht schaden zu warten; hier war sie vor dem Wind geschützt. Scarlett musste immer wieder an die Unterhaltungen denken, die sie spätnachts mitgehört hatte, wenn die anderen Mädchen sich über die Männer unterhielten, die geschickt wurden, um einen zu testen, und was dann passierte. Keine von ihnen hatte gewusst, dass auch jemand anderer kommen und einen mitnehmen konnte. Einer, der sich als Retter ausgab. Vermutlich waren die meisten Mädchen, die mit Stefan mitgegangen waren, tot. Und falls es irgendeine wie sie geschafft hatte abzuhauen … wer würde es riskieren zurückzugehen? Sie überlegte, wie sie die anderen Mädchen benachrichtigen konnte, wusste aber, dass ihr das niemals gelingen würde. Selbst wenn sie den Mut aufbrächte, wüsste sie nicht mal genau, wo die Wohnung lag.

Eine Weile später hörte Scarlett ein Geräusch und sah auf. Eine Frau stand im Hof und hängte mit dem Rücken zu ihr gewandt Wäsche auf die Leine. Sie sah jung aus, in Scarletts Alter, vielleicht ein wenig älter, sie trug Jeans und einen hellpinken Pulli, der sehr weich aussah. Zu müde, um sich zu bewegen, in einer Mischung aus Erschöpfung und Angst wie angewurzelt auf der Eingangsstufe verharrend, konnte sie ihren Blick nicht von der Frau wenden. Die Wäsche bestand aus Babysachen – leuchtende Kleidchen, Strumpfhosen und Bodys – und einem Männer-Arbeitsoverall sowie drei blauen Hemden mit irgendeinem Logo drauf. Ein goldener Sonnenstrahl durchbrach die Morgendämmerung, fiel unerwartet auf den Platz zwischen den Wohnblocks und erhellte einen Flecken struppigen Grases. Das Haar der Frau war braun und gewellt und fiel glänzend und locker über ihren Rücken fast bis zur Hüfte. Scarlett starrte sie an, gebannt von ihrer Gestalt, den normalen Kleidern, der Einfachheit eines Lebens, in dem es auch darum ging, frühmorgens an einem Wochentag Wäsche aufzuhängen.

Scarlett schloss die Augen und ließ das Sonnenlicht auf ihr Gesicht scheinen. Sie wusste nicht mehr, wann sie das letzte Mal die Sonne auf ihrer Haut gespürt hatte.

»Hee, is alles goed met je? Kann ik helpen?« Die Frau hatte sich umgedreht und sah sie jetzt an. Alles in Ordnung? Kann ich dir helfen?

»Ben okay«, stammelte Scarlett. Sie stand schnell auf, zu schnell, und musste sich an die Wand stützen.

»Wacht even.« Warte einen Augenblick.

Die Frau stellte den Wäschekorb ab und schien auf sie zuzukommen. Scarlett wich in den Durchgang zurück und lief schneller. Sie lief um die Ecke auf die Hauptstraße, wankte auf ihren dämlichen Stöckelschuhen, ihre Füße schmerzten, sie überlegte, was sie als Nächstes tun, wo sie sich verstecken sollte. Die Sonne war verschwunden, es war kalt, bitterkalt.

»Hey!«

Die Frau rannte hinter ihr her und holte sie ein. Scarlett drehte sich um. Sie wollte rennen, aber wohin sollte sie gehen?

»Hier.«

Die Frau reichte ihr etwas. Es war ein khakifarbener Mantel, ein Parka. Scarlett starrte ihn an und sah dann zu der Frau hinauf. »Nee, nee, dank je ...«

»Neem maar, het is goed zo.«

Sie reichte ihr den Mantel und drückte Scarlett etwas in die Hand, dann lächelte sie und ging wieder zurück zum Durchgang und zu ihrem normalen Leben.

»Dank je«, sagte Scarlett, ihre Stimme durchbrochen von einem Schluchzen.

»T'is gewoon karma«, sagte die Frau fröhlich.

In Scarletts Hand lag ein Zwanzig-Euro-Schein.

Dankbar wickelte sie sich in den Mantel ein. Er war warm und duftete nach Frau und leicht nach Pizza oder so etwas. Er war ihr zu groß, aber das machte nichts, er war warm und weich und flauschig. Die Wärme und der Schutz, den er ihr bot, gaben Scarlett plötzlich das Gefühl, unbesiegbar zu sein.

Anteilnahme von Fremden, dachte sie. So was habe ich bis jetzt für ein Märchen gehalten.

SAM – Sonntag, 03. November 2013, 12:45

Sie ließen Clive Rainsford in seiner Küche zurück, wo er auf die Rückkehr seiner Frau und seiner Tochter warten wollte. Sam hatte einige Zeit darauf verwendet, eine Aussage von ihm zu bekommen, sein Verhalten hatte sich erneut verändert, von verzweifelt zu wortkarg. Offenbar war er der Ansicht, seine emotionale Reaktion auf die Probleme seiner Familie gehörten nicht ins Protokoll. Trotzdem hatte Sam darauf bestanden und seine Aussage festgehalten.

Sam begleitete Caro zu ihrem Wagen, der in einer Nebenstraße parkte.

»So gestört sie auch alle sein mögen«, sagte Caro, »das macht sie nicht unbedingt zu Schuldigen.«

»Was meinen Sie, worum es hier ging?«, fragte Sam. »Glauben Sie wirklich, dass er ernsthaft verzweifelt ist?«

»Wer weiß? Es sah jedenfalls echt aus.«

»Ich habe mir das Hochzeitsbild angesehen«, sagte Sam. »Annie sieht sehr jung darauf aus.«

»Oh, ja. Sie war erst sechzehn.«

»Mein Gott«, sagte Sam. »Im Ernst?«

Caro nickte. »Clive war mit Annies Eltern befreundet. Er war Lehrer und Annies Vater war der Direktor an der Schule, an der er unterrichtete. Sie haben mit Einwilligung der Eltern geheiratet, sobald Annie sechzehn war. Sie haben aber nicht gleich Kinder bekommen. Ich glaube, sie waren zehn oder elf Jahre verheiratet, bevor Scarlett geboren wurde.«

Sam schwieg nachdenklich.

»Noch bevor Sie mich fragen«, fuhr Caro fort, »ja, wir haben uns Clives Verhältnis zu seinen Töchtern angesehen. Juliette hat nicht viel dazu gesagt und an Scarletts Schule hat man sich auch keine Sorgen gemacht. Die Sozialdienste hatten ebenfalls keinen Kontakt zur Familie.«

»Ich wusste nicht, dass er Lehrer war«, sagte Sam.

»Als Scarlett verschwand, war er das auch nicht mehr. Er gab seine Lehrtätigkeit auf, als er heiratete, und arbeitete fortan als Manager in dem Elektronikgeschäft. Vor ein paar Jahren ist er in den Ruhestand gegangen.«

Als Sam ein paar Minuten später zu ihrem eigenen Wagen zurückkehrte, überkam sie plötzlich abgrundtiefe Verzweiflung. Sie war wie gelähmt, musste zunächst tief durchatmen und konnte erst losfahren, als es vorbei war. Als Polizistin betrat man ab und zu Häuser, die einem das Gefühl gaben, sofort nach Hause fahren zu müssen, um sich zu duschen, frische Kleider anzuziehen und die Schuhe zu putzen. So war das Haus der Rainsfords nicht, es war sauber und ordentlich, trotzdem hatte es irgendwas Abscheuliches an sich, das Sam überwältigt hatte.

Während sie durch die Innenstadt fuhr, machte sie einen kleinen Umweg über den Busbahnhof und fuhr anschließend zur Sicherheit auch noch zum Hauptbahnhof und sah sich alle Jugendlichen mit Kapuzenpullis genau an. Sie sah sich nach einem khakifarbenen Mantel um, nach Scarletts Gestalt und Körperhaltung, aber von ihr fehlte jede Spur.

ZEUGENAUSSAGE

Abschnitt 1 – Zeugenbeschreibung

NAME:	Aaron George Anthony SUTCLIFFE
GEBOREN:	(falls unter 18, falls über 18, »über 18« angeben) Über 18
ADRESSE:	14a Midland Street, Briarstone
BERUF:	Arbeitslos

Abschnitt 2 – Ermittlungsbeamter

DATUM: 03. November 2013

ERMITTLER: DC 8244 Les FINNEGAN

Abschnitt 3 – Zeugenaussage

Ich heiße Aaron Sutcliffe. Ich bin seit der Schulzeit mit Ian Palmer befreundet. Ich weiß, dass Ian Probleme in den Pubs der Stadt hatte, weil er für jemanden dealte, ich weiß aber nicht genau, für wen. Die Pubs, in die er ging, sahen es nicht gerne, dass er dealte, man schmiss ihn raus. In der Nacht, in der er zusammengeschlagen wurde, war Ian in vielen Pubs unterwegs gewesen, darunter wohl auch das *Railway Tavern* in der Queen Street. Er ging gerne dahin und hatte mir vorher gesagt, dass er am Mittwochabend hingehen würde. Ich war nicht dabei, ich war im Krankenhaus, weil meine Freundin unser Kind zur Welt brachte.

Abschnitt 4 – Unterschriften

ZEUGE: (A. Sutcliffe) OIC: (Les Finnegan DC 8244)

LOU – Sonntag, 03. November 2013, 14:20

Les Finnegan lungerte vor der Tür von Lous Büro herum. So gern sie ihn auch hereingebeten hätte, er war gerade draußen gewesen und hatte geraucht und ihr Zimmer war klein. Lou hatte sich im Supermarkt was zum Mittagessen geholt, und die Einkaufstüte unter ihrem Schreibtisch rief nach ihr.

»Erzähl mir was von Sutcliffe.«

»Da man ihm wegen des Überfalls nichts anhaben konnte, ist es mir gelungen, ihn zu einer Aussage zu Palmer zu bewegen, bevor er wieder verschwand. Im Grunde hat er nur rumgelabert und eine Menge Quatsch erzählt, aber die eine oder andere Perle war doch darin versteckt, wenn man weiß, wonach man suchen muss. Offenbar hat Ian Palmer vor einer Weile im *Railway Tavern* gedealt.«

»McVey will seine Läden aber offensichtlich clean halten«, sagte Lou. »Dann denkt er, er wäre ein aufrechter Bürger oder so.«

»Sutcliffe glaubt scheinbar, dass Palmer für Darren Cunningham gedealt hat. Oder Mitchell Roberts. Oder vielleicht weiß er es auch nicht genau und versucht nur schlauer rüberzukommen, als er tatsächlich ist.«

»Das steht nicht in seiner Aussage«, sagte Lou, die sie gerade auf dem Bildschirm las.

»Nein, na ja, als ich die Aussage aufgenommen habe, wollte er diese Angabe dann lieber doch nicht unterschreiben.«

Während Les redete, sah Lou über seine Schulter hinweg ins Hauptbüro, in das Sam gerade eingetreten war.

»Ich denke, an dieser Deal-Geschichte sollten wir dranbleiben«, sagte sie. »Können wir die Sache noch etwas mehr einkreisen? Vielleicht hat Palmer versucht, jemanden übers Ohr zu hauen. Stand nicht irgendwo etwas von einem missglückten Transport? Vielleicht hat Palmer beschlossen, einen Teil der Drogen zu behalten. Im Moment haben wir nicht viel, wir können also genauso gut mögliche Motive herausarbeiten.«

Sam tauchte hinter Les auf. »Guten Tag. Ma'am, tut mir leid, dass ich störe …«

»Das passt schon, Sam. Ich brauche dich sowieso. Les, kannst du mal nachsehen, was die Protokolle hergeben?«

Les nickte, kehrte ins Hauptbüro zurück und quetschte sich dabei unnötig nah an Sam vorbei.

»Mach die Tür zu und setz dich«, sagte Lou. »Wie war dein Vormittag? Wie lief es bei Clive Rainsford?«

»Ich kann dir gar nicht sagen, was für ein ungutes Gefühl mir dieses Haus verursacht hat«, sagte Sam.

Jetzt, da Les gegangen war, begann Lou in ihrem Eiersalat herumzustochern. Er war eiskalt, weil sie ihn aus dem Kühlregal im Supermarkt geholt hatte, sodass ihre Zähne davon schmerzten. Doch es hatte keine große Auswahl mehr gegeben.

»Ich konnte mir die Aktualisierungen noch nicht ansehen«, sagte Sam. »Was ist zu dem Einbruch noch reingekommen?«

»Sie haben eine Liste der Gegenstände aufgestellt«, sagte Lou. »Eine interessante Mischung von kleinen, tragbaren Gegenständen und dann der Wagen. Und Essen, speziell Brot und eine Tüte Äpfel, die in einer Einkaufstasche auf dem Küchentisch standen. Glaubst du, es war Scarlett?«

»Ich weiß es nicht. Eine Überlegung ist es jedenfalls wert, denke ich.«

Lou kaute auf geraspelten Karotten herum. »Da kommen zu viele merkwürdige Dinge zusammen«, sagte sie. »Aber wie du schon sagtest, wir wissen nicht, ob sie überhaupt Auto fahren kann.«

Sam schüttelte den Kopf. »Ich fühle mich furchtbar wegen der ganzen Sache und wünschte, wir hätten eine anständige Unterkunft für sie gefunden. Sie hat einfach eine Chance verdient. Es kommt mir vor, als hätte ich sie im Stich gelassen.«

»Sam, du hast dein Bestes getan. Und sie ist keine fünfzehn mehr, sie ist erwachsen. Aber ich stimme dir zu, das alles ist ein Albtraum.«

»Nach meinem Treffen mit Clive überrascht es mich nicht, dass sie nicht nach Hause gehen wollte.«

»Und nach meinem Gespräch mit Annie gestern habe ich das Gefühl, dass sie keine eigene Meinung haben darf. Clive hat alles unter Kontrolle.«

»Heute Morgen hat er eine Vorstellung abgeliefert, als hätte er diese komplett verloren«, sagte Sam.

»Aber das hast du ihm nicht abgekauft?«

Sam zuckte die Achseln.

Lou warf den Plastikbehälter mit den letzten Bissen Salat in den Mülleimer. Ihr Magen knurrte noch immer, aber das würde reichen müssen. Sie hatte noch so viel vor sich, worüber sie sich auf den neuesten Stand bringen musste, dass sie das Abendessen vermutlich auch verpassen würde. Sie würde sich mit Kaffee und KitKat über Wasser halten müssen.

»Also«, sagte Lou, »heute Nachmittag. Hast du schon was vor?«

»Ich muss noch ein paar Sachen aufschreiben und dann wollte ich nach Scarlett suchen.«

»Könntest du noch etwas für mich erledigen? Les hat heute Morgen mit Aaron Sutcliffe gesprochen, der ist mit Ian Palmer befreundet. Er glaubt offenbar, dass Palmer für Darren Cunningham gedealt hat. Das ist zwar nicht der größte Anknüpfungspunkt, aber wir haben nichts anderes. Les sieht gerade nach, ob es etwas gibt, womit wir weitermachen können, aber könntest du ihn oder jemand anderen beauftragen, der Sache nachzugehen?«

SCARLETT – Mittwoch, 24. Oktober 2012, 09:15

Erst als Scarlett mit einem Kaffee und einem Frühstücksmuffin in der hintersten Ecke eines McDonald's-Restaurants saß, fiel ihr das Geld wieder ein, das sie in ihrem BH versteckt hatte. Die Frau hatte ihr Geld gegeben, und sie hatte es nicht gebraucht. Schuldbewusst beschloss Scarlett, ebenfalls Gutes zu tun. Es war im Grunde nicht ihr Geld, sie durfte es nicht behalten. Sie würde es jemandem geben, der es nötiger hatte als sie.

Der Mantel war warm, er schmiegte sich wie ein Federbett um sie. Sie liebte ihn bereits heiß und innig, weil sie ihn von jemandem bekommen hatte, der sich Gedanken um sie gemacht hatte. Und er gehörte ihr; es war ihr allerliebster warmer Mantel. Es war das Einzige, das sie besaß.

Mehr noch, er bot ihr zusätzlich unerwarteten Schutz, weil er sie von einem halbnackten, zitternden, verschreckt aussehenden Mädchen in eine anständige und darum unsichtbare Person verwandelt hatte. Sie konnte auch noch ein paar Jeans und ordentliche Schuhe vertragen, aber der Mantel war schon mal ein großartiger Anfang.

Sie behielt die Tür im Auge, für den Fall, dass die Männer hereinkämen und nach ihr suchten. Doch es lag etwas Tröstliches im hellen, kalten Tageslicht draußen, dem sporadischen Aufblitzen von Sonnenschein, in der Möglichkeit, unter Leuten an einem öffentlichen Ort zu sitzen, ohne dass sie jemand beobachtete. Tatsache war, dass sie sich, seit sie hier in der Ecke saß, plötzlich in einen normalen Menschen verwandelt hatte, was hieß, dass einfach niemand ihr Beachtung schenkte.

So sah das wahre Leben aus. Hier drinnen saßen Familien, Kinder, Teenager, die sich unterhielten und lachten. Alle möglichen Leute gingen draußen vorbei, gingen ihren Geschäften nach, als wäre die Welt völlig in Ordnung.

Und dennoch wurde ein paar Meilen entfernt eine Lagerhalle in einem trostlosen Gewerbegebiet dazu benutzt, junge Frauen zu filmen, wie sie gequält und erschossen wurden. Frauen, die bereits durch eine unvorstellbare Hölle gegangen waren; Frauen, die wie Ware gekauft und verkauft worden waren, dann das Ende ihrer Tauglichkeit erreicht hatten und ihrem letzten Job zugeführt wurden, bevor man sie entsorgte. Die Kälte des ganzen Vorgangs und die Tatsache, dass sie ihrem Schicksal entflohen war, vermittelten Scarlett ein Gefühl der Losgelöstheit. Sie wäre am liebsten zu den Leuten gegangen, hätte sie geschüttelt und sie angeschrien, *wisst ihr überhaupt, was direkt vor eurer Nase passiert*? Aber wer hätte schon zugehört? Wer hätte ihr geglaubt?

Sie musste sich einen Plan zurechtlegen, etwas, worauf sie sich konzentrieren konnte. Sie konnte nicht den ganzen Tag hier sitzen bleiben; damit würde sie schließlich doch Aufmerksamkeit auf sich lenken. Sie musste in Bewegung bleiben, und um das gefahrlos tun zu können, brauchte sie einen Plan. Der Kaffee half, das Tageslicht half, doch ihr Adrenalinspiegel fing an zu sinken und die vierundzwanzig Stunden ohne Schlaf machten sich bemerkbar.

Scarlett, konzentrier dich.

Sie musste so weit wie möglich von hier fort, so viel war klar. Zur Polizei wollte sie nicht gehen. Sie vertraute niemandem, sie war auf sich alleine gestellt, aber das war nicht unbedingt schlimm. Auf sich alleine gestellt hatte sie bis hierhin überlebt und es geschafft abzuhauen. Das war immerhin ein Erfolg.

Sie musste also von hier verschwinden. Sobald sie aus der Stadt raus wäre, könnte sie sich einen sicheren Ort für die Nacht suchen. Das hieße aber, dass sie etwas von ihrem Geld ausgeben musste und es somit nicht lange reichen würde. Wie kam sie ohne aufzufallen an mehr Geld?

In der Tasche ihres neuen Mantels befand sich eine Handvoll Münzen. Auf der anderen Straßenseite, im Schutz eines Bürogebäudes, sah Scarlett zwei öffentliche Telefonzellen. Sie waren an der Mauer des Gebäudes unter einem Vordach aus Beton befestigt, das Rauchern und Menschen ohne Mantel Schutz bot.

Sie war jahrelang weg gewesen. Würde Juliette sich überhaupt an sie erinnern? Wohnten sie überhaupt noch an demselben Ort? Was war, wenn *er* ans Telefon ging?

Scarlett stand auf und verließ das Lokal, bewegte sich nah am Gebäude entlang und sah die Straße nach allen Seiten ab, für den Fall, dass jemand käme, den sie kannte. Dann überquerte sie schnell die Straße und lief zu den Telefonzellen. Eine akzeptierte nur Karten, doch die auf der rechten Seite hatte einen Münzenschlitz. Die Anweisungen standen auf Englisch und Holländisch drauf. Bei ihrem ersten Versuch vergaß sie die internationale Vorwahl. Beim zweiten Mal folgte eine Pause, dann klingelte es am anderen Ende der Leitung.

JANE – Sonntag, 03. November 2013, 15:30

Les Finnegan und Jane Phelps fanden Darren Cunningham schließlich vor seinem Büro, wo er sich gerade eine Zigarette gönnte. Vor einem seiner Büros besser gesagt, denn er hatte mehrere. Der Laden, in dem er sich an diesem Tag aufhielt, war auch als *YouBet* bekannt oder *David Hendersons Bookmakers and Turf Accountants Limited*, einer der wenigen unabhängigen Buchmacher in Briarstone und Cunninghams Lieblingsgeschäft.

Les parkte den Dienstpeugeot vor der Pommesbude, die sich zwei Türen vom Wettbüro in der Turnswood Parade befand. »Da ist er ja«, sagte er und nickte zu einer kleinen Gruppe von Leuten, die draußen herumhingen.

Da waren zwei Kerle, die mit gespreizten Beinen auf BMX-Fahrrädern saßen, ein Typ auf einer Bank, und einer saß auf dem Geländer, das den Gehsteig vom Parkplatz trennte, und baumelte mit den Beinen. Alle vier trugen die Herbst/Winter-Kollektion von *Sports Direct's*, ein Gemisch aus Nylon-, Baumwoll- und Polyesterklamotten in Grau, Marineblau und Schwarz, und die Baseballkappen verkehrt herum.

Beide Polizisten warteten einen Augenblick, bevor sie ausstiegen. Immerhin bestand die Möglichkeit, dass gerade ein Deal stattfand, was ihnen ein paar Verhaftungen ermöglicht und zur allgemeinen Erheiterung beigetragen hätte. Cunningham dealte aber nicht auf der Straße, darüber war er inzwischen längst hinaus, auch wenn er noch immer zu Hause bei seiner Mom wohnte.

Die zwei Kerle auf den Fahrrädern setzten sich in Bewegung. Sie schüttelten einander aufwendig die Hände und schlängelten sich gefährlich knapp zwischen den Rentnern hindurch, die von der Bushaltestelle zum *Iceland*-Supermarkt gingen, als Les und Jane sich näherten. Ein Kerl ging vorbei, drehte sich um und schrie »Daz!«, um Cunningham zu warnen, dass sich zwei Beamte näherten. Nun gut. Sie waren ja nicht heimlich unterwegs.

Der Typ auf dem Geländer, ein spindeldürrer Kerl, dessen weiße Fußknöchel aus seinen Turnschuhen hervorlugten – er trug keine Socken, was im November irgendwie anstößig wirkte –, sprang auf, als er sie bemerkte.

»Ich will nicht stören«, sagte Jane fröhlich.

»Ich muss los«, sagte der magere Kerl. Dunkles Haar voller Gel oder Öl oder so.

»Warte mal, Kumpel«, sagte Cunningham.

Gehorsam kletterte der Junge wieder auf das Geländer, verhakte sich mit der Hinterseite seiner Sporthose an dem Metall, sodass Jane über der Designerunterhose von Calvin Klein einen behaarten Streifen Haut bewundern konnte.

»Mr Cunningham«, sagte Les und lehnte sich lässig an das Geländer. »DC Les Finnegan, das ist meine Kollegin DC Jane Phelps.«

»Ich weiß«, sagte Cunningham.

Jane blieb neben der Bank stehen. Sie hatte nicht oft die Gelegenheit größer zu wirken, als sie war, und sie wollte sie nicht verschenken, indem sie sich setzte. Zum Charmeur auf dem Geländer sagte sie: »Ich glaube, wir hatten noch nicht das Vergnügen. Wie heißt du?«

Der Kerl sah Cunningham an, als bitte er um seine Erlaubnis. »Jonny.«

»Jonny …?«

»Parkinson.«

»Hört mal«, sagte Cunningham, »wir machen nichts. Gar nichts. Wo ist das Problem?«

Les wandte seine Aufmerksamkeit wieder Cunningham zu. »Kein Problem, Darren. Ich wollte mich nur ein wenig mit dir unterhalten, sehen, wie es dir geht.«

Cunningham schnaubte. »Na klar.«

»Tut mir leid, was Ian passiert ist«, sagte Jane.

»Wem?«

»Ian Palmer. Einem Kumpel von dir, oder?«

»Nein«, sagte Cunningham. »Da klingelt nichts. Kennst du ihn, Jonny?«

»Nee.«

»Oh? Wir haben gehört, dass er für dich arbeitet, mal hier und da krumme Dinger dreht. Tu nicht so, als würdest du ihn nicht kennen, Darren, du wurdest schon mal mit ihm angehalten.«

»Und, was ist mit ihm?«, fragte Cunningham. Er kratzte sich mit seinen abgekauten, schmuddeligen Fingernägeln die dünnen Bartstoppeln.

Jane konnte sich nicht helfen, aber auf sie wirkte er nicht wie Edens aktueller Drogenboss. Dann fiel ihr Blick auf die glänzende, schwere Uhr an seinem Handgelenk unter dem Kapuzenshirt. Wenn einem die Mom die Wäsche wusch und Pizza und Kartoffelpuffer zum Tee machte, wofür gab man sein Geld dann wohl aus? Sie ahnte, dass sein Schlafzimmer aussah, als hätte er bei *The Gadget Show* sämtliche technischen Geräte auf einmal gewonnen. Er war außerdem älter, als er auf den ersten Blick wirkte – Ende dreißig –, und trotz seines Reichtums nicht unbedingt attraktiv für Mädchen. Zurzeit fuhr seine Mutter einen BMW 2013reg, Darren selbst durfte sich aufgrund eines zwölfmonatigen Führerscheinentzugs nicht ans Steuer setzen. Wenn er mit so viel Geld um sich werfen konnte, war es kein Wunder, dass er seine Nachmittage damit verbrachte, es bei *YouBet* zu waschen.

»Ihm wurde der Schädel eingeschlagen«, fuhr Les fort. »Er liegt noch im Krankenhaus. Wir dachten, du würdest dem armen Kerl mal einen Besuch abstatten.«

»Hör zu, wir sind keine Kumpel. Nur weil ich ein oder zwei Mal mit ihm gesehen wurde.«

»Er kennt dich, okay«, fuhr Les fort. »Er kennt dich sehr gut. Und weiß alles über deine Geschäfte.«

Das schien zu wirken. Cunningham kniff die Augen zusammen und setzte sich ein wenig aufrechter hin.

»Was soll denn das heißen?«

Daraufhin sagte Jane: »Uns interessiert nur, ob du irgendwas darüber weißt, was ihm zugestoßen ist. Seine arme Mom ist völlig aufgelöst, weißt du. Und ich bin mir sicher, dass es auch für dich Vorteile hätte, wenn der Angreifer gefasst würde, oder?«

Jonny Parkinson schwankte leicht auf seiner Stange.

Cunningham stieß ein dreckiges Stück Asphalt mit der Fußspitze an. »Ich hab euch nichts zu sagen.«

Jane warf Les einen Blick zu.

»Falls du deine Meinung änderst«, sagte Les und reichte ihm seine Visitenkarte, »dann ruf uns an, okay?«

Darren Cunningham spähte auf die angebotene Visitenkarte und sah dann demonstrativ weg.

Les steckte sie wieder ein. »Du kannst uns trotzdem jederzeit erreichen. Wähle einfach die 101. Könnte so zwar kniffliger werden durchzukommen, aber ich bin sicher, dass du dir die Nummer merken kannst, nicht wahr? Wenn ich dir einen Rat geben darf, Mr Cunningham. Sei auf der Hut, wem du vertraust – wenn du verstehst, was ich meine. Wird nach einer Weile immer ein bisschen schwierig, Freund von Feind zu unterscheiden, besonders in deiner Branche, wo sich die Bündnisse ständig ändern.«

Sie gingen schweigend zum Auto zurück. Jane wartete, bis Les sich gesetzt und angeschnallt hatte.

»Was war denn das jetzt?«, fragte sie.

»Was?«, antwortete Les und wendete mit nur einer Hand auf dem Lenkrad den Wagen perfekt auf dem vollen Parkplatz.

»Du warst drauf und dran, ihm zu drohen. Das ganze Zeug über Palmer, der über seine Geschäfte Bescheid weiß, Feinde und Freunde? Was willst du damit erreichen? Dass Palmer endgültig erledigt wird?«

»Sei nicht albern. Wer sagt außerdem, dass ich von Palmer geredet habe?«

»Von wem denn sonst?«

Les tippte sich seitlich an seine lange dünne Nase. »Vielleicht habe ich so im Allgemeinen geredet. Manchmal muss man ihnen nur einen kleinen Stupser geben und zusehen, was als Nächstes passiert. Ich habe wegen einer kleinen Andeutung zur rechten Zeit ganze Verbrechensorganisationen zu Staub zerfallen sehen.«

SAM – Sonntag, 03. November 2013, 23:58

Sam machte sich den ganzen Abend Gedanken über Scarlett, versuchte sich einzureden, dass sie in Sicherheit war. Ein paarmal überlegte sie, mit dem Wagen loszufahren, nur um zu sehen, ob sie sich noch am Busbahnhof aufhielt, was lächerlich war. Bestimmt saß sie längst bei irgendjemandem auf dem Sofa. Es ging ihr gut, sie hatte es warm und trocken und kam gut zurecht. Sam versuchte sich mit Fernsehen abzulenken, konnte sich aber auf nichts konzentrieren, bis sie schließlich doch durch einen Zombiefilm in Bann gezogen wurde.

Als sie das nächste Mal auf die Uhr sah, war es fast Mitternacht. Definitiv Zeit ins Bett zu gehen.

Als sie die Lichter löschte, hörte sie draußen ein Geräusch und wollte gerade nachsehen, als es an der Tür klingelte.

Sie machte das Licht vor dem Haus an und öffnete die Tür. Scarlett Rainsford stand vor der Tür in ihrem viel zu großen braunen Mantel und mit einer Wollmütze auf dem Kopf, unter der sie erst recht zu versinken schien. Neben ihr stand eine Frau, die Sam nicht kannte.

»Hi, Scarlett«, sagte Sam. »Schön, dich zu sehen.«

»Sind Sie Sam Hollands?«, fragte die Frau. Sie wirkte erschöpft.

»Ja.« Sam war sich durchaus der Gefahr bewusst, dass sie als alleinstehende Polizistin außer Dienst eine Fremde und eine fast fremde Frau in ihr Haus ließ, andrerseits wollte sie nicht, dass ein etwaiges Drama sich auf der Straße abspielte. Deshalb riss sie sich zusammen und sagte: »Wollt ihr reinkommen?«

Die beiden folgten Sam in den Flur, sie ging vor und machte das Licht wieder an.

Scarlett zog sich im Wohnzimmer die Schuhe aus, setzte sich auf das Sofa und zog die Beine an. Die andere Frau blieb stehen. »Ich bleibe nicht«, sagte sie. »Scarlett hat gesagt, Sie hätten ihr angeboten, sie könne jederzeit herkommen, wenn sie Hilfe brauche.«

»Ich habe gesagt, dass sie mich jederzeit anrufen kann, aber egal«, sagte Sam. Sie hatte das Gefühl, zu amtlich rüberzukommen. »Und Sie sind …?«

»Ich heiße Samantha Rowden-Knowles. Ich bin – war einmal Scarletts Lehrerin. Ich habe gehört, was passiert ist. Ich würde gerne mit ihr in Kontakt bleiben und helfen, aber bei mir kann Scarlett nicht bleiben. Sie hat aber meine Nummer. Ich habe ihr gesagt, dass sie mich jederzeit anrufen kann.«

Sam sah Scarlett an, die ihren Kopf auf die Sofalehne gelegt hatte und wirkte, als würde sie gleich einschlafen.

»Kommen Sie in die Küche«, sagte sie zu der Lehrerin. »Dann schreibe ich mir Ihre Kontaktdaten auf.«

»Es ist also in Ordnung, wenn sie bei Ihnen bleibt?«

Sam schloss die Tür hinter sich. »Nein, aber ich kann ihr eine Unterkunft besorgen, in der sie sicher ist. Wo haben Sie sie gefunden?«

»Sie ist zu mir gekommen«, sagte Mrs Rowden-Knowles. »Sie stand einfach so vor meiner Haustür, ich war entsetzt, als sie mir sagte, wer sie sei. Ich habe sie nicht wiedererkannt. Wir dachten alle, sie wäre tot.«

»Die Presse hat noch nichts davon erfahren«, sagte Sam, »aber das kann nicht mehr lange dauern. Ist alles in Ordnung bei Ihnen?«

Die Frau hatte Tränen in den Augen, und Sam bemerkte, dass sie zitterte. Dann atmete sie tief durch und richtete sich wieder auf. »Alles in Ordnung, wirklich. Sie hat mir ein wenig erzählt, was ihr widerfahren ist, wo sie gewesen ist. Sie ist sehr misstrauisch. Ich habe ihr gesagt, dass sie sich Ihnen anvertrauen sollte. Das stimmt doch, nicht wahr Sergeant Hollands? Sie werden sie nicht enttäuschen, oder?«

»Nein«, sagte Sam. »Natürlich nicht.«

Sam notierte sich Adresse und Telefonnummer in ihrem Notizbuch und versprach der Lehrerin, sie am nächsten Morgen anzurufen. Sie würden sich noch ausgiebiger unterhalten müssen. Als sie wieder ins Wohnzimmer kamen, schlief Scarlett mit offenem Mund auf Sams Couch.

»Ich überlasse sie Ihnen«, sagte Mrs Rowden-Knowles.

Sam begleitete sie zur Tür und kehrte dann ins Wohnzimmer zurück.

Sam betrachtete Scarlett einen Moment lang und überlegte, sie einfach schlafen zu lassen, doch ihr Anblick rief die Erinnerung an eine Begebenheit wach, die sich fast auf den Tag genau vor zwei Jahren ereignet hatte, als sie nach Hause gekommen war und einen dunkelhaarigen Jungen auf ihrem Sofa vorgefunden hatte, der kein Wort Englisch sprach und genau dort gesessen hatte, wo Scarlett jetzt lag. Sams Partnerin Jo – im Krankenstand wegen Überarbeitung – stand in der Küche kurz vor einer Panikattacke, weil sie fürchtete, Sam würde den Jungen fortschicken. Jo hatte die Angewohnheit, Straßenkinder und Streuner aufzulesen, ein angeborener Beschützerinstinkt. Sie arbeitete in einem Polizeigefängnis, ihre Aufgabe war es, sich um Leute zu kümmern, die in Polizeigewahrsam genommen worden waren, einschließlich Teenagern, die Asyl beantragt und alleine die Kontinente durchquert hatten. Selbst Sam wusste, wie schwer es war, sich nicht hineinziehen zu lassen, wenn einem ein junger, verletzlicher Mensch gegenüberstand, vor allem wenn das System, das ihn beschützen sollte, versagte. Doch Jo hatte die Angelegenheit selbst in die Hand genommen, und auch wenn ihre Beweggründe nachvollziehbar waren, hatte sie gegen das Gesetz verstoßen.

Nach einem Disziplinarverfahren wurde Jo gefeuert und als Sam einen Tag später nach Hause kam, musste sie feststellen, dass Jo verschwunden war.

Jo hätte das hier gefallen, dachte Sam und blickte bei dem Gedanken lächelnd auf das schlafende Mädchen herab. Vielleicht war es gut, dass Sam nun alleine lebte. Es ging nicht um die Frage, ob sie helfen wollte oder nicht, es war aus verschiedenen Gründen keine gute Idee, wenn das Mädchen hierblieb. Die Gefahr, Jos Fehler zu begehen, war nur einer davon. Ihre eigene Sicherheit ein anderer.

»Scarlett«, sagte Sam laut genug, um sie zu wecken.

Das Mädchen öffnete die Augen. »Ich wollte nicht herkommen«, sagte sie. »Aber bei ihr konnte ich nicht bleiben. Sie hat darauf bestanden, mich herzubringen.«

»Woher wusstest du, wo ich wohne?«

Scarlett lächelte. »Ich bin dir vorhin von der Arbeit nach Hause gefolgt. Tut mir leid. Ich hatte gerade nichts anderes zu tun.«

»Zu Fuß?«

»Klar. Ich habe dich in deinem Auto gesehen, als du in die Straße gefahren bist. Du wohnst sehr nah am Stadtzentrum. Du wirst mich doch nicht auch wegschicken, oder?«

Sam hatte sich nicht gesetzt. Sie hielt noch ihr Handy in der Hand. »Hier kannst du nicht bleiben, Scarlett. Aber ich kann etwas für dich finden, wo du ein paar Nächte bleiben kannst und in Sicherheit bist. Okay?«

»Es ist schon sehr spät«, sagte Scarlett. »Du wirst nichts finden und ins verdammte Wohnheim nach Charlmere gehe ich bestimmt nicht, auf keinen Fall. Da gehe ich lieber gleich.«

Trotz ihrer Worte blieb Scarlett auf dem Sofa sitzen.

»Du kannst eine Tasse Tee machen, während ich herumtelefoniere«, sagte Sam.

Fünfter Teil
Die Rückkehr

SCARLETT – Amsterdam Außenbezirk, Donnerstag, 25. Oktober 2012, 08:50

Im Schutz einer Autobahnraststätte beobachtete Scarlett den Parkplatz. Ihre Bank stand gegenüber von einem LKW-Parkplatz in einer Mauernische neben dem Notausgang des Gebäudes. Sie bemühte sich zu tun, als warte sie auf jemanden, und locker zu wirken, doch sie hatte bereits zwei Polizeiautos gesehen und wusste, dass sie nicht länger hier sitzenbleiben konnte.

Ein Tag war vergangen, seit sie nach Hause telefoniert hatte.

In der Zeit hatte sie wieder ein wenig Vertrauen gefasst, und irgendwie war sie froh, dass sie es getan hatte, denn sie hatte den Hörer wieder aufgelegt und plötzlich genau gewusst, was sie tun musste. Und ja, sie hatte gestern ein wenig von ihrem wertvollen Geld ausgegeben, sich bei *C&A* ein paar Jeans, Socken, einen Kapuzenpulli und Turnschuhe gekauft. Danach hatte sie es geschafft, vor einem Hotel mit einer Familie, die einen Sohn im Teenageralter hatte, in den Shuttlebus zu steigen und sich nach hinten zu einem älteren Paar und drei asiatischen Männern in Anzügen zu setzen. Keiner hatte auf sie geachtet. Der Bus fuhr zum Flughafen, Scarlett stieg mit den Passagieren aus und hielt sich in der Nähe der Familie auf, bis der Fahrer wieder abgefahren war. Sie konnte ein paar Stunden am Flughafen schlafen, zwischen all den Menschen, deren Flieger offensichtlich Verspätung hatte.

Als die Dämmerung einsetzte und der Flughafenbetrieb einsetzte, bemerkte Scarlett zwei Polizeibeamte, die vor einem Café im Terminal standen. Zwei stämmige Jungs in Bomberjacken, auf deren Rücken *Politie* stand. Sie beobachteten die Leute, plauderten und lachten. Scarlett hatte überlegt, aufzustehen, zu ihnen zu gehen und sie um Hilfe zu bitten. Es wäre so einfach gewesen – das alles endlich anderen zu überlassen. Und hier war sie sicher, nicht wahr? Unter all den Leuten?

Aber was würden sie tun?

Sie würden sie letztendlich nach Hause schicken. Die Behörden würden Clive und Annie anrufen, sie wären gezwungen, ihr zu helfen und sie nach Hause zu holen. Der Gedanke daran schnürte ihr den Magen zu.

Ein dritter Polizist hatte sich zu den anderen zwei gesellt, er hatte Scarlett den Rücken zugewandt. Irgendwas an seiner Körperhaltung kam ihr bekannt vor, etwas an seinem glatt rasierten Kopf unter der Kappe. Scarlett bekam ein mulmiges Gefühl. Als er sich umdrehte und sie ansah, glaubte sie ihn zu erkennen. Er sah wie einer ihrer Stammkunden aus, ein Kerl, der alle drei Monate oder so auftauchte und ihr niemals seinen Namen sagte, sie aber gerne an den Haaren packte, wenn sie ihm einen blies. Sie anschrie, wenn sie erschrak, oder würgte. Ihr einmal so eine runterhaute, dass sie eine Beule davontrug.

Vielleicht war er es auch nicht, meistens hatte sie versucht, ihre Freier nicht genau anzusehen und sie zu vergessen, sobald sie aus der Tür waren, doch alleine der Gedanke daran reichte aus. Sie war aufgestanden und aus dem Flughafen gerannt, über die Straße und die Rampe hinunter zur Autobahn.

Am Ende der Rampe führten ein paar Stufen zu einem Fahrradweg, der unterhalb der Autobahn entlangführte. Man nannte sie auch *Fietspad*. Es gab sie überall, ein Netzwerk aus schmalen Straßen und Wegen. Scarlett war meilenweit auf ihm weitergelaufen in der Absicht, zum Hafen zu gelangen. Der Weg war lang, aber sie würde es schaffen. Dann war ihr aufgefallen, dass der *Fietspad* eine Straße kreuzte, die zu einer Raststätte führte. Also hatte sie beschlossen, dort anzuhalten, auf die Toilette zu gehen und vielleicht ein wenig Geld in einen Hamburger zu investieren.

Die Raststätte war gut, sie konnte sogar duschen, auch wenn sie kein Handtuch dabeihatte und sich mit den Händen abtrocknen und so lange zitternd dastehen musste, bis sie trocken genug war, um sich wieder anzuziehen und sich dann unter dem Handtrockner die Haare zu föhnen. Doch danach hatte sie sich viel besser gefühlt.

Sie hatte einige LKWs mit britischen Nummernschildern auf die Raststätte kommen und wieder abfahren sehen, hatte Männer und auch eine Frau dabei beobachtet, wie sie ausstiegen und zur Raststätte eilten. Sie waren alle noch ziemlich jung. Doch keiner dieser Fahrer schien ihr passend, bis sie den LKW der *Charlmere Logistics* mit dem blau-gelben Firmenlogo sah, der etwas abseits geparkt hatte. Von ihrem Mäuerchen sah sie die Telefonnummer seitlich am Laster, eine Charlmere-Nummer, eine Briarstone-Nummer. Kurz darauf kletterte der Fahrer aus dem Führerhäuschen und stakste in ihre Richtung, sein Gang verriet, dass er zu viele Stunden sitzend verbracht hatte. Er war untersetzt, hatte einen Stoppelbart und Haar, das hinten zu lang und oben zu dünn war. Er trug ein schmuddeliges Polohemd, das früher einmal von einem schicken Marineblau gewesen sein musste. Auf seiner Brust war das Logo CL eingestickt.

Scarlett stand auf und folgte ihm. Er ging natürlich als Erstes auf die Männertoilette. Sie wartete im Eingang, studierte einen Automaten, als wollte sie spielen, und behielt dabei die Tür zu den Toiletten im Auge. Und da kam er schwerfällig wieder heraus. Zu ihrer großen Erleichterung sah sie, wie er zum Restaurantbereich lief, sie folgte ihm und stellte sich hinter ihm in die Schlange.

Da war sie. Die einzige Chance.

»Oh!«, sagte sie strahlend. »Sie arbeiten für *Charlmere*. Mein Onkel hat auch für sie gearbeitet.«

Der Mann drehte sich überrascht um. Zu ihrer Erleichterung lächelte er und entblößte dabei einige Zahnlücken. »Ach, ja? Wie heißt er denn?«

»Jeff. Jeff Smith. Kennen Sie ihn?«

Er schüttelte langsam den Kopf. »Nee. Allerdings haben wir viele Fahrer. Bei uns herrscht ein reger Wechsel.«

Scarlett nickte. »Das hat er auch immer gesagt. Er arbeitet jetzt für *DHL*. Sie fahren zurück, nicht wahr?«

»Ja, genau. Ich war drüben wegen einer Tour in den Norden von Holland.«

Irgendetwas roch komisch an ihm, etwas, das sie nicht definieren konnte, ein eigenartiger Duft haftete an ihm. Es war nicht unbedingt Körpergeruch.

»Jeff ist meistens nach Osteuropa gefahren«, riskierte sie und hoffte, er würde nicht sagen, *Charlmere Logistics* unternehme keine Touren dorthin. Doch er nickte nur und lächelte, also fügte sie hinzu: »Er hat mich in den Ferien manchmal mitgenommen, wissen Sie, auf seine kürzeren Fahrten. Damit ich keinen Unfug treibe. Das war natürlich verboten, aber er hat mich trotzdem mitgenommen.«

Sie standen nun an der Kasse. Er kaufte sich ein Frühstückssandwich und einen Kaffee. An der angrenzenden Kasse holte sie sich eine Sprite und eine Tüte Chips.

»Macht es Ihnen was aus, wenn ich mich zu Ihnen setze?«, fragte sie und folgte ihm zu einem Sitzplatz.

»Nee«, sagte er, »komm nur. Ist ein freies Land, oder?«

Scarlett fand, dass er sie jetzt ein wenig misstrauisch ansah. Sie musste vorsichtig sein.

»Ich bin herumgereist«, sagte sie. »Mit ein paar Freunden, die wollten noch nach Deutschland, aber ich habe genug. Ich will zurück.«

»Ach, ja?«

»Mir fehlt das Essen meiner Mom.«

»Ja, das kenne ich.«

»Ich fahre per Anhalter zum Hafen, dann nehme ich die Fähre, denke ich.«

»Heute reisen nicht mehr viele per Anhalter. Sei bloß vorsichtig.«

»Ja. Sagen Sie das bloß nicht meinem Dad. Oder meinem Onkel Jeff.«

Er kaute an seinem Sandwich, er hatte schmuddelige Fingernägel und fettig glänzende Finger. Sie saugte an ihrem Strohhalm, vermied Augenkontakt, wusste aber, dass er sie ansah. Sie abcheckte. Trotz der Dusche sah sie vermutlich ungepflegt aus.

»Ist schön, jemanden zu treffen, der richtiges Englisch spricht«, sagte sie.

»Du kommst also aus Charlmere?«, fragte er.

»Briarstone«, sagte sie.

Es folgte ein langes, unangenehmes Schweigen.

Er biss noch ein Stück von seinem Sandwich ab, kaute und schluckte. Er schlürfte ein paarmal geräuschvoll seinen Kaffee und unterdrückte einen leichten Rülpser.

»Na ja«, sagte er, »ich denke mal, du könntest bei mir mitfahren. Sobald ich in Morden ausgeladen habe, fahre ich nach Briarstone ins Lager.«

»Danke«, sagte sie und versuchte nicht allzu dankbar und erleichtert zu wirken. »Ich heiße Katie. Wie heißen Sie?«

»Barry«, sagte er und streckte ihr seine fettige, fleischige Hand entgegen. »Du weißt, dass es gegen die Vorschriften verstößt, jemanden mitzunehmen.«

»Ich sag es nicht weiter«, sagte sie. »Versprochen.«

»Nee«, sagte er. »Das solltest du auch besser nicht.«

Zwanzig Minuten später liefen sie über den Parkplatz zum blaugelben LKW. Er war sauber, sah neu aus. Als sie sich näherten, stieg Scarlett der Geruch in die Nase, der auch an Barrys Klamotten hing und immer stärker wurde, je näher sie dem Fahrzeug kamen. Als er die Fahrerkabine öffnete und beiseitetrat, damit Scarlett hinaufklettern konnte, musste sie durch den Mund einatmen. Es stank, als wäre etwas unter die Räder des Lasters geraten und dort verendet.

»Was riecht hier so?«, fragte sie.

»Hühnerscheiße«, sagte er. »Ein-Tonnen-Säcke. Sie wird als Dünger eingesetzt. Nach einer Weile gewöhnst du dich daran und nach einer Stunde riechst du es gar nicht mehr.«

SCARLETT – Belgien, Donnerstag, 25. Oktober 2012, 11:30

Es war schön, hoch oben im Führerhäuschen mitzufahren. Von dort konnte man meilenweit sehen. Und Barry hatte recht behalten, nach einer Weile schien auch der Gestank des Hühnermists immer mehr zu verfliegen und übrig blieben nur Sonnenschein und der weite blaue Himmel von Südholland und die lange Straße, die sich vor ihnen erstreckte.

Barry schien ganz froh zu sein, dass ihm jemand Gesellschaft leistete, mit dem er reden konnte.

»Ja, ich fahre die Strecke regelmäßig. Ich bringe hochwertige Ware rüber, nichts Besonderes, nur Papier mit Wasserzeichen, ich muss aber trotzdem einen Sicherheitsmann mitnehmen. Ich lade die Ware in Haarlem ab und bringe dann den Sicherheitsmann zum Flughafen. Dann fahre ich ein paar Stunden rauf in den Norden, in die Nähe der Grenze nach Drenthe, weißt du, wo das ist? Nein, warum auch, dahin kommt normalerweise niemand, ich finde es aber ganz okay dort. Wie dem auch sei, ich lade ein und fahre zurück, meistens bis nach Belgien, und halte dort für eine Nacht. Gestern bin ich im Verkehr steckengeblieben, deswegen hab ich in der Nähe des Flughafens angehalten und übernachtet. Diese Raststätte ist okay, manche sind ja etwas schmuddelig, nicht wahr?«

»Und wo kommt die Hühnerscheiße hin?«, fragte Scarlett.

»Diese Ladung geht ins Lager, einen Sack lade ich vorher auf der Strecke bei einem Bauernhof ab. Ist 'ne Art Gefallen für 'nen Kumpel.«

Die Einreise nach Belgien verlief problemlos, lediglich die Farbe der Autobahnschilder war anders. Scarlett hatte befürchtet, sie würden angehalten, aber es gab keinerlei Schranken oder so was. Sie mussten nicht einmal langsamer fahren.

Das blieb allerdings nicht lange so, denn auf einer Stadtumfahrung wurde der Verkehr dichter. »Hier geht es immer so zu«, erklärte Barry ihr. »Weißt du, die Sache ist so. Belgien ist so klein, dass die Leute nie umziehen. Wer in Brügge wohnt und einen Job in Antwerpen kriegt, fährt einfach hin. Das ist nicht so weit weg, dass sich ein Umzug lohnen würde. Darum fahren die Leute jeden Tag kreuz und quer durch das verdammte Land. Verrückt, kann ich nur sagen.«

Schließlich löste sich der Stau wieder auf und sie fuhren eine lange, gerade Autobahn entlang, an Feldern und gelegentlich an Windrädern vorbei, deren Flügel Schatten auf den Asphalt vor ihnen warfen.

»Ich fahre über Dünkirchen, das ist die kürzeste Überfahrt, ohne dass man durch das verdammte Frankreich muss. Ich habe ein paarmal in Hoek van Holland übergesetzt, aber nicht bei Schlechtwetter. Außerdem kostet es mehr. Ich fahre lieber weiter und habe dann nur zwei Stunden über den Ärmelkanal.«

Wenn sie sich schon dem Hafen näherten, blieb Scarlett nicht mehr viel Zeit. Sie wartete, bis sich in der Unterhaltung eine geeignete Pause ergab, was eine Weile dauerte.

»Barry«, sagte sie, »ich muss dir was sagen.«

»Was denn?«

Es führte kein Weg daran vorbei. Trotz der Kameradschaft, die sich in den vergangenen Stunden zwischen ihnen entwickelt hatte, konnte das alles mit einem Schlag vorbei sein, wenn sie nicht den richtigen Ton traf.

»Tatsache ist, dass ich keinen Pass habe. In einer Jugendherberge in Amsterdam hat man mir meine Tasche geklaut.«

»Ach ja? Hast du die Polizei verständigt?«

»Das habe ich, ich war auch auf dem Konsulat, aber das hat nichts genützt. Es braucht ewig, um die Sache zu klären, und da sie mir auch fast mein ganzes Geld geklaut haben, hatte ich nicht genügend, um einen neuen Pass zu bezahlen. Ich dachte, ich würde einfach versuchen, alleine nach Hause zu kommen.«

»Was ist mit deinen Eltern, können die dir kein Geld schicken?«

»Mein Dad bringt mich um. Er wollte eigentlich gar nicht, dass ich überhaupt verreise.«

»Ohne Pass kommst du nicht rüber.«

»Ist schon okay, Barry, ich weiß das. Ich will dich nicht in Schwierigkeiten bringen. Vielleicht kannst du mich irgendwo absetzen, ich komme dann schon klar.«

Ein betretenes Schweigen folgte, das nur vom schwerfälligen Dröhnen des LKW-Motors unterbrochen wurde.

»Ich habe noch etwas Bargeld. Ich meine, so um die fünfzig Euro.«

Schweigen.

»Ich habe überlegt, ob ich mich vielleicht hinten in der Kabine verstecken kann. Wenn sie mich finden, kannst du alles abstreiten, ich würde dir Rückendeckung geben. Ich würde sagen, dass ich mich reingeschlichen habe, als du an der Raststätte gehalten hast. Ich meine, ich bin ja nicht illegal oder so. Ich war an der *Briarstone Grammar*.«

Barry sagte nichts, er hielt seinen Blick auf die Straße geheftet.

»Es tut mir leid, ich hätte es dir früher sagen sollen. Ich wollte nicht, dass es unangenehm wird.«

Kurz darauf setzte Barry den Blinker und fuhr von der Autobahn ab. Sie waren nicht am Hafen. Sie waren an einer Raststätte. Hier würde er sie absetzen. Ihre beste Chance, den Ärmelkanal zu überqueren und nach Briarstone zu gelangen, verflüchtigte sich gerade.

»Wo sind wir?«, fragte sie.

»Jabbeke«, sagte Barry. »Das ist der letzte LKW-Rastplatz vor dem Hafen, an dem es keine Polizeipräsenz gibt. Danach kontrollieren sie alles, was sich rund um die LKWs tut. Das ist also die einzige Möglichkeit, dich zu verstecken. Wenn du das wirklich willst.«

Scarletts Gesicht erhellte sich mit einem strahlenden, erleichterten Lächeln. »Danke. Ehrlich, das ist wirklich nett von dir.«

Doch Barry war noch nicht fertig. Als der LKW rumpelnd zum Stehen kam, wandte er sich ihr zu. »Es gibt keinen Grund, mir den ganzen Schwachsinn mit dem Pass auf die Nase zu binden. Für mich siehst du nicht wie ein Mädchen aus, das mit seinen Freunden eine Rundreise durch Europa macht. Du bist eine Prostituierte, richtig?«

»Was?«, fragte Scarlett, doch es war schon zu spät.

»Die Sache ist die, Katie, oder wie immer du heißt, das Leben auf der Straße ist verdammt einsam. Und für mich ist es ein großes Risiko, dich ohne Pass und Fahrkarte rüberzuschmuggeln. Ich könnte erwischt werden, dann verliere ich meinen Job oder ich könnte eine Strafe bekommen. Fünfzig Euro decken das wohl kaum.«

Sie sah zu, wie er seinen Hosenschlitz öffnete und drehte schnell ihren Kopf weg.

»Ich zwing dich zu nichts. Aber das ist der Preis. Es liegt ganz bei dir.«

SCARLETT – Donnerstag, 25. Oktober 2012, 11:55

Danach gingen sie in die Raststätte, damit Scarlett auf die Toilette gehen und Barry sich einen Kaffee und einen Snack holen konnte. Sobald er sie in der hinteren Fahrerkabine versteckt hatte, durfte sie nicht mehr herauskommen, bis sie die Kontrollen jenseits der Grenze hinter sich hatten.

»Sie kontrollieren die LKWs, alle Parkbuchten an der A2 entlang über fünf oder zehn Meilen«, sagte er. »Ich werde erst wieder halten, wenn ich in Morden bin. Das sind drei, vielleicht vier Stunden inklusive Überfahrt und der Wartezeit vor dem Einschiffen.«

In der Kabine gab es hinten zwei übereinanderliegende Kojen. In der unteren Koje lagen ein Schlafsack und eine verblichene, marineblaue Daunendecke. Die obere Koje war in einem Winkel von 45 Grad nach oben geschnallt. Als er sie aufklappte, kamen eine Reisetasche, ein Laptop und eine Sainsbury's-Tüte mit einer Brotzeitdose und einer Thermosflasche zum Vorschein. Zwischen Koje und Rückwand der Fahrerkabine war ein wenig Raum.

»Da kannst du dich verstecken«, sagte er. »Ich muss die Koje hochschnallen. Du wirst nicht viel Platz haben, aber das ist die einzige Stelle, an der es geht. Solange du dich ruhig verhältst.«

»Werden sie den LKW anhalten?«, fragte Scarlett.

»Das machen sie nicht oft«, sagte er. »Es ist ein hübscher, sauberer LKW, kein Problem, da bekommt man normalerweise grünes Licht. Manchmal halten sie einen für eine schnelle Kontrolle an, aber sobald sie die Hühnerscheiße riechen, winken sie mich normalerweise durch.«

Barry holte die Reisetasche und die Tüte herunter und legte sie auf die untere Koje, dann warf er die Decke nach oben, damit sie einigermaßen bequem läge. Sie kletterte hinauf und zwängte sich in den Raum hinter der oberen Koje. Barry schob die Koje wieder nach oben und gurtete sie fest. Es war dunkel, und obwohl ein wenig Licht durch die Ränder hereindrang, wurde die Luft fast umgehend stickig.

»Alles klar da oben?«, fragte er.

»Ja«, sagte sie und schluckte die plötzlich aufsteigende Angst herunter.

Der LKW setzte sich in Bewegung und fuhr kurz darauf wieder auf die Autobahn. Sie verhielt sich ruhig, lauschte dem Radio und Barry, der dazu sang.

Sobald sie auf die Fähre gefahren waren, schloss Barry ohne ein Wort zu sagen das Führerhäuschen ab und ließ sie alleine. Es war beengt, Scarlett musste sich darauf konzentrieren, langsam und tief zu atmen, damit sie nicht in Panik geriet. Es stank schrecklich, nicht nach Dünger, sondern nach verfaultem Essen. Drei oder vier Stunden, hatte er gesagt.

Auf dem Ladedeck der Fähre war es laut, und sobald die Fähre den schützenden Hafen verlassen hatte, schwankten Fähre, LKWs und auch Scarlett hoch und nieder. Sie hatte immer noch seinen Geschmack im Mund, obwohl sie sich den Mund auf der Damentoilette der Raststätte gründlich ausgespült hatte. Sie hatte sich auch lange die Hände mit Seife gewaschen, dennoch roch sie ihn noch; vielleicht war es aber auch die Decke.

Er hatte ihr die Möglichkeit gelassen abzuhauen. Er hatte sich nicht aufgedrängt oder sie gezwungen. Es war ihre Entscheidung gewesen, ob sie das tun und über den Kanal gelangen oder ob sie aussteigen und es bei einem anderen Fahrer in Jabbeke versuchen wollte. Es war ihr freier Entschluss gewesen, doch gleichzeitig hatte sie auch noch etwas anderes beschlossen: Es war das letzte Mal. Das allerletzte Mal.

SCARLETT – in der Nähe von Morden, Donnerstag, 25. Oktober 2012, 15:00

Als Barry sich wieder in sein Fahrerhaus setzte, war Scarlett überhitzt, hatte irrsinnigen Durst und musste dringend auf eine Toilette. Sie war aus dem Schlaf gerissen worden, als die Fähre mit einem Ruck an der englischen Küste anlegte, und zählte seither jede Minute, immer wieder stieg Panik in ihr auf, und sie atmete tief durch, um ruhig zu bleiben.

Er redete nicht mit ihr, bis der Laster sich in Bewegung setzte.

»Sei ganz still«, sagte er ein paar Minuten später, obwohl sie sich weder bewegt noch ein Wort gesagt hatte. »Wir kommen jetzt zum Zoll.«

Der Laster hielt nicht, er fuhr nur ein wenig langsamer über Bremshügel, dann nahm er Geschwindigkeit auf, schaltete die Gänge hoch, bis der Motor heulte.

»Alles klar da hinten?«, rief er.

»So einigermaßen«, rief sie zurück. »Können wir bitte so bald wie möglich anhalten?«

Ein paar Minuten später fuhr er in eine Parkbucht, kam nach hinten und machte die Gurte an der Koje los. »Bleib erst mal hier«, sagte er und reichte ihr eine Literflasche Wasser. »Ich bin spät dran und muss direkt nach Morden fahren. Das ist etwa eine Stunde Fahrt.«

Als der LKW sich wieder in Bewegung setzte, saß Scarlett auf der unteren Koje, trank das lauwarme Wasser, genoss die frische Luft, die durch Barrys offenes Fenster drang, und atmete tief durch.

»Was wirst du in Briarstone machen?«, fragte er nach einer Weile.

»Ich suche mir einen Job«, sagte sie.

»Was für einen Job?«

»Keine Ahnung. Irgendwas. Ich werde schon was finden.«

»Was ist mit deiner Familie?«

»Keine Ahnung. Die sind etwas komisch. Ich bleibe lieber für mich.«

»Hört sich an, als wolltest du nicht nach Hause.«

»Nein«, sagte sie.

Durch den wippenden Vorhang, der die Koje vom Fahrerhäuschen trennte, sah sie England vorüberziehen. Es war bewölkt und trüb, aber es war England. Die britischen Nummernschilder an den vielen Autos sahen seltsam aus, auf den riesigen blauen Autobahnschildern standen Städtenamen, die sie kannte. Es kam ihr vor, als wäre sie nie weg gewesen.

Nach einiger Zeit fuhr Barry von der Autobahn ab und kurz darauf auf eine schmale Landstraße, Äste strichen über das Dach des Fahrerhäuschens. Sie hatte sich vorne neben Barry gesetzt. »Wohin fahren wir noch mal?«

»Morden. Kennst du das?«

»Nein.«

»Mein Kumpel hat einen Bauernhof. Ich helfe ihm aus, indem ich ihm einen extra Sack Düngemittel vorbeibringe, wenn ich die Strecke fahre.«

Der LKW bog auf einen schmalen Schotterpfad ab und folgte ihm zu einem großen Hof, an dessen einer Seite eine Scheune und an der anderen ein Bauernhaus stand. Hinter der Scheune kam ein Mann hervor und hob zum Gruß die Hand. Berry schaltete den Motor ab und öffnete die Tür des Fahrerhäuschens. »Alles klar, Nige? Wie geht's dir, Kumpel?«

Scarlett öffnete die Beifahrertür und kletterte herunter.

»Wer ist das?«, fragte der Mann. Er war frisch rasiert, hatte kurzes, grau meliertes Haar und helle blaue Augen. Seine braune Cordhose sah aus, als würde sie niemals richtig dreckig.

»Katie«, sagte Barry. »Ich habe sie über den Kanal mitgenommen.«

»Darf ich Ihre Toilette benutzen?« Irgendwie hatte sie das ganze Wasser ausgetrunken.

»Wenn es sein muss«, sagte Nigel. »Geh einfach in das Haus, durch die Tür da, die Toilette ist gleich links.«

Sie ging durch einen kleinen Raum mit gekacheltem Boden, an den Wänden hingen matschbespritzte Schuhe und Mäntel. Die Tür links führte zu einer Toilette, die nicht besonders sauber war, der Toilettendeckel war hochgeklappt. Sie sah aus, als würde nicht sonderlich oft gespült. Durch das offene Fenster hörte sie die beiden Männer im Hof über sie reden.

»Ist ein ziemliches Risiko, Anhalter mitzunehmen.«

»Ja, aber sie ist in Ordnung. Sie hat sich in der Koje versteckt. Armes Ding, hat 'ne schwere Zeit hinter sich, weißt du. Das sehe ich ihr an. Sie hat gesagt, dass sie in Briarstone Familie hat, aber das glaube ich ihr nicht. Sie ist auf der Suche nach einem Job. Du hast nicht zufällig irgendwas für sie?«

»Nur, wenn sie sich mit Pferden auskennt.«

»Sie würde es vermutlich versuchen. Ich glaube nicht, dass sie weiß, wo sie hinsoll. Keine Ahnung, wo ich sie absetzen soll.«

Es folgte eine Pause. Dann sagte Nigel: »Warte einen Moment.«

Scarlett spülte und wusch sich in dem kleinen Waschbecken die Hände. Es gab keine Seife und kein Handtuch. Als sie wieder nach draußen kam, wischte sie sich ihre Hände an ihrer Jeans ab und sah, wie Nigel mit einem zweiten Mann wieder aus der Scheune kam. Er war gut gebaut, sah aus, als hätte er früher einmal Bodybuilding gemacht. Sein schwarzes Kapuzenshirt spannte über dem Bizeps und dem Bauch. Dunkle Haare, sehr kurz geschnitten, irgendein aufwendiges Muster war seitlich einrasiert.

»Alles klar, Barry?«, sagte er. »Wie läuft's?«

»Alles klar, Kumpel. Hab dich schon ewig nicht mehr gesehen.«

»Hören Sie«, sagte Scarlett zu Nigel. »Ich habe mitbekommen, was Sie gerade gesagt haben. Ich kann mich um Pferde kümmern, das macht mir nichts aus. Ich kann hart arbeiten. Ich will nicht mal eine Bezahlung, nur irgendwas, wo ich schlafen kann, bis ich was anderes finde.«

»Ich habe eine bessere Idee«, sagte Nigel und zeigte auf den stämmigen Kerl, der mit Barry lachte. »Katie, das ist Reggie. Er arbeitet für einen Freund von mir. Ihm gehört ein Laden in der Stadt, da braucht er wen, der ein Auge drauf hat – vielleicht sauber macht, kocht, so Zeug halt. Du könntest da wohnen.«

Scarlett sah zuerst Nigel, dann Reggie an. »In der Stadt? Sie meinen Briarstone?«

Reggie nickte. »Genau. Was hältst du davon?«

»Was für ein Laden? Ein B&B oder so?«

»In der Art. Da wohnen ein paar Mädchen. Du weißt ja, wie Mädels sind, die halten nie Ordnung, die essen auch nicht, außer jemand besorgt was.«

Scarlett lächelte. »Das kann ich erledigen. Was auch immer.«

Reggie lächelte zufrieden zurück. »Ich muss das mit dem Boss klären. Du kannst mitkommen und ihn treffen. Wenn er dich mag, bist du dabei.«

SCARLETT – Briarstone, Dienstag, 26. März 2013, 18:38

Scarlett hatte bereits so lange auf der Schaukel an ihrem Aussichtspunkt gesessen, dass ihr langsam kalt wurde. Die Abende wurden langsam heller und in ihrer Sorge, Aufmerksamkeit zu erregen, spielte sie möglichst geschäftig mir ihrem Handy, doch bisher hatte noch niemand jemals mehr als einmal in ihre Richtung gesehen. Während des Winters waren nur wenige Leute am Spielplatz vorbeigekommen, nur der eine oder andere Hundebesitzer war im Park unterwegs.

Das Handy surrte, sie ging schnell dran. »Ja?«

»Brauchst du noch lange?«, fragte Reggie. »Denn wenn dem so ist, kann ich auch gleich in den Pub gehen.«

»Ich bin bald so weit, Reg. Ich rufe dich an.«

Die Russet Avenue lag am anderen Ende von Carisbrooke Court, und Scarlett musste sich von Reggie herfahren lassen, wenn sie unterwegs war und Besorgungen für Lewis machen oder einkaufen sollte. Obwohl es ihr manchmal wie eine Zeitverschwendung vorkam, das Haus aus der Ferne zu beobachten, lenkte es sie von der täglichen Schinderei in der Wohnung ab. Und sie fühlte sich Juliette näher.

Als Scarlett nach Briarstone zurückgekehrt war, hatte sie nach ein paar Minuten in der Wohnung in Carisbrooke Court mit Reggie und seinem Boss, einem Charmeur mit silbergrauem Haar, dem das Anwesen gehörte, begriffen, was hier lief. Sie war von einem Bordell direkt in das nächste gerutscht. Doch da war es bereits zu spät gewesen. Scarlett war am Ende und wusste nicht, wo sie sonst hinsollte.

Doch die Beschäftigung, der die Mädchen nachgingen, war auch die einzige Ähnlichkeit mit ihrem früheren Leben. Zunächst einmal war es hier sauber und warm, es gab eine Waschmaschine und einen Geschirrspüler, einen Kühlschrank mit Essen. Scarlett hatte ihr eigenes Zimmer – das kleinste, aber es gehörte ihr und die anderen Mädchen ließen sie in Ruhe. Sie teilte die Wohnung mit drei anderen Mädchen, und auch wenn sie nicht direkt miteinander befreundet waren, so schienen sie Scarlett sympathisch zu finden.

Scarlett hatte den Mann mit den silbergrauen Haaren nicht wiedergesehen, dafür kam Reggie fast täglich. Er stand auf Liliana, war ständig in ihrer Nähe und plauderte mit ihr, wenn sie nicht arbeitete. Er hatte auch eine Freundin und Kinder, doch das sah Scarlett ihm nach, denn auch wenn er ein wenig einfältig war, war er witzig und der erste Kerl, der nichts von ihr wollte.

Nach ein paar Wochen verblasste der Glanz allerdings. Alles begann, als das russische Mädchen Kat eine Auseinandersetzung mit ihrem Freier hatte.

»Du bist doch total zu, du blöde Ausländerschlampe!«, hatte der Mann im Schlafzimmer gebrüllt. Er war alt und betrunken, aber muskulös, ihm fehlten ein paar Zähne, sein Kopf war kahl rasiert, im Gesicht war er tätowiert.

Scarlett hatte in panischer Angst Reggie angerufen. »Komm sofort her«, hatte sie ihn angefleht. »Es gibt Ärger.«

In weniger als fünf Minuten war Reggie aufgetaucht. Er war vielleicht ein wenig übergewichtig und dämlich, aber er liebte seinen Job, nämlich die Mädchen zu beschützen. Der Betrunkene wurde rausgeschmissen und sicherheitshalber noch ordentlich in Beine und Rücken getreten. Scarlett musste Reggie sogar zurückhalten. Unterdessen saß Kat im Badezimmer, zitterte und schrie unverständliche Worte vor sich hin. Reggie ging zu ihr, brachte ihr das Zeug, das längst überfällig gewesen war. Scarlett hatte bereits den Verdacht gehabt, dass alle Mädchen von irgendwas abhängig wären, doch in dieser Nacht hatte sie es mit eigenen Augen gesehen.

Sie waren also nicht unbedingt besser dran als die Mädchen in Amsterdam. Sie waren alle auf Drogen und von ihren Lieferanten abhängig. Sie standen alle bei Reggie oder dem Mann in der Schuld, dem die Wohnung gehörte. Sie konnten genauso wenig frei herumlaufen, wie Scarlett es früher konnte. Wo sollten sie auch hin? Wer sollte ihnen helfen? Sie würden in ihr Land ausgewiesen, wo immer das war, und selbst wenn die Wohnung in Briarstone nicht gerade ein Paradies war, so war sie offenbar immer noch weitaus besser als das, wovor sie weggelaufen waren.

Am nächsten Tag war Kat wieder so pampig wie immer, ließ ihre Schmutzwäsche auf dem Boden liegen und hinterließ überall Krümel.

Reggie hatte die Aufgabe, Scarlett zum Supermarkt zu fahren. Seit ihrem Anruf aus Amsterdam war Scarlett ihre Schwester nicht mehr aus dem Kopf gegangen, und als sie das erste Mal mit Reggie im Auto saß, kam ihr der Gedanke, dass es möglich sein musste, irgendwie zu Juliette zu gelangen. Nachdem sie mit Reggie im Supermarkt eingekauft hatte, bat sie ihn, sie in der Nähe der Russet Avenue abzusetzen, zeigte auf einen kleinen Spielplatz und sagte, ein wenig frische Luft täte ihr gut. Reggie schien es nichts auszumachen, auf sie zu warten, er fragte nicht nach, sondern ging in den Pub.

Sie saß bereits zehn Minuten auf der Schaukel, hatte sich die Arme um den Leib geschlungen und die Ärmel ihres Mantels über die Hände gezogen, weil es so bitterkalt war, als die Tür aufging. Als Erstes sah sie Clive, und das versetzte ihr einen Schock. Er sah genauso aus wie früher, sie hatte erwartet, dass er gealtert wäre, doch er hatte sich fast gar nicht verändert.

Es war seltsam, wie wenig man die Angst noch empfand, wenn man nur lange genug mit ihr lebte, und wie sie einen dann doch ganz plötzlich wieder überfallen konnte.

Dann stand plötzlich auch Juliette in der Tür, sie trug Jeans und ein rotes Oberteil. Sie sah so erwachsen aus! Das war das Erste, was Scarlett auffiel, und ihr Herz krampfte sich zusammen. Das

Zweite war die Normalität des Ganzen. Juliette stand ungefähr zehn Minuten da und wartete, bis Clive ins Auto gestiegen war und den Motor angemacht hatte. Dann sagte Juliette etwas zu ihm, lächelte kurz und winkte, als der Wagen rückwärts aus der Einfahrt auf die Straße fuhr und verschwand.

Instinktiv sprang Scarlett von der Schaukel und lief in Richtung des Hauses, doch als sie zum Eingang des Parks kam, war Juliette schon ins Haus zurückgekehrt. Durch die stille, kalte Luft hörte Scarlett, wie sie etwas sagte, lachte und die Tür schloss. Sie war nicht alleine; Annie war offenbar mit ihr drinnen. Die Möglichkeit, Kontakt mit ihr aufzunehmen, war vorbei.

In den darauffolgenden Wochen, als der Winter einsetzte und sich das Ende des Jahres näherte, beobachtete Scarlett das Haus wann immer sich die Gelegenheit dazu bot. Manchmal war niemand zu sehen, ein paarmal kamen entweder Annie oder Clive heraus und fuhren irgendwohin. Sie hoffte stets auf einen passenden Augenblick, doch sie schienen Juliette niemals alleine zu lassen. Und während die Wochen und Monate verstrichen, trat Scarletts Drang, ihre Schwester von ihnen wegzuholen, immer mehr in den Hintergrund. Sie lebte, es ging ihr offensichtlich gut, sie schrie nicht, war nicht eingesperrt. Was hätte Scarlett außerdem sagen sollen, wenn sie an die Tür klopfte? Würde sie sie überhaupt wiedererkennen, nach allem, was passiert war? Die Schwester, nach der sie im Hintergrund jenes Telefonats geschrien hatte, die fünfzehnjährige Rebellin, die sich um sie gekümmert hatte, war längst verschwunden. Was hatte Scarlett ihr außerdem anzubieten? Sie arbeitete in einem Puff, wusch schmutzige Wäsche und sorgte dafür, dass die Mädchen genügend Kondome hatten. Sie hatte nur ein kleines Zimmer und kein Geld. Und wenn Juliette sie gar nicht mehr sehen wollte? Wenn sie von ihr enttäuscht war?

Sie ging auch weiterhin zum Spielplatz und beobachtete das Haus, aber eher aus Neugierde. So wäre auch ihr Leben gewesen. Es schien ihr völlig fremd, von ihrer Schaukel aus, aus der Distanz.

Nun wurde es doch dunkel und etwas kälter. Scarlett wollte gerade Reggie anrufen und ihn bitten, sie zu holen, als die Haustür aufging und ihr Herz stehen blieb. Clive und Annie kamen aus dem Haus, zum ersten Mal gemeinsam. Annie trug ein Kleid und High Heels. Clive öffnete die Beifahrertür für sie, ein Gentleman wie eh und je, dann ging er um den Wagen herum zur Fahrerseite. Der Volvo fuhr in Richtung Stadt davon.

Das war die Gelegenheit, auf die Scarlett gewartet hatte, doch nun brauchte sie einen Moment, um den Mut zusammenzunehmen. Sie atmete tief durch. Wollte sie für immer hier sitzen bleiben, zuschauen und sich nicht vom Fleck rühren? Etwas musste geschehen. Etwas musste sich ändern.

Sie klopfte an die Tür, keine Antwort. Nervös drehte Scarlett sich immer wieder um, fürchtete, dass sie jeden Augenblick zurückkommen würden. Sie hob den Briefschlitz an der Tür und sah in den langen Flur, er sah so vertraut aus. Es hatte sich nichts verändert.

»Juliette?«, rief sie. »Bist du da? Ich bin's.«

Als noch immer keine Antwort kam, überlegte Scarlett, ob sie vielleicht ausgezogen war. Sie war dreiundzwanzig, vielleicht ging sie an die Uni oder hatte einen Job. Nur weil sie an jenem Tag mit Clive an der Tür gestanden hatte und Scarlett ein paarmal durch ein Fenster unten ihre Silhouette gesehen hatte, hieß das noch nicht, dass sie auch noch dort wohnte.

Nun, sie war jetzt hier, und da beide den Abend offensichtlich auswärts verbrachten, war das für Scarlett die Gelegenheit, sich umzusehen. Das Tor zum hinteren Garten war nicht verschlossen, einen Augenblick später stand Scarlett darin. Der alte Schuppen war durch eine Laube ersetzt worden, ein Terrassenboden angelegt, auf dem Blumentöpfe standen, der Rasen war ordentlich gemäht und gejätet. Die Tür zur Waschküche stand offen. Scarlett öffnete sie und betrat das Haus. Sie ging in eine frühere Zeit zurück, in das Leben, das sie vorher geführt hatte, sie roch das Haus und das Abendessen, das ihre Mutter gestern gekocht hatte, das Aftershave ihres Vaters.

Juliette stand im Flur und starrte auf die Haustür, sie wandte Scarlett den Rücken zu. Wieso hatte sie sie nicht reinkommen gehört?

»Juliette«, sagte Scarlett.

Sechster Teil
Ein Schritt zurück ist manchmal wie ein Schritt nach vorn

SAM – Montag, 04. November 2013, 00:42

Eine halbe Stunde später hatte Sam alle Notunterkünfte in Briarstone und Umgebung abtelefoniert. Sie hatte es sogar in Charlmere versucht, warum auch nicht, aber auch dort war kein Platz mehr frei. Es war Zeit für Plan B. Sie rief in der Zentrale an, sprach mit dem diensthabenden Inspektor und bekam die Genehmigung, Scarlett für weitere zwei Nächte ins *Travel Inn* einzubuchen, mit der Begründung, dass sie dann nicht in Versuchung käme, gleich am nächsten Morgen wieder auszuchecken, und sie wüssten, wo sie sich zumindest für die nächsten sechsunddreißig Stunden aufhalten würde.

»Ich weiß, dass es einfacher wäre, dich hierzubehalten«, sagte Sam, als sie den Wagen anließ, »aber das darf ich nicht tun.«

»Und du vertraust mir nicht«, sagte Scarlett. Sie hatte die Neuigkeit vom *Travel Inn* erstaunlich gut aufgenommen.

»Darum geht es nicht«, sagte Sam, obwohl das nicht ganz der Wahrheit entsprach. »Es geht darum, dass du möglicherweise Zeugin in einer laufenden Ermittlung bist. Und wenn du in Gefahr sein solltest, bist du sicherer an einem Ort, von dem niemand außer mir und dem diensthabenden Inspektor weiß, okay?«

»Okay«, sagte Scarlett.

»Wir melden uns morgen bei dir, ob alles in Ordnung ist. Mal sehen, ob wir dir eine dauerhafte Unterkunft besorgen können.«

»Das heißt wohl, du nimmst morgen Kontakt mit mir auf. Ich will mit niemand anderem reden.«

Sam sah zu ihr rüber. Die Beleuchtung vor der Garage ging an. Scarletts Gesicht, ihre Augen, lagen im Schatten.

»Alles klar«, sagte Sam. »Aber verschwinde mir nicht wieder, okay?«

Da lächelte Scarlett, und wieder empfand Sam eine sonderbare innere Unruhe. Unter dem fettigen kurzen Haar, dem schmuddeligen Sweatshirt, dem unter ihren Augen verschmierten Eyeliner, den sie weiß der Teufel wann aufgelegt hatte, und den spröden Lippen verbarg sich eine atemberaubende Schönheit, die Sam fast das Herz brach.

Das *Travel Inn* war zum Glück nur zehn Minuten Autofahrt entfernt. Sam sprach mit der Frau an der Rezeption, während Scarlett sich in der Tür herumdrückte und an einem Fingernagel kaute.

»Zimmer 116«, sagte Sam schließlich und reichte Scarlett die Schlüsselkarte. »Bitte schön. Ich komme morgen und sehe nach dir. Schlaf gut.«

Einen Augenblick starrte Scarlett Sam herausfordernd und vorwurfsvoll an, dann nahm sie die Karte.

»Danke«, sagte sie und schlurfte zur Treppe.

Als Sam wieder im Auto saß, atmete sie erleichtert auf, nahm ihr Handy und rief Lou an. Für den Moment war Scarlett versorgt.

04/11/2013, 00:12
Protokoll 1104-0021

** ANRUF VON DER EDEN FEUERWEHR MELDET FAHRZEUG IN FLAMMEN

** STANDORT WALDGEBIET HINTER DER SCHULE IN PARK HILL

** FAHRZEUG IST EIN GRÜNER VOLVO S40

** WURDE ERFOLGREICH GELÖSCHT

** ERMITTLUNGEN WEISEN AUF ZUSAMMENHANG MIT POLIZEIBERICHT PZ/015567/13 HIN

AUTOSCHLÜSSELDIEBSTAHL IN 14 RUSSET AVE, BRIARSTONE, FRÜHE MORGENSTUNDEN 03/11/13, DIEBSTAHL GRÜNER VOLVO S40

** DIENSTHABENDER INSPEKTOR BENACHRICHTIGT

** SPURENSICHERUNG WURDE INFORMIERT

04/11/2013, 06:25
Protokoll 1104-0072

** ANRUFERIN GIBT AN, SIE HABE IHRE ELTERN AN DER TÜRSCHWELLE GEFUNDEN, WISSE NICHT, OB SIE TOT SEIEN, SIE BEWEGTEN SICH NICHT

** ANRUFERIN IST JULIETTE RAINSFORD, GEB. 26/06/1990, ANSCHRIFT 14 RUSSETT AVENUE, BRIARSTONE

** KRANKENWAGEN IST UNTERWEGS – REF 04-0772

** ELTERN CLIVE RAINSFORD, GEB. 21/10/1943, ANNIE RAINSFORD, GEB. 18/07/1961

** KÖRPER LIEGEN AUF DER TÜRSCHWELLE, ANRUFERIN SAGT, SIE HABE SIE GEFUNDEN, ALS SIE NACH DER MILCHLIEFERUNG SEHEN WOLLTE

** PATROUILLE PZ43 PZ47 VERFÜGBAR, WURDE GESCHICKT

** ANRUFERIN SAGT, CLIVE UND ANNIE SEIEN AM VORABEND AUSGEGANGEN, SIE HABE SIE NICHT ZURÜCKKOMMEN HÖREN

** KRANKENWAGEN IST VOR ORT

** DIENSTHABENDER INSPEKTOR BENACHRICHTIGT, WIRD MASSNAHMEN ERGREIFEN

LOU – Montag, 04. November 2013, 05:50

Lou wachte plötzlich auf, weil ihr Diensthandy im unteren Zimmer klingelte. Eilig schwang sie sich aus dem Bett und wäre beinahe die Treppe hinuntergefallen.

»Lou Smith«, sagte sie.

Rob Jefferson war dran, DI der Major Crime. »Tut mir leid, Ma'am, dass ich Sie so früh störe. Wir haben soeben eine Meldung über einen Mordanschlag in der Russet Avenue erhalten. In unmittelbarer Nähe der London Road. Er wurde meinem Team zugeteilt, aber bei dem Kerl gibt es eine Verbindung zu Ihnen.«

»Zu mir? Wie heißt er?«

»Rainsford, Clive Rainsford. Er wurde von seiner Tochter identifiziert. Seine Frau Annie Rainsford wurde ebenfalls überfallen. Sie liegt im Krankenhaus, hat aber das Bewusstsein nicht wiedererlangt.«

»Danke, Rob. Ich bin in knapp einer Stunde da; könnten wir uns dann kurz reffen?«

Jefferson willigte ein und legte auf. Clive Rainsford, dachte Lou – Scheiße. Was jetzt? Sie atmete tief durch und rannte wieder die Treppe hinauf. Wenn sie sich beeilte, konnte sie sich noch duschen.

Sie musste als Erstes Sam anrufen, dachte Lou. Sie war gestern mit Caro Sumner im Haus der Rainsfords gewesen, vielleicht war Clives Tod als »Folge von Polizeikontakt« zu bewerten. Und sie hatte sich am Samstag mit Annie getroffen. Es würde wahrscheinlich interne Ermittlungen geben. Während sie sich die Haare ausspülte, überlegte sie, ob die Sonderkommission auch informiert worden war, sie durfte keinesfalls vergessen, neben Sam auch Caro anzurufen. Das würde nicht einmal ihr Fall werden, außer sie konnte Mr Buchanan davon überzeugen, ihr die Leitung zu überlassen. So unangenehm Clive Rainsford auch war, er war weder ein Dealer noch gehörte er einer kriminellen Organisation an. Wenn auch Annie mit Verletzungen im Krankenhaus lag, hatte es vielleicht einen Fall von häuslicher Gewalt zwischen den beiden gegeben.

Während sie sich abtrocknete und so schnell wie möglich anzog, versuchte Lou die Theorien zu bändigen, die sich bereits in ihrem Kopf überschlugen. Gegenwärtig halfen sie nicht. Sie wusste kaum etwas Genaueres darüber, was passiert war. Es war besser, abzuwarten, bis sie ein ordentliches Briefing von Rob erhalten hatte.

SAM – Montag, 04. November 2013, 08:35

Sam saß mit Scarlett im Pub neben dem *Travel Inn*, der praktischerweise Katerfrühstücke anbot, und zur Abwechslung schien die Sonne durch das Fenster und ließ die Fingerabdrücke auf der metallenen Teekanne sichtbar werden, die zwischen ihnen auf dem Tisch stand. Scarlett arbeitete sich durch ein ausgiebiges englisches Frühstück, und obwohl Sam Frühstück für zwei gezahlt hatte, war ihr der Appetit vergangen, als sie das triefende, schmierige Eigelb auf Scarletts Teller sah und ihr der Geruch von Fett in die Nase stieg, der aus der Küche kam. Die beiden Scheiben Toast auf ihrem Teller waren kalt und labberig, sie hatte nur einen kleinen Bissen herunterbekommen.

Sam war von Scarlett abgelenkt, besser gesagt von dem, was sie anhatte. Ihr war klar, dass sie Scarlett in nichts anderem als ihrem armseligen Sweatshirt und den schmuddeligen Jeans gesehen hatte, also hatte sie ein paar alte, aber saubere Sachen hinten in ihrem Schrank zusammengesucht und sie heute Morgen mitgenommen.

»Ich weiß, was du von abgetragenen Sachen hältst«, hatte Sam durch den Türspalt von Zimmer Nummer 116 gesagt, aus dem ein wirres Haarknäuel aufgetaucht war, und ihr die Tüte überreicht. »Na ja, du weißt schon, ich dachte, du könntest längst mal frische Kleider vertragen.«

Scarlett Sachen zu geben verstieß möglicherweise gegen irgendwelche Regeln oder so, aber das war es nicht, was ihr Kopfzerbrechen bereitete. Das kam erst, als Scarlett dreißig Minuten später mit frisch gewaschenen Haaren, einer weißen Bluse und Jeans, die sie mit einem eng geschnallten Gürtel passend gemacht hatte, auftauchte und Sam klar wurde, dass sie Jos Klamotten trug – natürlich waren sie das. Alles, was hinten im Schrank steckte, hatte ihrer Ex gehört, denn was hätte sie sonst damit machen sollen? Und als sie die Bluse ansah, wurde Sam klar, dass es genau die war, die Jo bei ihrem Disziplinarverfahren getragen hatte. Kurz darauf war Jo gegangen, hatte eine Tasche gepackt, war verschwunden und hatte Sam mit allem alleingelassen. Sie hatte sie seitdem nicht mehr gesehen.

Scarlett hustete und Sam konzentrierte sich wieder auf den Raum. Zum Glück waren sie die Einzigen hier. Das Hotel war unter der Woche normalerweise wie ausgestorben, weshalb sie im Notfall Sonderpreise für Straßenkinder oder Streuner verhandeln konnten, für die die Polizei eine sichere Unterkunft suchte.

»Wie hast du geschlafen?«, fragte Sam.

»Nicht schlecht«, sagte Scarlett. »Bequemer als auf dem Busbahnhof.«

»Hast du die Nacht davor dort geschlafen?«

Scarlett nickte. »Und bin herumgelaufen. Als die Bibliothek aufgemacht hat, bin ich da reingegangen und habe mich aufgewärmt. Ich habe Zeitung gelesen. Ich habe einen Artikel über Mrs Rowden-Knowles in der *Eden Evening Times* gelesen. Sie war mit einem Haufen anderer Leute unterwegs und protestierte gegen Straßenbauarbeiten oder so in ihrem Dorf. Ein Foto von ihr vor ihrem Haus war drin. Lehrerin stand darunter. Ich habe gewusst, dass sie es ist.«

»Also bist du einfach zu ihr gegangen?«

»Ich wollte irgendwas tun. Ich glaube, ich habe sie zu Tode erschreckt«, sagte Scarlett und lächelte bei dem Gedanken daran. »Sie war nett zu mir. Ich glaube, ich habe ihre Freundlichkeit nicht verdient. Ich war in der Schule eine absolute Nervensäge –«

Scarlett verstummte plötzlich. Sams Handy vibrierte auf dem Tisch.

»Da sollte ich lieber drangehen«, sagte Sam. »Das ist vermutlich dienstlich. Ist das okay?«

»Ja, ja«, sagte Scarlett, »geh ruhig dran.«

Auf dem Display stand Lous Handynummer.

»Hey«, sagte Sam.

»Guten Morgen, Sam«, sagte Lou. »Kannst du reden?«

»Nicht wirklich. Kann ich dich später zurückrufen und es dir erklären?«

»Warum, wo bist du?« Lous Stimme klang ernst.

»Ich bin gerade mit Scarlett zusammen. Wir sitzen in einem Pub beim *Travel Inn* – ich weiß nicht genau, wie er heißt, das kann ich mir nie merken.«

»Gut zu wissen. Aber das kann nicht warten, fürchte ich. Tu mir einen Gefallen, sorge einfach dafür, dass niemand mithört, ja?«

»Klar. Scarlett, entschuldigst du mich einen Augenblick?« Sam stand auf, ging zur Tür des Pubs und blieb in der Diele stehen. Von hier aus konnte sie das Mädchen am Tisch sehen. Sie hatte Sams Toast genommen und kaute darauf herum.

»Schieß los, Boss. Was ist los?«

»Ich habe heute Morgen einen Anruf erhalten. Clive Rainsford ist heute Morgen tot aufgefunden worden. Annie liegt im Krankenhaus.«

»Scheiße! Was ist passiert?«

»Juliette hat sie heute Morgen vor dem Haus gefunden. Bisher haben sie von ihr nur erfahren, dass sie am Abend zuvor ausgegangen sind und sie nicht weiß, wann sie zurückgekommen sind. Sie scheinen bei ihrer Rückkehr vor der Tür überfallen worden zu sein. Ich bin gerade auf dem Weg ins Briefing.«

»Soll ich zurück in die Zentrale kommen?«

»Nein, Sam. Ich möchte, dass du einstweilen bei Scarlett bleibst. Egal was passiert ist, ich will nicht, dass sie wieder verschwindet. Wenn du das Gefühl hast, dass sie abhauen will, kannst du sie festnehmen – zu ihrer eigenen Sicherheit, versteht sich. Alles klar?«

»Natürlich.«

»Und wie sieht es mit ihren Bewegungen gestern Abend aus?«

»Sie ist mit ihrer früheren Lehrerin gegen halb elf aufgetaucht – ich habe sie kurz vor eins im Hotel abgesetzt, als ich dich auf dem Handy angerufen habe.«

»Ihre Lehrerin?«

»Ich habe mir ihre Daten notiert – Mrs Rowden-Knowles. Scarlett hat sie irgendwie gefunden, sie hat sie zu meiner Wohnung gebracht.«

»Gut, ich brauche eine Aussage von ihr. Und natürlich von Scarlett.«

»Ich werde versuchen, so viel wie möglich aus ihr herauszubekommen«, sagte Sam.

»Klar. Wenn du das Gefühl hast, dass du ihr die Neuigkeiten über Clive und Annie erzählen musst, dann tu das, das musst du wissen.«

»In Ordnung.«

Als sie wieder zum Tisch kam, hatte Scarlett fertig gegessen. Sie blickte auf, als sie hörte, dass Sam sich näherte, und lächelte sie strahlend an. »Alles in Ordnung? Hat dich dein Boss kontrolliert?«

»So was in der Art«, sagte Sam. »Scarlett, darf ich dich fragen, warum du so gar nicht scharf darauf warst, deine Familie zu treffen?«

Das Lächeln erstarb und Wolken zogen auf. Scarlett sah weg und biss sich auf die Lippe. Sie begann an der Teekanne herumzufummeln und schenkte sich noch eine Tasse ein. »Sagen wir so«, antwortete sie schließlich. »Ich glaube, sie wollten mich nicht sehen. Und wie sich herausgestellt hat, hatte ich recht damit, oder?«

Sam war sich sicher, dass sie etwas verschwieg. Im Zweifelsfall musste sie eine direkte Frage stellen. »Hast du versucht, Kontakt mit ihnen aufzunehmen?«

Scarlett dachte lange über eine Antwort nach, und als sie kam, wusste Sam, dass es eine Lüge war. »Nein«, sagte sie. »Ich hatte zu große Angst.«

»Warum hattest du Angst, Scarlett? Sie hätten dir helfen können. Sie dachten, du wärest tot.«

»Ich wollte ihre Hilfe nicht«, sagte Scarlett. »Ich dachte, sie würden sich für meine Arbeit schämen, also habe ich mich ferngehalten. Aber jetzt wissen sie ja, dass ich hier bin, und ich habe auch keine so große Angst mehr davor, vor allem, weil du hier bist, Sam.«

Sie atmete tief durch und versuchte zu lächeln.

»Früher oder später muss ich ihnen wohl gegenübertreten. Es hinter mich bringen, nicht wahr?«

LOU – Montag, 04. November 2013, 08:40

Rob Jefferson war auf dem Weg in den stickigen Raum, der als Einsatzzentrale für die Operation Vanguard dienen sollte – die Bezeichnung, unter der der Mord an Clive Rainsford lief.

»Ma'am«, sagte er, als er Lou den Gang entlangkommen sah. »Tut mir leid, ich weiß, dass wir uns treffen sollten, aber das Briefing wurde vorverlegt. Wollen Sie teilnehmen? Es bringt Sie schnell auf den neuesten Stand über das, was wir bisher haben. Wir können uns danach noch austauschen, wenn Sie wollen.«

Lou schüttelte ihm freundlich die Hand. Sie hatte Rob schon immer gemocht, er war ruhig, zugänglich, verlässlich. Vor allem aber hatte er nicht dieses dämliche Konkurrenzdenken, das bei Ermittlungen so oft im Wege stand. »Das wäre toll, Rob. Danke.«

»Fragen Sie einfach, wenn Sie was wissen wollen«, sagte er.

Lou setzte sich hinten in den Raum auf einen Tisch. Fast augenblicklich stand ein DC auf, den sie noch nie zuvor gesehen hatte, und bot ihr seinen Stuhl an. Sie lächelte ihn an und winkte ab. »Ist schon okay so, danke.«

Wenn das im Raum alle waren, hatte Rob Jefferson keine besonders große Mannschaft für diesen Fall eingeteilt, dachte Lou. Sie zählte drei DCs und einen DS – Jamie Turnbull, von dem Lou wusste, dass er jeden Moment seinen Vaterschaftsurlaub antreten würde. Neben den Beamten entdeckte Lou auch Clare Simpson, Senior CSI, und Zoe Adams, Fallanalytikerin. Also nicht Jason, was für eine Erleichterung.

Lou lauschte Robs Ausführungen über den Stand der bisherigen Ermittlungen. Clive und Annie waren um Viertel nach sechs heute

Morgen von Juliette gefunden worden. Juliette war bereits einmal vernommen worden und dann mit einer Opferschutzbeamtin zum Krankenhaus gefahren, um Annie zu besuchen. Sie war um sechs Uhr aufgewacht und hatte bemerkt, dass ihre Eltern nicht nach Hause gekommen waren. Sie wollte nachsehen, ob der Milchmann schon dagewesen war, da fand sie die beiden vor der Tür.

Lou überlegte, ob es Milchmänner überhaupt noch gab.

»Jamie«, sagte Rob, »gibt es was Neues zum Zustand von Annie?«

»Habe gerade eine Nachricht von unserer Opferschutzbeamtin Jan Baker bekommen. Sie ist mit Juliette auf dem Rückweg. Annie ist offenbar in einem kritischen Zustand, aber Juliette wollte nicht länger im Krankenhaus bleiben. Wir haben einen Beamten vor Ort, für den Fall, dass es der Angreifer noch mal versuchen will.«

»Danke, Jamie. Was die Zeiten betrifft«, sagte Rob, »haben wir die Aufzeichnung einer Überwachungskamera, auf der zu sehen ist, wie die beiden um Viertel vor elf das Restaurant verlassen. Sie haben sich an einem Taxistand am Bahnhof ein Taxi genommen, das sie nach Hause gebracht hat. Der Fahrer hat ausgesagt, dass es ungefähr fünf nach elf war. Ihm ist nichts aufgefallen; er hat gehört, wie sich die beiden auf der Rückbank unterhalten haben, kann sich aber nicht erinnern, um was es ging. Er hat vor dem Haus nicht gewartet, bis sie reingegangen sind. Ich zitiere: »Wenn ich gewusst hätte, dass ihnen was zustoßen würde, hätte ich gewartet.«

Das verursachte ein wenig Gelächter.

»Wenn wir also davon ausgehen, dass sie sonst nirgends hingegangen sind, sind sie offenbar kurz darauf überfallen worden – um kurz nach elf Uhr. Gibt es sonst noch was Neues zu der Sache?«

Diesmal meldete sich Zoe Adams zu Wort. »Ich habe von Adam ein Update erhalten. Er entschuldigt sich, er wollte noch ein Telefonat beenden und dann gleich kommen. Es gibt Neuigkeiten zum Einbruch im Haus der Rainsfords am Samstagabend – ich habe die Fallnummer hier, falls sie jemand braucht. Clive Rainsford hat ausgesagt, er habe sofort nach dem Einbruch seine Karten sperren lassen, doch da hatte bereits jemand 800 Pfund am Bankautomaten abgehoben. Der dritte Versuch wurde unterbunden. Es gab auch Onlineaktivitäten, aber auch die wurden von der Bank gestoppt. Also konnten die Täter abgesehen vom Schmuck und der Rolex vermutlich nicht so viel rausschlagen, wie sie sich erhofft hatten.«

»Irgendwelches Videomaterial?«, fragte Lou.

»Ja, an zwei Automaten wurde ein Mann gesehen. Ich werde die besten Aufnahmen ausdrucken lassen und die Bilder auch auf den Server legen. Sie sind nicht besonders scharf, aber vielleicht erkennt jemand die Kleidung wieder. Im Zusammenhang mit dem Einbruch ist vergangene Nacht außerdem das Überwachungsvideo von einer Garage in der London Road am Ende der Russet Avenue aufgetaucht, auf dem ein Wagen zu sehen ist, der dem Volvo äußerst ähnlich sieht, der aus der Einfahrt gestohlen wurde. Darauf ist zu sehen, wie der Wagen zu der Adresse rast und um zweiundzwanzig Uhr dreiundvierzig in die Straße einbiegt. Um zehn nach elf kommt er dann wieder zurück.«

»Haben wir dazu nähere Angaben?«

»Offenbar nicht. Aber wir haben das Fahrzeug sowieso gefunden. Es stand kurz nach Mitternacht in einem Waldgebiet hinter einer Schule in Park Hill in Flammen. Die Feuerwehr konnte es löschen, bevor es völlig ausbrannte, vielleicht bekommen wir noch etwas von der Spurensicherung. Ein Handyset wurde gefunden, eine Flasche eines kohlensäurehaltigen Getränks und ein schwarzer Kapuzenpulli zwischen anderen weniger aufregenden Dingen. Das Telefon wurde der IT-Abteilung übergeben, damit sie die Daten sichert. Ich habe ihnen mitgeteilt, dass ich Analytikerin in dem Fall bin, ich werde benachrichtigt, sobald sie fertig sind.«

»Danke, Zoe. Ma'am«, sagte Rob und sah Lou an, »möchten Sie noch irgendwas hinzufügen, bevor wir uns den forensischen Details widmen?«

Mit anderen Worten, können Sie uns sagen, was Sie wissen?

»Danke«, sagte Lou. »Ich habe ein wenig Hintergrundwissen für Sie, das ist auch der Grund, weshalb ich in diesem Briefing sitze. Ich muss bestimmt nicht betonen, dass diese Informationen vertraulich sind.«

Sie berichtete kurz über Scarletts Wiederauftauchen. Wenngleich es keinerlei Hinweise gab, dass dieser Mord mit den letzten Ereignissen in Verbindung stand, war es auf jeden Fall eine Erwähnung wert. Sie sah sich im Raum um und in die gespannten Gesichter, und sobald sie fertig geredet hatte, setzte Gemurmel ein. Vielen war Scarletts Name ein Begriff. »Die Presse hat bisher nichts davon mitbekommen«, sagte sie, »und ich möchte, dass das so lange wie möglich so bleibt. Ich kann mir vorstellen, dass dieser Mord die landesweiten Nachrichten beherrschen wird, vor allem wegen der Geschichte der Familie. Sobald sie erfahren, dass Scarlett Rainsford nicht nur am Leben ist, sondern kürzlich auch in Briarstone gefunden wurde, wird das Medieninteresse riesig sein. Außerdem müssen wir den Umstand bedenken, dass wir erst vor kurzem mit Annie und Clive Rainsford getrennt voneinander gesprochen haben und beide in einem emotional ziemlich labilen Zustand waren. Das könnte für die folgenden Ermittlungen eventuell von Bedeutung sein. Noch Fragen?«

Jamie Turnbull fragte: »Wo ist Scarlett jetzt? Weiß sie schon, was passiert ist?«

»Sie ist heute Morgen in der Obhut einer meiner Beamtinnen, sie wird ihr die Neuigkeit mitteilen. Wir bringen sie sobald wie möglich her, damit sie eine Aussage machen kann. Nur als Hinweis, wir können ihre Bewegungen relativ gut nachverfolgen, was die gestrige Nacht betrifft. Ja, Sie haben eine Frage?«

Es war der DC, der ihr den Stuhl angeboten hatte. »Ma'am, wie hat sie reagiert, als sie ihre Familie wiedergetroffen hat?«

»Sie hat nur einmal ihre Mutter gesehen; Clive und Juliette hat sie nicht getroffen.«

»Wo ist sie die ganzen Jahre gewesen?«, die Frage kam wieder von Jamie Turnbull.

»Das versuchen wir gerade herauszufinden. Ich bitte um Verständnis, dass ich nicht ins Detail gehen kann. Falls wir irgendwas herausfinden, das für diese Ermittlungen von Bedeutung sein könnte, werde ich dafür sorgen, dass Sie die Informationen erhalten. Zoe, haben Sie eine Frage?«

»Hat Scarlett Rainsford ein Handy? Haben wir die Nummer?«

»Ich bin mir ziemlich sicher, dass die Sonderkommission es bei der Durchsuchung sichergestellt hat«, sagte Lou.

»Wäre es für Sie in Ordnung, wenn ich die Fallanalytiker der Sonderkommission kontaktiere? Wenn sie die Basisinformationen bereits runtergeladen haben, ergeben sich vielleicht Anrufdaten daraus, die ich nutzen kann. Man kann nie wissen.«

»Natürlich. Falls Sie Probleme haben sollten, sagen Sie mir Bescheid, ich rede dann mit Mr Waterhouse. Okay? Danke, Rob, zurück an dich.«

»Danke. Clare«, sagte Rob, »was gibt es spurentechnisch zu berichten?«

»Also«, fing Clare an und räusperte sich. »Wir sind gerade noch dabei, den Wagen zu untersuchen; sobald dazu ein Bericht vorliegt, werde ich Sie informieren. Derzeit kann ich Ihnen nur sagen, was wir bisher am Anwesen selbst festgestellt haben. Tatort war der Vorgarten. Als wir ankamen, hatte man Annie bereits ins Krankenhaus gebracht. Clive lag mit dem Kopf auf dem Rasen, der restliche Körper lag auf dem Weg. Es sah nicht aus, als hätte er sich nach dem Fall noch einmal bewegt. Wir untersuchen gerade die großflächigen Kopfverletzungen mit massivem Blutverlust – das Gleiche gilt für Annie. Keine Spur von der Tatwaffe. Wir haben einen ziemlich guten frischen Schuhabdruck. Unter einem Baum hinter den Büschen haben wir Trampelspuren entdeckt. Wahrscheinlich hat dort jemand auf ihre Rückkehr gewartet.«

»Kann man sagen, wer von beiden als Erster überfallen wurde?«, fragte Rob.

»Noch nicht hundertprozentig. Wir untersuchen noch die Blutspritzer. Momentan sieht es aber so aus, als hätte es Clive als Erstes mit einem einzigen Schlag erwischt, der ihn zu Boden gestreckt hat, danach kam Annie, dann wurde Clive getötet. Sobald wir etwas Endgültiges haben, sorge ich dafür, dass es im Bericht besonders hervorgehoben wird.«

»Danke, Clare.«

»Noch etwas, Sir. Der Schuhabdruck hat eine Übereinstimmung in der Datenbank ergeben. Wir können ihn keiner Person zuordnen, doch derselbe Schuhabdruck wurde letzten Monat an einem anderen Tatort entdeckt.«

»Wer war das Opfer?«, fragte Rob.

»Der Fall ist noch ungelöst. Carl McVey, der Kerl, dem diese Pubs gehören.«

Polizeibericht über Operation Vanguard

Protokoll

Datum:	Montag, 04. November 2013
Beamter:	PSE Kelly FRANKS, Steuerfahnder, Abteilung Betrug
Betrifft:	Protokoll PZ/015567/13, Operation Vanguard
Bewertung:	B/1/1

Clive RAINSFORD, GEB. 31/01/1958

Protokoll PZ/015567/13 bezieht sich auf Einbruch Wohnung in 14 Russet Avenue, Briarstone, in der Nacht vom 02/11/13 auf den 03/11/13. Während des Einbruches wurden Mr Clive RAINSFORD Kreditkarten und Debitkarten gestohlen.

Nachforschungen bei den landesweiten Bankendiensten haben ergeben, dass es drei Versuche gegeben hat, über Geldautomaten in und um das Zentrum von Briarstone auf Mr RAINSFORDS Konto zuzugreifen. Die Versuche fanden wie folgt statt:

03/11/2013 05:25 – Sainsbury Geldautomat ATM, West Park Road.
500 Pfund Bargeld abgehoben.
Überwachungskamera zeigt einen Mann mit einer schwarzen Wollmütze und einer kurzen hellen Jacke, Jeans, weißen Turnschuhen.

03/11/2013 05:55 – Landesweiter ATM, High Street
300 Pfund Bargeld abgehoben.
Überwachungskamera funktionierte zu der Zeit nicht. Weitere Überwachungskamera am Victoria Square zeigt einen Mann mit schwarzer Mütze, heller Jacke, Jeans und weißen Turnschuhen, der um 05:58 vorbeiläuft.

03/11/213 06:07 – Nat West ATM, High Street (Nord)
300 Pfund Bargeld angefordert, Transaktion nicht erfolgreich.
Überwachungskamera außer Betrieb, wurde die Nacht zuvor mutwillig zerstört.

Weitere Versuche, online Geld auf ein Konto in Irland zu buchen, erfolgten um 06:42; die Transaktion wurde vom landesweiten Sicherheitssystem blockiert.

LOU – Montag, 04. November 2013, 09:30

Lou erging sich bei Detective Superintendent Gordon Buchanan gerade in Lobeshymnen auf Sam, während er so tat, als hörte er aufmerksam zu, obwohl er alle paar Sekunden auf seinen Bildschirm starrte. Das machte Lou nichts aus. Sie wusste, wenn sie die letzten Sätze gut formulierte, würde er genehmigen, was sie vorschlug, auch wenn er nicht alles mitbekommen hatte.

»Sam Hollands ist das einzige Mitglied in meinem Team, das eine Beziehung zu Scarlett Rainsford aufbauen konnte«, fuhr sie fort. »Sie hat einen guten Draht zu ihr. Das wäre von unschätzbarem Wert für DI Jefferson, nachdem die Umstände jetzt eine so dramatische Wende genommen haben.«

»Tatsächlich«, murmelte Buchanan.

»Und Caro Sumner. Ich weiß, sie wurde gerade erst von der Sondereinheit zu mir versetzt, aber ich habe den Eindruck, dass wir hochinteressante Informationen über den von Briarstone aus organisierten Menschenhandel erhalten könnten, wenn wir herausfinden, was den Rainsfords zugestoßen ist.«

Lou atmete tief durch. Jetzt kam ihr Trumpf. *Mach dich auf was gefasst, Gordon ...*

»Die Menschenhandelsaktivitäten stehen in direktem Zusammenhang mit einigen unserer gefährlichsten kriminellen Netzwerke im gesamten Landkreis«, sagte sie. »Wenn wir herausfinden, wer die Fäden zieht, haben wir die reelle Chance, drei oder vier dieser Gruppen zu zerschlagen. Ich muss Ihnen sicherlich nicht sagen, Sir, was dieser Schlag für die Kriminalitätsstatistik in unserem Landkreis bedeuten würde Es geht nicht nur um Menschenhandel, Sir. Es geht um Drogen, Erpressung, Gewaltdelikte aller Art bis hinunter zur üblichen Straßenkriminalität.«

Wie erwartet widmete er ihr jetzt seine volle Aufmerksamkeit. Es ging nichts über das Versprechen, ein paar Ziele der Polizeiführung tatsächlich zu erreichen, damit ein Senior Officer die Ohren spitzte.

»Hört sich an, als hätten Sie alles gut im Griff«, sagte er.

»Also kann ich Caro und Sam als Unterstützung bei der Operation Vanguard haben und die Ermittlungen weiterhin leiten?«

»Genehmigt. Halten Sie mich auf dem Laufenden, ja?«

E-MAIL

Datum:	04. November 2013
An:	Zoe ADAMS, FIB/ Fallanalytikerin Major Crime
Von:	Brian TEMPLE, Fallanalytiker Sonderkommission
Betreff:	Handyauswertung: Handy sichergestellt während Razzia Operation Pentameter

Liebe Zoe,
wie heute Morgen besprochen füge ich einen Ausschnitt der Auswertungen bei, die das Handy ergeben hat, das am 31/10/2013 bei einer Razzia in Carisbrooke Court in Briarstone sichergestellt wurde. Dein Interesse galt vornehmlich dem Handy von Scarlett RAINSFORD, darum habe ich nur die Einzelheiten zu diesem Handy angefügt sowie die Nummern, die damit kontaktiert wurden.

Schwarzes Nokia Handy mit Simkarte, endet auf die Nummer 891:
Das Handy steckte in der hinteren Hosentasche einer Frau, die sich den Beamten gegenüber als Katie SMITH ausgab und später als Scarlett RAINSFORD, geb. 11/02/1990, identifiziert wurde. Auf dem Handy befanden sich Downloads sowie Anrufdaten vom 01/09/13 bis 31/10/13.
(Anmerkung d. Fallanalytiker: Diese Zeitspanne war Standard bei

allen Handys, die während der Operation Pentameter konfisziert wurden.)

Zusammenfassung der Ergebnisse in Bezug auf 891:
Täglich eingehende und ausgehende Anrufe; das Handy wurde regelmäßig benutzt, SMS wurden nur selten verschickt. Identifizierte Nummern, die vom Handy angerufen wurden oder auf dem Handy eingingen, schließen Nummern mit folgenden Endungen ein:

498
Diese Nummer wurde Nigel MAITLAND, geb. 17/12/1958, zugeordnet (wird mit organisiertem Verbrechen Gruppe 041 in Verbindung gebracht – McDONNELLS, deren hauptsächliche kriminelle Aktivität Menschenhandel ist). Es gibt einen einzelnen Anruf von 498 an 891 am 04/09/13 um 19:45, Dauer 45 Sekunden. Zwischen den beiden Telefonen besteht kein SMS-Kontakt.

512
Verbindung zwischen 891 und dieser Nummer beginnt am 25/09/2013; vor dem Datum kein Kontakt. Ein eingehender Anruf von 512 an das schwarze Nokia 891 am 25/09/2013 um 11:45 (Dauer 23 Sekunden), gefolgt von zwei ausgehenden Anrufen von 891 an 512 um 12:19 (Dauer 3 Minuten und 45 Sekunden) und 21:49 (Dauer 15 Minuten und 12 Sekunden). Regelmäßig ausgehende Anrufe erfolgten von 512 im Oktober, ungefähr einer pro Woche, durchschnittliche Dauer zwischen 4 und 12 Minuten. Es wird ein eingehender Anruf von 512 verzeichnet, am 25/10/2013 um 12:01 (Dauer 21 Minuten). Ein eingehender Anruf am 30/10/2013 um 23:55 (Dauer 21 Minuten). Ein eingehender Anruf am 30/10/2013 (Dauer 50 Sekunden). Kein SMS-Kontakt zwischen den Nummern 891 und 512.
Es besteht die Annahme, dass die Nummer Victor RAMOS, geb. 14/01/1971, gehört, verwarnt wg. Gewalttätigkeit, Waffen- und Dro-

genhandel. Polizeiberichten zufolge ist RAMOS regelmäßig Gast in Bordellen in Briarstone und Charlmere. Drei eingehende Anrufe auf 891 am 03/09/2013 (Dauer 4 Minuten und 3 Sekunden), 05/09/13 (Dauer 4 Sekunden) und 16/09/13 (Dauer 15 Sekunden). Keine SMS.

210
Diese Nummer gehört Paul ›Reggie‹ STARK, geb. 04/05/1982, sie ist vermutlich nicht mehr in Gebrauch (Umsätze auf dieser Nummer zeigen nach dem 25/09/2013 keinerlei Aktivität). Drei ausgehende Anrufe vom schwarzen Nokia 891 an diese Nummer am 01/09 (Dauer 12 Minuten 14 Sekunden), 14/09 (Dauer 3 Minuten und 1 Sekunde) und 19/09 (Dauer 2 Minuten 50 Sekunden). Polizeiberichten zufolge ist auch STARK regelmäßiger Besucher von Bordellen in der Gegend.

Außer diesen Kontakten sind weitere 74 Telefonnummern gespeichert, die nicht zugeordnet werden konnten.
Bitte zögern Sie nicht, Kontakt mit mir aufzunehmen, falls Sie weitere Einzelheiten benötigen.

Schöne Grüße
Brian

LOU – Montag, 04. November 2013, 10:00

Juliette Rainsford sorgte für einige Überraschung.

Caro Sumner, die sich eine DVD mit Juliettes Befragung in Rob Jeffersons Büro ansah, bat Lou hinzu, als sie sie ins das Besprechungszimmer kommen sah. »Schauen Sie sich das an«, sagte sie.

Auf dem Computerbildschirm war der Befragungsraum aus zwei Blickwinkeln zu sehen. Das Hauptbild zeigte eine junge Frau in einem pinkfarbenen Rollkragenpulli, der sich um ihre schlanke Taille schmiegte, ein langer, lilafarbener Schal lag locker um ihren Hals. Ihr langes dunkles Haar trug sie offen über eine Schulter nach vorne gelegt. Sie hatte die Arme verschränkt und lehnte sich gegen die Rücklehne des Stuhls.

»Wer ist das?«, fragte Lou.

»Das ist Juliette«, antwortete Caro.

»Die hatte ich mir anders vorgestellt.«

»Ich auch. Ich hatte DI Jefferson vorgeschlagen, einen speziell geschulten Erwachsenen hinzuzuziehen. Er wollte wissen, warum. Ich habe gesagt, dass Clive und Annie mir immer den Eindruck vermittelt hätten, dass sie Lernschwierigkeiten habe. Daraufhin hat er mir das gezeigt. Hören Sie selbst.«

Caro drehte die Lautstärke höher, sodass sie verstehen konnten, was gesagt wurde. Lou schloss die Bürotür, um den Betrieb in der Einsatzzentrale nicht zu stören.

»... sie gehen nicht sehr oft aus«, sagte Juliette in ruhigem, gleichmäßigem Ton. »Alle paar Monate vielleicht ein Mal. Sie nennen das normalerweise ihren Date-Abend, da muss ich immer lachen; ich meine, sie sind ja keine Teenager mehr. Dad hat das dieses Mal gemacht, um Mom aufzuheitern. Sie war seit dem Einbruch in schlechter Verfassung.«

»Und es hat dir nichts ausgemacht, dass sie ausgegangen sind und dich alleine gelassen haben?«

»Sie wollten, dass ich mitkomme, aber ich habe ihnen gesagt, dass ich lieber zu Hause bleibe. Ich habe mich ehrlich gesagt auf ein wenig Ruhe gefreut. Mom hatte den ganzen Tag geweint.«

Caro stellte den Ton wieder leiser. »Verstehen Sie, was ich meine?«

»Clive und Annie haben alles getan, sie von uns fernzuhalten«, sagte Lou. »Ich würde zu gerne wissen, warum.«

»Vielleicht wollten sie sie beschützen«, sagte Caro, »sie hatten bereits eine Tochter verloren. Wie auch immer, ich habe noch immer meine Zweifel, was sie betrifft. Sie war in ziemlich schlechtem Zustand, als sie reinkam, sie weinte und war außer sich. Dann hat sie sich beruhigt und ist seitdem stabil. Es könnte der Schock darüber sein, dass sie ihre Eltern so vorgefunden hat.«

»Sie haben Sie auch in der Zeit der Entführung befragt, Caro«, sagte Lou. »War sie damals auch so?«

»Sie war außer sich und meistens in Tränen aufgelöst. Wir haben sie wirklich mit Nachsicht behandelt, weil sie erst dreizehn war, als Scarlett verschwand. Wenn Sie mich fragen, ob sie damals verwundbar war, würde ich sagen, ja. Wenn wir sie nicht befragten, las sie ständig ein Buch oder anderes. Sie interagierte nie aus freien Stücken mit irgendwem.«

»Jetzt scheint sie das alles aber recht entspannt aufzunehmen, nicht wahr? Wenn man bedenkt, dass sie ihre Eltern gerade tot aufgefunden hat?«

»Durchaus.«

SAM – Montag, 04. November 2013, 10:30

Sam beobachtete Scarletts Gesicht.

Es war schon eine Weile her, dass sie zuletzt eine Todesnachricht überbracht hatte, und diese war schrecklicher gewesen als jede andere, die sie jemals hatte überbringen müssen. Kein Verkehrsunfall, kein Herzinfarkt während der Arbeit: Scarletts Eltern waren brutal überfallen worden. Sam hatte keine Ahnung, wie Scarlett reagieren würde, also hatte sie sie raus zum Auto genommen, denn das war der geschützteste Ort, den sie so kurzfristig auftreiben konnte, hatte sich ihr zugewandt und die Nachricht überbracht.

Schweigen.

Scarletts Gesicht hatte sich verfärbt, ihr Mund stand ein wenig offen. Dann hatte sie weggesehen und leise gefragt: »Was ist mit Juliette?«

»Sie hat sie heute Morgen gefunden. Es geht ihr gut, Scarlett. Möchtest du sie sehen?«

Scarlett hatte genickt, langsam den Kopf gedreht und durch die Windschutzscheibe hinausgesehen. Sam hatte noch einen Moment gewartet, dann den Motor angelassen und war vom Parkplatz gefahren.

Das Schweigen hielt an, während sie durch die Innenstadt fuhren. Sam hatte Tränen erwartet, doch Scarlett hatte keine Tränen in den Augen, sie zeigte keinerlei Gefühlsregung, wirkte nur ein wenig verängstigt. Es war fast schade, dass sie ihre ursprüngliche Unterhaltung hatten abbrechen müssen, die so gut gelaufen war. Und die Wahrscheinlichkeit, dass Scarlett entspannt genug wäre, um an der Stelle fortzufahren, wo sie aufgehört hatten, war gering.

Irgendwann würden sie Scarlett um eine Aussage über die Zeit im Bordell in Briarstone bitten müssen.

Sam brachte Scarlett durch den Haupteingang zum Empfang, bat sie, dort zu warten, und eilte ins Büro. Erst dann atmete sie erleichtert auf. Sie rief sofort Lou an.

»Ich habe Scarlett, sie wartet am Empfang«, sagte sie. »Ich musste es ihr sagen.«

Lou klang in Eile. »Ich bin schon auf dem Weg«, sagte sie. »Wir treffen uns in der Kantine.«

10:40

Zehn Minuten später saßen sie an einem Tisch in einer Ecke des Restaurants im obersten Stockwerk des Polizeireviers und hatten Kaffee vor sich stehen. Es wurde gemunkelt, dass bald auch die Kantine schließen würde, genau wie die Bar nebenan, die vor Monaten aufgegeben worden war. Sam musste zugeben, dass die Bar ein Relikt aus einer anderen Zeit war, denn es gab keinen Grund, den Alkoholkonsum am Arbeitsplatz noch zu fördern, dennoch vermisste sie sie. Die Bar war Schauplatz vieler Abschiedsfeste, Geburtstage und Ruhestandsfeste gewesen, und viele glückliche Erinnerungen waren damit verbunden. Und sie war ein sicherer Ort gewesen, an dem man nach der Schicht in Ruhe ein oder zwei Pint trinken konnte und nicht extra in die Stadt fahren musste. Wie viele Arbeitsplätze hatten schon ihre eigene Bar? Heutzutage nicht viele, dachte Sam. Und so hatte man nach und nach im ganzen Land die Bars auf den Polizeirevieren, selbst die in der Zentrale, dichtgemacht, jetzt waren wohl die Kantinen dran.

»Also, schieß los«, sagte Lou und verzog das Gesicht. »Wie hat sie die Neuigkeiten aufgenommen?«

»Sie wirkte schockiert«, sagte Sam. »Dann hat sie sich nach Juliette erkundigt. Das war's – sie hat seither kaum ein Wort gesagt.

Wie geht es Juliette? Haben wir einen geschulten Erwachsenen für sie gefunden?«

Lou lächelte. »Ich erzähle dir gleich alles dazu. Aber zuerst muss ich dir sagen, dass ich es geschafft habe, dich und Caro in das Ermittlungsteam um Rob Jefferson zu schleusen, das im Mordfall Clive Rainsford ermittelt. Ihr bekommt noch detaillierte Informationen von mir, sobald wir die Gelegenheit haben. Vorab sage ich nur, der Fall hat mit dem Mord an Carl McVey zu tun.«

Sam verschluckte sich fast an ihrem Kaffee. »Im Ernst? Inwiefern?«

»Die Fußspuren im Garten in der Russett Avenue stimmen mit denen überein, die im Waldgebiet gefunden wurden, in dem McVey ermordet wurde. Es gibt noch viele weitere forensische Details, man weiß zwar nie, aber vielleicht können wir unseren Fall tatsächlich abschließen.«

»Gut. Soll ich mich auf etwas Bestimmtes konzentrieren?«

»Hol Caro zur Befragung dazu. Ich habe Rob gebeten, dass du die Befragungsstrategie festlegen darfst.«

»Scarlett ist hier und denkt, dass sie Juliette sehen kann. Soweit ich weiß, wurde Juliette nicht verhaftet. Glaubst du, sie ist einem Treffen mit Scarlett gewachsen?«

»Das nehme ich an«, sagte Lou. »Ich würde das Ganze gerne am Bildschirm beobachten. Komm hoch in die Einsatzzentrale, wenn du fertig bist; dann kannst du dir auch Juliettes Befragung von heute Morgen ansehen.«

10:55

»Scarlett? Tut mir leid, dass es so lange gedauert hat.«

Tatsächlich waren nur fünfundzwanzig Minuten vergangen; trotzdem hatte Sam befürchtet, dass Scarlett abgehauen sein könnte. Doch sie saß auf einem Stuhl, hatte die Knie hochgezogen und zupfte am Ärmel ihrer Bluse. Jos Bluse. Am Empfang ging es zum Glück ruhig zu, obwohl es ein Montagmorgen war.

»Bist du bereit, Juliette zu sehen?«

Scarlett stand unbeholfen auf. »Wie geht es ihr?«

Sam lächelte. »Es scheint ihr den Umständen entsprechend gut zu gehen. Meine Kollegen haben sie zu den Vorfällen gestern Abend befragt, jetzt machen sie erst einmal eine Pause. Ich bringe dich zu ihr.«

Sam zog ihre Ausweiskarte an der Tür durch, die hinter dem Empfangbereich in das angrenzende Polizeirevier führte, und hielt Scarlett die Tür auf. Während sie den Gang entlang zu den Befragungszimmern liefen, fiel ihr auf, wie verängstigt Scarlett plötzlich aussah. Sie schien nervös. Das war interessant. Sam lächelte sie an.

»Ich warte hier draußen, falls du mich brauchst. Außer du möchtest, dass ich mit reinkomme.«

»Nein, nein«, sagte Scarlett. »Ist schon in Ordnung. Danke.«

Sam öffnete die Tür zum Befragungszimmer. Darin wartete das Mädchen in dem pinkfarbenen Pulli mit Jan Baker, der Opferschutzbeamtin. Sam hatte genügend Zeit, Juliettes ausdruckslose blaue Augen und ihre schützend verschränkten Arme zu sehen. Sie war kleiner als Scarlett, und Sam wurde bewusst, wie seltsam dieses Treffen war. Zehn Jahre waren für beide eine lange Zeit.

Sie trat beiseite. Scarlett runzelte die Stirn, als sie ihre Schwester sah, dann umarmten sich die beiden innig. Über Juliettes Schulter hinweg sah Sam, das Scarlett die Augen fest geschlossen hatte und darunter eine Träne hervortrat. Sie bemerkte die weißen Fingerknöchel an Scarletts Händen, die sie zu Fäusten geballt hatte: eine Faust war in Juliettes Haar, die andere an ihren Rücken gepresst.

LOU – Montag, 04. November 2013, 11:00

»Sam? Alles in Ordnung?«

Sam hatte ein paar Minuten gebraucht, um vom Befragungszimmer den Gang entlang und die Treppe hinauf zur Einsatzzentrale zu laufen. Ihre Wangen waren gerötet.

Sie nickte, doch das überzeugte Lou nicht. Sie schob sie ins Büro und schloss die Tür hinter sich. »Was ist los? Was ist passiert?«

»Alles in Ordnung«, sagte Sam.

Lou wartete ab.

Sam fuhr mit einem Finger unter ihrem Auge entlang und sah ihn sich an. Sie fasste sich wieder und atmete tief durch. »Es geht um Scarlett. Es hat mich irgendwie betroffener gemacht, als ich gedacht hätte, als ich sie und Juliette gesehen habe, das ist alles. Sie hat so viel durchgemacht, Lou. Ich habe das – Gefühl –, als wäre sie so tapfer, so stark, als risse sie sich mit aller Kraft zusammen.«

»Oh, Sam. Sie ist dir richtig ans Herz gewachsen, nicht wahr?«

»Ist schon gut, ehrlich. Das ist kein Problem oder so.«

»Hat sie dir heute Morgen irgendwas gesagt, das für die Operation Pentameter von Nutzen sein könnte?«

»Nein, darauf wollte ich gerade zu sprechen kommen, als sie andeutete, dass sie nun für ein Treffen mit ihrer Familie bereit sei, weshalb ich gezwungen war, ihr schnell alles zu sagen. Jetzt frage ich mich, ob sie das zur Ablenkung gesagt hat, weil das, was danach kam, so traumatisch war, dass sie nicht darüber reden kann.«

»Oder weil das der Teil ist, der sie belasten könnte?«

Sam blickte auf. »Sie belasten. Inwiefern?«

Lous Tonfall war ruhig. »Ich weiß es nicht. Sie scheint nur sehr erfolgreich ein paar sehr einfachen Fragen aus dem Weg zu gehen. Sie wirkte verängstigt, als wir sie zum ersten Mal in der Opferschutzeinrichtung besucht haben, aber wir haben keinen Beweis dafür, dass sie in Gefahr ist, oder?«

»Willst du damit sagen, dass sie uns über ihren Verbleib in den letzten Jahren belogen hat?«

»Das habe ich nicht gesagt. Sam, muss ich befürchten, dass du nicht mehr objektiv bist?«

Sam sah weg. »Nein«, sagte sie leise.

»Bist du dir sicher?«

Diesmal kam keine Antwort.

»Sam ...« Lous Stimme klang jetzt mitfühlend. »Ich weiß, was du in letzter Zeit durchgemacht hast. Mit Jo und allem, was passiert ist. Mir ist klar, dass du möglicherweise verletzlich bist –«

»Ich bin überhaupt nicht verletzlich!!«, fauchte Sam. »Ich reiße mir den Arsch auf, so wie immer. Wenn du denkst, dass ich meinen Job nicht gut mache, dann sag es.«

»Darum geht es nicht. Du machst einen tollen Job. Ich vertraue dir, Sam, weil du weißt, was du tust, und weil du Ergebnisse lieferst. Ich will nur, dass du weißt, dass ich mir Sorgen mache, das ist alles. Du bist auch nur ein Mensch, genau wie wir alle.«

»Wenn überhaupt, mache ich mir seit dem, was mit Jo passiert ist, nur noch mehr Gedanken darüber, nicht in etwas hineingezogen zu werden. Genauer gesagt, kann ich an fast nichts anderes denken. Und nein, ich verliere nicht meine Objektivität. Ich weiß genau, was ich tue.« Sams Wangen glühten, seitdem die Worte »Sorgen machen« gefallen waren, vermied sie jeglichen Blickkontakt mit Lou. »Kann ich gehen?«

»Natürlich.«

Sam schloss fest die Tür hinter sich, als sie ging. Lou atmete durch. Sam war für sie das, was der Bezeichnung »beste Freundin« am nächsten kam, trotzdem war sie bei der Arbeit Sams Vorgesetzte, und das Wohl ihrer Mitarbeiter hatte für sie oberste Priorität. Doch jetzt war nicht der Zeitpunkt, sich darüber Gedanken zu machen. Lou nahm das Telefon und rief Rob Jefferson auf dem Handy an.

»Ich bin gerade auf dem Weg zur Einsatzzentrale«, sagte er. »Ich war in der IT-Abteilung und habe nachgesehen, wie weit sie mit dem Download der Daten des Handys sind, das im Volvo gefunden wurde.«

»Ist irgendwas dabei?«

»Ja, Zoe kümmert sich gerade darum. Soll ich in Ihr Büro kommen?«

»Nein, kein Problem, Rob. Ich bin in der Zentrale. Treffen wir uns in ein paar Minuten?«

SAM – Montag, 04. November 2013, 11:05

Sam saß auf einer Bank im Lawrence-Carroll-Memorial-Garten vor der Kantine. Es war weniger ein Garten als ein viereckiges Stück Rasen, umgeben von einer kleinen Buchsbaumhecke, mit einem kreisrunden Blumenbeet, das im Frühling voller Narzissen und Tulpen stand und jetzt bis auf die faulenden Blätter, die es bedeckten, leer war. Es war nicht unbedingt ein abgeschiedener Ort, doch außer ins Auto zu steigen und wegzufahren, gab es nicht so viele Möglichkeiten, um ein wenig frische Luft zu schnappen und fünf Minuten nachzudenken.

Wie sich herausstellte, war es hier kein bisschen abgeschieden, denn kurz darauf kam Caro Sumner durch eine Seitentür heraus und setzte sich neben sie.

»Ich habe die DCI heute kaum gesehen«, sagte Caro als eine Art Einführung.

»Es geht alles ein wenig drunter und drüber«, antwortete Sam.

»Nun, kein Wunder. Alles in Ordnung?«

Sam blickte auf. »Natürlich. Warum?«

Caro lächelte sie freundlich an. »Du wirkst ein wenig ... bedrückt. Sag mir ruhig, dass ich mich um meine eigenen Angelegenheiten kümmern soll. Aber ich bin eine gute Zuhörerin.«

Sam hätte sich nicht im Traum einfallen lassen, Caro zu sagen, sie solle sich um ihre eigenen Angelegenheiten kümmern, dennoch wollte sie ihr nicht unbedingt erzählen, dass Lou sich Sorgen um ihre Professionalität machte. Als Kompromiss sagte sie: »Manchmal fällt es mir schwer, objektiv zu bleiben. Dir nicht?«

»Absolut. Ich glaube außerdem nicht, dass es immer hilfreich ist, wenn man objektiv bleibt. Deswegen sind wir gut in unserem Job.«

Genau so ist es, dachte Sam. Trotzdem gab es Verfahrensstandards und Vorschriften, die eingehalten werden mussten, was aber nicht hieß, dass man sich nicht um die Menschen Gedanken machen konnte, mit denen man zu tun hatte. Nur wer Mitgefühl entwickelte, war in der Lage, sie zu verstehen, ihnen näher zu kommen und die Dinge aufzuspüren, die sie zu verbergen suchten, um sie dann davon zu überzeugen, diese Dinge nach außen zu tragen. So ein Ergebnis konnte man nicht erzwingen.

»Ich wollte es nicht erwähnen«, sagte Caro daraufhin, »aber ich habe eine Zeitlang mit Jo gearbeitet. Nur ein paar Monate, als sie Trevor Harris in Knapstone vertreten hat.«

»Ach ja?«, sagte Sam.

Jo hatte drei Monate in der Haftanstalt in Knapstone gearbeitet, kurz nachdem sie beide von Scotland Yard nach Eden versetzt worden waren. Als die Neue musste sie immer wieder einspringen, wenn einer vom privaten Sicherheitsdienst krank war, was bedeutete, dass sie viel herumfahren musste, andrerseits hatte sie schnell alle Haftanstalten im Landkreis sowie alle Leute, die dort arbeiteten, kennengelernt. Obwohl Knapstone recht weit von Briarstone entfernt lag, hatte Jo das sehr gefallen, bis sie eine feste Stelle im Gefängnis in Briarstone bekam.

»Hast du irgendwas von ihr gehört?«, fragte Caro.

Sam schüttelte den Kopf.

»Gar nichts?«

»Manchmal rufe ich ihre Mom an, daher weiß ich, dass es ihr gut geht.«

»Sie hat schwere Zeiten hinter sich«, sagte Caro.

Haben wir das nicht alle, dachte Sam.

Und dann sagte Caro, als könnte sie Sams Gedanken lesen. »Ich nehme an, dass es für dich am schwersten war ...«, und legte tröstend einen Augenblick ihre Hand auf Sams Hand. Eine freundliche Berührung, ein Zeichen der Anteilnahme.

»... und solche Erfahrungen sind es, die uns zu besseren Polizisten machen«, fügte Caro hinzu. »Das sage ich mir zumindest immer. Ich denke, das ist der Grund, warum du offenbar die Einzige bist, die etwas aus Scarlett herausbringt.«

»Wie meinst du das?«, fragte Sam.

»Du bist der einzige Mensch, mit dem sie gesprochen hat. Der einzige.«

»Sie hat mir kaum etwas erzählt«, sagte Sam. »Und ich habe den Eindruck, dass das, was ich aus ihr herausbekomme, nur eine sehr geschönte Fassung der Wahrheit ist. Ich meine, es könnte sein, das es für sie noch schmerzvoller ist, über die jüngste Vergangenheit nachzudenken, ganz zu schweigen davon, sie einer Fremden anzuvertrauen ...«

»Ist das deine Meinung?«

Sam schwieg einen Moment und dachte nach. Dann fügte sie hinzu: »Nein, das denke ich nicht. Ich glaube, dass sie uns was vormacht. Oder speziell mir.«

»Warum?«

»Ich glaube nicht, dass das persönliche Gründe hat. Ich denke, sie ist einfach daran gewöhnt, sich einen Vorteil zu verschaffen, wann immer er sich ergibt. Sie ist gewöhnt, blitzschnell zu denken und sich einer Situation anzupassen. Sie hat die letzten zehn Jahre überlebt, und das deshalb, weil sie schlau ist. Das bedeutet nicht zwangsläufig, dass sie Schuld an irgendwas hat. Es bedeutet einfach ... dass man sich ihr anders nähern muss, damit sie sich öffnet, das ist alles.«

Caro stand auf. »Ich hoffe, Lou Smith begreift, was für ein Glück sie hat, dass du in ihrem Team bist, Sam.«

Sam lachte kurz auf. »Es ist großartig, für sie zu arbeiten«, sagte sie. *Meistens wenigstens.*

»Lass uns zurückgehen, ja?«, sagte Caro fröhlich. »Sie sehen sich gerade die DVD mit Juliettes Aussage an. Ich denke, du solltest einen Blick darauf werfen – es ist eine ziemliche Überraschung.«

LOU – Montag, 04. November 2013, 11:10

Rob Jefferson und Lou sahen sich schweigend den Rest der Befragung auf DVD an, als Sam und Caro eintraten. Rob saß an seinem Schreibtisch in der Einsatzzentrale, Lou sah über seine Schulter auf den Bildschirm.

Darauf war die junge Frau in dem pinken Pulli zu sehen, die vornübergebeugt dasaß und ihren Kopf auf die Arme gelegt hatte.

»Was ist los?«, fragte Caro.

»Sie weint wieder«, sagte Rob. »Danach sagt sie nicht mehr viel – noch zwei Minuten, dann bringt Sam Scarlett rein.«

»Rob hat die Krankenschwester in der Forensik gebeten, sich mit ihr vor der nächsten Sitzung zu treffen«, fügte Lou hinzu.

Gerade als die DVD zu Ende war, kam Zoe Adams in die Einsatzzentrale.

»Wie läuft's?«, fragte Lou.

»Zäh«, sagte Zoe. »Ich habe jetzt Clives und Annies Telefondaten sowie die Daten vom Handy, das im Auto gefunden wurde. Ich habe auch eine Antwort von der Sonderkommission bekommen, aber noch nicht die Gelegenheit gehabt, draufzuschauen. Es wird eine Weile dauern, das alles durchzusehen.«

»Was hast du über das Handy im Auto herausgefunden?«, fragte Rob.

»Leider gibt es keine unmittelbaren Anhaltspunkte, wem das Handy gehört haben könnte, keine Fingerabdrücke, keine hilfreichen Fotos oder Adressbucheinträge. Dafür gibt es umso mehr Anrufe. Und dazu habe ich ein paar nützliche Dinge herausgefunden.«

»Und die wären?«, fragte Rob.

»Bei der Simkarte handelt es sich natürlich um eine Prepaid-Nummer. Es sieht aber aus, als gehörte sie zu einer Serie eines SIM-Großeinkaufs. Die Nummern sind fast alle aufeinanderfolgend und tauchen bei Handys auf, die von Mitgliedern des Cunningham-Netzwerks weggeworfen wurden. Diese spezielle Nummer ist nicht direkt in Reihenfolge, denn sie endet auf 512, und bei uns sind in den vergangenen sechs Monaten Nummern wie 522, 523, 528 und 529 aufgetaucht. Es ist aber gut möglich, dass die Serie schon früher beginnt, als wir mitbekommen haben.«

»Was es wahrscheinlich macht, dass das Handy von einem Mitglied des Cunningham-Clans benutzt wurde«, sagte Rob.

»Das ist möglich«, pflichtete Zoe bei. »Während meiner Auswertung werde ich darauf achten, dass alle neuesten Nummern dieses Netzwerks mit den Anrufdaten verglichen werden.«

»Was denkst du, Rob? Glaubst du, dass einer der Laufburschen der Cunninghams auch Autodiebstähle macht und Leute an der Tür überfällt? Fällt dir irgendwer ein?«

Rob Jefferson runzelte die Stirn. »Nicht spontan, aber Sie wissen ja, wie die Straßendealer sind. Sie versuchen, wo sie nur können Geld herzukriegen, Einbrüche, Raubüberfälle, Überfälle. Es würde mich nicht wundern, wenn es einer von ihnen wäre.«

»Und was ist mit den Daten von den Übertragungsmasten?«, fragte Lou.

»Die sind nicht sonderlich hilfreich. Wer immer das Handy benutzt hat, hat sich nicht weit von Briarstone entfernt. Der zuständige Mast, der, von dem die Anrufe am Morgen ausgehen und spätabends enden, steht hinter dem Park-Hill-Anwesen. Dort gibt es über tausend Wohneinheiten, die vorwiegend von Kriminellen aus Briarstone bewohnt werden. Ich konzentriere mich auf den Anrufverkehr der letzten paar Tage.«

»Schön, das ist ein guter Anfang«, sagte Lou. »Hoffentlich kann man aus den Daten erkennen, wessen Handy es war.«

»Die Chancen, dass wir eine DNA-Spur auf dem Kapuzenshirt

finden, das im Auto lag, stehen gut«, sagte Rob. »Das wird aber noch eine Weile dauern, selbst wenn wir Druck machen.«

»Zoe, brauchst du bei der Analyse irgendwelche Hilfe? Soll ich mich umsehen, ob wir noch ein paar helfende Hände auftreiben können?«

»Nein«, sagte Zoe, »ist schon in Ordnung. Es wird zwar seine Zeit brauchen, aber das ist keine Sache, die man wirklich delegieren kann. Trotzdem danke.«

»Wann ist das nächste Briefing?«, fragte Lou Rob.

»Um vier«, sagte er. »Vermutlich werden wir bis dahin nicht sehr viel haben, wenn Sie also alle Wichtigeres zu tun haben, dann müssen Sie nicht kommen, wir können uns bei der Spätschicht auf den neuesten Stand bringen. Morgen früh mache ich dann noch mal ein richtiges Briefing.«

»Großartig«, sagte Lou. »Ich werde mir noch ein paar Sachen ansehen – wir sehen uns später.«

E-MAIL

Datum: 04. November 2013
An: DCI Lou SMITH
Von: PSE Jason MERCER
Betreff: Einbruchsserie

Hi,

momentan gibt es zwei Einbruchsserien mit Autoschlüsseldiebstählen; sag mir Bescheid, wenn du eine Tabelle der Vergehen brauchst.

Operation Sausage

Autoschlüsseldiebstähle in Baysbury, Catswood und Briarstone
13 Verstöße seit August 2013
Vorgehensweise: Rückwandfenster wurden ausgehebelt (3 Verstöße), erhaltend (4 Verstöße) oder Hintertür (6 Verstöße). Die betreffenden Fahrzeuge parkten alle in einer Wohnanlage und wurden ein paar

Tage nicht bewegt, bevor sie weggefahren wurden. 2 Fahrzeuge wurden wiedergefunden. Der Rest wird noch vermisst.
Werkzeugspuren am Tatort.
Zeitangabe: nachts, die meisten Verstöße wurden an einem Donnerstag oder Freitag begangen (10 Verstöße).
Raubgut: Bargeld, Handys, Laptops, wertvolle Fahrzeuge aus den Einfahrten (Audi, BMW und Range Rovers, alle weniger als 2 Jahre alt)
Tatverdächtige: keine
Zuständiger Beamter: DC Colin HARWOOD

Operation Nomad
Schlüsseldiebstahl in Briarstone
6 Verstöße zwischen März und September (letzter Verstoß 27. September)
Vorgehensweise: vordere Fenstertür wurde ausgehebelt.
Zeitpunkt: nachtsüber, kein bevorzugter Tag
Objekte: nur Fahrzeuge, alles Allradfahrzeuge
Tatverdächtige: keine
Zuständiger Beamter: DC Colin HARWOOD

Operation Nomad wird wahrscheinlich bei der nächsten Aufgabenzuteilung beim Meeting der Koordinationsgruppe am Donnerstag eingestellt.

Hoffe, das hilft,
Jason

LOU – Montag, 04. November 2013, 12:50

Als sie wieder in ihrem Büro war, sah Lou ihre Mails durch. Jason hatte auf ihre Anfrage am Sonntag über die Einbruchsserie geantwortet. Das veranlasste sie, das Telefon zu nehmen und seine Nummer zu wählen.

»Hi«, sagte er überrascht, vermutlich hatte er ihre Nummer auf dem Display gesehen.

»Hi, Jason«, sagte sie in sachlichem Ton. »Ich wollte dich fragen, ob du mir noch mal helfen kannst.«

»Klar, wenn ich kann«, sagte er. »Was gibt's?«

»Ich wollte fragen, ob du für mich vielleicht noch ein Profil anfertigen könntest. Könntest du dir die letzten Berichte über das kriminelle Netzwerk der Cunninghams ansehen? Aktuelle Verbindungen zu anderen Organisationen, so was eben. Vor allem alles, was sich außerhalb ihrer gewöhnlichen kriminellen Aktivitäten bewegt, sprich, nicht mit Drogenhandel zu tun hat?«

Am anderen Ende der Leitung blieb es kurz still. Pause. »Ich habe momentan ziemlich viel um die Ohren«, sagte er. »Ist es dringend?«

»Ich würde dich nicht bitten, wenn es das nicht wäre«, antwortete sie.

»Ich werde sehen, was ich tun kann«, sagte er. »Tschüs, bis dann.«

ZEUGENAUSSAGE

Abschnitt 1 – Zeugenbeschreibung

NAME:	Samantha ROWDEN-KNOWLES
GEBOREN:	(falls unter 18, falls über 18, »über 18« angeben) Über 18
ADRESSE:	Longshaw Cottage, Queens Drive, Briarstone
BERUF:	Lehrerin

Abschnitt 2 – Ermittlungsbeamter

DATUM:	04. November 2013
ERMITTLER:	DS 10194 Samantha HOLLANDS

Abschnitt 3 – Zeugenaussage

Ich heiße Samantha ROWDEN-KNOWLES und arbeite als Lehrerin an der Mittelschule in Briarstone. Ich bin seit 2001 an der Schule beschäftigt, Scarlett RAINFORD war zwei Jahre lang Schülerin meiner Klasse. Obwohl sie oft eine Herausforderung darstellte, war sie überdurchschnittlich intelligent, ich kam gut mit ihr zurecht. Die ganze Schule war sehr bestürzt, als sie im August 2003 verschwand, und mich hat der Gedanken sehr beunruhigt, dass einer meiner Schülerinnen etwas Schreckliches zugestoßen sein könnte. Am 03. November 2013 gegen 21:30 klopfte Scarlett RAINSFORD an meine Tür. Ich war schockiert, als sie mir sagte, wer sie sei, erst da erkannte ich sie wieder. Ich habe sie reingebeten, ihr zu trinken und zu essen gegeben. Wir haben uns eine Zeitlang darüber unterhalten, wo sie gewesen war. Sie erzählte mir, dass sie in Griechenland entführt und in verschiedenen europäischen Ländern zur Prostitution gezwungen worden war, und dass ihr kürzlich die Flucht gelungen und sie nach England zurückgekehrt sei. Sie erzählte mir auch, dass sie Angst habe, weil ein paar Männer hinter ihr her seien, und fragte mich, ob sie bei mir bleiben könne. Ich habe das verneint, ihr aber angeboten, einen sicheren Ort zu suchen, an dem sie bleiben könnte. Sie sagte mir, dass sie sich mit einer Polizeibeamtin angefreundet habe, der sie vertraue, und fragte mich, ob ich sie zu der Adresse bringen könne. Ich war damit einverstanden und brachte sie am selben Abend gegen 23:30 zu einer Adresse in Briarstone. Ich habe Scarlett bei DS Sam HOLLANDS abgesetzt und bin kurz darauf gegangen. Seitdem habe ich sie nicht mehr gesehen.

Abschnitt 4 – Unterschriften

ZEUGE: (S. Rowden-Knowles) ERMITTLER: (Sam Hollands DS 10194)

E-MAIL

Datum: 04. November 2013

An: DCI Louisa SMITH

Von: Jason MERCER

Betreff: Neueste Berichte über CUNNINGHAM ORGANISIERTES VERBRECHEN

Bezug nehmend auf die Anfrage nach einem Profil über CUNNINGHAMS KRIMINELLE ORGANISATION (233) beachte bitte, dass es nur unzureichende neue Informationen gibt. Drei aktuelle Berichte sind unten zusammengefasst, sie beziehen sich aber anders als von dir angefordert auf Drogendelikte.

09/09/13 (B4/4)

Darren CUNNINGHAM, geb. 12/11/1976, erwartet bald eine Drogenlieferung.

16/09/13 (B/4/4)

Darren CUNNINGHAM, geb. 12/11/1976, erwartet eine Lieferung von einigen Kilos Kokain. Es wird davon ausgegangen, dass sie in der Nacht vom 19./20. September 2013 eintreffen wird.

23/09/13 (B/4/4)
Darren CUNNINGHAM, geb. 12/11/1976, hat in den letzten paar Tagen eine Lieferung Kokain erwartet. Etwas ist schiefgelaufen, die Drogenlieferung kam nicht an.

Gruß
Jason

LOU – Montag, 04. November 2013, 16:27

Lou sortierte ihre E-Mails aus und hätte versehentlich beinahe auch die von Jason gelöscht, die er ihr vor zehn Minuten geschickt hatte, als sie noch beim Briefing bei Rob Jefferson war. Die Befragung der Nachbarn hatte nichts gebracht. Das Briefing war schnell vorbei gewesen und das nächste für den kommenden Morgen bereits geplant.

Sie sah die Mail und den Anhang durch und griff zum Telefon.

Es klingelte ein paarmal, bevor er dranging.

»Lou«, sagte er, »ich wollte gerade gehen.«

Sie sah auf die Uhr an der gegenüberliegenden Wand. Es war erst kurz nach halb fünf. »Tut mir leid«, sagte sie und überlegte, ob er heute Abend Hockeytraining hatte. »Es gibt also nicht viel zu den Cunninghams, oder? Das überrascht mich.«

»Es gibt noch ein paar andere Sachen – Kontrollen und Verbindungen. Aber du hast gesagt, dass du nur Berichte über kriminelle Aktivitäten willst, die nichts mit Drogenhandel zu tun haben, oder?«

»Na ja – schon. Ich denke mal«, sagte Lou und überlegte, dass es ihn bestimmt nicht umgebracht hätte, ein wenig gründlicher zu sein. Na gut. »Ich denke, den Rest kann ich mir selbst ansehen. Wie dem auch sei, danke für den Bericht.«

»Gern geschehen«, sagte er, »aber du weißt, dass ich dir nicht ständig Gefallen tun kann.«

In Lou sträubte sich alles. »Mir war nicht klar, dass ich dich um einen Gefallen gebeten habe«, sagte sie.

»Zoe Adams arbeitet für dich an dem Job«, sagte er. »Sie ist eine großartige Fallanalytikerin, und als du sie fragtest, ob sie Hilfe brauche, hat sie das verneint. Ich weiß also nicht genau, warum du mich und nicht sie um den Bericht gebeten hast.«

Lou stand auf. Das war eine Unterhaltung, bei der es nicht hilfreich war, sitzen zu bleiben. »Zoe Adams hat viele dringende Dinge zu erledigen«, sagte sie kühl. »Ich habe dich darum gebeten, etwas zu tun, das zu deinem Job gehört. Wenn du zu beschäftigt bist, hättest du es sagen können. Ich würde es zu schätzen wissen, wenn du mir in Zukunft ehrlich sagst, wenn du nicht helfen kannst.«

»Hey, ich will einfach nur nicht für den Rest meines Lebens dein fügsamer Fallanalytiker sein, nur weil wir eine Beziehung haben.«

Lou atmete tief durch. »Gut, freut mich, dass du es so klar und deutlich ausgedrückt hast.«

»Sei doch nicht so«, sagte er. »Das war nicht persönlich gemeint.«

»Du hast doch der Sache eine persönliche Note gegeben«, sagte sie. Aber sie hatte keine Lust mehr zu streiten.

»Es tut mir leid«, sagte er. »Ich habe das Gefühl, dass ich alles nur noch schlimmer mache.«

»Ja«, sagte sie. »Genau das tust du. Ich weiß nicht einmal, warum ich überhaupt noch mit dir rede.«

»Wenn es hilft«, sagte er. »Ich habe gerade einen weiteren Bericht gefunden, der vielleicht nützlich sein könnte. Aber auch hier geht es um Drogen, tut mir leid.«

Dann hatte er doch mehr als das Mindeste getan. Er hatte weitergesucht. »Ach, wirklich? Und warum war der nicht bei den anderen?«

»Ich glaube, er ging verloren, weil irgendwer Cunningham falsch buchstabiert hat, dadurch wurde es falsch abgelegt. Ich maile ihn dir.«

»Okay«, sagte sie und fügte widerwillig hinzu, »danke.«

»Ich rufe dich morgen an«, sagte er, »falls du sonst noch was brauchen solltest.«

»Mach dir keine Mühe«, antwortete sie und lächelte jetzt. »Ich suche mir einen anderen gefügigen Fallanalytiker.«

Kurz darauf schwirrte eine Mail herein.

Polizeibericht über Darren Cunningham

5x5x5 Protokoll

Datum:	23. September 2013
Beamter:	PC 12241 Miles BACK
Betrifft:	Darren CUNNINGHAM, geb. 12/11/1976
Bewertung:	B/4/1

Eine Fehde bahnt sich zwischen Darren CUNNINGHAM (kriminelle Organisation 233) und der Gruppe um die McDONNELLS (kriminelle Organisation 041) an. Sie hat angefangen, weil ein Runner der CUNNINGHAMS abgemahnt wurde, nicht in den Pubs zu dealen, die von den McDONNELLS kontrolliert werden. CUNNINGHAM ist nicht begeistert und hat Paul STARK beauftragt, die Sache für ihn zu klären.

Überprüfungen ergeben:
Paul STARK, alias Reggie, geb. 04/05/1982
Lewis McDONNELL, geb. 21/10/1053
Harry McDONNELL, geb. 06/07/1956

LOU – Montag, 04. November 2013, 17:02

Obwohl sie die Letzte in der Einsatzzentrale war, hatte Lou ein schlechtes Gewissen, als sie ihren Computer herunterfuhr und in ihrer Tasche nach den Autoschlüsseln kramte. Normalerweise machte sie nie so früh Schluss, wenn ein neuer Job reinkam, doch es war ein langer Tag gewesen und sie war fix und fertig. Der Streit mit Jason war auch nicht gerade hilfreich gewesen, ihre Konzentration war dahin.

Als sie fünf Minuten später im Einbahnstraßenstau festsaß, fiel ihr der andere Grund ein, warum sie sonst nie um diese Zeit Schluss machte. Der falsch buchstabierte Name, den Jason gefunden hatte, spukte ihr immer noch im Kopf herum. Irgendwas daran beunruhigte sie, und das nicht nur wegen der Nachlässigkeit, aufgrund derer er im System falsch abgespeichert worden war.

Die Organisationen von Cunningham und McDonnell lagen also im Streit miteinander, das war neu. Sie waren zuvor nie in Konkurrenz getreten. Die McDonnells waren auf Menschenhandel spezialisiert, der Drogenimport war nur ein Nebengeschäft, und wenn man den Berichten glauben durfte, wurden die meisten Drogen an Eden vorbei in den Norden gebracht. Cunningham kontrollierte den Drogenmarkt in Briarstone, das wusste jeder, selbst McDonnell. Und so weit Lou sich erinnern konnte, machten sie einen Bogen umeinander und traten sich nicht auf die Füße. Sie waren weder verbündet noch arbeiteten sie zusammen, das war stets für beide ein gutes Arrangement gewesen. Und jetzt waren sie Konkurrenten, nur weil einer von Cunninghams Runnern in einem Pub gedealt hatte? Da musste mehr dahinterstecken.

Wenn die McDonnells in die Sache verwickelt waren, dann gehörte der Pub, um den es ging, vermutlich Carl McVey – in einem Polizeibericht hieß es ja, dass er Geld für sie wusch – und Aaron Sutcliffe hatte zudem ausgesagt, Palmer habe in der *Railway Tavern* gedealt.

Ein Runner war also aus einem von McVeys Pubs geschmissen worden. Konnte das Ian Palmer gewesen sein? Aaron Sutcliffe hatte Les erzählt, Ian habe entweder für Cunningham oder für Mitchell Roberts gedealt, und alles, was sie über Ian Palmer und seine Familie wussten, deutete darauf hin, dass er vermutlich für Cunningham gearbeitet hatte. Doch das erklärte noch nicht, warum er im Krankenhaus gelandet war. Selbst wenn er in McVeys Pub gedealt hatte, selbst wenn er rausgeschmissen worden war, schien es doch selbst für eine Organisation wie die der McDonnells ziemlich extrem, ihn ins Koma prügeln zu lassen.

Als Lou nach Hause kam, hatte sie heftige Kopfschmerzen. Genug gegrübelt, wenigstens bis sie ein paar Schmerztabletten genommen und sich geduscht hätte. Vielleicht würde dann alles einen Sinn ergeben.

Aber wenn es so war, wenn Palmer überfallen wurde, weil er Carl McVey verärgert hatte, war es auch möglich, dass Cunningham es ihm heimgezahlt hatte. Angesicht der immensen Gewalt, die im Spiel gewesen war, schien es wahrscheinlich, dass die Angaben im Polizeibericht stimmten. Ein Konflikt war im Gange und er eskalierte direkt vor Lous Nase.

SAM – Montag, 04. November 2013, 17:10

»Ich sollte das eigentlich nicht tun«, sagte Sam.

»Was denn?«

»Dich herumkutschieren.«

Sie fuhren zum Hotel zurück, Juliette war nicht dabei, Caro Sumner würde sie später vorbeibringen. Sie hatten erfolgreich beantragt, Juliette für diese Nacht in demselben Hotel einzuquartieren, denn nach Hause konnte sie eindeutig nicht gehen. Das war ein Tatort, niemand durfte sich dem Haus nähern, bis die Ermittlungen der Spurensicherung abgeschlossen wären. Sam hatte den diensthabenden Inspektor in der Leitstelle angerufen und sich ein zweites Zimmer im *Travel Inn* genehmigen lassen. Und während sie noch eine peinliche Diskussion führten über Budgets und Kürzungen und weshalb die Schwestern sich kein Zimmer teilen konnten, hatte Scarlett Sam unterbrochen und gesagt, sie hätte kein Problem damit, das Zimmer zu teilen. Sam war die Sache nicht ganz geheuer, weil Scarlett und Juliette sich schließlich jahrelang nicht gesehen hatten und sich momentan in einer extrem stressigen Situation befanden. Doch Scarlett schien das nicht zu stören; im Gegenteil, es schien sie fast zu freuen.

»Bist du sicher, dass du nicht lieber ins Krankenhaus fahren und deine Mutter besuchen willst?«, fragte Sam.

»Nein. Sie ist bewusstlos – ich kann sowieso nichts tun, oder?«

»Richtig«, sagte Sam, »wenn du dir ganz sicher bist.«

»Was geschieht morgen?«, fragte Scarlett.

»Morgen?«

»Mit dem Hotel. Du hast mir nur zwei Nächte besorgt, oder? Das ist die letzte Nacht.«

»Du könntest dich immer noch entscheiden, mit dem Opferschutz zu kooperieren. Dann hättest du auch Anrecht auf eine Unterkunft und so weiter …«

»Das geht nicht«, sagte Scarlett hastig.

»Alles klar. Ich spreche morgen mit dem Boss wegen dem Hotel.«

»Es macht mir nichts aus, ein Zimmer zu teilen, ehrlich nicht, wenn das irgendwie weiterhilft. Juliette ist das bestimmt auch egal.«

»Woher weißt du das?«, fragte Sam.

Scarlett sah weg und aus dem Fenster. »Wenn es ihr was ausmacht, wird sie es euch bestimmt sagen.«

Sie schwiegen ein paar Minuten. Es war ein langer Tag gewesen, Sam fühlte sich so müde wie seit Jahren nicht mehr. Alles, woran sie denken konnte, war, ob es in ihrem Kühlschrank etwas Essbares gab und ob sie es vor oder nach dem warmen Bad, bei dem sie vermutlich einschlafen würde, zubereiten sollte.

Der Parkplatz vor dem Hotel war fast leer, das Gebäude, umrahmt von ein paar immergrünen Bäumen, sah abweisend und trostlos aus.

»Komm auf einen Drink mit rein«, sagte Scarlett.

»Was?«

»Bitte. Nur auf einen. Ich ertrage es nicht, alleine da reinzugehen. Bleib bei mir, bis Juliette kommt, ja?«

»Scarlett, das geht wirklich nicht …«

»Warum hast du es denn eilig, nach Hause zu kommen?«, fragte Scarlett.

»Scarlett, nein. Das ist keine gute Idee.«

»Bitte, ich … brauche jemanden, mit dem ich reden kann. Bitte, Sam.«

Irgendwas in ihrer Stimme rührte Sam. Es war nicht die Verletzlichkeit.

»Na gut«, sagte sie. »Auf einen Drink.«

An der Bar war niemand. Es war nicht einmal jemand da, der servierte, bis Sam an die Rezeption ging und fragte, ob sie überhaupt geöffnet hatte. Ein paar Minuten später kam der Rezeptionist, stellte Scarlett ein Pint Lager Bier und Sam eine Limonade hin.

Scarlett saß bereits in der Ecke in einem der Sessel neben einem feuerlosen Kamin. »Gemütlich hier drinnen, nicht wahr?«

»Könnte schlimmer sein«, antwortete Sam und sah dann Scarletts Gesichtsausdruck. Sie mussten beide lachen.

Sam setzte sich und wandte ihr Gesicht ab, damit Scarlett nicht sah, dass sie errötet war. Ihr war plötzlich auf beunruhigende Weise klar geworden, dass Scarlett mit ihr flirtete. Vielleicht war es das gewesen, was Lou gespürt hatte, als sie Sam vorwarf, ihre Objektivität sei gefährdet. Das war sie nicht. Egal, was Scarlett wollte, Sam würde ganz sicher nicht darauf eingehen. Sich zu sehr mit einem Zeugen einzulassen hatte Jo den Job, ihr Wohlergehen und ihre Beziehung zu Sam gekostet. Ganz egal, ob es ein heimatloser junger Asylbewerber oder Scarlett war, es war in keinem Fall eine gute Idee. Nun, das spielte keine große Rolle. Am nächsten Morgen musste sich Scarlett mit ihrer Schwester eine neue Bleibe suchen, und schon in ein paar Wochen wären sie wahrscheinlich nicht mehr Sams Problem.

»Hör mal«, sagte Scarlett, »es gibt da etwas, das ich dir sagen muss.«

»Schieß los«, sagte sie.

»Ich habe nicht gelogen oder so.«

Da war also doch noch etwas. »Scarlett«, sagte Sam, »wenn du was Wichtiges zu sagen hast, dann sollten wir es richtig offiziell aufnehmen.«

»Nein, nein«, sagte sie. »Mach dir keine Gedanken. Ich will nur was klarstellen.«

»In Ordnung.«

Sie sahen einander direkt in die Augen. Scarletts Blick war dem ihrer Mutter so ähnlich. »Ich mag dich«, sagte sie. »Ich möchte dir alles erzählen. Ich glaube, dass du ein paar Dinge falsch verstanden hast.«

»Wie meinst du das?«

»Ich wurde nicht wieder nach England eingeschleust. Ich bin selbst hergekommen.«

Nun, dachte Sam, das erklärte vieles. Und auch wieder nicht. »Wie?«

»Ich konnte abhauen. Das ist eine lange Geschichte. Wie dem auch sei, niemand hat mich gegen meinen Willen hergebracht. Ich kann dir also keine Informationen über Menschenhandel geben, ich kann dir auch nicht helfen, ich kann also auch nicht mit dem Opferschutz zusammenarbeiten, oder?«

»Du warst also aus freiem Willen in der Wohnung in Carisbrooke Court?«

»Ja, könnte man so sagen.«

»Könnte man so sagen?«

»Ich wusste nicht, wohin. Sie haben mich dort wohnen lassen. Ich habe Telefondienst gemacht, geputzt und Besorgungen gemacht, so Sachen eben. Das war besser, als auf der Straße zu sein.«

»Warum hattest du vor ihnen Angst, Scarlett? Wenn sie dich nicht gegen deinen Willen festgehalten haben?«

»Ich hatte Angst, jemand würde denken, dass ich sie verpfiffen habe«, sagte sie.

»Wer?«

»Irgendeiner von ihnen. Die Mädchen, die Zuhälter, die Freier. Das ist nicht gerade ein Umfeld, in dem man viel Vertrauen aufbauen kann.«

»Wer sind die Zuhälter?«

Scarlett sah sie einen Moment lang an. »Hör zu, ihre richtigen Namen weiß ich nicht. Niemand benutzt doch seinen richtigen Namen, oder? Ich zumindest nicht. Ich habe mich Katie genannt.«

»Du hast mir am Freitag etwas von einem Reg erzählt. Du hast etwas von Freunden erwähnt und davon, dass du bei Reg auf dem Sofa sitzen und *Sky TV* schauen könntest. Wer ist dieser Reg?«

»Verhörst du mich gerade?«, fragte Scarlett und lächelte.

»Du hast gesagt, du willst ehrlich zu mir sein, Scarlett. Hör auf, Spielchen zu spielen.«

»Ich habe gesagt, dass ich dir etwas zu sagen habe, und das habe ich getan. Ich spiele keine Spielchen. Auch wenn ich das mit dir gerne tun würde.«

Sam beschloss, den letzten Satz zu ignorieren. »Warum hast du uns nie gesagt, dass du aus freien Stücken dort warst?«

»Weil ich dachte, ihr würdet mich festnehmen, wenn ich euch erzähle, dass ich dort nur als Haushälterin gearbeitet habe. Oder ihr hättet begriffen, dass ich euch nicht helfen kann und dann wäre ich wieder auf der Straße gelandet und hätte nicht gewusst, wohin.«

»Warum wolltest du nicht zu deiner Familie zurück? Warum warst du hier in Briarstone und hast sie nicht besucht, um ihnen zu sagen, dass du am Leben bist und es dir gut geht?«

Scarlett sah weg, als dächte sie über eine Antwort nach. »Ich bin nicht gerade das, was man ein ein Vorzeigemädchen nennt, oder?«

»Egal, wofür du dich hältst, du bist immerhin ihre Tochter …« Sam schwieg, ihr wurde klar, dass Scarlett kurz davor war, Vollwaise zu werden.

»Es ist so lange her«, sagte Scarlett. »Ich brauchte Zeit, um die Kurve zu kriegen und darüber nachzudenken, was ich mit meinem Leben anfangen will. Ich hatte … Ich hatte eine ziemlich harte Zeit. Ich schlafe schlecht. Und du hast ja selbst gesehen, dass meine Familie nicht besonders liebevoll war, meiner Meinung nach hat sich daran auch nicht viel geändert.«

»Scarlett«, sagte Sam, »was glaubst du ist ihnen gestern Abend zugestoßen?«

Scarlett zögerte. »Keine Ahnung. Du hast von einem Raubüberfall gesprochen, oder nicht?«

Sam schwieg.

»Na ja, vielleicht hat es mit dem Einbruch zu tun. Vielleicht wollte derjenige noch etwas etwas holen und wurde diesmal gestört. Ich weiß es nicht. Ich weiß, du denkst, dass es mir leidtun oder mir etwas ausmachen sollte, aber diese Leute sind wie Fremde für mich, Sam. Ich mache mir nur um Juliette Sorgen. Sie kann mit solchen Situationen nicht umgehen.«

Sam atmete tief durch und versuchte, sich nichts anmerken zu lassen. »Juliette scheint es so weit ganz gut zu gehen. Willst du noch etwas trinken?«

»Ja, bitte. Noch ein Pint.«

Sam hatte noch immer die Hälfte ihrer Limonade im Glas, doch sie stand auf und rief durch die Bar zur Rezeption.

18:40

»Ich muss jetzt wirklich nach Hause.«

»Ja, ich weiß.« Scarlett leerte ihr zweites Pint. »Danke, dass du geblieben bist.«

»Juliette wird jeden Augenblick hier sein. Caro bringt sie.«

»Klar.«

»Ich hole dich morgen ab«, sagte Sam. »Ich brauche eine richtige Aussage von dir.«

»Was für eine Aussage?«

»Das passt schon«, sagte Sam. »Es wird nicht lange dauern. Es ist das, was Juliette auch mit Caro und der Opferschutzbeamtin gemacht hat.«

Sam zog ihre Jacke über, Scarlett begleitete sie mit verschränkten Armen in die Eingangshalle.

»Komm nicht mit raus, sonst wird dir kalt«, sagte Sam. Scarlett folgte ihr zum Auto.

»Mir ist nicht kalt«, antwortete sie. »Sam ...« Ohne Vorwarnung kam Scarlett näher und legte ihre Hand an Sams Wange. Sam schreckte zurück.

»Nein«, sagte sie. »Nicht.«

»Das meinst du doch nicht wirklich«, flüsterte Scarlett. »Komm wieder mit mir rein.«

Sie standen direkt vor dem Hoteleingang. Hier war es dunkel und kalt.

»Scarlett, das geht gar nicht«, sagte Sam.

»Bei dir fühle ich mich sicher«, antwortete Scarlett. »Bitte, Sam. Du gibst mir das Gefühl, dass ich zum ersten Mal in meinem Leben in Sicherheit bin.«

»Es tut mir leid«, sagte Sam. »Das geht wirklich nicht.«

Sie wich einen weiteren Schritt zurück, drehte sich zum Wagen um und stellte entsetzt fest, dass Caro mit Juliette angekommen war.

18:55

»Das war nicht das, wonach es aussah«, sagte Sam.

Caro lächelte sie an. »Das geht mich nichts an«, sagte sie fröhlich.

Sam begleitete Caro zu ihrem Wagen. Juliette hatte mit Scarlett in ein Zimmer eingecheckt, sie waren recht einträchtig zusammen hinaufgegangen. Der Rezeptionist des Hotels hatte seine Schicht inzwischen beendet und war von einem Sicherheitsmann, einem ehemaligen Polizisten, abgelöst worden. Caro hatte ihn erkannt, mit ihm gescherzt und über Kollegen geplaudert, die in den Ruhestand gegangen waren, und was sie jetzt so machten.

Während sie sich munter unterhalten hatten, hatte Sam unbeholfen hinter Caro gestanden und sich gefragt, ob Caro überhaupt eine Vorstellung davon hatte, was soeben geschehen war.

Caro hatte ihre Reise in die Vergangenheit mit Steve beendet und bat ihn, ein Auge auf die Frauen in Zimmer 116 zu haben und sofort zu melden, falls irgendwas Ungewöhnliches passierte.

»Alles klar«, sagte er und steckte ihre Karte ein.

Draußen war es dunkel und kalt, für Sam fühlte sich das alles irgendwie bedrohlich an. »Ehrlich, Caro. Ich weiß, dass ich Bericht erstatten sollte, aber sie ist einfach nur verwirrt. Ihre Gefühle sind völlig durcheinander.«

Caro blieb stehen und sah sie an. »Du weißt genau, was du tun kannst und was nicht«, sagte sie. »Ich werde nichts sagen. Gott weiß, dass ich auch schon in peinlichen Lagen gewesen bin.«

Sam schwieg.

»Ach, du verrücktes Huhn. Komm her.« Caro schloss sie in die Arme und drückte sie liebevoll. »Mach dir keine Sorgen. Morgen früh ist alles in Ordnung. Und wir haben viel Arbeit vor uns, nicht wahr?«

»Danke«, sagte Sam.

»Soll ich sie und Juliette morgen abholen?«

»Das wäre großartig, danke. Sehen wir uns hinterher unten im Knast?«

»Ich rufe dich an, wenn ich sie hingebracht habe.«

Als Sam wieder bei ihrem Auto war, saß sie einen Augenblick still da und blickte Caros Wagen nach, als sie vom Parkplatz fuhr. Sie sah zum Hoteleingang rüber, als erwarte sie, Scarlett herauslaufen zu sehen, doch nichts rührte sich beim Hotel.

Sam legte den Gang ein und fuhr langsam vom Parkplatz nach Hause.

Sie wollte gerade in ihre Einfahrt einbiegen, als ihr Handy piepte. Die Nachricht kam von einer Nummer, die sie nicht kannte – 07101 405441. Dennoch kam sie ihr bekannt vor ...

Tut mir leid, ich wollte dich nicht in Schwierigkeiten bringen. Ich mag dich. Bitte mach dir keine Sorgen. S xx

Sie starrte lange auf die Nachricht. Es gab nichts, was sie darauf antworten konnte. Schließlich drückte sie die Taste und speicherte den Kontakt unter »Ersatzhandy« ein.

LOU – Montag, 04. November 2013, 23:55

Nachdem sie eine Stunde wach gelegen hatte, stand Lou auf und ging wieder hinunter in die Küche. Kakao hatte ihr bisher noch nie beim Einschlafen geholfen, aber einen neuen Versuch war es wert, außerdem hatte sie vergessen, etwas zu essen, und ihr Magen knurrte.

Es war gefährlich, mit Ermittlungen ins Bett zu gehen, die einem ständig im Kopf herumschwirrten, dachte Lou, während sie darauf wartete, dass die Milch heiß wurde. Wenn es spät wurde und man den ganzen Tag ohne Pause beschäftigt gewesen war, kam man an einen Punkt, an dem die Logik formbar wurde und man alle möglichen Schlüsse zog. Und bei Tageslicht besehen sahen Dinge, die nicht nur möglich erschienen, sondern unanfechtbare Tatsachen gewesen waren, plötzlich ziemlich verrückt aus.

Normalerweise konnte Lou recht gut abschalten. Auch wenn sie nicht jeden Abend zu einer Familie nach Hause kam, war es für sie ganz natürlich, die Arbeit draußen vor der Haustüre zu lassen. Doch diesmal war es anders. Irgendetwas entging ihr, dachte sie, etwas, das direkt vor ihrer Nase lag, das sie aber nicht zu fassen bekam. Nachdenklich verrührte sie Milch, Zucker und Kakaopulver. Morgen wollte sie sich mit Rob Jefferson treffen, alle Berichte noch einmal durchgehen und sehen, ob ihnen doch noch etwas auffiel. Dann würde sie zu Zoe Adams oder sonst jemandem gehen und um eine genaue Darstellung des Netzwerks der Cunningham-Organisation bitten. Vielleicht würde ihr da ein Licht aufgehen.

Wenn Jason heute zum Hockeytraining gegangen war, musste er jetzt zu Hause sein. Genau genommen im Bett.

Die Milch stieg im Topf auf, Lou drehte sie gerade noch rechtzeitig herunter und goss sie in einen Becher. Der Kakao sah nicht gerade verlockend aus, aber da musste sie jetzt durch. Sie ging mit dem Becher zurück ins Wohnzimmer, kuschelte sich in eine Ecke des Sofas und schloss ihre Finger um die Tasse. Als sie ihr Handy kontrollierte, war da eine Nachricht von Jason drauf, die er ihr vor sechs Minuten geschickt hatte.

Bin gerade nach Hause gekommen. Hoffe, dein Tag war nicht zu anstrengend.

Ohne länger darüber nachzudenken wählte sie seine Nummer.

»Hey«, sagte er. »Du bist noch wach?«

»Ich kann nicht schlafen«, sagte sie. »Wie war dein Training?«

»Es war okay. Tut mir leid wegen vorhin.«

»Das hab ich schon vergessen. Eigentlich wollte ich dir sagen, dass du offenbar ein wenig Licht in die Sache gebracht hast.«

»Das klingt unheilvoll.«

Lou lächelte. »Ich meinte nicht bei uns. Ich meinte die Ermittlungen.«

»Oh – hey, das ist doch eine gute Nachricht.«

Dem folgte eine kleine Pause. Lou hoffte, er würde fragen, ob er rüberkommen könne. Und sie vermutete, dass er ebenfalls hoffte, genau das gefragt zu werden. Schließlich gab er als Erster nach.

»Also, hast du morgen Abend irgendwas vor?«

»Ich habe keine Pläne«, sagte sie. »Na ja, du weißt schon, das Übliche ...«

»Ich weiß. Ich könnte etwas für dich kochen. Das Angebot steht jedenfalls, wenn du Lust darauf hast.«

»Danke, Jason«, sagte Lou. »Dann sehen wir uns vielleicht morgen.«

»Gute Nacht, meine Schöne.«

Der Kakao war kalt geworden, Lou trank ihn in einem Zug aus. Er war so süß, dass ihre Zähne schmerzten, aber wenigstens hatte sie etwas in den Magen bekommen und der beruhigte sich. Nach dieser Unterhaltung waren ihre Gedanken klarer, und während sie sich zum zweiten Mal die Zähne putzte, wusste sie plötzlich, was sie die ganze Zeit über beschäftigt hatte.

Reggie Stark.

Dem würde sie gleich morgen früh einen Besuch abstatten.

Siebenter Teil
Der Tod ist nie das Ende

LOU – Dienstag, 05. November 2013, 05:50

In der Einsatzzentrale war es noch ruhig und dunkel, als Lou zur Arbeit kam. Es war schon lange her, dass sie das letzte Mal als Erste zur Arbeit erschienen war, aber schließlich war sie heute schon um fünf Uhr hellwach gewesen.

In ihrem Büro fuhr sie ihren Computer hoch und holte sich unterdessen einen Kaffee am Automaten. Die Zentrale erwachte langsam zum Leben: In den Gängen surrten Staubsauger, in den Büros auf der anderen Seite des Parkplatzes gingen die Neonleuchten an. Lou hörte eine Unterhaltung auf der Treppe mit, in der es um ein ›top Ergebnis‹ und einen ›tollen Abgang‹ ging. Wegen des Lachens kam sie zum Schluss, dass es um eine wichtige Festnahme ging oder gar um ein richterliche Belobigung anlässlich einer bevorstehenden Pensionierung.

Der Computer wartete geduldig, bis sie sich mit ihrem Passwort einloggte, eine Minute später hatte sie sich in die Datenbank eingeloggt und suchte nach Paul Stark, auch bekannt unter dem Namen Reggie.

Als sie den Namen sah, fielen ihr wieder Begegnungen ein, die sie mit ihm gehabt hatte, als sie noch bei der Kriminalpolizei arbeitete. Damals war Paul Stark gerade von gelegentlichen Autodiebstählen zum Zeitvertreib und für wenig Geld auf Metalldiebstahl umgestiegen. Er klaute Kabel von Baustellen und am Ende sogar solche, die fertig verlegt waren, er stieg an einem Ende in einen Kanalschacht unter einer Landstraße, durchtrennte die Kabel, stieg dann am anderen Ende mit einer Kabeltrommel erneut in den Kabelschacht, wickelte alles auf und brachte es weg, sodass ganze Dörfer plötzlich ohne Telefon- oder Internetanschluss dastanden. Paul Stark hatte einen Bruder, Ronnie Stark, der durch einen Stromschlag getötet worden war, als er ein spannungsführendes Kabel durchtrennen wollte. Natürlich hatte man nicht darauf hoffen können, dass Reggie den grauenhaften, tragischen Tod seines Bruders als Zeichen verstanden hätte, seinen Lebensunterhalt auf sicherere, legalere Weise zu verdienen.

Es gab seitenweise Polizeiberichte über ihn. Alles war dabei, angefangen von dem Wagen, den er fuhr, bis zum Inhalt des letzten Streites mit seiner Freundin. In den meisten Berichten ging es um andere Leute, doch Reggie wurde stets erwähnt, weil er bei einer Kontrolle dabei gewesen war, weil er in abgehörten Telefongesprächen erwähnt wurde, weil er eine Flasche Rum in einem Eckladen geklaut oder den Besitzer eine Dönerladens beschimpft hatte, kurz: weil er allen auf die Nerven ging.

Jetzt brauchte sie einen Fallanalytiker.

Polizeibericht über Paul Stark

5x5x5 Protokoll

Datum:	09. August 2013
Beamter:	PC 9921 EVANS
Betrifft:	Paul STARK, geb. 04.05.1982, Lewis McDONNELL, geb. 21.10.1953, Harry McDONNELL, geb. 06.07.1956
Bewertung:	B/2/1

Paul ›Reggie‹ STARK hatte eine Auseinandersetzung mit den McDONNELLS. Es besteht die Annahme, dass er von der Ware etwas für sich abgezweigt hatte, während er eigentlich für die Sicherheit eines Puffs von Lewis McDONNELL in einem Anwesen in Briarstone sorgen sollte. (Nachforschungen lassen vermuten, dass es sich um die Liegenschaft in Carisbrooke Court in Briarstone handeln könne.)

5x5x5 Protokoll

Datum:	09. August 2013
Beamter:	PC 9921 EVANS
Betrifft:	Paul STARK, geb. 04.05.1982, Lewis McDONNELL, geb. 21.10.1953, Harry McDONNELL, geb. 06.07.1956
Bewertung:	B/2/4

Paul STARK hatte eine Auseinandersetzung mit den McDONNELLS, er fürchtet jetzt Repressalien von ihnen.

5x5x5 Protokoll

Datum:	21. August 2013
Beamter:	PC 9921 EVANS
Betrifft:	Paul STARK, geb. 04.05.1982, Lewis McDONNELL, geb. 21.10.1953, Harry McDONNELL, geb. 06.07.1956, Gavin PETRIE, geb. 17.03.1975
Bewertung:	E/2/1

Die McDONNELL-Brüder haben bis vor kurzem Paul ›Reggie‹ STARK als Sicherheitsmann beschäftigt, dann wurde er als zu unzuverlässig eingestuft. Seitdem beschäftigen sie Gavin PETRIE, auch wenn die Brüder ihn als »tickende Zeitbombe« bezeichnen.

5x5x5 Protokoll

Datum:	03. September 2013
Beamter:	PC 9921 EVANS
Betrifft:	Paul STARK, geb. 04.05.1982, Lisa JACKSON, geb. 01.06.1989
Bewertung:	B/2/1
WARNUNG:	Sicherheitshinweis

Kontrollbesuch in der Wohnung in 14 Ambleside Crescent, Park Hill, H/A, bei Paul ›Reggie‹ STARK und Lisa JACKSON, weil Lisa ihre Termine bei der Drogenberatung nicht wahrgenommen hat. Lisa war nicht zu Hause. Festgestellt wurde, dass STARK rechts neben der Haustür einen Baseballschläger stehen hat (nicht auf dem Balkon), über dem Kamin hängt ein Samuraischwert. STARK äußerte der Streife gegenüber, dass er den Schläger immer griffbereit halte, weil man nie wisse, wer vor der Tür stehe. Mr STARK wurde ordnungsgemäß belehrt.

5x5x5 Protokoll

Datum:	13. September 2013
Beamter:	PC 9921 EVANS
Betrifft:	Paul STARK, geb. 04.05.1982, Darren CUNNINGHAM, geb. 12.11.1976, Ryan COLEMAN, geb. 12.01.1990
Bewertung:	B/2/1

Paul ›Reggie‹ STARK wird seit August mit Darren CUNNINGHAM in Verbindung gebracht. Es besteht Grund zur Annahme, dass STARK Schulden für CUNNINGHAM eintreibt, manchmal zusammen mit Ryan COLEMAN.

5x5x5 Protokoll

Datum:	24. September 2013
Beamter:	PC 9921 EVANS
Betrifft:	Paul STARK, geb. 04.05.1982, Lewis McDONNELL, geb. 21.10.1953, Harry McDONNELL, geb. 06.07.1956, Darren CUNNINGHAM, geb. 12.11.1976
Bewertung:	B/2/1

Paul ›Reggie‹ STARK weiß über die Fehde zwischen den McDONNELL-Brüdern und Darren CUNNINGHAM Bescheid. Da er mit CUNNINGHAM in Verbindung steht, fürchtet STARK nun, er könne zur Zielscheibe werden.

SAM – Dienstag, 05. November 2013, 07:20

»Sam? Gut, dass du da bist. Komm, sieh dir das mal an.«

Sam war gerade erst vor ein paar Minuten in der Zentrale angekommen und hatte noch nicht einmal ihre Jacke ausgezogen.

Heute Morgen hatte sie bereits ein paar Nachrichten von ihrem Ersatzhandy erhalten, die meisten waren ihr während der Nacht zugeschickt worden.

00:19 – Hi, tut mir leid, was passiert ist. Muss dich sehen, will es erklären. Xx

01:42 – Kann nicht schlafen, muss an dich denken. Habe alles vermasselt. Fühle mich schlecht. Xx

04:25 – Ich habe gesagt, am leben zu bleiben ist schwer, weißt du noch? Das ist das schwerste. Wäre besser gewesen, tot zu bleiben. LOL. Xx

Sam hatte versucht, sie anzurufen, als sie kurz vor sechs Uhr aufgewacht war, doch es war niemand drangegangen. Scarlett musste am Ende eingeschlafen sein.

Lou saß in ihrem Büro. Als Sam reinkam, tippte sie mit ihrem Stift auf den Bildschirm. »Schau mal! Was hältst du davon?«

Es sah nach nichts Besonderem aus, Lou hatte ein paar Polizeiberichte kopiert, die meisten betrafen Paul Stark.

»Was ist mit ihm?«, fragte Sam. »Er gehört zu den Leuten von Cunningham, oder? Ali und ich sind ihm im Krankenhaus begegnet; er hatte Ian Palmer besucht. Valerie hat gesagt, er besuche ihn jeden Tag.«

»Ach ja? Das ist auch interessant. Es bestätigt nur, dass er zu den Cunninghams gehört. Aber schau, Sam, schau mal, mit wem er davor befreundet war.«

»Mit den McDonnells? Und?«

»Das ist der Teil, der mich interessiert. Schau.«

Lou scrollte den Bildschirm hinunter, bis sie zu einem speziellen Bericht kam. »Der hier wurde falsch zugeordnet. Irgendein Trottel hat Cunningham falsch buchstabiert und eine neue Datei für ihn angelegt, und niemand hat sich die Mühe gemacht, ihn mit Starks Register zu verbinden. Jason hat ihn gestern Abend gefunden. Hör dir das an: ›Zwischen Darren Cunningham und den McDonnells bahnt sich eine Fehde an. Grund: Einer der Runner wurde verwarnt, weil er in einem Pub gedealt hat, der von den McDonnells kontrolliert wird. Cunningham war nicht erfreut und hat Paul Stark geschickt, um die Sache zu klären.‹ Was sagt dir das?«

»Dass Ian Palmer der Runner war?«

»Natürlich war er das.«

»Nun, das würde Sinn ergeben.«

»Da ist noch mehr, Sam. Und hier wird es richtig verblüffend. Schau dir den anderen Bericht über Cunningham an.«

Lou klickte auf ein weiteres Dokument. Über Lous Schulter hinweg las Sam die Worte »Jason Mercer« und begriff, dass es sich um ein Profil handelte. Es ging um Darren Cunningham.

Irgendwas wegen einer Drogenlieferung.

»Das hier. Sieh dir die Daten an!«, sagte Lou.

»Der 19. und der 20. September?«, fragte Sam.

»Palmer wurde in den frühen Morgenstunden des 20. September überfallen. Ich denke, das steht in Zusammenhang mit Cunninghams Lieferung, die schiefgelaufen ist. Vielleicht hatte Palmer die Verantwortung dafür.«

Sam hob eine Augenbraue. »Das ist ein ziemlich großer Sprung.

Auch wenn Palmer Cunninghams Runner war, hätte er ihm dann gleich eine so große Sache anvertraut?«

»Ich weiß, ich weiß. Aber es ist nicht nur das. Ich habe noch einen dringenderen Verdacht. Hör zu. Sieh dir diesen Bericht über Paul Stark an. Er hat einen Baseballschläger zu Hause.«

Lou zählte die Hinweise an ihren Fingern ab. Sam sah zu und musste wieder daran denken, dass Lou gestern von ihrem möglichen Objektivitätsverlust gesprochen hatte.

»Was ist, wenn Cunningham seine Lieferung just in der Nacht verliert, in der er einem seiner Dealer die Verantwortung für sie übergeben hat? Und dieser Dealer McVey mehr als einmal richtig verärgert hat? Irgendetwas geschieht in dem Pub und der Dealer wird ins Koma geprügelt. Wen würde Cunningham als Täter verdächtigen? McVey, der zufällig mit den McDonnells in Verbindung stand. Kannst du mir folgen?«

»Okay ... und darum hat Cunningham aus Rache McVey umlegen lassen?«

»Das war mehr als Rache. Er wollte seine Drogen wiederhaben. Und wem würde er so einen Job anvertrauen? Dem neuen Jungen, der gerade vom Lager der McDonnells zu ihm übergelaufen ist. Der neue Junge, der zum Schutz einen Baseballschläger zu Hause aufbewahrt. Etwas Besseres, um Loyalität zu testen, gibt es nicht.«

»Paul Stark«, sagte Sam.

Lou nickte. »Und neun Tage später wird McVey mit schweren Kopfverletzungen, zugefügt mit einem stumpfen Gegenstand wie etwa ein Baseballschläger, aufgefunden.

»Hast du schon mit Rob Jefferson gesprochen?«

»Nein, er ist noch nicht da. Ich muss ihn vor dem Briefing erwischen. Kannst du mir einen Durchsuchungsbefehl besorgen? Wir brauchen seine Schuhe und seinen Schläger, bevor er sie entsorgen kann. Und ich will ihn zu einer Befragung vorladen. Wir haben genug in der Hand.«

»Klar, das mache ich gleich.«

»Sam?«

Sam hatte sich bereits umgedreht und wollte gehen, blieb aber an der Tür stehen.

»Wie läuft es mit Scarlett? Ist sie noch im Hotel?«

»Ich habe sie gestern abgesetzt. Caro wird sie heute Morgen zusammen mit Juliette herbringen. Für heute Nacht sind sie nicht mehr im Hotel eingebucht, es könnte sein, dass wir eine andere Unterkunft für sie finden müssen, es sei denn sie können schon nach Hause. Aber das wollen sie vielleicht nicht.«

»Großartig. Wir überlegen uns was, wenn es sein muss. Übrigens ... was ich da gestern gesagt habe ...«

»Ist schon in Ordnung«, sagte Sam und atmete tief durch. »Ich weiß, was ich tue. Jo hat den Fehler gemacht, sich zu sehr hineinziehen zu lassen. Ich habe nicht vor, denselben Fehler zu machen.«

E-MAIL

Datum:	05. November 2013
An:	DCI Louisa SMITH
Von:	Zoe ADAMS
Betreff:	Operation Vanguard – Auswertung Handy von Scarlett RAINFORD

Ich habe von der Sonderkommission die Originaldaten zur Auswertung des bei Scarlett RAINSFORD, geb. 11.02.1990, beschlagnahmten Handys erhalten (bezieht sich auf Nummer mit der Endziffer 891) und habe noch weitere Nummern laut der beigefügten Tabelle überprüft und bei Nummer 891 Folgendes festgestellt:

Briarstone 411924
Diese Nummer wurde erst kürzlich der Datenbank zugefügt – nach dem Einbruch in Anwesen 14 Russett Avenue, Briarstone, in der Nacht vom 02. auf den 03. November 2013, Straftat Nummer PZ/015567/13 –, und deshalb tauchte sie nicht auf, als Brian TEMPLE

(Fallanalytiker Sonderkommission) seinen Bericht zu dem Handy verfasst hat, das bei Scarlett RAINSFORD (891) beschlagnahmt wurde.
Die Nummer wurde der Datenbank als Festnetznummer der genannten Adresse hinzugefügt. In der Zeit vom 01.09.2013 bis 31.10.2013 gibt es Anrufe von der Festnetznummer auf die 891, zwei oder drei pro Woche, sie folgen keinem bestimmten Muster, was Tage oder Uhrzeiten betrifft. Anrufe von 411924 an 891 erfolgten zwei Mal, kurz nachdem ein unbeantworteter Anruf von 891 zu 411924 erfolgt war, was nahelegt, dass es sich vermutlich um ein vereinbartes Rückrufsignal handelt. Die Dauer liegt gewöhnlich zwischen 2 und 50 Sekunden. Am Freitag, den 25. Oktober, um 12:25 Uhr erfolgte ein unbeantworteter Anruf von 891 an 411924, kurz darauf rief 411924 zurück, das Gespräch dauerte 14 Minuten und 55 Sekunden (Achtung: Dem unbeantworteten Anruf ging ein 21-minütiges Gespräch voran, das von einer Nummer mit den Endziffern 512 ausging – siehe gesonderte Telefonanalyse zu mehr Details über diese Nummer.) Danach erfolgten keine Anrufe mehr, doch es sei darauf hingewiesen, dass die RAINSFORDS am Montag, den 28. Oktober nach Spanien in den Urlaub fuhren und Scarlett RAINSFORDS Handy am 31. Oktober beschlagnahmt wurde.

Bitte kontaktieren Sie mich, wenn Sie noch Fragen haben.
Beste Grüße
Zoe Adams
Senior Fallanalytikerin, FIB und OCG Team

SCARLETT – Dienstag, 05. November 2013, 08:15

Es war eigenartig, aufzuwachen und Juliette im Bett nebenan langsam und gleichmäßig atmen zu hören. Es kam ihr vor, als wäre sie erst vor ein paar Minuten eingedöst, doch sie musste durchgeschlafen haben, denn zwischen den dunklen Vorhängen des *Travel Inn* fiel Tageslicht herein.

Um sechs Uhr hatte das Handy gesummt, das sie zum Aufladen unter ihren Mantel gelegt hatte. Sie hatte danach gegriffen und versucht, es stumm zu stellen, damit ihre Schwester nicht davon aufwachte. Ein verpasster Anruf, er kam von der einzigen Nummer, die sie auf dem Handy gespeichert hatte. Sams Handynummer. Es gab keine Nachricht, keine Antwort auf alle die Nachrichten, die Scarlett in der Nacht geschickt hatte, während Juliette schlief. Was hätte Sam auch schreiben sollen? Es gab nichts zu sagen. Sie hatte einen Job zu erledigen.

Scarlett sah zu Juliette rüber, die sich bewegte und dann umdrehte. »Juliette?«, flüsterte Scarlett. »Bist du wach?«

Juliette murmelte etwas, das sich nach einer Zustimmung anhörte, doch dann wurde die Atmung wieder tief und gleichmäßig. Scarlett sah auf Juliettes Uhr. Sie mussten bald aufstehen. Sie mussten reden, mussten einen Plan schmieden, bevor Sam auftauchte. Doch ein wenig würde sie Juliette noch schlafen lassen. Der heutige Tag würde schwer genug werden.

Nicht zum ersten Mal fragte Scarlett sich, was aus ihnen beiden geworden wäre, wenn sie an jenem Dienstag im März nicht das Haus in der Russet Avenue betreten hätte.

»Ich wusste, dass du zurückkommen würdest«, hatte Juliette

gesagt. »Ich wusste, dass du meinetwegen zurückkommen würdest.«

Sie hatten am Küchentisch gesessen und Toast gegessen. Es hatte sich sehr häuslich und zivilisiert angefühlt und dennoch wahnsinnig komisch. Zuerst hatte es Tränen gegeben, Juliette hatte geweint, sich an ihre Schwester geklammert, als wollte sie sie nie wieder loslassen. Doch dann hatte sie schlagartig damit aufgehört. Sie hatte auf die Uhr im Wohnzimmer gezeigt. »Sie werden bald zurück sein; sie bleiben nie lange weg. Du kannst nicht hier sein, wenn sie nach Hause kommen.«

»Komm mit mir«, hatte Scarlett spontan gesagt. Doch schon als sie es ausgesprochen hatte, war ihr klar geworden, wie verrückt dieser Gedanke war. Wollte sie Juliette in ihr kleines Zimmer in der Wohnung mitnehmen? Sie hatten kein Geld, keine richtige Unterkunft.

Doch Juliette hatte nicht gehen wollen. »Nein, ich kann nicht, das geht nicht. Es ist in Ordnung, es ist jetzt etwas leichter. Er gibt sich nicht mehr so viel mit mir ab; und ich mag es, wenn man mich in Ruhe lässt. Ich kann in meinem Zimmer lesen und etwas essen, wenn mir danach ist, oder Filme anschauen. Andere Leute müssen zur Arbeit gehen, oder? Sie wollen nicht, dass ich so was mache. Sobald ich die Schule abgeschlossen hatte, haben sie nie wieder etwas davon erwähnt.«

Juliette hatte Scarlett keine Fragen gestellt. Wo sie gewesen war, was ihr passiert war oder warum sie zurückgekommen war. Nicht an jenem ersten Tag und auch nicht während ihrer folgenden Besuche. Zuerst war Scarlett von dem Treffen so überwältigt gewesen, dass sie es nicht bemerkt hatte, später jedoch schmerzte es sie. Doch sie brauchten Zeit, um wieder zueinander zu finden, einander wieder vertraut zu werden. Und es gab noch viele andere Themen, über die sie nicht sprachen, das brauchten sie auch nicht. Zum Beispiel, warum Scarlett wartete, bis Clive und Annie das Haus verließen, um Juliette zu besuchen. Es gab etwas zwischen ihnen beiden, dieses Band, dieses Verstehen. Die Rollen, die sie früher eingenommen hatten, hatten sich verändert und erweitert, doch im Kern waren sie gleich geblieben: Juliette wusste, was sie wollte, und war in ihren Gewohnheiten festgefahren. Und Scarlett fügte sich ihren Wünschen.

Juliette bewegte sich erneut, sie streckte sich, setzte sich am Bettrand auf und schlurfte dann ins Bad. Scarlett nutzte die Gelegenheit für ein wenig Privatsphäre und zog sich an. Mit offenen Vorhängen fühlte sie sich wacher. Sie machte den Fernseher an und drehte den Kessel auf, um Juliettes Weinen zu übertönen, das aus dem Badezimmer zu hören war. Sie hatte auch vergangene Nacht viel geweint und gezittert und geschnieft, bis sie eingeschlafen war. Nichts, was Scarlett sagte oder tat, schien daran etwas ändern zu können.

»Alles klar, Jul?«, fragte Scarlett, als Juliette endlich das Badezimmer aufschloss und zurückkam. Scarlett hatte für beide Tee gemacht, er wurde langsam kalt.

Juliette murmelte etwas als Antwort und zog sich die Socken vom Vortag an.

»Ich weiß, dass du durcheinander bist«, sagte Scarlett. »Aber ich würde gerne mit dir reden.«

»Über was reden?«, fragte Juliette. »Ich will nach Hause gehen. Ich will saubere Kleidung. Ich mag es hier nicht. Meinst du, sie lassen mich nach Hause gehen?«

Mich hat sie gesagt, dachte Scarlett, nicht *uns* ...

»Ich weiß es nicht.«

Juliettes Schultern fingen wieder an zu zittern, und kurz darauf stieß sie einen lauten Schluchzer aus. Scarlett wollte sich neben sie setzen, ihren Arm um sie legen, doch Juliette wich zurück.

»Jul«, sagte sie, »es ist alles in Ordnung. Es wird gut gehen, das verspreche ich ...«

»Nein«, jammerte Juliette. »Das wird es nicht, das wird es nicht.«

»Das wird es«, beharrte Scarlett. »Wir können noch mal ganz

von vorne anfangen, nur du und ich, alles wird gut werden. Du brauchst dir um nichts Sorgen zu machen.«

Daraufhin sagte Juliette etwas, und Scarlett dachte, sie hätte nicht recht gehört. »Was?«, fragte sie leise, obwohl sie es nicht wirklich noch einmal hören wollte und gleichzeitig hoffte, sie hätte sich tatsächlich verhört.

Und unter Tränen, mit kläglicher Stimme, sagte Juliette: »Ich will meine Mom ...«

LOU – Dienstag, 05. November 2013, 08:45

Lou saß mit Zoe Adams in Rob Jeffersons Büro und wartete, dass der DI von seinem Meeting zurückkäme. Wäre es nicht schon seit einer knappen halben Stunde im Gange gewesen, hätte sich Lou als ungebetener Gast einfach dazugesetzt. Doch offensichtlich mussten ohnehin alle warten, bis der Haftbefehl ausgestellt war, und Sam war damit beschäftigt, die Unterlagen zusammenzusuchen.

»Ich bräuchte eine Aufstellung des gesamten Netzwerkes«, sagte Lou. »Ich weiß, das dauert eine Weile. Aber ich glaube, dass das der einzige Weg ist, um die Verbindungen zwischen den einzelnen Personen nachzuvollziehen. Ich bin mir sicher, du wirst noch mehr Berichte finden, die das stützen, vor allem angesichts der Tatsache, dass ein paar unserer Beamten offenbar nicht buchstabieren und die Dinge richtig abheften können.«

»Ich setze mich gleich dran. Ich habe gerade die Analyse zu dem Handy fertig, das im Volvo gefunden wurde, wie gesagt, ich muss sie Ihnen nur noch mailen.«

»Danke, Zoe. Tut mir leid, dass ich Sie so mit Arbeit überschütte.«

»Machen Sie sich keine Gedanken. Das ist schließlich mein Job.«

Das erinnerte Lou an ihr peinliches Gespräch mit Jason am Abend zuvor. Vielleicht hatte er sogar mit Zoe darüber gesprochen, wer was erledigen müsse und warum Lou einem zweiten Fallanalytiker Arbeit aufbrummte, der nicht einmal in die Ermittlungen involviert war.

»Haben Sie den Zusatz zur bisherigen Auswertung des Handys gesehen?«, fügte Zoe hinzu.

»Nein«, sagte Lou.

»Ich habe sie Ihnen zugesandt. Aber erst vor zehn Minuten. Da sind ein paar sehr interessante Verbindungen aufgeführt –«

Rob Jefferson kam rein und wirkte nervös. »Tut mir leid, tut mir sehr leid«, sagte er. »Warten Sie schon lange?«

»Nein, alles in Ordnung. Wie läuft's?«

»Es sind viele Informationen reingekommen. Worüber wollten Sie reden?«

Lou erklärte die Sache mit Reggie Stark und fasste die Berichte zusammen. »Ich hätte wirklich gerne, dass Zoe mir eine Aufstellung sämtlicher Netzwerke macht, wenn sie einen Augenblick Zeit hat. Ich glaube, das könnte mehr Licht in die Angelegenheit bringen. In der Zwischenzeit habe ich Sam Hollands beauftragt, einen Haftbefehl zu besorgen.«

»Das ist großartig, danke. Hoffen wir mal, dass der Baseballschläger noch immer hinter der Tür steht und dass McVeys DNA-Spuren daran sind.«

»Die Analyse der Handys, die ich gemacht habe, stützt das jedenfalls«, sagte Zoe. »Sie können sie lesen, alles deutet darauf hin, dass das Handy aus dem ausgebrannten Volvo Reggie Stark gehört hat.«

»Können Sie Sam Hollands eine Kopie von der Auswertung schicken, Zoe?«, fragte Lou. »Alles, was wir noch für den Haftbefehl vorlegen können, ist hilfreich.«

»Natürlich.«

»Und Rob – könnten Sie ein paar Kollegen bereitstellen, die wir mit dem Haftbefehl dann sofort losschicken können?«, fragte Lou.

»Ja, kein Problem. Geben Sie mir einfach Bescheid, wenn er fertig ist. Ich überprüfe mal, wer derzeit verfügbar ist. Können Sie mir später beim Briefing helfen? Helen Bamber kann die Befragung durchführen; ich sehe nach, wer uns sonst noch unterstützen kann.«

E-MAIL

Datum: 05. November 2013
An: DI 9055 Rob JEFFERSON
Kopie an: DCI 10023 Louisa SMITH, DS 10194 Sam HOLLANDS
Von: Zoe ADAMS
Betreff: Operation Vanguard – Handy gefunden im Fahrzeug

Rob,
nach Erhalt der Handydaten aus der IT-Abteilung finden Sie in der Anlage dazu die wichtigsten Informationen. Vollständige Tabelle der Daten ist auf Anfrage verfügbar.

Samsung Handy mit Simkarte, Endziffer 512
Dieses Handy wurde aus einem brennenden grünen Volvo Modell S40 1.6S sichergestellt, der von der Edener Feuerwehr am 04.11.2013 gegen 00:12 Uhr gelöscht wurde (Einsatzleitrechner 1104-0021 berichtet). Die Daten des Handys wurden heruntergeladen, daraus ergab sich eine Anrufliste für die Zeitspanne vom 01.09.13 bis 04.11.13.

Zusammenfassung der Ergebnisse
Daten für diese Nummer beginnen am 25.09.13. Vermutlich war vorher ein anderes Handy im Einsatz (siehe weiter unten Angaben unter ›Zuordnung‹).

Telefonanschlüsse, die mit diesem Handy in Kontakt waren, betreffen Nummern mit folgenden Endziffern:

119
Diese Nummer wurde unter ›D‹ im Adressbuch des Handys abgespeichert. Sie taucht in verschiedenen Rechnungen auf, Polizeiberichten zufolge könnte sie Darren CUNNINGHAM, geb. 12.11.1976, gehören (Kopf der kriminellen Organisation 233). Täglich Kontakt, eingehende und ausgehende Anrufe über den gesamten Abrechnungszeitraum. Keine SMS.

121
Diese Nummer wird laut Polizeiinformation Lisa JACKSON, geb. 01.06.1989, zugeordnet. Der Kontakt wurde unter ›Bird‹ im Adressbuch des Handys abgespeichert. JACKSON ist die Freundin von Paul ›Reggie‹ STARK, geb. 04.05.1982. Zwischen dem 25.09.13 und dem 03.11.13 täglich eingehende und ausgehende Anrufe zu dieser Nummer. Letzter Kontakt 03.11.13 nachmittags.

528
Diese Nummer wurde im Adressbuch des Handys unter ›Big R‹ abgespeichert. Es ist anzunehmen, dass sie von einem weiteren Mitglied des CUNNINGHAM-Netzwerkes genutzt wird, denn sie passt in die Serie bezügl. 512 und anderen Nummern, die den Mitgliedern der Organisation zugeordnet werden können. Es erfolgten sporadisch Kontakte über den gesamten Abrechnungszeitraum. Keine SMS.

891
Diese Nummer wird Scarlett RAINFORD, geb. 11.02.1990, zugeordnet. Das Handy wurde während der Razzia der Sondereinheit in Carisbrooke Court in Briarstone am 31.10.13 in ihrer hinteren Hosentasche gefunden. Siehe dazu auch Auswertung der Telefondaten von Brian TEMPLE, Fallanalytiker Sonderkommission. Im Zeitraum vom 25.09.13 und 31.10.13 regelmäßig Kontakte zwischen diesen Nummern.

441
Diese Nummer wurde im Adressbuch des Handys unter ›K‹ abgespeichert. Der erste Kontakt ist ein eingehender Anruf am 01.11.13 um 22:44 (18 Minuten und 55 Sekunden). Ein weiterer Anruf ging am 03.11.13 um 21:24 ein (Dauer 1 Minute und 23 Sekunden). Es gibt einen letzten ausgehenden Anruf am 03.11.13 um 23:42 (Dauer 2 Minuten 11 Sekunden). Da war das Handy zum letzten Mal in Gebrauch.

Zusätzlich zu diesen Kontakten sind noch weitere 14 Telefonnummern abgespeichert, die noch nicht zugeordnet werden konnten, aber auch nur ein oder zwei Mal im fraglichen Zeitraum aktiv waren.

Zuordnung

Es besteht die Vermutung, dass das im Volvo entsorgte Handy von Paul ›Reggie‹ STARK, geb. 04.05.1982, genutzt wurde. Fakten, die diese Schlussfolgerung nahelegen, sind unter anderem:

- Daten für dieses Handy beginnen am 25.09.13, dem Tag, ab dem STARK die Simkarte mit der Endziffer 210 nicht mehr genutzt hat.
- Die häufigsten Kontakte erfolgten zu einer Nummer mit der Endziffer 121, die Lisa JACKSON, STARKS Freundin, gehört.
- Die gespeicherten Daten zeigen, dass der Mobilfunkmast für dieses Handy in Briarstone hinter dem Anwesen in Park Hill ist, STARK wohnt in der Nähe (H/A 14 Ambleside Crescent).
- Anruffrequenz folgt einem ähnlichen Muster wie die vorheriger Abrechnungszeiträume anderer Handys, die STARK zugeschrieben werden, inklusive der Simkarte mit der Endziffer 210 (zum Beispiel ruft STARK lieber an, als SMS zu verschicken).
- Weitere Nummern, die mit diesem Handy in Kontakt standen, waren der *Ying Sun Imbiss*, London Road, Briarstone; Briarstone Gemeinderat, *Domino's Pizza*, William Hill, *Ladbrokes und Paddy Power*; *Sky TV Kundendienst* und *NHS Direct*. Alle diese Nummern wurden auch von der vorherigen Nummer kontaktiert, die STARK benutzte.

Schlussfolgerung

Anrufaktivitäten auf diesem Handy lassen vermuten, dass der Nutzer in den Einbruch am Morgen des 03.11.13 in der 14 Russet Avenue (bei dem der Volvo gestohlen wurde) verwickelt war und ebenso in den Mord an Clive RAINSFORD, der am 03.11.13 gegen 23:10 an derselben Adresse erfolgte.

Empfehlung

Den Nutzer der Nummer mit der Endziffer 441 identifizieren (im Adressbuch unter ›K‹ abgespeichert) – das war die zuletzt angerufene Nummer, bevor das Handy entsorgt wurde.

Zögern Sie nicht, mich zu kontaktieren, falls Sie noch Fragen haben.
Beste Grüße
Zoe Adams
Senior Fallanalytiker, FIB und OCG Team

SAM – Dienstag, 05. November 2013, 09:10

Sam hatte den Papierkram erledigt und ihn mit hinunter zum Büro des Richters genommen, sie musste bloß fünf Minuten auf ihn warten. Er war gut gelaunt, vermutlich weil an diesem Morgen noch kein Fall an ihn rangetragen worden war, und unterschrieb den Durchsuchungsbeschluss umgehend. Als Sam zurück in die Zentrale eilte, überlegte sie, ob das ein Rekord war. Sie hatte sich gerade wieder in ihren Computer eingeloggt, da leuchtete auch schon die Mail von Zoe Adams auf.

Sam las sie durch, auch Zoes Auswertung.

Zuerst war noch alles in Ordnung, doch dann schnürte sich ihr plötzlich der Magen zusammen. *Nein. Nein, das konnte nicht sein ...*

Sie griff in ihre Tasche nach ihrem Handy, ging auf Adressbuch und durchsuchte die Nummern.

Reservehandy 07101-405441.

Sie sah sich wieder die Auswertung der Handydaten an. Das musste ein Irrtum sein.

441. Diese Nummer war unter dem Buchstaben ›K‹ im Adressbuch des Handys abgespeichert worden.

»Du hast mir am Freitag etwas von einem Reg erzählt. Du sagtest so etwas wie, dass du Freunde hättest und bei Reg auf dem Sofa sitzen und Sky TV schauen könntest ...«

Sie scrollte wieder die Telefonnummern durch, suchte Lous Mobilnummer und rief sie an. Es klingelte und klingelte, dann schaltete es auf Mailbox um.

»Ma'am, ich bin's. Ich habe den Durchsuchungsbeschluss, ich übergebe ihn Les. Ich treffe mich mit Caro, ich habe mit ihr vereinbart, dass ich sie begleite, um Scarlett und Juliette vom Hotel abzuholen. Kannst du mich anrufen, sobald du das abhörst?«

Sie legte auf und scrollte dann noch einmal die Adressen durch. Caros Handy. Sie ging nach dem zweiten Klingeln dran.

»Hallo?«

»Caro, ich bin's, Sam Hollands. Wo bist du ungefähr?«

»Ich bin schon unterwegs zum *Travel Inn.* Ich sollte dich anrufen, sobald ich beim Gefängnis bin, oder? Ist alles in Ordnung?«

»Äh ... nein ... Na ja ... ich weiß es nicht.«

»Sam? Was ist los?«

»Ich bin mir nicht sicher. Ich muss nachdenken. Caro, können wir uns beim Hotel treffen? Ich fahre gleich los.«

»Natürlich. Wir treffen uns dort.«

Sam legte auf, griff nach dem Funkgerät, das auf ihrem Schreibtisch zum Aufladen lag, und griff nach dem Durchsuchungsbeschluss. »Les! Les, darf ich dir das überlassen?«

Les Finnegan telefonierte und hatte seine Füße auf Jane Phelps' Drehstuhl gelegt. Er machte keinerlei Anzeichen, dass er sie verstanden hatte, nahm aber das Papier, das auf seinen Schreibtisch flatterte.

An der Tür griff Sam nach ihrem Mantel und rannte los.

SCARLETT – Dienstag, 05. November 2013, 09:12

Es wehte ein heftiger Wind, der sogar durch ihren Mantel drang. Sie zog ihn fest um sich, als könnte das die Kälte fernhalten.

Worauf wartest du noch?

Komisch, dass es hier enden würde. Sie dachte über alles nach, dachte an die vielen Male, die sie Angst um ihr Leben gehabt hatte: an ihren Vater, der sich an ihr verging, obwohl er sie hätte lieben und beschützen sollen; daran, wie sie in einem Kleinlaster gefesselt, panisch vor Angst, halb verdurstet und voller Schmerzen gesessen hatte; daran, dass sie hatte zusehen müssen, wie der Kopf eines Mädchens in einer roten Wolke explodierte; daran, dass sie auf einem schmutzigen Bett von fremden Männern missbraucht worden war. An einen Mann, der ihr Blut trinken wollte; an einen anderen, der freundlich getan und sie dann hereingelegt hatte; an die Männer in der Lagerhalle, die aus Profitgier Leben verkauften, Leben zerstörten. Nichts konnte das je ungeschehen machen.

Doch es hatte auch freundliche Menschen gegeben, eine Holländerin, die ihr den Mantel geschenkt und ihr vermutlich damit das Leben gerettet hatte; die Liebe ihrer Schwester, auch wenn ihr Leben von zwei gleichgültigen, selbstsüchtigen Eltern zerstört worden war. Und Mark Braddock, der ihr nach den Ferien etwas sagen wollte, aber nicht mehr die Möglichkeit dazu bekam; und Mrs Rowden-Knowles, die sich immer gekümmert und immer versucht hatte, das Richtige zu tun. Und am Ende gab es noch Sam. Der letzte Mensch, der sich um sie gekümmert hatte.

Es war nicht genug.

Der Wind blies ihr hart entgegen, sie drohte nach hinten zu kippen.

Noch nicht, ich bin noch nicht bereit.

Seit sie Sam begegnet war, hatte sie keine Angst mehr gehabt. Es war, als spielte es keine Rolle, was sie getan hatte. Wie paradox, dachte Scarlett, dass jetzt, in diesem schrecklichen Moment, in dem sie eigentlich furchtbare Angst empfinden sollte, sie sich unnatürlich ruhig und gelassen fühlte. Es gab nichts mehr für sie zu tun. Sie hatte getan, was zu tun war.

Annie lag noch im Krankenhaus, doch es bestand kaum Hoffnung, dass sie sich jemals wieder erholen würde. Und genau wie Clive hatte sie diese Strafe verdient, oder?

In jener Nacht im August, Scarletts letzter Feriennacht auf Rhodos, als ein Grieche, den sie nicht kannte, ihr was vorgejammert und Sekunden später in den Kleinlaster gestoßen hatte, hatte Scarlett sich noch einmal zu den *Aktira Apartments* umgedreht, und da stand ihre Mutter und beobachtete sie. Ihre Blicke hatten sich gekreuzt. Annie hatte offensichtlich nicht begriffen, was sie sah – sie war davon ausgegangen, dass Scarlett sich mit einem Jungen traf –, und doch, als der Laster mit Scarlett hinten drin davonraste, hatte sie nichts unternommen.

Warum?

Warum hatte sie nichts getan, es verhindert, vielleicht sofort die Polizei verständigt?

Scarlett hatte lange darauf gewartet, die Fragen stellen zu können. Und dann, als sie ihre Mutter in der Kingswood Road traf, war ihr die Antwort klar geworden. Annie hatte nicht begriffen, was sie gesehen hatte. Sie hatte gedacht, Scarlett wäre mit Nico abgehauen. Und dann, am nächsten Morgen, als Scarlett nicht zurückkam, obwohl sie nach Hause fliegen sollten, konnte sie nicht mehr zugeben, dass sie die Nacht zuvor gesehen hatte, wie Scarlett in den Kleinlaster geschubst worden war.

Und so war es einfacher gewesen, gar nichts zu sagen, nichts gesehen zu haben und nicht zu wissen, wohin Scarlett verschwunden war.

Annie hatte es auf den Punkt gebracht. »Manchmal macht man Fehler. Und wenn man sich ihnen nicht stellt, werden sie früher oder später immer größer und größer, und dann kann man sich ihnen nicht mehr stellen, nie mehr.«

Und sie hatte sich nicht gestellt. Nicht einmal nach Scarletts Rückkehr, als sie mit den Folgen ihrer Versäumnisse konfrontiert wurde.

Streng genommen hatte Scarlett überlebt. Doch in Wirklichkeit war sie in dem Moment in der Lagerhalle gestorben, als dem holländischen Mädchen, das mit ihr im Container gesessen und das sie nicht einmal gesehen hatte, eine Kugel durch den Kopf gejagt wurde. Die Kugel hatte auch Scarletts Seele zerstört. Sie lebte und atmete, war aber nicht wirklich am Leben.

Es hatte also keinen Sinn, weiterzuleben, oder? Nicht mehr. Und so würde sie es beenden. Ihre eigene Entscheidung fällen. Es war ihr Leben, jedenfalls das, was davon übrig geblieben war, und sie würde entscheiden, wie sie es beendete. Das würde sie niemand anderem überlassen. Nicht einmal Juliette.

Sie beugte sich ein klein wenig vor, der Wind pfiff seitlich am Gebäude entlang und drückte sie sanft zurück. Hielt sie im Gleichgewicht.

Noch ein paar Minuten.

SAM – Dienstag, 05. November 2013, 09:52

Als Sam ankam, parkte Caro Sumners Wagen schon vor dem *Travel Inn*. Sie hatte eigentlich erwartet, ja gehofft, Caro würde draußen auf sie warten.

Die Rezeption war wie immer unbesetzt. Sam ging zur Bar, zog ihr Handy aus der Tasche und wollte gerade Caros Nummer wählen.

»Sam! Hier drüben.«

Caro stand auf, durchquerte die Bar und kam auf Sam zu. Juliette saß, den Rücken ihnen zugewandt, aufrecht da.

»Wo ist Scarlett?«, fragte Sam.

»Lass uns kurz rausgehen«, sagte Caro und schob Sam wieder in Richtung Rezeption und außer Juliettes Hörweite.

»Was? Caro, sag es mir einfach. Wo ist sie?«

»Juliette hat gesagt, dass Scarlett heute Morgen gegangen ist, vor ungefähr einer Stunde. Sie hat mir alles erzählt, Sam. Wir brauchen ihre Aussage.«

Sam spürte, wie Panik in ihr aufstieg. »Wo ist sie hingegangen?«

»Das wusste Juliette nicht. Und falls sie es doch weiß, hat sie es mir nicht gesagt. Aber Juliette glaubt, dass Scarlett etwas mit dem Mord an Clive zu tun hat.«

Sam stöhnte. »Ich weiß, ich weiß! Wir müssen sie finden.«

»Ich habe im Büro angerufen. Streifen sind unterwegs und suchen sie. In der Zwischenzeit habe ich versucht, irgendwas Brauchbares aus Juliette herauszubekommen. Vielleicht hast du ja mehr Glück als ich.«

»Ich bin gleich wieder da«, sagte Sam. »Setz du dich zu ihr. Ich muss ein paar Anrufe erledigen.«

Sam ging auf den Parkplatz hinaus und wählte zuerst Lous Nummer. Wieder Mailbox, verdammt!

»Hier ist noch mal Sam. Ich bin im Hotel; Scarlett ist wieder abgehauen. Caro hat Streifen losgeschickt, um sie zu suchen. Ich werde versuchen, irgendwas Brauchbares aus Juliette herauszubekommen. Dann werde ich mich auch auf die Suche machen. Ma'am, ich glaube, Scarlett hat Paul Stark überredet, ihre Eltern zu überfallen. Wir müssen sie sofort finden.«

Sie legte auf. Es gab noch etwas, das sie versuchen konnte. Sie scrollte das Adressbuch durch, bis sie zum Eintrag »Ersatzhandy« kam. Es klingelte und klingelte. Gerade als Sam wieder auflegen wollte, ging jemand dran.

»Hallo? Scarlett? Hörst du mich?«

Geräusche waren zu hören. Wind und etwas, das wie ein Schniefen klang, Atmen.

»Scarlett. Rede mit mir.«

»Es ist okay, Sam«, sagte sie.

»Wo bist du?«

»Das spielt keine Rolle.« Sie lachte kurz und bitter auf. »Ich weiß es nicht einmal.«

»Ich hole dich ab«, sagte Sam. »Es wird alles gut, das verspreche ich.«

»Wird es nicht. Aber das spielt keine Rolle, wirklich nicht.«

»Scarlett, bitte, lass mich dich abholen. Wir können darüber reden ...«

»Ich habe dir einen Brief hinterlassen. Er liegt im Hotel an der Rezeption.«

»Halt, warte ...«

Scarlett hatte aufgelegt.

Verdammt!

Sam wählte die Nummer noch einmal, doch diesmal ging niemand mehr ran. Sie rief im Büro an, wartete und wartete. Schließlich meldete sich Les Finnegan. »Einsatzzentrale, warten Sie einen Moment ...«

»Les! Ich bin's, Sam. Warte einen Augenblick, es ist dringend.«

»Ich bin auf der anderen Leitung, Chef.«

»Das ist jetzt egal. Du musst sofort ein Team auf eine aktuelle Handyortung ansetzen.«

»Was?«

»Hier ist die Nummer: Schreib sie auf: 07101 405441. Hast du es?«

»Ja. Wozu die ganze Eile?«

»Scarlett Rainsford ist abgehauen. Sprich mit dem Boss, hol dir 'ne Genehmigung. Es ist wirklich dringend – Scarlett hat dieses Handy dabei. Bitte, Les, such sofort den Boss und bring sie dazu, dass sie es macht. Und dann sag ihr, dass sie mich anrufen soll. Okay?«

»Nachricht empfangen. Wird sofort erledigt.«

Sam stand einen Augenblick still da, überlegte krampfhaft und wünschte, sie wüsste, was zu tun wäre oder wo sie beginnen sollte. An der Rezeption war niemand. Sam drückte auf die weiße Klingel auf dem Tresen und fragte sich, ob die überhaupt funktionierte.

»Was kann ich für Sie tun?«

»Sie müssten einen Brief für mich haben. Sam Hollands.«

Er sah auf dem Schreibtisch nach, zog dann eine Schublade auf, wühlte sich durch Papier und Heftklammerschachteln. Komm schon, dachte Sam. Ganz offensichtlich wurden hier nicht allzu häufig Briefe für Leute abgegeben. Schließlich fand er ihn und legte ihn triumphierend auf den Tresen. Es war ein weißer Umschlag, auf dem mit schwarzem Kuli nur ein Wort stand. SAM.

Sam ging wieder in die Bar zurück. Juliette saß immer noch kerzengerade da, Caro saß neben ihr, hatte den Kopf ein wenig zur Seite gelegt und blickte mit einem ermutigenden Lächeln fragend in Juliettes Gesicht. Sie gab alles, um zu ihr durchzudringen, doch wie es aussah, funktionierte es nicht.

»Juliette«, sagte Sam und setzte sich dazu. »Ich bin Detective Sergeant Sam Hollands. Ich habe in den letzten Tagen ein wenig Zeit mit deiner Schwester verbracht.«

Tränen kullerten über Juliettes Wangen und tropften von ihrem Kinn auf den pinkfarbenen Pullover. Sie wischte sie nicht fort. Sie rührte sich nicht.

»Hat sie mich überhaupt erwähnt, Juliette?«

Nichts. Nur noch mehr Tränen. Ihr Schweigen war enervierend.

»Sie ist mir wirklich wichtig. Ich würde so gerne helfen. Ich denke, ich könnte helfen, Juliette, aber dazu muss ich sie finden.«

»Es tut mir so leid«, sagte Juliette, ihre Stimme klang nur wie ein leises Flüstern. »Ich habe sie im Stich gelassen.«

»Wieso hast du sie im Stich gelassen, Juliette?«

»Ich habe nicht versucht, sie abzuhalten.«

Sam atmete durch. *Nimm dir Zeit, dräng sie nicht ...* »Versucht, sie wovon abzuhalten?«

Juliette atmete tief und zitternd ein. Weitere Tränen flossen. »Sie ist rausgegangen, um sich mit dem Jungen zu treffen. Ich hätte sie aufhalten sollen. Ich wusste, dass sie wütend werden würden, dass sie sie umbringen würden.«

»Wer?«

»Dad. Er hat sie geschlagen, als er erfahren hat, dass sie sich mit einem Jungen traf. Sie ist ausgegangen, um ihn zu treffen, und ich habe sie nicht daran gehindert. Und sie ... kam nie mehr wieder ...«

»Sie redet von der Entführung«, sagte Caro völlig überflüssigerweise.

Sam sah sie streng an. »Aber Scarlett geht es gut, Juliette. Sie ist zurückgekommen. Sie hat lange gebraucht, aber sie ist wegen dir zurückgekommen, nicht wahr?«

»Sie hat angerufen, aber sie haben nicht geglaubt, dass sie es ist ...«

»Wann?«

»Vor einem Jahr. Scarlett hat im Haus angerufen. Ich habe immer wieder gesagt, dass sie nicht tot ist, aber sie wollten nicht helfen. Sie haben so getan, als wäre es nicht sie, als würde jemand sie an der Nase herumführen, aber sie wussten, dass sie es war. Sie hat Geld gebraucht, sie brauchte ihre Hilfe, und er hat einfach den Hörer aufgelegt.«

»Dein Dad?«

Juliette nickte langsam. »Und dann, als sie weg waren, kam sie zu mir. Und sie war wirklich am Leben.«

»Sie ist am Leben, Juliette. Aber du musst mir jetzt helfen, sie zu finden. Kannst du das tun? Was hat sie heute Morgen zu dir gesagt?«

»Sie hat gesagt ... sie sagte, dass es mir gut gehen werde, wenn sie wieder wegginge. Dass es mir alleine besser gehen würde.«

»Wegen deiner Mom und deinem Dad und was ihnen zugestoßen ist?«

Juliette nickte. Ihre Stimme klang heiser. »Sie sagte, sie habe alles falsch verstanden. Ich verstehe nicht – ich verstehe nicht, warum sie gehen musste. Ich habe versucht, sie zum Bleiben zu überreden, aber sie wollte nicht. Ich habe alles getan, was ich tun sollte. Ich weiß nicht, warum sie verletzt wurden; das sollte nicht passieren.«

»Juliette, was meinst du damit? Was sollte denn passieren?«

»Wir brauchten Geld. Wir wollten weggehen, ich und Scarlett, uns eine gemeinsame Wohnung nehmen. Aber wir hatten kein Geld, also haben wir Scarletts Kumpel dazu überredet, einen Einbruch vorzutäuschen. Wir wollten uns das Geld mit ihm teilen. Ich musste nur das Fenster unten offen lassen. Ich habe ihr gesagt, wo alles ist. Ich habe Dads Pinnummern aufgeschrieben. Das war mein Job.«

»Also haben du und Scarlett jemandem geholfen, in das Haus einzubrechen?«, fragte Caro.

Juliette nickte.

»Und deine Mom und dein Dad? Was ist mit ihnen passiert?«

Juliette heulte erneut auf, ganz plötzlich und laut. »Ich weiß es nicht, ich weiß es nicht!«

»Wussten sie, dass du dich mit Scarlett trafst?«, fragte Sam. »Wussten sie, dass sie zurück in Briarstone war, bevor wir es ihnen letzte Woche mitgeteilt haben?«

»Nein, das wussten sie nicht. Ich musste Scarlett versprechen nicht zu sagen, dass ich sie gesehen hatte. Aber sie ist weg, sie ist weg. Ich weiß nicht, was ich ohne sie machen soll. Ich will Scarlett; ich will, dass sie zurückkommt!«

»Wo, glaubst du, könnte sie hingegangen sein, Juliette? Bitte denk nach.«

Juliette schloss die Augen. »Sie hat mir einen Brief gegeben.«

Juliette zog einen zusammengefalteten zerknitterten Umschlag aus ihrer Tasche. Caro nahm ihn, faltete ihn auf. Auf dem Umschlag stand ein einziges Wort: JULIETTE. Caro reichte den Umschlag an Sam weiter.

Sams Handy klingelte. »Tut mir leid«, sagte sie. »Ich bin gleich wieder da.«

Im Gehen hörte sie noch, wie Juliette zu Caro sagte. »Kann ich nach Hause gehen? Ich will nach Hause gehen.«

Sam lief zum Eingangsbereich und ging dann ans Handy. »Lou? Hast du meine Nachrichten erhalten?«

»Ja. Wir haben eine aktuelle Ortung zu dem Handy veranlasst, Sam. Es ist in der Stadt, in der Nähe des Einkaufszentrums. Mehr konnten wir nicht herausfinden. Ich habe ein paar Beamte rausgeschickt, aber bisher fehlt jede Spur. Wie geht es Juliette?«

»Ich lasse sie bei Caro; könntest du eine Streife losschicken, um sie vom *Travel Inn* abzuholen? Juliette hat uns erzählt, dass sie den Einbruch geplant haben, um Geld zu bekommen und gemeinsam wegzugehen, einen Neuanfang zu starten.«

»Und der Überfall auf die Eltern?«

»Sie glaubt offenbar, dass das nicht zum Plan gehört hat. Sie wirkt jedenfalls ziemlich traumatisiert. Ich weiß nicht genau, ob sie sich wirklich im Klaren darüber ist, was hier vor sich geht.«

»Ich schicke gleich jemanden vorbei, mach dir keine Sorgen. Reggie Stark ist auf dem Weg in die Untersuchungshaft. Sie durchsuchen gerade alles. Ich habe gehört, dass draußen im Müllcontainer ein Paar Turnschuhe gefunden wurden.«

Trotz des Drucks musste Sam bei dem Gedanken daran lächeln. Einer vom Einsatzteam würde daraus eine Anekdote machen und ein paar Pints Bier ernten.

»Und der Baseballschläger lag unter dem Bett. Er sieht aus, als wäre er nur sehr oberflächlich gesäubert worden.«

SCARLETT – Dienstag, 05. November 2013, 09:52

Sie weinte jetzt, aber Tränen halfen nicht. Das hatte sie vor langer Zeit gelernt, trotzdem konnte sie irgendwie nicht aufhören.

Das war verrückt; das war einfach nur Zeitverschwendung. Es sah nicht so aus, als wollte Sam noch etwas mit ihr zu tun haben. Das hatte sie vergangene Nacht ganz deutlich gemacht.

Unten, ganz weit unten hörte Scarlett Sirenen. Sie hatte das Gefühl, dass ihre Zeit knapp wurde. Sie sah die blauen Lichter der Polizeiwagen mit riesigen schwarzen Buchstaben auf den Dächern, die an dem Gebäude vorbeirasten. Niemand hatte sie gesehen. Niemand wusste, dass sie hier war. Sie war unsichtbar, schon halbtot, sie verschwand. Sie war in dem Moment verschwunden, als die Holländerin ihr diesen Mantel gegeben hatte.

Sie musste nur noch ein wenig vorrutschen, dann würde sie fallen.

»Bye Sam«, flüsterte Scarlett in den Wind. »Bye Jul.«

05/11/2013, 09:54
Eilmeldung 1105-0175

** ANRUF VON STACEY JOHNSON, GEB. 19/12/87, ANGESTELLTE DES GEMEINDERATS IN BRIARSTONE

** ANRUFERIN SAGT AUS, SIE KÖNNE VON IHREM BÜROFENSTER AUS AUF DEM RAND DES DACHES DER PARKGARAGE EIN MÄDCHEN SITZEN SEHEN

** DAS IST DAS DACH DER PARKGARAGE DES EINKAUFSZENTRUMS ÜBER DEM BUSBAHNHOF

** STREIFEN PZ22 UND PZ88 WURDEN LOSGESCHICKT
**PZ88: BESTÄTIGT WEIBLICHE PERSON AUF DER MAUER, SÜDSEITE DES EINKAUFSZENTRUMS, OBERSTES STOCKWERK DER PARKGARAGE
**PZ88 ABSPERRUNG RUND UM DAS GEBÄUDE ERRICHTET
** BUSSE WERDEN ÜBER KING STREET UMGELEITET
** MASSNAHMEN ZUR PERSONENRETTUNG EINLEITEN
** KRISENINTERVENTIONSTEAM BENACHRICHTIGT
** DS 9004 RYMAN HAT SICH ZURÜCKGEMELDET, WIRD KOMMEN

SAM – Dienstag, 05. November 2013, 10:12

Sam fuhr gerade in Richtung Busbahnhof – einen Versuch war es immerhin wert –, als sie über Funk in ihrem Wagen die Meldung hörte.

»An alle Einheiten, Person in Not, Dach Parkgarage Busbahnhof …«

Als Sam dort ankam, blockierte bereits ein Streifenwagen die Zufahrt in die Straße, ein Absperrband war um einen Laternenpfahl gewickelt, damit niemand zu nahe kam. Sam parkte so nahe wie möglich, ohne den Verkehr zu behindern, stieg aus dem Wagen und rannte zu dem Beamten hinüber.

»Tut mir leid, hier darf niemand reinkommen …«

»DS Sam Holland«, keuchte Sam. »Ich glaube, ich weiß, wer die Person da oben ist. Bitte, ich muss unbedingt mit ihr reden …«

SCARLETT – Dienstag, 05. November 2013, 10:18

»Ich will dir keine Angst einjagen«, sagte der Mann. »Ich bin nur raufgekommen, um ein bisschen mit dir zu reden, ist das okay?«

Scarlett antwortete nicht. Sie konnte ihm nichts erwidern, diesem Mann, der aufgetaucht war und ein paar Meter rechts hinter ihr stand. Er konnte sie nicht aufhalten, er konnte gar nichts tun. Seine Anwesenheit hatte keinen Sinn, also hatte es auch keinen Sinn, überhaupt zur Kenntnis zu nehmen, dass es ihn gab.

»Ich heiße Mick«, sagte er. »Ich arbeite bei der Polizei. Sagst du mir deinen Namen?«

Polizei – natürlich war er Polizist. Er war kein Passant, der zufällig auf das Dach der Parkgarage gestiegen war, oder?

Wenn er Polizist war, dann wusste auch Sam, dass sie hier war.

»Ich wäre wirklich sehr froh, wenn du von der Mauer steigen würdest. Meinst du, das kannst du? Nur für einen Augenblick, solange wir uns unterhalten?«

Der Wind wurde stärker. Hier oben war es kalt, ihre Wangen fühlten sich bereits taub an, ihre Zähne klapperten. Das alles war bald vorbei, für immer. Keine Kälte mehr, keine Albträume, kein Aufschrecken aus dem Schlaf, weil man vergessen hatte, wo man war und mit wem, und weil man sich auf einen Schlag gefasst machte, der alles war, was man erwarten durfte.

»Verrätst du mir deinen Namen? Nur damit ich weiß, dass du mich hörst, denn momentan führe ich noch Selbstgespräche. Sag einfach nur irgendetwas, damit ich weiß, dass du mich hörst.«

Sie nahm aus dem Augenwinkel heraus seinen Umriss wahr, den Kopf zu drehen und ihn richtig anzuschauen hätte zu viel

Mühe gekostet. Nein, sie würde ihm ihren Namen nicht sagen. Den würde er noch früh genug erfahren. Sie wusste nicht einmal mehr, wie sie sich selbst nennen sollte ... Stella, Katie, Scarlett. War überhaupt irgendeine von ihnen hier? Wenn sie keinen eigenen Namen hatte, existierte sie dann überhaupt?

SAM – Dienstag, 05. November 2013, 10:20

Sie hatten einen Sammelpunkt an der Auffahrt zum Parkdeck festgelegt, den Scarlett und Mick Lister, der Beamte vom Kriseninterventionsteam, nicht sehen konnten, wie Sam erfahren hatte. Am Sammelpunkt standen nur zwei Männer herum, doch die Sache wirkte gut organisiert, was Sam ein beruhigendes Gefühl gab.

Mit einem uniformierten Beamten an ihrer Seite näherte sie sich der Stelle, einer der Männer sah auf. »Sind Sie DS Hollands?«, fragte er und streckte ihr seine Hand entgegen.

»Ja.«

»DS John Ryman, ich koordiniere das hier. Das ist Pete Watson, er nimmt alles auf. Haben Sie so etwas schon einmal mitgemacht?«

»Nein.«

»Okay. Wir müssen uns kurz besprechen. Wenn ich das richtig verstanden habe, kennen Sie die Person, die da draußen auf der Mauer sitzt?«

»Ich habe sie noch nicht gesehen … allerdings bin ich auf der Suche nach einer Zeugin, die ich zuvor schon einmal hier in der Nähe getroffen habe.«

»Gut. Dann kommen Sie, aber leise; wir gehen auf die andere Seite der Auffahrtsrampe, damit Sie bessere Sicht haben und hoffentlich erkennen können, wer es ist, okay?«

Sie liefen ein kleines Stück die Rampe hinauf, bis Sam über den leeren Parkplatz sehen konnte, über die Pfützen und die Markierungen auf dem Boden bis zur Betonwand auf der anderen Seite. Sie erkannte eine Gestalt, die in eine übergroße khakifarbene Jacke gehüllt war und kurze dunkle Haare hatte. Es war zweifellos Scarlett, sie saß mit dem Rücken zur Auffahrtsrampe da und hatte die Hände neben sich auf die Betonmauer gelegt, als würde sie sich jeden Moment vom Rand abstoßen. Direkt rechts hinter ihr stand in breitbeiniger Pose ein Mann; hinter ihm befand sich noch jemand, ein weiterer Mann, der als Einziger zur Rampe hinunterblickte.

Sam wandte sich an John Ryman und nickte. Er hob seinerseits die Hand zu dem zweiten Mann, der daraufhin einen Schritt auf seinen Kollegen zu machte, etwas zu ihm sagte und dann schnell zur Rampe gelaufen kam.

»Ist das Ihre Zeugin?«, fragte Ryman, als der zweite Mann sich zu ihnen gestellt hatte.

»Ja, sie heißt Scarlett Rainsford. Ihre Eltern wurden gestern Nacht überfallen, ihr Vater ist tot, ihre Mutter schwer verletzt. Ihre Schwester ist bei meiner Kollegin im *Travel Inn*. Sie haben eventuell etwas mit dem Überfall zu tun.«

»Alles klar. Nehmen Sie sich einen Moment Zeit.«

Was? Sam sah ihn erstaunt an, erst dann wurde ihr klar, dass sie zitterte. *Reiß dich zusammen, Sam.* »Es geht mir gut. Es ist nur so verdammt kalt hier oben.«

»DS Sam Hollands, das ist Richard; er ist die Nummer zwei hinter Mick Lister, der mit Scarlett redet«, sagte Ryman. »Er ist für die Kommunikation zwischen uns und Mick zuständig. Sam, kennt Scarlett Sie? Wie würde sie reagieren, wenn sie wüsste, dass Sie hier sind?«

»Wir sind ... ich weiß es nicht ... irgendwie Freunde geworden, denke ich. Aber ich weiß nicht, wie sie reagieren würde. Sie hat mir heute Morgen ein paar Nachrichten geschickt, aber ich hatte nicht mehr die Möglichkeit, darauf zu antworten.«

»Was stand da drin?«

Mist, dachte Sam. »Oh, nur, dass sie nicht schlafen könne, sie machte sich wegen allem Sorgen ... sie hat geschrieben – oh Gott – sie hat geschrieben, es wäre besser gewesen, sie wäre für alle tot geblieben ...«

»Lassen Sie sich Zeit«, sagte Ryman freundlich. »Noch hat sie sich nicht gerührt, momentan läuft es ganz gut. Tut sich was, Richard?«

»Bisher hat sie noch kein Wort gesagt. Nicht eines.«

»Warten Sie«, sagte Sam. »Scarlett hat mir und ihrer Schwester einen Brief hinterlassen. Ich hatte noch nicht die Gelegenheit, sie zu öffnen.« Sie zog die beiden verknitterten Briefumschläge aus ihrer hinteren Hosentasche.

Ryman sah sie an. »Dann sollten Sie mal einen Blick drauf werfen«, sagte er. »Richard, kannst du Mick sagen, was wir haben? Wir können nachsehen, ob es hier irgendwas Brauchbares gibt, bevor wir die Besprechung fortführen.«

Richard lief die Rampe hinauf zurück zu seinem Kollegen.

»Es ist so kalt«, sagte Sam. »Wie erträgt sie es nur, so dazusitzen? Es ist eisig. Kann ich nicht einfach rausgehen und mit ihr reden? Vielleicht hört sie auf mich.«

John Ryman legte seine Hand auf Sams Arm. »Wir könnten überlegen, ob Sie irgendwann als dritte Vermittlerin in Erscheinung treten sollen, aber momentan können Sie uns viel mehr helfen, wenn Sie uns alles über Scarlett erzählen, was Sie wissen. Wir müssen einen Grund finden, der sie zur Umkehr bewegt. Sie sollten die Briefe lesen.«

Scarletts erster Brief

Liebe Juliette,
mir tut das alles so leid. Ich habe dich wieder enttäuscht, meine wunderschöne, allerliebste Schwester. Ich war die ganzen Jahre nicht für dich da, während du durch die Hölle gegangen bist. Ich dachte, ich könnte helfen, ich dachte, ich könnte dich von alldem wegholen, aber ich glaube, du solltest besser von anständigen Menschen umgeben sein, die sich gut um dich kümmern, die dir ein neues, besseres Leben ermöglichen. Wenn du mit mir gekommen wärest, wäre früher oder später doch alles schief-

gegangen. Alles, was ich zu tun versuche, geht schief, du hast etwas Besseres verdient, mein geliebtes Mädchen.
Sam ist ein guter Mensch, sie wird sich um dich kümmern und dafür sorgen, dass dir nichts Schlimmes zustößt.
Sei mutig und stark, du kannst das überstehen. Hab keine Angst.
Ich liebe dich sehr xxxxx
Scarlett xxxx

SCARLETT – Dienstag, 05. November 2013, 10:24

»Scarlett?«, sagte der Mann. »So heißt du doch? Scarlett?«

Sie war einen Augenblick lang weggetreten gewesen, so wie sie das ihr ganzes Leben lang immer getan hatte, wenn die Lage zu schwierig wurde. Während sie früher von Mark Braddock oder Nico träumte, träumte sie später davon, einmal eine Nacht in einem sauberen Bett durchzuschlafen, von sauberer Kleidung oder davon, einen Strand entlangzulaufen, sich etwas zu kochen, sogar von einem einfachen Zuhause und einem normalen Leben, was immer das war.

»Scarlett? Ich sehe, dir wird langsam kalt, du zitterst ein wenig. Soll ich dir eine Decke holen? Oder ein heißes Getränk, vielleicht einen Kaffee? Während du dir überlegst, wie es weitergehen soll …«

Sie öffnete kurz die Augen und sah die graue Fläche unter sich. Warum standen da keine Busse? Sie hatte eine ganze Weile schon keinen mehr gesehen, obwohl um diese Tageszeit eigentlich viele unterwegs waren. Da war nichts: kein Verkehr, keine Leute unten. Die Welt schien still zu stehen.

Bitte verpiss dich einfach.

Sie hätte es am liebsten laut ausgesprochen, doch wenn sie das Wort an den Mann richtete, dann wäre das wie ein erstes Eingeständnis, dass er gewinnen würde. Solange sie ihm keine Antwort gab, hatte sie das Gefühl, alles unter Kontrolle zu haben; sie musste sich lediglich nach vorne lehnen und sich mit ihren klammen kalten Fingern von der Wand abstoßen, dann würde sie eine Sekunde lang fliegen und danach würde alles friedlich sein.

»Scarlett, ich weiß, dass du ein paar schlimme Tage hinter dir hast. Ich weiß, du denkst, dass das der einzige Ausweg ist. Aber ich kann dir versichern, dass es nicht der einzige Weg ist. Und schon gar nicht der beste Weg.«

Woher wusste er das? Woher wusste er, was mit ihr passiert war? Er musste mit jemandem darüber geredet haben ...

Zum ersten Mal drehte sie ihren Kopf und sah den Mann an. Er war jung, jünger als seine Stimme vermuten ließ, ein faltenfreies Gesicht, blondes Haar, das ihm der Wind aus dem Gesicht blies. Blaue Augen. Der Ansatz eines Lächelns legte sich auf seine Lippen.

»Ich heiße Mick«, sagte er erneut. »Ich will dir wirklich helfen, Scarlett. Meinst du, du kannst mir ein wenig erzählen, warum du hier bist?«

Ein zweiter Mann stand ein oder zwei Schritte hinter ihm, auch er war jung, um die zwanzig, hatte dunkle Haare. Unter anderen Umständen hätten sie wie zwei normale Kerle beim Ausgehen ausgesehen. Der Typ von Mann, der vor ihrem Fenster stehen geblieben wäre und gewartet hätte, bis sie sie reinholte, um sich dann darüber zu streiten, wer zuerst dran wäre ... Sie wandte sich wieder ab und schloss die Augen. Sie wollte sie nicht sehen.

»Das ist Rich«, sagte Mick. »Er ist auch hier, um zu helfen; es sind viele Leute hier, die wollen, dass es besser wird, Scarlett. Wir haben jemanden, der gerade mit Juliette spricht. Sie macht sich große Sorgen um dich, Scarlett, sie hat schreckliche Angst, dass sie dich schon wieder verlieren könnte.«

Scarlett musste daran denken, wie sie sich mit Reg in einem Café getroffen hatte, einen Monat bevor die Polizei in die Wohnung in Carisbrooke Court eingedrungen war. Er hatte tierische Angst vor seinem neuen Boss Darren, weil es ihm nicht gelungen war, seine Loyalität unter Beweis zu stellen, noch mehr Angst hatte er allerdings vor seinem alten Boss Lewis, denn bei dem Versuch, Drogen zurückzubekommen, hatte er versehentlich Carl zu sehr geschlagen, sodass er danach seine Leiche im Wald entsorgen musste, damit es wie ein missglückter Raubüberfall aussähe. McDonnell wusste bisher nicht, wer seinen Kumpel McVey ermordet hatte, er wusste nicht, wer ihm seinen besten Geldwäscher und drei seiner besten Drogenumschlagplätze in der Stadt weggenommen hatte – aber er hatte bestimmt einen Verdacht. Es würde nicht lange dauern, bis der eine oder andere beschloss, dass Reg zu viel Ärger machte. Er hätte am liebsten die Zeit zurückgedreht, zu dem Zeitpunkt, bevor das ganze Chaos ausgebrochen war. »Katie, das hätte ich niemals tun sollen, ich hätte niemals mit Liliana gehen und Lewis verärgern sollen; ich habe das vorher nie gemacht. Wäre ich doch einfach bei Lisa geblieben, dann wäre die ganze Scheiße nicht passiert ...«

In dem Moment hatte sie es glasklar vor sich gesehen.

»Du brauchst Geld, damit du dich aus dem Staub machen kannst«, hatte sie gesagt. »Ich kann dir helfen.«

Und das war er – der Plan. Sie würden das Haus plündern, während ihre Familie in den Ferien wäre, Ende Oktober. Reg würde genügend Geld abbekommen, um mit Lisa wegzugehen und irgendwo einen Neuanfang zu starten. Juliette würde dafür sorgen, dass der Schmuck und das andere Zeug irgendwo läge, wo sie es finden konnten, würde die Pinnummern und Sicherheitscodes von Clives Bankkonten besorgen. Sie würden sie leerräumen. Und als Gegenleistung ... Nun, Reg hatte bereits ein paar Gewaltdelikte auf dem Kerbholz, da war es ein Leichtes, noch ein paar hinzuzufügen. Und da sie sowieso eine Lektion verdient hatten, warum nicht? Und er hatte kein Motiv, also würden sie ihn auf keinen Fall damit in Verbindung bringen, oder?

Und dann, als sie gerade dabei waren, den Plan in die Tat umzusetzen, kam die Razzia und Scarlett, die zuvor praktischerweise tot gewesen war, war plötzlich wieder sehr lebendig. Und von Polizeibeamten umringt, die ihr eine Frage nach der anderen stellten ... Reg war außer sich gewesen, als er es erfuhr, nachdem sie ihn aus dem *Travel Inn* mit jenem Handy anrief, das Sam ihr gegeben hatte. Am nächsten Abend wartete sie, bis Sam sich wieder vom Busbahnhof entfernt hatte, dann nahm sie den letzten Bus nach Park Hill. Lisa war glücklicherweise schon zu Bett gegangen, sodass sie die Möglichkeit hatten, genau zu besprechen, was passiert war und wie sie ihre Pläne ändern mussten. In den frühen Morgenstunden war es ihnen idiotensicher erschienen. Was konnte schon schiefgehen?

»Juliette hat große Angst, Scarlett. Kannst du dir vorstellen, wie sie sich fühlen wird, wenn sie erfährt, dass du dich umgebracht hast? Sie wird am Boden zerstört sein …«

Halts Maul, halts Maul, halts Maul …

SAM – Dienstag, 05. November 2013, 10:27

»Wir werden folgendermaßen vorgehen. Richard wird raufgehen und mit Mick den Platz tauschen, damit immer jemand bei Scarlett ist, während wir Sie rausbringen. Wir lassen sie nicht alleine. Mick wird hierherkommen und sich kurz mit Ihnen besprechen, dann gehen Sie mit ihm raus. Sie werden sich ein paar Meter hinter sie stellen und Mick steht direkt hinter Ihnen. Er wird von hinten eine Hand auf Ihren Mantel legen und Sie festhalten. Sie müssen wissen, dass wir nach dem Grundsatz ›kein Zugriff‹ vorgehen. Das bedeutet, wenn sie springt, wenn sie nach vorne kippt, müssen Sie sie gehen lassen. Sie werden sich nicht auf sie stürzen, egal, ob sie sich bewegt oder nicht. Sie bleiben also ein paar Meter hinter ihr stehen und gehen keinen Schritt näher. Mick hält Sie am Mantel fest, damit Sie das nicht vergessen. Verstanden?«

Sam nickte. Ryman redete, sie versuchte sich zu konzentrieren, bei der Sache zu bleiben.

»Wir haben drei Prioritäten. Wir wollen ein Leben retten. Wir wollen Dinge erfahren, ihr zuhören, ob sie vielleicht irgendwas zu Ihnen sagt, das dabei helfen könnte, sie zur Umkehr zu bewegen und sie an einen sicheren Ort zu bringen. Und wir wollen Zeit gewinnen, wir wollen sie also nicht drängen oder provozieren oder zu irgendwas bewegen. Drei Prioritäten, in der Reihenfolge – alles klar?«

Vor ein paar Minuten hatte Sam noch schnell mit Lou telefoniert. Sie hatte sich zur Treppe zurückgezogen, weg von der Sammelstelle, wo Ryan eine telefonische Nachbesprechung mit dem Inspektor im Kontrollzentrum abhielt. Richard und Mick standen draußen bei Scarlett. Nichts war bisher geschehen, das zerrte an Sams Nerven.

»Ich stehe unten«, hatte Lou gesagt. »Ich versuche gerade, sie dazu zu bringen, mich raufzulassen, damit ich mit dir reden kann. Sam, mach dir keine Sorgen. Ich komme.«

Doch auch Lou konnte nicht helfen. Niemand konnte das.

Nachdem Sam aufgelegt hatte, war sie fest entschlossen zurück zu Ryman gegangen. »Ich will helfen«, hatte sie gesagt. »Lassen Sie mich mit ihr reden. Sie kommen nicht weiter, da kann ich es genauso gut auch versuchen.«

Zuerst hatte er noch gezögert, doch dann war Richard die Auffahrtsrampe heruntergekommen und hatte ihnen mitgeteilt, dass Scarlett noch immer kein Wort gesagt habe, aber zittere und ziemlich verzweifelt aussähe. Die Zeit lief ihnen langsam davon.

»Während Sie da draußen sind, ist Mick Ihre Nummer zwei«, fuhr Ryman fort. »Er wird hinter Ihnen stehen und Sie im Prinzip coachen und Ihnen Ideen liefern, was Sie sagen können, wenn Sie nicht mehr weiterwissen. Fordern Sie sie nicht heraus. Lügen Sie sie nicht an: Versprechen Sie nichts, deuten sie nicht an, was passieren oder nicht passieren wird, wenn sie runterkommt. Aber geben Sie ihr einen Grund, am Leben zu bleiben.«

Geben Sie ihr einen Grund, am Leben zu bleiben …

Richard ging wieder hinaus und stellte sich hinter Mick. Sam sah vom Rand der Rampe aus zu, wie die beiden Männer die Köpfe zusammensteckten und sich locker unterhielten, als stünden sie vor einem Lokal und sprächen über das Wetter. Mick nickte. Dann blickte er zur Rampe und hob einen Finger. Warte.

»Er wird ihr jetzt sagen, wie es weitergeht«, sagte Ryman.

SCARLETT – Dienstag, 05. November 2013, 10:23

»Scarlett? Hier ist jemand, der mit dir reden will.«

Scarlett rührte sich nicht von der Stelle. Sie versuchte, ihren Kopf ein wenig zu drehen, sah aber nur den blonden Mick – und den anderen Kerl, der direkt hinter ihm stand. Die Kälte ging ihr an die Nieren, die Kälte, das Unbehagen und der Wunsch, sie hätte es bereits getan. Wäre sie gleich gesprungen, wäre sie jetzt schon tot und dieser Albtraum wäre vorbei, genau wie alle anderen. Sie wollte kein Publikum. Sie wollte nicht, dass sie es sahen.

»Die Sache ist, ich muss die Person schützen, so wie ich dich schützen muss. Ich möchte, dass du nichts tust, was dir nachher leid tun könnte, Scarlett. Ich möchte nicht, dass du noch mehr leidest als jetzt. Ich möchte aber auch nicht, dass jemand anderer leidet. Wenn ich also eine Person hierherbringe, dann möchte ich nicht, dass sie zusehen muss, wie du dich umbringst. Kannst du dir vorstellen, was es für einen Menschen bedeutet, wenn er zusehen muss, wie jemand stirbt, den er gern hat?«

Das kann ich mir vorstellen, dachte Scarlett. Sie sah immer wieder Yelena vor sich, wie sie mit fliegenden Haaren über den Asphalt rannte. Yelena, das Mädchen, das nur ein Leben hatte, das sie sich für sie ausgedacht hatte. Sonst hatte sie keines gehabt.

»Ich wäre dir also sehr dankbar, wenn du mir einfach signalisieren könntest, dass du mit dieser Person reden würdest. Scarlett, kannst du das tun?«

Tu es, tu es, spring jetzt ...

»Kannst du das tun, Scarlett?«

»Wer ist es?«, flüsterte sie.

»Es ist Sam«, sagte Mick. »Sam ist hier, um mit dir zu reden. Sie macht sich wirklich große Sorgen um dich, Scarlett. Wirst du mit ihr reden?«

Eine Welle der Erleichterung ergriff sie, als sie Sams Namen hörte. »Ja.«

»Wenn du mit ihr redest, wenn ich sie zu dir rausbringe, tust du mir dann den Gefallen und schwingst deine Beine auf diese Seite der Mauer, nur damit ich weiß, dass du nicht springst, solange sie bei dir ist? Kannst du das tun? Ich möchte nicht, dass Sam befürchtet, dass du springst, während sie hier ist.«

»Ich werde nicht springen.«

»Das ist gut zu hören, Scarlett. Das klingt sehr beruhigend. Kannst du also einfach deine Beine rüberschwingen, denn ich möchte nicht, dass du fällst. Ich möchte wirklich nicht, dass du fällst. Kannst du das machen?«

Sie rührte sich nicht. Sie konnte sich nicht rühren, denn genau in diesem Augenblick wurde sie von einer heftigen Welle der Angst erfasst. Sie krallte sich an die raue Betonbrüstung. Wenn sie sich rührte, würde sie fallen. Und plötzlich wollte sie nicht mehr fliegen. Jedenfalls nicht jetzt.

Ich bin so müde …

LOU – Dienstag, 05. November 2013, 10:35

Lou musste viel Überzeugungsarbeit leisten, bis man ihr schließlich gestattete, auf das Parkdeck zur Sammelstelle zu gehen. Unter normalen Umständen wäre das kein Thema gewesen, sie hätte nicht darauf gedrängt; jeder hatte seinen Job zu erledigen und der hier gehörte nicht zu ihrem Aufgabenbereich. Sie hatte größten Respekt vor den Polizeipsychologen, die gut ausgebildet, engagiert und höchst professionell waren. Sie mussten regelmäßig mit einem Druck umgehen, dem normale Polizeibeamte, wenn überhaupt, nur selten ausgesetzt waren. Menschenleben lagen in ihren Händen. Scheiterten sie, starb jemand. Das war eine enorme Belastung.

Doch das waren keine normalen Umstände. Lou fühlte sich verantwortlich für die beiden Menschen auf dem Dach, für Scarlett und besonders für Sam. Sie musste hinauf.

Ein Beamter begleitete sie im Lift nach oben. Als sie ankam, erklärte der Einsatzleiter, ein Mann, den Lou kannte, Sam bereits das Vorgehen.

»Das ist mein Boss«, sagte Sam zu ihm. »Kann ich kurz mit ihr reden?«

»Klar«, sagte Ryman, ganz offensichtlich sauer wegen der Unterbrechung. »Aber beeilen Sie sich.«

Sam ging zu Lou rüber. »Ich werde mit ihr reden. Sie haben mir gerade erklärt, was zu tun ist.«

Lou hatte Sam noch nie zuvor so aufgewühlt erlebt, sie war unglaublich blass, die Augen weit aufgerissen. Hinter diesen Augen spielte sich vieles ab, doch Lou sah vor allem, dass Sam Angst hatte.

»Das musst du nicht, Sam«, sagte Lou. »Sie sind ausgebildet …«

»Das weiß ich«, sagte Sam schnell. »Ich weiß, ich weiß. Aber sie kommen nicht weiter, ich kann nicht einfach nur rumsitzen und abwarten, das geht nicht, ich muss es versuchen –«

»Alles klar«, sagte Lou. »Ich bin hier.« Sie umarmte Sam unbeholfen und drückte sie fest an sich. Dann flüsterte sie ihr ins Ohr. »Verdammt noch mal, du schaffst das. Ich weiß, du kannst das.«

Und dann ging Sam los, mutig lief sie in Begleitung eines blonden Mannes die Rampe hinauf.

SAM – Dienstag, 05. November 2013, 10:37

Sam lief ein paar Schritte hinter Mick über den Parkplatz. Hier oben, ohne den Schutz der Betonwände, zerrte der Wind an ihren Kleidern und blies unberechenbar aus allen Richtungen.

Sie kam Scarlett näher, es bedurfte all ihrer Willenskraft, nicht loszurennen. Sie sah den Rücken des Mädchens, den riesigen Mantel, den sie eng um sich gezogen hatte, und ihre Hände, die sie auf die Betonmauer presste. Richard sagte etwas zu Scarlett, doch falls es eine Antwort gegeben hatte, konnte Sam sie nicht hören. Mick sagte, er habe versucht sie dazu zu bewegen, sich umzudrehen. Er sagte, er befürchte, dass ihr so kalt sei, dass sie sich nicht mehr ohne größere Anstrengung bewegen könne. Er hatte Ryman gebeten, einen Krankenwagen zu bestellen.

Und dann war sie da, die Übergabe erfolgte.

»Scarlett, Mick und Sam sind jetzt hier«, sagte Richard, dann zog er sich auf dem Weg zurück, den sie gekommen waren.

Sam machte ein paar Schritte nach vorne. Einer der beiden Männer hatte aus Pfützenwasser mit der Schuhspitze eine Linie auf dem Asphalt gezogen. *Geh keinen Schritt weiter. Überschreite nicht diesen Strich.*

Scarlett saß regungslos und mit abgewandtem Gesicht da. Sam sah nur ihre fahle Wange, ihr kurzes dunkles Haar, das wild im Wind wehte. Und nun verstand sie den Grund für den Griff in ihrem Rücken. Hätte Mick sie nicht am Mantel festgehalten, wäre sie weitergegangen, hätte Scarletts Arm berührt und versucht, sie vom Rand wegzuziehen. Das Mädchen unter dem tosenden Himmel hatte etwas bedrückend Anziehendes.

»Hey, Scarlett«, sagte sie. Sie bemühte sich um eine feste Stimme.

Scarlett senkte den Kopf. Dann wandte sie Sam ihr Gesicht zur.

»Hey, du Schöne, was machst du denn hier oben?«

Scarlett weinte. Sie murmelte etwas.

»Was ist los? Sag es mir, rede mit mir.«

Sie bewegte die Lippen. *Ich habe solche Angst.*

»Ich weiß, ich weiß. Aber so schlimm ist es nicht. Du bist nicht mehr auf dich allein gestellt, Scarlett. Du hast Freunde. Du hast Juliette.«

Scarlett legte zitternd eine Hand vor den Mund, als wollte sie einen Aufschrei zurückhalten.

Mick zuckte zusammen und hielt Sam fester. »Versuchen Sie, sie dazu zu bewegen, rüberzukommen«, flüsterte er eindringlich.

»Scarlett, bitte dreh dich ganz zu mir um. Bitte, nur so lange wir miteinander reden.«

Scarlett schüttelte den Kopf. Sie ließ ihre Hand in den Schoß sinken. Sie murmelte »Es tut mir so leid, es tut mir so leid«.

»Es ist alles in Ordnung, wirklich. Bitte komm von der Mauer runter. Ich möchte dich ins Warme bringen, damit wir richtig miteinander reden können. Wir können uns etwas zu trinken holen und uns ein wenig aufwärmen. Du musst nur herkommen.«

Plötzlich bewegte Scarlett sich, große, unerwartet ruckartige Bewegungen, Sam keuchte. Sie wollte nach vorne stürzen, doch Mick hielt sie zurück, zog sie weg von Scarlett, die einen Schrei ausstieß.

»Sam!«

LOU – Dienstag, 05. November 2013, 10:45

»Oh, mein Gott.«

Lou stand im Schutz der Rampe, beobachtete alles und schlug sich entsetzt die Hand auf den Mund.

Scarlett hatte sich schnell und unerwartet bewegt, nachdem sie so lange regungslos dagesessen hatte. Und Lou und alle anderen hatten gedacht, sie würde springen oder fallen ... doch dann stand sie plötzlich auf der anderen Seite der Mauer, ging mit großen Schritten auf Sam zu und fiel ihr in die Arme.

Mick trat einen Schritt zurück, nur einen Schritt, bereit, sich wieder zu bewegen, falls Scarlett zur Mauer zurück rannte und Sam mitnahm. Doch kurz darauf drehte er sich zur Rampe um und hob eine Hand, Richard kam mit einer Decke angelaufen, die er aus dem Krankenwagen geholt hatte, der unten am Busbahnhof wartete.

Scarlett ließ Sam nicht mehr los.

SAM – Dienstag, 05. November 2013, 12:37

Wortlos überreichte Sam Scarletts Briefe. Sie saßen in Lous Wagen, der immer noch in der Einfahrt zum Parkhaus in einem markierten Bereich stand, auf dem deutlich sichtbar PARKEN VERBOTEN – ZUFAHRT FREIHALTEN stand.

»Was ist das?«

»Die hat Scarlett gestern Abend geschrieben«, sagte Sam. »Bei beiden habe ich den Eindruck, dass sie geplant hatte zu springen. Sie versucht darin anzudeuten, dass die Morde – oder die versuchten Morde – von ihr und ›einem Freund‹ geplant wurden. Es muss sich um Paul Stark handeln, Juliette wusste nichts davon. Aber ob es tatsächlich so war, weiß ich nicht genau.«

»Lass uns einfach heilfroh sein, dass sie nicht gesprungen oder gefallen ist«, sagte Lou. »Alles andere werden wir Schritt für Schritt klären.« Sie zog den ersten Brief aus dem Umschlag.

»Ich zweifle nicht daran, dass sie viel durchgemacht hat. Das haben sie beide.«

»Aber das wird schwer zu beweisen sein«, sagte Lou.

»Du hast die Telefonaufzeichnungen. Juliette hat regelmäßig auf Scarletts Handy angerufen; sie haben sich getroffen.«

Lou sah vom Brief auf, der an Sam adressiert war. »Großer Gott«, sagte sie. »Die armen Mädchen.«

Scarletts zweiter Brief

Liebe Sam,
versuche nicht, mich zu finden, ich muss das jetzt tun und ich will Dich nicht sehen.
Du warst eine gute Freundin. Bitte kümmere Dich um Juliette, sorge dafür, dass sie angemessene Hilfe bekommt und ein gutes Leben führen kann. Sie hat es verdient, glücklich zu sein, sie hat nichts Falsches getan, sie ist ein gutes Mädchen.
Sie hat eine so schreckliche Zeit mit ihm hinter sich, schlimmer, als ich sie gehabt habe, denn die Leute, mit denen ich zusammen war, waren Fremde. Sie musste diese Sachen mit ihrem eigenen Vater tun, dem Mann, der sich eigentlich um sie kümmern und sie lieben sollte. Sie wird Dir die Einzelheiten nicht erzählen, aber es war schlimm. Er hat gewartet, bis sie sechzehn war, weil er dachte, dann wäre es in Ordnung. Er sprach immer von Mündigkeit, und dass man sechzehn sein müsse, um Sex haben zu dürfen, weil man in dem Alter seine Zustimmung geben könne. Er sagte zu Juliette, dass kein Mann sie jemals haben wolle, dass sie ihm gehöre und Sex mit ihm haben müsse, weil Mädchen dafür da seien. Davor hat er mit ihr und mir andere Dinge getan, dann wurde ich entführt. Manchmal hat er Fotos von uns beiden gemacht, die er an Leute verkaufen wollte, wie er sagte. Er sagte, das würde bedeuten, dass uns keiner mehr haben wolle und wir zu Hause bleiben müssten, damit er sich um uns kümmern könne. Ich erinnere mich, dass ich damals fünf oder sechs Jahre alt war, als es zum ersten Mal passierte. Als er anfing, auch Juliette mit hineinzuziehen, war sie vermutlich vier. Ich weiß noch, dass ich eifersüchtig war, weil er zu mir sagte, dass ich seine Lieblingstochter sei, aber als Juliette weinte, weil sie es nicht mochte, und er sie schlug, weil sie weinte, hatte ich nichts mehr gegen ihre Anwesenheit, denn das hieß, dass ich mich um sie kümmern und verhindern konnte, dass er sie schlug.
Er hatte nie Sex mit mir, aber ich glaube, dass er nur wartete, bis

ich sechzehn war. Juliette hat mir erzählt, dass es zum ersten Mal bei ihrer Geburtstagsfeier passiert ist. Sie waren bei der Feier nur zu dritt. Unsere Mutter wusste, dass es passieren würde. Manchmal war sie dabei.

Ich weine jetzt, nicht wegen dem, was sie getan haben, sondern weil ich dachte, ich hätte Juliettes Leben verbessern können, indem ich sie von ihnen wegbringe. Juliette hat nichts davon gewusst. Ich dachte, sie wäre glücklich, wenn sie nicht mehr da wären. Aber sie ist so verstört, sie weint ständig, ich denke, ich habe alles nur noch schlimmer gemacht. Sie waren schlechte Menschen, aber nachdem ich verschwunden war, waren sie am Ende die einzige Familie, die sie hatte. Und nach dem, was ich getan habe, bin auch ich ein schlechter Mensch.

Ich habe einem Freund davon erzählt. Er wollte uns helfen, weil er Schlägertypen und Pädos nicht mag. Ich glaube, ihm ist etwas Ähnliches widerfahren, als er noch ein kleiner Junge war, aber das hat er mir nie erzählt. Er ist wirklich ein guter Kerl, er will den Leuten helfen. Er wollte uns helfen. Ich dachte, ich und Juliette könnten einen Neuanfang starten, wenn unsere Eltern weg wären. Ich hätte nie gedacht, dass es für Juliette so schwer werden würde.

Sam, bitte kümmere dich um meine Schwester, sie hat die Möglichkeit, alleine glücklich zu werden. Vielleicht wird sie dir nichts von dem erzählen, was passiert ist, aber es ist die Wahrheit. Sie würde niemals schlecht über sie reden, sie hat immer Angst gehabt.

Ich habe keine Angst davor, es dir zu erzählen, es ist das Richtige.

Außerdem habe ich keine Angst vor dem Tod. Ich glaube, ich bin schon vor langer Zeit gestorben.

Es tut mir leid, wenn ich dich in Schwierigkeiten gebracht habe, du warst nett zu mir, ich dachte, zwischen uns könnte mal was sein.

In Liebe Scarlett x

LOU – Dienstag, 05. November 2013, 15:25

Reggie Stark und sein Anwalt saßen nebeneinander im Befragungsraum 3 auf dem Polizeirevier in Briarstone, während Jane Phelps ihn belehrte und ihn fragte, ob er sie verstehe. Wie angespannt Reggie wirkt, dachte Lou, obwohl man das auf der DVD schlecht beurteilen konnte. Jedenfalls wirkte sein gesamter Körper angespannt, er saß aufrecht auf dem Stuhl und wippte mit den Knien. Ihm gegenüber am Schreibtisch saß Jane Phelps und machte sich Notizen auf dem Schoß; neben ihr war Les Finnegans Stirnglatze zu sehen, sein Kopf glänzte im Licht.

Sie spulte vor.

»... ich glaube nicht, dass ich Ihnen das erzählen kann – ich meine, Sie wissen nicht, wie das ist«, jammerte Reggie. »Diese Leute werden mich umbringen, wenn sie glauben, dass ich was gesagt habe. Sie werden mich sogar dafür umbringen, dass ich hier drin bin. Im Prinzip bin ich bereits ein verdammt toter Mann. Und was werden Sie dagegen unternehmen?«

»Wir können dir keinen Schutz geben, Reggie«, sagte Les. »Wir sind nicht in den Vereinigten Staaten. Wir haben nicht die Möglichkeit, irgendwelche Maßnahmen für dich zu treffen, außerdem würdest du das nicht wollen, glaube mir.«

»Keine Ahnung. Wenn ich eingebuchtet werde, bin ich innerhalb von Wochen tot.«

»Wie du sicher weißt, haben wir sehr gute Verbindungen zur Gefängnisleitung. Die will auch keinen Ärger für ihre Häftlinge, die hat schon genug um die Ohren. Sie werden also tatkräftig dafür sorgen, dass du drinnen in Sicherheit bist. Alles klar?«

Sie hatte sich die Aufzeichnung bereits einmal angesehen und sich für Jane und Les Notizen gemacht, bevor sie zur zweiten Befragungsrunde gingen. Im Grunde wäre das Sams Aufgabe gewesen, darin war sie besonders gut, sie wusste, wie man bei einer ersten Befragung lose Fäden ausfindig machte und dann ein wenig an ihnen zog. Aber Sam war damit beschäftigt, alles aufzuschreiben, was heute Morgen passiert war, sodass Lou sich um die Strategie bei der Befragung kümmern musste.

Im Befragungsraum 1 wartete Scarlett Rainsford auf ihre erste Vernehmung. Sie war zuvor im Krankenhaus untersucht worden, doch danach hatte festgestanden, dass sie außer dem angedrohten Selbstmord aktuell nicht in der Krise steckte und fit genug für eine Festnahme und Befragung war.

Ali Whitmore und Caro Sumner sollten das übernehmen.

Juliette Rainsford wartete in einer Zelle, bis auch sie an der Reihe wäre. Helen Bamber würde sie gemeinsam mit Ron Mitchell vernehmen. Die nächste Besprechung war für 17:00 Uhr geplant, dann würden alle Beamten und Ermittler gemeinsam die Ergebnisse zusammentragen. Zoe Adams hatte sich in der Einsatzzentrale einen Schreibtisch gesichert und war damit beschäftigt, Berichte zu sortieren und Tabellen anzufertigen, damit alle vor dem nächsten Schritt auf dem neuesten Stand wären. Sie hatten Tatverdächtige. Nun ging es darum, genügend Beweise für eine Anklage zu sammeln und eine erfolgreiche Strafverfolgung zu erzielen.

Gerechtigkeit für Clive und Annie Rainsford und Carl McVey.

»Ma'am? Kann ich Sie kurz sprechen?« Es war Jane Phelps.

»Klar. Setzen Sie sich«, sagte Lou.

»Ich hoffe, es macht Ihnen nichts aus«, sagte sie. »Ich wollte Sie bitten, mich einem anderen Vernehmungsteam zuzuteilen. Ich weiß, Sie haben nicht so viele Beamte zur Verfügung, aber ich würde nicht fragen, wenn ...«

»Was ist los, Jane?«, fragte Lou.

Jane Phelps war eine ihrer wichtigsten Beamtinnen. Sie war seit zwei Jahren bei der Major Crime, davor war sie bei der Kriminalpolizei gewesen, wo sie Verbrechern hinterhergejagt war und Türen eingetreten hatte. Auch wenn man das angesichts ihres Aussehens nicht vermutete: stets elegant gekleidet, sehr zierlich, ein breites, großzügiges Lächeln. Sie sah wie eine Vertriebsangestellte aus und nicht wie jemand, der Gewaltverbrecher verfolgte.

»Es geht um Les. Ich ... ich mag einfach nicht, wie er mit den Leuten umgeht.«

»Du meinst, mit den Kollegen?«

»Nein, ich weiß, dass er manchmal ein wenig taktlos ist, damit kann ich umgehen. Es ist eher die Art und Weise, wie er mit den Zeugen umgeht. Wir haben am Sonntagnachmittag Darren Cunningham einen Besuch abgestattet, und da hat Les was gesagt, das ich nicht in Ordnung fand.«

»Was hat er gesagt?«

»Er hat zu Darren Cunningham gesagt, er solle sich überlegen, wem er vertraue. Einfach so, aus dem Nichts. Und irgendwas darüber, dass man nie genau wisse, ob jemand Freund oder Feind sei, wo sich doch Loyalitäten ständig änderten.«

Lou machte sich Notizen. »Sonst noch was?«

»Nur das. Es ging alles sehr schnell. Danach sind wir schnurstracks zum Wagen zurückgegangen, und ich habe zu ihm gesagt, dass seine Worte für mich wie eine Drohung geklungen hätten und ich so etwas nicht richtig fände. Ich habe gesagt, dass er damit Ian Palmer vielleicht in Gefahr gebracht habe.«

»Und was hat er darauf gesagt?«

»Er hat gelacht und gesagt, dass wegen eines Wörtchens an der richtigen Stelle manchmal ganze Verbrecherorganisationen zu Fall gebracht würden. Er hat außerdem gefragt, woher ich wisse, dass es um Palmer ginge? Mir war zwar nicht ganz wohl dabei, aber bis heute Nachmittag hatte ich die Sache vergessen, sie kam mir erst wieder in den Sinn, als ich mit ihm im Befragungsraum saß und mit Reggie Stark sprach.«

Jane zögerte. Sie schien sich an andere Gelegenheiten zu erinnern, bei denen sie weit vorgeprescht war und sich geirrt hatte. Lou sah, dass es sie Überwindung kostete zu sprechen.

»Red weiter«, sagte Lou. »Ich höre.«

»Sie haben doch den Teil gehört, in dem Stark erklärt, dass er früher für McDonnell gearbeitet habe, jetzt aber für Cunningham tätig sei. Und Sie haben heute Morgen beim Briefing selbst gesagt, dass Stark vielleicht den Auftrag hatte, die Drogen von McVey zurückzuholen.«

Jane zögerte und sah auf ihre Hände herab.

»Du meinst, er hat Cunningham vor Reggie gewarnt?«

»Nein – na ja, ich weiß es nicht«, sagte Jane. »Ich glaube, so eindeutig war es nicht. Doch zum damaligen Zeitpunkt hat es sich irgendwie komisch angefühlt, als wäre da was im Busch. Tut mir leid, dass ich Sie damit belästige, Ma'am, ich weiß, das ist unangenehm. Ich will einfach bei diesem ganzen Machogehabe nicht mitmachen. Ich weiß, wir haben schon angefangen, aber es wäre mir lieber, wenn ich mit jemand anderem arbeiten könnte.«

Lou überlegte einen Moment. »Überlassen Sie mir das, Jane. Wann gehen Sie wieder rein?«

»Um halb.«

Als Jane gegangen war, starrte Lou auf die Notizen, die sie auf ihren Block gekritzelt hatte. Woher konnte Les schon am Sonntag wissen, dass Reggie Stark die Seiten gewechselt hatte? Das Team hatte bis gestern noch nicht einmal damit begonnen, Reggie für den Mord an McVey in Betracht zu ziehen. Les war zweifellos jemand von der »alten Schule«, ein wenig bequem, wenn es um die Arbeit ging, und er glänzte nicht gerade durch Eigeninitiative, doch sie hatte niemals Zweifel an seiner Integrität gehabt. Keine ernsthaften zumindest.

Durch die offene Tür sah Lou Ron Mitchell mit einer Dose und einem Sandwich zurück in die Einsatzzentrale kommen. »Ron!«, rief sie. »Könnten Sie einen Augenblick herkommen?«

»Ma'am?«, sagte Ron und kam ins Büro.

»Ich möchte, dass Sie die Befragung von Reggie Stark übernehmen. Könnten Sie kurz mit Jane besprechen, was bisher abgehandelt wurde?«

»Natürlich.«

Ron ging wieder. Der Teil war leicht gewesen. Les Finnegan war nicht in seinem Büro und sein Handy schaltete direkt auf Mailbox. Lou nahm ihre Jacke und ging durch die Tür zum hinteren Teil der Zentrale, dann an den Parkplätzen vorbei zur geschützten Raucherecke vor dem Kommandoraum.

Schon aus der Entfernung erkannte sie Les, der in der Raucherecke stand, mit dem Handy telefonierte, rauchte und gegen die Grasbüschel trat, die zwischen den Pflastersteinen wuchsen.

Lou hatte noch nie übermäßig viel auf das Bauchgefühl eines Polizisten gegeben, sie bevorzugte handfeste Beweise, das hieß aber nicht, dass sie kein Gespür dafür hatte, ob etwas richtig oder falsch war. Das hatte sie immer. Dass sie zudem meist richtiglag, war ihr egal, so leitete man keine Ermittlungen oder sorgte für Gerechtigkeit. Les war schon lange in ihrem Team, sie vertraute ihm. Und dennoch fand Lou das, was Les zu Cunningham gesagt hatte, genauso beunruhigend wie Jane.

Und es war nicht nur das. Lou erinnerte sich daran, wie ausweichend Les reagiert hatte, als sie ihn mit der Befragung von Nigel Maitland beauftragt hatte. Les hatte gesagt, er wäre im Urlaub gewesen, das habe er in einem der Berichte gelesen. Lou war das damals merkwürdig vorgekommen, denn sie hatte großen Wert darauf gelegt, alle Einzelheiten, die über Maitland reingekommen waren, selbst zu überprüfen. Und diese hatte sie nicht gesehen. Tatsache war, dass bis zu dem Tag, an dem Jane zur *Hermitage Farm* gefahren war und mit dem jungen Connor Petrie gesprochen hatte, niemand gewusst hatte, dass die Maitlands weggefahren waren. Bis auf Les.

Und dann war da noch dieses peinliche Telefonat mit Waterhouse gewesen.

Wie ich gehört habe, gibt es bei Ihnen eine undichte Stelle.

Les blickte auf, sah Lou auf ihn zueilen und lächelte.

LOU – Dienstag, 05. November 2013, 17:25

Lou wartete vor Buchanans Büro.

Nur Sandra war da, hieß sie tatsächlich so? Lou streckte ihren Hals, um zu sehen, ob sie einen Blick auf ihr Ausweisschild erhaschen konnte. Unmöglich. Sie erkannte nur das Foto.

»Alles in Ordnung?«, fragte Sandra – oder wie immer sie hieß. Sie hörte kurz auf zu tippen. »Soll ich Ihnen irgendwas bringen?«

»Nein«, sagte Lou. »Es geht mir gut, danke. Braucht er noch lange?«

Auf der anderen Seite der schweren Holztür war raues Männergelächter zu hören. Was auch immer sie da taten, es schien amüsant zu sein, schloss Lou.

»Ich hoffe nicht, er muss in einer halben Stunde beim Chef sein.«

Die Tür wurde aufgerissen und Buchanan tauchte auf, er schüttelte herzlich die Hand eines älteren Mannes im Anzug, den Lou nicht kannte. Sie sahen beide sehr zufrieden aus, dachte Lou gallig. Sie war völlig erschöpft, und Menschen zu begegnen, die sich offensichtlich amüsierten, statt für den Frieden im Vereinigten Königreich zu sorgen, versetzte sie nicht gerade in Hochstimmung.

»Sir«, sagte Lou und stand auf.

»Ah, Lou. Kommen Sie rein. Möchten Sie einen Kaffee? Sharon, könntest du …«

»Nein, vielen Dank, ist schon in Ordnung.« Sharon also. Alles klar.

Lou blieb vor dem Schreibtisch stehen und wartete, bis Buchanan ihr einen Stuhl anbot. Das tat sie immer, und ihn schien das jedes Mal zu überraschen. Vielleicht wartete sonst keiner darauf.

»Setzen Sie sich. Wie geht es Ihnen? Ich habe gehört, dass Sie heute bei Operation Vanguard gute Ergebnisse erzielt haben.«

»Ja, ich denke, das kann man schon sagen.«

»Und Ihr Sergeant? Sam Hollands, nicht war?«

»Es geht ihr den Umständen entsprechend ganz gut. Sie schleppt ein paar Überstunden mit sich herum. Ich habe darauf bestanden, dass sie sich eine kleine Auszeit nimmt.«

»Sie hat einen hervorragenden Job gemacht. Was ist mit dem Mädchen?«

Frau, dachte Lou und biss die Zähne zusammen. Sie ist fünfundzwanzig und hat schon ein ganzes verdammtes Leben gelebt, sie hatte es verdient, dass man sie als Erwachsene betrachtete.

»Scarlett Rainsford und ihre Schwester wurden verhaftet, Sir. Sie werden noch befragt, aber für eine Anklage reicht es.«

Buchanan lehnte sich auf seinem Stuhl zurück und verschränkte die Arme über seinem hübschen kleinen Bäuchlein. »Ich hatte heute Nachmittag ein Gespräch mit Rob Jefferson. Er hat berichtet, dass es forensische Beweise gibt, die Stark mit Gegenständen, die in Rainsfords Wagen gefunden wurden, in Verbindung bringen. Außerdem stimmen wohl die gefundenen Spuren der Turnschuhe mit denen eines anderen Mordes überein – wie hieß er noch gleich?«

»McVey, Sir.«

»McVey, genau, und dann noch der Doppelmord.«

Doppelmord. Das klang doch noch viel besser, nicht wahr? Annie war vor ein paar Stunden still und leise gestorben, ohne das Bewusstsein wiedererlangt zu haben, ohne jemals zu erfahren, dass ihre Tochter dafür bezahlt hatte, sie neben ihrem Mann ermorden zu lassen – bezahlt mit der mageren Ausbeute aus dem Einbruch in ihrem eigenen Haus.

»Und Stark ist geständig?«

»Ja, Sir. Es sieht aus, als könne er es kaum erwarten, eingebuchtet zu werden. Er hat offensichtlich panische Angst vor Cunningham. Er glaubt, dass Cunningham ihm die Schuld dafür gibt, dass er die Drogen nicht zurückbekommen hat, die Palmer in der Nacht des Überfalls gestohlen wurden.«

»Glauben Sie, dass die McDonnells die Drogen haben?«

»Wir haben für morgen früh einen Durchsuchungsbeschluss für alle Anwesen erwirkt, die von Lewis McDonnell kontrolliert werden. Wir haben ein paar konkrete Hinweise darauf, dass McDonnell eine Kokainlieferung entgegengenommen hat und plant, sie nächste Woche wegzubringen. Wir gehen davon aus, dass es sich um dieselbe Ladung handelt, die Cunningham im September erwartet hat. Ich glaube, eine Durchsuchung ist sicherer, als uns nur auf die Berichte zu verlassen, die uns sagen, wann und wohin sie verschickt werden.«

»Gut zu hören. Wenn ich mich recht entsinne, sagten Sie, dass wir vermutlich in der Lage sein würden ein paar Netzwerke zu zerschlagen. Halten Sie das nach wie vor für realistisch?«

Man bekam nur sehr selten die Gelegenheit, ein Netzwerk komplett auseinanderzunehmen, oft kam es Lou so vor, als versuche man einen lästigen Ungezieferherd zu bekämpfen. Sobald man einen Teil der Organisation angegriffen hatte, wurden die Lücken sehr schnell wieder geschlossen, Mittel wurden bewegt, Menschen zum Schweigen gebracht, die Strategie geändert. Innerhalb von Stunden war alles, was man über das Netzwerk wusste, obsolet und unbrauchbar. Die einzige Taktik, die immer funktionierte, war Geduld, war abzuwarten, bis man die ganze Zelle mit einem Schlag ausheben konnte. Doch sie wusste, was Buchanan hören wollte.

»Ja«, sagte sie. »Das hoffe ich sehr.«

»Und was ist mit dem Menschenhandel?«

»Das habe ich der Sonderkommission überlassen, Sir.«

»Gut, gut. Sind Sie nächste Woche im Haus? Wir sollten miteinander essen gehen oder so. Uns einmal richtig unterhalten.«

Ein verdammtes Mittagessen! Nein danke.

»Eigentlich wollte ich ein paar Tage Urlaub nehmen, Sir.«

»Ah! Nun, das haben Sie sich redlich verdient. Ein gutes Ergebnis, Lou, ein wirklich gutes Ergebnis.«

Ein paar Minuten später eilte sie wieder den Gang hinunter. »Danke, Sharon«, sagte Lou. »Schönen Abend.«

»Ihnen auch.«

Ein gutes Ergebnis, dachte Lou. Doch es fühlte sich nicht so an. Vor zehn Jahren war Lou dabei gewesen, als ein fünfzehnjähriges Mädchen entführt und in ein Leben voller Missbrauch und Gewalt gestoßen wurde, während ihre jüngere Schwester bei den beiden Eltern blieb, die sie missbrauchten. Zehn Jahre lang ein Leben in der Hölle, für beide. Und Lou hatte nichts getan, um das zu stoppen.

LOU – Dienstag, 05. November 2013, 20:25

Sie blieb bis spät am Abend, um sich zu vergewissern, dass alles erledigt wäre. Alle Berichte geschrieben, alle Aufgabenzuteilungen und vorbereitenden Maßnahmen genehmigt, und jeder darüber informiert, was er in den kommenden Tagen zu tun hatte. Solange sie beschäftigt war, musste sie nicht nachdenken. Sie musste sich nicht der Flut von Schmutz stellen, die auf sie zuschwappte und darauf wartete, dass sie sie zur Kenntnis nähme.

Les Finnegan und was auch immer da los war. Irgendwas war da, mit Sicherheit, doch auch wenn es vielleicht gar nicht so schlimm war – eine kleine Fehleinschätzung, ein Missverständnis seitens Janes –, man musste es im Auge behalten. Sie musste auf der Hut sein.

Und dann waren da noch die Menschen, die litten, die gelitten hatten: Scarlett und ihre Schwester Juliette. Gesetz war Gesetz. Das, was sie durchgemacht hatten, würde bis zu einem gewissen Grad bei der Urteilsfindung berücksichtigt werden. Doch erst einmal musste Anklage erhoben werden, sie mussten in Untersuchungshaft, angeklagt und vor Gericht gebracht werden, genau wie jeder andere auch, der eine Gewalttat begangen hatte.

War das fair?

Buchanans Einstellung hatte sie ziemlich fertiggemacht. Wo blieb das Mitgefühl? Wo war die Sensibilität?

Draußen auf dem Parkplatz war es feucht und nebelig, es roch nach Feuerwerk, nach der Bonfire Night und feuchten Feuerwerkskörpern, die nicht gezündet hatten. Inmitten des Geruchs, der sporadischen Explosionen und dem Geknister schwankte sie während der Fahrt zwischen Verzweiflung, Wut und Erschöpfung hin und her, sie kurbelte beide Vorderfenster runter, damit der Fahrtwind durch ihr Haar und über ihr Gesicht streichen konnte und sie wach hielt, damit sie sicher in Queens Road ankäme.

Vermutlich rechnete er nicht mit ihr. Sie hatte weder angerufen noch eine Nachricht geschickt, es war möglich, dass er nicht da war. Vielleicht war es sogar eine gewagte Annahme, dass er sie überhaupt noch sehen wollte, egal was er vergangene Nacht zu ihr gesagt hatte und trotz seiner Einladung. Sie hatte ihn nicht nur mehrmals ohne besonderen Grund verärgert, sie hatte ihn auch verletzt, indem sie ihn spüren ließ, dass er bei ihr nicht die oberste Priorität hatte. Und indem sie davon ausging, dass ihm das egal wäre.

Zögernd stand sie vor seiner Tür, aus irgendeinem Grund hatte sie zu weinen begonnen. Die Tränen kullerten ihre Wangen herunter, sie wusste nicht einmal, warum. Sie stand da in der Dunkelheit und wollte erst klingeln, wenn sie alles wieder unter Kontrolle hatte, wenn sie sich wieder zutraute, zu lächeln und zu reden.

Ich dachte, ich wäre stärker ...

Und dann ging auf einmal die Tür auf und Jason stand im Licht des Flurs vor ihr. Er trug Jogginghosen und ein T-Shirt, er war das Schönste, was Lou je gesehen hatte. So stark, so perfekt, so echt.

»Hey«, sagte er und ging barfuß hinaus in die vom Novemberregen durchnässte Einfahrt, legte seine Arme um sie und drückte sie so fest an seine Brust, dass sie ihr eigenes Schluchzen nicht mehr hörte.

»Komm rein«, sagte er nach einer Weile.

In der Eingangshalle fragte er sie, was los sei, was passiert sei, doch sie weinte erneut, nur dass sie es diesmal unterband, indem sie ihn küsste. Als sie Luft holen musste, nahm sie ihn an der Hand und führte ihn nach oben. Er ahnte, wo das hinführen sollte, und folgte ihr widerstandslos. Lou drückte ihn entschlossen auf das Bett, zog seine Jogginghose runter, zog ihren Rock hoch und schob ihren Slip beiseite. Völlig angezogen vögelte sie ihn, verzweifelt, drängend, wie eine Ermahnung, daran, dass sie am Leben war und dass er am Leben war, dass alle Leute, die sie am meisten liebte, zumindest für den Moment am Leben und in Sicherheit waren.

Er war zu überrascht, um etwas anderes zu tun, als mit leicht geöffnetem Mund und schüchternem Blick dazuliegen, während die Wut in ihr das leichte Schamgefühl zum Schweigen brachte, das ihr einflüsterte, wie selbstsüchtig sie war, dass sie ihn benutzte, um sich Erleichterung zu verschaffen, ohne Rücksicht darauf, wie er sich dabei fühlte. Aber sie wollte nicht aufhören.

Als es vorbei war, glitt sie ungeschickt von ihm herunter, lag neben ihm auf dem Bett und schnaufte.

Sag etwas, du dämliches Huhn, dachte sie. Er wird dich hassen.

»Ich habe nur ...«, fing sie an. »Ich habe ... dich so gebraucht. Es tut mir leid. Es tut mir so leid.«

Nein, das ist nicht richtig.

Sie drehte sich auf die Seite, sodass sie ihm ins Gesicht sehen konnte. Er hatte die Augen geschlossen.

»Ich habe dich noch nie zuvor weinen sehen«, sagte er.

»Ich lasse es nicht zu, dass mich irgendwer weinen sieht.«

Er wandte ihr den Kopf zu ihr und öffnete die Augen. Die Tränen flossen wieder, doch diesmal weinte sie über ihre eigene Dummheit, ihr eigenes Versagen, die plötzliche Unfähigkeit, das Richtige zu sagen, das zu sagen, was er hören musste.

»Hey, nicht doch ...« Er nahm ihr Gesicht in die Hände und wischte die Tränen weg, bedeckte ihr Gesicht mit Küssen. Flüsterte: »Nicht doch, Louisa. Es ist alles in Ordnung, es ist okay. Pssst.«

Er hielt sie lange im Arm, bevor sie wieder sprechen konnte, und selbst dann klangen die Worte lächerlich. Sie sagte alles, was ihr in den Sinn kam, damit er begriff – Scarletts Leben, dass es beinahe zu Ende gegangen wäre, das Unrecht, das ihr widerfahren war; ihre Unfähigkeit, allen anderen Scarletts und Juliettes zu helfen, die noch immer missbraucht wurden, in Briarstone, im ganzen Land, weltweit. Und dass sie das nicht aufhalten könne, nicht wirklich. Dass es war, als stünde sie vor stetig steigenden Fluten.

»Ich weiß nicht, ob ich das noch kann«, sagte Lou schließlich.

»Was?«, fragte Jason.

»Den Job«, sagte Lou und ließ zu, dass sie wieder schluchzte. »Ich bin so müde. Ich ... bin es leid. Dass ich nicht helfen kann.«

Er zog sie fest an seine Brust und wiegte sie. »Machst du Witze? Du bist der beste Detective, mit dem ich je gearbeitet habe. Du machst dir Sorgen, Louisa. Natürlich tut es manchmal weh, wenn man die Dinge nicht in Ordnung bringen kann. Aber du musst es rauslassen, du darfst es nicht in dich hineinfressen.«

»Ich will dich nicht verlieren«, sagte sie schließlich.

»Ich gehe nicht weg.«

»Aber du hasst das alles«, sagte sie. »Du hasst es, dass ich die ganze Zeit so eingespannt bin. Und du hast ja recht; es ist nur ... ich kann nicht anders. Auf mich hat noch nie zu Hause jemand gewartet. Ich weiß nicht, wie ich es besser machen kann.«

»Sag mir nicht, was ich hasse«, sagte er liebevoll. »Ich weiß, was du tun musst, damit es besser wird.«

»Was denn?«, fragte sie.

Er fuhr mit seinem Zeigefinger ihre Wange entlang und sah ihr tief in die Augen. »Du musst mich einlassen.«

SAM – Dienstag, 05. November 2013, 17:20

Clive Rainsfords Leiche war schließlich fortgeschafft und zur Obduktion ins Briarstone General Hospital gebracht worden. Die Spurensicherung arbeitete aber immer noch, sie würde vermutlich noch weitere Tage hier verbringen müssen. Es war dunkel und es regnete, ein hartnäckiger Dauerregen, der die Kleidung schnell komplett durchnässte. Sam bedauerte sie, weil sie den ganzen Tag draußen verbringen mussten. An der Hecke lehnten zum Zeichen des Respekts für Clive und Annie ein paar Blumensträuße. Zwei Teelichter standen erloschen in einer Pfütze.

Sam sprach mit dem Police Community Support Officer, der bei der Absperrung stand, und fragte, ob sie mit einem der zuständigen Beamten sprechen dürfe. Kurz darauf erschien eine Frau in voller Schutzmontur. Wenigstens schützte sie sie ein wenig vor dem Regen. Als sie ihre Maske herunterzog, erkannte Sam sie wieder, sie war ihr schon bei vielen Gelegenheiten begegnet.

»Astrid, hi! Ich wollte fragen, ob ich mich ein wenig hinten im Garten umsehen darf«, sagte Sam und blinzelte in den Regen.

»Suchst du was Bestimmtes? Den haben wir bereits abgedeckt. Du kannst dich umsehen, aber zieh dir einen Schutzanzug über.«

Sie standen beide im Schutz der Hecke vor dem Haus der Rainsfords und blickten auf das Zelt über dem Tatort, das seit zwei Tage den Rasen des Vorgartens vor dem Regen schützte. Von der Stelle, an der sie stand, sah Sam die tiefen dunklen Wolken, in denen sich grüne und rote Lichter spiegelten, und hörte die kleinen Explosionen, die von den Gebäuden um sie herum verstärkt wurden.

»Verdammtes Feuerwerk«, sagte Astrid düster. »Ich hasse es. Mein armer Hund sitzt bestimmt zitternd unter dem Bett.«

»Ich will dich nicht lange aufhalten«, sagte Sam. »Mir ist nur aufgefallen, dass jemand im Garten hinten Gestrüpp entfernt hat, seit ich Sonntagmorgen das letzte Mal hier gewesen bin. Sieht aus, als wäre es durch den Häcksler geschoben worden.«

»Ja«, sagte Astrid. »Und der Rest auch.«

»Da war noch was anderes?«

»Etwas Plastik unter den Spänen.«

Sam stöhnte. »Ich fand das seltsam. Ich wünschte, ich hätte es mir angesehen. Sie waren gerade aus dem Urlaub zurück, und das Erste, was er tut, ist schwere Gartenarbeit? Sie hatten nicht einmal ausgepackt. Was war es, weißt du das?«

»Wir haben einen Chip gefunden und kleine Teile einer Leiterplatte. Ich tippe auf einen Laptop. Keine Spur des Häckslers, er war vermutlich geliehen oder gemietet oder wurde in irgendeinem fremden Container entsorgt. Aber das kommt mit in den Bericht.«

»Danke.«

Sam eilte zum Wagen zurück, setzte sich auf den Fahrersitz und wartete, bis die Lüftung die Scheibe frei geblasen hatte. Sie konnte jetzt natürlich nichts mehr tun. Der Laptop und was immer auf ihm gewesen war, war verschwunden. Scarletts unerwartete Rückkehr hatte Clive Rainsford offenbar in panische Angst versetzt. Er dachte wahrscheinlich, dass sie der Polizei erzählen würde, was er ihr und ihrer Schwester angetan hatte. Das Schlimmste daran aber war, dass auf dem Laptop etwas sehr Übles abgespeichert gewesen sein musste, wenn er ihn so hastig und noch vor dem Auspacken zerstört hatte.

Scarlett saß währenddessen vermutlich in einem Befragungsraum, vielleicht mit Caro, vielleicht auch nicht, und sprach über alles, was sie durchgemacht hatte, all die Male, die sie Menschen vertraut hatte, die sie dann enttäuscht oder verletzt und missbraucht hatten.

Die vertanen Chancen, dachte Sam. Es hatte so viele Chancen gegeben, ihnen zu helfen, sie waren alle vorbei.

LOU – Samstag, 23. November 2013, 20:52

Lou saß am Rand der Tanzfläche und hatte ihre Hand auf die weiße Tischdecke gelegt, sie sah zu einem der Tische auf der anderen Seite des Saals hinüber. Jason Mercer saß neben ihrem Dad, sie hatten die Köpfe zusammengesteckt und schienen in ein Gespräch vertieft. Ab und zu blickte Jason auf und lächelte ihr zu.

»Worüber reden die, zum Teufel?«, fragte Jasmine.

»Ich habe keine Ahnung. Ich wage gar nicht, es mir auszumalen.«

»Er scheint nett zu sein ... was ist los? Ich weiß, Liebling, ich weiß, du bist müde. Wir gehen bald nach Hause, das verspreche ich«, sagte Lous Schwester Jasmine und wiegte dabei ihren Jüngsten, der sich auf ihrem Schoß nach hinten beugte, quengelte und den Kopf über ihre Knie baumeln ließ.

»Er ist nett.«

»Dann ist es also was Ernstes?«

Fast jeder aus ihrem engeren Familienkreis und ein paar andere Leute, bei denen sie sich nicht sicher war, ob sie sie überhaupt kannte, hatten ihr bereits diese Frage gestellt.

»Wir machen einen Schritt nach dem anderen«, Lou hatte schon überlegt, sich selbst, und vielleicht Jason gleich mit, diese Worte auf die Stirn zu schreiben.

Jason kam durch den Raum auf sie zu. »Tanzt du mit mir?«, fragte er.

»Warum nicht?«

Er legte seinen Arm um ihren Rücken, fuhr mit den Fingern über ihre nackte Haut und hielt dann inne, eine sichere, feste Berührung. Sie hielt seine Hand, er führte sie an seinen Mund und küsste ihre Finger, dann legte er sie auf seine Brust.

»Alles in Ordnung?«, fragte er.

»Absolut«, sagte sie. »Es ist leichter, als ich gedacht hatte.«

»Natürlich ist es das. Die Dinge sind nur so, wie du sie machst. Alles ist einfach, wenn du entspannt damit umgehst.«

»Was hast du zu meinem Vater gesagt?«, fragte Lou.

»Ach, das war dein Vater?«, sagte er. »Ich habe ihm nur erzählt, dass wir bereits seit über einem Jahr miteinander schlafen. Mir war nicht klar, dass das dein Vater war.«

»Oh, mein Gott!«

»Hey. Das war ein Witz. Er wollte wissen, wie wir uns begegnet sind, so Sachen eben. Und ob ich das Richtige mit dir vorhabe, was immer das bedeuten soll.«

Das war auch nicht besser.

»Du bist angespannt«, sagte er. »Louisa, es ist alles okay. Du musst dir keine Sorgen machen. Alles, was er für seine wunderschöne Tochter will, ist, dass sie glücklich ist, und das ist zufälligerweise genau das, was ich auch möchte.«

»Aber du hast es auch verdient, glücklich zu sein«, sagte sie.

»Klar«, sagte er. »Und das bin ich gerade.«

Lou schüttelte den Kopf, sie war sich nicht ganz sicher, ob sie ihm glauben sollte. »Ich weiß, sie sind ein verrückter Haufen. Du warst sehr tapfer.«

»Nun«, sagte er, »du musst noch meine Familie kennenlernen. Das verleiht dem Wort ›tapfer‹ eine ganz neue Bedeutung.«

Mist.

»Mom kann es kaum erwarten, dich kennenzulernen.«

»Glaubst du, sie wird mich mögen?«, fragte Lou, ihr wurde schon bang von der Vorstellung.

»Machst du Witze? Sie wird dich lieben.«

Er hatte seine Hand wieder auf ihren Rücken gelegt.

»Komm, lass uns ein wenig frische Luft schnappen«, sagte Lou.

Die Luft draußen war still und kühl, trotz der Wärmestrahler, die unter dem Vordach auf der Veranda standen und die Raucher warmhalten sollten. »Soll ich deine Jacke holen?«, fragte er.

»Nein«, sagte Lou. »Ich brauche nur eine Minute. Ich möchte dich etwas fragen.«

»Okay«, sagte er.

Es hatte keinen Sinn, um den heißen Brei herumzureden. Und es hatte keinen Sinn, nach einem Weg zu suchen, es beiläufig klingen zu lassen. »Na ja, ich habe überlegt, ob wir zusammenziehen sollen. Du weißt schon, um zu sehen, wie es läuft.«

Er versuchte einen neutralen Gesichtsausdruck beizubehalten, doch er hatte etwas getrunken, also bekam er es nicht richtig hin. Und sie liebte dieses schnulzige Grinsen und die Art und Weise, wie er sie mit dieser bärigen Umarmung festhielt, sodass sie fast erstickte.

»Soll das ein Ja sein?«, fragte sie, weil sie nicht einfach davon ausgehen wollte.

»Zum Teufel, ja. Können wir wieder reingehen. Ich frier mir hier die Eier ab.«

»Deinen Eiern geht es gut.«

»Das will ich auch hoffen. Ich habe deiner Mutter praktisch versprochen, dass wir uns gegen Ende nächsten Jahres um Enkelkinder bemühen werden.«

»Oh, das soll wohl ein Witz sein.«

»Klar«, sagte er.

Aber sie war nicht hundertprozentig überzeugt.

E-MAIL

Datum:	27. November 2013
An:	DS Samantha HOLLANDS, Major Crime
Von:	DC Terry CARTWRIGHT, Sonderkommission
Betreff:	Operation Diamond – YELENA

Bezugnehmend auf Ihre Anfrage im Hinblick auf Scarlett RAINSFORDS Befragungen habe ich mich über Interpol mit ungarischen

Kollegen in Verbindung gesetzt. In ihren Aufzeichnungen ist vermerkt, dass auf einem LKW-Parkplatz der Autobahn E75 in der Nähe von Kistelek am Montag, den 25. August 2003, um 05:45 die Leiche einer Frau gefunden wurde.

Der Frau war in den Kopf geschossen worden. Die nachfolgenden Ermittlungen konnten die Identität der Frau nicht bestimmen, sie wurde auf 18 bis 25 Jahre geschätzt. Aufgrund der Art der Verletzungen (Kopf/Gesicht) konzentrierten sich die Bemühungen zur Identifikation der Person auf ihre Kleidung, die andeutete, dass sie aus der Ukraine stammte. Bedauerlicherweise haben die grenzüberschreitenden Ermittlungen nichts Brauchbares ergeben, und so wurden die Ermittlungen 2005 eingestellt.

Ich arbeite gerade an einem vollständigen Bericht für DCI Waterhouse, den ich Ihnen in Kopie zuschicken werde. Nachdem der Kontakt mit der ungarischen Polizei hergestellt wurde, könnte es sein, dass aufgrund von RAINSFORDS Aussage die Abteilung für ungeklärte Kriminalfälle oder auch einige Leute von unserer Sonderkommission mit ihnen zusammenarbeiten werden, damit die Ermittlungen wieder aufgenommen werden.

Grüße
Terry